傅译精华

2

罗新璋 选编

《约翰·克利斯朵夫》（二）

卷五 节场
卷六 安多纳德
卷七 户内

人民文学出版社

目 次

约翰·克利斯朵夫在巴黎

卷五·节场 ·································· 3
    卷五初版序 ······························ 5
    第一部 ···································· 9
    第二部 ···································· 84

卷六·安多纳德 ···························· 175

卷七·户内 ·································· 255
    卷七初版序 ······························ 257
    第一部 ···································· 260
    第二部 ···································· 314

约翰·克利斯朵夫在巴黎

节场—安多纳德—户内

卷五·节场

卷五初版序

作者与克利斯朵夫的对话

作者:你是不是跟人家赌了东道才这么胡搅,克利斯朵夫?你简直教我跟所有的人都闹翻了。

克利斯朵夫:你不必假惺惺。一开场你就知道我要把你带到哪儿去的。

作者:你批评的事太多了。你惹恼了你的敌人,打搅了你的朋友。一个体面人家出了点不大光鲜的事,不去提它不是更雅吗?

克利斯朵夫:有什么办法?我根本不懂什么雅不雅。

作者:我知道,你是个蛮子。你太傻了!他们要人相信你是大众的敌人。你在德国已经得了反德国的名气。你到法国来又要得个反法国的——或者更严重些——反犹太的名气。你小心点儿。别提到犹太人……你得到他们的好处太多了,不能再说他们坏话。

克利斯朵夫:我认为是他们的好处跟坏处,干吗不能全部说出来呢?

作者:你特别是说他们的坏处。

克利斯朵夫:好处在后面呢。对他们难道应当比对基督徒更敷衍吗?我给他们的分量重一些,因为他们有这个资格。在我们这个光明正在熄灭的西方,他们既然占了重要的地位,我就得给他们一个重要的地位。他们之中一部分人大有把我们的文明断送的可能。可是我并非不知道,也有一些人对于我们的行动与思想是股很大的力量。我知道他们的民族还有哪些伟大的地方。我知道他们之中有成千累万的人竭忠尽智,孤高淡泊,充满着爱,力求上进,凭着孜孜不倦的毅力,默默无声的在那里苦干。我知道他们心中有个上帝。因为这样,我才恨那些否认上帝的人,恨那些为了求名求福而自甘堕落,而玷辱他们民族的使命的人。打击这等人便是爱护他们的种族,正如我打击腐化的法国人是为了爱护法国。

作者: 孩子,这是你多管闲事。别忘了那个挨揍的史迦那兰女人。别管旁人的家务……犹太人的事跟我们不相干。至于法国,它就像玛蒂纳,愿意挨打而不愿意人家说出她挨打。①

克利斯朵夫: 可是非说出老实话不可,并且我心里越是喜欢,越是非说不可。倘若我不说,谁会来说呢?——你当然不说的。你们大家都给社会关系,面子关系,多多少少的顾虑,束缚住了。我没有束缚,我不是你们圈子里的人。我从来没参加任何社团、任何论战。我用不着附和你们,也无须跟着你们心照不宣的不出一声。

作者: 你是外国人。

克利斯朵夫: 对啦,人家会说一个德国音乐家没有权利来批判你们,也不会了解你们的,是不是?——好吧,我可能是错的。可是至少我能告诉你们,某些外国的大人物——你跟我一样认识的,——在过去的和活着的朋友中最伟大的人,对你们是怎么想的。——如果他们看错了,他们的见解也值得了解,对你们也不无帮助。而这一点也总比你们相信大家都在佩服你们强得多,比你们一忽儿佩服自己,一忽儿毁谤自己强得多。照你们的风气,你们在某一个时期内大叫大嚷的自称为世界上最伟大的民族,——在另一个时期内又说拉丁民族的颓废是无可救药的了,——过了一晌你们又说所有伟大的思想都是从法国来的,——然后又说你们除了给欧洲提供一些娱乐以外再没别的价值:试问这样的叫嚷有什么

---

① 莫里哀名剧《屈打成医》中主角史迦那兰殴辱妻子玛蒂纳,邻人闻声过户问讯,不料玛蒂纳以被殴为人所知,恼羞成怒,与其夫同殴邻人。

用？主要是不能对腐蚀你们的疾病闭上眼睛,也不能灰心,应当振作精神,为了你们民族的生存与荣誉而奋斗。凡是感觉到这个不甘灭亡的民族还能抗拒疾病的人,就能够,而且应该,把民族的恶习和可笑的地方大胆的暴露出来,把它们铲除,——尤其要铲除那些利用这些缺点而靠它们过活的败类。

作者: 即使为了爱护法国,你也不要去碰法国。你会叫安分守己的人着慌的。

克利斯朵夫: 对啦,安分守己的人,看到人家认为一切都不大行,看到人家挖出这么些惨事丑事来,是要痛苦的!他们受着剥削,可不愿意承认。他们发现人家吃的苦已经受不住了,所以宁愿无知无觉的做牺牲品。他们要别人至少每天对他们说一次,在世界上最完满的国家内,一切都尽善尽美,而"……法兰西,始终在世界上占着第一位……"然后,那些老实人心定神安,回头去睡觉了,让别人去为所欲为……这种老实人真是太好了!我使他们痛苦,将来我还要使他们更痛苦。我请他们原谅……可是即使他们不愿意有人帮助他们反抗压迫,至少也得知道别人跟他们一样受着压迫而不像他们那么逆来顺受,没有他们那种自欺欺人的本领,——还得知道另外有些人,就是被这种逆来顺受和自欺欺人的心理断送了,给压迫者随意摆布。而这批人是多么痛苦!你记住吧!我们受过多少罪!眼看气压一天天的加重,四周都是腐败的艺术,不道德的无耻的政治,萎靡不振而甘心乐意趋于虚无的思想:唉,跟我们一同受罪的人有多少!……我们目击心伤,彼此紧紧的挤在一起……啊!我们一块儿过了多少艰苦的岁月。我们的前辈,万万想不到我们的青春在他们的影子底下苦苦挣扎的惨痛!……我们是抵抗过了。我们是得救了……难道我们不能救别人吗?让他们受着同样的折磨,不伸出手去援助他们吗?不,他们的命运跟我们是分不开的。我们在法国有成千累万的人,心里所想的跟我明明白白说出来的完全一样。我意识到我是代他们说话。不久,我也要提到他们。我急于要给人看到真正的法兰西,被压迫的法兰西,深深的埋在底下的法兰西:——犹太人,基督徒,还有不论抱着什么信仰不论属于什么血统的自由灵魂。——可是要接触到这个法兰西,先得从封锁大门的守卫中间打出一条路来。但愿美丽的因犯从麻痹中振作起来,推倒她牢狱的墙壁!她还没知道自己的力量和敌人的无用呢。

作者:你说得不错,我的灵魂。可是不管你做些什么,千万不能恨。

克利斯朵夫:我心中绝对没有恨。便是想起最凶恶的人的时候,我也知道他们是人,跟我们一样受着痛苦而有一天会死的。可是我非打倒他们不可。

作者:斗争,哪怕是为了行善的斗争,总是伤害人的。你自以为能使那些美丽的偶像——艺术,人类——得到的好处,是不是抵得上一个活人所受的痛苦呢?

克利斯朵夫:要是你这样想,那么你把艺术放弃吧,把我也放弃吧。

作者:不,你不能离开我!没有了你,我怎么办呢?——可是什么时候才会有和平呢?

克利斯朵夫:等到你争取到和平的时候。不久……不久……你瞧,春天的燕子不是已经在咱们头上飞了吗?

作者:美丽的飞燕,报告美丽的季节已经临到,我也已经看到。

克利斯朵夫:别幻想了,你抓着我的手,跟我来吧。

作者:我的影子,我的确非跟着你走不可。

克利斯朵夫:咱们两个究竟谁是谁的影子?

作者:啊,你长得多么大了!我认不得你了。

克利斯朵夫:那是太阳往下落了。

作者:我更喜欢你孩子的时候。

克利斯朵夫:来吧!白天快完了,咱们只剩几个钟点了。

罗曼·罗兰
一九〇八年三月

第 一 部

一切是有秩序中的无秩序。有的是衣衫不整,态度亲狎的铁路上的职员。也有的是抱怨路局的规则而始终守规则的旅客。——克利斯朵夫到了法国了。

他满足了关员的好奇心,搭上开往巴黎的火车。浸饱雨水的田野隐没在黑夜里。各个站上刺目的灯光,使埋在阴影中的无穷尽的原野更显得凄凉。路上遇到的火车越来越多,呼啸的声音在空中震荡,惊醒了昏昏入睡的旅客。巴黎快到了。

到达之前一小时,克利斯朵夫已经准备下车;他戴上帽子,把外衣的纽扣直扣到脖子,预防扒手,那据说在巴黎是极多的;他几十次的站起来,坐下去,几十次的把提箱在网格与坐凳之间搬上搬下,每次都笨手笨脚的撞着邻座的人,招他们厌。

列车正要进站的当口,忽然停下了,四周是漆黑一片。① 克利斯朵夫把脸贴在玻璃窗上,什么都瞧不见。他回头望着旅客,希望有个对象可以搭讪,问问到了什么地方。可是他们都在瞌睡,或是装作瞌睡的模样,又厌烦又不高兴,谁也不想动一下,追究火车停留的原因。克利斯朵夫看了这种麻木不仁的态度很奇怪:这些傲慢而无精打采的家伙,和他想象中的法国人差得多远!他终于心灰意懒的坐在提箱上,

---

① 巴黎好几个车站都在城中心,到站前一大段路程均系在地道中行驶,故"四周是漆黑一片"。

跟着车子的震动摇来摆去,也昏昏入睡了,直到打开车门,大家方始惊醒……巴黎到了!……车厢里的人都纷纷下车了。

他在人丛中挤来撞去地走向出口,把抢着要替他提箱子的伕役推开了。像乡下人一样多心,他以为每个人都想偷他的东西。把那口宝贵的提箱扛在肩上,也不管别人对他大声嚷嚷地招呼,他径自在人堆里往外挤,终于到了泥泞的巴黎街上。

他一心想着自己的行李,想着要去找个歇脚的地方,同时又被车辆包围住了,再没精神向四处眺望一下。第一得找间屋子。车站四周有的是旅馆:煤气灯排成的字母照得雪亮。克利斯朵夫竭力想挑一家最不漂亮的:可是寒酸到可以和他的钱囊配合的似乎一家也没有。最后他在一条横街上看到一个肮脏的小客店,楼下兼设着小饭铺,店号叫作文明客店。一个大胖子,光穿着衬衣,坐在一张桌子前面抽着烟斗,看见克利斯朵夫进门便迎上前来。他完全不懂他说的杂七杂八的话,但一看就知道是个愣头磕脑的,未经世故的德国人,第一就不让别人拿他的行李,只顾用着不知哪一国的文字说了一大堆话。他带着客人走上气息难闻的楼梯,打开一间不通空气的屋子,靠着里边的天井。他少不得夸了几句,说这间屋如何安静,外边的声音一点儿都透不进来:结果又开了一个很高的价钱。克利斯朵夫话既不大听得懂,也不知道巴黎的生活程度,肩膀又给行李压坏了,急于想安静一会,便满口答应下来。但那男人刚一走出,屋子里肮脏的情形就把他骇住了;为了排遣愁闷,他用满着灰土的、滑腻腻的水洗过了脸,赶紧出门。他尽量的不见不闻,免得引起心中的厌恶。

他走到街上。十月的雾又浓又触鼻,有股说不出的巴黎味道,是近郊工厂里的气味和城中重浊的气味混合起来的。十步以外就看不清。煤气街灯摇晃不定,好似快要熄灭的蜡烛。半明半暗中,行人像两股相反的潮水般拥来拥去。车马辐辏,阻塞交通,赛如一条堤岸。马蹄在冰冷的泥浆里溜滑。马夫们的咒骂声,电车的喇叭声与铃声,闹得震耳欲聋。这些喧闹,这些骚乱,这股气味,把克利斯朵夫愣住了。他停了一停,马上被后面的人潮拥走了。他走到斯特拉斯堡大街,什么也没看见,只是跌跌撞撞地碰在走路人身上。他从清早起就没吃过东西。到处都是咖啡店,可是看到里面挤着那么多人,他觉得胆小而厌恶了。他向一个岗警去问讯,但每说一个字都得想个老半天,对方没有耐性听完一句话,便耸耸肩膀,掉过头去了。他继续像呆子似的走着。有些人站在一家铺子前面,他也无意识地站定了。那是卖相片与明信片的铺子:摆着一些只穿衬衣或不穿衬衣的姑娘们的相片,和尽是些淫猥的笑话的画报。年轻的女人和孩子们都若无其事地瞧着。一个瘦小的红头发姑娘,看见克利斯朵夫在那里出神,便过来招呼他。他莫名其妙地对她望着,她拉着他的手臂,傻头傻脑地笑了笑。克利斯朵夫挣脱着走开了,气得满面通红。鳞次栉比的音乐咖啡店,门口挂着恶俗的小丑的广告。人总是越来越多;克利斯朵夫看到有这么些下流的嘴脸,形迹可疑的光棍,涂脂抹粉而气味难闻的娼妓,不禁吓坏了,心都凉了。疲乏,软弱,越来越厉害的厌恶,使他头晕眼花。他咬紧牙齿,加紧脚步。快近塞纳河的地带,雾气更浓。车马简直拥塞得水泄不通。一匹马滑跌了,横躺在地下;马夫狠命的鞭它,要它站起来;可怜的牲口被缰绳纠缠着,挣扎了一会,又无可奈何地倒下,一动不动,像死了一样。这个极平凡的景象引起了克利斯朵夫极大的感触:大家无动于衷地眼看着那可怜的牲口抽搐,他不禁悲从中来,感到自己在这茫茫人海中的空虚;——一小时以来,他对于这些芸芸众生,这种腐败的气氛,竭力抑捺着心中的反感,此刻这反感往上直冒,把他气都闭住了。他不由得呜呜咽咽地哭了出来。路上的行人看见这大孩子的脸痛苦得扭做一团,大为惊异。他往前走着,腮帮上挂着两行眼泪,也不想去抹一下。人们停住脚步,目送他一程。这些被他认为胸中存着恶意的群众,倘若他能看到他们心里去的话,也许会发现有些人除了爱讥讽的巴黎脾气之外,还有一点儿友好的同情;但他的眼睛被泪水淹没了,什么都瞧不见。

他走到一个广场上,靠近一口大喷水池。他在池中把手和脸都浸了浸。一个小报贩好奇地瞅着他,说了几句取笑的话,可并无恶意;他还把克利斯朵夫掉在地下的帽子给捡起来。冰冷的水使克利斯朵夫振作了些。他定一定神,回头走去,不敢再东张西望,也不想再吃东西:他不能跟人说一句话,怕为了一点儿小事就会流泪。他筋疲力尽,路也走错了,只管乱闯,正当他自以为完全迷失了的时候,不料已经到了旅馆门口:——原来他连那条街的名字都忘了。

  他回到那间丑恶的屋子里,空着肚子,眼睛干涩,身心都麻木了,倒在屋角的一张椅子上坐了两个钟点,一动也不能动。终于他在恍恍惚惚的境界中挣扎起来,上床睡了。但他又堕入狂乱的昏瞆状态,时时刻刻的惊醒,以为已经睡了几小时。卧室的空气非常闷塞。他从头到脚的发烧,口渴得要死;荒唐的噩梦老盯着他,便是睁开眼睛的时候也不能免;尖锐的痛苦像刀子一般直刺他的心窝。他半夜里醒来,悲痛绝望,差点儿要叫了;他把被单堵着嘴巴,怕人听见,自以为发疯了。他坐在床上,点着灯,浑身是汗,起来打开箱子找一方手帕,无意中摸到了母亲放在他衣服中间的一本破旧的《圣经》。克利斯朵夫从来没怎么看过这部书;但这时候,他真感到说不出的安慰。那是祖父的,祖父的父亲的遗物。书末有一页空白,前人都在上面签着名,记着一生的大事:结婚,死亡,生儿育女等等的日子。祖父还拿铅笔用那种粗大的字体,记录他披览或重读某章某节的年月;书中到处夹着颜色发黄的纸片,写着老人天真的感想。当初这部书一向放在他床高头的搁板上;夜里大半的时候他都醒着,把《圣经》捧在手里,与其说是念,还不如说是和它谈天。它跟他做伴,直到他老死,正如从前陪着他的父亲一样。从这本书里,可以闻到家中一百年来悲欢离合的气息。有了它,克利斯朵夫就不太孤独了。

  他打开《圣经》,正翻到最沉痛的几段①:

---

  ① 下列各节,见《旧约·约伯记》。约伯为古代长老,以隐忍与坚信著称。

人在这个世界上的生活是一场连续不断的战争,他过的日子就像雇佣兵的日子一样……

　　我睡下去的时候就说:我什么时候能起来呢? 起来之后,我又烦躁地等着天黑,我不胜苦恼地直到夜里……

　　我说,我的床可以给我安慰,休息可以苏解我的怨叹;可是你又拿梦来吓我,把幻境来惊扰我……

　　你要到什么时候才肯放松我呢? 你竟不能让我喘口气吗? 我犯了罪吗? 我冒犯了你什么呢,噢,你这人类的守护者?

　　结果都是一样:上帝使善人和恶人一样的受苦……

　　啊,由他把我处死吧! 我永远对他存着希望……

　　庸俗的心灵,决不能了解这种无边的哀伤对一个受难的人的安慰。只要是庄严伟大的,都是对人有益的,痛苦的极致便是解脱。压抑心灵,打击心灵,致心灵于万劫不复之地的,莫如平庸的痛苦,平庸的欢乐,自私的猥琐的烦恼,没有勇气割舍过去的欢娱,为了博取新的欢娱而自甘堕落。克利斯朵夫被《圣经》中那股肃杀之气鼓舞起来了:西奈山上的①,无垠的荒漠中的,汪洋大海中的狂风,把乌烟瘴气一扫而空。克利斯朵夫身上的热度退净了。他安安静静地睡下,直睡到明天。等到他睁开眼睛,天色已经大亮。室内的丑恶看得更清楚了;他感到自己困苦,孤独;但他敢于正视了。消沉的心绪没有了,只剩下一股英气勃勃的凄凉情味。他又念着约伯的那句话:

　　"神要把我处死就处死吧,我永远对他存着希望……"

　　于是他就起床,非常沉着的开始奋斗。

　　当天早上他就预备作初步的奔走。他在巴黎只认识两个人,都是年轻的同乡:一个是他从前的朋友奥多·狄哀纳,跟他的叔父在玛伊

---

① 西奈为阿拉伯半岛地名,又为山脉名,《圣经》载,上帝于西奈山上授律于摩西。

区合开着布店；一个是玛扬斯地方的犹太人，叫作西尔伐·高恩，在一家大书铺里做事，但克利斯朵夫不知道他的地址。

他十四五岁的时候曾经跟狄哀纳非常亲密①，对他有过那种爱情前期的童年的友谊，其实已经是爱情了。当时狄哀纳也很喜欢他。这个羞答答的呆板的大孩子，受着克利斯朵夫犷野不羁的性格诱惑，很可笑地模仿他，使克利斯朵夫又气恼又得意。那时他们有过惊天动地的计划。后来，狄哀纳为了学生意而出门了，从此两人没再见过；但克利斯朵夫常常从当地和狄哀纳通信的人那儿听到他的消息。

至于和西尔伐·高恩的关系，又是另外一种了。他们是从小在学校里认识的。小猢狲似的家伙老是耍弄克利斯朵夫，克利斯朵夫上了当就揍他一顿。高恩毫不抵抗，让他打倒在地下，把脸揿在土里；他假哭了一阵，过后又立刻再来，刁钻古怪的玩意儿简直没有完，——直到有一天克利斯朵夫非常当真地说要杀死他方始害了怕。

克利斯朵夫那天清早就出门了，路上在一家咖啡店里用了早餐。他压着自尊心，决不放过讲法语的机会。既然他得住在巴黎，也许要住几年，自然应当赶快适应巴黎生活，消灭自己那种厌恶的心理。所以尽管侍者带着嘲笑的态度听着他不成腔的法国话，使他非常难受，他还是硬要自己不以为意，并且毫不灰心地花了很大的劲造出一些四不像的句子，翻来覆去地说，直说到别人听懂为止。

吃过早点，他就去找狄哀纳。照例，他有了一个念头，对周围的一切都会看不见的。根据这第一次散步所得的印象，他觉得巴黎是一个市容不整的旧城；克利斯朵夫看惯了新兴的德意志帝国的城市，它们很古老同时又很年轻，因为有股新生的力量而很骄傲；如今看到巴黎残破的市街，泥泞的路面，行人的拥挤，车马的混乱，——有古老的驾着马匹的街车，有用蒸汽的街车，用电气的街车，形形色色，不一而

---

① 参看卷二：《清晨》。——原注

足,——人行道上搭着板屋,广场上堆满着穿礼服的塑像,放着给人骑着玩的旋转的木马,总而言之,克利斯朵夫看见这个受着民主洗礼而始终没有脱掉破烂衣衫的中世纪城市,不由得诧异不置。昨夜的雾到今天变了蒙蒙的细雨。虽然时间已经过十点,多数的铺子还点着煤气灯。

克利斯朵夫在胜利广场四周迷宫似的街道中摸索了一阵,终于找到了那个银行街上的铺子。一进门,他仿佛瞥见狄哀纳和几个职员在很深很黑的铺子的尽里头整理布匹。但他有些近视,不敢相信自己的眼睛,虽然它们的直觉难得错误。克利斯朵夫对招待他的店员报了姓名,里头的人忽然骚动了一下;他们交头接耳地商量过后,人堆里走出一个青年来,用德语说:"狄哀纳先生出去了。"

"出去了?要好久才回来吗?"

"大概是吧。他才出门。"

克利斯朵夫想了想,说:"好。我等着吧。"

店员不禁呆了一呆,赶紧补充:"也许他要过两三个钟点才回来呢。"

"噢!没关系,"克利斯朵夫不慌不忙地回答,"反正我在巴黎没事,哪怕等上一天也行。"

那青年望着他愣住了,以为他开玩笑。可是克利斯朵夫已经把他忘了,消消停停地拣着一个角落坐下,背对着街,似乎准备长待在那里了。

店员回到铺子的尽里头,和同事们轻轻地说着话;慌张的神色非常可笑,他们商量用什么方法把这个讨厌家伙打发走。

大家含糊了一会,办公室的门开了。狄哀纳先生出现了。宽大红润的脸盘,腮帮和下巴上有个紫色的伤疤,淡黄的胡子,紧贴在脑壳上的头发在旁边分开,戴着金丝眼镜,衬衫的胸部扣着金纽子,肥胖的手指上戴着几只戒指。他拿着帽子和雨伞,若无其事地向克利斯朵夫走过来。坐在椅上胡思乱想的克利斯朵夫冷不防吃了一惊,马上抓着狄哀纳的手粗声大气地表示亲热,使店员们暗笑,使狄哀纳脸红。这个庄严的人物自有不愿意与克利斯朵夫重续旧交的理由;他决心第一次相见就拿出威严来不让克利斯朵夫亲近。可是一接触克利斯朵夫的目光,他觉得自己仍旧是个小孩子,不由得羞愤交集,赶紧嘟嘟囔囔地说:"到我办公室去吧……说话方便些。"

克利斯朵夫又看出了他谨慎小心的老习惯。

进了办公室,把门关严了,狄哀纳并不忙着招呼他坐,只是站着,很笨拙地解释:

"高兴得很……我本来要出去……人家以为我已经走了……可是我非出去不可……咱们只能谈一分钟……我有个紧急的约会……"

克利斯朵夫这才明白刚才店员是扯谎,而那个谎是和狄哀纳商量好了把他拒之门外的。他不由得冒了火,可是还按捺着,冷冷地回答说:"忙什么!"

狄哀纳把身子往后一仰,对这种放肆的态度非常愤慨。

"怎么不忙!有桩买卖……"

克利斯朵夫直瞪着他又说了声:"不忙!"

大孩子把眼睛低了下去。他恨克利斯朵夫,因为自己在他面前这样没用。他支吾其词地说着。克利斯朵夫打断了他的话:"你知道……"

(一听到这个你字,狄哀纳就心中有气;他一开头便用了客套的您字,表示疏远,不料竟是白费。)

"……你知道我为什么到这儿来的?"

"是的,我知道。"

(本国的来信已经把克利斯朵夫出了乱子而被通缉的事告诉狄哀纳。)

"那么,"克利斯朵夫接着说,"你知道我不是来玩儿,而是亡命。我一无所有,得想法子生活。"

狄哀纳等他提出要求。他一边接见他,一边觉得又得意又难堪:——得意,因为可以在克利斯朵夫面前显出自己的优越;难堪,因为不敢称心象意地教克利斯朵夫感觉到他的优越。

"啊!"他神气俨然地说,"那可是糟啦,太糟啦。这儿生活艰难,百物昂贵。我们开支浩大,再加这么多的店员……"

克利斯朵夫觉得他可鄙,截住了他的话:"放心,我不问你要钱。"

狄哀纳着了慌。克利斯朵夫接着又说:"你生意好吗?主顾不少吗?"

"是的,还不坏,托上帝的福……"狄哀纳很小心地回答。(他提防着。)

克利斯朵夫愤愤地瞪了他一眼,又道:"这儿的德国人中间,你熟人很多吧?"

"是的。"

"那么,你给我说说。他们大概都喜欢音乐吧。他们有孩子。我可以找些教课的事。"

狄哀纳神气很为难。

"怎么呢?"克利斯朵夫问,"难道你不放心,认为我不够资格教人吗?"

他要人帮忙,倒像是他帮人家的忙。而狄哀纳倘使不能教克利斯朵夫觉得欠了自己的情,是永远不肯出一分力的;所以他打定主意不为克利斯朵夫高抬贵手。

"怎么不够!你真是大材小用了……可是……"

"可是什么?"

"可是事情很难,很难,你不明白吗,为了你的处境?"

"我的处境?"

"是啊……那件事,那个案子……要是大家知道的话……我可为难了,那对我是很不利的。"

他看见克利斯朵夫脸色变了,便赶紧声明:"并不是为了我……我并不怕……啊!要是只有我一个人就好办了!……可是为了我的叔叔……你知道铺子是他的,没有他,我就毫无办法……"

克利斯朵夫的脸色和快要发作的怒气使他越来越害怕,他急忙补上一句——(他心并不坏;吝啬和要面子的心理在他胸中交战:他很愿意帮助克利斯朵夫,可是要用惠而不费的办法):"我给你五十法郎怎么样?"

克利斯朵夫脸发了紫。他向着狄哀纳走过去的神气,使狄哀纳马上退到门口,开着门预备叫人了。但克利斯朵夫只是满面通红地凑近去,大叫一声:"畜牲!"

他一手推开了他,从许多店员中间出去了。走到门口,他不胜厌恶地吐了一口唾沫。

他大踏步在街上走着,气得发了昏,直到淋着雨才醒过来。上哪儿去呢?他不知道。他一个人也不认识。走过一家书店,他停住脚步预备想一想,茫然望着橱窗里陈列的书。忽然一本书的封面上有个出版家的名字引起了他的注意,他不懂为什么要注意。过了一会,他才记起那是西尔伐·高恩办事的一家书店,便把地址记了下来……记了有什么用呢?他又不会去的……为什么不去?狄哀纳那个混蛋当初还是他的好朋友,尚且这样;现在对这个从前受过他糟蹋而势必恨他的家伙,又有什么可希望的?再去受不必要的羞辱吗?一想到这个,他心火就上来了。——但大概是从基督教教育来的悲观主义,反而使他想把一般人的卑鄙彻底领教一下。

"我不能再拿什么架子了。要饿死,也先得把所有的路都走完了。"

他心里又补上一句:"并且我也决不会饿死的。"

他把地址复看了一遍,找高恩去了。他决意只要高恩有一点儿傲慢的神气,就打烂他的脸。

那家出版公司在特兰纳区;克利斯朵夫走上二楼的客厅,说要找西尔伐·高恩。一个穿制服的仆人回答说:"没有这个人"。克利斯朵夫诧异之下,以为自己读音不清,便又说了一遍;那仆人留神细听以后,说公司里的确没有这个姓名的人。克利斯朵夫狼狈不堪,道了歉,预备走了,不料走廊尽头的门打开了,出来的便是高恩,送着一位女客。克利斯朵夫才碰了狄哀纳的钉子,便以为大家都在耍弄他。他一转念当作高恩在他进门的时候已经看见了,特意吩咐仆人挡驾的。这种岂有此理的举动使他气都喘不过来。他愤愤地已经往外走了,忽然听见人家跟他招呼。原来高恩尖利的目光老远就把他认出了,堆着笑容奔过来,伸着手,亲热得不得了。

西尔伐·高恩是个矮胖子,胡子剃得精光,完全是美国式,皮色太红了一点,头发太黑了一点,一张又阔又大的脸,肥头胖耳,打皱的小眼睛老在那里东张西望,嘴巴稍微有点歪,挂着一副呆板而狡猾的笑容。他穿得非常讲究,尽量要掩饰身段的缺陷,把太高的肩膀和太粗的腰身给遮起来。他觉得美中不足的就只有这几点;要是身体能再高二三寸,腰围再细几分,他哪怕给人踢几脚也是愿意的。至于别的部位,他自己非常满意,以为别人一看见他就会着迷的。而妙就妙在果真如此。这矮小的德国犹太人,这个伧夫俗物,居然做着巴黎的时装记者与时装批评家。他写一些无聊的,把肉麻当有趣的通讯。他是鼓吹法国风格,法国风雅,法国风流,法国精神的人,——脑子里全是摄政王时代,红靴跟,洛赞那一类的玩意儿。① 大家嘲笑他,但他照旧很出风头。凡是说"在巴黎,可笑是你的致命伤"的人,其实是不认识巴黎:"可笑"非但没有害死人,并且还有人靠它过活,在巴黎,"可笑"能使你获得一切:光荣,艳福,都不成问题。所以西尔伐·高恩对每天凭着装腔作势的肉麻话得来的钦慕已经不稀罕了。

他口音重浊,逼尖着喉咙,完全用假嗓子说话。

---

① 摄政王时代指路易十五未成年时由菲力浦·特·奥莱昂摄辅的时代(1715—1723),以风气淫靡著称。红靴跟为君主时代出入宫廷的贵族所穿的。洛赞为路易十四、十五两朝的幸臣。此处所用三典故,系泛指法国十八世纪的轻浮佻达的习气。

"啊！真想不到！"他一边高高兴兴地喊着，一边用皮肤绷紧、指头短而臃肿的手抓着克利斯朵夫的手拼命地摇。仿佛遇到了最知己的朋友似的，他竟舍不得放下克利斯朵夫。克利斯朵夫愣住了，心里想高恩是不是跟他开玩笑。可是并不。或者即使他存心嘲弄，也不超过他平时的分量。高恩太聪明了，决不作睚眦必报的打算。克利斯朵夫当年的欺侮早已被置之脑后；便是想起，他也不大在乎，倒很高兴教从前的同伴看看他现在的地位和典雅的巴黎风度。他所表示的惊讶也是真的；他万万想不到克利斯朵夫这个突如其来的访问。而且他虽然那么机灵，立刻猜到克利斯朵夫此来必有目的，也极愿意招待他，因为克利斯朵夫的有求于他，就等于对他的权势表示敬意。

"你从家乡来吗？妈妈身体怎么样？"那种亲昵的口吻，克利斯朵夫平时听了也许会讨厌，但此刻在一个外国的城里听到，他的确非常快慰。

"可是，"克利斯朵夫心里还有点儿猜疑，"怎么刚才人家回答我说这里没有高恩先生呢？"

"这里的确没有高恩先生，"西尔伐·高恩笑着说，"我改姓哈密尔顿了。"

他忽然说了声"对不起"，把话打住了。

有位女太太在旁边过，高恩笑脸相迎地上去跟她握了握手。然后他回来，说那是一个以写肉感小说写得火辣辣出名的女作家。这位现代的萨福①胸口缀着紫色丝带，②身材肥胖，淡黄头发带点儿红色，涂脂抹粉的脸大有志得意满之概；她用那种男性的嗓子，带着法国东部的乡音说些夸耀的话。

高恩又向克利斯朵夫问长问短，提到一切家乡的人，打听这个，打听那个，故意表示对谁都没忘记。克利斯朵夫忘了自己的反感，又感

---

① 萨福为公元前七世纪至六世纪时希腊女诗人，相传其私生活极为风流。
② 丝带为得最低级荣誉团勋章的标识，紫色的属于大学院（即教育界）范围，男子系于左衣襟上角的纽孔内，女子则佩于胸前。

激又诚恳地告诉他许多细节,都是跟高恩渺不相关的。而高恩又说了声"对不起",打断了克利斯朵夫的话,去招呼另外一个女客。

"啊!"克利斯朵夫问,"难道法国只有女人会写文章吗?"

高恩听着笑了,神气俨然地回答说:"告诉你,好朋友,法国是女性的。你要想成功,就得走女人的路子。"

克利斯朵夫根本不听对方的解释,只顾说自己的话。高恩为结束他的谈话起见,便问:"可是你怎么会到这儿来的呢?"

"嘿!"克利斯朵夫心里想,"他还没知道呢。怪不得这么亲热。事情揭穿了,他要不改变态度才怪!"

他可觉得为了自己的面子,非把跟大兵的打架,当局的通缉,自己的逃亡等等一齐说出来不可。

高恩听着笑弯了腰,嚷着:"妙啊!妙啊!真够劲儿!"

他热烈地握着克利斯朵夫的手。只要是跟官方开玩笑,他听了就乐不可支;何况这一次的许多角色是他认识的,事情更显得滑稽而有趣了。

"听我说,时间已经过了十二点。你赏个脸吧……咱们一起吃饭去。"

克利斯朵夫感激不尽地接受了,暗暗地想:"倒是个好人。我把他看错了。"

他们一同出去。克利斯朵夫一路走一路说出了他的来意:

"现在你知道我的处境了。我到这儿来想找些工作,在大家还没知道我的时候先教教音乐。你能替我介绍吗?"

"怎么不能!你要我介绍哪一个都可以。这儿我全是熟人。只要你吩咐就得了。"

他很高兴能表示自己多么有声望。

克利斯朵夫慌忙道谢,觉得心上一块石头落了地。

他在饭桌上狼吞虎咽,十足表现他两天没吃过东西。他把饭巾扣在脖子里,把刀伸到嘴边,那种贪嘴和土气十足的举动使高恩-哈密尔顿讨厌极了。克利斯朵夫却并没注意到高恩信口雌黄的可厌。高恩竭力想夸耀自己的交游和艳遇,可是白费:克利斯朵夫根本没听,还随便把他的话扯开去。此刻他也打开了话匣子,非常亲狎。感激之余,他很天真地把自己的计划噜噜嗦嗦地说给高恩听。高恩尤其头疼的是克利斯朵夫时时刻刻非常感动地从桌上伸过手去握他的手。他还要来一下德国式的碰杯,说着多情的话祝福故乡的人,祝福莱茵河;那简直是火上加油,使朋友气恼到极点。高恩一看他要唱起歌来了,更为之骇然。邻桌的人正用着讥讽的目光瞅着他们。高恩急忙推说有件要紧事儿,站了起来。克利斯朵夫却死抓着他,要知道什么时候能介绍他去见什么人,什么时候能开始授课。

"我一定想办法,白天不去,晚上准去,"高恩回答,"你放心,等会我就去找人。"

克利斯朵夫紧盯着问:"什么时候可以有回音呢?"

"明天……明天……或是后天。"

"好吧。我明天再来。"

"不用,不用,"高恩抢着说,"我会通知你的,你不必劳驾。"

"噢!跑一趟算得什么!……反正我眼前没事。"

"见鬼!"高恩心里想着,——又高声说:"不,我宁可写信给你。这几天你找不到我的。把你的地址告诉我吧。"

克利斯朵夫告诉了他。

"好极了,我明儿写信给你。"

"明儿吗?"

"明儿,一定的。"

他挣脱了克利斯朵夫的手,急急忙忙溜了。

"嘿!"他对自己说,"讨厌死了!"

他回去吩咐办公室的仆役,下次那"德国人"再来,就得挡驾。——再过十分钟,他把克利斯朵夫完全忘了。

克利斯朵夫回到小旅馆里,非常感动。

"真是个好人!"他心里想,"我小时候给他受了多少委屈,他居然不恨我!"

他为此责备自己,想写信给高恩,说从前对他误会了,觉得很难过;凡是得罪他的地方,务请原谅。他想到这些,眼泪都冒上来了。但他写信远不及写整本的乐谱容易;所以他把旅馆里那些要不得的笔跟墨水咒骂了一顿,涂来涂去,撕掉了四五张信纸以后,终于不耐烦了,把一切都扔了。

这一天余下的时间过得真慢;但克利斯朵夫因为昨夜没睡好,当天又奔了一个早晨,疲倦不堪,在椅子上打盹了。他睡到傍晚才醒,醒后就上床睡觉,一口气睡了十二小时。

下一天从八点起,他已经开始等回音了。他相信高恩决不会失约,唯恐他去办公以前会来看他,便守在房里寸步不移,中午叫楼下的小饭铺把中饭端上来。饭后他又等着,以为高恩会从饭店里出来看他的。他在屋子里踱来踱去,一忽儿坐下,一忽儿站起来踱步,楼梯上一有脚声立刻打开房门。他根本不想到巴黎城中去遛遛,免得心焦。他躺在床上,一刻不停地想着母亲;而她也在那里想他,——世界上也只有她一个人想他。他对母亲抱着无限的温情,又为了把她孤零零地丢下而非常不安。可是他并不写信,他要能够告诉她找到了工作的时候再写。母子俩虽然那么相爱,彼此都没想到写一封简单的信把这点感情说出来。他们认为一封信是应该报告确切的消息的。——他躺在床上,把手枕在脑后,胡思乱想。卧室跟街道尽管离得很远,巴黎的喧闹照旧传进来,屋子也常常震动。——天黑了,毫无消息。

又是一天,跟上一天没有什么分别。

克利斯朵夫把自己关在屋里关到第三天,憋闷得慌了,决意出去走走。但从初到的那晚起,不知为什么他就讨厌巴黎。他什么都不想看,对什么都没好奇心;他太关切自己的生活了,再没兴致去关切旁人的生活:什么古迹,什么有名的建筑,他都不以为意。才出门,他就觉得无聊得要命,所以虽然决意不等满八天不再去找高恩,也情不自禁地一口气跑去了。

受过嘱咐的仆人说哈密尔顿先生因公出门了。克利斯朵夫大吃一惊,嘟嚷着问哈密尔顿先生什么时候回来。仆役随便回答了一句:"总得十天八天吧。"

克利斯朵夫失魂落魄地回去,在房里躲了好几天,什么工作都不能做。他骇然发觉那点儿有限的钱——母亲用手绢包着塞在他箱子底下的,——很快地减少下去,便竭力紧缩,只有晚上才到楼下小饭铺里吃一顿。饭店里的客人不久也认识他了,背后叫他"普鲁士人"或是"酸咸菜"①。——他花了好大的劲,写信给几位他隐隐约约知道姓名的法国音乐家。其中一个已经死了十年。他在信里要求他们听他弹弹他的作品:别字连篇,用了许多倒装句子,再加一大串德国式的客套话。信上的抬头写着"送呈法国通儒院宫邸"之类。——那些收信人中只有一个把信看了一遍,跟朋友们大笑一阵。

过了一星期,克利斯朵夫又回到书店里。这一回,运气帮了他的忙。他走到门口,高恩正好从里面出来。高恩眼见躲避不了,便扮了个鬼脸;克利斯朵夫快活之极,根本没觉察。他以那种惹人厌的习惯抓住了对方的手,挺高兴地问:

"啊,你前几天出门去了? 旅行很愉快吗?"

高恩回答说是的,但仍旧愁眉不展。克利斯朵夫接着又说:"你知道我来过吧,……人家跟你说过了是不是?……有什么消息没有? 你跟人提起我了吗? 人家怎么说?"

高恩越来越愁闷。克利斯朵夫看他发僵的态度很奇怪:那简直是换了一个人。

"我提过你了,"高恩说,"可还不知道结果;我老是没空。上次跟你分手以后,我就忙不过来;公事堆积如山,简直不知道怎么对付。真

---

① 酸咸菜为德国的名菜,借作德国人的诨号。

累死人。我非病倒不可了。"

"你是不是身体不行?"克利斯朵夫很焦心很关切地问。

高恩狡狯地瞥了他一眼:"简直不行。这几天,不知道是怎么回事,只是非常不舒服。"

"啊!天哪!"克利斯朵夫抓着他的手臂说,"你得保重身体!好好地休息。我真抱歉,还要给你添麻烦!得老实告诉我呀。究竟是怎么样的不舒服呢?"

他把对方的推托那么当真,高恩一边拼命忍着不笑出来,一边也被他的戆直感动了。犹太人是最喜欢挖苦人的,——(在这一点上,巴黎多少的基督徒都是犹太人,)——只要对方给他们一个取笑的机会,哪怕他是厌物,是敌人,他们都会特别宽容。并且高恩看到克利斯朵夫对他的健康这样关切,也不由得感动了,决意帮助他。

"我有个主意在这里,"高恩说,"既然暂时找不到学生,你能不能先做点儿音乐方面的编辑工作?"

克利斯朵夫马上答应了。

"那就行啦!"高恩接着说,"有个巴黎最大的音乐出版家,但尼·哀区脱,我跟他很熟。我介绍你去;有什么事可做,你临时看着办吧。你知道,我在这方面完全外行。但哀区脱是个真正的音乐家。你们一定谈得拢的。"

他们约定第二天就去。高恩能够一方面帮了克利斯朵夫的忙,一方面把他摆脱了,觉得挺高兴。

第二天,克利斯朵夫到书店去和高恩会齐了。他依着他的嘱咐,带了几部作品预备给哀区脱看。他们到歌剧院附近的音乐铺子里找到了他。客人进门,哀区脱并不起身相迎;高恩跟他握手,他只冷冷地伸出两个手指;至于克利斯朵夫恭恭敬敬地行礼,他根本不理。直到高恩要求,他才把他们带到隔壁屋里,也不请他们坐下,自己背靠着没有生火的壁炉架,眼睛望着墙壁。

但尼·哀区脱年纪四十左右,个子高大,态度冷淡,穿着很整齐,腓尼基人的特点很显明,一望而知是聪明而脾气很坏的,脸上仿佛老是在生气,须发全黑,长胡子修成方形,像古代的亚述王。他差不多从来不正面看人,说话又冷又粗暴,便是寒暄也像跟人顶撞。他外表的傲慢无礼,固然是因为他瞧不起人,但也是一种手足无措的表现。这样的犹太人很多;大家讨厌他们,认为这个强直的态度是目中无人,实际是他们的精神与肉体都发僵到了无可救药的地步。

高恩有说有笑地用着夸张的口吻和吹捧,把克利斯朵夫介绍了。——他却是被主人那种招待窘住了,只顾拿着帽子和乐谱摇摆不定地站在那儿。哀区脱似乎至此为止根本不知道有克利斯朵夫在场,等到高恩说了一阵,才傲慢地转过头来,眼睛望着别处,说:"克拉夫脱……克利斯朵夫,克拉夫脱……从来没听见过这个姓名。"

克利斯朵夫仿佛当胸挨了一拳,气得满面通红地回答:"你将来会听见的。"

哀区脱不动声色,继续冷静地说着,当作没克利斯朵夫一样:"克拉夫脱?……没听见过。"

像哀区脱那一等人,对一个姓名陌生的人就不会有好印象。

他又用德语接着说:"你是莱茵流域的人吗?……真怪,那边弄音乐的人这么多!没有一个不自称为音乐家的。"

他是想说句笑话而不是侮辱;但克利斯朵夫觉得是另外一个意思,他马上想顶回去了,可是高恩抢着说:"啊!请你原谅,你得承认我是外行。"

"你不懂音乐,我倒觉得是值得恭维的呢。"哀区脱回答。

"假如要不是音乐家你才喜欢,"克利斯朵夫冷冷地说,"那么很抱歉,我不能遵命。"

哀区脱始终把头掉在一边,神情淡漠地问:"你已经在作曲了吗?写过什么东西?总是些歌吧?"

"有歌,还有两个交响曲,交响诗,四重奏,钢琴杂曲,舞台音乐。"克利斯朵夫很兴奋地说着。

"你们在德国东西写得真多。"哀区脱的话虽客气,却颇有点儿鄙薄的意味。

他对于这个新人物的不信任,尤其因为他写过这么多作品,而他,但尼·哀区脱,从未听闻。

"那么,"他说,"或许我能给你一些工作,既然你是我的朋友哈密尔顿介绍来的。我们此刻正在编一部少年丛书,印一批浅易的钢琴谱。你能不能把舒曼的《狂欢曲》编得简单些,改成四手、六手或八手联弹的钢琴谱?"①

克利斯朵夫跳起来:"你叫我,我,做这种工作吗?……"

这天真的"我"字使高恩大笑起来;可是哀区脱沉着脸生气了:"我不懂你为什么听了这话奇怪;那也不是怎么容易的工作,你要觉得胜任愉快,那么再好没有!咱们等着瞧吧。你说你是出色的音乐家。我当然相信。但我究竟不认识你呀。"

他暗中想道:"听这些家伙的口气,他们比勃拉姆斯都高明。"

克利斯朵夫一声不出,——(因为他决心不让自己发作,)——把帽子一戴,往门口走了。高恩笑着把他挡住了说:"别那么急呀!"

他又转身向哀区脱:"他带着几部作品,预备给你瞧瞧。"

"啊!"哀区脱表示不大耐烦,"那么拿来瞧吧。"

克利斯朵夫一言不发,把稿本递给了他。哀区脱漫不经心地翻着。

"什么呢?啊,《钢琴组曲》……(他念着:)《一日》……老是标题音乐……"

虽然面上很冷淡,其实他看得很用心。他是个优秀的音乐家,关于本行的学识,他都完备,可是也至此为止;看了最初几个音符,他就明白作者是怎么样的人。他不声不响,一脸瞧不起地翻着作品,对作者的天分暗中觉得惊奇;但因为生性傲慢,克利斯朵夫的态度又伤了

---

① 四手、六手、八手联弹的琴谱,系供二人在一架钢琴上合奏,或三人四人在二架钢琴上合奏之谱。

他的自尊心，所以他一点儿都不表示出来。他静静地看完了，一个音都没放过。"嗯，"他终于老气横秋地说，"写得还不坏。"

这句话比尖刻的批评使克利斯朵夫更受不了。

"用不着人家告诉我才知道。"他气极了。

"可是我想，"哀区脱说，"你给我看作品，无非要我表示一点儿意见。"

"绝对不是。"

"那么，"哀区脱也生了气，"我不明白你来向我要求什么。"

"我不要求别的，只要求工作。"

"除了刚才说的，眼前我没有别的事给你作。而且还不一定。我只说或者可以。"

"对一个像我这样的音乐家，你不能分派些别的工作吗？"

"一个像你这样的音乐家？"哀区脱用着挖苦的口气说。

"至少跟你一样高明的音乐家，也没觉得这种工作有损他们的尊严。有几个，我可以说出名字来，如今在巴黎很出名的，还为此很感激我呢。"

"那因为他们都是些窝囊废，"克利斯朵夫大声回答，他已经会用些法语里的妙语了。"你把我当作他们一流的人，你可错了。你想用你那种态度，——不正面瞧人，说话半吞半吐的，——来吓唬我吗？我进来的时候对你行礼，你睬都不睬……你是什么人，敢这样对我？你能算一个音乐家吗？不知你有没有写过一件作品？而你居然敢教我，教一个以写作为生命的人怎么样写作！……看过了我的作品，你除了教我窜改大师的名作，编一些脏东西去教小姑娘们做苦工以外，竟没有旁的更好的工作给我！……找你那些巴黎人去吧，要是他们没出息到愿意听你的教训。至于我，我是宁可饿死的！"

他这样滔滔不竭地说着，简直停不下来。

哀区脱冷冷地回答："随你吧。"

克利斯朵夫一路把门震得砰砰訇訇的出去了。西尔伐·高恩看着大笑,哀区脱耸耸肩对高恩说:"他会跟别人一样回来的。"

他心里其实很看重克利斯朵夫。他相当聪明,不但有看作品的眼光,也有看人的眼光。在克利斯朵夫那种出言不逊的,愤激的态度之下,他辨别出一种力量,一种他知道很难得的力量,——尤其在艺术界中。但他的自尊心受伤了,无论如何也不肯承认自己的错。他颇想给克利斯朵夫一点儿补偿,可是办不到,除非克利斯朵夫向他屈服。他等克利斯朵夫回头来迁就他:因为凭着他悲观的看法和阅世的经验,知道一个人被患难磨折的结果,顽强的意志终于会就范的。

克利斯朵夫回到旅馆,火气没有了,只有丧气的份儿。他觉得自己完了。他的脆弱的倚傍倒掉了。他认为不但跟哀区脱结了死冤家,并且把介绍人高恩也变了敌人。在一座只有冤家仇敌的城里,那真是孤独到了极点。除了狄哀纳与高恩,他一个人都不认识。他的朋友高丽纳,从前在德国认识的美丽的女演员,此刻不在巴黎,到外国演戏去了,这一回是在美国,不是搭班子,而是自己做主体:因为她已经很出名,报纸上常常披露她的行踪。至于那个被他无意中打破饭碗的女教师,他常常难过而决心到了巴黎非寻访不可的女子,如今来到巴黎之后,他可忘了她的姓氏,无论如何想不起来。他只记得她名字叫作安多纳德。其余的还得慢慢地回想,而且在茫茫人海中去寻访一个可怜的女教员,又是谈何容易!

眼前先得设法维持生活,越早越好。克利斯朵夫身边只剩五法郎了,他不得不抑捺着厌恶的心理,去问问旅馆的胖子老板,街坊上可有人请他教钢琴。老板对这个一天只吃一顿而又讲德语的旅客,原来就不瞧在眼里,现在知道他只是个音乐家,更失去了所有的敬意。他是老派的法国人,认为音乐是贪吃懒做的人的行业,所以就挖苦他:

"钢琴?……你弄这个玩意儿吗?失敬失敬!……真怪,竟有人喜欢干这一行!我吗,我听到无论什么音乐就跟听到下雨一样……也许你可以教教我吧。喂,你们诸位觉得怎么样?"他转身对一般正在喝酒的工人嚷着。

大家哄笑了一阵。

"这行手艺倒是怪体面的呢,"其中有一个说,"又干净,又能讨女人喜欢。"

克利斯朵夫不大懂得法语,尤其是取笑的话:他正在找话回答,也不知道该不该生气。老板的女人倒很同情他,对丈夫说:"得了吧,菲利浦,别这么胡说八道。"——她又转身向克利斯朵夫:"也许有人会请教你的。"

"谁呀?"丈夫问。

"就是葛拉赛那个小丫头。你知道,人家为她买了一架钢琴呢。"

"啊!你说的是他们,那些摆臭架子的!不错,那是真的。"

他们告诉克利斯朵夫,说那是肉店里的女儿:她的父母想把她装成一个大家闺秀,答应她学琴,哪怕借此招摇一下也是好的。结果是旅馆的主妇答应替克利斯朵夫说去。

第二天,他回报克利斯朵夫,肉店的女主人愿意先见见他。他便去了,看见她坐在柜台后面,四周全是牲畜的尸首。那个皮色娇嫩,装着媚笑的漂亮女人,一知道他的来意,立刻板起一副俨然的面孔。她开口就提到学费,声明她不愿意多花钱,因为弹琴固然是有趣的玩意儿,但并非必须的,她每小时只能给一法郎。之后,她又不大放心地盘问他是否真懂音乐。等到知道他不但会演奏,还会写作,她似乎安心了,态度也显得殷勤了些:她的自尊心满足了,决意向街坊们说她的女儿找到了一个作曲家做老师。

下一天,克利斯朵夫发现所谓钢琴是件旧货店里买来的破烂东西,声音像吉他;——而肉店里的小姐用着又粗又短的手指在键盘上扭来扭去,连这个音和那个音的区别都分不出,神气似乎不胜厌烦,不到几分钟就当着人打呵欠;母亲还在一旁监视,发表她那套对音乐与音乐教育的意见;——克利斯朵夫委屈之极,连发怒的气力也没有了。他垂头丧气地回去,有几晚连饭都吃不下。仅仅是几星期的功夫,他已经到了这田地,将来还有什么下贱的事不能做?当初又何必那么愤愤不平地拒绝哀区脱的工作?他现在做的事不是更丢人吗?

一天晚上,他在卧室中不由得流下泪来,无可奈何地跪在床前祈祷……祈祷什么呢?他能祈祷什么呢?他已经不信上帝,以为没有上帝了……但还是得祈祷,向自己祈祷。只有极平凡的人才从来不祈祷。他们不懂得坚强的心灵需要在自己的祭堂中潜修默炼。白天受了屈辱之后,克利斯朵夫在他静得嗡嗡作响的心头,感觉到他永恒的生命。悲惨生活的浪潮在生命的底下流动;但这悲惨生活跟他生命的本体又有什么关系呢?世界上一切的痛苦,竭力要摧毁一切的痛苦,碰到生命那个中流砥柱就粉碎了。克利斯朵夫听着自己的热血奔腾,仿佛是心中的一片海洋;还有一个声音在那里反复说着:

"我是永久,永久存在的……"

这声音,他是很熟悉的:不论回想到如何久远,他始终听到它。有时他会几个月地把它忘掉,想不起内心有它强烈单调的节奏;可是实际上他知道那声音永远存在,从来没停过,正如海洋在黑夜里也依旧狂啸怒吼。如今他又找到了那种镇静与毅力,像每次沉浸到这音乐中的时候一样。他心定神安地站了起来。不,他的艰苦的生活一点没有可羞的地方;他咬着面包用不着脸红;该脸红的是那些逼他用这种代价去换取面包的人。忍耐吧!终有一天……

可是到了明天又没耐性了;他虽是竭力抑制,终于有一次上课的时候,因为那混账而放肆的小丫头嘲笑他的口音,故意捣乱,不听他的指导,他气得大发雷霆。克利斯朵夫怒吼着,小姑娘怪叫着,因为一个由她出钱雇用的人胆敢对她失敬而大为骇怒。克利斯朵夫把她手臂猛烈地摇了几下,她就嚷着说他打了她。母亲像雌老虎般地跑来,拼命地吻着女儿,骂着克利斯朵夫。肉店老板也出现了,说他绝不答应一个普鲁士流氓来碰他的女儿。克利斯朵夫气得脸色发白,羞愤交加,一时竟不知道自己会不会把那个男人、女人、小姑娘一齐勒死,便在咒骂声中溜了。旅店的主人们看他狼狈不堪地回来,立刻逗他说出经过情形，使他们忌妒邻居的心借此痛快一下。但到了晚上，街坊上都传说德国人是个殴打儿童的蛮子。

克利斯朵夫又到别的音乐商那里奔走了几次，毫无结果。他觉得法国人不容易接近；他们那种漫无秩序的忙乱把他头都闹昏了。巴黎给他的印象是一个混乱的社会，受着专制傲慢的官僚政治统治。

一天晚上，他因为一无收获而垂头丧气在大街上溜达的时候，忽然看见西尔伐·高恩迎面而来。他一心以为他们已经闹翻了，便掉过头去，想不让他看见。高恩可是招呼他："哎！你怎么啦？"他一边说一边笑，"我很想来看你，可是我把你的地址丢了……天哪，亲爱的朋友，那天我竟认不得你了。你真是慷慨激昂。"

克利斯朵夫望着他，又是诧异又是惭愧："你不恨我吗？"

"恨你？干吗恨你？"

他非但不恨，还觉得克利斯朵夫把哀区脱训斥一顿挺好玩呢；他的确大大地乐了一阵。哀区脱和克利斯朵夫两个究竟谁是谁非，他根本不放在心上；他估量人是以他们给他的乐趣多少为标准的；他感到克利斯朵夫可能供应大量的笑料，想尽量利用一下。

"你该来看我啊，"他接着说，"我老等着你呢。今晚你有事没有？跟我一块儿吃饭去。这一下我可不让你走啦。吃饭的都是咱们自己人：每半个月聚会一次的几个艺术家。你应当认识这些人。来吧。我给你介绍。"

克利斯朵夫拿衣冠不整来推辞也推辞不掉。高恩把他拉走了。

他们走进大街上的一家饭店，直上二楼。克利斯朵夫看见有三十来个年轻人，大概从二十岁到三十五岁，很兴奋地讨论着什么。高恩介绍了他，说他是刚从德国牢里逃出来的。他们全不理会，只管继续他们热烈的辩论。初到的高恩也立刻卷了进去。

克利斯朵夫见了这些优秀分子很胆怯，不敢开口，只尽量伸着耳朵听。但他不容易听清滔滔不竭的法语，没法懂得讨论的究竟是什么重大的艺术问题。他只听见"托拉斯","垄断","跌价","收入的数目"等等的名词,和"艺术的尊严"与"著作权"等等混在一起。终于他发觉大家谈的是商业问题。一部分参加某个银团的作家,因为有人想组织一个同样的公司和他们竞争而愤愤地表示反对。一批股东为了私人利益而带着全副道具去投靠新组织,更加使他们怒不可遏。他们一片声地嚷着要砍掉那些人的脑袋,说什么"失势……欺骗……屈辱……出卖……"等等。

另外一批可不攻击活人而攻击死人,——因为他们没有版权的作品充塞市场。缪塞的著作最近才成为公众的产业,①据他们看来,买他著作的读者太多了。他们要求政府对从前的名作课以重税,免得它们低价发行。他们认为,已故作家的作品以廉价倾销的方式跟现存艺术家的作品竞争是不光明的行为。

他们又停下来,听人家报告昨天晚上这一出戏和那一出戏的收入。大家对某个在欧美两洲出名的老戏剧家的幸运羡慕得出神,——他们非常瞧不起他,但忌妒的心尤甚于瞧不起的心。——他们从作家的收入谈到批评家的收入,说某个知名的同文,只要大街上某戏院演一出新戏,——(一定是谣言吧?)——就能到手一笔不小的款子作为捧场的代价。据说他是个诚实君子:一朝价钱讲妥了,他总是履行条件的,但他最高明的手段——(据他们说)——是在于把捧场文章写得使那出戏在最短期间不再卖座而戏院不得不常排新戏。这种故事教大家发笑,但谁都不以为奇。

这些议论中夹着许多冠冕堂皇的字;他们谈着"诗歌",谈着"为艺术而艺术"。这种名词,和钱钞混在一起无异是"为金钱而艺术"。而法国文坛上新兴的掮客风气,使克利斯朵夫尤其着恼。因为他对金钱问题完全不感兴趣,所以他们提到文学——其实是文学家——的时候,他已经不愿意往下听了。可是一听到维克多·雨果的名字,克利

---

① 作家的继承人于作家死后仍可享有著作权若干年(年限由各国法律规定),满期后即无所谓版权,出版家均可自由翻印,等于公共产业。

斯朵夫又留了神。

问题是要知道雨果是否戴过绿头巾。他们絮絮不休地讨论雨果夫人与圣伯甫的恋爱。过后，他们又谈到乔治·桑的那些情人和他们的价值。那是当时的文学批评最关切的题目：它把大人物家里一切都搜检过了，翻过了抽斗，看过了壁橱，倒空了柜子，最后还得查看他们的卧床。批评家非要学洛赞当年伏在路易十四和蒙特斯庞夫人的床下，①或是类乎此的方法，才算无负于历史与真理。——他们那时都是崇拜真理的。和克利斯朵夫同席的一般人都自命为真理狂：为了探求真理，他们孜孜不倦。他们对于现代艺术也应用这个原则，以同样渴求准确的热情，去分析时下几个最负盛名的人的私生活。奇怪的是，凡是平常决没有人看到的生活细节，他们都知道得清清楚楚，仿佛那些当事人为了爱真理的缘故，自己把准确的材料提供出来的。

愈来愈发僵的克利斯朵夫，想跟邻座的人谈些别的事。但谁也不理睬他。他们固然向他提出了几个空泛的关于德国的问题，——但那些问题只使克利斯朵夫非常诧异地发觉，那些似乎很博学的漂亮人物，对他们本行以内的东西（文学与艺术），一越出巴黎的范围，就连最粗浅的知识都没有；充其量，他们只听见过几个大人物的名字，例如豪普特曼，祖德尔曼，李伯曼，施特劳斯（是达维德·施特劳斯呢，约翰·施特劳斯呢，还是理查·施特劳斯？）②他们搬弄这些人名的时候非常谨慎，唯恐闹笑话。并且，他们询问克利斯朵夫也只是为了礼貌而非为了好奇心，那是他们完全没有的；至于他的回答，他们压根儿就不大想听，急于要回到那些教全桌的人都开心的巴黎琐事上去。

---

① 蒙特斯庞夫人之有宠于路易十四，得力于洛赞侯爵；洛赞乃嘱蒙特斯庞夫人代向路易十四要求炮兵总监之职。此处谓洛赞在朝中弄权窃柄，出入宫闱。

② 豪普特曼与祖德尔曼均为近代德国小说家兼剧作家。李伯曼为近代德国画家，地位相当于法国之马奈。达维德·施特劳斯为十九世纪德国神学家，以倡导耶稣仅能称为哲学家之说有名于世。约翰·施特劳斯为十九世纪奥国作曲家，以轻快的圆舞曲著称。理查·施特劳斯为十九世纪末至二十世纪初期的德国最大的作曲家。

克利斯朵夫怯生生地想谈谈音乐。可是这些文人中没有一个音乐家。他们心里认为音乐是一种低级的艺术。近年来音乐风行一时，未免使他们暗中着恼；但既然它走了运，他们也就装作很关心。有一出最近的歌剧，他们尤其谈得上劲，差不多认为有了这歌剧才有真正的音乐的，至少也得说是开了音乐的新时代。他们的愚昧无知与冒充风雅的脾气最适宜接受这种思想，因为那可以使他们无须再知道下文。歌剧的作者是个巴黎人，——克利斯朵夫还是初次听到他的名字，——有几个人说他把以前的东西全部推翻了，把音乐整个儿革新了，重新创造过了。克利斯朵夫听了直跳起来。他巴不得真有天才出现。可是这种一举手就把"过去"推倒了的天才，那还了得！好厉害的家伙！怎么能有这等神通呢？——他要人家解释给他听。那些人既说不出理由，又给克利斯朵夫问个不休，便把他交给他们一群中的音乐家，那位大音乐批评家丹沃斐·古耶。而他立刻和克利斯朵夫提到七度和弦九度和弦一类的名词。① 古耶所懂的音乐实际和史迦那兰所懂的拉丁文差不多②……

"……你不懂拉丁文吗？"

"不懂。"

"（兴高采烈地）Cabricias, arci thuram, catalamus, singulariter……bonus, bona, bonum……"

一朝遇到了一个"真懂拉丁文"的人，他就小心谨慎地躲到美学中去了。在那个不可侵犯的盾牌后面，他把不在这桩公案以内的贝多芬、瓦格纳和所有的古典音乐都攻击得体无完肤（在法国，要恭维一个音乐家，非把一切跟他不同的音乐家尽行打倒，做他的牺牲不可）。他

---

① 近代音乐之和声，除常用四度五度和弦之外，亦多用七度九度；故此处讥人侈言七度九度为表示自己懂得近代音乐。
② 典出莫里哀喜剧《屈打成医》。史迦那兰冒充医生，至病家诊病，知主人不懂拉丁文，乃信口胡诌，首四字纯出杜撰；后数字则从初级拉丁课本上随意缀拾而来，根本不成句，无意义可言。见原剧第二幕第四场。此典在法国已为家喻户晓之成语。"你懂拉丁文吗？"一语，常为讹诈外行之意。

宣称新艺术已经诞生,过去的成规都被踩在脚下了。他提到一种音乐语言,说是巴黎音乐界的哥伦布发现的;这新语言把全部古典派的语言取消了,因为一比之下,古典音乐已经成为死语言了。

克利斯朵夫一方面对这个革命派音乐家暂时取保留的态度,预备看过了作品再说;一方面也对大家把全部音乐作牺牲而奉为音乐之神的家伙大为怀疑。他听见别人用亵渎不敬的语气谈论昔日的大师,非常愤慨,可忘了自己从前在德国说过多少这一类的话。他曾在本乡自命为艺术叛徒,为了判断的大胆与直言无讳而激怒群众,而一到法国,一听最初几句话,就发觉自己头脑冬烘了。他很想讨论,但讨论的方式很不高雅,因为他不能像一般绅士那样只提出论证的大纲而不加说明,却要以专家的立场探讨确切的事实,拿这些来跟人麻烦。他不惮进一步地作技术方面的研究;但他愈说愈高的声音只能教上流社会听了头痛,提出的论据与支持论据的热情也显得可笑。那位批评家赶紧插一句所谓俏皮话,结束了冗长可厌的辩论,克利斯朵夫骇然发觉原来批评家对所谈的问题根本外行。可是大家对这个德国人已经有了定论,认为他头脑冬烘,思想落伍;不必领教,他的音乐已经被断定是可厌的了。但二三十个眼神含讥带讽的,最会抓住人家可笑的地方的青年,那时又都回头来注意这个怪人,看他挥着瘦小的胳膊和巨大的手掌做出许多笨拙而急剧的动作,睁着一双愤怒的眼睛,尖声尖气地嚷着。原来西尔伐·高恩特意要教朋友们看看滑稽戏。

谈话离开了文学,转移到女人身上去了。其实那是同一题材的两面:因为他们的文学总脱不了女人,而他们所说的女人也老是跟文学或文人纠缠不清。

大家正谈着一位在巴黎交际场中很出名的,贞洁的太太,最近把女儿配给自己的情夫,借此羁縻他的故事。克利斯朵夫在椅子上扭来扭去,疾首蹙额地表示不胜厌恶。高恩发觉了,用肘子撞撞邻座的人,说这个话题似乎把德国人激动了,大概他很想认识那位太太吧。克利斯朵夫红着脸,嘟囔了一阵,终于愤愤地说这等妇女简直该打。这句话立刻引起了哄堂大笑;高恩却装着甜美的声音,抗议说女人是绝对不能碰的,便是用一朵花去碰也不可以……(他在巴黎是个风流豪侠的护花使者。)——克利斯朵夫回答说,这种女子不多不少是条母狗,而对付那些下贱的狗只有一个办法,就是拿鞭子抽一顿。众人听了又大叫起来。克利斯朵夫说他们向女人献殷勤是假的,往往最会玩弄女子的人才口口声声尊敬女人;他对于他们所讲的丑史表示深恶痛绝。他们回答说那无所谓丑史,而是挺自然的事;大家还一致同意,故事中的女主角不但是个极有风韵的女子,并且是十足女性的女子。德国人可又嚷起来了。高恩便狡狯地问,照他的理想,"女人"应该是怎么样的。克利斯朵夫明知对方在逗他上当;但他生性暴躁,自信很强,照旧中了人家的计。他对那些轻薄的巴黎人宣说他对于爱情的观念。他有了意思没有字,好不为难地找着,终于在记忆中搜索出一些似是而非的名词,说了很多笑话教大家乐死了;他可是不慌不忙的,非常严肃,那种满不在乎、不怕别人取笑的态度,也着实了不得:因为说他没看见人家没皮没脸地耍弄他是不可能的。最后,他在一句话中愣住了,怎么也说不出下文,便把拳头往桌上一击,不作声了。

  人家还想逗他辩论;他却拧着眉毛,把肘子撑在桌上,又羞又愤,不理睬了。直到晚餐终席,他一声不出,只顾着吃喝。他酒喝得很多,跟那些沾沾嘴唇的法国人完全不同。邻座的人不怀好意地劝酒,把他的杯子斟得满满的,他都毫不迟疑,一饮而尽。虽然他不惯于饱餐豪饮,尤其在几星期来常常挨饿的情形之下,他却还支持得住,不至于像别人所希望的那样当场出彩。他只坐着出神;人家不再注意他了,以为他醉了。其实他除了留神法语的对话太费劲以外,只听见谈着文学也觉得厌倦:——什么演员,作家,出版家,后台新闻,文坛秘史,仿佛世界上就只有这些事!看着那些陌生的脸,听着谈话的声音,他心里竟没留下一个人或一缕思想的印象。近视的眼睛,茫茫然老是像出神的模样,慢慢地往桌子上扫过去,瞅着那些人而又似乎没看见。其实他比谁都看得更清楚,只是自己不觉得罢了。他的目光,不像巴黎人或犹太人那样一瞥之间就能抓住事物的片段,极小极小的片段,马上把它剖析入微。他是默默地,长时间地,好比海绵一样,吸收着各种人物的印象,把它们带走。他似乎什么都没瞧见,什么都想不起。过了很久,——几小时,往往是好几天以后,——他独自一人观照自己的当口,才发觉原来把一切都抓来了。

当时他的神气不过是个蠢笨的德国人,只管狼吞虎咽,唯恐少吃了一口。除了听见同桌的人互相呼唤名字以外,他什么也没听到,只像醉鬼一样固执地思忖着,怎么有这样多的法国人姓着外国姓:又是法兰德的,又是德国的,又是犹太的,又是近东各国的,又是英国的,又是西班牙化的美国姓……

他没发觉大家已经离席,独自坐在那里,想着莱茵河畔的山岗,大树林,耕种的田,水边的草原,和他的老母。有几个还站在饭桌那一头谈着话,大半的人已经走了,终于他也决心站起,对谁都不瞧一眼,径自去拿挂在门口的大衣跟帽子。穿戴完毕,他正想不别而行的时候,忽然从半开的门里瞧见隔壁屋里摆着一件诱惑他的东西:钢琴。他已经有好几星期没碰过一件乐器了,便走进去,像看到亲人似的把键子抚弄了一会,竟自坐下,戴着帽子,披着外套,弹起来了。他完全忘了自己在哪儿,也没注意到有两个人悄悄地溜进来听:一个是西尔伐·高恩,极爱好音乐的,——天知道为什么,因为他完全不懂,好的坏的,一律喜欢;另外一个是音乐批评家丹沃斐·古耶。他倒比较简单,对音乐既不懂也不爱,可是很得劲地谈着音乐。原来世界上只有一般不知道自己所说的东西的人,思想才最自由;因为这样说也好,那样说也好,他们都无所谓。

丹沃斐·古耶是个胖子,腰背厚实,肌肉发达,黑胡子,一簇很浓的头发卷儿挂在脑门上,脑门颇有些粗大的皱痕,却毫无表情,不大端正的方脸仿佛在木头上极粗糙地雕出来的,短臂,短腿,肥厚的胸部:看上去像个木商或是当挑夫的奥凡涅人。他举动粗俗,出言不逊。他投身音乐界完全是为了政治关系;而在当时的法国,政治是唯一的进身之阶。他发现跟一个当部长的某同乡有点儿远亲,便投靠在他门下。但部长不会永久是部长的。看到他的那个部长快下台的时候,丹沃斐·古耶赶紧溜了,当然,凡是能捞到的都已经捞饱,特别是国家的勋章,因为他爱荣誉。最近他为了后台老板的劣迹,也为了他自己的劣迹,受到相当猛烈的攻击,使他对政治厌倦了,想找个位置躲躲暴风雨;他要的是能跟别人找麻烦而自己不受麻烦的行业。在这种条件之下,批评这一行是再好没有了。恰好巴黎一家大报纸的音乐批评的职位出了缺。前任是个颇有才具的青年作曲家,因为非要对作品和作家说他的老实话而被辞掉的。古耶从来没弄过音乐,全盘外行;报馆却毫不踌躇地选中了他。人们不愿意再跟行家打交道;对付古耶至少是不用费心的:他决不会那么可笑,把自己的见解看作了不起,他永远会听上面的指挥,要他骂就骂,要他捧就捧。至于他不是一个音乐家,倒是次要的问题。音乐,法国每个人都相当懂的。古耶很快就学会了必不可少的诀窍。方法挺简单:在音乐会里,只要坐在一个高明的音乐家旁边,最好是作曲家,想法逗他说出对于作品的意见。这样地学习几个月,技术就精通了:小鹅不是也会飞吗?当然,这种飞决不能像老鹰一样。古耶大模大样地在报纸上写的那些胡话,简直是天晓得!不管是听人家的话,是看人家的文章,都一味的缠夹,什么都在他蠢笨的头脑里搅成一团糟,同时还要傲慢地教训别人。他把文章写得自命不凡,夹着许多双关语和盛气凌人的学究气;他的性格完全像学校里的舍监。有时他因之受到猛烈的反驳,便哑口无言,装假死。他颇有些小聪明,同时也是鄙俗的伧夫,忽而目中无人,忽而卑鄙无耻,看情形而定。他卑躬屈节地谄媚那班"亲爱的大师",因为他们有地位,或是因为他们享有国家的荣誉(他认为估量一个音乐家的价值,这是最可靠的方法)。其余的人,他都用鄙夷不屑的态度对付;至于那些饿肚子的,他就尽量利用。——他为人的确不傻。

虽然有了权威有了声名,他心里明白自己对于音乐究竟是一无所知,也明白克利斯朵夫的确很高明。他自然不愿意说出来,可是少不得有点儿敬畏。——此刻他听着克利斯朵夫弹琴,努力想了解,专心一意,好像很深刻,没有一点杂念;但在这片云雾似的音符中完全摸不着头脑,只顾装着内家的模样颠头耸脑,看那个没法安静的高恩挤眉弄眼的意义,来决定自己称许的表情。

终于克利斯朵夫的意识慢慢从酒意和音乐中间浮起来,迷迷忽忽地觉得背后有人指手画脚,便转过身来,看见了两位鉴赏家。他们俩立刻扑过来,抓着他的手使劲地摇,——西尔伐尖声地说他弹得出神入化,古耶一本正经的装着学者面孔说他的左手像鲁宾斯坦,右手像帕岱莱夫斯基①——(或者是右手像鲁宾斯坦,左手像帕岱莱夫斯基)。——两人又一致同意的说,这样一个天才决不该被埋没;他们自告奋勇要教人知道他的价值,可是心里都打算尽量利用他来替自己博取荣誉和利益。

第二天,高恩请克利斯朵夫到他家里去,挺殷勤地把自己一无所用的一架很好的钢琴给他使用。克利斯朵夫因为胸中郁积着许多音乐,烦闷之极,便老老实实接受了。

最初几天,一切都很好。克利斯朵夫能有弹琴的机会快活极了;高恩也相当知趣,让他安安静静地自得其乐。他自己也的确领略到一种乐趣。这是一种奇怪的,但是我们每个人都能观察到的现象:他既非音乐家,亦非艺术家,而且是个最枯索,最无诗意,没有什么深刻的感情的人,却对于这些自己莫名其妙的音乐感到浓厚的兴趣,觉得其中有股迷人的力量。不幸他没法静默。克利斯朵夫弹琴的时候,他非高声说话不可。他像音乐会里冒充风雅的听众一样,用种种浮夸的词句来加按语,或是胡说八道地批评一阵。于是克利斯朵夫愤愤地敲着钢琴,说这样他是弹不下去的。高恩勉强教自己不要作声,但那竟不由他做主:一忽儿他又嬉笑,呻吟,吹啸,拍手,哼着,唱着,模仿各种乐

---

① 安东·鲁宾斯坦(1829—1894),十九世纪俄国钢琴家兼作曲家,帕岱莱夫斯基(1860—1941),波兰钢琴家兼作曲家,一度出任首相。

器的音响。等到一曲终了,要不把他荒唐的见解告诉给克利斯朵夫听,他会胀破肚子的。

他那个人是个古怪的混合物:有日耳曼式的多情,有巴黎人的轻薄,也有他喜欢自吹自捧的天性。他一忽儿酸溜溜地下些断语,一忽儿不伦不类来一个比较,一忽儿说出粗野的,淫猥的,不健全的,荒谬绝伦的废话。在赞颂贝多芬的时候,他竟看到作品中有猥亵的成分,有淫荡的肉感。明明是忧郁的思想,他以为有浮华的辞藻。《升 C 小调四重奏》,对于他是英武而可爱的作品。《第九交响曲》中那章崇高伟大的柔板,使他想起差人答答的凯鲁比诺。听到《第五交响曲》最初的三个音符,他就喊:"不能进去!里面有人!"①他非常叹赏《英雄的一生》②里的战争描写,因为他在其中认出有汽车的呼呼声。他会到处找出些幼稚而不雅的形象来形容乐曲,叫人奇怪他怎么会爱好音乐。然而他的确爱好;对于某些段落,他用最荒唐最可笑的方式去领会,同时也真的会流眼泪。但他刚受了瓦格纳的某一幕歌剧的感动,会立刻在钢琴上弹一段奥芬巴赫模仿奔马的音乐;或是在《欢乐颂》之后马上哼一节咖啡店音乐会中的滥调。③ 那可使克利斯朵夫气得直嚷了,——但最糟的还不是在高恩这样胡闹的时候,而是当他要说些深刻的微妙的话向克利斯朵夫炫耀的时候,以哈密尔顿而非西尔伐·高恩的面目出现的时候。在那种情形之下,克利斯朵夫便对他怒目而视,用冷酷的挖苦的话伤害哈密尔顿:钢琴夜会往往闹得不欢而散。可是第二天,高恩已经忘了;克利斯朵夫也后悔自己不该那么粗暴而仍旧回来。

---

① 以上各曲均为贝多芬作品。《升 C 小调四重奏》为一首痛苦的诗歌。《第九交响曲》的第三章柔板,富于恬淡隐忍,虔敬和平的情调。关于《第五交响曲》(俗称《命运交响曲》)开始第一句,贝多芬曾言:"命运就是这样来敲门的。"
② 《英雄的一生》是理查·施特劳斯的交响诗。
③ 十九世纪的奥芬巴赫(原籍德国,后入法国籍)以所作喜歌剧红极一时,实则仅为第二三流作家。《欢乐颂》系指贝多芬《第九交响曲》中最后一章合唱,歌词为德国诗人席勒原作。

这些都还没有关系，只要高恩不约朋友来听克利斯朵夫弹琴。但他需要拿他的音乐家向人卖弄，所以邀了三个小犹太人和他自己的情妇，——一个浑身都是脂肪的女人，奇蠢无比，老说些无聊的双关语，谈着她所吃的东西，自以为是音乐家，因为她每天晚上在多艺剧院的歌舞中展览她的大腿。克利斯朵夫第一次发现了这些人物，脸色就变了。第二次，他直截了当告诉高恩，说不再到他家里弹琴了。高恩赌咒发愿地说，以后决不再邀请任何人。但他暗中照旧继续，把客人藏在隔壁屋里。自然，克利斯朵夫后来也发觉了，气愤愤地掉头便走，这一次可真的不回来了。

虽然如此，他还是得敷衍高恩，因为他带他上各国侨民的家里，为他介绍学生。

另一方面，丹沃斐·古耶过了几天也上克利斯朵夫的小客店去访问他。古耶看见他住得这么坏，一点不表惊异，倒很亲热地说：

"我想，请你听音乐你一定觉得高兴吧；我到处都有入场券，可以带你一起去。"

克利斯朵夫快活极了。他觉得对方非常体贴，便真心地道谢。那天古耶完全变了一个人，和他第一晚见到的大不相同。跟克利斯朵夫单独相对的时候，他一点没有傲慢的态度，脾气挺好，怯生生地，一心想学些东西。唯有当着别人，他才会立刻恢复那种居高临下的神气与粗暴的口吻。此外，他的求知欲也老是有个实际的目的。凡是与现下的时尚无关的东西，他一概不发生兴趣。眼前，他想把最近收到而无法判断的一本乐谱征求克利斯朵夫的意见：因为他简直不大能读谱。

他们一同到一个交响曲音乐会去。会场的大门是跟一家歌舞厅公用的。从一条蜿蜒曲折的甬道走到一间没有第二出口的大厅：空气恶浊，闷人欲死；太窄的座椅密密地挤在一起；一部分听众站着，把走道都壅塞了；——法国人是不讲究舒服的！一个似乎烦恼不堪的男人，在那里匆匆忙忙地指挥着贝多芬的一支交响曲，仿佛急于奏完的神气。隔壁歌舞厅里的音乐和《英雄交响曲》中的《葬礼进行曲》混在一块儿。听众老是陆陆续续地进来,坐下,擎着手眼镜东张西望,有的才安顿好,已经预备动身了。克利斯朵夫在这个赶节一样的地方聚精会神地留意乐曲的线索,费了好大的劲终于得到一点儿快感,——(因为乐队是很熟练的,而克利斯朵夫也久已没听到交响乐);——不料听了一半,古耶抓着他的手臂说:"咱们得走了,到另外一个音乐会去。"

　　克利斯朵夫皱了皱眉头,一声不出地跟着他的向导。他们穿过半个巴黎城,到一间气味像马房似的大厅;在别的时间,这儿是上演什么神幻剧或通俗戏剧的:——音乐在巴黎像两个穷苦的工人合租一间房:一个从床上起来,一个就钻进他的热被窝。① ——空气当然谈不到:从路易十四起,法国人就认为这种空气不卫生;但戏院里的卫生和从前凡尔赛宫里的一样,是教人绝对喘不过气来的那种卫生。一个庄严的老人,像马戏班里驯服野兽的骑师一般,正在指挥瓦格纳剧中的一幕:可怜的野兽——歌唱家——也仿佛马戏班里的狮子,对着脚灯愣住了,直要挨了鞭子才会记起自己原来是狮子。一般假作正经的胖妇人和痴骏的小姑娘,堆着微笑看着这种表演。等到狮子把戏做完,乐队指挥行过了礼,两人都被大众拍过了手,古耶又要把克利斯朵夫带到第三个音乐会去。但这一回克利斯朵夫双手抓住了坐椅的靠手,声明再也不走了:从这个音乐会跑到那个音乐会,这儿听几句交响乐,那儿听一段协奏曲,他已经够受了。古耶白白地跟他解释,说音乐批评在巴黎是一种行业,并且是看比听更重要的行业。克利斯朵夫抗议说,音乐不是给你坐在马车上听的,而是需要凝神壹志地去领会的。这种炒什锦似的音乐会使他心里作恶,他每次只要听一个就够了。

　　他对于这种音乐方面的漫无节制觉得很奇怪。像多数的德国人一样,他以为音乐在法国占着很少的地位;所以他意想中以为能听到分量少而质地很精的东西。不料一开场,七天之内人家就给他十五个

---

① 至第一次大战为止,巴黎交响乐音乐会的场子均极简陋。

音乐会。一星期中每个晚上都有,往往同时有两三个,在不同的区域里举行。星期日一天共有四个,也是在同一时间内。克利斯朵夫对于这等奇大无比的音乐胃口不胜钦佩。节目的繁重也使他吃惊。他一向以为只有德国人听音乐才有这等海量,那是他从前在国内痛恨的;此刻却发现巴黎人的肚子还远过于德国人。席面真是太丰盛了:两支交响曲,一支协奏曲,一支或二支序曲,一幕抒情剧。而且来源不一:有德国的,有俄国的,有斯堪的纳维亚国家的,有法国的,仿佛不管是啤酒,是香槟,是糖麦水,是葡萄酒,——他们能一齐灌下,决不会醉。巴黎那些小鸟儿的胃口竟这么大,克利斯朵夫简直看呆了。他们却若无其事,好比无底的酒桶,尽管倒进许多东西,实际上可点滴不留。

　　不久,克利斯朵夫又发觉这些大量的音乐其实内容只有一点儿。在所有的音乐会中他都看到同样的作家,听到同样的曲子。丰富的节目老是在一个圈子里打转。贝多芬以前的差不多绝无仅有,瓦格纳以后的也差不多绝无仅有。便是在贝多芬与瓦格纳之间,又有多少的空白!似乎音乐就只限于几个著名的作家。德国五六名,法国三四名,自从法俄联盟以来又加上半打莫斯科的曲子。——古代的法国作家,毫无。意大利名家,毫无。十七十八世纪的德国巨头,毫无。现代的德国音乐,也毫无,只除掉理查·施特劳斯一个,因为他比别人乖巧,每年必定到巴黎来亲自指挥一次,拿出他的新作品。至于比利时音乐,捷克音乐,更绝对没有了。但最可怪的是:连当代的法国音乐也绝无仅有。——然而大家都用着神秘的口吻谈着法国的现代音乐,仿佛是震动世界的东西。克利斯朵夫只希望有机会听一听;他毫无成见,抱着极大的好奇心,非常热烈地想认识新音乐,瞻仰一下天才的杰作。但他虽然费尽心思,始终没听到;因为单是那三四支小曲,写得相当细腻而过于冷静过于雕琢的东西,并没引起他的注意,他也不承认它们便是现代的法国音乐。

　　克利斯朵夫在自己不能表示意见之前,先向音乐批评界去讨教一下。

那可不是件容易的事。批评界里谁都有主张,谁都有理由。不但各个音乐刊物都以互相抵触为乐,便是一个刊物的文字也篇篇矛盾。要是把它们全部看过来的话,你准会头脑发昏。幸而每个编辑只读他自己的文章,而群众是一篇都不读的。但克利斯朵夫一心要对法国音乐界有个准确的概念,便一篇都不肯放过,结果他不禁大为佩服这个民族的镇静功夫,处在这样的矛盾中间还能像鱼在水里一样的悠然自得。

在这分歧的舆论中,有一点使他非常惊奇:就是批评家们的那副学者面孔。谁说法国人是什么都不信的可爱的幻想家呢?克利斯朵夫所见到的,比莱茵彼岸所有的批评家的音乐知识都更丰富,——即使他们一无所知的时候也显得如此。

当时的法国音乐批评家都决意要学音乐了。有几个也是真懂的:那全是一些怪物;他们居然花了番心血对他们的艺术加以思考,并且用自己的心思去思考。不必说,这般人都不大知名,只能隐在几个小杂志里,除了一两个例外,是踏不进报馆的。他们诚实,聪明,挺有意思,因为生活孤独而有时不免发些怪论,冥思默想的习惯使他们在批评的时候不大容忍,倾向于唠叨。——至于其他的人,都匆匆忙忙学了些初步的和声学,就对自己新近得来的知识惊奇不置,跟姚尔邓先生学着语法规则的时候一样高兴得出神:

"D,a,Da;F,a,Fa;R,a,Ra,……啊,妙极了!……啊!知道一些东西多有意思……"①

他们嘴里只讲着主旋律与副主旋律,调和音与合成音,九度音程的联系与大三度音程的连续。他们说出了某页乐谱上一组和音的名称,就忙着得意扬扬地抹着额上的汗:自以为把整个作品说明了,几乎

---

① 莫里哀的喜剧《醉心贵族的小市民》写一个鄙俗的市侩姚尔邓想学做贵族,请了音乐教师、舞蹈教师、哲学教师来教育自己。此处所引系第二幕第四场姚尔邓与哲学教师的对白的节略。

以为那曲子是自己作的了。其实他们只像中学生分析西塞罗①的文法一般,背一遍课本上的名词罢了。但是最优秀的批评家也不大能把音乐看作心灵的天然的语言;他们不是把它看作绘画的分支,就是把它变成科学的附庸,仅仅是一些拼凑和声的习题。像这样渊博的人物自然要追溯到古代的作品。于是他们挑出贝多芬的错误,教训瓦格纳,至于柏辽兹和格鲁克,更是他们公然讪笑的对象。依照当时的风气,他们认为除了塞巴斯蒂安·巴赫与德彪西之外,什么都不存在。而近年来被大家乱捧的巴赫,也开始显得迂腐,老朽,古怪。漂亮人物正用着神秘的口吻称扬拉莫和库伯兰了。②

　　这些学者之间还要掀起壮烈的争辩。他们都是音乐家,但所以为音乐家的方式各个不同;各人以为唯有自己的方式才对,别人的都是错的。他们互诋为假文人,假学者;互相把理想主义与唯物主义,象征主义与自然主义,主观主义与客观主义,加在对方头上。克利斯朵夫心里想,从德国跑到这儿来再听一次德国人的争辩,岂不冤枉。照理,他们应该为了美妙的音乐使大家可以有许多不同的方式去享受而表示感激,可是他们非但没有这种情绪,还不允许别人用一种和他们不同的方式去享受。当时的音乐界正为了一场新的争执而分成两大阵营,厮杀得非常猛烈:一派是对位派,一派是和声派。一派说音乐是应当横读的,另外一派说是应当直读的。直读派口口声声只谈着韵味深长的和弦,融成一片的连锁,温馨美妙的和声:他们谈论音乐,仿佛谈论一个糕饼铺。横读派却不答应人家重视耳朵:他们认为音乐是一篇演说,像议院的开会,所有发言的人都得同时说话,各人只说各人的,决不理会旁人,直到自己说完为止;别人听不见是他们活该!他们尽可在明天的公报上去细读:音乐是给人读的,不是听的。克利斯朵夫

---

① 西塞罗为公元前一世纪罗马帝国时代的大演说家,大文豪。其选集为今法国中学生读拉丁文时必修之书。
② 拉莫(1683—1764)与库伯兰(1668—1732)均为法国作曲家,但其真正的价值直至十九世纪末二十世纪初方始被人赏识。近代法国音乐家如德彪西,如拉威尔,均尊奉前二人为法国音乐的创始者。

第一次听见横读派与直读派的争议,以为他们都是疯子。人家要他在连续派与交错派两者①之间决定态度,他就照例用箴言式的说法回答:

"诸位,此党彼党,我都仇视!"

但人家紧自问个不休:"和声跟对位,在音乐上究竟哪一样更重要?"

"音乐最重要。把你们的音乐拿出来给我看看!"

提到他们的音乐,他们的意见可一致了。这些勇猛的战士,在好斗那一点上互相争胜的家伙,只要眼前没有什么盛名享得太久的古人给他们攻击,都能为了一种共同的热情——爱国的热情——而携手。他们认为法国是个伟大的音乐民族。他们用种种的说辞宣告德国的没落。——对于这一点,克利斯朵夫并不生气。他自己早就把祖国批驳得不成样子,所以平心而论,他不能对这个断语有何异议。但法国音乐的优越未免使他有些奇怪:老实说,他在历史上看不出法国音乐有多少成绩。然而法国音乐家一口咬定,他们的艺术在古代是非常美妙的。② 为了阐扬法国音乐的光荣,他们先把上一世纪的法国名人恣意取笑,只把一个极好极纯朴的大师除外,而他还是个比利时人。③ 做过了这番扫荡工作,大家更容易赞赏古代的大师了:他们都是被人遗忘的,有的是始终不知名而到今日才被发掘出来的。在政治上反对教会的一派,认为什么都应当拿大革命时代做出发点;音乐家却跟他们相反,以为大革命不过是历史上的一个山脉,应当爬上去观察山后的音乐上的黄金时代。长时期的消沉过后,黄金时代又要来了:坚固的城墙快崩陷了;一个音响的魔术师正变出一个百花怒放的春天;古老的音乐树上已经长出新枝嫩叶;在和声的花坛里,奇花异卉眯着笑眼望着新生的黎明;人们已经听到琤琮的泉声,溪水的歌唱……那境界

---

① 连续派与交错派即横读派与直读派,亦即对位派与和声派。
② 十四十五两世纪文艺复兴时代,法—比学派在音乐史上极占重要,十六世纪的法国音乐尤其盛极一时。但这种情形直至二十世纪初方被学者逐渐发现,向世人披露。
③ 此系指塞萨尔·弗兰克(1822—1890),生于比利时而久居巴黎,终入法国籍,为十九世纪最大作曲家之一,对近代法国音乐之再生运动极有影响。

简直是一首牧歌。

克利斯朵夫听了这些话,欢喜极了。但他注意一下巴黎各戏院的广告的时候,只看到梅耶贝尔、古诺和马斯内的名字,甚至还有他只嫌太熟的玛斯卡尼和莱翁卡瓦洛。他便问他的那般朋友,所谓迷人的花园是否就是指这种无耻的音乐,这些使妇女们失魂落魄的东西,这些纸花,这些香粉铺。他们却大为生气地嚷起来,说那是颓废时代的余孽,谁也不加注意的了。① ——可是实际上《乡村骑士》正高踞着喜歌剧院的宝座,《丑角》在歌剧院中雄视一切;马斯内和古诺的作品风靡一时:《迷娘》《乌格诺教徒》《浮士德》这三位一体的歌剧都声势浩大,超过了一千场的纪录。——但这都是无关紧要的例外,用不着去管它。一种理论要是遇到不客气的现实给它碰了钉子,最简单的就是否认现实。所以法国批评家们否认那些无耻的作品,否认那般捧这些作品的群众;并且用不着别人怎么鼓动,他们也快要把乐剧整个儿的抹杀。在他们心目,乐剧是一种文学作品,所以是不纯粹的。(他们自己都是文人,却偏不承认是文人。)一切有所表现、有所描写、有所暗示的音乐,总之,一切想说点儿什么的音乐都被加上一个不纯粹的罪名。——可见每个法国人都有罗伯斯庇尔的气质,不论对什么东西对什么人,非戕贼其生命,就不能使这个人或物净化。——法国的大批评家只承认纯粹音乐,其余的都是下劣的东西。

克利斯朵夫发现自己的趣味不高明,很是惭愧。但看到那些瞧不起乐剧的音乐家没有一个不替戏院制作,没有一个不写歌剧,他又感到一点儿安慰。——当然,这种事实仍不过是无关紧要的例外。既然

---

① 梅耶贝尔(1791—1864),德国歌剧作家,生前在欧洲红极一时,今日音乐史上的定论则仅是一个庸俗肤浅的作家。下文提到的《乌格诺教徒》即他的作品。古诺(1818—1893)对法国近代歌剧的创立极有贡献,但并非第一流的作曲家,最著名的作品即下文提到的《浮士德》。马斯内(1842—1912),法国歌剧作家,其作品偏于甜俗、做作,缺乏真情实感。玛斯卡尼(1863—1945)与莱翁卡瓦洛(1858—1919)均为意大利歌剧作家,即前文所称自然主义之代表人物,以描写人生的强烈而迅速的印象为主,作品光华灿烂而流于浅薄。玛斯卡尼最流行之作品为《乡村骑士》,莱翁卡瓦洛的为《丑角》。

他们提倡纯粹音乐,所以要批评他们是应当把他们的纯粹音乐做根据的。克利斯朵夫便访求他们这一类的作品。

丹沃斐·古耶把他带到一个宣扬本国艺术的团体中去听了几次音乐会。一般新兴的名家都在这儿经过长时期的锻炼与孵育。那是一个很大的艺术集团,也可以说是有好几个祭堂的小寺院。每个祭堂有它的祖师,每个祖师有他的信徒,而各个祭堂的信徒又互相菲薄。①在克利斯朵夫看来,那些祖师根本就没有多大分别。因为一向弄惯了完全不同的艺术,所以他完全不了解这种新派音乐,而他的自以为了解使他反而更不了解。

他觉得所有的作品永远浸在半明半暗的黑影里,好像一幅灰灰的单色画,线条忽隐忽现,飘忽无定。在这些线条中间,有的是僵硬,板滞,枯索无味的素描,像用三角板画成的,结果都成为尖锐的角度,好比一个瘦妇人的肘子。也有些波浪式的素描,像雪茄的烟圈一般袅袅回旋。但一切都是灰色的。难道法国没有太阳了吗?克利斯朵夫因为来到巴黎以后只看见雨跟雾,不禁要信以为真了;但要是没有太阳,艺术家的使命不就是创造太阳吗?不错,他们的确点着他们的小灯,但只像萤火一般,既不会令人感到暖意,也照不见什么。作品的题目是常常变换的:什么春天,中午,爱情,生之欢乐,田野漫步等等;可是音乐本身并没跟着题目而变,只是一味的温和,苍白,麻木,贫血,憔悴。那时音乐界中一般典雅的人,讲究低声说话。而那也是对的:因为声音一提高,就跟叫嚷没有分别:高声与低声之间没有中庸之道。

---

① 此处系隐射法国的民族音乐协会(*Société Nationale de Musique*),于一八七一年由国立音乐院教授皮西纳与圣·桑发起,目的为专门演奏当代法国作家的音乐,以培养法国新兴音乐为主。参加的有弗兰克,马斯内,福莱,迪帕克,拉罗,杜巴等。迨后无形中分成若干小组,各奉一知名作家为领袖,最重要的即弗兰克一派与圣·桑一派的对立。故本文中称有好几个祭堂的寺院。但事实上,在一八七〇至一九〇〇的三十年中所有法国近代音乐的名作都是由这个团体首先演奏,公之于世的。故该会可称为现代法国乐坛的温床。

要选择只有低吟浅唱与大声呐喊两种。

克利斯朵夫快要昏昏入睡了,便打起精神来看节目;他感到奇怪的是,这些在灰色的天空飘浮的云雾,居然自命为表现确切的题材。因为,跟他们的理论相反,他们所作的纯粹音乐差不多全是标题音乐,至少都是有个题目的。他们徒然诅咒文学,结果还得拿文学做拐杖。好古怪的拐杖!克利斯朵夫发觉他们勉强描写的尽是些幼稚可笑的题材,又是果园,又是菜园,又是鸡埘,真可说是音乐的万牲园与植物园。有的把卢浮宫的油画或歌剧院的壁画作成交响曲或钢琴曲,把荷兰十七世纪的风景画家,动物画家,法国歌剧院的装饰画家的作品,取为音乐的题目,加上许多注释,说明哪是神话中某个神明的苹果,哪是荷兰的乡村客店,哪是白马的臀部。在克利斯朵夫看来,这是一些老小孩的玩意儿:喜欢画而又不会画,便信手乱涂一阵,挺天真地在下面用大字写明,这是一所屋子,那是一株树。

除了这批有眼无珠、以耳代目的画匠以外,还有些哲学家在音乐上讨论玄学问题。他们的交响曲是抽象的原则的斗争,是说明某种象征或某种宗教的论文。他们也在歌剧中间研究当时的法律问题与社会问题,什么女权与公民权等等。至于离婚问题,确认亲父问题,政教分离问题,他们都津津乐道。他们之间分成两派:就是反对教会的象征派和拥护教会的象征派。收旧布的哲学家,做女工的社会学家,预言家式的面包师,使徒式的渔夫,都在剧中直着嗓子唱歌。从前歌德已经说起他那时的艺术家想"在故事画中表现康德的思想"。克利斯朵夫这时代的作家却是用十六分音符来表现社会学了。左拉,尼采,梅特林克,巴雷斯,饶勒斯,孟戴斯,①《福音书》,红磨坊②等等,无一不是歌剧和交响乐的作者汲取思想的宝库。其中不少人士,看着瓦格纳

---

① 巴雷斯(1862—1923),法国小说家,提倡以自我分析的方式认识人与土地、自然及国家社会的关系。饶勒斯(1859—1914),法国社会党领袖,《人道报》的创办人。孟戴斯(1841—1909),法国诗人、小说家、剧作家。

② 红磨坊为巴黎有名的舞场,创立于一八八九年;一九一五年后改为杂耍歌舞场。

的榜样兴奋起来,大声嚷着:"我吗,我也是诗人呀!"——于是他们很有自信地在自己的乐谱上写起或是有韵或是无韵的东西来,那风格不是跟小学生的一样,就像那些颓废派的日报副刊。

所有这些思想家和诗人都是纯粹音乐的拥护者。但他们对这种音乐更喜欢议论而不喜欢制作。——偶然他们也写一些,但完全是空洞的东西。不幸,他们居然常常成功:内容却一无所有,——至少克利斯朵夫认为如此。——的确他也不得其门而入。

要懂得一种异国的音乐,先得学习它的语言,并且不该自以为已经知道这个语言。克利斯朵夫可是像一切头脑单纯的德国人一样,自以为早就知道了。当然他是可以原谅的。便是法国人也有许多不比他更了解。正如路易十四时代的德国人,因为竭力说法语而忘掉了本国的语言,十九世纪的法国音乐家也久已忘了自己的语言,以致他们的音乐竟变成了一种外国方言。直到最近,才有一种在法国讲法国话的运动。他们并不都能够成功:习惯的力量太强了;除了少数的例外,他们说的法语是比利时化的或是日耳曼化的。① 那就难怪一个德国人要误会了,难怪他要凭着武断的脾气,以为这仅仅是不纯粹的德语,而且因为他全然不懂而认为毫无意义。

克利斯朵夫的看法便是这样。他觉得法国的交响曲是一种抽象的辩证法,用演算数学的方式把许多音乐主题对立起来,或是交错起来;其实,要表现这一套,很可以用数字或字母来代替。有的人把一件作品建筑在某个音响的公式之上,使它慢慢地发展,直到最后一部分的最后一页才显得完全,而作品十分之九的部分都像不成形的幼虫。有的人用一个主题作变奏曲,而这主题只在作品末了,由繁复渐渐归于简单的时候才显出来。这是极尽高深巧妙的玩意儿,唯有又老又幼稚的人才会感到兴趣。作者为此所费的精力是惊人的,一支幻想曲要多少年才能写成。他们绞尽脑汁,求新的和弦的配合,——为的是表

---

① 指当时的法国音乐不是受弗兰克的影响,便是受瓦格纳的影响。

现……表现什么呢？管它！只要是新的辞藻就行了。人家说既然器官能产生需要，那么辞藻也会产生思想的：最要紧的是新。无论如何要新！他们最怕"已经说过的"词句。所以最优秀的人也为之而变成瘫痪了。你可以感到他们老是在留神自己，准备把所写的统统毁掉，时时刻刻问着自己："啊！天哪！这个我在哪儿见过的呢？"……有些音乐家，——特别在德国，——喜欢把别人的句子东捡西拾地拼凑起来。法国音乐家却是逐句检查，看看在别人已经用过的旋律表内有没有同样的句子，仿佛拼命搔着鼻子，想使它变形，直要变到不但不像任何熟人的鼻子，而且根本不像鼻子的时候方始罢休。

这样的惨淡经营仍瞒不了克利斯朵夫。他们徒然运用一种复杂的语言，装出奇奇怪怪的姿态兴奋若狂，把乐队部分的音乐弄得动乱失常，或是堆砌一些不连贯的和声，单调得可怕，或是萨拉·贝恩哈特①式的说白，唱得走音地，几小时地呶呶不已，好似骡子迷迷糊糊地走在险陡的坡边上。——克利斯朵夫在这些面具之下，认出一些冰冷的毫无风韵的灵魂，搽脂抹粉，涂了一脸，学着古诺与马斯内的腔派，还不及他们自然。于是他不禁引用当年格鲁克批评法国人的一句不公平的话：

"由他们去吧。他们弄来弄去逃不出那套老调。"

可是他们把那套老调弄得非常艰深。他们拿民歌作为道貌岸然的交响曲的主题，像做什么博士论文一样。这是当代最时髦的玩意儿。所有的民歌，不论是本国的是外国的，都依次加以运用。他们可以用来作成《第九交响曲》或是弗兰克的《四重奏》，但还要艰深得多。要是其中有一小句意思非常显明的话，作者便赶紧插入一句毫无意义的，把上一句毫不留情地破坏掉。——然而大家还把这些可怜虫认作极镇静、精神极平衡的人呢！……

演奏这类作品的时候，一个年轻的乐队指挥，仪表端正而态度狰

---

① 萨拉·贝恩哈特(1844—1923)，法国近代最优秀的女演员。

狞的家伙,费了九牛二虎之力,做着跟米开朗琪罗画上的人物一样的姿势,仿佛要鼓动贝多芬或瓦格纳的队伍似的。听众是一般厌烦得要死的时髦人物,以为尝尝这种烦闷的滋味是有面子的事;还有是年轻的学徒,因为能够把学校里的一套在此引证一番,在某些段落中去找点儿本行的诀窍而很高兴,情绪之热烈也不亚于指挥的姿势和音乐的喧闹……

"喝!那不是痴人说梦吗?……"克利斯朵夫说。

(因为他此刻已经会用巴黎人的俗语了。)

然而懂得巴黎的俗语究竟比懂巴黎的音乐容易。克利斯朵夫无处不用他的热情,又跟一般的德国人一样,天生地不了解法国艺术:他的判断就是以这种热情与不了解做根据的。但他至少是善意的,随时准备承认自己的错误,只要人家给他指出来。所以他并不肯定自己的见解,预备让新的印象来改变他的意见。

便是目前,他也承认这种音乐极有才气,有很好的材料,节奏与和声方面有奇特的发现,好似各式各种美妙的布帛,柔软、光亮、五光十色、竭尽巧思。克利斯朵夫觉得很好玩,便尽量采取它的长处。所有这些小名家都比德国音乐家头脑开通得多;他们很勇敢地离开大路,扑到森林中去摸索,想教自己迷失。但他们都是挺乖的小孩子,怎么样也不会迷路。有的走了一二十步,又绕到大路上来了。有的才走了一忽儿就累了,不管什么地方就停下来。有的差不多快摸到新路了,可并不继续前进,而坐在林边,在树下闲逛了。他们所最缺少的是意志,是力;一切的天赋他们都齐备,——只少一样:就是强烈的生命。尤其可惜的是他们那些努力仿佛是乱用的,在半路上消耗掉了。这些艺术家难得会清清楚楚地意识到自己的天性,难得会锲而不舍地把他们所有的精力配合起来去达到预定的目标。这是法国人胸无定见的最普通的后果:多少的天才和意志都因为游移不定与自相矛盾而浪费了。他们的大音乐家如柏辽兹,如圣·桑——只以最近代的来说——能够不至于因缺少毅力,缺少信心,缺少精神上的指南针而陷落而颠覆的,几乎一个都没有。

克利斯朵夫跟当时的德国人一样存着鄙薄的心,想道:

"法国人只知道浪费精力去求新发明,而不会利用他们的新发明。他们始终需要一个异族的主宰,要一个格鲁克或是一个拿破仑①才能使他们的大革命有点儿结果。"

他想到要是再来一次拿破仑式的政变②该是怎么一个局面,不禁微微的笑了。

但在混乱状态中,有一个团体竭力想替艺术家把秩序与纪律恢复过来。一开始它取了个拉丁名字,纪念一千四百年以前,高卢人与万达人南侵时代盛极一时的一种教会组织。③ 克利斯朵夫奇怪为什么要追溯到这样久远。一个人能够高瞻远瞩,不囿于所生的时代,固然很好;但一座十四个世纪的高塔难免不成为一座不大方便的瞭望台,宜于仰观星象而不宜于俯视当代的人群。可是克利斯朵夫不久就放心了,因为他看见那般圣·格列高利的子孙④难得留在高塔上,只在鸣钟击鼓的时候才攀登。其余的时间,他们都在底下的教堂里。克利斯朵夫参与过几次他们的祭礼,先还以为他们属于新教的某个小宗派,后来才发觉他们是基督旧教中人。在场的都是些匍匐膜拜的群众,虔诚的,偏执的,喜欢攻击人的信徒。为首的是个极纯粹极冷静的人,性情

---

① 格鲁克(1714—1784),德国音乐家,居留法国甚久,在近代歌剧史上为极重要的复兴运动者,对十八世纪的法国歌剧影响极大。拿破仑出生地为地中海上的科西嘉岛,岛民原非法国种族。故作者称他们同为"异族的主宰"。
② 指一七九九年十一月九日的雾月政变,拿破仑解散督政府,自任第一执政,而以后称帝之基业亦于此奠定。
③ 一八九六年,弗兰克的大弟子鲍台斯与文桑·但第在巴黎创办一音乐学院,以拉丁文取名为 *Schola Cantorum*(意义为宗教音乐歌唱学校),以纪念六世纪时教会歌唱组织。但此歌唱学校不久即教授乐理、音乐史、一切器乐,与一般音乐学院无异。法国近代名家十之七八均出身于该校。
④ 初期的基督教圣诗歌唱,调式(*mode*)驳杂不一,经六世纪时教皇格列高利一世整理统一,至今于基督旧教某些宗派(例如本多派)的寺院中歌唱,称为素歌(*plain chant*)。文桑·但第辈认为制作宗教音乐必须以素歌的精神为基础。故此处称此派的人为"圣·格列高利的子孙"。

固执而带几分稚气,在那里维护宗教、道德、艺术方面的主义,向少数选民用抽象的词句解释他那部音乐的福音书,谴责"骄傲"与"异端邪说"。他把艺术上所有的缺陷,和人类所有的罪恶都归咎于上面两点。文艺复兴,宗教改革,以及今日的犹太教,他都等量齐观,认为是骄傲与异端的表现。音乐界中的犹太人都被执行了火刑。巨人韩德尔也受到了鞭挞。唯有塞巴斯蒂安·巴赫一个人,靠了上帝的面子,被认为"误入歧途的新教徒"而获免。①

这座圣·雅各街的庙堂②做着布道事业,有心拯救人类的灵魂与音乐。他们很有系统的传授天才的法则。许多勤奋的学生辛辛苦苦地、深信不疑地拿这些秘诀来付诸实行。他们似乎想用虔诚的艰苦来补赎祖先们轻佻的罪过:例如奥柏与亚丹之流,还有那人也风魔,音乐也风魔的柏辽兹。③现在人们抱着了不起的热情和虔敬,为一班众所公认的大师努力宣扬。十几年中间,他们的成就确是可观:法国音乐的面目居然为之一变。不但是法国的批评家,并且连法国的音乐家也学起音乐来了。从作曲家到演奏家如今都知道巴赫的作品了!——他们尤其努力破除法国人闭关自守的积习。法国人平日老躲在家里,轻易不肯出门;所以他们的音乐也缺少新鲜空气,有股闭塞的,陈腐的,残废的气息。这和贝多芬不问晴雨地在田野里跑着,在山坡上爬着,手舞足蹈,骇坏了羊群的那种作曲方式完全相反。巴黎的音乐家决不会像波恩的大熊一般,④因为有了灵感而吵吵嚷嚷惊动邻居。他们制作的时候是在自己的思想上加一个弱音器的;并且也挂着重重的帷幕,使外面的声音透不进来。

---

① 谓巴赫是"误入歧途的新教徒"一语,是文桑·但第一派的哀特迦·蒂奈说的,言下认为巴赫的精神是旧教徒的精神。
② 巴黎宗教歌唱学校(简称歌唱学校)校址在拉丁区圣·雅各街。
③ 奥柏(1782—1871),法国第二流歌剧作家,以浮华的典雅红极一时。亚丹(1803—1856)的歌剧,尤次于奥柏。柏辽兹(1803—1869),法国近代最大的交响曲作家,生前生后均不甚得意。其对法国音乐的贡献,直至二十世纪初方渐渐被人发现,本书作者罗曼·罗兰对之尤为称赏,认为世界第一流的音乐天才。
④ 贝多芬的故乡为德国波恩,故称其为"波恩的大熊"。

歌唱学校这一派竭力想更换空气；它对"过去"开了几扇窗子。但也仅仅对着"过去"。① 这是开向庭院而非临着大街的窗子，没有多大用处。何况窗子才打开，百叶窗又关上了，好似怕受凉的老太太。从百叶窗里透进来的有些中世纪的作品，有些巴赫，有些帕莱斯特里纳，有些民歌。可是这又算得什么呢？屋子里霉腐的气味依旧不减。其实他们觉得这样倒是挺舒服的，对现代的大潮流反而怀有戒心。固然，他们知道的事情比旁人多，但一笔抹杀的也一样的多。在这种环境里，音乐自然会染上一股迂腐之气，而不是给精神的一种慰藉了；他们的音乐会不是等于历史课，就是含有鼓励作用的举例。凡是前进的思想都被变成学院化。气势雄伟的巴赫被他们供奉到庙堂里去的时候，也变得循规蹈矩了。他的音乐完全被一班学院派的头脑改了样子，正如温馨浓艳的《圣经》被英国人的头脑改装过了一样。② 他们所称扬的是一种贵族派的折中主义，想把六世纪至二十世纪中间的三四个伟大音乐时代的特点汇集起来。这个理想倘若实现的话，那么其成绩一定像一个印度总督旅行回来，把在地球上各处搜罗得来的宝贝凑成的一座聚宝盆。可是以法国人的通情达理，结果并没闹出学究式的笑柄；大家决不实行他们的理论，而对付理论的办法也好比莫里哀对付医生一样，拿了药方而并不配服，最有性格的走他们自己的路去了。其余的只做些繁复的练习和艰深的对位学，名之为奏鸣曲、四重奏或交响曲……——"奏鸣曲啊，你要怎么呢？"——它不要什么，只要成为一阕奏鸣曲而已。作品中的思想是抽象的，无名的，勉强嵌进去的、毫无生趣的东西。那很像一个高明的公证人起草文书的艺术。克利斯朵夫先是因为法国人不喜欢勃拉姆斯而很高兴，如今却看到法国有着无数的小勃拉姆斯。所有这些出色的工人，既勤谨，又用心，真是具备了各种

---

① 该校举行的音乐会最初只演奏古代大师帕莱斯特里纳、巴赫、蒙特威尔第、拉莫、格鲁克等的作品。
② 英国十七世纪的清教徒，对《圣经》的了解极其偏执，狭窄，严峻，有如极端派的加尔文主义。

的德性。克利斯朵夫从他们的音乐会里出来,非常得益,但是非常厌烦。

嘿,外边的天气多好啊!

然而巴黎的音乐家中究竟有几个无党无派的独立的人。唯有这般人才能引起克利斯朵夫的注意。也唯有这般人能使你衡量一种艺术的生机。学派与社团只表现一种浮面的潮流或硬生生制造出来的理论。深思默想的超然人士,却有更多的机会能发现他们当代的与民族的真精神。但就因为这一点,一个外国人对他们比对旁人更难了解。

克利斯朵夫初次听到那个鼎鼎大名的作品的时候,便是这种情形。为了那作品,法国人不知说了多少胡话,有一部分的人说是十个世纪以来最大的音乐革命。——(世纪对他们是不值钱的!他们又不知道什么天高地厚……)

丹沃斐·古耶和西尔伐·高恩把克利斯朵夫带到喜歌剧院去,听《佩利阿斯与梅丽桑德》,①他们把这件作品介绍给他觉得光荣极了,仿佛是他们自己作的,并且告诉克利斯朵夫,说他这一回保证会发现奇迹。歌剧已经开幕了,他们还呶呶不休的在旁解释。克利斯朵夫止住了他们的话,伸着耳朵细听。第一幕演完,高恩眉飞色舞的问:

"喂,朋友,你觉得怎么样?"

他反问他们:"以后是不是老是这样的?"

"是的。"

"那么根本没有什么东西啰。"

高恩可叫起来了,认为他外行。

"没有东西,"克利斯朵夫继续说,"没有音乐,没有发展。前后不相衔接,简直站不住。和声很细腻。配器的效果颇有些很美的花腔,格调很高。但内容是空无所有,空无所有……"

---

① 此系梅特林克一八九二年所作的悲剧,德彪西谱成歌剧,于一九〇二年公演。

他又听下去。慢慢地,作品露出一点儿光来了;他开始在半明半暗中发现一些东西了。不错,他看到作者存心要求素雅,一反瓦格纳那种用音乐的浪潮来淹没戏剧的理想;但他不禁带着点挖苦的心思追问:他们有这种牺牲的理想,骨子里是否把自己没有的东西牺牲。在这件作品里,他感到颇有些贪逸恶劳的意味,想以最低限度的疲劳来获得效果,因为懒惰而不愿意费力去建造瓦格纳派的巨制。至于唱词之单纯,简洁,朴素,声音的微弱,虽然他觉得单调,而且因为他是德国人而认为不真实,但也同样感到惊异。——(他认为歌词愈求真切,愈令人感到法国语言的不适宜于谱成音乐,因为它太合逻辑,太分明,轮廓太固定;语言本身固然完美,但没法跟旁的东西融和。)然而这种尝试毕竟是有意思的,在它一反瓦格纳派的铺张浮夸这一点上,克利斯朵夫是赞成的。那位法国音乐家①似乎很俏皮的讲究含蓄,要用低声喁语来表白热情。爱既没有欢呼,死也没有哀号。只有旋律的线条微微颤动一下,乐队像嘴唇轻轻一抿似的打个寒噤,你才感觉到在剧中人心里波动的情绪。仿佛作家战战兢兢地怕流露真情。他的艺术的格调真是高极了,——除非法国民族固有的那种取悦感官、喜欢做作的倾向在他胸中突然觉醒的时候。那时你才会发现有些头发太黄的,嘴唇太红的,第三共和以后的小家碧玉所扮演的大情人。但这种情形是难得的,是作者过于克制自己的反响,是需要松动一下的表现,整个作品的风格是一种精炼到极点的单纯,并不单纯的单纯,刻意追求得来的单纯,是古老的社会的一朵精美纤巧的花。年少犷野如克利斯朵夫,当然不能充分欣赏这种境界,他尤其讨厌那剧本,那些诗。他以为看到了一个半老的巴黎女人,装着小孩子,要人讲童话给她听。这当然不是瓦格纳派的懒洋洋的角色,不是又肉麻又蠢笨的莱茵姑娘;但一个法兰西与比利时的混血种②的懒洋洋的人物,装腔作势的"沙龙"气派,喊着"小爸爸啊"、"白鸽啊"那一套给交际场中的太太们应用的

---

① 指德彪西。
② 因戏剧的原作者梅特林克是比利时人,音乐的作者德彪西是法国人。

神秘气息,也未必高明。巴黎女人却对着这出戏出神了,因为在这面镜子里照见了她们多愁多病,才子佳人的腔调而顾盼自怜。意志两字完全谈不到。没有一个人知道自己要些什么,做些什么。

"那可不是我的过失啊!那可不是我的过失啊!……"这些大孩子都这样地呻吟着。整整的五幕——森林,岩穴,地窖,死者的卧室,——都在黯淡的微光中演出,荒岛上的小鸟简直没有挣扎。可怜的小鸟!美丽,细巧……它们多么害怕太强的光明,太剧烈的动作,太剧烈的说话,多么怕热情,怕生命!……生命并不曾精炼过,你不能戴着手套去抓握的……

克利斯朵夫听见隐隐的炮声在响了,快要把这垂死的文明,这一息仅存的小小的希腊轰倒了。

虽然如此,克利斯朵夫对这件作品依旧抱着好感;是不是因为他有点儿又轻视又怜悯的缘故呢?总之,他对它的关切远过于他口头的表示。他走出戏院回答高恩的时候,尽管口口声声说着"很细腻,很细腻,可是缺少奔放的热情,音乐还嫌不够",心里却绝对不把《佩利阿斯》和其余的法国音乐一般看待。他被大雾中间的这盏明灯吸住了。他还发现有些别的光亮,很强的,很特别的,在四下里闪耀。这些磷火使他大为错愕,很想近前去瞧瞧是怎么样的光,可是不容易抓握。克利斯朵夫因为不了解而更觉得好奇的那般超然派的音乐家,极难接近。克利斯朵夫所不可或缺的同情,他们完全不需要。除了一两个例外,他们都不看别人的作品,知道得很少,也不想知道。他们几乎全部过着离群索居的生活,由于故意,由于骄傲,由于落落寡合,由于憎厌人世,由于冷淡,而把自己关在小圈子里。这等人虽为数不多,却又分成对立的小组,各不相容。他们的小心眼儿既不能容忍敌人和对手,也不能容忍朋友,——倘使朋友敢赏识另外一个音乐家,或是赏识他们而用了一种或是太冷淡,或是太热烈,或是太庸俗,或是太偏激的方式。要使他们满足真是太难了,结果他们只相信一个得到他们特许的批评家,一心一意坐在偶像的脚下看守着。你决不能去碰这种偶像。——他们固然不求别人了解,他们对自己也不怎么了解。他们受着奉承,被盟友的意见和自己的评价改了样,终于对自己的艺术和才具也弄模糊了。一般凭着幻想制作的人自以为是改革家,纤巧病态的艺术家自命为与瓦格纳争雄。他们差不多全为了抬高身价而断送了自己;每天都得飞跃狂跳,超过上一天的纪录,同时也要超过敌人的纪录。不幸这些跳高的练习并不每次成功,而且也只对几个同行才有点儿吸引力。他们既不理会群众,群众也不理会他们。他们的艺术是没有群众的艺术,只从音乐本身找养料的音乐。但克利斯朵夫的印象,不论这印象是否准确,总觉得法国音乐最需要音乐以外的倚傍。这株体态婀娜的蔓藤似的植物简直离不开支柱:第一就离不开文学。它本身没有充分的生命力,呼吸短促,缺少血液,缺少意志,有如弱不禁风的女子需要男性扶持。然而这位拜占庭式的王后,纤瘦,贫血,满头珠翠,被时髦朋友,美学家,批评家这些宦官包围了。民族不是一个音乐的民族;二十余年来大吹大擂的捧瓦格纳,贝多芬,巴赫,德彪西的热情,也仅仅限于一个阶级。越来越多的音乐会,不惜任何代价鼓动起来的,声势浩大的音乐潮流,并不是因为群众的趣味真正发展到了这个程度。这是一种风起云从的时髦,影响只及于一部分优秀人士,而且也把他们搅昏了。真正爱好音乐的人屈指可数,而最注意音乐的人如作曲家批评家,并不就是最爱好的人。在法国,真爱音乐的音乐家太少了!

  克利斯朵夫这么想着,可忘了这种情形是到处一样的,真正的音乐家在德国也不见得更多,在艺术上值得重视的并非成千成万毫无了解的人,而是极少数真爱艺术而为之竭忠尽智的孤高虔敬之士。这类人物,他在法国见到没有呢?不论是作曲家或批评家,最优秀的都是远离尘嚣而在静默之中工作的,例如弗兰克,例如现代一般最有天分的人;多少艺术家过着没世无闻的生活,让以后的新闻记者争着以最先发现他们,做他们的朋友为荣;还有少数勤奋的学者,毫无野心,不求名利,一点一滴地把法兰西过去的伟大发掘出来;另外一批则是献身于音乐教育,为法兰西未来的光荣奠定基础。其中有多少聪明才智之士,性灵的丰富,胸襟的阔大,兴趣的广博,一定能使克利斯朵夫心向神往,要是认识他们的话。但他无意之间只瞥见了二三个这种人物,而他所了解的,见到的,又是他们被人改头换面的思想。克利斯朵夫只看到作者的缺点,被那些模仿的人和新闻界的捎客抄袭面夸大的缺点。

克利斯朵夫对那些音乐界的俗物尤其感到恶心的,是他们的形式主义。他们之间只讨论形式一项。情操,性格,生命,都绝口不提!没有一个人想到真正的音乐家是生活在音响的宇宙中的,他的岁月就等于音乐的浪潮。音乐是他呼吸的空气,是他生息的天地。他的心灵本身便是音乐;他所爱,所憎,所苦,所惧,所希望,又无一而非音乐。一颗音乐的心灵爱一个美丽的肉体时,就把那肉体看作音乐。使他着迷的心爱的眼睛,非蓝,非灰,非褐,而是音乐;心灵看到它们,仿佛一个美妙绝伦的和弦。而这种内心的音乐,比之表现出来的音乐不知丰富几千倍,键盘比起心弦来真是差得远了。天才是要用生命力的强度来测量的,艺术这个残缺不全的工具也不过想唤引生命罢了。但法国有多少人想到这一点呢?对这个化学家式的民族,音乐似乎只是配合声音的艺术。它把字母当作书本。克利斯朵夫听说要懂得艺术先得把人的问题丢开,不禁耸耸肩膀。他们却对于这个怪论非常得意:以为非如此不足以证明他们有音乐天分。像古耶这等糊涂蛋也是这样。他从来不懂一个人如何能背出一页乐谱,——(他曾经要克利斯朵夫解释这个神秘),——如今却向克利斯朵夫解释,说贝多芬伟大的精神和瓦格纳刺激感官的境界,对于音乐并不比一个画家的模特儿对于他所作的肖像画有更大的作用!

"这就证明,"克利斯朵夫不耐烦地回答说,"在你们眼里,一个美丽的肉体并没有艺术价值!一股伟大的热情也没有艺术价值!唉,可怜虫!⋯⋯你们难道没想象到一张妩媚的脸为一幅肖像画所增加的美,一颗伟大的心灵为一阕音乐所增加的美吗?……可怜虫!……你们只关心技巧是不是?只要一件作品写得好,不必问作品表现些什么,是不是?……可怜虫!……你们仿佛不听演说家的词句,只听他的声音,只莫名其妙地看着他的手势,而认为他说得好极了……可怜的人啊!可怜的人啊!……你们这些糊涂蛋!"

克利斯朵夫所着恼的不单是这种那种的理论,而是一切的理论。这些清淡,这些废话,口口声声离不开音乐而只会谈音乐的音乐家的谈话,他听厌了。那真会叫最优秀的音乐家深恶痛绝。克利斯朵夫跟穆索尔斯基①一样的想法,以为音乐家最好不时丢开他们的对位与和声,去读几本美妙的书,或者去得点儿人生经验。光是音乐对音乐家是不够的:这种方式决不能使他控制时代而避免虚无的吞噬……他需要体验人生!全部的人生!什么都得看,什么都得认识。爱真理,求真理,抓住真理,——真理是美丽的战神之女,阿玛仲纳②的女王,亲吻她的人都会给她一口咬住的!

音乐的座谈室已经太多了,制造和弦的铺子也太多了!所有这些像厨子做菜一般制造出来的和声,只能使他看到些妖魔鬼怪而绝对听不见一种有生命的新的和声。

于是,克利斯朵夫向这批想用蒸馏器孵化出小妖魔来的博士们告别,跳出了法国的音乐圈子,想去访问巴黎的文坛和社会了。

像法国大多数的人一样,克利斯朵夫最初是在日报上面认识当时的法国文学的。他因为急于要熟悉巴黎人的思想,同时补习一下语言,便把人家说是最地道的巴黎型的东西用心细读。第一天,他在骇人的社会新闻里,——叙述和特写一共占了好几长行,——读到一篇报导一个父亲和十五岁的亲生女儿睡觉的新闻:字里行间仿佛认为这种事情是极自然的,甚至还相当动人。第二天,他在同一报纸上读到

---

① 穆索尔斯基(1839—1881),创立近代俄国乐派的五大家之一。
② 阿玛仲纳相传为古希腊时代居于小亚细亚的女性部落,以好战著称。

一件父子纠纷的新闻,十二岁的儿子和父亲同睡一个姑娘。第三天,他读到一桩兄妹相好的新闻。第四天,他读到姊妹同性爱的新闻,第五天……第五天,他把报纸丢了,和高恩说:

"嘿!这算是哪一门?你们都发疯了吗?"

"这是艺术啊。"高恩笑着回答。

克利斯朵夫耸了耸肩膀:"你这是跟我开玩笑了。"

高恩笑倒了,说:"绝对不是。你自己去瞧吧。"

他给克利斯朵夫看一个最近发刊的"艺术与道德"的征文特辑,结论是"爱情使一切都变得圣洁","肉欲是艺术的酵母","艺术无所谓不道德","道德是耶稣会派①教育所倡导的一种成见","最重要的是强烈的欲望"等等。——还有好些文章,在报纸上证明某部描写开妓院的人的风俗小说是纯洁的。执笔作证的人中颇有些鼎鼎大名的文学家和严正的批评家。一个信仰旧教,提倡伦常的诗人,把一部描绘希腊淫风的作品赞扬备至。那些极有抒情气息的文章所推重的小说,尽量铺陈各个时代的淫风:罗马的,亚历山大的,君士坦丁堡的,意大利和法兰西文艺复兴时代的,路易十四时代的……简直是部完备的讲义。另外有一组作品以地球上各处的性欲问题为对象:态度认真的作家们,像本多派教士一样耐性地研究着五大洲的艳窟。在这批研究性欲史地的专家中间,颇有些出众的诗人与优秀的作家。要不是他们学问渊博,旁人竟分辨不出他们与别的作者有什么两样。他们用着确切精当的措辞叙述古代的淫风。

可悲的是,一般笃厚的人和真正的艺术家,法国文坛上名副其实的权威,也在努力干这种非他们所长的工作。有些人还费尽心机写着猥亵的东西,给晨报拿去零零碎碎的登载。他们这样有规律的生产,像下蛋一样,每星期两次,成年累月的继续下去。他们生产,生产,到了山穷水尽,无可再写的时候,便搜索枯肠,制造些淫猥怪异的新花

---

① 耶稣会派是基督旧教的一个宗派,由西班牙人雷育拉于十六世纪时创立,以排斥异端,对抗宗教革命为主旨。十七世纪时在法国政治上一度极有势力。

样：因为群众的肚子已经给塞饱了，佳肴美味都吃腻了，对最淫荡的想象也很快觉得平淡无奇：作者非永远加强刺激不可，非和别人的刺激竞争，和自己以前制造的刺激竞争不可；——于是他们把心血都呕尽了，叫人看了可怜而又可笑。

克利斯朵夫不知道这个悲惨职业的种种内幕；但即使他知道了，也不见得更宽容：因为他认为，无论什么理由也不能宽恕一个艺术家为了三十铜子而出卖艺术……

"便是为了维持他所亲所爱的人的生活也不能原谅吗？"

"不能。"

"你这是不近人情啊。"

"这不是人情不人情的问题，主要是得做一个人！……人情……喝！你们这套没有骨头的人道主义真是天晓得！……一个人不能同时爱几十样东西，不能同时侍候好几个上帝！……"

克利斯朵夫一向过着埋头工作的生活，眼界不出他那个德国小城，没想到像巴黎艺术界这种腐败的情形差不多在所有的大都市里都难避免。德国人常常自以为"贞洁"，把拉丁民族看作是"不道德的"：这种遗传的偏见慢慢地在克利斯朵夫心中觉醒了。高恩提出柏林的秽史，德意志帝国的上层阶级的腐化，蛮横暴烈的作风使丑行更要不得等等，和克利斯朵夫抬杠。但高恩并无意袒护法国人；他把德国的风气看得和巴黎的一样平淡。他只是玩世不恭地想道："每个民族有每个民族的习惯"；所以他对自己那个社会里的习惯也恬不为奇。克利斯朵夫却只能认为是他们的民族性。于是他不免像所有的德国人一样，把侵蚀各国知识分子的溃疡，看作是法国艺术特有的恶习和拉丁民族的劣根性。

这个和巴黎文学的初次接触使克利斯朵夫非常痛苦，以后直要过了相当的时间才能忘掉。不是专门致力于那些被人肉麻当有趣的称为"基本娱乐"的著作，并非没有。但最美最好的作品，他完全看不到。因为它们不求高恩一流的人拥护；它们既不在乎这般读者，这般读者也不在乎这种读物:他们都是你不知道我,我不知道你的。高恩从来没对克利斯朵夫提过这等著作。他真心以为他和他的朋友们便是法国艺术的代表;除了他们所承认的大作家之外,法国就没有什么天才,没有什么艺术了。为文坛增光,为法国争荣的诗人们,克利斯朵夫连一个都不知道。在小说方面,他只看到矗立在无数俗流之上的巴雷斯和法朗士的几部作品。可是他语言的程度太浅,难于领略前者的思想分析和后者幽默而渊博的风趣。他好奇地瞧了瞧法朗士花房里所培养的橘树,以及在巴雷斯心头开发的娇弱的水仙。在意境高远而不免空洞的天才梅特林克之前,他也站了一会,觉得有股单调的,浮华的神秘气息。他抖擞了一下,不料又卷进浊流,被他早已熟识的左拉的混浊的浪漫主义①搅得头昏脑涨;等到他踊身跃出的时候,一阵文学的洪流又把他完全淹没了。

而这片水淹的大平原还蒸发出一股浓烈的女性气息。那时的文坛正挤满了女性和女性化的男人。女人写作原来是很有意思的,只要她们能够真诚,把任何男性不能完全了解的方面——女子隐秘的心理——描写出来。可是很少女作家敢这么做;她们多半只为了勾引男子而写作:在书中如在客厅里一样的扯谎,搔首弄姿,和读者调情。自从她们没有忏悔师可以诉说她们的私情丑事以后,就把私情丑事公诸大众。这样便产生了像雨点那么多的小说,老是撒野的,装腔作势的,文字又如小儿学语一般的含糊不清,令人读了如入香粉铺,闻到一股俗不可耐的香味与甜味。所有这类作品都有这个气息。于是克利斯朵夫像歌德一样的想道:"女人们要怎样写诗,怎样写文章,都可以。但男子决不能学女人的样!那才是我最讨厌的。"不三不四的卖弄风情,存心为一般最无聊的人玩弄虚伪的情感,又是撒娇又是粗野的风格,恶俗不堪的心理分析,教克利斯朵夫看了不由得心里作恶。

---

① 一般读者仅知左拉为自然主义文学的领袖,其实他所谓的自然主义只是似是而非的科学理论;而左拉的浪漫主义的幻想成分远过于他自称为"观察家与实验家"的性格。

然而克利斯朵夫明白自己还不能下判断。节场上喧闹的声音把他耳朵震聋了。美妙的笛音也被市嚣掩住,没法听见。正如清朗的天空之下展开着希腊岗峦的和谐的线条,这些肉感的作品中间的确也有不少才气,不少风韵,表现一种生活的甜美,细腻的风格,像佩鲁吉诺和拉斐尔画中的不胜惝困的少年,半阖着眼睛,对着爱情的幻梦微笑。这一切,克利斯朵夫完全没看到。没有一点儿端倪使他能感觉到这股精神的暗流。便是一个法国人也极不容易摸出头绪。他眼前所能清清楚楚见到的,只有满坑满谷的出版物,泛滥洋溢,差不多成了公众的灾害。仿佛人人都在写作:男人,女人,孩子,军官,优伶,社交界的人物,剽窃抄袭的人,无一不是作家。那简直是一种传染病。

暂时克利斯朵夫不想决定什么意见。他觉得像高恩那样的向导只能使他越来越迷路。从前在德国和文学团体的来往使他有了戒心,对于书籍杂志都抱着怀疑的态度:谁知道这些出版物不是少数有闲者的意见,甚至除了作者以外再没别的读者?戏剧才能使你对社会有个比较准确的观念。它在巴黎人的日常生活中占着那么重要的地位:好比一家巨人的饭铺来不及满足二百万人的食量。即使各区的小剧场、音乐咖啡馆、杂耍班等等一百多处夜夜客满的场所不计在内,巴黎光是大戏院也有三十多家。演员与职员的人数多至不可胜计。四个国家剧场就有上三千的员役,每年需要一千万法郎开支,整个巴黎都挤满着起码角儿。他们的照相,素描,漫画,触目皆是,令人想起他们装腔作势的鬼脸;留声机上传出他们咿咿唔唔的歌唱,日报上披露他们对于艺术和政治的妙论。他们有他们特殊的报纸,刊载他们可歌可泣的或是日常猥琐的回忆。在一般的巴黎人中,这些靠互相模仿过日子的大娃娃俨然是主子,而剧作者做着他们的扈从侍卫。于是克利斯朵夫要求高恩带他到这个反映现实的国土里去见识一番。

但在这方面,高恩的向导也不见得比在出版界里高明。克利斯朵夫由他的介绍而对巴黎剧坛所得的第一个印象,使他厌恶的程度也不下于第一批读到的书籍。似乎到处都弥漫着精神卖淫的风气。

出卖娱乐的商人分做两派。一是旧式的国粹派,全是粗野的毫无顾忌的诙谐,把一切的丑恶和畸形的身体,作为说笑打诨的材料;那是臭肉一般的,淫猥的,大兵式的戏谑。他们却美其名曰"大丈夫的爽直",自命为把放浪的行为与道德调和了,因为在一出戏里演过了四场淫秽的丑史以后,再把情节调动一下,使不贞的妻子仍旧回到丈夫的床上,——只要法律得以维持,道德也就得救了。把婚姻描写得百般淫乱而在原则上仍旧尊重婚姻的态度,大家认为就是高卢人派头。①

另外一派是新式的,更细巧也更可厌。充斥剧坛的巴黎化的犹太人(和犹太化的基督徒),在戏剧中拿情操来玩种种花样,那是颓废的世界大同主义的特征之一。那般为了父亲而脸红的儿子,竭力否认他们的种族意识;在这一点上,他们真是太成功了。他们把几千年的灵魂摆脱之后,剩下来的个性只能拿别的民族的知识与道德的长处杂凑起来,合成一种混合品,自鸣得意。在巴黎剧坛称霸的人,最拿手的本领是把猥亵与感情混在一起,使善带一些恶的气息,恶带一些善的气息,把年龄、性别、家庭、感情的关系弄得颠颠倒倒。这样,他们的艺术便有一股特别的气味,又香又臭,格外难闻:他们却称之为"否定道德的主义"。

他们最喜欢采用的剧中人物之一是多情的老人。他们的剧本中有很多这个角色的肖像,使他们有机会把种种微妙的局面描写得淋漓尽致。有时,六十岁的老头儿把女儿当作心腹,跟她谈着自己的情妇;她也跟他谈着她的情夫;他们互相参加意见,像朋友一般;好爸爸帮助女儿犯奸;好女儿帮助父亲去哀求那个爱情不专的情妇,要她回来和父亲重续旧欢。有时,尊严的老人做了情妇的知己,和她谈着她的情夫,怂恿她讲述她放浪的故事,听得津津有味。我们还看到一大批情

---

① 高卢人为古罗马人称一部分凯尔特族的名字。法国人常自称为高卢人。而日常语言中尤以"高卢人派头"形容快乐,兴奋,轻薄的性格。

夫,都是十足地道的绅士,替他们从前的情妇当经理,监督她们的交际与匹配的事。时髦女人朝三暮四。男人做着龟奴,女人谈着同性爱。而干这些事的都是上流社会,就是说资产社会,——唯一值得重视的社会。而那个社会允许人家借了高等娱乐的名义,羼些坏货色供应主顾。经过了装潢,坏货色也很容易销售,把年轻的妇女与年老的绅士逗得笑逐颜开。但是其中有股死尸的气息跟娼家的气息。

他们戏剧风格之混杂也不下于他们的感情。他们造出一种杂糅的土话,把各阶级各地方迂腐而粗俗的口语,把古典的,抒情的,下流的,做作的,幽默的,胡说八道的,不雅的,隽永的话,统统凑在一处,好像带着外国口音。他们天生的会挖苦人,滑稽突梯,可是很少天趣;但他们凭着乖巧的手法,能仿着巴黎风气制造出一些天趣。虽然宝石的光泽不大美,镶工未免笨重繁琐,放在灯光下面至少会发亮:而只要有这一点就足够了。他们很聪明,观察很精密,却有些近视;几百年来在柜台上磨坏了的眼睛是要用放大镜来检视感情的,他们把小事扩大了好几倍,而看不见大事;他们因为特别喜欢假珠宝的光彩,所以除了他们暴发户心目中的典雅的理想以外,什么都不会描写。那简直是极少数游手好闲的人和冒险家争夺一些偷来的金钱与无耻的女性。

有时,这些犹太作家真正的天性,由于莫名其妙的刺激,会从他们古老的心灵深处觉醒过来。那才是多少世纪多少种族的一种古怪的混合物;一阵沙漠里的风,从海洋那边把土耳其杂货铺的臭味吹到巴黎人的床头,带来闪烁发光的沙土,奇怪的幻象,醉人的肉感,剧烈的神经病,毁灭一切的欲念,——似乎希伯来的勇士撒姆逊,从几千年的长梦中突然像狮子一般的醒过来,挟着疯狂的怒气把庙堂的支柱推倒了,压在他自己和敌人身上。①

---

① 非力士人拘因撒姆逊,一日将其带往祭神大会,意欲当众加以羞辱。撒姆逊默祷上帝赐还神力(此神力被爱人达丽拉潜割头发后丧失),乃推倒庙堂,与非力士王及在场群众同归于尽。

克利斯朵夫掩着鼻子,对高恩说:

"这里头力量是有的;可是发臭。够了!咱们去看看别的东西吧。"

"你要看什么?"

"法国啊。"

"这不就是法国吗?"高恩说。

"不是的,"克利斯朵夫回答,"法国不是这样的。"

"怎么不是?还不是跟德国一样吗?"

"我绝对不信。这样的民族活不了二十年的:此刻已经有股霉味儿了。一定还有别的东西。"

"再没有更好的了。"

"一定有的。"克利斯朵夫固执着说。

"噢!我们也有很高尚的心灵,"高恩回答,"也有配他们胃口的戏剧。你要看这个吗?有的是。"

于是他把克利斯朵夫带到法兰西剧院①去。

那天晚上,演的是一出现代的散文体喜剧,讨论某个法律问题的。

一听最初几句对白,克利斯朵夫就不知道这剧情发生在哪个世界上。演员的声音异乎寻常的宏大、沉着、迟缓、做作,每个音节都咬得非常清楚,好像教朗诵的功课,又像永远念着十二缀音格的诗,夹着些痛苦的打嗝。姿势那么庄严,差不多跟教士一般。女主角披着古希腊大褂式的寝衣,高举着手臂,低着脑袋,活像神话里的女神,调弄着美妙的低音歌喉,迸出最深沉的音,脸上永远挂着苦笑。高贵的父亲踏着剑术教师般的步子,道貌岸然,带着阴森森的浪漫色彩。年轻的男主角很冷静地尖着嗓子装哭声。剧本的风格是副刊式的悲剧:通篇都是抽象的字眼,公事式的修辞,学院派的迂说。没有一个动作,没有一

---

① 法兰西剧院(亦称法兰西喜剧院)为法国四大国家戏院之一。

声出人不意的呼号。从头至尾像时钟一样呆板,只有一个严肃的问题,一个剧本的雏形,一副空洞的骨架,外边却毫无血肉,只是一些书本式的句子。那些想要显得大胆的讨论,其实只表示鳃鳃过虑的思想,和那种矜持的小市民精神。

剧中叙述一个女子嫁了个卑鄙的丈夫,生了个孩子;她离了婚,又嫁给一个她心爱的老实人。作者想借此说明,便是在这等情形中,离婚不独为一般成见所不许,抑且为人类天性所不容。要证明这一点是再方便没有了,作者设法使前夫在某次意外的情形中和离婚的妻子团聚了一次。这样以后,那女的并不继之以悔恨或羞惭。要说天性,这才是正常的反应。可是不,她反而更爱那个诚实的后夫。据说这是一种英勇的意识,出乎人情之外的表现!法国作家对于道德的确太生疏了:一提到它就会变得过火,令人难以置信。大家看到的仿佛尽是高乃依式的英雄,悲剧中的帝王。——而这些百万富翁的男主角,在巴黎至少有一所住宅和二三处宫堡的女主角,岂非真是帝王吗?在这等作家眼里,财富竟是一种美,几乎也是一种德。

但克利斯朵夫觉得观众比戏剧本身更可怪。不管是怎么不合理的情节,他们看了都若无其事。遇到发噱的地方,应该教人哄笑的对白,由演员预先暗示大家准备的地方,他们便哄笑一阵。当那般悲壮的傀儡照着一定的规矩打呃,叫吼,或是晕过去的时候,大家便擤鼻涕,咳嗽,感动得下泪。

"哼!有人还说法国人轻佻!"克利斯朵夫离开场子的时候说。

"轻佻和庄严,各有各的时候,"西尔伐·高恩带着嗤笑的口气说,"你不是要道德吗?你现在可看到法国也有道德了。"

"这不是道德而是雄辩!"克利斯朵夫嚷道。

"我们这儿,"高恩说,"舞台上的道德总是很会说话的。"

"这是法庭上的道德,"克利斯朵夫说,"只要是多嘴的人就会得胜。我压根儿讨厌律师。难道法国没有诗人吗?"

于是西尔伐·高恩带他去见识诗剧。

法国并非没有诗人，也并非没有大诗人。然而戏院不是为他们而是为胡诌的音韵匠设的。戏院跟诗歌的关系，有如歌剧院跟音乐的关系，像柏辽兹说的变了一种"荡妇卖笑"的出路。

克利斯朵夫所看到的，有一般以卖淫为荣的圣洁的娼妇，据说她们和上加伐山受难的基督一样伟大；——有一般为爱护朋友而诱奸朋友之妻的人；——有相敬如宾的三角式的夫妇；——有成为欧洲特产的，英勇壮烈的戴绿头巾的丈夫。——克利斯朵夫也看到一般多情的姑娘徘徊于情欲与责任之间：依了情欲，应该跟一个新的情夫；依了责任，应该守着原来的情夫，一个供给她们金钱而被她们欺骗的老人。结果，她们很高尚地挑了责任那条路。——克利斯朵夫觉得这种责任和卑鄙的利害观念并没分别；可是群众非常满意。他们只需要听到责任二字，根本不在乎实际；俗语说得好：扯上一面旗，船上的货物就得到保护了。

这种艺术的极致，是在于用最奇特的方式把性的不道德与高乃依式的英雄主义调和起来。这样就能使巴黎群众的荒淫的倾向，和口头上的道德同时得到满足。——可是我们也得说句公道话：他们对于荒淫的兴致还不及嚼舌的兴致。雄辩是他们无上的快乐。只要听到一篇美妙的说辞，他们便是给人抽一顿也是乐意的。不论是恶是善，是惊天动地的英勇的精神，是放荡淫佚的下流习气，只要像镀金似的加上些铿锵的音韵，和谐的字句，他们便一概吞下。一切都是吟诗的材料。一切都是咬文嚼字的章句。一切都是游戏。当雨果暴雷似的怒吼时，他们立刻加上一个弱音器，免得小孩子受了惊吓！——在这种艺术里，你永远感觉不到自然的力量。他们把爱情，痛苦，死亡，都变成浮华浅薄。像在音乐方面一样，——而且更厉害，因为音乐在法国还是一种年轻的艺术，还比较天真，——他们最怕"已经用过的"字眼。最有才具的人很冷静地在标新立异上面做功夫。诀窍是挺简单的：只要挑一篇传说或神话，把它的内容颠倒过来就得了。结果就有了被妻子殴打的蓝胡子，或是为了好心而自己挖掉眼睛，为阿雪斯与迦拉德的幸福而牺牲自己的波吕斐摩斯。① 而这一切,着重的还在形式。但克利斯朵夫(他还不是一个内行的批判者)觉得,这些重视形式的作者也不见得高明,只是一般抄袭模仿的匠人,而非独创风格,从大处落墨的作家。

这类诗的谎言,到了悲壮的戏剧中简直是谬妄之极。它对于剧中的英雄有这样一种滑稽可笑的概念:

> 主要是有一颗美妙的灵魂,
> 有一双鹰眼,像门洞一样宽广高大的脑门,
> 有一副严肃坚强的神气,光彩焕发而动人,
> 再加一颗善于战栗的心,一双充满着幻梦的眼睛。

这样的诗句居然有人信以为真。在浮夸的大言,长长的翎毛,白铁的剑与纸糊的头盔之下,我们老是看到萨尔杜②那一派的无可救药的轻薄,把历史当作木偶戏的大胆的俳剧演员。像西拉诺③式的荒唐的英雄主义,在现实世界里代表些什么呢?这般作者从天上搅到地下,把帝王与扈从,护教团与文艺复兴期的冒险家,一切骚扰过世界的元恶大盗,从坟墓里翻出来:——为的是教大家看看一个无聊的家伙,杀人不眨眼的暴徒,拥着残忍凶暴的军队,后宫全是俘虏得来的美女,忽然为了一个十几年前见过一面的女子颠倒起来;——再不然是给你

---

① 蓝胡子原是布列塔尼传说中的人物,杀过六个妻子。波吕斐摩斯为希腊神话中的人物,妒杀阿雪斯与迦拉德,终于被里斯挖去双目。此处言法国诗剧作家专以传说与神话作翻案。
② 萨尔杜(1831—1908),法国喜剧及历史剧作家,写的都是传奇的英雄,热情的象征而非真正的热情,既无历史的真实,亦无人性的真实。但十九世纪末期萨尔杜称霸剧坛垂三十年。
③ 《西拉诺》为洛斯当(1868—1918)作韵文喜剧。作品红极一时,但艺术价值不高。故事系以十七世纪的诗人西拉诺为主,述西拉诺恋一女子名洛克萨纳,后知洛克萨纳深爱克里斯蒂安·特·纽维兰德,西拉诺乃帮助此情敌,代写情书。后纽维兰德死于战役,而西拉诺将此秘密保存至临终时方始吐露。此处所谓荒唐的英雄主义即指此。

看到一个亨利四世为了失欢情妇而被刺!①

这般先生就是这样的玩弄着室内的君王与英雄。所谓诗人就这样的讴歌着虚伪的,不可能的,与真理不相容的英雄主义……克利斯朵夫很奇怪地发觉,自命为千伶百俐的法国人竟不知可笑为何物。

但最妙的是宗教交了时髦运!在四旬节里,喜剧演员在快乐剧场用管风琴伴奏,朗诵波舒哀的《悼词》。犹太作家替犹太女演员写些关于圣女特雷莎的悲剧。博迪尼埃戏院演着《殉难之路》,滑稽剧场演着《圣婴耶稣》,圣马丁戏院演着《受难记》,奥代翁戏院演着《耶稣基督》,移植园里奏着关于基督受难的乐曲。某个有名的嚼舌专家,讴歌肉欲之爱的诗人,在夏特莱戏院举行一次关于"赎罪"的演讲。当然,在全部《福音书》中,这些时髦朋友所牢记在心的不过是彼拉多与玛格达莱妮。② ——而他们的马路基督,又染了当时的习气,特别饶舌。

克利斯朵夫不禁喊道:

"这可比什么都糟了!扯谎竟扯成这个样!我透不过气来了。快快走吧!"

但在这批现代工业化的出品中,伟大的古典艺术始终支撑着,好比今日的罗马,虽然满眼都是恶俗的建筑物,也还有些古代庙堂的废墟残迹。可是除了莫里哀以外,克利斯朵夫没有能力欣赏那些古典名著。他对于语言的微妙还不能捉摸,对于民族的特性也当然无从领会。他觉得最不可解的莫如十七世纪的悲剧;——在法国艺术中,这是外国人最难入门的一部分,因为它是法国民族的心脏。他只觉得那种剧本冷冰冰的,沉闷,枯索,其迂阔和做作的程度足以令人作呕。动作

---

① 按:法王亨利四世确于一六一〇年被刺,但绝非为了失欢情妇。作者在此讽刺作家故意歪曲史实。
② 彼拉多为判耶稣受刑的罗马帝国的犹太总督。玛格达莱妮为受耶稣感化之卖淫女,在十字架下哭耶稣而第一个发现耶稣墓穴空无尸身之人。

不是贫乏就是过火,人物的抽象有如修辞学上的论证,空洞无物有如时髦女子的谈话。整个剧本只是一幅古代人物与古代英雄的漫画:长篇累牍地铺张的无非是理性,理由,妙语,心理分析,过时的考古学。议论,议论,议论,永远是法国人的那些唠叨。克利斯朵夫存着讥讽的心思,不愿意断定它美还是不美,他只觉得毫无趣味。《西那》里面的演说家所持的理由如何,末了是哪个饶舌的家伙得胜,①克利斯朵夫全不理会。

可是他发现法国的群众并不和他一般见解,倒是非常热烈地喝彩。这也不能消除他的误会,因为他是从观众身上去看这种戏剧的;而他觉得现代的法国人就有些性格是古典的法国人遗传下来的,不过是变了形。正如犀利的目光会在一个妖冶的老妇脸上发现她女儿脸上的秀美的线条:那当然不会使你对老妇发生什么爱情!……法国人好像每天相见的家属一样,决不发觉彼此的相似。克利斯朵夫可一看见便怔住了,并且格外加以夸张,临了竟只看见这一点。当代的艺术无异是那些伟大的祖先的漫画,而伟大的祖先在他心目中也显得像漫画中的人物。克利斯朵夫再也分辨不出,高乃依和一般模仿者中间有何区别。拉辛也被末流的巴黎心理学家,成天在自己心中掏来摸去的子孙们弄得鱼目混珠了。

所有这些幼稚的人从来跳不出他们的古典作家的圈子。批评家老是拉不断扯不断地讨论着《伪君子》与《费德尔》,②不觉得厌倦。年纪老了,他们还在津津有味地搞着幼年时代心爱的玩意儿。这情形可以拖到民族的末日。以崇拜远祖列宗的传统而论,世界上是没有一个国家能和法国相比的。宇宙中其余的东西都不值他们一顾。除了路易十四时代的法国名著以外什么都不读,不愿意读的人不知有多多少少!他们的戏院不演歌德,不演席勒,不演克莱斯特,不演格里尔帕

---

① 《西那》为高乃依的有名的悲剧。此处所称"演说家所持的理由",指第二幕罗马大帝奥古斯德倦于政治,意欲退休,征询西那与玛克辛的意见,两人在御前争持各人的理由。
② 《伪君子》为莫里哀的喜剧;《费德尔》为拉辛的悲剧。

策,不演黑贝尔,不演斯特林堡,不演洛佩,不演卡尔德隆,①不演任何别的国家的任何巨人的名作,只有古希腊的是例外,因为他们(如欧洲所有的民族一样)自命为希腊文化的承继人。他们偶然觉得需要演一下莎士比亚,那才是他们的试金石了。表演莎士比亚的也有两派:一是用布尔乔亚的写实手法,把《李尔王》当作奥吉埃②的喜剧那么演出的;一是把《哈姆莱特》编成歌剧,③加进许多雨果式的卖弄嗓子的唱词。他们完全没想到现实可以富有诗意,也没想到诗歌对于一般生机蓬勃的心灵就是自然的语言。所以他们听了莎士比亚觉得不入耳,赶紧回头表演洛斯当。

可是二十年来,也有人干着革新戏剧的工作;狭窄的巴黎文坛范围扩大了,它装着大胆的神气向各方面去尝试。甚至有两三次,外界的战斗,群众的生活,居然冲破了传统的帷幕。但他们赶紧把破洞缝起来了。因为他们都是些娇弱的老头儿,生怕看到事实的真面目。随俗的思想,古典的传统,精神上与形式上的墨守成法,缺少深刻的严肃,使他们那个大胆的运动无法完成。最沉痛的问题一变而为巧妙的游戏;临了,一切都归结到女人——渺小的女人——问题上去。易卜生的英雄式的无政府主义,托尔斯泰的《福音书》,尼采的超人哲学,到了他们江湖派的舞台上只剩下那些巨人的影子,可笑而可怜!

巴黎的作家花了不少心血要表示在思索一些新的事情。骨子里他们全是保守派。欧洲没有一派文学像法国文学那样普遍的跳不出过去的樊笼:大杂志,大日报,国家剧场,学士院,到处都给"不朽的昨日"控制着。巴黎之于文学,仿佛伦敦之于政治,是防止欧洲思想趋于

---

① 克莱斯特(1777—1811),德国戏剧家。格里尔帕策(1791—1872),奥地利剧作家。黑贝尔(1813—1863),德国诗人和戏剧家。斯特林堡(1849—1912),瑞典戏剧家和作家。洛佩(1562—1635),西班牙戏剧家和作家。卡尔德隆(1600—1681),西班牙剧作家和诗人。
② 奥吉埃(1820—1889),十九世纪后期以中产阶级为主要观众的戏剧家,当时与小仲马分庭抗礼。
③ 《哈姆莱特》由托梅谱成歌剧,由加勒与巴皮哀二人编歌词。首次于一八六八年在巴黎公演。

过激的制动机。法兰西学士院等于英国的上议院。君主时代的制度对新社会依旧提出它们从前的规章。革命分子不是被迅速地扑灭,就是被迅速地同化。而那些革命分子也正是求之不得。政府即使在政治上采取社会主义的姿态,在艺术上还是闭着眼睛让学院派摆布。针对学院派的斗争,大家只用文艺社团来做武器;而且那种斗争也可怜得很。因为社团中人一有机会就马上跨入学士院,而变得比学院派的人更学院派。至于当先锋的或是当后备员的,又老是做自己集团的奴隶,跳不出一党一派的思想。有的是囿于学院派的原则,有的是囿于革命的主张:归根结蒂,都是坐井观天。

为了要使克利斯朵夫提提精神,高恩预备带他到一种完全特殊的——就是说妙不可言的——戏院去。在那边可以看到凶杀,强奸,疯狂,酷刑,挖眼,破肚:凡是足以震动一下太文明的人的神经,满足一下他们隐蔽的兽性的景象,无不具备。① 那对于一般漂亮女子和交际花尤其特具魔力,——她们平时就有勇气去挤在巴黎法院的闷人的审判庭上消磨整个下午,说说笑笑,嚼着糖果,旁听那些骇人听闻的案子。但克利斯朵夫愤愤地拒绝了。他在这种艺术里进得愈深,觉得那股早就闻到的气息愈浓,先是还淡淡的,继而是持久不散的,猛烈的,完全是死的气息。

豪华的表面,繁嚣的喧闹,底下都有死的影子。克利斯朵夫这才明白为什么自己一开始就对某些作品感到厌恶。他受不了的倒并非在于作品的不道德。道德,不道德,无道德,——这些名词都没有什么意义。克利斯朵夫从来没肯定什么道德理论;他所爱的古代的大诗人大音乐家,也并非规行矩步的圣人;要是有机会遇到一个大艺术家,他决不问他要忏悔单②看,而是要问他:"你是不是健全的?"

---

① 指巴黎的大木偶戏院,创立于一八九七年,所演的戏不是专门逗笑的,就是极端恐怖的。
② 旧教惯例,凡教徒向教士忏悔后,教士予以书面证明,称为忏悔单。法国习惯,凡教徒结婚时,须向本堂神甫缴验忏悔单。

关键就在于这"健全"二字。歌德说过："要是诗人病了,他得想法医治。等病好了再写作。"

可是巴黎的作家都病了;或者即使有一个健全的,也要引以为羞,不让别人知道他健全,而假装害着某种重病。然而他们的疾病所反映于艺术的,并不在于喜欢享乐,也不在于极端放纵的思想,或是富于破坏性的批评。这些特点可能是健全的,可能是不健全的,看情形而定;但绝对没有死的根苗。如果有的话,也不是由于这些力量本身,而是由于使用力量的人,因为死的气息就在他们身上。——享乐,克利斯朵夫也一样喜欢。他也爱好自由。他为了直言不讳地说出他的思想,曾经在德国惹起小城里的人的反感;如今看到巴黎人宣传同样的思想,他反倒厌恶了。思想还不是一样的思想?可是听起来大不相同。以前克利斯朵夫很不耐烦地摆脱古代宗师的羁轭,攻击虚伪的美学、虚伪的道德的时候,并不像这些漂亮朋友一般以游戏态度出之;他是严肃的,严肃得可怕;他的反抗是为了追求生命,追求丰富的、藏有未来的种子的生命。但在这批人,一切都归结到贫瘠的享乐。贫瘠,贫瘠。这就是病根所在。滥用思想,滥用感官,而毫无果实。那是一种光华灿烂的,巧妙的,富有风趣的艺术;——当然是一种美的形式,美的传统,外边冲来的淤沙淹没不了的传统;——一种像戏剧的戏剧,一种像风格的风格,一批熟练的作家,很能写文章的文人,——是当年很有力量的艺术与很有力量的思想的骨骼,相当美丽的骨骼。可是也仅仅限于骨骼。铿锵的字眼,悦耳的句子,空空洞洞的互相摩擦的观念,思想的游戏,肉感的头脑,长于推理的感官;这一切除了自私自利地供自己享乐以外,毫无用处。那简直是往死路上走。而这个现象,和法国人口激减的情形相仿,是全欧洲不声不响地看在眼里而私心窃喜的。多少的聪明才智,多少的细腻的感觉,都浪费于无用之地,虚耗于下流可耻之事。他们自己可不觉得,只嘻嘻哈哈的笑着。但克利斯朵夫认为差堪安慰的也只有这一点:这些家伙还能够痛痛快快地笑,究竟不能算完全没希望。他们装作正经的时候,克利斯朵夫倒更不喜欢他们了；他觉得最难堪的，莫过于那些文人一边把艺术当作寻欢作乐的工具，一边自命为宣扬一种没有利害观念的宗教。

"我们是艺术家，"高恩得意扬扬地说，"我们是为艺术而艺术。艺术永远是纯洁的；它只有贞操，没有别的。我们在人生中探险，像游历家一般对什么都感兴趣。我们是探奇猎艳的使者，是永不厌倦的爱美的唐璜。"

克利斯朵夫忍不住回答说：

"你们都是虚伪的家伙，原谅我这样告诉你。我一向以为只有我的国家是如此。我们德国人老把理想主义挂在嘴上，实际永远是追求我们的利益；我们深信不疑地自命为理想主义者，其实是一肚子的自私自利。你们却更糟：你们不是用'真理','科学','知识的责任'等等来掩护你们的懦怯（就是说，你们只顾自命不凡的研究，而对于后果完全不负责任），便是用'艺术'与'美'来遮饰你们民族的荒淫。为艺术而艺术！……喝！多么堂皇多么庄严的信仰！但信仰只是强者有的。艺术吗？艺术得抓住生命，像老鹰抓住它的俘虏一般，把它带上天空，自己和它一起飞上清明的世界！……那是需要利爪，需要像垂天之云的巨翼，还得一颗强有力的心。可怜你们只是些麻雀，找到什么枯骨便当场撕扯，还要喊喊喳喳的你争我夺。……为艺术而艺术！……可怜虫！艺术不是给下贱的人享用的下贱的刍秣。不用说，艺术是一种享受，一切享受中最迷人的享受。但你只能用艰苦的奋斗去换来，等到'力'高歌胜利的时候才有资格得到艺术的桂冠。艺术是驯服了的生命，是生命的帝王。要做凯撒，先要有凯撒的气魄。你们不过是些粉墨登场的帝王；你们扮着这种角色，可并不相信这种角色。像那些以畸形怪状来博取荣名的戏子一样，你们用你们的畸形怪状来制造文学。你们沾沾自喜地培养你们民族的病，培养他们的好逸恶劳，喜欢享受，喜欢色欲，喜欢虚幻的人道主义，和一切足以麻醉意志，使它萎靡不振的因素。你们简直是把民族带去上鸦片烟馆。结局是死；你们明明知道而不说出来。——那么，我来说了吧：死神所在的地方就没有艺术。艺术是发扬生命的。但你们之中最诚实的作家也懦弱得可怜:即使遮眼布掉下了,他们也装作不看见,居然还有脸孔说:'不错,这很危险;里头有毒素;可是多有才气!'

"那正像法官在轻罪庭上提到一个无赖的时候说:'不错,他是个坏蛋;可是多么有才气!'"

克利斯朵夫心里奇怪法国的批评界怎么不起作用的。批评家并不缺少,他们在艺术界中繁殖得非常多。人数之多,甚至把他们的作品也给遮得看不见了。

一般来说,克利斯朵夫对于批评这一门是不怀好感的。这么多的艺术家,在现代社会里形成第四等级第五等级似的人物,①克利斯朵夫已经不大愿意承认他们有什么用处,只觉得是表示一个时代的消沉,连观察人生都交给别人代理,把感觉也委托人家代庖了。尤其可耻的是,这个社会连用自己的眼睛去看人生的反影都不能,还得借助于别的媒介,借助于反影之反影,就是说:依赖批评。要是这些反影之反影是忠实的倒也罢了。但批评家所反映的只有周围的群众所表现的犹豫不定的心理。这种批评好比博物院里的镜子,给观众拿着看天顶上的油画,结果镜子所反射出来的除了天顶以外就是观众的面目。

从前有一个时期,批评家在法国有极大的权威。群众恭而敬之地接受他们的裁判,几乎把他们看作高出于艺术家,看作聪明的艺术家——(艺术家与聪明两个字平时仿佛是连不到一处的)。——之后,批评家高速度地繁殖起来:预言家太多了,他们那一行便不免受到影响。等到自称为"真理所在,只此一家"的人太多的时候,人们便不相信他们了;他们自己也不相信自己了。大家都变得灰心:照着法国人的习惯,他们一夜之间就从这一个极端转向另一个极端。从前自称为无所不知的人,现在声明一无所知了。他们还认为一无所知就是

---

① 法国君主时代,社会分成贵族、教士、平民三级,平民称为第三等级。作者在此借用此历史名词,谓艺术家人数之多,几可自成一级,而为第四第五等级。

他们的荣誉,他们的体面。勒南①曾经告诉这些萎靡不振的种族说:要风雅,必须把你刚才所肯定的立刻加以否定,至少也得表示怀疑。那是如圣·保罗所说的"唯唯否否"的人。法国所有的优秀人物都崇奉这个两栖原则。在这种原则之下,精神的懒惰和性格的懦弱都得其所哉了。大家再也不说一件作品是好是坏,是真是假,是智是愚,只说:

"可能如此如此……并非不可能如此如此……我不知道……我不敢担保……"

要是人家演一出猥亵的戏,他们也不说:"这是猥亵的。"而只说:"先生,你别这样说呀。我们的哲学只许你对一切都用犹豫不定的口气;所以你不该说:这是猥亵的;只能说:我觉得……我看来是猥亵的……但也不能一定这么说。也许它是一部杰作。谁知道它不是杰作呢?"

从前有人认为批评家霸占艺术,现在可绝对用不着这么说了。席勒曾经教训他们,把那些舆论界的小霸王老实不客气地叫作"奴仆",说"奴仆的责任"是:

"第一要把屋子收拾清楚,王后快到了。拿出些劲来吧!把各个房间打扫起来。诸位,这是你们的责任。

"可是只要王后一到,你们这批奴才就得赶快出去!老妈子切不可大模大样的坐在夫人的大靠椅上!"

对今日这些奴仆得说句公平话:他们不再僭占夫人的大靠椅了。大家要他们做奴才,他们就真做了奴才,——但是挺要不得的奴才:根本不动手打扫,屋子脏极了。他们抱着手臂,把整理与清除的工作都让主人去做,让当令的神道——群众——去做。

从某些时候以来,已经有了一种反抗这混乱现象的运动。少数比较精神坚强的人正为着公众的健康而奋斗,——虽然力量还很薄弱。

---

① 勒南(1823—1892),法国史学家兼哲学家。

但克利斯朵夫为环境所限,绝对看不见这批人。并且人家也不理会他们,反而加以嘲笑。偶尔有一个刚强的艺术家对时行的、病态的、空虚的艺术起而反抗,作家们就高傲地回答说,既然群众表示满意,便证明他们作者是对的。这句话尽够堵塞指摘的人的嘴巴。群众已经表示意见了:这才是艺术上至高无上的法律!谁也没想到,我们可以拒绝一般堕落的民众替诱使他们堕落的人作有利的证人,谁也没想到应当由艺术家来指导民众而非由民众来指导艺术家。数字——台下看客的数字和卖座收入的数字——的宗教,在这商业化的民主国家中控制了全部的艺术思想。批评家跟在作家后面,柔顺的、毫无异议地宣称,艺术品主要的功能是讨人喜欢。社会的欢迎是它的金科玉律;只要卖座不衰,就没有指摘的余地。所以他们努力预测娱乐交易所的市价上落,看群众对作品如何表示。妙的是群众也留神着批评家的眼睛,看他认为作品怎么样。于是大家你瞪着我,我瞪着你,彼此只看见自己的犹豫不定的神气。

然而时至今日,最迫切的需要就莫过于大无畏的批评。在一个混乱的共和国家,最有威势的是潮流,它不像一个保守派国家里的潮流,难得会往后退的:它永远前进;那种虚伪的思想的自由永远在变本加厉,差不多没有人敢抵抗。群众没有披露意见的能力,心里很厌恶,可没有一个人敢把心中的感觉说出来。假使批评家是一般强者,假使他们敢做强者,那么他们一定可以有极大的威力!一个刚毅的批评家(克利斯朵夫凭着他年轻专断的心思这样想),可能在几年之内,在控制群众的趣味方面成为一个拿破仑,把艺术界的病人一股脑儿赶入疯人院。可是你们已经没有拿破仑了……你们的批评家先就生活在恶浊腐败的空气里,已经辨别不出空气的恶浊腐败。其次,他们不敢说话。他们彼此都是熟人,都变了一个集团,应当互相敷衍:他们绝对不是独立的人。要独立,必须放弃社交,甚至连友谊都得牺牲。但最优秀的人都在怀疑,为了坦白的批评而招来许多不愉快是否值得。在这样一个毫无血气的时代里,谁又有勇气来这样干呢?谁肯为了责任而把自己的生活搅得像地狱一样呢？谁敢抗拒舆论,和公众的愚蠢斗争？谁敢揭穿走红的人的庸俗,为孤立无助、受尽禽兽欺侮的无名艺人作辩护,用帝王般的意志勒令那些奴性的人服从？——克利斯朵夫在某出戏剧初次上演的时候,在戏院走廊里听见一般批评家彼此说着：

"嘿,那不糟透了吗？简直一塌糊涂！"

第二天,他们在报上戏剧版内称之为杰作,再世的莎士比亚,说是天才的翅膀在他们头上飞过了。

"你们的艺术缺少的不是才气而是性格,"克利斯朵夫和高恩说,"你们更需要一个大批评家,一个莱辛,一个……"

"一个布瓦洛①,是不是？"高恩用着讥讽的口气问。

"是的,也许法国需要一个布瓦洛胜于需要十个天才作家。"

"即使我们有了一个布瓦洛,也没有人会听他的。"

"要是这样,那么他还不是一个真正的布瓦洛,"克利斯朵夫回答。"我敢向你担保：一朝我要把你们的真相赤裸裸地说给你们听的时候,不管我说得怎样不高明,你们总会听到的,并且你们非听不可。"

"哎哟！我的好朋友！"高恩嘻嘻哈哈地说。

他的神气好似对于这种普遍的颓废现象非常满足,所以克利斯朵夫忽然之间觉得,高恩对法国比他这个初来的人更生疏。

"那是不可能的,"这句话是克利斯朵夫有一天从大街上一家戏院里不胜厌恶地走出来时已经说过的,"一定还有别的东西。"

"你还要什么呢？"高恩问。

克利斯朵夫固执地又说了一遍："我要看看法兰西。"

"法兰西,不就是我们吗？"高恩哈哈大笑地说。

克利斯朵夫目不转睛地望了他一会,摇摇头,又搬出他的老话来："还有别的东西。"

---

① 布瓦洛(1636—1711),诗人兼批评家,在法国文学史上以态度严正著称。

"那么,朋友,你自己去找吧。"高恩说着,愈加笑开了。

是的,克利斯朵夫大可以花一番心血去找。他们把法兰西藏得严密极了。

第 二 部

　　当克利斯朵夫把酝酿巴黎艺术的思想背景逐渐看清楚的时候,他有了一个更强烈的印象:就是女人在这国际化的社会上占着最高的,荒谬的,僭越的地位。单是做男子的伴侣已经不能使她餍足。便是和男子平等也不能使她餍足。她非要男子把她的享乐奉为金科玉律不行。而男子竟帖然就范。一个民族衰老了,自会把意志,信仰,一切生存的意义,甘心情愿地交给分配欢娱的主宰。男子制造作品;女人制造男子,——(倘使不是像当时的法国女子那样也来制造作品的话);——而与其说她们制造,还不如说她们破坏更准确。固然,不朽的女性对于优秀的男子素来是一种激励的力量;①但对于一般普通人和一个衰老的民族,另有一种同样不朽的女性,老是把他们往泥洼里拖。而这另一种女性便是思想的主人翁,共和国的帝王。

　　由于高恩的介绍,又靠着他演奏家的才具,克利斯朵夫得以出入于某些沙龙。他在那些地方,很好奇地观察着巴黎女子。像多数的外国人一样,他把他对两三种女性的严酷的批判,推而至于全部的法国女子。他所遇到的几种典型,都是些年轻的妇女,并不高大,没有多少青春的娇嫩,身腰很软,头发是染过色的,可爱的头上戴着一顶大帽

---

① "不朽的女性"一语,见歌德的《浮士德》第二部:"不朽的女性带着我们向上。"

子；照身体的比例，头是太大了一些，脸上的线条很分明，皮肤带点虚肿；鼻子长得相当端正，但往往很俗气，永远谈不到什么个性；眼睛活泼而缺少深刻的生命，只是竭力要装得有神采，睁得越大越好；秀美的嘴巴表示很能控制自己；下巴丰满，脸庞的下半部完全显出这些漂亮人物的唯物主义：一边钩心斗角地谈爱情，一边照旧顾到舆论，顾到夫妇生活。人长得挺美，可不是什么贵种。这些时髦女人，几乎都有一种腐化的布尔乔亚气息，或者凭着她们的谨慎，节俭，冷淡，实际和自私等等这些阶级的传统性格，极希望成为腐化的布尔乔亚。生活空虚，只求享乐。而享乐的欲望并非由于官能的需要，而是由于好奇。意志坚强，但意志的本质并不高明。她们穿得非常讲究，小动作都有一定的功架。用手心或手背轻轻巧巧地整着头发，按着木梳，坐的地位老是能够对镜自照而同时窥探别人，不管这镜子是在近处还是在远处，至于晚餐席上，茶会上，对着闪光的羹匙、刀叉、银的咖啡壶，把自己的倩影随便瞅上一眼，她们更觉得其乐无穷。她们吃东西非常严格，只喝清水，凡是可能影响她们认为理想的，像面粉般的白皮肤的菜，一概不吃。

和克利斯朵夫来往的人中，犹太人相当多；他虽然从认识于第斯·曼海姆以后对这个种族已经没有什么幻想，仍不免受他们吸引。在高恩介绍的几个犹太沙龙里，大家很赏识他，因为这个种族一向是很聪明而爱聪明的。在宴会上，克利斯朵夫遇到一般金融家，工程师，报馆巨头，国际掮客，黑奴贩子一流的家伙，——共和国的企业家。他们头脑清楚，很有毅力，旁若无人，挂着笑脸，貌似豪放，其实非常深藏。克利斯朵夫觉得这些坐在供满鲜花与人肉的餐桌四周的人物，冷酷的面目之下都隐伏着罪恶的影子，不管是过去的或将来的。几乎所有的男人全是丑的。女人大体上都很漂亮，只要你不从太近的地方看；脸上的线条与皮色缺少细腻。可是她们自有一种光彩，显得物质生活相当充实；美丽的肩膀在众目睽睽之下像鲜花般傲然开放，还有把她们的姿色，甚至她们的丑恶，变做捕捉男人的陷阱的天才。一个艺术家看到了，一定会发现其中有些古罗马人的典型，尼禄或哈德良皇帝时代的女子。此外也有巴玛岛民式的脸蛋，淫荡的表情，肥胖的下巴埋在颈窝里，颇有肉感的美。还有些女人头发很浓，鬈得厉害，火辣辣而大胆的眼睛，一望而知是精明的，尖利的，无所不为的，比其余的女子更刚强，但也更女性。在这些女人中，寥寥落落的显出几个比较有性灵的。纯粹的线条，其来源似乎比罗马更古远，直要推溯到《圣经》时代的希伯来族：你看了感到一种静默的诗意，荒漠的情趣。但克利斯朵夫走近去听希伯来主妇与罗马皇后谈话时，发觉那些古族的后裔也像其余的女人一样，不过是巴黎化的犹太女子，而且比巴黎女子更巴黎化，更做作，更虚假，若无其事地说些恶毒的话，用一双像圣母般美丽的眼睛去揭露别人的身体与灵魂。

克利斯朵夫在东一堆西一堆的客人中间徘徊，到处格格不入。男人们提到狩猎的时候那么残忍，谈论爱情的口吻那么粗暴，唯有谈到金钱才精当无比，出之以冷静的，嬉笑的态度。大家在吸烟室里听取商情。克利斯朵夫听见一个衣襟上缀有勋饰的小白脸，在太太们中间绕来绕去，殷勤献媚，用着喉音说道：“怎么！他竟逍遥法外吗？”

两位太太在客厅的一角谈着一个青年女伶和一个交际花的恋爱。有时沙龙里还举行音乐会。人们请克利斯朵夫弹琴。女诗人们气吁吁的，流着汗，朗诵苏利·普吕多姆和奥古斯特·陶兴的诗。一个有名的演员，用风琴伴奏，庄严地朗诵一章"神秘之歌"。音乐与诗句之荒唐教克利斯朵夫作恶。但那些女子竟听得出了神，露着美丽的牙齿笑开了。他们也串演易卜生的戏剧。一个大人物反抗那些社会柱石的苦斗，结果只给他们作为消遣。

然后，他们以为应当谈谈艺术了。那才令人作呕呢。尤其是妇女们，为了调情，为了礼貌，为了无聊，为了愚蠢，要谈易卜生，瓦格纳，托尔斯泰。一朝谈话在这方面开了头，再也没法教它停止。那像传染病一样。银行家，掮客，黑人贩子，都来发表他们对于艺术的高见。克利斯朵夫竭力避免回答，转变话题，也是徒然：人家硬要跟他谈论音乐与诗歌。有如柏辽兹说的:"他们谈到这些问题的时候,那种不慌不忙的态度仿佛谈的是醇酒妇人,或是旁的肮脏事儿。"一个神经病科的医生,在易卜生剧中的女主角身上认出他某个女病人的影子,可是更愚蠢。一个工程师,一口咬定《玩偶之家》中最值得同情的人物是丈夫。一个名演员——知名的喜剧家——吞吞吐吐的发表他对于尼采与卡莱尔①的高见;他告诉克利斯朵夫,说他不能看到一张委拉斯开兹②——当时最走红的画家——的画而"不是大颗大颗的泪珠直淌下来"。但他又真诚地告诉克利斯朵夫,虽然他把艺术看得极高,但是把人生的艺术——行动,看得更高:要是他能够挑选一个角色来扮演的话,他一定挑俾斯麦。有时,这种场合也有一个所谓高人雅士。他的谈吐可也不见得如何高妙。克利斯朵夫常常把他们自说自话的内容,和实际所说的核对一下。他们往往言之无物,挂着一副莫测高深的笑容:他们是靠自己的声名过活的,决不拿声名来冒险。当然也有几个话特别多的,照例总是南方人。他们无所不谈,可是毫无价值观念,把一切都等量齐观。某人是莎士比亚,某人是莫里哀,某人是耶稣基督。他们把易卜生和小仲马相比,把托尔斯泰和乔治·桑并论;而这一切,自然是为表明法国已经无所不备。他们往往不通任何外国语文,但这一点对他们并无妨碍。听的人完全不问他们说的是否对,主要是说些有趣的事,尽量迎合民族的自尊心。什么责任都可以撩在外国人头上,——除了当时的偶像,因为不论是格里格,是瓦格纳,是尼采,是高尔基,是邓南遮,总有一个当令的,但决不会长久,偶像早晚要被扔入垃圾桶的。

  眼前的偶像是贝多芬。贝多芬变了时髦人物,谁想得到?至少在上流社会与文人中间是这样:因为法国的艺术趣味是像天平秤一样忽上忽下的,所以音乐家们早已把贝多芬丢开了。法国人要知道自己怎么想,先得知道邻人怎么想,以便采取跟他一样的或是相反的思想。

---

① 卡莱尔(1795—1881),英国著名史学家及论文家。
② 委拉斯开兹为十七世纪西班牙画家。

看到贝多芬变得通俗了,音乐家中最高雅的一派便认为贝多芬已经不够高雅;他们永远自命为舆论的先驱而从来不追随舆论,与其和舆论表示同意,宁愿跟它背道而驰。所以他们把贝多芬当作粗声叫喊的老聋子;有些人还说他或许是个可敬的道德家,但是徒负虚名的音乐家。——这类恶俗的笑话绝对不合克利斯朵夫的脾胃。而上流社会的热心捧场也并不使克利斯朵夫更满意。倘若贝多芬在这个时候来到巴黎,一定是个红人,可惜他死了一百年。他的走运倒并不是靠他的音乐,而是靠他的多少带有传奇色彩的生活,那是被感伤派的传记宣扬得妇孺皆知的。粗犷的相貌,狮子般的脸相,已经成为小说中人的面目。那些太太对他非常怜爱,意思之间表示,如果她们认识了他,他决不至于那么痛苦;她们敢这样慷慨,因为明知贝多芬决不会拿她们的话当真……这老头儿已经什么都不需要了。——因此,一般演奏家,乐队指挥,戏院经理,都对他表示十二分虔敬;并且以贝多芬的代表资格领受大家对贝多芬的敬意。票价高昂,规模宏大的纪念音乐会,使上流社会能借此表现一下他们的善心,——偶然也能使他们发现几阕贝多芬的交响曲。喜剧演员,上流社会,半上流社会,共和政府特派主持艺术事业的政客,组织着委员会,公告社会说他们就要为贝多芬立一座纪念碑:除了几个被人当作通行证用的好好先生以外,发起人名单上有的是那些混蛋——倘使贝多芬活着的话,一定会把贝多芬踩在脚下的。

克利斯朵夫看着,听着,咬着牙齿,免得说出难听的话。整个晚上,他全身紧张,四肢抽搐。他既不能说话,也不能不说话。并非为了兴趣或需要,而是为了礼貌,为了非说些什么不可而说话,使他非常难堪。把真正的思想说出来吧,那是不行的。信口胡诌吧,又办不到。他甚至在不开口的时候也不会保持礼貌。倘使他望着旁边的人,就是眼睛直勾勾地瞪着人家,不由自主地研究对方,叫人生气。要是他说话,就嫌语气太肯定,又使大家——连他自己在内——听了刺耳。他觉得自己不得其所;而且他既有相当的聪明,能够感觉到自己把这个环境的和谐给破坏了,当然对自己的态度举动和主人们一样气恼。他恨自己,恨他们。

等到半夜里独自一人走到街上的时候,他烦闷到极点,竟没气力走回去了;他差不多想躺在街上,好像他儿时在爵府里弹了琴回家的情形。有时,即使那一个星期的全部存款只剩了五六个法郎,他也会花两法郎雇一辆车。他急急忙忙地扑进车厢,希望赶快溜走;他一路上在车子里呻吟不已。回到寓所,上床睡觉了,他还在呻吟……然后又猛地想起一句滑稽的话而放声大笑,不知不觉做着手势,把那句话重说一遍。第二天,甚至过了好几天,独自散步的时候,他又突然咆哮起来,像野兽一样……干吗他要去看这些人呢?干吗要再上那些地方去看他们呢?干吗勉强自己去学别人的模样,手势,鬼脸,装作关心那些并不关心的事?——他是不是真的不关心呢?——一年以前,他绝对不耐烦跟他们来往的。现在他觉得他们又好气又好笑了。是不是他也多少沾染了巴黎人满不在乎的脾气?于是他很不放心地怀疑自己的性格不及从前强了。但实际是相反:他倒是更强了。在一个陌生的环境里,他精神比较自由得多。他不由自主地要睁着眼睛看人类的大喜剧。

并且不管他喜欢不喜欢,只要他希望巴黎社会认识他的艺术,就得继续过这种生活。巴黎人对作品的兴趣,要看他们对作者认识的深浅而定。要是克利斯朵夫想在这些市侩中间找些教课的差事来糊口,他尤其需要教人家认识。

何况一个人还有一颗心,而心是无论如何必须有所依恋的;如果一无倚傍,它就活不了。

克利斯朵夫的女学生中有一个叫作高兰德·史丹芬,她的父亲是个很有钱的汽车制造商,入了法国籍的比利时人;母亲是意大利人。她的祖父是英美的混血种,卜居在安特卫普,祖母是荷兰人。这是一个十足地道的巴黎家庭。在克利斯朵夫看来,——像别人看来一样，——高兰德是个典型的法国少女。

她才十八岁,丝绒般的黑眼睛对年轻的男人特别显得温柔,像西班牙姑娘的瞳子,水汪汪的光彩把眼眶填满了,说话的时候,那个古怪而细长的小鼻子老是在翕动,乱蓬蓬的头发,一张怪可爱的脸,皮肤很平常,搽着粉,粗糙的线条,有点儿虚肿,神气像头瞌睡的小猫。

她个子非常小,衣服很讲究,又迷人,又淘气,举止态度都带几分撒娇,做作,痴骏;她装着小女孩子的神气,几个钟点的坐在摇椅里晃来晃去;在饭桌上看到什么心爱的菜,便拍着手小声小气地叫着:"噢!多开心啊!……"在客厅里,她燃着纸烟,在男人面前故意做得跟女友们亲热得不得了,勾着她们的脖子,摩着她们的手,咬着她们的耳朵,说些傻话,或是娇滴滴地说些凶狠的话,说得很巧妙,偶然也会若无其事地说些挺放肆的话,——而更会逗人家说这种话,——一忽儿她又扮起天真的憨态,眼睛挺亮,眼皮厚厚的,又肉感,又狡猾,从眼梢里看人,留神听着人家的闲话,很快地把粗野的部分听在耳里,想法吊几个男人上钩。

这些做作,像小狗般在人前卖弄的玩意儿,假装天真的傻话,对克利斯朵夫全不是味儿。他没有闲工夫来注意一个放荡的小姑娘耍手段,也不屑用好玩的心情瞧那些手段。他得挣他的面包,把他的生命与思想从死亡中救出来。他关心这些客厅里的鹦鹉,只在于她们能够帮助他达到目的。拿了她们的钱,他教她们弹琴,非常认真,紧蹙着眉头,全副精神贯注着工作,免得被这种工作的可厌分心,也免得被像高兰德·史丹芬一类轻佻的女学生的淘气分心。所以他对于高兰德,并不比对高兰德的十二岁的表妹更关切;那是个幽静而胆怯的孩子,住在史丹芬家和高兰德一起学琴的。

高兰德那么机灵,决不会不发觉她所有的风情对他都是白费,而且她那么圆滑,很容易随机应变地迎合克利斯朵夫的作风。那根本不用她费什么心,而是她天赋的本能。她是女人,好比一道没有定型的水波。她所遇到的各种心灵,对于她仿佛各式各种的水瓶,可以由她为了好奇，或是为了需要，而随意采用它们的形式。她要有什么格局，就得借用别人的。她的个性便是不保持她的个性。她需要时常更换她的水瓶。

她受克利斯朵夫吸引有许多理由。第一是克利斯朵夫的不受她吸引。其次因为他和她所认识的一切青年都不同；形式这样粗糙的瓶，她还没有试用过。何况估量各种水瓶各种人物的价值，她天生的特别内行；所以她明白克利斯朵夫除了缺少风雅以外，人非常厚实，那是巴黎的公子哥儿所没有的。

跟一切有闲的小姐一样，她也弄音乐；她为此花的功夫可以说很多，也可以说很少。这是说：她老是在弄音乐，而实际是差不多一无所知。她可以整天的弹琴，为了无聊，为了装腔，为了求麻醉。有时，她的弹琴像骑自行车一样。有时她可以弹得很好，有格调，有性灵，——（只要她设身处地地去学一个有性灵的人，她就变得有性灵了）。——在认识克利斯朵夫以前，她可以喜欢马斯内，格里格，托梅。认识克利斯朵夫以后，她就可以不喜欢他们。如今她居然把巴赫和贝多芬弹得很像样了，——（这倒不是恭维她的话）；——但最奇怪的是她居然喜欢他们。其实她并不是爱什么贝多芬，托梅，巴赫，格里格，而是爱那些音符，声响，在键盘上奔驰的手指，跟别的弦一样搔着她神经的琴弦的颤动，以及使她身心舒畅的快感。

在她贵族化住宅的客厅里，——铺着浅色的地毯，正中放着一个画架，供着壮健的史丹芬夫人的肖像，那是个时髦画家的作品，把她表现得多愁多病，好比一朵没有水分的花，奄奄一息的眼睛，身子像螺旋般扭做几段，似乎非如此就不能表现这富家妇珍贵的心灵；——大客厅一面全是玻璃门，可以望见盖满白雪的老树，克利斯朵夫发现高兰德坐在钢琴前面，反复不已地弹着些同样的乐句，听着几个柔靡的不协和弦出神。

"啊！"克利斯朵夫一进门叫道，"猫儿又在打鼾了！"

"你又来缺德了！"她笑着回答……

（说着她向他伸出潮腻腻的手。）

"……你听呀。难道这不美吗?"

"美极了。"他口气很冷淡。

"你根本没有听! ……你听一听行不行?"

"我早听到了……老是这一套。"

"啊! 你不是音乐家。"她有点儿恼了。

"仿佛你搞的这个真是音乐似的!"

"怎么! ……这不是音乐是什么,请问你?"

"你自己很明白! 我可不能告诉你,说出来是不雅的。"

"那更要你说了。"

"要我说吗?……——那是你活该了!……你知道你坐在钢琴前面做些什么?……你是在调情。"

"这像什么话!"

"一点不错。你对钢琴说着:亲爱的钢琴,亲爱的钢琴,跟我说些好话呀,抚摩我呀,给我一个亲吻呀!"

"别说了行不行?"高兰德半笑半恼地说,"你竟一点儿不顾体统。"

"我就是不顾体统。"

"你真是蛮不讲理……再说,倘使这真正是音乐的话,我这种方式不就是真正爱好音乐的方式吗?"

"噢! 我求你,别把这种东西和音乐搅在一起。"

"可是这就是音乐啊! 一个美妙的和弦等于一个亲吻。"

"我没教你这么说。"

"难道不是吗? ……干吗你耸肩膀? 干吗你扯鬼脸?"

"因为我讨厌这种话。"

"你越说越妙了!"

"我讨厌人家用淫荡的口吻谈论音乐……噢! 这也不是你的错,是你的社会的错。你周围那些无聊的人把艺术看作一种特准的淫乐……得啦,别说废话了!把你的奏鸣曲弹给我听吧。"

"不忙,我们再谈一会儿吧。"

"我不是来谈天而是给你上钢琴课的……来吧,开步走!"

"瞧你多有礼貌!"高兰德有点儿气恼了,心里却觉得这样碰一下钉子也痛快。

她非常用心地弹她的曲子;因为灵巧,所以成绩很过得去,有时还相当的好。胸中雪亮的克利斯朵夫暗里笑着这个淘气的女孩子"居然这样伶俐,虽然对弹的曲子一无所感,弹得倒像真有所感"。然而他不免因此对她抱着好感。高兰德竭力找机会跟他说话,觉得谈天比上课有趣得多。克利斯朵夫白白地拒绝,表示他不能回答,因为一说出心里的话就会得罪她;她却总有方法使他说出来;而且他的话越唐突,她越不觉得唐突:那对她是种游戏。精灵乖巧的姑娘知道克利斯朵夫最喜欢真诚,所以她大着胆子跟他一味顶撞,很固执地和他争论。而两人争论完了,一点不伤和气。

可是克利斯朵夫对这种沙龙里的友谊决不会存什么幻想,他们中间也永远谈不到什么亲密,要不是有一天,高兰德一半突如其来,一半出于勾引男人的本能而向克利斯朵夫推心置腹的话。

头天晚上,她父母在家里招待宾客。她有说有笑,像疯子一般大大地卖弄了一番风情;但第二天早上克利斯朵夫去上课的时候,她累死了,形容憔悴,脸色苍白,头涨得厉害。她无精打采地连话都不愿意说,坐在钢琴前面有气无力地弹着,逢到快的段落都脱落了,改了几次也没弹好,便突然停下来说:

"我弹不下去了……对不起……等一忽儿好不好?"

他问她是否不舒服。她回答说不。他心里想:

"她不大上劲……她有时就是这样的……虽然可笑,但也不能怪她。"

于是他提议改天再来;但她一定要留着他:

"只要一忽儿……过一下就会好的……我真胡闹,是不是?"

他觉得她的态度不大正常,可不愿意问,故意把话扯开去:

"哦,这是因为你昨天晚上风头太足了啊!你太辛苦了。"

她含讥带讽地笑了笑:"嗯,对你倒是不能这样说。"

他老实不客气笑开了。她又道:"我想你昨天连一句话都没说。"

"对。"

"可是颇有几个有意思的人呢。"

"是的,那些多嘴的家伙,那些才子!在你们这般没骨头的法国人中间,我简直搞糊涂了;他们什么都懂,什么都会解释,什么都能原谅,可是什么也没感觉到。他们几个钟点地谈着艺术啊,爱情啊,不叫人恶心吗?"

"你不喜欢讨论爱情,那么对艺术总该有兴趣呀。"

"这些事用不着讨论,要你去做。"

"要是不能做呢?"高兰德微微撅着嘴。

克利斯朵夫笑着回答:"那么让别人去做。艺术不是每个人都能搞的。"

"爱情也是这样吗?"

"也是这样。"

"我的天!那我们还有什么事可做呢?"

"管家啰。"

"谢谢吧!"高兰德恼了。

她把手放在琴上再来尝试,可照旧弹不起来;她便敲着键盘呻吟道:

"没有办法!……我简直一无所用。你说得不错。女人什么事都做不了。"

"能够这样说已经不坏了。"克利斯朵夫老老实实地回答。

她望着他,好似小姑娘挨了骂一样的垂头丧气,接着说:"别这么冷酷啊!"

"我并不毁谤贤淑的妇女,"克利斯朵夫高高兴兴地回答,"一个贤淑的女人是尘世的天堂……可是尘世的天堂……"

"对啦,谁也没见过尘世的天堂。"

"我并不悲观到这种程度。我只说:我,我从来没见过;可是一定有的。只要有,我就决心去寻访。但是很不容易。世界上一个贤淑的女子和一个有天才的男人同样难得。"

"除了他们以外,其余的男男女女都无足轻重了吗?"

"相反!社会上只看重这一批。"

"可是你呢?"

"对于我,这些人是有等于无。"

"噢,你多冷酷!"高兰德说。

"不错,我有点儿冷酷。但只要能对别人有些好处,也应当有几个冷酷的人!……倘若世界上不是东一处西一处有几颗石子的话,更要一团糟了。"

"你说得对,你很得意你是强者,"高兰德悲哀地说,"可是对那些不能成为强者的人,——尤其是女的,你别太严厉啊……你不知道我们的懦弱把我们磨得多苦。你看到我们嘻嘻哈哈,调情打趣,弄些可笑的玩意儿,便以为我们脑子里空空如也,瞧不起我们。哪知道一般十五岁到十八岁中间的小女人,尽管在社会上交际,出风头,——可是跳完了舞,说完了废话,怪论,发完了牢骚(人家看见她们笑也跟着笑),当她们对一班混蛋透露了一些心腹,在每个人眼里想找些光明而找不到之后,——夜里回家,关在静悄悄的卧室里,给孤独的苦闷煎熬得扑在地下,啊!要是你能看到她们这个模样!……"

"有这样的事吗?"克利斯朵夫惊愕地说,"怎么!你们竟这样的痛苦吗?"

高兰德一声不出,可是眼泪涌上来了。她强作笑容,把手伸给克利斯朵夫。他感动地握着:

"可怜的孩子!既然你们痛苦,为什么不想法摆脱这种生活呢?"

"你要我们怎么办？简直无法可想。你们男人，你们可以摆脱，爱做什么就做什么。可是我们，我们永远被世俗的义务跟浮华享乐束缚着跳不出去。"

"谁限制你们，不许你们跟我们一样的摆脱一切，干一件你们心爱而又能保障你们独立的事业，——像保障我们的一样？"

"像保障你们的一样？可怜的克拉夫脱先生！你们所谓独立的保障也不见得怎么可靠！……可是那至少是你们喜欢的事业。我们可又配做些什么呢？没有一件事情使我们感兴趣。——是的，我知道，我们现在什么都参加，假装关心着一大堆跟我们不相干的事；我们多么需要能关心一点儿什么！我跟旁人一样参加团体，担任慈善会的工作，到巴黎大学去上课，听柏格森和朱尔·勒迈特的讲演，听古代音乐会，古典作品朗诵会，还做着笔记，笔记……我自己也不知道记些什么！……我骗自己，以为这些是我所热爱的，或者至少是有用的。啊！我明明知道不是这么回事，我对什么都不在乎，对什么都腻烦！……我这样把每个人的思想老实告诉你，你可不能瞧不起我。我并不比别的女人更蠢。可是哲学，历史，科学，究竟跟我有什么相干？至于艺术，——你瞧——我乱弹一阵，东涂西抹，涂些莫名其妙的水彩画；——难道这些就能使一个人的生活不空虚了吗？我们一生只有一个目的：就是嫁人。可是嫁给那些我跟你看得一样明白的家伙，你想是有趣的吗？唉，我把他们看透了。我没有你们德国多情女子的那种运气，会自己造些幻象……噢，太可怕了！看看周围的人，看看已经结婚的女子，看看她们所嫁的男人，想到自己也得跟她们一样，让身心变质，跟她们一样的庸俗！……我敢说，没有艰苦卓绝的精神决计受不了这种生活这种义务。而那种精神就不是每个女子都能有的……光阴如流矢，日月如穿梭，一眨眼青春就完了；可是我们心中究竟藏着些美的，好的东西，——只是永远不加利用，让它们一天天的死灭，结果还得拿去送给我们瞧不起，而将来也要瞧不起我们的蠢货！……并且没有一个人了解你！人家说我们是一个谜。那些男人觉得我们乏味，古怪,倒也罢了。女人应该是懂得我们的啊!她们是过来人,只要回想一下自己的情形就得了……事实可不是这样。她们决不给你一点帮助。便是做我们母亲的也不了解我们,也不真心想认识我们。她们只打算把我们嫁人。除此以外,死也罢,活也罢,都归你自己去安排!社会把我们完全丢在一边。"

"别灰心,"克利斯朵夫说,"每个人的生活经验都得由自己去体会的。如果你有勇气,一切都会顺利。想法到你的社会以外去找找吧。法国总该有些正派的男人。"

"有的。我也认识。可是他们多么可厌!……并且,我还得告诉你:我的社会虽然使我讨厌,可是我觉得,此刻我已经跳不出这个社会了。我已经习惯了。我需要相当的享受,相当高级的奢侈和交际,那不能单靠金钱得到,可也少不了金钱。这种生活当然谈不上什么光辉,我知道。可是我很有自知之明,我是弱者……请你别因为我告诉了你许多没勇气的话而跟我疏远。请你用慈悲的心肠听我说吧。跟你谈谈,我多么快慰!我觉得你是强者,是个健全的人:我完全信任你。给我一点儿友谊,你愿意吗?"

"当然愿意,"克利斯朵夫说,"可是我能帮你什么呢?"

"只要你听我说说,给我一些忠告,给我一些勇气。我常常烦闷得不得了!那时我真不知道怎么办。我对自己说:'奋斗有什么用?烦恼有什么用?这个或那个,有什么相干?不管是谁,不管是什么!'那真是一种可怕的境界。我不愿意掉进去。你帮助我吧!帮助我吧!……"

她垂头丧气,似乎一下子老了十岁;她用着善良的,顺从的,哀求的眼睛,望着克利斯朵夫。他答应了她的要求。于是她又兴奋起来,笑了,快活了。

晚上,她照常有说有笑地卖弄风情。

从这天起,他们之间亲密的谈话变成有规律的了。他们单独在一起,她把心里的愿望告诉他:他很费了点心血去了解她,提供意见;她听着他的劝告,必要时还得听他埋怨,那副严肃与小心的神气活像一个怪听话的女孩子;那对她是种消遣,甚至也是一种精神上的倚傍;她用感激而风骚的眼神表示谢意。——但她的生活一点没有改变:只是多添了一桩娱乐罢了。

她一天的生活是一组连续不断的变化。早上起身极晚,总在十二点光景,因为她夜里失眠,要到天亮才睡熟。她成天的不做事,只渺渺茫茫地,反复不已地想着一句诗,一个念头,一个念头的片段,谈话的回忆,一句音乐,一个她喜欢的脸庞。从傍晚四五点钟起,她才算完全清醒。在此以前,她总是眼皮厚厚的,面孔虚肿,撅着嘴,不胜困倦的神气。要是来了一个像她一样饶舌,一样爱听巴黎谣言的知己的女朋友,她便马上活跃起来。她们絮絮不休地讨论着恋爱问题。对于她们,恋爱心理学是和装束,秘史,诽谤这几件事同样谈不完的题目。她们也有一群有闲的青年,需要每天在裙边消磨二三个钟点:这些男人差不多自己也可以穿上裙子:因为他们的思想谈吐简直跟少女的一模一样。克利斯朵夫的出现也有一定的时间:那是忏悔师的时间。高兰德当场会变得严肃,深思。真像英国的史学家博德利所说的那种法国少女,在忏悔室里"把她镇静的预备好的题意尽量发挥,眉目清楚,有条有理,凡是要说的话都安排得层次分明"。——忏悔过后,她再拼命地寻欢作乐。白天快完了,她可越来越年轻了。晚上她到戏院去;在场子里看到几张永远不变的脸便是她永远不变的乐趣;——因为上戏院去的愉快,并不在于戏剧,而是在于认识的演员,在于已经指摘过多少次而再来指摘一次的他们的老毛病。大家跟那些到包厢里来访问的熟人讲别的包厢里的人坏话,或是议论女戏子,说扮傻姑娘的角色"声带像变了味的芥子酱",或者说那个高大的女演员衣服穿得"像灯罩一样"。——再不然是大家去赴晚会;到那儿去的乐趣是炫耀自己,要是自己长得俏的话:——(但要看日子而定;在巴黎,一个人的漂亮是最捉摸不定的);——还有把对于人物,装束,体格的缺陷等等的批评修正一番。真正的谈话是完全没有的。——回家总是很晚。大家都不容易睡觉(这是一天之中最清醒的时间),绕着桌子徘徊,拿一本书翻翻,想起一句话或一个姿势就自个儿笑笑。无聊透了。苦闷极了。又是睡不着觉。而半夜里,忽然之间来了个绝望的高潮。

克利斯朵夫只看到高兰德几个钟点,对于她的变化也只见到有限的几种,然而他已经莫名其妙了。他思忖她究竟什么时候是真诚的,——是永远真诚的呢还是从来不真诚的。这一点连高兰德自己也说不上来。她和大多数欲望无所寄托而无从发挥的少女一样,完全在黑暗里。她不知道自己是哪种人,因为不知道自己要些什么,因为她没尝试以前,根本无法知道自己要些什么。于是她依着她的方式去尝试,希望有最大限度的自由,冒最小限度的危险,同时模仿周围的人物,假借他们的精神。而且她也不急于要选定一种。她对一切都敷衍,预备随时加以利用。

但像克利斯朵夫这样的一个朋友是不容易对付的。他允许人家不喜欢他,允许人家喜欢他所不敬重甚至瞧不起的人,却不答应人家把他跟那些人一般看待。各有各的口味,是的;但至少得有一种口味。

克利斯朵夫尤其不耐烦的,是高兰德仿佛挺高兴地搜罗了一批他最看不上眼的轻薄少年:都是些令人作呕的时髦人物,大半是有钱的,总之是有闲的,再不然是在什么部里挂个空名的人,——都是一丘之貉。他们全是作家——自以为是作家。在第三共和治下,写作变了一种神经病,尤其是一种满足虚荣的懒惰,——在所有的工作中,文人的工作最难检讨,所以最容易哄骗人。他们对于自己伟大的劳作只说几句很谨慎但是很庄严的话。似乎他们深知使命重大,颇有不胜艰巨之慨。最初,克利斯朵夫因为不知道他们的作品和他们的姓名而觉得很窘。他怯生生地打听了一下,特别想知道大家尊为剧坛重镇的那一位写过些什么。结果,他很诧异地发现,那伟大的剧作家只写了一幕戏,——还是一部小说的节略,而那部小说又是用一组短篇创作连缀起来的,而且还不能说是短篇,仅仅是他近十年来在同派的杂志上发表的一些随笔。至于别的作家，成绩也不见得更可观：只有几幕戏，几个短篇，几首诗。有几位是靠了一篇杂志文章成名的。又有几位是为了"他们想要写的"一部书成名的。他们公然表示瞧不起长篇大著。他们所重视的仿佛只在于一句之中的字的配合。可是"思想"二字倒又是他们的口头禅：不过它的意义好似与普通的不一样：他们的所谓思想是用在风格的细节方面的。他们之中也有些大思想家大幽默家，在行文的时候把深刻微妙的字眼一律写成斜体字，使读者绝对不致误会。

他们都有自我崇拜：这是他们唯一的宗教。他们想教旁人跟着他们崇拜，不幸旁人已经都有了崇拜的目标。他们谈话，走路，吸烟，读报，举首，眨眼，行礼的方式，似乎永远有群众看着他们。装模作样的做戏原是青年人的天性，尤其在那些毫无价值而一无所事的人。他们花那么多的精神特别是为了女人：因为他们不但对女人垂涎欲滴，并且还要教女人对他们垂涎欲滴。可是遇到随便什么人，他们就得像孔雀开屏一样：哪怕对一个过路人，对他们的卖弄只莫名其妙地瞪上一眼，他们还是要卖弄。克利斯朵夫时常遇到这种小孔雀，都是些画家，演奏家，青年演员，装着某个名人的模样：或是凡·代克，或是伦勃朗，或是委拉斯开兹，或是贝多芬；或是扮一个角色：大画家，大音乐家，巧妙的工匠，深刻的思想家，快活的伙伴，多瑙河畔的乡下人，野蛮人……他们一边走，一边眼梢里东张西望，瞧瞧可有人注意。克利斯朵夫看着他们走来，等到走近了，便特意掉过头去望着别处。可是他们的失望决不会长久：走了几步，他们又对着后面的行人搔首弄姿了。——高兰德沙龙里的人物可高明得多。他们的做作是在思想方面：拿两三个人做模型，而模型本身也不是什么奇人。再不然，他们在举动态度之间表现某种概念：什么力啊，欢乐啊，怜悯啊，互助主义啊，社会主义啊，无政府主义啊，信仰啊，自由啊等等；在他们心目中，这些抽象的名词仅仅是粉墨登场的时候用的面具。他们有本领把最高贵的思想变成舞文弄墨的玩意儿，把人类最壮烈的热情减缩到跟时行的领带的作用一样。

他们的天地是爱情,爱情是他们专有的。凡是享乐所牵涉的良心问题,他们无不熟悉;他们各显神通,想出种种新问题来解决。那永远是游手好闲的人的勾当:没有爱情,他们便"玩弄爱情",特别喜欢解释爱情。他们的正文非常贫弱,注解却非常丰富。最不雅驯的思想都加以社会学的美名,一切都扯上社会学的旗帜。一个人满足恶癖的时候,不管多么愉快,倘使不能同时相信自己是为未来的时代工作,总嫌美中不足。那是纯粹巴黎风的社会主义,色情的社会主义。

在此专谈恋爱问题的小团体中,讨论最热烈的问题之一,是男女在婚姻方面与爱情的权利方面的平等。从前有一般老实的青年,笃厚的,有些可笑的,崇奉新教的,——斯堪的纳维亚人或瑞士人,——主张男女道德平等:要求男子在结婚的时候和女子一样的童贞。巴黎的宗教道德学家可主张另外一种平等,淫乱的平等,说女子结婚的时候应该和男子一样的沾满污点,——这是情人权利的平等。巴黎人在幻想上和实际上把奸淫这件事做得太滥了,已经觉得平淡无味:于是文坛上有人发明一种处女卖淫的新玩意儿,——有规律的,普遍的,端方的,得体的,家族化的,尤其是社会化的卖淫。——最近出版的一部很有才气的书,便是对这个问题的权威。作者在四百页的洋洋巨著中,用一种轻佻的学究口吻,依照经验派的推理方法,研究"处理娱乐的最好的方式"。那真是自由恋爱的最完美的讲义:老是提到典雅,体统,高尚,美,真,廉耻,道德,——可以说是求为下贱的少女们的宝典。——当时这部著作简直是《福音书》,为高兰德和她周围的人添了不少乐趣,同时成为她引经据典的材料。那些怪论里头也有正确的,观察中肯的,甚至合乎人情的部分;但信徒们的脾气总喜欢把好处丢在一边而只记着最坏的。在这个诱人的花坛中,他们所采的老是最有毒性的花,——例如"肉欲的嗜好一定能刺激你工作的嗜好";——"一个处女肉欲没有得到满足就做了母亲是最残忍的事";——"占有一个童贞的男子,对女人是养成一个贤惠的母性最自然的准备",——

"母亲对于女儿的责任,是应该用着和保护儿子的自由同样细腻熨帖的精神,培养她们的自由";——"必有一日,少女们和情夫幽会归来的态度,会像现在上了课或是参加了女朋友的茶会一样的自然。"

高兰德笑着说这些教训都是极合理的。

克利斯朵夫却痛恨这些论调。他把它们的重要性和害处都夸张了。其实法国人太聪明了,绝不会把纸上空谈付诸实行的。他们虚张声势想学做狄德罗,①骨子里却是和他一样,在日常生活中跟布尔乔亚一样规矩,也和别人一样胆小。而且正因为他们在实际行动上那么胆小,才在思想上把行动推到极端。那是种毫无危险的游戏。

然而克利斯朵夫不是一个附庸风雅的法国人。

高兰德周围的年轻人中,有一个她似乎最喜欢,而在克利斯朵夫心目中不消说是最可厌的。

他是那种暴发户的儿子,搞些贵族派的文学,自命为第三共和治下的贵族。他叫作吕西安·雷维-葛,两只眼睛离得很远,眼神很尖锐,鼻子是往里勾的,金黄的须修成尖尖的,像画家凡·代克的模样,头发已经未老先衰的秃落,但跟他的尊容很相配,说话很甜,举止潇洒,又细又软的手给人家握在手里仿佛会化掉似的。他永远装得彬彬有礼,周到细腻,便是对心里厌恶而恨不得推下海去的人也是如此。

克利斯朵夫在第一次跟着高恩去参加的文人宴会上已经见过他,虽然没交谈,但一听他的声音已经讨厌,当时不懂为什么,到后来才明白。人与人间有霹雳那样突如其来的爱,也有霹雳那样突如其来的恨,——或者说(为了不要使那些害怕一切热情的柔和的心灵害怕起见,我们且不用这个他们听了刺耳的"恨"字),是健康的人的本能,因为感觉到遇见了敌人而自卫的本能。

在克利斯朵夫面前,他代表那种讥讽与分化溶解的思想,他文文

---

① 百科全书派的领袖狄德罗,在十八世纪倡导新思想最力。

雅雅地，不动声色地，分解正在死去的上一个社会里的一切尊严伟大的东西：分解家庭，婚姻，宗教，国家；在艺术方面是分解一切雄壮的，纯洁的，健全的，大众化的成分；此外还动摇大家对思想、情操、伟人的信念，对一般人类的信念。这种思想实际只是以分析为乐，以冷酷的解剖来满足一种兽性的需要，侵蚀思想的需要，那是蛀虫一般的本能。同时又有一种女孩子的，特别是女作家的瘾：因为到了他的手里，一切都是文学或变成文学。他的艳遇，他的和朋友们的恶癖，对他都是文学材料。他写了些小说和剧本，很巧妙地叙述他父母的私生活与秘史，还有朋友们的，他自己的；其中有一桩是他跟一个最知己的朋友的太太的秘史：人物的面目写得极高明，那朋友，那女的和别的群众，都被描写得很准确。他决不能得到一个女人的青睐或听了她的心腹话而不在书中披露。——照理，这种孟浪的举动应当使他和"女同志们"不欢。事实可并不如此：她们抗议一下，遮遮面子；骨子里可并不发窘，还因为给人拿去赤裸裸地展览而挺高兴呢；只要脸上留着一个面具，她们就不觉得羞耻了。在他那方面，这种说短道长的话并不表示他存心报复，也许连播扬丑史的用意都没有。他不比一般人更坏：以儿子来说不见得是更坏的儿子，以情夫来说不见得是更坏的情夫。在有些篇幅里，他无耻地揭露他父亲、母亲和他自己的情妇的隐私；同时又有好些段落，他用着富有诗意的温情谈到他们。实际上他是极有家族观念的，但像他那等人不需要尊重所爱的人；反之，他们倒更喜欢自己能够轻视的人；因为他们觉得这样的对象才跟自己更接近，更近人情。他们对于英勇的精神比谁都不了解，高洁二字尤其无从领会。他们几乎要把这些德性认作谎言，或者是婆婆妈妈的表现。然而他们又深信自己比谁都更了解艺术上的英雄，并且拿出倚老卖老的亲狎的态度批判他们。

他和一般有钱的，游手好闲的，布尔乔亚的堕落的少女最投机。他是她们的一个伴侣，等于一个腐化的女仆，比她们更放肆更机灵，有许多事能够教她们艳羡。她们对他毫无顾忌，尽可把这个为所欲为的,裸体的,不男不女的人仔细研究。

克利斯朵夫不明白一个像高兰德那样的少女,似乎性情高洁,不愿意受生活磨蚀的人,怎么会乐此不疲地跟这种人厮混……克利斯朵夫不懂心理学。吕西安·雷维－葛可深通此道。克利斯朵夫是高兰德的心腹;高兰德却是吕西安·雷维－葛的心腹。这一点就表示他比克利斯朵夫高明。一个女人最得意的是能相信自己在对付一个比她更弱的男子。那时不但她的弱点,便是她的优点——她的母性的本能,也得到了满足。吕西安·雷维－葛看准了这一点:因为使妇人动心的最可靠的方法之一,就是去拨弄这根神秘的弦。再加高兰德觉得自己相当懦弱,有些不甚体面但又不愿革除的本能,所以一听这位朋友的自白(那是他很有心计地安排好的),她就相信别人原来跟她一样的没出息,对于人类的根性不应当过事诛求,因之她觉得很快慰了。这种快慰有两方面:第一,她不必再把自己认为挺有趣的几种倾向加以抑制;第二,她发觉这样的处置很得当,一个人最聪明的办法是别跟自己别扭,应当对于没法克制的倾向采取宽容的态度。实行这种明哲的办法才不会使人感到一点儿痛苦。

在社会上,表面极端精炼的文明和隐藏在骨子里的兽性之间,永远有个对比,使那些能够冷眼观察人生的人觉得有股强烈的味道。一切的交际场中,熙熙攘攘的决不能说是化石与幽灵,它像地层一般,有两层的谈话交错着:一层是大家听到的,是理智与理智的谈话;另外一层是极少人能够感到的,是本能与本能,兽性与兽性的谈话。大家在精神上交换着一些俗套滥调,肉体却在那里说:欲望,怨恨,或者是好奇,烦闷,厌恶。野兽尽管经过了数千年文明的驯化,尽管变得像关在笼里的狮子一般痴呆,心里可念念不忘的老想着它茹毛饮血的生活。

然而克利斯朵夫的头脑还没冷静到这个程度:那是要年龄大了,热情消失以后才能办到的。他把替高兰德当顾问的角色看得很认真。她求他援助;他却眼看她嘻嘻哈哈的去冒险。所以克利斯朵夫再也不遮掩他对吕西安·雷维－葛的反感了。吕西安·雷维－葛对他先还保持一种有礼的,含讥带讽的态度。他也感觉到克利斯朵夫是敌人,但认为是不足惧的;他只是不动声色地把他变成可笑。其实,只要克利斯朵夫能对他表示钦佩,他就可以表示友好;但他偏得不到这种钦佩,他自己也知道,因为克利斯朵夫没有作假的本领。于是,吕西安·雷维－葛从完全抽象的思想的对立,不知不觉地转变为实际的,不露形迹的暗斗,而暗斗的目的物便是高兰德。

她对两位朋友完全一视同仁。她既赏识克利斯朵夫的道德和才具,也赏识吕西安·雷维－葛的极有风趣的不道德和聪明;而且心里还觉得吕西安使她更愉快。克利斯朵夫老实不客气地教训她;她用着可怜巴巴的神气听着他,使他软化。她天性还算好的,但因为懦弱,甚至也因为好心而不够坦白。她一半是在做戏,假装和克利斯朵夫一样思想。她很知道像他这种朋友的价值,但她不肯为了友谊做任何牺牲;不但为了友谊,而且为了无论什么人什么事,她都不愿意有所牺牲;她只挑最方便最愉快的路走。所以她把和吕西安始终来往不断的事瞒着克利斯朵夫。她像上流社会的女子一样凭了从小就学会的本领,若无其事地扯谎;凭了这扯谎的本领,她们才能保持所有的男朋友,使他们个个满意。她替自己辩护说是为了免得克利斯朵夫伤心而不得不如此;其实是因为她明知克利斯朵夫有理而不敢使他知道,也因为她照旧想做她喜欢的事而不要跟克利斯朵夫闹翻。有时克利斯朵夫疑心她捣鬼,便粗声大气地闹起来。她可继续装作痛悔的,诚恳的,伤心的神气,对他做着媚眼,——女人最后的法宝。——她想到可能丧失克利斯朵夫的友谊,的确非常难过,所以竭力装出娇媚的和正经的态度,居然把他软化了一些时候。但那是早晚要爆发的。在克利斯朵夫的气恼里头,不知不觉已经有些嫉妒的成分。高兰德甜言蜜语的笼络也已经有了一点儿,很少的一点儿,爱的成分。然而他们决裂的时候,来势倒反因之更猛烈。

有一天克利斯朵夫把高兰德的谎话当场揭穿了,老老实实提出条件来:要她在他跟吕西安之间挑选一个。她先是设法回避这问题,结果却声言她自有权利保留一切她心爱的朋友。不错,她说得对;克利斯朵夫也觉得自己可笑;但他知道他的苛求并非为了自私,而是为了真心爱护高兰德,非把她救出来不可,——即使因之而违拗她的意志也是应该的。所以他很笨拙地坚持着。看到她不回答了,他就说:

"高兰德,你是不是要我们从此绝交?"

"不是的,"她回答,"那我要非常痛苦的。"

"可是你为我们的友谊连一点儿极小的牺牲都不肯做。"

"牺牲!多荒唐的字眼!"她说,"干吗老是要为了一件东西而牺牲另一件东西?这是基督教的胡闹思想。你骨子里是个老教士,你自己不觉得就是了。"

"很可能,"他说,"在我,总得挑定一个。善跟恶之间,绝对没有中间地位。"

"是的,我知道;就为这一点我才喜欢你。我告诉你,我的确很喜欢你;可是……"

"可是你也很喜欢另外一个。"

她笑了,对他做着最媚人的眼色,用着最柔和的声音说:"仍旧跟我做朋友吧!"

他差不多又要让步的时候,吕西安进来了,高兰德用同样甜蜜的媚眼同样柔和的声音接待他。克利斯朵夫不声不响地看着高兰德做戏。然后他走了,打定主意和她决裂了。他心里有些难过。老是有所依恋,老是上人家的当,真是太蠢了!

回到寓所,他心不在焉地整理书籍,随便打开《圣经》,看到下面的一段:

……我主说:因为锡安的女子狂傲,行走挺项,卖弄眼目,俏步徐行,把脚上的银圈震动得叮当作响,

所以主必使锡安的女子头长秃疮,又使她们赤露下体……①

读到这里,他想起高兰德的装腔作势,笑了出来,便心情轻快地睡了。接着他又自以为跟巴黎腐败的风气已经同流合污到相当程度,才会读着《圣经》觉得好笑。但他在床上反复背着这伟大的恶作剧的审判者的判决,想象这种事要是临到高兰德头上的情景,不禁像孩子般哈哈大笑了一会,睡熟了。他已经不再想到他新的郁闷。多一桩也罢,少一桩也罢……他已经习惯了。

他照常到高兰德家上课,只避免跟她作亲密的谈话。她徒然表示难过,生气,玩种种花样:他始终固执着;两人都不高兴了;终于她自动想出理由来减少课程;他也找出借口来回避史丹芬家里的晚会。

他已经尝够巴黎社会的味道,再也受不了那种空虚,闲荡,萎靡,神经衰弱,以及无理由、无目标、徒然磨蚀自己的、苛酷的批评。他不懂,一个民族怎么能在这种为艺术而艺术、为享乐而享乐的,死气沉沉的空气中过活。可是这民族的确活在那里,从前有过伟大的日子,此刻在世界上还相当威风;从远处看,它还能引起人家的幻象。它从哪儿找到它生存的意义的呢?除了寻欢作乐,它又一无信仰……

克利斯朵夫正想着这些念头的时候,在路上突然撞见一群叫叫嚷嚷的青年男女,拉着一辆车,里面坐着一个老教士向两旁祝福。走了一程,他又看到一些兵拿着刀斧捶打一所教堂的大门,门内是一批挂有国家勋章的先生挥舞着桌椅迎接他们。这时他才觉得法国究竟还有所信仰,——虽然他不知道是什么信仰。人家告诉他说,政府与教会共同生活了一百年之后,现在要分离了,可是因为宗教不甘心脱离,政府便凭着它的权力与武力把宗教撵出门外。克利斯朵夫觉得这种办法未免有伤和气;但是巴黎艺术家的那种混乱的玩票作风使他腻烦

---

① 见《旧约·以赛亚书》第三章。

透了,所以遇到几个人为了什么公案——即使是极无聊的——而打得头破血流也觉得痛快。

他不久又发现这种人在法国为数不少。政见不同的报纸互相厮杀得像荷马史诗中的英雄一般,天天发表鼓吹内战的文字。固然这不过是叫喊一阵,难得有人真会动手。但也并非没有天真的人把别人所写的原则付诸实行。于是就有奇奇怪怪的景象可以看到:什么某几个州府自称为脱离法国啦,几个联队闹兵变啦,州长公署被焚啦,征收员收税要大队的宪兵保护啦,乡下人烧了开水保卫教堂啦,自由思想者以自由的名义去攻击教堂啦,普度众生的救主们爬在树上煽动葡萄酒省份去攻击酒精省份啦。东一处,西一处,几百万人摩拳擦掌,嚷得满面通红,结果真的动武了。共和政府先是巴结民众,然后又拔出刀来对付他们。民众却是把自己的孩子——军官与士兵——砍破脑袋。这样,各人都对别人证明自己理由充足,拳头结实。你在远处看,从报纸上看的时候,仿佛又回到了几个世纪以前去了。克利斯朵夫发现这法兰西——事事怀疑的法兰西——竟然是一个偏激若狂的民族。但他不知道究竟在哪方面偏激。为了拥护宗教呢还是反对宗教?为了拥护理性呢还是反对理性?为了拥护国家呢还是反对国家?——简直各方面都是。他们是为了喜欢偏激而显得偏激的。

一天晚上,他偶然和一个有时在史丹芬家碰到的社会党议员交谈。虽然不是初次谈话,他可绝对想不到这位先生的身份,因为他们一向只谈音乐。这一回他才不胜诧异的发觉这位交际家竟是一个激烈政党的领袖。

亚希·罗孙是个美男子,留着金黄的胡子,说话带着喉音,皮色很嫩,态度很诚恳,外表相当风雅,骨子里可是粗俗的,有时会不知不觉地流露出村野的举止:——譬如当众修指甲,跟人说话的时候像平民一样喜欢扯着别人的衣角,摇着别人的胳膊;——他能吃能喝,爱笑爱玩,胃口和兴致完全表示他是民间出身,只想掌握权势;人很灵活,能随着环境与对手随时改变态度,说话虽多,可是经过思索的;他懂得听人家的话,把听来的当场吸收;既有同情心,资质又聪明,对什么都感兴趣,——由于天性,由于社会的熏陶,也由于虚荣心;在某种限度以内他为人规矩诚实,就是说为他的利益用不着不诚实,或是不诚实有危险的时候,他是诚实的。

他有个相当好看的妻子,高大,匀称,非常壮健,身腰很美,艳丽的装束似乎太窄了些,把她肥胖的身体表露得过于明显;脸庞四周围着乌黑的鬈发;又黑又浓的大眼睛;下巴微微往上抄起;胖胖的脸蛋很动人,可惜被睞个不停的近视眼和阔大的嘴巴破坏了。她走路的姿态不大自然,颠颠耸耸,像某几种鸟;说话很做作,但非常殷勤,亲热。她出身是个有钱的经商人家;思想自由,是那种所谓贤淑的女子:凡是上流社会的数不清的责任,她都像奉教一般的信守,另外还履行她自己找来的,艺术的与社会的义务:家里有个沙龙,在平民大学①里宣扬艺术,参加慈善团体或研究儿童心理的机构,——可并不怎么热心,也没有浓厚的兴趣,——只是由于天生的慈悲心,由于充时髦,由于知识妇女的那种天真的学究气,仿佛永远背着一项功课,非记得烂熟就有失尊严似的。她需要干点儿事,却不需要对所干的事发生兴趣。这种紧张忙碌的活动,有如那些妇女手里老拿着毛线活儿,一刻不停地搬动着针,似乎救世大业就在这一件毫无用处的工作上。并且她也像编织毛线的女人一样,有那种良家妇女的小小的虚荣心,喜欢拿自己的榜样去教训别的女子。

那位当议员的丈夫心里瞧她不起,可是对她很亲热。他是为了自己的享乐与安宁而挑上她的;在这一点上说,他的确挑得很好。她长得很美,他为之挺得意:这就够了,他再没别的要求;她对他也没别的要求。他爱她,同时也欺骗她。她只要他爱着她就算了,也许对于他

---

① 平民大学于一八九八年创于巴黎,尔后遍及全国;由各界名流教授夜课。该时因德雷福斯事件发生,一部分知识分子创此机构,意欲借思想的交流而与平民及工人阶级接近。此项运动至一九〇四年以后渐趋衰落,不久即告终止。

的私情还觉得相当快慰。因为她生性安静,淫荡,完全是后宫中的妇女性格。

他们有两个美丽的孩子,一个五岁,一个四岁,她以贤妻良母的身份照顾他们,那种专心致志所表示的亲切与冷静,恰好跟她注意丈夫的政治与活动,注意最新的时装与艺术表现一样。在这个环境里,她把前进的理论,颓废的艺术,社交界的忙乱和布尔乔亚的感情,一股脑儿放在一起,成为最古怪的炒什锦。

他们请克利斯朵夫上他们家去。罗孙太太是个优秀的音乐家,弹得一手好钢琴:手指轻巧而扎实,小小的头对准着键盘,两只手在上面跳来跳去,活像母鸡啄食的神气。她很有天分,比一般法国女子也更有音乐修养,但对于音乐的深刻的意义是像笨蛋一样完全不关心的。那只是她听着的,或是背得一点不错的一组音符,一些节奏,一些微妙的调子罢了;她决不探求其中的心灵,因为她本身就不需要这个。这位可爱的,聪明的,朴实的,很愿意帮助人的太太,对克利斯朵夫像对别人一样很殷勤。可是克利斯朵夫并不感激,对她也没多大好感,根本不把她放在眼里。也许他还不知不觉地责备她,不该明知丈夫胡闹而甘心情愿地和那些情妇平分秋色。在所有的缺点中,俯首帖耳地听任摆布是克利斯朵夫最不能原谅的。

他和亚希·罗孙比较亲密。罗孙之爱音乐,正如爱别的艺术一样,方式虽然鄙俗,但很真诚。他爱好一阕交响曲的时候,仿佛恨不得和它睡在一起。他只有一些很浅薄的修养,但运用得很高明;在这一点上,他的妻子对他不无帮助。他对克利斯朵夫发生兴趣,是因为看到克利斯朵夫和他一样是个刚强的平民。并且他很想仔细观察一下这种怪物,——(观察人这件事,是他永远不会厌倦的,)——打听一下他对于巴黎的印象。克利斯朵夫直率严厉的批评,使他觉得好玩。他看事情也取着相当的怀疑态度,所以能承认对方的批评是准确的。他不因为克利斯朵夫是德国人而有所顾虑,反而以超越成见自豪。总而言之,他是极富于人情的——(这是他主要的优点),——凡是合乎人情的,他都表示好感。然而这也不能使他不抱另外一种深切的信念,以为法国人——古老的民族,古老的文明——总是优于德国人,所以他不能不嘲笑这个德国人。

  在亚希·罗孙家里,克利斯朵夫又看到些别的政客,过去的或未来的阁员。要是这些名人肯屈尊,他倒很高兴和他们个别的谈谈。和流行的见解相反,他觉得跟这批人来往比他熟悉的文艺界更有意思。他们头脑比较活泼,对于人类的热情和公众的利益更关切。他们能言善辩,大半是南方人,非常爱风雅;个别而论,他们差不多和文人一样风雅。当然,他们欠缺艺术方面的知识,尤其是关于外国艺术的;但他们自命为多少懂一些,而且往往是真的爱好。有些内阁颇像那些办小杂志的文会。阁员中有的写剧本,有的拉提琴,同时是瓦格纳迷,有的涂几笔画。他们都搜集印象派的画,看颓废派的书,有心惊世骇俗,对于跟他们的思想不两立的,同时是极端贵族派的艺术非常欣赏。这些社会党或急进社会党的阁员,代表饥寒阶级的使徒,居然对高级的享受自称为内行,使克利斯朵夫看了大不顺眼。当然这是他们的权利,但他觉得这种作风不大光明。

  最奇怪的是,这些人物在私人谈话中是怀疑主义者,肉欲主义者,虚无主义者,无政府主义者,而一朝有所行动的时候立刻会变成偏激狂。最风雅的人,才上了台就一变而为东方式的小魔王;他们染上了指挥一切干涉一切的瘾:精神上是怀疑派,天生的气质却是极端的专制。拿到了强有力的中央集权的机构,——那是当年最伟大的专制君主①一手建立的,——他们就忍不住要加以滥用了。结果是产生了一种共和政体的帝国主义,近年来又接种似的加上一种无神论的旧教主义。

  在某一个时期内,一般政客只想统治物质——财产,——他们差

---

 ① 指路易十四。

不多不干涉精神方面的事,因为那是不能变成货币的。而那些优秀的人也不理会政治;不是政治高攀不上他们,就是他们高攀不上政治;在法国,政治被认为工商业的一支,生利的,可是不大正当的,所以知识分子瞧不起政客,政客也瞧不起知识分子。——可是近来政客和一般腐败的知识阶级始而接近,终于勾结了。一种簇新的势力登了台,自称为对思想界有绝对的支配权:那便是些自由思想家。他们和另一批统治者勾结起来,而这另一批统治者也认为他们是专制政治的完美的工具。他们主要的目的不在于打倒教会,而在于代替教会,事实上他们已经组成一个自由思想的教会,和旧有的教会一样有经典,有仪式,有洗礼,有初领圣餐,有宗教婚礼,有地方主教会议,有全国主教会议,甚至也有罗马的总主教会议。这些成千累万的可怜虫非成群结队就不能"自由的思想",岂非可笑之尤! 而他们所谓的思想自由,其实是假理智之名禁止别人的思想自由:因为他们的信仰理智,有如旧教徒的信仰圣处女,全没想到理智本身并不比圣处女更有意义,而理智真正的根源是在别处。旧教教会有无数的僧侣与会社,潜伏在民族的血管里散布毒素,把一切跟它竞争的生机都加以杀害。现在这反旧教的教会也有它的死党,有虔诚的告密者,每天从法国各地缮成秘密报告送到巴黎总会,由总会详细登记。共和政府暗中鼓励这些自由思想的信徒做间谍工作,使军队,大学,所有的政府机关都充满着恐怖;政府可不觉得他们表面上似乎为它出力,暗地里却在慢慢的篡夺它的地位,而政府也渐渐走上"无神论的神权政治"这条路,不比巴拉圭的那些耶稣会政权更值得羡慕。①

克利斯朵夫在罗孙家见过这一派的教会中人。他们都是一个比一个疯狂的拜物教徒。目前,他们因为把基督从神座上摔了下来而大为高兴。打烂了几个木偶,他们便以为已经摧毁了宗教。还有一般人,把圣女贞德和她童贞女的旗帜从旧教手里夺过来,把圣女贞德独

---

① 巴拉圭于一六〇七至一七六七年间曾受基督旧教中的耶稣会派统治。

占了。新教会中一个教士,和旧教会的信徒作战的将军,发表了一篇反教会的,颂扬古高卢民族领袖韦辛格托里克斯的演说,同时一般自由思想的人给这位平民英雄立了一座像,认为他是法兰西对抗罗马(罗马教会)的第一人。[①] 海军部长为了整肃舰队,气气旧教徒,把一条巡洋舰命名为"欧纳斯德·勒南"。[②] 另外一批自由思想家则努力于净化艺术的工作。他们把十七世纪的古典文学加以消毒,不许有上帝这个名词亵渎拉封丹的《寓言》。便是在古代音乐里,他们也不许有神的名字存在。克利斯朵夫听见一个老年的急进党——(歌德说过:老年人而做急进党是疯癫之尤。)——因为人家胆敢在一个通俗音乐会里排入贝多芬颂扬宗教的歌而大为愤慨,一定要人家把词句更改过。

还有一般更激进的分子,要求把一切宗教音乐和教授宗教音乐的学校加以取缔。一个在当时那群不懂艺术的人中被认为鉴赏力极高的美术司长,竭力解释说,对于音乐家至少得教以音乐,因为"你派一个兵到军营里去的时候,你总得逐步逐步教他如何用枪,如何放射。年轻的作曲家的情形也是一样,脑子里装满了思想,可是没法安排"。然而这种解释是白费的:他对于自己的勇气也有点吃惊,所以每一句都得附带声明:"我是一个老自由思想家","我是一个老共和党人",才敢接下去宣称:"我不问佩尔戈莱西的作品是歌剧是弥撒祭乐;只问是不是人类艺术的产物。"——但对方用着专断的逻辑回答这个"老自由思想家","老共和党人"说:"音乐有两种:一种是在教堂里唱的,一种是在教堂以外唱的。"前者是理智与国家的仇敌;为了国家的利益,非取缔不可。

要是这些混蛋后面没有一般真有价值而和他们一样——或许更

---

① 韦辛格托里克斯(前72年—46年)为高卢族反抗凯撒大帝的领袖。此处言"法兰西对抗罗马(罗马教会)",乃作者有意讽刺当时的反教会派牵强附会。文中所言立像,乃指一九〇三年立于法国南方格莱蒙一法朗城之韦辛格托里克斯塑像。
② 勒南早年为诚信的旧教徒,后研究哲学而不信宗教,著有《耶稣传》,认为耶稣只是一个非常的人。

甚——狂热的理智信徒做后盾,那么他们还不过是可笑而不致有多大危险。托尔斯泰曾经提到控制宗教、哲学、艺术和科学的"传染病一般的影响",这种"荒谬的影响,人们只有在摆脱之后才会发现它的疯狂,在受它控制的时期内始终认为千真万确,简直毋庸讨论。"例如对于郁金香的风魔,①相信巫祝,误入歧途的文学风气等等。——理智的宗教也是这种疯狂之一。而且从愚蠢的到有知识的,从众议院的兽医到大学里最优秀的思想家,全染上了这种疯狂。而大学教授的入迷比愚夫愚妇的入迷更危险:因为这种风魔在没有知识的人还容易和一种愚妄的乐天气息相混,从而减少风魔的力量;知识分子的生命力可是被疯狂束缚住了,同时,偏激的悲观主义又使他们明白天性和理智是根本抵触的东西,所以更热烈的支持抽象的"自由",抽象的"正义",抽象的"真理",跟恶劣的天性斗争。这种态度骨子里就是加尔文派,詹森派②,雅各宾党的理想主义,就是那个古老的信念,以为人类的邪恶是不可救药的,只能够,也应当由受到理智感应的,——就是得到神灵启示的——选民,凭着他们的高傲来消灭那种邪恶。那真是地道的法国人中的一种,代表聪明而不近人情的法国人。他像石子,像铁一般硬,什么都钻不进去;而他碰到什么就砸破什么。

克利斯朵夫在亚希·罗孙家和这一类疯狂的理论家一谈之下,完全给搅糊涂了。他对于法国的观念也动摇了。他依着流行的见解,以为法国人是个冷静的,容易相处的,宽容的,爱自由的民族。不料他发现了一批狂人,没头没脑地死抓着抽象的观念和逻辑,为了自己的任何一套三段论法,老是预备把别人做牺牲品。他们嘴里一刻不停地说着自由,可是没有人比他们更不懂自由,更受不了自由的。无论哪里,你找不到比他们更冷酷更残暴的专制脾气,而这种专制纯粹是为了理智方面的风魔,或者是为了要表示自己永远是对的。

---

① 郁金香自十六世纪末流入欧洲后,种植郁金香成为民间极普遍的一种癖好。
② 詹森派为十七世纪旧教中的一个小宗派,盛行于法国,根据荷兰扬山尼主教人性本恶之学说,倡为一种极严格的道德及神学宗派。

一个党派如此,所有的党派无不如此。只要越出了他们政治的或宗教的钦定程式,越出了他们的国家或省份,越出了他们的团体和他们狭隘的头脑,那就不管是在这方面的还是在那方面的,他们便一律不愿意看见。有一般反对犹太人的,痛恨一切有钱人的人,因为恨犹太人,就把自己所恨的人都叫作犹太人。有些国家主义者恨——(逢到他们心地慈悲的时候是瞧不起)——一切别的国家,便在本国之内把跟他们意见不合的人统称为外国人,叛徒,卖国贼。有些反对新教的人,相信所有的新教徒都是英国人或德国人,恨不得把他们一齐逐出法国。有些西方人,对于莱茵河以东的,无论什么都要排斥;有些北方人,对于卢瓦尔河以南的,无论什么都表示唾弃;有些南方人,认为卢瓦尔河以北的都是野蛮的;还有以属于日耳曼族为荣的;以属于高卢族为荣的,而一切的疯子中最疯的,还有那些"罗马人",以他们祖先的败北为荣;还有布列塔尼人,洛林人……总而言之,各人只承认自己的一套,"自己"简直是个贵族的头衔,绝对不答应别人跟自己不一样。对于这种民族是无法可想的:你跟他们讲什么理,他们都不理会;他们天生是要烧死别人,或是被别人烧死的。

克利斯朵夫心里想,这样一个民族幸亏采用了共和政体,使那些小型的暴君可以你消灭我,我消灭你。可是其中要有一个做了王的话,恐怕谁也没有多少空气可以呼吸了。

他不知道凡是多议论的民族自有一种德性来救他们,——就是矛盾。

法国的政客就是这样。他们的专制主义被无政府主义冲淡了;他们永远在两个极端之间摇摆。要是他们在左边靠思想界的偏激狂作倚傍,那么在右边一定靠思想界的无政府主义者作倚傍。因此我们可以看到一大批玩票式的社会主义者,猎取权位的小政客,他们在仗没有打胜以前决不参加作战,可是追随在"自由思想"的队伍后面,每逢它打了一次胜仗,便一齐扑在打败的人的遗骸上面。拥护理智的人并非为了理智而努力……"理智啊,这不是为了你"……乃是为那些国际化的渔利主义者;而他们兴高采烈地践踏本国的传统,摧毁一种信仰,也并非为了要代以另一种信仰,而是要把他们自己填补上去。

在此,克利斯朵夫又碰到了吕西安·雷维-葛。他得悉吕西安是社会党员的时候并不怎么惊奇,只想到社会主义一定是有了成功的希望,吕西安才会加入社会党。他可不知道吕西安神通广大,在敌党中同样受到优待,并且跟反自由色彩,甚至反犹太色彩最浓的政客与艺术家结为朋友。

"你怎么能容留这等人物在团体里的?"克利斯朵夫问亚希·罗孙。

罗孙回答说:"噢!他多有才干!而且他为我们工作,他毁坏旧世界。"

"不错,他是在毁坏,"克利斯朵夫说,"他毁坏得那么厉害,我不知道你们将来用什么来建设。你有把握留下的梁木足够建造你们的新屋子吗?蛀虫已经钻进你们的建筑工场了。"

然而社会主义的蛀虫不止吕西安一个。社会党的报纸上充满着这些小文人,这些"为艺术而艺术"的家伙,装点门面的无政府主义者,把所有的进身之阶都霸占了。他们拦着别人的路,在号称民众喉舌的报纸上,长篇累牍地宣传他们那套颓废的风雅论调,以及"为生存的斗争"。他们有了位置还不够,还得有荣誉。急急忙忙赶造起来的雕像,颂赞石膏天才的演说,其数量之多超过任何一个时代。一般以捧场为业的人,按期举行公宴来祝贺自己党派中的伟人,不是祝贺他们的工作,乃是祝贺他们的受勋:因为这才是他们最感动的。美学家,超人,外侨,社会党的阁员,都一致同意,受到拿破仑创立的勋位是应该庆贺的。①

罗孙看到克利斯朵夫的诧异不由得笑开了。他并不以为这个德国人把他党里的人批评得过于苛刻。他自己和他们单独相处时也毫

---

① 法国一般的勋位均称荣誉团勋位,创始于拿破仑。

不客气。他们的胡闹与狡猾,他比谁都明白;但他照旧支持他们,因为要他们支持自己。他私下固然会用着轻蔑的词句谈论民众,一登讲坛却立刻变了一个人。他提高了嗓子,逼尖着声音,带点儿鼻音,每个字都咬得清楚有力,很庄严的,一忽儿用颤音,一忽儿咩咩的像羊叫,做着大开大阖,有点抖动的手势,像翅膀一样:活脱是个第一流的戏子。

克利斯朵夫想弄个明白,罗孙对他的社会主义究竟相信到什么程度。显而易见,骨子里他是完全不信,他怀疑主义的气息太重了。但他有一部分的思想是相信的;虽然他明知不过是一部分——(并且还不是顶重要的一部分),——他可把自己的生活与行为都根据了这一点来安排,因为这样对他更方便,这信仰不但跟他的实际利益有关,并且牵涉到他生存的兴趣,生存与行动的意义。他的相信社会主义是把它当作一种国教的。——大多数的人都是过的这种生活。他们的生命不是放在宗教信仰上,就是放在道德信仰上,或是社会信仰上,或是纯粹实际的信仰上,——(信仰他们的行业,工作,在人生中扮演的角色,)——其实他们都不相信。可是他们不愿意知道自己不相信:为了生活,他们需要有这种表面上的信仰,需要有这种每个人都是教士的公认的宗教。

罗孙还不是顶要不得的一个。党里头拿社会主义或激进主义作工具的人不知有多少!——简直说不上是为了野心,因为他们的野心也是目光太短,只限于立刻捞钱和重行当选。那些人仿佛真相信有个新社会似的。也许他们从前是相信的;但事实上他们只扒在垂死的社会身上,靠它来养活自己。短视的机会主义替享乐的虚无主义当差。未来的社会福利,为了眼前的自私而被牺牲了。因为要博取选民的欢心,人们把军队肢解了,还恨不得把国家都瓜分了。他们所缺少的绝不是聪明:大家很知道应该怎么做,可是因为太费力而不去做。人人都想以事半功倍的方式安排自己的生活。上上下下的道德信条都是一样:花最少限度的气力博取最大限度的快乐。这种不道德的道德,便是政治混乱的社会中唯一的纲领。政府的领袖们做出无政府的榜样,政策是乱七八糟的,同时追求着十几只兔子,结果是一只一只地放弃了:外交部在主战,陆军部在高唱和平,还为了肃军而破坏军队,海军部长挑拨兵工厂工人,军事教官宣传非战论,此外是一般业余性质的军官,业余性质的推事,业余性质的革命党员,业余性质的爱国分子。政治风纪是普遍的解体了。人人希望国家给他们职位,养老金,勋位;国家也的确不忘记敷衍它的顾客,把大家眼红的荣誉和差事赠送当权的人的儿子们、侄子们,侄孙们、奴仆们。议员投票表决增加自己的俸给。国库,职位,头衔,国家所有的资源都被挥霍滥用了。——上面既然有了这种榜样,下面就像凄厉的回声一般发生许多怠工的现象:小学教员教人反叛国家,邮局职员焚烧电信,工人把沙土和金刚砂放在机器的齿轮里,造船厂工人捣毁造船厂,焚烧船舶,工人大规模地破坏自己工作的成绩,——不是损害有钱的人,而根本是损害社会的财富。

最后,一般优秀的知识阶级认为一个民族这样的自杀于法于理均无不合,因为人类爱怎样追求幸福就可怎样追求,那是他神圣的权利。一种病态的人道主义把善与恶的区别给取消了,认为罪犯是"不负责任的,并且是神圣的",应该加以怜悯;它对罪恶完全表示妥协,把社会交给它摆布。

克利斯朵夫心里想:

"法国是被自由灌醉了。它发了一阵酒疯之后,不省人事地昏了过去。将来醒过来的时候,恐怕它已经给关在牢里了。"

对于这种笼络群众的政治,克利斯朵夫最气恼的是,那些最可恶的强暴的手段,竟是一般胸无定见的人很冷静地干出来的。他们那种游移不定的性格,和他们所做的或允许人家做的粗暴的行为,实在太不相称了。他们身上似乎有两种矛盾的元素:一方面是惶惑无主的性格,对什么都不信;一方面是喜欢推敲的理智,什么话都不愿意听而把人生搅得天翻地覆。克利斯朵夫不懂那些心平气和的布尔乔亚,那些旧教徒,那些军官,怎么受尽了政客的欺侮而不把他们摔出窗外。既然克利斯朵夫什么都不能藏在肚里,罗孙便很容易猜到他的思想,他笑着说:

"当然,要是碰到了你跟我,他们的确是要被摔出去的。可是跟他们,决没有这个危险。那都是些可怜虫,没有勇气下什么决心,唯一的本领只有回骂几句。那些智力衰退的贵族,在俱乐部里混得糊里糊涂了,只会向美国人或犹太人卖俏,并且为了表示时髦,对于人家在小说和戏剧中给他们扮的那种可耻的角色,觉得挺有意思,还要把侮辱他们的人请去做上宾。至于容易生气的布尔乔亚,他们什么书都不读,什么都不懂,不愿意懂,只会平白地把一切批评得一文不值,话说得很尖刻,实际上一点儿效果都没有,——他们只有一宗热情:就是躺在钱袋上睡觉,痛恨扰乱他们好梦的人,甚至也痛恨那些做工的人;因为呼呼睡熟的时候有人动作,当然是打搅他们的!……如果你认得了这一般人,你就会觉得我们是值得同情的了……"

然而克利斯朵夫对这些人那些人同样不胜厌恶;他不承认因为被虐待的人卑鄙,所以虐待人家的人的卑鄙就可以得到原谅。他在史丹芬家时常遇到那种有钱的,无精打采的,正如罗孙所形容的布尔乔亚:

>……愁容惨淡的灵魂,
>没有毁谤,也没有赞扬……

罗孙和他的朋友们不但十拿九稳地知道自己能支配这些人,并且十拿九稳地觉得自己尽有权利对他们为所欲为:这理由克利斯朵夫是太明白了。罗孙他们并不缺少统治的工具。成千成万没有意志的公务员,闭着眼睛由着他们指挥。谄媚逢迎的风气;徒有其名的共和国;社会党的报纸看到别国的君主来访问就大为得意;奴才的精神,一见头衔,金钱,勋章,就五体投地:要笼络他们,只消丢一根骨头给他们咬咬,或是给他们几个勋章挂挂就得了。要是有个王肯答应把法国人全部封为贵族,法国所有的公民都会变成保王党的。

政客们的机会很好。一七八九年以来的三个政体:第一个被消灭了;第二个被废黜了,或被认为可疑;第三个志得意满地睡熟了。① 至于此刻方在兴起的第四个政府,②带着又嫉妒又威胁的神气,也不难加以利用。衰微的共和政府对付它,就跟衰微的罗马帝国对付它无力驱逐的野蛮部落一样,用着招抚改编的方法,而不久他们也变了现政府最好的看家狗。自称为社会主义者的布尔乔亚阁员,很狡猾地把工人阶级中最优秀的分子勾引过来,加以并吞,把无产阶级党派弄成群龙无首,没有领袖的局面,自己则吸取平民的新血液,再把布尔乔亚的意识灌输给平民算做回敬。

在布尔乔亚并吞平民的许多方式中,最妙的一种是那些平民大学。那是"无所不通"的知识杂货铺。据课程纲要所载,平民大学所教的"包括各部门的知识,物理方面的,生物方面的,社会学方面的:天文学,宇宙学,人类学,人种学,生理学,心理学,精神分析学,地理学,语言学,美学,伦理学……"花样之多,便是皮克·特·拉·米兰多拉那样的头脑也装不下。③

当然,平民大学初办的时候的确有一种真诚的理想,有个伟大的愿望,想把真、美、善普及大众;现在某些平民大学也还存着这个理想。工人们做了一天工之后,跑来挤在闷塞的讲堂里,表示他们求知的渴望胜过了疲劳:这是何等动人的景象。但人们又怎样的利用他们!除

---

① 一七八九年以后的三个政体,指第一共和(即大革命以后的,1792—1804),第二共和(即路易·菲利浦下台以后,1848—1852),及第三共和(普法战争以后,1870年9月起直至二次大战被德国侵入为止)。
② 此所谓第四个政权,暗指工人及平民阶级的抬头。
③ 意大利的皮克·特·拉·米兰多拉(1463—1494)为历史上有名的百科全书式的大博学家。

了少数聪明而有人性的真正的使徒,用意极好而不善于应付的善良的心以外,多多少少全是一般愚妄的,饶舌的,玩手段的家伙,没有读者的作家,没有听众的演说家,教授,牧师,钢琴家,批评家,拿自己的出品把民众淹没了。各人都在推销自己的货物。最能叫座的自然是那些卖膏药的,那些玄学大师,搬出许许多多老生常谈,末了再归结到一个社会的天堂。

极端贵族的唯美主义,例如颓废派的版画,诗歌,音乐,也在平民大学里找到了出路。大家希望平民对思想界发生一些返老还童的作用,促成民族的新生。可是人们一开头先把布尔乔亚所有雕琢纤巧的玩意儿,像疫苗似的种在平民的血里!而平民也不胜贪馋地吸收进去,并非为了喜欢,而是因为那些都是布尔乔亚的东西。克利斯朵夫有一次跟着罗孙太太到一所平民大学去,在迦勃里哀·福莱的美妙的歌和贝多芬晚期的一阕四重奏之间,听她对着平民弹奏德彪西。他自己对贝多芬晚年的作品还是经过了许多年,趣味与思想起了许多变化方始了解的;这时他不禁怀着怜悯的心问一个邻座的人:"你懂得这个吗?"

那位邻人立刻把脖子一挺,像一只发怒的公鸡似的,回答说:"当然!干吗我就不能像你一样的了解?"

为了证明他的了解,他更用着挑战的神气望着克利斯朵夫,哼着一段赋格曲。

克利斯朵夫吃了一惊,赶紧溜了,心里想这些畜牲竟把民族的生机都毒害了;哪里还有什么平民!

"你才是平民!"一个工人对一个想创办平民戏院的热心人说,"我嘛,我可是跟你一样的布尔乔亚!"

一个幽美的黄昏,软绵绵的天空罩在黑洞洞的都城上面,像一张强烈的色彩已经黯淡的东方地毯。克利斯朵夫沿着河滨大道从圣母院往安伐里特宫走去。夜色苍茫中,圆顶上面的两座钟楼仿佛摩西在战争中高举的手臂。小圣堂顶上的金箭,带着神圣的荆棘,高耸在万家屋舍之上。① 对岸,卢浮宫的窗子在夕照中闪出最后的微光,还显得有点儿生气。安伐里特广场的尽头,在威严的壕沟与围墙后面,在气概非凡的空地上,阴沉的金色穹窿高悬在那里,仿佛一阕交响曲,纪念那些年代久远的胜利。高岗上的凯旋门,像英雄进行曲似的,替帝国军团的行列开路。

克利斯朵夫忽然觉得这些很像一个已经死了的巨人,在平原上伸展着巨大的四肢。他心惊肉跳,停了下来,怅然望着这些奇大无比的化石,想起那个已经绝迹的,地球上曾经听见过它脚步声的传奇式的种族,——安伐里特的穹窿好比它的冠冕,卢浮宫殿好比它的腰带,拱形顶上无数的手臂似乎想抓握青天,拿破仑凯旋门的两只威武的脚踏着世界,而如今只有一些侏儒在它的脚跟底下熙熙攘攘。

克利斯朵夫虽然自己不求名,却也在高恩和古耶带他去的巴黎交际场中有了点小名气。他的奇特的相貌,——老是跟他两位朋友之中的一个在新戏初演的晚上和音乐会中出现,——极有个性的那种丑陋,人品与服装的可笑,举止的粗鲁,笨拙,无意中流露出来的怪论,琢磨得不够的,可是方面很广很结实的聪明,再加高恩把他和警察冲突而亡命法国的经过到处宣传,说得像小说一样,使他在这个国际旅馆的大客厅中,在这一堆巴黎名流中,成为那般无事忙的人注目的对象。只要他沉默寡言,冷眼旁观,听着人家,在没有弄清楚以前不表示意见,只要他的作品和他真正的思想不给人知道,他是可以得到人家相当的好感的。他没法待在德国是法国人挺高兴的事。特别是克利斯朵夫对于德国音乐的过激的批评,使法国音乐家大为感动,仿佛那是

---

① 哥特式建筑的教堂,正面钟楼上往往有下粗上细的极长的八角形柱作为结顶,末梢则为箭形。而八角形的长柱四周饰有树叶与枝条等作为装饰,此处称神圣的荆棘,乃言此种树叶枝条之装饰象征基督荆冠上之荆棘。小圣堂在今巴黎法院侧,建于十三世纪,与巴黎圣母院相距不远。

对他们法国音乐家表示敬意。——（其实他的批判是几年以前的，多半的意见现在已经改变了：那是他从前在一份德国杂志上发表的几篇文章，被高恩把其中的怪论加意渲染而逢人便说的。）——大家觉得克利斯朵夫很有意思，并不妨碍别人，又不抢谁的位置。只要他愿意，他马上可以成为文艺小圈子里的大人物。他只要不写作品，或是尽量少写，尤其不要让人听到他的作品，而只吸收一些古耶和古耶一流的人的思想。他们都信守着一句有名的箴言，当然是略微修正了一下：

我的杯子并不大，……可是我……在别人的杯子里喝。

一种坚强的性格，它的光芒特别能吸引青年，因为青年是只斤斤于感觉而不喜欢行动的。克利斯朵夫周围就不少这等人：普通都是些有闲的青年，没有意志，没有目的，没有生存的意义，怕工作，怕孤独，永远埋在安乐椅里，出了咖啡馆，就得上戏院，想尽方法不要回家，免得面对面看到自己。他们跑来，坐定了，几个钟点的瞎扯，尽说些无聊的话，结果把自己搅得胃胀，恶心，又像饱闷，又像饥饿，对那些谈话觉得讨厌极了，同时又需要继续下去。他们包围着克利斯朵夫，有如歌德身边的哈巴狗，也有如"等待机会的幼虫"，想抓住一颗灵魂，使自己不至于跟生命完全脱节。

换了一个爱虚荣的糊涂蛋，受到这些寄生虫式的小喽啰捧场也许会很喜欢。可是克利斯朵夫不愿意做人家的偶像。并且这些崇拜他的人自作聪明，把他的行为看作含有古怪的用意，什么勒南派，尼采派，神秘派，两性派等等，使克利斯朵夫听了大为气愤。他把他们一齐撵走了。他的性格不是做被动的角色的。他一切都以行动为目标：为了了解而观察，为了行动而了解。他摆脱了成见，什么都想知道，在音乐方面研究别的国家别的时代的一切思想的形式和表情的方法。只要他认为是真实的，他都拿过来。他所研究的法国艺术家都是心思灵巧的发明新形式的人，殚精竭虑，继续不断地做着发明工作，却把自己的发明丢在半路上。克利斯朵夫的作风可大不相同:他的努力并不在于创造新的音乐语言,而在于把音乐语言说得更有力量。他不求新奇,只求自己坚强。这种富于热情的刚毅的精神,和法国人细腻而讲中庸之道的天才恰好相反。他瞧不起为风格而求风格。法国最优秀的艺术家,在他眼里不过是高等的巧匠。在巴黎最完美的诗人中间,有一个曾经立过一张"当代法国诗坛的工作表,详列各人的货物,出品或薪饷";上面写的有"水晶烛台,东方绸帛,金质纪念章,古铜纪念章,有钱的寡妇用的花边,上色的塑像,印花的珐琅……",同时指出哪一件是哪一个同业的出品。他替自己的写照是"蹲在广大的文艺工场的一隅,缀补着古代的地毯,或擦着久无用处的古枪"。——把艺术家看作只求技术完满的良工巧匠的观念,不能说不美,但不能使克利斯朵夫满足。他一方面承认他职业的尊严,但对于这种尊严所掩饰的贫弱的生活非常瞧不起。他不能想象一个人能为写作而写作。他不能徒托空言而要言之有物。

> 我说的是事实,你说的是空话……

克利斯朵夫有个时期只管把新天地中的一切尽量吸收,然后精神突然活跃起来,觉得需要创作了。他和巴黎的格格不入,对他的个性有种刺激的作用,使他的力量加增了好几倍。在胸中泛滥的热情非表现出来不可,各式各种的热情都同样迫切地要求发泄。他得锻炼一些作品,把充塞心头的爱与恨一齐灌注在内;还有意志,还有舍弃,一切在他内心相击相撞而具有同等生存权利的妖魔,都得给它们一条出路。他写好一件作品把某一股热情苏解,——(有时他竟没有耐性完成作品),——又立刻被另外一股相反的热情卷了去。但这矛盾不过是表面的:虽然他时时刻刻在变化,精神是始终如一。他所有的作品都是走向同一个目标的不同的路。他的灵魂好比一座山:他取着所有的山道爬上去;有的是浓荫掩蔽,迂回曲折的;有的是烈日当空,陡峭险峻的；结果都走向那高踞山巅的神明。爱，憎，意志，舍弃，人类一切的力兴奋到了极点之后，就和"永恒"接近了，交融了。所谓"永恒"是每个人心中都有的：不论是教徒，是无神论者，是无处不见生命的人，是处处否定生命的人，是怀疑一切，怀疑生亦怀疑死的人，——或者同时具有这些矛盾像克利斯朵夫一般的人。所有的矛盾都在永恒的"力"中间融和了。克利斯朵夫所认为重要的，是在自己心中和别人心中唤醒这个力，是抱薪投火，燃起"永恒"的烈焰。在这妖艳的巴黎的黑夜中，一朵巨大的火花已经在他心头吐放。他自以为超出了一切的信仰，不知他整个儿就是一个信仰的火把。

然而这是最容易受法国人嘲笑的资料。一个风雅的社会最难宽恕的莫过于信仰；因为它自己已经丧失信仰。大半的人对青年的梦想暗中抱着敌视或讪笑的心思，其实大部分是懊丧的表现，因为他们也有过这种雄心而没有能实现。凡是否认自己的灵魂，凡是心中孕育过一件作品而没有能完成的人，总是想：

"既然我不能实现我的理想，为什么他们就能够呢？不行，我不愿意他们成功。"

像埃达·迦勃勒①一流的，世界上不知有多少！他们暗中抱着何等的恶意，想消灭新兴的自由的力量；用的是何等巧妙的手段，或是不理不睬，或是冷嘲热讽，或是使人疲劳，或是使人灰心，——或是在适当的时间来一套勾引诱惑的玩意儿……

这种角色是不分国界的。克利斯朵夫因为在德国碰到过，所以早已认识了。对付这一类的人，他是准备有素的。防御的方法很简单，就是先下手为强；只要他们来亲近他，他就宣战，把这些危险的朋友逼成仇敌。这种坦白的手段，为保卫他的人格固然很见效，但对于他艺术家的前程决不能有什么帮助。克利斯朵夫又拿出他在德国时候的那套老办法。他简直不由自主地要这么做。只有一点跟从前不同：他

---

① 易卜生戏剧《埃达·迦勃勒》中的主角，怀有高远的理想而终流于庸俗浅薄。

的心情已经变得满不在乎，非常轻松。

只要有人肯听他说话，他就肆无忌惮地发表他对法国艺术界的激烈的批评，因之得罪了许多人。他根本不想留个退步，像一般有心人那样去笼络一批徒党做自己的倚傍。他可以毫不费力地得到别的艺术家的钦佩，只消他也钦佩他们。有些竟可以先来钦佩他，唯一的条件是大家有来有往。他们把恭维这回事看作放债一样，到了必要的时候可以向他们的债务人，受过他们恭维的人，要求偿还。那是很安全的投资。——但放给克利斯朵夫的款子可变了倒账。他非但分文不还，还没皮没脸地把恭维过他作品的人的作品认为平庸简谫陋。这样，他们嘴里不说，心里却怀着怨恨，决意一有机会便如法炮制，回敬他一下。

在克利斯朵夫做的许多冒失事中间，有一桩是跟吕西安·雷维-葛作战。他到处遇到他，而对于这个性情柔和的，有礼的，表面上完全与人无损，反显得比他更善良，至少比他更有分寸的家伙，克利斯朵夫没法藏起他过于夸张的反感。他逗吕西安讨论，不管题目如何平淡，克利斯朵夫老是会把谈锋突然之间变得尖锐起来，使旁听的人大吃一惊。似乎克利斯朵夫想出种种借口要跟吕西安拼个你死我活；但他始终伤不到他的敌人。吕西安机灵之极，即使在必败无疑的时候，也会扮一个占上风的角色；他对付得那么客气，格外显出克利斯朵夫的有失体统。克利斯朵夫的法语说得很坏，夹着俗话，甚至还有相当粗野的字眼，像所有的外国人一样早就学会而用得不恰当的，自然攻不破吕西安的战术了。他只是愤怒非凡地跟这个冷嘲热讽的软绵绵的性格对抗。大家都派他理屈，因为他们并看不出克利斯朵夫所隐隐约约感觉到的情形：就是说吕西安那种和善的面目是虚伪的，因为遇到了一股压不倒的力量而想无声无息地使它窒息。吕西安并不急，跟克利斯朵夫一样等着机会：不过他是等机会破坏，克利斯朵夫是等机会建设。他毫不费力地使高恩和古耶对克利斯朵夫疏远了，好似此前使克利斯朵夫慢慢地跟史丹芬家疏远一样。他使他完全孤立。

其实克利斯朵夫自己也在努力往孤立的路上走。他教谁都对他不满意,因为他不属于任何党派,并且还进一步反对所有的人。他不喜欢犹太人,但更不喜欢反犹太的人。这般懦怯的多数民族反对强有力的少数民族,并非因为这少数民族恶劣,而是因为它强有力;这种妒忌与仇恨的卑鄙的本能使克利斯朵夫深恶痛绝。结果是犹太人把他当作反犹太的;而反犹太的把他当作犹太人。艺术家则又认为他是个敌人。克利斯朵夫在艺术方面不知不觉把自己的德国脾气表现得特别过火。和某种只求感官的效果而绝不动心的巴黎乐派相反,他所加意铺张的是强烈的意志,是一种阳刚的,健全的悲观气息。表现欢乐的时候又不讲究格调的雅俗,只显出平民的狂乱与冲动,使提倡平民艺术的贵族老板大起反感。他所用的形式是粗糙的,同时也是繁重的。他甚至矫枉过正,有意在表面上忽视风格,不求外形的独创,而那是法国音乐家特别敏感的。所以他拿作品送给某些音乐家看的时候,他们也不细读,就认为它是德国最后一批的瓦格纳派而表示瞧不起,因为他们是一向讨厌瓦格纳派的。克利斯朵夫却毫不介意,只是暗中好笑,仿着法国文艺复兴期某个很有风趣的音乐家的诗句,反复念道:

…………
得了吧,你不必慌,如果有人说:
这克利斯朵夫没有某宗某派的对位,
没有同样的和声。
须知我有些别人没有的东西。

可是等到他想把作品在音乐会中演奏的时候,就发现大门紧闭了。人们为了演奏——或不演奏——法国青年音乐家的作品已经够忙了,哪还有位置来安插一个无名的德国人?

克利斯朵夫绝对不去钻营。他关起门来继续工作。巴黎人听不听他的作品,他觉得无关紧要。他是为了自己的乐趣而写作,并非为求名而写作。真正的艺术家决不顾虑作品的前途。他像文艺复兴期的那些画家，高高兴兴地在屋子外面的墙上作画，虽然明知道十年之后就会荡然无存。所以克利斯朵夫是安安静静地工作着，等着时机好转；不料人家给了他一个意想不到的帮助。

那时克利斯朵夫正跃跃欲试地想写戏剧音乐。他不敢让内心的抒情成分自由奔放，而需要把它限制在一些确切的题材中间。一个年轻的天才，还不能控制自己，甚至不知道自己的真面目的人，能够定下界限，把那个随时会溜掉的灵魂关在里头当然是好的。这是控制思潮必不可少的水闸。——不幸克利斯朵夫没有一个诗人帮忙；他只能从历史或传说中间去找题材来亲自调度。

几个月以来在他脑中飘浮的都是些《圣经》里的形象。母亲给他作为逃亡伴侣的《圣经》，是他的幻梦之源。虽然他并不用宗教精神去读，但这部希伯来民族的史诗自有一股精神的力，更恰当的说是有股生命力，好比一道清泉，可以在薄暮时分把他被巴黎烟熏尘污的灵魂洗涤一番。他虽不关心书中神圣的意义，但因为他呼吸到旷野的大自然气息和原始人格的气息，这部书对他还是神圣的。诚惶诚恐的大地，中心颤动的山岳，喜气洋溢的天空，猛狮般的人类，齐声唱着颂歌，把克利斯朵夫听得出神了。

在《圣经》中他最向往的人物之一是少年时代的大卫。但他心目中的大卫并非露着幽默的微笑的佛罗伦萨少年，或神情紧张的悲壮的勇士，像韦罗基奥与米开朗琪罗表现在他们的杰作上的：他并不认识这些雕塑。他把大卫想象做一个富有诗意的牧人，童贞的心中蕴藏着英雄的气息，可以说是种族更清秀，身心更调和的，南方的齐格弗里德。——因为克利斯朵夫虽然竭力抵抗拉丁精神，其实已经被拉丁精神渗透了。这不但是艺术影响艺术，思想影响艺术，而是我们周围的一切——人与物，姿势与动作，线条与光——的影响。巴黎的精神气氛是很有力量的，最倔强的性格也会受它感化，而德国人更抵抗不了：他徒然拿民族的傲气来骄人，实际上是全欧洲最容易丧失本性的民族。克利斯朵夫已经不知不觉感染到拉丁艺术的中庸之道,明朗的心境,甚至也相当地懂得了造型美。他所作的《大卫》就有这些影响。

他想描写大卫和扫罗王的相遇,用交响诗的形式表现两个人物。①

在一片荒凉的高原上,周围是开花的灌木林,年轻的牧童躺在地下对着太阳出神。清明的光辉,大地的威力,万物的嗡嗡声,野草的颤动,羊群的铃声,使这个还没知道负有神圣使命的孩子引起许多幻想。他在和谐恬静的气氛中懒洋洋地唱着歌,吹着笛子。歌声所表现的欢乐是那么安静,那么清明,令人听了忧乐俱忘,只觉得是应该这样的,不可能不这样的……可是突然之间,荒原上给巨大的阴影笼罩了,空气沉默了;生命的气息似乎退隐到地下去了。唯有安闲的笛声依旧在那里吹着。精神错乱的扫罗王在旁边走过。他失魂落魄,受着虚无的侵蚀,像一朵被狂风怒卷的,自己煎熬自己的火焰。他觉得周围是一片空虚,自己心里也是一片空虚:他对着它哀求,咒骂,挑战。等到他喘不过气来倒在地下的时候,始终没有间断的牧童的歌声又那么笑盈盈地响起来了。扫罗抑捺着骚动不已的心绪,悄悄地走近躺在地下的孩子,悄悄地望着他,坐在他身边,把滚热的手放在牧童头上。大卫若无其事地掉过身子,望着扫罗王,把头枕在扫罗膝上,继续唱他的歌。黄昏来了,大卫唱着睡熟了;扫罗哭着。繁星满天的夜里又响起那个颂赞自然界复活的圣歌,和心灵痊愈以后的感谢曲。

克利斯朵夫写作这一幕音乐,只顾表现自己的欢乐,既没想到怎么演奏,更没想到可以搬上舞台。他原意是想等到乐队肯接受他的作品的时候在音乐会中演奏。

一天晚上,他和亚希·罗孙提起,又依着罗孙的要求,在钢琴上弹了一遍,让他有个概念。克利斯朵夫很诧异地发觉,罗孙对这件作品

---

① 大卫为以色列的第二个王,年代约在公元前一〇五五至一〇一四年,少年时为父牧羊,先知撒母耳为之行油膏礼,预定其继承扫罗王位。因以色列王扫罗为神厌弃,为恶魔所扰,致精神失常,乃从臣仆之言,访求耶西之子大卫侍侧弹琴,扫罗一闻琴声即觉精神安定。见《旧约·撒母耳记》上卷第十六章。此处将故事略加改动,弹琴易为吹笛,访求改为偶遇。

竟非常热心,说应该拿到一家戏院去上演,并且自告奋勇要促成这件事。过了几天,罗孙居然很认真地干起来,使克利斯朵夫更觉得奇怪;而一知道高恩,古耶,甚至吕西安·雷维-葛都表示很热心,他不但是诧异,简直给搅糊涂了。他只能承认他们为了爱艺术而把私人的嫌隙丢开了:这当然是他意想不到的。在所有的人中,最不急于表现这件作品的倒是他自己。那原来不是为舞台写的,拿去交给戏院未免荒唐。但罗孙那么恳切,高恩那么苦劝,古耶又说得那么肯定,克利斯朵夫居然动心了。他没有勇气拒绝。他太想听听自己作的曲子了!

为罗孙,什么事都轻而易举。经理和演员都争先恐后地巴结他。碰巧有家报馆为一个慈善团体募捐想办个游艺大会。他们决定在游艺会里表演《大卫》。一个很好的管弦乐队给组织起来了。至于唱歌的,罗孙说已经找到了一个理想的人物来表现大卫。

大家便开始练习。乐队虽然脱不了法国习气,纪律差一些,可是第一次试奏的成绩还算满意。唱扫罗王的角色嗓子有点疲弱,却还过得去,技术是有根底的。表演大卫的是个高大肥胖,体格壮健的美妇人;但她声音恶俗,肉麻,带着唱通俗歌剧的颤音,和咖啡馆音乐会的作风。克利斯朵夫皱着眉头。她才唱了几节,他已经断定她不能胜任了。乐队第一次休息的时候,他去找负责音乐会事务的经理,那是和高恩一同在场旁听的。他看见克利斯朵夫向他走过来,便得意扬扬地问:"那么你是满意的了?"

"是的,"克利斯朵夫说,"大概不至于有什么问题。只有一件事不行,就是那个女歌唱家。非换一个不可。请你客客气气地通知她;你们是搞惯这一套的……你总不难替我另外找一个吧?"

那位经理不由得愣住了,望着克利斯朵夫,似乎疑心他是开玩笑。

"噢!你这话是不可能的!"

"为什么不可能?"克利斯朵夫问。

经理跟高恩俩眨了眨眼睛,神气很狡猾:"她多有天分!"

"一点儿天分都没有。"克利斯朵夫说。

"怎么没有！……这样好的嗓子！"

"谈不到嗓子。"

"人又多漂亮！"

"那跟我不相干。"

"可是也不妨事啊。"高恩笑着说。

"我需要一个大卫，一个懂得唱的大卫，不需要美丽的海伦。"克利斯朵夫说。

经理好不为难地搔搔鼻子："那很麻烦，很麻烦……可是她的确是个出色的艺术家：——我敢向你担保。也许她今天不大得劲。你再试一下看看。"

"好吧，"克利斯朵夫回答，"可是这不过是白费时间罢了。"

他重新开始排演。情形可是更糟。他几乎不能敷衍到曲子终了：他烦躁不堪，指点女歌手的口气先是还冷冷的不至于失礼，慢慢地竟直截了当，不留余地了；她花了很大的劲想使他满意，对他装着媚眼乞怜，只是没用。看到事情快要闹僵，经理就很小心地出来把练习会中止了。为了冲淡一下克利斯朵夫给人的坏印象，他赶紧去和女歌手周旋，大献殷勤；克利斯朵夫看了很不耐烦，神气专横地向他示意叫他过来，说道：

"没有什么可商量的了。我不要这个人。我知道人家心里会不舒服；可是当初不是我挑的。你们去想办法吧。"

经理神气很窘，弯了弯腰，满不在乎地回答："我没办法。请你跟罗孙先生去说吧。"

"那跟罗孙先生有什么相干？我不愿意为这些事去麻烦他。"

"他不会觉得麻烦的。"高恩带着俏皮的口气说。

接着他指了指刚在门外进来的罗孙。

克利斯朵夫迎上前去。罗孙一团高兴地嚷着："怎么？已经完啦？我还想来听听呢。那么，亲爱的大师，怎么样？满意不满意？"

"一切都很好，"克利斯朵夫回答，"我不知道向你怎么道谢才好……"

"哪里！哪里！"

"只有一件事不行。"

"你说吧，说吧。咱们来想办法。我非要使你满意不可。"

"就是那个女歌唱家。咱们自己人，不妨说句老实话，她简直糟透了。"

满面笑容的罗孙一下子变得冷若冰霜。他沉着脸说："朋友，你这个话真怪了。"

"她太不行了，太不行了，"克利斯朵夫接着说，"没有嗓子，唱歌没有品，没有技巧，一点儿才气都没有。幸亏你刚才没听到！……"

罗孙的态度越来越冷了，他截住了克利斯朵夫的话，声音很难听的说："我对特·圣德－伊格兰小姐知道得很清楚。她是个极有天分的歌唱家，我非常佩服的。巴黎所有风雅的人都是跟我一样的见解。"

说罢，他转过背去，搀着女演员的手臂出去了。正当克利斯朵夫站在那儿发呆的时候，在旁看得挺高兴的高恩，过来拉着他的胳膊，一边下楼一边笑着和他说："难道你不知道她是他的情妇吗？"

这一下，克利斯朵夫可明白了。他们想表演这个作品原来是为了她，不是为了克利斯朵夫，怪不得罗孙这样热心这样肯花钱，他的喽啰们又这样上劲。他听高恩讲着那个圣德－伊格兰的故事：歌舞团出身，在小戏院里红了一些时候，就像所有她那一流的人一样，忽然雄心勃勃，想爬到跟她的身份更相当的舞台上去唱戏。她指望罗孙介绍她进歌剧院或喜歌剧院；罗孙也巴不得她能成功，觉得《大卫》的表演倒是一个挺好的机会，可以教巴黎的群众领教一下这位新悲剧人才的抒情天才，反正这角色用不到什么戏剧的动作，不至于使她出丑，反而能尽量显出她身段的美。

克利斯朵夫听完了故事，挣脱了高恩的手臂，哈哈大笑，直笑了好一忽。最后他说：

"你们真教我受不了。你们这些人都教我受不了。你们根本不把艺术放在心上。念念不忘的老是女人,女人。你们排一出歌剧是为了一个跳舞的,为了一个唱歌的,为了某先生或某太太的情人。你们只想着你们的丑事。我也不怪你们:你们原来是这样的东西,那么就这样混下去吧,挤在你们的马槽里去抢水喝吧,只要你们喜欢。可是咱们还是分手为妙:咱们天生是合不拢来的。再见了。"

他别了高恩,回到寓所,写了封信给罗孙,声明撤回他的作品,同时也不隐瞒他撤回的动机。

这是跟罗孙和他所有的徒党决裂了。后果是立刻感觉得到的。报纸对于这计划中的表演早已大事宣传,这一回作曲家和表演者的不欢而散又给他们添了许多嚼舌的资料。某个乐队的指挥,为了好奇心,在一个星期日下午的音乐会中把这个作品排了进去。这幸运对于克利斯朵夫简直是个大大的厄运。作品是演奏了,可是被人大喝倒彩。女歌唱家所有的朋友都约齐了要把这个傲慢的音乐家教训一顿;至于听着这阕交响诗觉得沉闷的群众,也乐于附和那些行家的批判。更糟的是,克利斯朵夫想显显演奏家的本领,冒冒失失地在同一音乐会里出场奏一阕钢琴与乐队合奏的幻想曲。群众的恶意,在演奏《大卫》的时候为了替演奏的人着想而留些余地的,此刻当面看到了作家就尽量发泄了,——何况他的演技也不尽合乎规矩。克利斯朵夫被场中的喧闹惹得心头火起,在曲子的半中间突然停住,用着挖苦的神气望着突然静下来的群众,弹了一段《玛勃洛打仗去了》,①——然后傲慢地说道:"这才配你们的胃口。"说完,他站起身来走了。

会场里登时乱哄哄的闹了起来。有人嚷着说这是对于听众的侮辱,作者应该向大家道歉。第二天,各报一致把高雅的巴黎趣味所贬斥的粗野的德国人骂了一顿。

然后是一片空虚,完全的,绝对的空虚。克利斯朵夫在多少次的孤独以后再来一次孤独,在这个外国的,对他仇视的大城里,比什么时

---

① 《玛勃洛》为通俗的儿童歌曲,其中的复唱句是:"玛勃洛打仗去了,不知什么时候回来。"

候都更孤独了。可是他不再像从前一样的耿耿于怀。他慢慢地有点儿觉得这是他的命运如此,终身如此的了。

他可不知道一颗伟大的心灵是永远不会孤独的,即使命运把他的朋友统统给剥夺了,他也永远会创造朋友;他不知道自己满腔的热爱在四周放出光芒,而便是在这个时候,他自以为永远孤独的时候,他所得到的爱比世界上最幸福的人还要丰富。

在史丹芬家和高兰德同时学钢琴的,还有一个年纪不满十四岁的女孩子。她是高兰德的表妹,叫作葛拉齐亚·蒲翁旦比,皮肤黄澄澄的,颧骨带点粉红,脸蛋很饱满,像乡下人一样的健康,小小的鼻子有点往上翘,阔大的嘴巴线条很分明,老是半开半阖的,下巴很圆,很白,神色安详的眼睛透着温柔的笑意,鼓得圆圆的脑门,四周是一大堆又长又软的头发,并不打鬈,只像平静的水波一般沿着腮帮挂下来。宽大的脸盘,沉静而美丽的目光,活像安德烈亚·德尔·萨尔托画上的圣处女。

她是意大利人。父母差不多成年住在乡下,在意大利北部的一所大庄子里:那边有的是平原,草场跟小河。从屋顶的平台上眺望,底下是一片金黄的葡萄藤,中间疏疏落落地矗立着一些圆锥形的杉树。远处是无穷尽的田野。四下里静极了。只听到耕田的牛鸣,和把犁的乡下人尖锐的叫喊:"吁嘻!……走呀!"

蝉在树上唱,青蛙沿着水边叫。夜里,银波荡漾的月光底下,万籁俱寂。远远的,不时有些看守庄稼的农人蹲在茅屋里放几枪,警告窃贼表示他们醒在那里。对于蒙眬半睡的人们,这种声音跟在远处报时报刻的和平的钟声并没什么分别。过后,又是一片静寂包着你的心灵,好似一件衣褶宽博的软绵绵的大氅。

在小葛拉齐亚周围,生命似乎睡着了。人家不大理会她。她是在恬静的空气中自由自在地长大的。那么平静,那么从容。她性子懒懒的,喜欢东逛逛,西逛逛,没头没脑的尽睡。她会在园子里几小时的躺下去。她在静默中飘飘荡荡,好似一只苍蝇在夏日的溪水上轻轻拂弄。有时,她无缘无故地突然奔起来,奔着,奔着,像一头小动物,脑袋与胸脯微微向右边侧着,非常轻灵,自然。她简直是头小山羊,就为了喜欢蹦跳而在石子堆里溜滑打滚。她和小狗,青蛙,野草,树木,种田的人,院子里的鸡鸭,唠唠叨叨的说话。她疼爱周围的一切小生物,也很喜欢大人,可是不像对小东西那么毫无顾忌。她不大见到外界的人。庄子离城很远,完全是孤零零的。尘土飞扬的大路上,难得有个满面正经,拖着沉重的脚步的农夫,或是一个眼睛发亮,脸孔紫铜色的,美丽的乡下女人,昂着头,挺着胸,摇摇摆摆地走过去。葛拉齐亚在静悄悄的大花园里独自消磨日子:一个人也不看见,从来不厌烦,对什么也不怕。

有一次,一个流浪的汉子闯入冷落的田庄里想偷只鸡。他看见女孩子躺在草地上,一边哼着一支歌一边咬着一块长长的烤面包,不由得呆了一呆。她安闲地望着他,问他来做什么。他说:"给我一些东西,要不然我就吓你了。"

她把手里的面包递给了他,眼睛笑眯眯地说:"你别吓人啊。"

于是那浪人走了。

妈妈去世了。老爸爸心肠很好,很懦弱,是个世家出身的意大利人;他身子结实,性情快活,人很和善,就是有些孩子气,完全没能力管女孩子的教育。老蒲翁旦比的妹子,史丹芬太太,回来参加嫂子的葬礼,看见孩子那么孤单不由得很揪心,决意带她到巴黎去住些时候,让她忘记一下丧母的悲痛。葛拉齐亚哭了,老爸爸也哭了。可是史丹芬太太决定了什么事,大家只有服从的份儿,没有人能反抗的。她是一家之中最有决断的人;她在巴黎自己家里掌管一切:她的丈夫,她的女儿,她的情夫;——因为她对于责任和快乐能兼筹并顾,为人又实际又富于热情,——并且极喜欢交际,在外边非常活跃。

移植到巴黎之后,幽静的葛拉齐亚对着美丽的高兰德表姊深深地钟情起来,使高兰德看了好玩。人们把这个野生的和顺的小姑娘带到交际场和戏院去。大家继续拿她当孩子看待,她也自认为孩子,其实早已不是了。她颇有些自己藏得很紧而觉得害怕的感情,对于一个人一件东西常常会热情冲动。她暗中恋着高兰德,偷她一条丝带或一块手帕什么的;当着表姊的面,她往往一句话都说不出;而在等待的时候,知道就要看到表姊的时候,她又焦急又快活,简直会浑身颤抖。在戏院里,要是她先到了而后看见美丽的表姊穿着袒露的晚礼服走进包厢,受到众人注目的话,葛拉齐亚就满心欢喜地笑了,笑得那么谦卑,亲切,抱着一腔热爱;而高兰德和她一说话,她连心都为之化开了。穿着白色的长袍,美丽的黑发蓬蓬松松地披散在皮肤暗黄的肩上,把长手套放在嘴里轻轻咬着,又闲着没事把手指往手套里伸进一点,——她一边看戏一边时时刻刻回头看着高兰德,希望她对自己友好地瞧一眼,也希望把自己感到的快乐分点儿给她,用褐色的明净的眼睛表示:"我真爱你。"

在巴黎近郊的森林中散步时,她形影不离地跟着高兰德,坐就坐在她脚下,走就走在她前面,替她拨开伸在路中间的树枝,在没法插足的污泥中放几块石头。有天晚上,高兰德在花园里觉得冷了,问她借用围巾,她竟快活得叫起来,——(过后却又难为情,觉得不应该叫的,)——因为那等于她的爱人和她拥抱了一下,而围巾还给她的时候又留下了爱人身上的香味。

也有些她偷偷看着的书,有些诗——(因为人家还只给她看儿童读物)——使她感到一种慌乱的甜美的境界。还有某些音乐,虽然人家说她还不能领会而她也自以为不能领会,——她可感动得脸色发白,身上出汗。她那时的心情是谁都不知道的。

除此以外,她只是一个性情柔和的小姑娘:糊里糊涂的,懒洋洋的,相当贪嘴,动不动就脸红;有时几小时的不出声,有时咭咭呱呱的说个不休;容易哭,容易笑,会突然之间的嚎恸,也会像小孩子般纵声狂笑。毫无意思的一点儿小事就能使她乐,使她高兴。她从来不想装作大人,始终保存着儿童的面目。她尤其是心地好,绝对不忍心教人家难过,也绝对受不了别人对她有半句生气的话。她非常谦虚,老躲在一边;只要是她认为美与善的,她无有不爱,无有不钦佩;她往往一厢情愿地以为别人有如何如何的优点。

史丹芬家负责管她的教育,那是已经很落后的了。她跟克利斯朵夫学琴就是这样开始的。

她第一次看见他是在姑母家某次宾客众多的夜会上。跟无论哪种客人合不来的克利斯朵夫,尽弹着一阕没有完的柔板,把大家听得打呵欠;似乎快完了,又接了下去,使听的人以为是无穷无尽的了。史丹芬太太非常不耐烦,只是不便发作。高兰德却乐死了,觉得这可笑的局面挺有意思,也不怪克利斯朵夫感觉迟钝到这个地步;她只觉得他是一股力,而那股力使她很有好感,同时也认为很滑稽,但决不愿意为他辩护。唯有小葛拉齐亚被这音乐感动得眼泪都上来了。她躲在客厅的一角。最后她溜走了,因为不愿意让人家发现她的骚动,也因为受不了大家背后拿克利斯朵夫取笑。

几天之后,史丹芬太太在饭桌上说要请克利斯朵夫教她学琴。葛拉齐亚听了心里一慌,羹匙掉在汤盆里,把汤水溅在她自己跟表姊身上。高兰德便说她还得先学一学吃饭的规矩。史丹芬太太马上补充说,那可不能请教克利斯朵夫了。葛拉齐亚因为和克利斯朵夫一同受到埋怨,非常高兴。

克利斯朵夫开始上课了。她身子又僵又冷,手臂胶在身上没法搬动;克利斯朵夫拿着她的小手校正手指的姿势,把它们一只一只放在键盘上时,她竟要软瘫了。她战战兢兢,唯恐在他面前弹不好。但尽管练琴练到几乎害病,使表姊烦躁得叫起来,她当了克利斯朵夫的面总弹得不成样子:她喘不过气来,手指不是僵似木块,就是软如棉花;她把音弹糊涂了,重音也颠倒了;克利斯朵夫把她埋怨了一顿,生着气走了。那时她竟恨不得死掉才好。

他完全没注意她,只关心高兰德。葛拉齐亚看了表姊和克利斯朵夫的亲密很羡慕;虽然有些痛苦,但她那颗善良的小心毕竟替高兰德和克利斯朵夫欢喜。她认为高兰德远胜自己,所以大家的敬意归她一个人独占也是挺自然的。——直到后来她必须在表姊与克利斯朵夫两者之间挑选一个的时候,她才觉得自己的心已经不向着表姊了。她凭着小妇人的直觉咂摸出来,克利斯朵夫看了高兰德的卖弄风情和雷维－葛的拼命追求非常难过。她本能的不喜欢雷维－葛;而自从她知道克利斯朵夫厌恶他之后,她也厌恶他了。她不懂高兰德怎么能把雷维－葛放在和克利斯朵夫竞争的地位而引以为乐。她暗中开始用严厉的目光批判高兰德,一发觉她某些小小的谎话,便对表姊突然改变了态度。高兰德虽然觉得,可不明白为什么,以为那是小姑娘的使性。可是葛拉齐亚对她已经失掉信心是毫无疑问的了:高兰德从一桩小事情上可以感觉到。有天晚上,两人在园中散步,忽然来了一阵骤雨,高兰德有心表示亲热,想把葛拉齐亚裹在自己的大衣里面,免得她淋雨;要是在几星期以前,葛拉齐亚一定因为能够偎贴在亲爱的表姊怀里而感到说不出的欢喜,这一回她却冷冷地闪开了。并且高兰德说葛拉齐亚所弹的某支乐曲难听的时候,她还是照旧的弹,照旧的爱好。

从此她只关心克利斯朵夫。她的柔情使她有种直觉,能体会到他苦闷的原因。而以她那种孩子气的,多操心的关切,她也把他的痛苦大大地夸张了。她以为克利斯朵夫爱着高兰德,其实他对高兰德的关系仅仅是种苛求的友谊。她以为他很痛苦,所以她也为他而痛苦了。可怜她好心竟没得到好报:表姊把克利斯朵夫惹得冒火了,她就得代表姊受过;他心绪恶劣,借小学生出气,在琴上改她错误的时候极不耐烦。有天早上,克利斯朵夫被高兰德惹得格外气恼,在钢琴旁边坐下来的态度那么暴躁,把葛拉齐亚仅有的一些小本领都吓得无影无踪:她手足无措;他怒气冲冲地责备她弹错音符,更把她骇昏了,他又生了气,拿着她的手乱摇,嚷着说她永远没希望把一个曲子弹得像个样,还是弄她的烹饪或女红去吧,她爱做什么都可以,可是天哪!切勿再弄什么音乐,弹些错误的音叫人听了受罪!一说完,他掉转身子就走,课也没上完。可怜的葛拉齐亚把眼泪都哭尽了,那些难堪的话固然使她伤心,但更伤心的是她一心一意要使克利斯朵夫满意,结果非但没做到,反而搞出些糊涂事教自己心爱的人气恼。

后来克利斯朵夫不再上史丹芬家,葛拉齐亚就更痛苦了。她想回家乡去。这个连幻想都是那么纯洁的孩子,始终保存着朴实清明的心地,住在大都市里跟骚动狂乱的巴黎女子混在一起非常不惯。虽然不敢说出来,她已经把周围的人批判得相当准确。但她像父亲一样因为心好,因为谦虚,因为不敢信任自己而很胆小,懦弱。她让霸道的姑母和惯于支配一切的表姊摆布。虽然按期给父亲写着亲切的信,她可不敢告诉他说:"啊!爸爸,把我接回去吧!"

老爸爸虽然心里极愿意,却也不敢接她回去。因为他怯生生地露出一些口风,史丹芬太太立刻回答他说,葛拉齐亚在巴黎很好,比跟他一起好多了,并且为她的教育,也应当留在巴黎。

可是终于有一天,这颗南国的小灵魂再也受不了放逐的痛苦,必须向着光明飞回去了。——那是在克利斯朵夫的音乐会之后。那天她和史丹芬一家一同在场,眼看那些群众以侮辱一个艺术家为乐,她心都碎了。……在葛拉齐亚眼里,艺术家就是艺术的化身,是生命中一切神圣的东西的化身。她想哭,想逃。但她非听完那些喧闹,嘘斥与叫嚣不可;回到姑母家还得听那些刻薄的议论,听高兰德一边哄笑,一边和吕西安交换些可怜克利斯朵夫的话。她逃到房里,倒在床上痛哭了半夜:她自言自语地和克利斯朵夫说着话,安慰他,恨不得把自己的生命献给他,因为毫无办法使他幸福而难过死了。从此,她不能再待在巴黎,求父亲接她回去。她说:

"我在这儿活不下去了,活不下去了,要是你让我再多留一些时候,我要死了。"

父亲马上赶了来;虽然抗拒刚强的姑母在父女两人都是极不容易的事,这一回他们也拿出最后一点儿意志,鼓足勇气把她顶住了。

葛拉齐亚回到酣睡如故的大花园里,不胜欣慰地跟她喜爱的自然界和生灵重新相聚。在她受过创痛而才安静下来的心中,她带来了一些北国的哀愁,仿佛一层薄雾,此刻给阳光照着,慢慢地融化了。她偶然想起苦恼的克利斯朵夫。躺在草坪上听着熟悉的蛙声跟蝉声,或是坐在她比以前接触更多的钢琴前面,她悠然想着自己看中的朋友;她和他几小时的低声谈着话,觉得有朝一日他可能推开门走进来的。她写了一封不署名的信,迟疑了好久以后,终于在一个早晨,瞒着人,心儿乱跳,走到三里以外,在农田的那一边,丢入本村的信箱。——那是一封亲切动人的信,告诉他说他不是孤独的,劝他不要灰心,有人在想念他,爱他,在上帝面前为他祈祷,——可怜的信,糊里糊涂地中途遗失了,他始终没收到。

随后,这个远方的女友仍然过着她单纯而宁静的岁月。意大利那种和平、恬静、安乐、默想的精神,又回到那颗贞洁沉默的心中,——可是关于克利斯朵夫的印象继续在她的心灵深处燃烧,像一朵静止不动的火焰。

克利斯朵夫完全不知道有股天真的温情远远地在关切他,将来还要在他的生命中占据极重要的地位。他也不知道就在他受辱的音乐会中,有一个将来成为他的朋友,成为他亲爱的伴侣,和他并肩携手,向前迈进的人。

他是孤独的。他自以为是孤独的。可是志气一点儿不消沉。他再没有从前在德国时那种悲苦郁闷的心境。他更强了,更成熟了;他知道是应该这样的。他对巴黎的幻想已经没有了:人到处都是一样的;应当忍受,不该一味固执,跟社会作无谓的斗争;只要心安理得,我行我素就行了。像贝多芬所说的:"要是我们把自己的生命力在人生中消耗了,还有什么可以奉献给最高尚最完善的东西?"他清清楚楚地体验到了自己的性格,也体验到了他从前批判得那么严厉的自己的种族。越受到巴黎气氛的压迫,他越觉得需要回到祖国,回到国魂所在的那些诗人与音乐家的怀抱中去。他一打开他们的书,仿佛满屋子都是阳光灿烂的莱茵的波涛,和那些被他遗弃的故人的亲切的微笑。

他曾经对他们多么无情无义！他们那种朴实的慈爱的宝藏,他怎么不早点儿发现呢?他不胜羞愧地想起自己从前在德国对他们说过多少偏激与侮辱的话。那时他只看见他们的缺点,笨拙而多礼的举动,感伤的理想主义,小小的谎言,小小的懦怯。啊!这些缺点跟他们伟大的德性相比,真是太不足道了!可是他当初怎么对他们的弱点会那样苛刻的呢?此刻他反因之而觉得他们更动人,更近人情了。在这个情形之下,他现在最受吸引的人便是以前被他用最蛮横的态度贬斥的人。对于舒伯特和巴赫,他有什么不客气的话没说过呢!如今他倒觉得跟他们非常接近。那些伟大的心灵,受过他的挑剔与讪笑的,对他这个亡命异国,举目无亲的人,笑容可掬地说着:

"朋友啊,我们在这里。你勇敢些吧!我们也受过非分的苦难!……可是临了我们还是达到了目的……"

于是他听见约翰·塞巴斯蒂安·巴赫的心灵像海洋一般的呼啸着:风狂雨骤,掩盖生命的乌云都给扫荡了,——有极乐的,痛苦的,如醉如狂的民众,有慈悲与和平的基督在他们上空翱翔,——多少城市被守夜的人叫醒了,居民欢欣鼓舞的迎着神明走去,他的脚声把世界都震撼了,①——无数的思想,热情,乐体,英雄生活,莎士比亚式的幻想,萨伏那洛拉式的预言,②牧歌式的,史诗式的,《启示录》式的幻象,蕴藏在这个歌唱教师身上!克利斯朵夫好像亲眼看到他这个人:双叠下巴,眼睛很小很亮,多褶的眼皮,往上吊的眉毛,性格阴沉而又快乐,有点可笑,脑子里充满着讽喻和象征,人是老派的,易怒,固执,心情高远,对人生抱着热情,同时又渴念着死……——在学校里,他是一个天才的学究,而那些学生是又脏又粗野,生着疮疥,像乞丐一般,唱歌的嗓子是嗄的,他常常跟他们吵架,有时和他们扭殴……——在家里他

---

① 巴赫作有《约翰福音所记的耶稣受难》与《马太福音所记的耶稣受难》两部圣乐,为音乐史上巨制。此段均系暗指两大圣乐中抒情的及戏剧化的境界。又巴赫曾任莱比锡圣多玛学校歌唱教师二十余年,故下文称其为"歌唱教师"。
② 萨伏那洛拉为意大利十五世纪时狂热的宗教家,曾于短时期内操纵佛罗伦萨的政局。

有二十一个孩子,十三个都比他死得早,①其中一个是白痴;其余都是优秀的音乐家,替他来些小小的家庭音乐会,……疾病,丧葬,争吵,贫困,侘傺不遇;——同时,他有他的音乐,他的信仰,解脱与光明,还有预感到的,一意追求而终于抓握到的欢乐,——神明的气息锻炼着他的筋骨,耸动着他的毛发,在他嘴里放出霹雳般的声音……噢! 力! 力! 像雷震一般的欢乐的力! ……

克利斯朵夫把这股力尽量吞下。他觉得在德国人心灵中像泉水般流着的这种音乐的力对他很有好处。这力往往是平庸的,甚至是粗俗的,可是有什么关系? 主要的是有这股力,而且能浩浩荡荡地奔流。在法国,音乐是用滤水器一点一滴地注在瓶口紧塞的水瓶里的。这些喝惯无味的淡水的人,一看到长江大河式的德国音乐,就要吹毛求疵,挑德国天才的错误了。

"这些可怜的孩子!"克利斯朵夫这么想着,可忘了自己从前也一样的可笑过来,"他们居然找出了瓦格纳和贝多芬的缺点! 他们需要没有缺陷的天才。仿佛狂风暴雨在吹打的时候会特别小心,一点都不扰乱世界上完整的秩序! ……"

他在巴黎街上走着,对自己心中的力非常高兴。无人了解倒是更好! 他可以更自由。天才的使命是创造,而要依着内心的法则创造一个簇新的有机体的世界,自己必须整个儿生活在里头。一个艺术家决不嫌太孤独。可怕的是,自己的思想反映到镜子里的时候被镜子把原来的形状改变了,缩小了。一件作品没有完成之前,不能告诉别人;否则你会没有勇气把作品写完;因为那时你在自己心中看到的已经不是你的,而是别人的可怜的思想。

如今他的梦想既不受任何外物的扰乱,就像泉水一样从他心灵的每一个角落,从他路上碰到的每一颗石子里飞涌出来。他所生活的境

---

① 所有巴赫的传记均称巴赫子女共二十人(前妻生七个,后妻生十三个),巴赫故世时(1750)尚生存者共有子女九人。作者言其子女共二十一人,有十三个比巴赫早故,不知何所据。

界像一个能见到异象的人的境界。他所见所闻的一切,在心中唤引起来的生灵与事物,跟实际的见闻完全不同。他只要听其自然,就能发觉他幻想中的人物都在周围活动。那些感觉会自动来找到他的。路人的目光,风中传来的语声,照在草坪上的阳光,停在卢森堡公园树上歌唱的小鸟,远处修道院里的钟声,卧室中瞥见的一角苍白的天空,一日之间时时变化的声音与风光:这些他都不用自己的而用着幻想人物的心灵去体会。——他觉得非常幸福。

可是他的情形比什么时候都更艰难。唯一的收入是靠几处的钢琴课,而那些差事都丢了。时方九月,巴黎人正在外省避暑,不容易找到新学生。他独一无二的学生是个又聪明又糊涂的工程师,在四十岁上忽发奇想,要做个提琴大家。克利斯朵夫的小提琴拉得不十分好,但总比他的学生高明;所以在某个时期内,他以每小时两法郎的代价每周给他上三小时的提琴课。过了一个半月,工程师厌倦了,突然发现他主要的天赋还是在绘画方面。——他把这个发现告诉克利斯朵夫的那一天,克利斯朵夫不禁哈哈大笑;笑完了,他把存款点了点数,原来只剩那个学生刚才付给他的十二法郎了。他可并不急,只想到此刻非另谋生路不可,又得上出版商那儿去奔走了。那当然不是有趣的事……管他!……何必事先烦恼呢?今天天气很好,还不如上墨东① 去玩儿。

他忽然想到要走路了。走路可以促成音乐的收获。他心中装满了音乐,好似蜂房中装满了蜜一样;他对着在心头嗡嗡作响的金黄的蜜蜂笑着。往往那是一种转调极多的音乐。节奏是蹦蹦跳跳的,反复不已的,能够使你白日做梦……喝!关在屋里迷迷糊糊的时候,你以为能创造节奏吗?那只能像巴黎人一样杂凑一些微妙而静止的和声!

走得疲倦了,他便在林间躺下。树木微秃,天色像雁来红一样的蓝。克利斯朵夫恍恍惚惚在那里出神,他的梦也渐渐染上从初秋的白

---

① 墨东系巴黎近郊村镇,风景秀丽,为巴黎人常往游散之地。

云里漏出来的柔和的光彩。他的血在奔腾。他听到自己的思潮在胸中湍泻。它们从四面八方涌来：彼此冲突的新世界与旧世界,已往的心灵的片段,像一个城里的居民一般在他心头逗留过的、昔日的旅客。高脱弗烈特在曼希沃墓前说的话又给想起来了：他等于一座活的坟墓,多少亡人和多少不相识的人在其中蠢动。他听着这无量数的生命,很高兴让这个几百年的森林像管风琴般的奏鸣,其中有的是妖魔鬼怪,宛如但丁笔下的森林。他不再像少年时代那样的怕它们了,因为他有了能够控制它们的意志。他最快乐的莫过于挥着鞭子使野兽们咆哮,让自己清清楚楚地感觉到内心的动物园比以前更丰富了。他不是孤独的,也永远不会再孤独。他一个人等于整个的军队,几百年来那些快乐而健全的克拉夫脱都在他身上。跟仇视他的巴黎,跟一个种族对垒的时候,他也拿得出整个的种族,双方是势均力敌了。

他住的那个寒碜的旅馆,如今也嫌租金太贵而放弃了。他在蒙罗越区租了一间阁楼,虽然一无可取,空气倒很流通,穿堂风是不断的。好吧,他本来就需要畅快的呼吸。从窗里他可以看到一望无际的巴黎烟突。搬家的事一下子就办完了：一辆手推的小车已经足够；克利斯朵夫自己推着走。最贵重的家具,除了他的旧箱子以外,便是一个从那时起非常流行的贝多芬面像。他把它包得非常仔细,仿佛是件极有价值的艺术品。他和它是老在一起的。在巴黎的茫茫人海中,这是他栖身的岛屿,也是测验他精神的气压表。他心灵的温度,在那个面像上比在他自己的意识上标显得更清楚：一忽儿是乌云密布的天空,一忽儿是热情激荡的狂风,一忽儿又是庄严的宁静。

他不得不减少食粮,一天只在下午一点钟吃一顿。他买了一条粗大的香肠挂在窗上：每顿切着那么厚厚的一片,加上一大块面包,一杯自己发明的咖啡,就算是盛宴了。他还很想把那个量分做两顿吃。他恨自己胃口那么好,恶狠狠地骂自己像饿鬼似的,只想着肚子。其实他的肚子也不成其为肚子了,他比一条瘦狗还要瘦。至于身体上旁的部分倒很结实,骨骼像铁打的,头脑也始终很清楚。

他不大担忧什么明天的问题。只要有着当日的开支,他就不愿意操心。等到有一天不名一文了,他才决意再到出版商那里去转一转。可是到处都找不到工作。他两手空空地回来,路上走过高恩介绍过他的哀区脱的音乐铺子,他进去了,根本没记起以前在很不愉快的情形中来过这儿。他一进门便遇到哀区脱,来不及退出来,已经被哀区脱瞧见了。克利斯朵夫也不愿意露出退缩的神气,竟自向哀区脱走过去,不知道说些什么好,只预备必要的时候狠狠地顶他一下,因为他相信哀区脱对他一定还是傲慢的。事实可并不如此。哀区脱冷冷地伸出手来,说了几句普通的客套问他身体怎么样,并且不等克利斯朵夫要求,便指着办公室的门,自己闪在一旁让他进去。他对于这个意料之中而已经不再期待的访问,暗暗觉得欢喜。他表面上做得若无其事,实际上老在注意克利斯朵夫的行动;只要有机会听到他的音乐,他总去听。那次演奏《大卫》的音乐会,他也在场;对于群众的恶意,他一点儿不表惊奇,因为他素来瞧不起群众,而且他的确能感到作品的美。在巴黎,恐怕没有一个人比哀区脱更能赏识克利斯朵夫艺术的特色的了。可是他决不和克利斯朵夫说,不仅为了克利斯朵夫得罪过他,并且也因为要他和蔼可亲根本不可能:那是他天生的缺陷。他真心预备帮克利斯朵夫的忙,却绝对不肯自动表示:他等着克利斯朵夫上门来请求。现在克利斯朵夫既然来了,照理他很可以宽宏大量地借此机会消除他们以前的误会,不必教克利斯朵夫再那么委屈地向他开口;但他更喜欢让克利斯朵夫把请求的话从头至尾说一遍,并且还决意要把克利斯朵夫拒绝过的工作交给他做,哪怕只做一次也是好的。他给他五十页乐谱,要他改编为曼陀铃跟吉他的谱。这样以后,哀区脱看他已经屈服,也就满足了,便再给他一些比较愉快的工作,态度可始终那么傲慢,令人没法感激。而克利斯朵夫也真要被生活压迫得无路可走了,才会再来找他。话虽如此,他宁愿靠这些工作糊口,——不管是多么气人的工作,——而不愿受哀区脱周济。那是哀区脱试过一次的,而且也是出于诚意。克利斯朵夫早已感觉到哀区脱先要屈辱他然后帮助他的用意,所以即使不得不接受哀区脱的条件,至少可以拒绝他的施舍。他很愿意为他工作:有来有往,清清楚楚,可决不肯欠他一丝一毫的情。不像为了艺术而到处求人的瓦格纳,他绝对不把自己的艺术看得比灵魂更重;不是自己挣来的面包,他是咽不下去的。——有一回他把头天晚上做夜工赶起来的活儿送去的时候,哀区脱正在吃饭。哀区脱留意到他苍白的脸色和不由自主投向菜盘的目光,断定他还没吃东西,便邀他一起吃。用意是很好;但哀区脱那么明显的令人感到他是看出了人家的窘况,以致他的邀请也像是布施了:那是克利斯朵夫宁可饿死也不接受的。他不得不坐在饭桌前面,——(因为哀区脱有话跟他说);——但对于盘里的菜丝毫不动,推说才吃过饭。其实他正是饿火中烧呢。

克利斯朵夫很想不去找哀区脱;可是别的出版商比哀区脱更要不得。——另外有一般有钱的音乐玩赏家,想出一句半句的音乐而不会写下来,便把克利斯朵夫叫去,对他哼着自己呕尽心血的结晶,说道:"你听,这多美啊!"

他们把这一句半句交给克利斯朵夫,要他拿去"发展",——(就是说把它写完篇);——结果他们用自己的名字在一家大书铺出版。随后他们认为这件作品的确是自己写的了。克利斯朵夫就认得一个这样的人,旧家出身,手脚忙个不停的高个子,称他"亲爱的朋友",抓着他的手臂,做出非常热心的表情,凑着他的耳朵嘻嘻哈哈,嘟嘟囔囔地说些胡话,不时还大惊小怪地叫几声:什么贝多芬啊,魏尔仑啊,奥芬巴赫啊,伊薇德·吉尔贝啊[①]……他要克利斯朵夫工作,可不想给酬报:只请他吃几顿饭,拉几下手就算了。最后他送给克利斯朵夫二十法郎,克利斯朵夫居然还那么傻,为了交情而不肯收。而那天他袋里的钱连一法郎都不到,同时还得买一张二十五生丁的邮票寄母亲的

[①] 伊薇德·吉尔贝(1867—1944),法国近代著名歌女,以善唱杂曲小调红极一时。

信。那是鲁意莎的命名节,克利斯朵夫无论如何要去封信的:可怜的妇人把儿子的信看得太重了,怎么也少不了。虽然写信对她是桩苦事,最近几个星期她来信也比往常多了些。她受不了孤独的痛苦,又下不了决心到巴黎来住在儿子一起;她胆子太小,又舍不得她的小城,她的教堂,她的家;她怕出门。况且即使她愿意来,克利斯朵夫也没有路费给她;他自己过日子的钱也不是天天有呢。

使他非常高兴的是有一次洛金寄东西给他:克利斯朵夫为了她而跟普鲁士兵打架的那个乡下姑娘,写信来说她已经结婚了,附带报告他妈妈的消息,寄给他一篮苹果和一方喜糕。这些礼物来得正好。那天晚上他正守着饿斋,又是四季斋,又是封斋,①挂在窗口钉子上的腊肠只剩一根绳子了。一收到这些礼物,克利斯朵夫自比为由乌鸦把食物送到岩上来的隐士。但那乌鸦大概忙着要给所有的隐士送粮,以后竟不再光顾了。

虽然情形这样苦,克利斯朵夫依旧不减其乐。他在面盆里洗衣服时,蹲在地下擦皮鞋时,嘴里老打着唿哨。他用柏辽兹的话安慰自己:"我们应当超临人生的苦难,用轻快的声音唱那句欢乐的祷词:震怒的日子……"②——他有时把这句唱到一半,停下来哈哈大笑,使邻人听了大为惊愕。

他过着非常严格的禁欲生活。正如柏辽兹说的:"情人生涯是有闲和有钱的人的生涯。"克利斯朵夫的穷,谋生的艰苦,饮食极度的俭省,创造的热情,使他没有时间也没有心绪去想到寻欢作乐。他不但表示冷淡,而且为了厌恶巴黎的风气,竟变了极端的禁欲主义者。他拼命要求贞洁,痛恨一切淫秽的事。那并非说他没有情欲。在别的时候,他也放纵过来。但他那时的情欲还是贞洁的:因为他所追求的不是肉体的快乐,而是绝对的舍身忘我与丰满的生命。而当他一发现不

---

① 基督旧教教会规定,每季之初的星期三、五、六应当守斋,谓之四季斋。复活节前的星期三至复活节(星期日)之间的守斋,称为封斋。
② 追思弥撒祭中有四段祷文,每段首句都是:"震怒的日子……"

是那么回事的时候,就不胜气愤地排斥情欲。他认为淫欲不是普通的罪恶,乃是毒害生命的大罪恶。凡是心中还有些古老的基督教道德而不曾被外来的沙土完全湮没的人,凡是今日还能感到自己是强健的种族(就是凭着英勇的纪律而缔造西方文明的)的后裔的人,都不难了解克利斯朵夫。他瞧不起那个国际化的社会把享乐当作独一无二的目标,独一无二的信条。——当然,我们应当求幸福,希望人类幸福,应当把野蛮的基督教义两千年来堆积在人类心头的悲观主义一扫而空。但我们必须存着造福人群的豪侠的信念。否则所谓求幸福是为的什么?不是极可怜的自私自利吗?少数的享乐主义者竭力想冒最少的危险去换最大的快乐,不管别人死活。——是的,他们这种沙龙里的社会主义,我们领教过了!……他们的享乐主义只宜于"肥头胖耳"的民众,只宜于安富尊荣的"特殊阶级",对于穷人却是一味致命的毒药:这些道理在提倡享乐主义的人不是比谁都明白吗?……

"享乐的生活是有钱人的生活。"

克利斯朵夫不是个有钱的人,而且天生他是不会有钱的。他挣了一些钱就花在音乐上面,省下饭食去买音乐会门票。他买着最便宜的座位,在夏特莱戏院最高的一层楼上。他心中充满了音乐,音乐代替了他的宵夜跟情妇。他那么渴望幸福,又那么容易满足,对于乐队的不够标准简直不以为意。他在两三个钟点以内快乐得迷迷糊糊,演奏的格调不高,音符的错误,只能使他泛起一点儿宽容的笑意;他踏进会场已经把批评精神丢开了;他这是为了爱而非为了批判来的。在他周围,群众也像他一样的一动不动,半阖着眼睛,在无边的梦境中载沉载浮。克利斯朵夫仿佛看见一群人掩在黑影里头,蜷做一堆,像一头巨大的猫,津津有味地体验着、培养着他们的幻觉。半明半暗的黄澄澄的光线中,很神秘地显出几张脸,那种无可形容的风度,悄然出神的姿态,引起了克利斯朵夫的注意与同情:他留恋它们,听着它们,终于和它们身心融成一片。有时那些心灵中也有一个会觉察到,双方在音乐会的时间内隐隐然起一种共鸣的作用,互相参透生命中最隐秘的部分,直到音乐会终了,沟通心灵的洪流才会中断。这种境界,是一般爱好音乐的人,尤其是年轻而尽情耽溺的人所熟知的:音乐的精华主要是由爱构成的,所以一定要在别人心中体验才能体验得完满;唯其如此,音乐会中常常有人不知不觉地四处窥探,希望能在人堆里找到一个朋友,来分享他自个儿担受不了的喜悦。

在克利斯朵夫为了要充分领略音乐的甜美而挑选的这批临时朋友中间,有一张在每次音乐会上都遇见的脸,特别吸引他。那是个风骚的女工,不懂音乐而极喜欢音乐的。她的侧影好像一头小野兽,一个笔直的小鼻子比她微微撅起的嘴和细巧的下巴只突出一点,往上吊的眉毛很细,眼睛很亮:完全是无愁无虑的女孩子,在她那个淡漠的恬静的外表之下,有的是爱笑爱快活的心情。这些轻佻的姑娘,年轻的女工,也许最能映出久已绝迹的清明之气,像古希腊雕像和拉斐尔画上所表现的。当然这境界在她们的生命中不过是一刹那,欢情觉醒的一刹那,很快就萎谢的。但她们至少有过一忽儿美妙的光阴。

克利斯朵夫望着她非常高兴:一张可爱的脸永远使他心里很舒服,他能够欣赏而不动欲念,只从中汲取欢乐,力,安慰,——甚至于德性。不必说,她很快就注意到他在看她;而他们之间也不知不觉有了那种磁性的交流。并且因为差不多在每次音乐会中都坐着老位置,两人不久便熟悉了彼此的口味。听到某些段落,他们互相会心地瞧一眼;她要是特别喜欢某一句,就微微吐着舌头,好似要舔嘴唇的样子,要是她觉得某一句不对劲,就不胜轻蔑地撅着嘴。这些小小的表情有点儿无心的做作,那是一个人知道自己被人注意的时候免不了的。有时听到严肃的作品,她颇想做出庄严的神气:侧着脑袋,集中精神,脸上挂着点笑意,眼梢里觑着他是否注意她。他们俩已经成为很好的朋友,虽然从来没说过一句话,甚至也不想(至少在克利斯朵夫方面)在音乐会散场的时候见见面。

碰巧他们在某次晚上的音乐会中坐在一起。笑容可掬地迟疑了一忽,两人终于友好地攀谈起来。她声音很好听,关于音乐说了许多傻话,因为她完全不懂而要装懂;但她的确非常喜欢。最坏的跟最好的,马斯内与瓦格纳,她都爱好,只有那些平庸的东西她才厌烦。音乐对她是一种刺激感官的享乐,她全身的毛孔都在吸收,好似达娜哀的吸收黄金雨。①《特里斯坦》的序曲使她浑身发抖;《英雄交响曲》使她如临战阵,非常痛快。她告诉克利斯朵夫说贝多芬聋而且哑,但虽然这样,虽然他生得奇丑,要是她认识他,她一定会爱他。克利斯朵夫分辩说贝多芬并不怎么丑;于是他们讨论到美丑问题;她承认这是看各人口味而定的,这一个人认为美的,另一个人可以认为不美:"人不是金洋钱,没法讨每个人欢喜。"——克利斯朵夫宁可她不开口,那时倒更能听到她的内心。音乐会中奏到《伊索尔德之死》的那一段,她把汗湿的手递给他;他把它握着,直到乐曲终了;他们在勾连在一起的手指上感觉到交响乐的波流。

他们一同出场;快到半夜了。两人一边谈一边向拉丁区走去;她挽着他的胳膊,由他送回家;到了门口,她正想替他带路,他却告辞了,全没注意到她鼓励他留下的眼色。她当场不禁为之愕然,继而又大为气恼;过了一忽儿,她想到他这么蠢又笑弯了腰,回到房里脱衣服的时候,她又生起气来,终于悄悄地哭了。她在下次音乐会中碰到他,很想装出气恼,冷淡,使性的神气。但他那么天真朴实,使她的心软了下来。他们又谈着话,只是她的态度比较矜持了些。他很诚恳地,同时极有礼貌地和她谈着正经,谈着美妙的事,谈着他们所听的音乐和他的感想。她留神听着,竭力要跟他一般思想。她往往捉摸不到他说话的意义,可照旧相信他。她对克利斯朵夫暗暗抱着一种感激的敬意,面上却差不多不露出来。由于一种不约而同的心理,他们只在音乐会场上谈天。有一回他看见她跟许多大学生在一起。他们俩很庄严地行了个礼。她对谁都不提起他。她心灵深处有一个神圣的区域,藏着

---

① 希腊神话载:阿尔哥王阿克利西奥西斯因神示将被其生女达娜哀所杀,乃将达娜哀幽禁塔中,达娜哀为宙斯所恋,化身为黄金雨潜入塔中。

些美妙的,纯洁的,令人安慰的东西。

这样,克利斯朵夫用不着有所行动,光是有他这样一个人,就能给人一种心神安定的影响。他走到哪儿都不知不觉地留下一点儿内心的光。他自己可绝对想不到。在他身旁,就在他一座屋子里面,有些他从未见过的人,也在无意中慢慢地感受到他的嘉惠于人的光辉。

几星期以来,克利斯朵夫便是守斋也没有钱上音乐会去了,寒冬已届,在他那间最高层的屋子里,他冻僵了,不能再一动不动地坐在桌子前面。于是他下楼到巴黎街上乱跑,想靠走路来取暖。他常常会忘了周围熙熙攘攘的人,遁入无穷无极的时间中去。只要看到喧闹的街道之上,凄冷的明月挂在天空,或是白茫茫的雾里透出一轮红日,他就会觉得烦嚣的市声登时消灭,整个的巴黎沉入了无垠的空虚,那些生活景象仿佛是久已过去的几百年以前的生活的影子……文明的外衣没有能完全遮盖了的,自然界中的犷野的生活;只要有点儿极细微的,平常人无从感知的征象,就能使克利斯朵夫窥到那生活的全豹。在街面的石板缝中长出来的青草,在荒瘠的大街上,在没有空气没有泥土的铁栏中抽芽的树木,跑过的一条狗,飞过的一只鸟,充塞于原始天地而被人类毁灭了的野兽的最后一批遗迹,一群飞舞的蚊蚋,侵蚀一个市区的无形的疫疠:光是这些现象,已经能够使大地的浩然之气冲出闭塞的人类暖室,吹在克利斯朵夫的脸上,鞭策他的生命力把它鼓动起来。

在这种长时间的散步中,——往往饿着肚子,几天的不跟任何人交谈,他可以无穷无尽地做着梦。饥饿与沉默更刺激了这种病态的倾向。夜里他睡眠不安,做着累人的梦,时时刻刻看到他的老家,看到儿时的卧室;音乐老是和他纠缠不清。白天,他又跟那些躲在他心中的人,亲爱的人,离别的与亡故的人谈着话。

十二月里一个潮湿的下午,坚硬的草地上盖着冰花,灰色的屋顶与穹窿在大雾中变得一片迷糊,枝干裸露的树,瘦长的,畸形的,浴着水汽,好似海洋底下的植物,——克利斯朵夫从上一天起就老打着寒噤,无论如何不能使自己温暖,便走进了他不大熟识的卢浮宫。

至此为止,绘画没有使他怎么感动过。他太耽溺于内心的天地了,来不及再去把握色与形的世界。它们对他的影响仅限于它们跟音乐共鸣的部分,而那只能给他一种变了样的影子。当然,他也本能地隐隐约约地感觉到,眼睛看的形式与耳朵听的形式,它们的和谐都受着同样的规则支配;他也感觉到心灵深处的水波便是色彩与声音两条巨川的发源地,只是在人生的分水岭上往两个相反的方向分了路,灌溉着两个不同的山坡。但他只认得两个山坡中的一个,到了要应用眼睛的王国内就迷路了。所以那眼神清朗,号称为光明世界的王后的法兰西,它最动人而也许最自然的魅力的秘密,克利斯朵夫始终没有发现。

即使克利斯朵夫对绘画感兴趣,以他十足地道的德国人气息,也不容易接受一种这样不同的视觉的境界。有些风雅的德国人唾弃德国人的感觉而醉心于印象派,或是十八世纪的法国画,——有时还自命为比法国人了解得更深刻:克利斯朵夫可不是这样。跟他们比较,他也许是个野蛮人;但他老老实实做着野蛮人。布歇画上的粉红色的臀部;华托的下巴肥胖、多愁多病的才子,肌肉丰满的美人,胸衣高耸而精神完全是浮华空虚的人物;格勒兹的一本正经的眼风;弗拉戈纳尔的撩得很高的衬衣:所有这些富有诗意的裸体的玩意儿①给他的印象不过跟一份专讲色情的时髦报纸相仿。他完全没感觉到画上富丽堂皇的和谐。欧洲最精练的古文明的,那种绮丽的而有时也带点凄凉的梦境,对他是更生疏了。对于十七世纪的法国画,他也不见得更能赏识繁文缛节的虔诚,讲究气派的肖像;几个最严肃的大师的冷淡与

---

① 布歇等四人均为法国十八世纪画家。绘画采用妇女作题材,以法国十八世纪为最盛。布歇(1703—1770),法国画家,版画家和设计师。华托(1684—1721),法国画家。格勒兹(1725—1805),法国风俗画家和肖像画家。弗拉戈纳尔(1732—1806),法国画家,布歇的学生。

矜持的态度,尼古拉·普桑严峻的作品,和菲利浦·特·尚佩涅色彩不鲜明的人像上所表现的灰色的灵魂,①正是教克利斯朵夫和法国古艺术无从接近的。此外,他根本不认识新派艺术;而即使认识了,恐怕也不免于认识错误。在德国的时候他受到相当诱惑的现代画家只有一个伯克林②,但这位作家也不会使克利斯朵夫了解拉丁艺术。克利斯朵夫所领会的是这个粗暴的天才的原始与粗野的气息。他的眼睛看惯了生硬的颜色,看惯了那个如醉如狂的野蛮人的大刀阔斧的东西,当然不容易接受法国艺术的半明半暗的色调与柔和纤巧的和谐。

但一个人生活在一个陌生的环境里决不能无所沾染。环境多少要留些痕迹在你身上。尽管深闭固拒,你早晚会发觉自己有些变化的。

那天傍晚在卢浮宫一间间的大厅上溜达的时候,他就有些变化了。他又累,又冷,又饿;厅上只有他一个人。在他周围,荒凉的画廊罩着阴影,那些睡着的形象开始活动了。克利斯朵夫浑身冰冻,悄悄的在埃及的斯芬克斯,亚述的怪物,班尔赛巴里的公牛,巴利西的巨蛇中间走过。③他觉得自己进了神话世界,心头有些神秘的激动。人类的幻梦,——心灵的各种奇异的花,——把他包裹着……

走进连尘埃都是黄澄澄的书廊,色彩灿烂的果园,没有空气的图画之林,像发烧一般而快要病倒的克利斯朵夫,精神上突然受到一个极大的震动。——他被饥饿,室内的温度,和五光十色的图画搅得昏昏沉沉,视而不见地走着:他头晕了。走到靠着塞纳河的画廊尽头的地方,他站在伦勃朗的《善心的撒玛利亚人》前面,怕自己倒下,双手抓着画前的铁栏杆,把眼睛闭了一会。等到重新睁开眼来,看着那幅跟他的脸非常贴近的画的时候,他给迷住了……

---

① 普桑(1594—1665)与特·尚佩涅(1602—1674),为十七世纪法国画家。两人均为法国古典画派之宗师。
② 伯克林为十九世纪瑞士画家,以色彩强烈著称,兼有写实主义与浪漫主义的作风。作品侧重于表现思想,时或失之晦涩费解。
③ 按此系指卢浮宫底层的古代雕刻陈列室。

日光将尽。它已经远去,已经死了。看不见的太阳往黑暗中沉没了。这个奇妙的时间,心灵经过了一天的工作,困倦交加,入于麻痹状态,正好是精神的幻觉起来活动的时候。一切都寂静无声,只听见血在脉管里流动。无力动弹,气息仅属,心里头一片凄怆,没法自主了……只希望能投入一个朋友的怀里……只希望有奇迹出现,觉得它就要出现了……是的,它来了! 昏暗的暮色中闪出一道金光射在壁上,射在背着垂死者的人的肩上,浸润着那些平凡的东西与卑微的人物,于是一切都显得和平甘美,有了神明的光辉。上帝亲自用他那双有力而仁爱的手臂紧紧搂着那些受难的、病弱的、丑陋的、贫穷的、肮脏的人,搂着那个袜子掉在脚跟上的仆人,那些蜂拥在窗下的畸形的脸,那些一言不发、心怀恐怖的麻木的生灵,——紧抓着伦勃朗画上所有的可怜的人,那群除了等待、哆嗦、哭泣、祈求以外一无办法的,受着束缚的,微不足道的灵魂。①——可是上帝就在这儿。我们并不看到他的本相,只看到他的光轮,和他照在众人身上的光影。

　　克利斯朵夫摇摇晃晃地走出卢浮宫,头痛欲裂,什么都看不见了。在街上,他竟不大注意到石板之间的水洼和在鞋子里直淌的雨水。天快黑了,塞纳河的上空一片昏黄,一朵内心的火焰却像一盏灯似的在那里照着。克利斯朵夫的眼睛始终还在着魔的状态。他觉得什么都不存在:车辆并没震动街道;行人湿透的雨伞并没撞着他的身体;他并没在街上走,也许是坐在家里,做着梦;也许他已经不存在了……突然之间——(他身子虚极了!)——他一阵头晕,觉得自己要像石块似的向前倒下去了……但那不过是一刹那的事:他紧了紧拳头,挺了挺腿,马上把身体撑住了。

　　正在那个时候,正当他的意识从深渊里浮起来的一刹那,他的目

---

① 此节所述的景象,均以伦勃朗原作《善心的撒玛利亚人》画上的实景为主。据《新约·路加福音》第十章载,有一男子中途被盗,受伤垂死。一教士及一利未族祭司行经其旁,均不顾而去。素为犹太人痛恨之撒玛利亚人过而怜之,为之疗伤,以马载之而去。此乃耶稣为诠释"爱邻如爱己"一语所说之故事。后世文人画家多以此为题材,伦氏此作尤为知名。

光冷不防跟街道对面一道他很熟识而似乎在呼唤他的目光碰在了一处。他停下来,愣了一愣,心里想在哪儿见过的。过了一忽他才认出这双凄凉而温柔的眼睛,原来就是那个被他在德国无意中砸了差事,他竭力想向她道歉而没有能找到的法国女教员。她也在喧闹的人群中站住了,望着他。他忽然看见她想排开众人,走下人行道,向他这边过来。他赶紧迎上前去;可是无数的车辆拥塞在一起,把他们隔离着;他还看见她在人墙那一边挣扎;他想不顾一切地冲过去,不料被一匹马撞了一下,在泥泞的柏油路上滑跌了,差点儿给压死;等到他浑身泥污地爬起来,好容易到了对面阶沿上,她已经不见了。

他想追着去找她。可是又来了一阵头晕,只得罢了。病已经发作,他明明觉得而不肯承认,还固执着不肯就回去,反而绕着远路走。但这不过是自讨苦吃:临了他非认输不可;他手瘫脚软,好容易才回到家里。在楼梯上,他又透不过气来,只能坐在踏级上歇一歇。进了冰冷的卧室,他还硬撑着不睡,坐在椅子上,浑身浸透了雨水,脑袋重甸甸的,呼吸急促,昏昏然听着那些跟他一样困惫的音乐。《未完成交响曲》的句子在他耳边掠过。可怜的舒伯特!他写这个曲子的时候也是孤独的,发着高热,神思恍惚,处于大梦以前的半麻痹状态:他坐在火边沉思遐想,懒洋洋的音乐在四面飘浮,好比不大流畅的水;他耽溺在那个境界里,仿佛一个半睡半醒的儿童对着自己编造的故事出神,翻来覆去地念着其中的一段;然后是睡眠来了……死神降临了……而克利斯朵夫也听见另外一段音乐在耳边飘过,那境界像一个人双手滚热,眼睛紧闭,堆着一副憔悴的笑容,心里充满着叹息,正在想象那个解脱一切的死;那音乐便是巴赫的《康塔塔》中第一段合唱:亲爱的上帝,我何时死?……多舒服!沉浸在这些波折柔缓的,刚健婀娜的乐句中,像朦胧一片的远钟……死,跟大地的和平恬静合而为一!……
"然后连自己也化为尘土……"

克利斯朵夫振作了一下,排斥这些病态的思想,不让那个想把病弱的灵魂吞噬的女妖的笑影诱惑。他站起身子想在房里走走,可是支持不住。他发冷发热,打着哆嗦,不得不躺上床去。他觉得这一回情形真是严重了,但他精神决不屈服,决不像一般害了病就让病魔摆布的人。他竭力挣扎,不愿意害病,尤其是打定主意不愿意死。他还有在家乡等着他的可怜的妈妈,他还有他的事业要干:他决不让疾病来致他死命。他咬紧着打战的牙齿,进足着正在消失的意志;好似一个善于泅水的人和惊涛险浪搏斗。他时时刻刻往下沉:一片呓语,一堆杂乱的形象,或是故乡的或是巴黎沙龙的回忆;还有节奏与乐句的纠缠,无穷无尽地在那里打转,像马戏班中的马;还有《善心的撒玛利亚人》突然放出来的那道金光;黑影里的可怖的面貌;然后是深渊,是黑暗。过了一忽,他重新浮起,撕破那些妖形怪相的云雾,拳头与牙床都在抽搐。他拼命抓着他现在和过去的一切所爱的人,抓着刚才瞥见的女友的脸影,抓着他疼爱的妈妈,抓着他永远不灭的本体,觉得那是大海之中的岩石:"死神吞噬不了的"……——可是岩石又被海水湮没了,一个巨浪把灵魂冲开了。克利斯朵夫重新在昏迷中挣扎,说着荒唐的呓语,他在指挥,在演奏,一个幻想的乐队:长号,圆号,钹,定音鼓,巴松管,低音提琴……他发狂般的乱拉,乱吹,乱打,做出演奏各种乐器的动作。可怜他郁积着的音乐在胸中翻腾。几星期以来既不能听,又不能演奏,他像一口受着高压力的汽锅,差不多要爆裂了。某些纠缠不已的乐句像螺旋般钻进他的脑子,刺着耳膜,使他痛得直嚷。高潮过去以后,他倒在枕上,累得要死,浑身是汗,软瘫着,上气不接下气地快窒息了。他在床前放着水瓶,常常喝几口。隔壁屋子的声响,顶楼上关门的声音,都把他吓得直跳。他在昏聩中痛恨那些四周的人物。但他的意志始终在奋斗,它吹起英勇的军号和魔鬼宣战……"即使世界上都是妖魔,即使它们要吞噬我们,我们也不怕……"

而在他翻滚不已的,火辣辣的,黑暗的海面上,忽然展开一片平静的境界,透出一些光明,小提琴与七弦琴静静地在那里低吟,小号与圆号庄严肃穆地吹出胜利的曲调,同时病人心头又奏起一阕不屈不挠的歌,好似抵御狂涛的一堵巨墙,好似约翰·塞巴斯蒂安·巴赫的圣歌。

正当他发着高热和幽灵挣扎,胸部快要闷塞而竭力撑拒的时候,他迷迷糊糊地觉得房门打开了,有个女人拿着一支蜡烛走进来。他以为又是一个幻象。他想说话而不能,又晕过去了。每隔一些时候,他神志清醒一些,觉得有人把他的枕头垫高了,脚上添了一条被,背后又有些热腾腾的东西;或是睁开眼来,看见床跟前坐着一个脸并不完全陌生的女子。随后他又看到另外一张脸,原来是个医生在替他看病。克利斯朵夫听不清他们的话,但猜到是说要把他送医院。他想跟他们争,想大声地嚷着说不愿意去,宁可孤零零地死在这儿;可是他嘴里只发出一些莫名其妙的声音。那女的居然懂得他的意思,代他拒绝了,回过来安慰他。他竭力想知道她是谁。等到他好容易能讲出一句有头有尾的话的时候,他就提出这个问句。她回答说她是他顶楼上的邻居,因为听到他哼唧,就冒昧地进来了,以为他需要什么帮助。她恭恭敬敬地请他不要耗费精神说话。他听从了。并且刚才费了一点劲已经筋疲力尽,他只能躺着不动,一声不出,可是头脑继续在工作,拼命要把一些散乱的回忆归在一起。他在哪儿见过她的呢?……终于想起来了,不错,他是在顶楼的走廊里见过的;她是个帮佣的,叫作西杜妮。

他半阖着眼睛望着她,她可没有发觉。她个子很小,表情严肃,脑门鼓着,往后梳的头发把苍白的腮帮的上部和太阳穴都露在外边,骨头很显著,短鼻子,淡蓝眼睛,眼神又温和又固执,厚嘴唇抿得很紧,皮肤带点儿贫血,神气很谦卑,深藏,有点发僵。她非常热心地照顾着克利斯朵夫,可是不声不响,不表示亲密,从来不忘了她女仆的身份和阶级的区别。

等到他病势减轻而能聊天的时候,他的忠厚诚恳使西杜妮说话比较随便了些,但她始终提防着,有些事(他看得出来)她是不说的。她一方面很谦虚,一方面很高傲。克利斯朵夫只知道她是布列塔尼人,本乡还有个父亲,她提到的时候说话很小心;可是克利斯朵夫不难猜到他是个游手好闲的酒鬼,只管寻欢作乐而剥削女儿;她的傲气使她一声不出地让他剥削,经常把一部分工资寄给他;她肚里可完全明白。另外她还有个妹子正在预备受小学教师的检定试验,那是她觉得挺得意的。妹子的教育费差不多全部归她负担。她做活非常卖力。

"你现在的位置不坏吗?"克利斯朵夫问她。

"是的,可是我想离开。"

"为什么？是不是不满意主人?"

"噢！不是的;他们对我很好。"

"那么是工钱太少了?"

"也不是的……"

他不大明白,想要了解她,逗她说话。但她讲来讲去不过是她单调的生活,谋生的艰难,而她也不在乎这些:她不怕工作,那是她的一种需要,几乎是种乐趣。她不说自己最感压迫的是无聊。他只是猜到。慢慢地,由于深切的同情所引起的直觉,而这直觉是因为疾病的刺激而变得更敏锐,因为想起亲爱的老母在同样生活中所受的苦难而变得更深刻的,他居然能看透西杜妮的心事。他仿佛身历其境地看到这种闷人的,不健康的,反自然的生活,——在布尔乔亚社会中,这是当仆人的最普通的生活;——他看到那些并不凶恶可是漠不关心的主人,有时除了差遣之外几天不跟她们说一句话。她整天坐在没法喘气的厨房里,一扇天窗也是被柜子挡着,望出去只看见一堵肮脏的白墙。所有的快乐就是主人们漫不经意地说一声沙司做得不错或是烤肉烤得恰到好处。幽禁的生活,没有空气,没有前途,没有一点欲念与希望的光,对什么都不感兴趣。——最苦闷的时间是主人们到乡下过假期的时候。他们为了经济关系不带她一块儿去,付了她工钱,可不给她回家的路费,让她自己有钱自己去。她既没有这个欲望,也没这个能力。于是她孤零零地待在差不多空无一人的屋子里,不想出门,甚至也不跟别的仆役搭讪;她瞧不起她们,因为她们粗俗,不规矩。她不出去玩儿,生性很严肃,俭省,又怕路上碰到坏人。她在厨房或卧室里坐着:从卧室望出去,除了烟突之外,可以看见一所医院的花园里一株树的树顶。她不看书,勉强做些活儿,迷迷糊糊的,百无聊赖,烦闷得哭了;她能无穷无尽地净哭,哭简直是她的一种乐趣。但是她烦恼到极点的时候,连哭都哭不出来,心像冻了冰一样。随后她竭力振作起来,或是自然而然地又有了生意。她想着妹子,听着远处的手摇风琴声,胡思乱想,老是计算要多少天做完某件工作,要多少天才能挣多少钱;她常常算错,便重新再算,终于睡着了。日子过去了。

除了这种特别消沉的情形,她也有像儿童般爱取笑的快活劲儿。她笑别人,笑自己。她对于主人们的行为并非见不到,心里也并非不加批判:例如他们因为无所事事而来的烦恼,太太的郁怒和发愁,所谓优秀阶级的所谓正经事儿,对一幅画,一曲音乐,一本诗集的兴趣。她只有健全而粗疏的判断力,既不像十足巴黎化的女仆那么充时髦,也不像内地老妈子那样只崇拜她们不了解的东西;她对于弹琴,谈天,一切文雅的玩意儿,不但没用而且可厌的,在自欺欺人的生活中占着偌大位置的事,都抱着敬而远之的轻蔑态度。她不免把自己过的现实生活,和这种奢侈生活的虚幻的苦乐,似乎一切都由烦闷制造出来的苦乐,暗中比较一番。但她并不因此而愤愤不平。世界就是这么回事。她忍受一切,恶人,傻子,一律忍受。她说:"本来嘛,各种人合起来才成其为世界。"

克利斯朵夫以为她有宗教信仰作支持;但有一天,她提起那些更有钱更快乐的人的时候,说:"归根结蒂,所有的人将来都是一样的。"

"将来?什么时候?"克利斯朵夫问,"社会革命以后吗?"

"革命!嘿!还远得很呢!我才不信那些傻话。反正将来大家都是一样的。"

"什么时候呢?"

"当然是死了以后喽!那时不是谁都完了吗?"

他对着这种心平气和的唯物主义的看法非常诧异,心里想:"要是没有来世,那么一个人过着像你这种生活而眼看别人比你更幸福,不是太可怕了吗?"

虽然他不说,她似乎猜到了他的意思;她很冷静地用着一种听天由命而游戏人生的态度继续说:"一个人总得认命。怎么能每个人都中头奖呢?我们运气不好:话不是说完了吗?"

她甚至不想到外国(有人找她上美洲)去找一个多挣点儿钱的位置。她从来没有离开本国的念头。她说:"天下的石子都是一样硬的。"

她骨子里有一种怀疑的玩世不恭的宿命观。她完全是那种法国乡下人,很少信仰,或竟全无信仰;不需要什么生活的意义,生命力却非常地强;——人很勤谨,对什么都很冷淡,对一切都不满意,可是很服从;不怎么爱人生,却又抓得很紧,也用不着空空洞洞的鼓励来保持他们的勇气。

从来没见识过这等人的克利斯朵夫,看到这个诚朴的少女一无信仰,好不奇怪;他佩服她会留恋没有乐趣没有目标的人生,尤其佩服她不需要倚傍而很坚强的道德意识。至此为止,他所认识的法国平民只是从自然主义派的小说和当代小名士的理论中看到的;这批人刚和十八世纪与大革命时代的风气相反,喜欢把没有教育的人描写成无恶不作的野兽,以便遮掩他们自身的罪恶……现在他才不胜惊异地发现了西杜妮这种不稍假借的诚实。那不是道德问题,而是本能与骨气的问题。她也有她贵族式的骄傲。我们倘若相信平民就是粗俗的同义字,那就大错特错了。平民之中有贵族,正如布尔乔亚中有下等阶级。所谓贵族,是指那些具有比别人更纯洁的本能,也许还有更纯洁的血统的人;他们也知道这一点,知道自己的身份而有不甘自暴自弃的傲骨的。这种人当然为数不多;但即使处于孤立的地位,大家仍然知道他们是第一流人物;只要有他们在场,别人就会有所顾忌,不得不拿他们做榜样,或者装作这样。每个省,每个村子,每个集团,它的面目多少是它的贵族的面目;这里的舆论严,那里的舆论宽,都看各该地方的贵族而定。虽然今日"多数人"的力量这样过分的膨胀,这批默默无声的少数分子的固有的权威还是没改变。比较危险的倒是他们离开本乡,散到遥远的大都市中去。但即使如此,即使他们孤零零地迷失在陌生的社会里,优秀种族的个性始终存在,没有被周围的环境同化。克利斯朵夫所看到的巴黎的一切,西杜妮几乎一点儿都不知道,也不想知道。报纸上肉麻而猥亵的文学,和国家大事同样对她不生关系。她甚至不知道有所谓平民大学;即使知道,她也不见得会比对宣道会更感兴趣。她做着自己的工作,想着自己的念头,没有意思借用别人的。克利斯朵夫为此赞了她几句。

"这有什么稀奇呢?"她说,"我就跟大家一样。难道您没见过法国人吗?"

"我在法国人中间混了一年了;除了玩儿以外,或者学着别人玩儿以外还能想到别的事的,我连一个都没见过。"

"不错,"西杜妮说,"您只看到有钱的人。有钱的人是到处一样的。其实您还什么都没看见。"

"好吧,"克利斯朵夫回答,"那么让我来从头看起。"

他这才第一次见到法兰西民族,见到那使人觉得不朽,跟他的土地合而为一,像土地一样眼看多少征服它的民族,多少一世之雄烟消云散而它始终无恙的法国民族。

他慢慢地恢复健康,开始起床了。

他第一件操心的事是要偿还西杜妮在他病中垫付的款子。既然还不能出门去找工作,他便写信给哀区脱,要求预支一笔钱。哀区脱逼着那种又冷淡又慷慨的古怪脾气,过了十五天才有回音,——在这十五天之内,克利斯朵夫拼命地折磨自己,对西杜妮端来的食物差不多动都不动,直要被逼不过,才吃一些牛奶跟面包,而过后又责备自己,因为那不是自己挣来的;然后他从哀区脱那儿接到了款子,并没附什么信;在克利斯朵夫害病的几个月里,哀区脱从来不想来打听一下他的病状。他有种天赋,能够帮了人家的忙而教人家不喜欢他。因为他自己在帮忙的时候心里就没有什么爱。

西杜妮每天下午跟晚上来一下。她替克利斯朵夫预备晚餐;毫无声响地,很体贴地招呼他的事;看到他衣服破烂,她便一声不出地拿去补了。他们之间不知不觉增加了多少亲切的情分。克利斯朵夫唠唠叨叨地讲到他年老的母亲,把西杜妮听得感动了;她设身处地自比为孤苦伶仃的留在本乡的鲁意莎,对克利斯朵夫抱着慈母般的温情。他跟她说话的时候也努力想解解他天伦的渴望,那是一个病弱的人感觉得格外迫切的。和西杜妮在一起,他觉得精神上特别能够接近自己的母亲。他有时向她吐露一部分艺术家的苦闷。她很温柔地为他抱怨,同时看他为了思想问题而悲哀不免认为多此一举。这一点也使他想起他的母亲,觉得很快慰。

他想逗她说些知心话;但她不像他那样肯随便发表。他说笑似的问她将来要不要嫁人。她照例用着听天由命和看破一切的口气回答说:"给人当差的根本谈不到结婚:那会把事情搅得太复杂的。并且要挑到恰当;而这又不是容易的事。男人都是坏蛋。看你有钱,他们就来追求;把你的钱吃光了,就掉过头去不理啦。这种榜样太多了,我还想去吃这个苦吗?"——她没说出她已经有过一次毁婚的事:未婚夫因为她把所挣的钱统统供给她的家属,就把她丢了。——看见她在院子里很亲热地和邻居的孩子们玩,在楼梯上碰见他们又很热烈地拥抱他们,克利斯朵夫不由得想起他认识的一位太太,觉得西杜妮既不傻,也不比别的女子丑,倘使处在那些太太们的地位,一定比她们高明得多。多少的生命力被埋没了,谁也不以为意。另一方面,地球上却挤满着那些行尸走肉,在太阳底下僭占了别人的位置和幸福!……

克利斯朵夫丝毫不提防。他对她很亲热,太亲热了;他像大孩子一样的惹人怜爱。

有些日子,西杜妮神气很颓丧;他以为是她太辛苦的缘故。有一回正谈着话,她推说有件事要做,突然站起身来走了。又有一回,克利斯朵夫对她表示得比往常更亲热了些,她便几天没有来;而再来的时候,她跟他的说话更拘束了。他寻思在什么地方得罪了她。他问她,她赶紧说没有；但她继续跟他疏远。又过了几天，她告诉他要走了：她辞掉工作，离开这儿了。她说些冷冷的，不大自然的话，感谢他对她的好意，祝他和他的母亲身体康健，然后和他告别了。她走得这样突兀，使他惊异到极点，竟不知道说什么好；他探听她离开的动机，她只是支吾其词；他问她上哪儿去做事，她也置之不答，并且为了直截了当打断他的问话，竟站起身子走了。在房门口，他向她伸出手去，她兴奋地握了一握，但脸上仍旧没有什么表情；自始至终，她都是这副发僵的神气。她走了。

他永远不明白她为什么走的。

冬季长得很。潮湿，多雾，泥泞的冬季。几星期看不见太阳。克利斯朵夫的病虽然大有起色，还没完全好。右边的肺老是有一处地方作痛，伤口在慢慢的结疤，剧烈的咳呛使他夜里不能安眠。医生禁止他出门，甚至还想教他往东南海滨或大西洋上的加拿里群岛去疗养。但他非上街不可。要是他不去找晚饭，晚饭决不会来找他的。——人家又开了许多他没钱购买的药品。因此他干脆不去请教医生了：那不是白费钱吗？并且在他们面前，他老是很窘；他们彼此没法了解：简直是两个极端的世界。医生们对于这个自命为一个人代表整个天地，而实际是像落叶一般被人生的巨流冲掉的穷艺术家，抱着一种带点讪笑与轻视的同情心。他被这些人瞅着，摸着，拍着，非常畏缩。他对自己病弱的身体好不惭愧。他想："将来它死了，我才高兴呢！"

虽然受着孤独，贫病和种种苦难的磨折，克利斯朵夫仍是很有耐性地忍受他的命运。他从来没有这样的耐性，连自己都为之诧异了。疾病往往是有益的。它折磨了肉体，可是把心灵解放了，净化了：日夜不能动弹的时候，平时害怕太剧烈的光明而被健康压在下面的思想抬头了。从来没害过病的人不能完全认识自己。

疾病使克利斯朵夫心非常安静。它把他生命中最凡俗的部分剔净了。他用着比以前更灵敏的官能，感觉到那个富有神秘的力量的世界,那是每人心中都有而被生活的喧扰掩盖得听不见的。他那天发着高热在卢浮宫中见到的景象,连最微末的回忆都深深地刻在心头;从此他就置身于和伦勃朗的名作同样温暖,柔和,深沉的气氛中。那颗无形的太阳放射出来的光彩,他心中也一样地感受到。虽然绝对没有信仰,他仍觉得自己并不孤独:神明的手牵引着他,把他带到一个跟神相遇的地方。而他也像小孩子一样的信赖它。

多少年来第一次,他不得不休息。发病以前过度紧张的精神使他筋疲力尽,至今还没恢复,所以便是疗养时期的疲乏倦怠对他也是一种休息。克利斯朵夫几个月的提心吊胆,日夜警惕,如今才觉得自己老盯着一处的目光渐渐地松了下来。但他并不因之而减少他的坚强,只是变得更近人情。天性中那股强大而有点畸形的生命力往后退了一步;他使自己和别人一样,精神上的偏执和行为方面的残酷与无情都给去尽了。他再也不恨什么,再不想到可恼的事,即使想到,也不过耸耸肩膀;他对自己的痛苦想得比较少,而对别人的想得比较多了。自从西杜妮使他想起地球上到处都有谦卑的灵魂默默无声地熬着苦难,毫无怨叹地奋斗,他就为了他们而把自己忘了。素来并不感伤的他,这时也不禁有些神秘的温情:那是在一个病人心中开出来的花。晚上,靠着院子那边的窗,听着黑夜里神秘的声音……附近的屋子里有人唱着歌,远听更显得动人,一个女孩子天真地弹着莫扎特……他心里想:

"你们,我并不认识而都爱着的人,还没受过人生的烙印,做着些明知是不可能的美梦,跟敌对的世界挣扎着的人,——我愿意你们幸福!噢,朋友们,我知道你们在那儿,我张着臂抱等你们……是的,我们之中隔着一道墙。可是我会一块一块地把墙拆毁的;同时我自己也消磨完了。咱们能有一天碰在一起吗?在另外一道墙——死——没有筑起以前,我还来得及赶到你们前面吗?……管它!孤独就孤独吧,孤独一世吧,只要我为你们工作,为你们造福,只要你们以后能稍稍爱我,在我死了以后!……"

大病初愈的克利斯朵夫就这样喝着"爱与苦难"这两位保姆的乳汁。

在这个意志比较松懈的情形之下,他觉得需要和别人接近。虽然身体还十分软弱,出门还不大妥当,他往往清早或傍晚出去,那是群众像潮水般从人烟稠密的街上涌往工作场所,或是从那儿回来的时间。他要到人与人息息相通的气氛中去浸一下,提提神。他并不跟谁交谈,也没有这念头。他只要看人家走过,猜他们的心事,爱他们。他又亲切又同情地瞧着那些急急忙忙赶路的工人,不曾工作已经有了困倦的神气,——瞧着这些青年男女,脸色苍白,表情活泼,挂着一副古怪的笑容,——瞧着那些透明而活动的脸,隐隐然可以看到欲望,忧患,游戏人生的心理,像潮水般流过,——瞧着这批大都会里多么聪明的,太聪明的,有些病态的市民。他们都走得很快,男人们一边走一边读报,女人们一边走一边啃着月芽饼。一个乱发蓬松的少女在克利斯朵夫身旁走过,脸睡得有点虚肿,像山羊一般迈着小步,显得烦躁,急促:克利斯朵夫恨不得牺牲自己一个月的寿命来使她多睡一两个钟点。噢,要是真有人跟她这么提议,她才不会拒绝呢!他真想把那些悠闲的有钱的妇女,养尊处优而烦闷的人,这时候还在重门深锁的寝室里高卧的,从床上拖起来,让这些灼热而困倦的身体,感觉新鲜、内心生活并不丰富、可是活泼而贪恋生命的人,去躺在他们床上,过一下那种安闲的生活。这般机灵而疲乏的小姑娘,又狡猾,又纯朴,那么无耻那么天真地贪快乐,而骨子里倒是诚实勤劳的女工:他现在看待她们非常宽容了。即使其中有几个当面讪笑他,或者对着他这个眼睛火辣辣的大孩子彼此示意,他也不生气了。

他也常在河滨大道上一边徘徊,一边沉思遐想。这是他最喜欢散步的地方。在这儿,他仿佛看到了心中渴念的,给他童年时代多少安慰的大河。当然,这不是莱茵河,既没有它浩浩荡荡的气势,也没有那辽阔的远景跟广大的平原,可以让他游目骋心。眼前这条河睁着灰色的眼睛,披着浅蓝的外衣,凭着它细腻而明确的线条,妩媚的姿态,柔软的动作,在浓艳的城市里懒懒地伸展着;桥梁是它的手钏,纪念建筑是它的项链;它像一个美女般对着自己的艳色微笑……这才显出了巴黎的光明!克利斯朵夫在这城里第一样喜欢的便是这条河;它一点一点地浸透了他的心,不知不觉把他的气质变换了。他认为这是最美的音乐,唯一的巴黎音乐。在暮色将临的时分,他几小时地在河滨流连,或是走进古法兰西的花园,①欣赏着和谐的光线照在紫色的雾霭缭绕的大树顶上,照在灰色的雕像和花盆上,照在纪念建筑的满生苔藓的石头上;而那些建筑物都是王朝的遗迹,吸收了几百年的日光的。——这种微妙的气氛,是柔和的太阳与乳汁般的水汽融化成的,——银色的尘雾中就有欢乐的民族精神在飘浮。

一天傍晚,他靠在圣米歇尔桥附近的石栏杆上,一边看着流水,一边随便翻着冷摊上的旧书。他无意之间打开米什莱著作中的一册单行本。他读过几页这史家的作品;那种法国式的浮夸,自鸣得意的辞藻,过于跌宕的句法,他不大喜欢。可是那一天他才看了几行就被吸住了。那是圣女贞德受审的最后一段情形。他曾经从席勒的作品中知道这个奥尔良的处女,一向认为她不过是个传奇式的女英雄,她的故事是大诗人给幻想出来的。②不料这一回他突然看到了现实,被它紧紧地抓住了。他往下念着,念着;慷慨激昂的描写,悲惨的情节,使他心都碎了。读到贞德知道当晚就得给处决而惊死过去的时候,他的手抖了,眼泪涌上来了,只得停下。因为病后衰弱,他简直感情冲动到可笑的程度,自己也看了气恼。——他想把书念完,但时间晚了,书贩已经在收拾书箱。他决意买那本书;可是掏了掏口袋,只有六个铜子。穷到这样是常有的事,他并不着急;他刚才买了晚上吃的东西,预算下

---

① 古法兰西的花园系指卢浮宫前面的蒂勒黎花园。
② 圣女贞德(1412—1431),百年战争中挽救法国的民族女英雄,十六岁即率领军队反抗英军,解放被围的奥尔良,故史家亦称其为奥尔良的处女。贞德最后落入英人之手,被处火刑。

一天可以向哀区脱领到一笔抄谱的报酬。但要等到明天是太难受了！为什么把仅有的一些钱去买了食物呢？啊！要是能把袋里的面包跟香肠抵付书价的话，岂不是好！

第二天清早，他上哀区脱铺子去支钱，但走过圣米歇尔桥的时候，没有勇气不停下来。他在书贩的箱子里又找到了那部宝贵的书，花了两小时把它全部念完了。他为之错失了哀区脱的约会，又费了整天的功夫才见到他。最后，他终于接洽好了新的工作，领到了钱，马上去把那本书买了来。他怕给人捷足先登地买去。其实即使这样也不难再找一本；但克利斯朵夫不知道这本书是不是孤本；并且他要的是这一部而不是另一部。凡是爱好书的人都有一些拜物狂。哪怕只是寥寥几页，脏的也罢，有污迹的也罢，只要是激动过他们的幻想的，便是神圣的。

克利斯朵夫回去在静寂的夜里把圣女贞德的历史重读了一遍。没有旁人在场，他不用再压制自己的感情。他对这个可怜的女子充满着温情，怜悯，与无穷的痛苦，似乎看到她穿着乡下女子的红颜色的粗布衣服，高高的个子，怯生生的，声音很柔和，听着钟声出神，——（她也跟他一样爱钟声，）——脸上堆着可爱的笑容，显得那么聪明那么慈悲，随时会流泪，——为了爱，为了怜悯，为了软心而流泪：因为她兼有男性的刚强和女性的温柔，是个纯洁而勇敢的少女。她把盗匪式的军队的野性给驯服了，又能够镇静地用她的头脑，用她女人的机灵，用她坚强的意志，在孤立无助而被大家出卖的情形之下，成年累月地应付那些像豺狼虎豹一般包围着她的，教会与司法界人士的奸计。

而克利斯朵夫最感动的尤其是她的慈悲心，——打了胜仗之后，她要为战死的敌人哭，为曾经侮辱她的人哭；他们伤了，她去安慰；他们临终，她去祈祷，便是对出卖她的人也不怀怨恨，到了火刑台上，火在下面烧起来的时候，她也不想到自己，只担心着慰勉她的修士，教他快走。"她在最剧烈的厮杀中还是温柔的，对最坏的人也是善良的，便是在战争中也是和平的。战争是表示魔鬼得胜，可是在战争中间，她有上帝的精神。"

克利斯朵夫看到这儿,想到了自己:"我厮杀的时候就没有这种上帝的精神。"

他把贞德的传记家笔下最美的句子反复念着:

"不论别人如何蛮横,命运如何残酷,你还得抱着善心……不论是如何激烈的争执,你也得保持温情与好意,不能让人生的磨难损害你这个内心的财宝……"

于是他对自己说着:"我真罪过。我不够慈悲。我缺少善意。我太严。——请大家原谅我吧。别以为我是你们的仇敌,你们这些被我攻击的人!我原意是为你们造福……可是我不能让你们做坏事……"

因为他不是个圣者,所以只要想到那些人,他的怨恨又觉醒了。他最不能原谅的是,一看到他们,从他们身上看到的法国,就叫人想不到这块土地上曾经长出这样纯洁的花,这样悲壮的诗。然而那的确是事实。谁敢说不会再有第二次呢?今日的法国,不见得比淫风极盛而竟有圣处女出现的查理七世时代的法国更糟。如今庙堂是空着,遭了蹂躏,一半已经坍毁了。可是没有关系!上帝在里面说过话的。

克利斯朵夫为了爱法国的缘故,竭力想找一个法国人来表示他的爱。

那时正到了三月底。克利斯朵夫不跟任何人交谈,不接到任何人的信,已经有几个月之久,除了老母每隔许多时候来几个字。她不知道他害病,也没把自己害病的事告诉他。他和社会的接触只限于上音乐铺子去拿他的活儿或是把做好的活儿送回去。他故意候哀区脱不在店中的时候去,免得和他谈话。其实这种提防是多余的:因为他只碰到一次哀区脱,而哀区脱对于他的健康问题也只淡淡地提了一两句。

正当他这样的无声无息,幽居独处的时候,忽然有天早上收到罗孙太太的一封请柬,邀他去参加一个音乐夜会,说有个著名的四重奏乐队参加表演。信写得非常客气,罗孙还在信末附了几行恳切的话。他觉得那回和克利斯朵夫的争执对自己并不怎么体面。尤其因为从那时起,他和那位歌女闹翻了,他自己也把她很严厉地批判过了。他是个爽直的汉子,从来不怀恨他得罪过的人;倘若他们不像他那么宽宏大量,他会觉得可笑的。所以他只要高兴跟他们重新相见,就会毫不迟疑地向他们伸出手去。

克利斯朵夫先是耸耸肩,赌咒说不去。但音乐会的日子一天天的近了,他的决心一天天的跟着动摇了。听不见一句话,尤其是听不见一句音乐,使他喘不过气来。固然他自己再三说过永远不再上这些人家去,但到了那天,他还是去了,觉得自己没有骨气非常惭愧。

去的结果并不好。一旦重新走进这个政客与时髦朋友的环境,他马上感到自己比从前更厌恶他们了:因为孤独了几个月,他已经不习惯这些牛鬼蛇神的嘴脸。这儿简直没法听音乐:只是亵渎音乐。克利斯朵夫决意等第一曲完了就走。

他把所有那些可憎的面目与身体扫了一眼。在客厅的那一头,他遇到一对望着他而立刻闪开去的眼睛。跟全场那些迟钝的目光相比,这双眼睛有一种说不出的天真朴实的气息使他大为惊奇。那是畏怯的,可是清朗的,明确的,法国式的眼睛,望起人来那么率直:它们自己既毫无掩饰,你的一切也无从隐遁。克利斯朵夫是认识这双眼睛的,却不认识这双眼睛所照耀的脸。那是一个二十至二十五岁之间的青年,小小的个子,有点儿驼背,看上去弱不禁风,没有胡子的脸上带着痛苦的表情,头发是栗色的,五官并不端正而很细腻,那种不大对称的长相使他的神气不是骚动,而是惶惑,可也有它的一种魅力,似乎跟眼神的安静不大调和。他站在一个门洞里,没人注意他。克利斯朵夫重新望着他;那双眼睛总是怯生生的,又可爱又笨拙地转向别处;而每次克利斯朵夫都"认得"那双眼睛,好像在另外一张脸上见过似的。

因为素来藏不住心中的感觉,他便向着那青年走过去;他一边走一边想跟对方说什么好;他走一下停一下,左顾右盼,好似随便走去,没有什么目标。那青年也觉察了,知道克利斯朵夫向自己走过来;一想到要和克利斯朵夫谈话,他突然胆小到极点,竟想往隔壁的屋子溜;可是他那么笨拙,两只脚仿佛给钉住了。两人面对面地站住了,僵了一忽儿,不知道话从哪儿说起。越窘,各人越以为自己在对方眼里显得可笑。终于克利斯朵夫瞪着那个青年,没有一句寒暄的话,便直截了当地笑着问:

"你大概不是巴黎人吧?"

对于这个意想不到的问句,那青年虽然局促不堪,也不由得笑了笑,回答说他的确不是巴黎人。他那种很轻的,像蒙着一层什么的声音,好比一具脆弱的乐器。

"怪不得。"克利斯朵夫说。

他看见对方听着这句奇怪的话有些惶惑,便补充道:"我这话没有埋怨的意思。"

可是那青年更窘了。

他们又静默了一会。那年轻人竭力想开口:嘴唇颤动着,一望而知他有句话就在嘴边,只是没有决心说出来。克利斯朵夫好奇地打量着这张变化很多的脸,透明的皮肤底下显然有点颤抖的小动作。他似乎跟这个客厅里的人物是两个种族的:他们都是宽大的脸,笨重的身体,好像只是从脖子往下延长的一段肉;而他却是灵魂浮在表面上,每一小块的肉里都有灵气。

他始终没法开口。克利斯朵夫比较单纯,便接着说:"你在这儿,混在这些家伙中间干什么?"

他粗声大气地嚷着,那种不知顾忌的态度便是人家讨厌他的地方。那青年窘迫之下,不禁向四下里望了望,看有没有人听见。这举动使克利斯朵夫大为不快。随后那年轻人不回答他的问话,又笨拙又可爱地笑了笑,反问道:"那么你呢?"

克利斯朵夫大声地笑了,笑声照例有点儿粗野。

"对啊,我又来干吗?"他高高兴兴地回答。

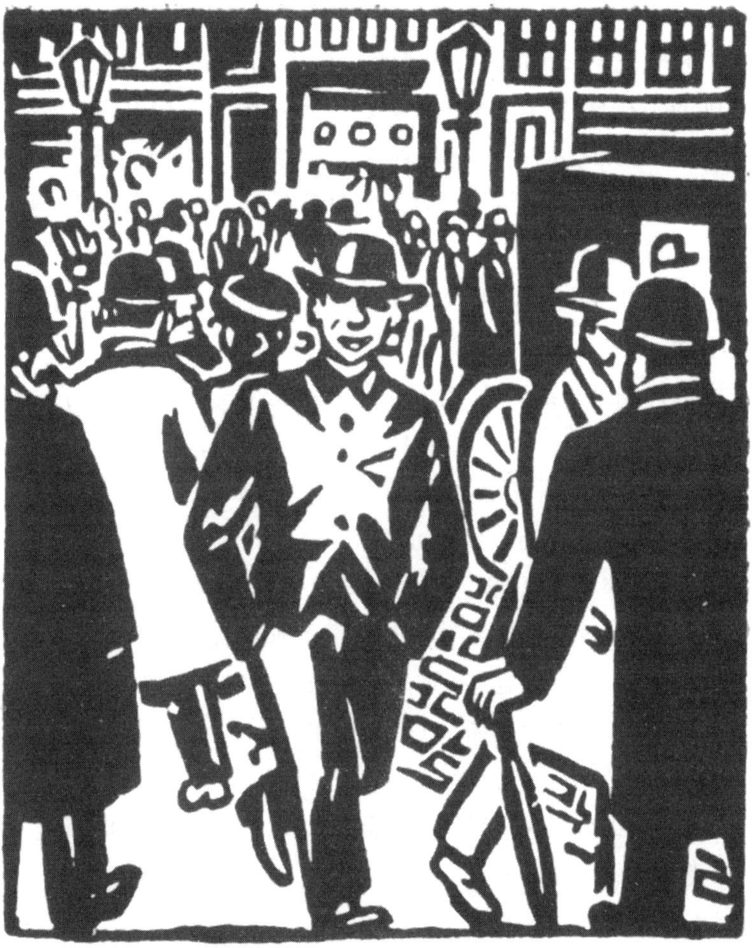

那青年突然打定了主意,喉咙哽塞着说:"我多喜欢你的音乐!"

随后他又停住了,拼命想克服自己的羞怯,可是没用。他脸红了,自己也觉得,以至越来越红,直红到耳边。克利斯朵夫微笑着望着他,恨不得把他拥抱一下。青年抬起眼来说:"真的,在这儿我不能,不能谈这些问题……"

克利斯朵夫抿着阔大的嘴暗暗笑着,抓着他的手。他觉得这陌生人瘦削的手在自己的手掌中微微发抖,便不由自主地很热烈地握着。那青年也发觉自己的手被克利斯朵夫结实的手亲热地紧紧握着。他们听不见客厅里的声音了,只有他们两个人了,觉得心心相印,碰到了一个真正的朋友。

但这不过是一刹那,罗孙太太忽然过来用扇子轻轻触着克利斯朵夫的手臂,说:

"哦,你们已经认识了,用不着我再来介绍了。这个大孩子今晚是专诚为您来的。"

他们俩听了这话,都不好意思地退后一些。

"他是谁呢?"克利斯朵夫问罗孙太太。

"怎么!您不认识他吗?他是个笔下很好的青年诗人,非常地崇拜您。他也是个音乐家,琴弹得挺好。在他面前不能讨论您的作品:他爱上了您。有一天,他为了您差点儿跟吕西安·雷维-葛吵起来。"

"啊!好孩子!"克利斯朵夫说。

"是的,我知道,您对吕西安不大公平。可是他也很喜欢您呢。"

"啊!别跟我说这个话!他要是喜欢我,就表示我没出息了。"

"我敢向您保证……"

"不!不!我永远不要他喜欢我。"

"您那个情人跟您完全一样。你们俩都一样的疯癫。那天吕西安正在跟我们解释您的一件作品。那羞怯的孩子突然站起来,气得全身发抖,不许吕西安谈论您。您瞧他多霸道!……幸亏我在场,我马上哈哈大笑,吕西安也跟着笑了;结果他道了歉。"

"可怜的孩子!"克利斯朵夫听得大为感动。

接着罗孙太太和他谈着别的事,但他充耳不闻,只自言自语地说:

"他到哪儿去了?"

他开始找他。可是那陌生朋友已经不见了。克利斯朵夫又去找着罗孙太太,问:

"请您告诉我,他叫什么名字?"

"谁啊?"

"您刚才跟我提到的那个。"

"您那个青年诗人吗?他叫作奥里维·耶南。"

这个姓氏的回声,在克利斯朵夫耳中像一阕熟悉的音乐一般。一个少女的倩影在他眼睛深处闪过。可是新的形象,新朋友的形象立刻把那个倩影抹掉了。

在归途中,克利斯朵夫在拥挤的巴黎街上走着,一无所见,一无所闻,对周围的一切都失去了知觉。他好似一口湖,四周的山把它跟其余的世界隔离了。没有一丝风,没有一点声音,没有一点骚动。只是一片和平宁静。他再三说着:

"我有了一个朋友了。"

卷五终

卷六·安多纳德

耶南是法国那些几百年来株守在内地的一角，保持着纯血统的旧家之一。虽然社会经过了那么多的变化，这等旧家在法国还比一般意料的为多。它们与乡土有多多少少连自己也不知道的，根深蒂固的联系，直要一桩极大的变故才能使它们脱离本土。这种依恋的情绪既没有理智的根据，也很少利害关系；至于为了史迹而引起思古之幽情，那也只是少数文人的事。羁縻人心的乃是从上智到下愚都有的一种潜在的，强有力的感觉，觉得自己几百年来成了这块土地的一分子，生活着这土地的生活，呼吸着这土地的气息，听到它的心跟自己的心在一起跳动，像两个睡在一张床上的人，感觉到它不可捉摸的颤抖，体会到它寒暑旦夕、阴晴昼晦的变化，以及万物的动静声息。而且用不着景色最秀美或生活最舒服的乡土，才能抓握人的心；便是最朴实、最寒素的地方，跟你的心说着体贴亲密的话的，也有同样的魔力。

这便是耶南一家所住的那个位于法国中部的省份。平坦而潮湿的土地，没有生气的古老的小城，在一条浑浊静止的运河中映出它黯淡的面目；四周是单调的田野，农田，草原，小溪，森林，随后又是单调的田野……没有一点胜景，没有一座纪念建筑，也没有一件古迹。什么都不能引人入胜，而一切都教你割舍不得。这种迷迷糊糊的气息有一股潜在的力；凡是初次领教的都会受不了而要反抗的，但世世代代受着这个影响的人再也摆脱不掉，他感染太深了；那种静止的景象，那种沉闷而和谐的空气，那种单调，对他自有一股魅力，一种深沉的甜美，在他是不以为意的，加以菲薄的，可是的确喜爱的，忘不了的。

耶南世代住在这个地方。远在十六世纪,就有姓耶南的人住在城里或四乡:因为照例有个叔祖伯祖之流的人,一生尽瘁于辑录家谱的工作,把那些无名的,勤勉的,微末不足道的人物的世系整理起来。开头只是些农夫,佃户,村子里的工匠,后来在乡下当了公证人的书记,慢慢的又当了公证人,终于住到县城里来。安东尼·耶南的父亲,奥古斯丁,做买卖的本领很高明,在城里办了个银行。他非常能干,像农夫一样的狡猾,顽强,做人挺规矩,可并不太拘泥,做事很勤,喜欢享受,因为嘻嘻哈哈地好挖苦人,什么话都直言无讳,也因为他富有资财,所以几十里周围的人都敬重他,怕他。他个子又矮又胖,精神抖擞,留着痘疤的大红脸上嵌着一对炯炯有神的小眼睛,从前出名是个好色的,至今也还有这个嗜好。他喜欢说些粗野的笑话,喜欢好吃好喝。最有意思的是看他吃饭;儿子以外,几个和他一流的老人陪着他:推事,公证人,本堂神甫等等,——(耶南老头儿是瞧不起教士的,但若这教士能够大嚼的话,他也乐意跟他一块儿大嚼,)——都是些南方典型的结实的汉子。那时满屋子都是粗野的戏谑,大家把拳头往桌上乱敲,一阵阵的狂笑狂叫。快活的空气引得厨房里的仆役和街坊上的邻居都乐开了。

后来,在夏季很热的一天,老奥古斯丁只穿着件衬衣下地窖去装酒,得了肺炎。不出二十四小时,他就动身往他世界去了;他不大相信什么他世界,但像内地反对教会的布尔乔亚一样,在最后一分钟内还是办妥了所有的教会仪式,一则使家里的妇女不再啰嗦,二则他对这些手续也无所谓……三则死后之事究竟也不可知……

儿子安东尼接了他的买卖。他也是个矮胖子,一张绯红的喜洋洋的脸,不留胡子,只留鬓角,说话急促而含糊,声音很响,常常有些剧烈而短促的小动作。他没有父亲那种理财的本领,但办事能力还不坏。银行因为历史悠久,正在一天天的发达,他只要按部就班地继续下去就行了。他在当地颇有善于经商的名气,虽然他对事业的成功并没多大贡献。他只是很有规律很肯用心罢了。做人很体面,到处受到应有的尊重,他殷勤,爽直,对某些人也许太亲狎了些,真情也流露得太多了些,有点儿平民气息,可是不论城里乡下,他人缘都很好。他虽不浪费金钱,却很滥用感情,动不动会流泪,看到什么灾难会真诚地难过,使受难的人感动。

像多数内地人一样,政治在他思想上占着很大的地位。他是表面上很激烈而骨子里很温和的老革命党,偏狭的自由主义者,爱国主义者,并且学着父亲的样反对教会。他是市参议员,像同僚们一样以捉弄本区的神甫或本城妇女所崇拜的宣道师为乐。法国小城里的反教会的举动,永远是夫妇争执中的一个节目,是丈夫与妻子暗斗的一种借口,差不多没有一个家庭能够避免的。

安东尼·耶南对文学也很有抱负。跟他那一代的内地人一样,他颇受拉丁文学的熏陶,有些篇章能够背诵如流;而拉封丹、布瓦洛、伏尔泰等的格言,十八世纪小品诗人的名句,他也记得不少,还写些模仿他们的诗。他熟人中有这个癖的不止他一个,而这个癖也增加了他的声誉。大家传诵他的滑稽诗,四句诗,步韵诗,折句,讥讽诗,歌谣,有时是很唐突的,可是不乏风趣。口腹之欲的神秘在诗中也没有被遗忘。

这个壮健,快乐,活泼的矮个子,娶的太太和他性格完全不同。她是当地一个法官的女儿,叫作吕西·特·维廉哀。这家特·维廉哀其实只是特维廉哀,他们的姓像一块石子从上面往下滚的时候一分为二,变了特·维廉哀。① 他们世代都当法官,是法国老司法界中的人物,对于法律,责任,社会的礼法,个人的尤其是职业的尊严,看得很重,做人不但诚实不欺,而且还有些迂腐。在上一世纪里,他们受过吹毛求疵的詹森派的影响,至今除了对耶稣会派的轻蔑以外,还留下一点悲观和郁闷的气息。他们不从好的方面去看人生,非但不想克服人生的艰难,反而想加些上去,好让自己更有权利怨天尤人。吕西·特·

---

① 法国姓氏之前冠有"特"字,为贵族之标识。故特·维廉哀(即姓氏前冠有"特"字)与特维廉哀(特字根本即姓之一部分)所表示的出身完全不同。

维廉哀就有一部分这种性格,恰恰和她丈夫粗鲁豪放的乐天主义相反。她又瘦又高,比他高出一个头,身段长得很好,很会穿扮,可是大方而不很自然,使她永远显得——仿佛是故意的——比实在的年龄大;她非常贤淑,但对别人很严,不容许有任何过失,几乎也不容许有任何缺陷:大家认为她冷酷,骄傲。她对宗教很虔诚,为了这个,夫妇间常常争辩。但他们很相爱;尽管争辩,彼此都觉得少不了。至于实际的事务,两人都一样的不高明;他是因为不懂人情世故,一看到笑脸,一听到好话,就会上当;她是因为对于商业全无经验,从来不预闻,也不感兴趣。

他们有两个孩子:一个是女儿,叫作安多纳德,一个是儿子,叫作奥里维,比安多纳德小五岁。

安多纳德是个美丽的褐发姑娘,一张法国式的妩媚而忠厚的小圆脸,眼睛很精神,天庭饱满,下巴很细气,小鼻子长得笔直,——好似一个法国老肖像画家所说的,是"那种清秀的,很有格局的鼻子,有种微妙的小动作,使她显得神情生动,表示她说话或听人说话的时候心中很有点儿细密的思绪"。她从父亲那儿秉受着快乐的无愁无虑的脾气。

奥里维是个淡黄头发的娇弱的孩子,身材跟父亲一样矮小,性格却完全不同。小时候不断的疾病大大的损害了他的健康;虽然家里的人因之格外疼他,但虚弱的身体使他很早就成为一个悒郁寡欢的孩子,爱幻想,怕死,没有一点儿应付人生的能力。天生的怕见人,喜欢孤独,他不愿意和别的孩子做伴,觉得和他们在一起非常不舒服;他讨厌他们的游戏,打架,尤其受不了他们的凶横。他让他们打,并非因为没有勇气,而是因为胆怯,不敢自卫,怕伤害别人;要不是靠着父亲的地位,他可能被小朋友们磨折死的。他心肠很软,灵敏的感觉近乎病态:随便一句话,一个同情的表示,或是一句埋怨,就能使他大哭一场。比他健全得多的姊姊常常嘲笑他,叫他泪人儿。

两个孩子非常相爱,可是性情相差太远,混不到一块儿。他们各过各的生活,各有各的幻想。安多纳德越长越美,人家告诉她,她自己也知道,心里很高兴,编着些未来的梦。娇弱而悒郁的奥里维,一接触外界就觉得格格不入,便躲在他荒唐的小脑子里去胡思乱想。他像女孩子一样需要爱别人,也需要别人爱他。既然过着孤独生活,不跟年龄相仿的同伴往来,他便自己造出两三个幻想的朋友:一个叫作约翰,一个叫作哀蒂安,一个叫作法朗梭阿;他老是和他们在一起,所以从来不跟周围的人在一起。他睡得很少,空想极多。早晨,人家把他从床上拉起来,他往往把赤裸的两腿挂在床外,出神了;再不然他会把两只袜子套在一只脚上。双手浸在脸盆里,他也会出神的。在书桌上写字或温课的当口,他又会几小时的胡思乱想;随后他忽然惊醒过来,发觉什么也没做。在饭桌上,人家和他说话,他会吃了一惊,过了两分钟才回答;而回答了半句又不知自己要说些什么。他迷迷憺憺地听着自己的念头在胸中窃窃私语,过着内地那种度日如年的单调的岁月,被一些亲切的感觉催眠了。——空荡荡的大屋子只住了一半,有的是可怕而挺大的地窖和阁楼,上了锁的神秘的空房,百叶窗都关了,家具,镜子,烛台,都遮着布,祖先画像上的笑容老是在他的脑子里;还有帝政时代的版画,题材都是调皮的与勇敢的故事。外边,马蹄匠在对门打铁,锤子一下轻一下重,呼吸艰难的风箱在喘气,马蹄受着熏炙发出一股怪味道;洗衣妇蹲在河边捣衣;屠夫在隔壁屋子里砍肉;街上走过一匹马,蹄声嘚嘚;水龙头轧轧的响;河上的转桥转来转去,装着木料的沉重的船,被纤绳拉着在砌得很高的花坛前面缓缓驶过。铺着石板的小院子有块方形的泥地,长着两株紫丁香,四周是一大堆风吕草和喇叭花,临河的平台上,大木盆里种着月桂和开花的榴树。有时邻近的广场上有赶集的喧闹声,猪叫声,乡下人穿着耀眼的蓝色上衣。……星期日在教堂里,歌咏队连声音都唱不准,老教士做着弥撒快睡着了;全家在车站大路上散步,一路跟别人(他们也以为全家散步是必不可少的节目)脱帽招呼,——直走到大太阳的田里,看不见的云雀在上空盘旋,——或者沿着明净的、死水似的河走去,两旁的白杨瑟瑟缩缩的发抖,……然后是丰盛的晚餐,东西多得吃不完;大家头头是道、津津有味地谈着吃喝的问题;因为在座的都是行家,而讲究吃喝在内地是桩大事,是名副其实的艺术。大家也谈到商情,说些笑话,还夹着一些关于疾病的议论,牵涉到无穷的细节……而这孩子坐在一角,不声不响像只小耗子,尽管咬嚼,可并不怎么吃东西,拼命伸着耳朵听。他把大人的话句句听着,凡是听不大清的,便用想象去补充。像旧家的儿童一样给几百年的印象刻得太深了,他有种奇特的天赋,能够猜到他还从来不曾有过而不大了解的思想。——还有那厨房,充满着神秘的血腥和各种味道;老妈子讲着奇怪而可怕的故事……最后是晚上,蝙蝠悄悄地飞来飞去,妖形怪状的东西教人害怕,那是他明知在这座老屋子里到处蠢动的,例如大耗子和多毛大蜘蛛等等。随后是跪在床前的祈祷,根本不听自己说些什么;隔壁救济院里响起声音不平均的钟声,那是女修士们睡觉的钟,——然后是雪白的床,给他躺着做梦的岛……

一年最好的时节是春秋两季在离城几里的别庄中过的日子。那边,一个人都看不到,尽可以称心如意地幻想。像多数小布尔乔亚的子弟一样,两个孩子是不跟平民接触的,他们对仆役和长工还有点儿恐惧,有点儿厌恶。他们秉受了母亲的贵族脾气,——其实主要是布尔乔亚脾气,——瞧不起劳力的工人。奥里维成天骑在一株槐树的枝头读着奇妙的故事:美丽的神话,穆索伊斯或奥努瓦夫人的童话,《天方夜谭》,或是游记体的小说,因为法国内地的青年常常渴想遥远的世界,做着漫游海外的梦。一个小树林把屋子遮掉了,于是他自以为在很远的地方。但他知道离家很近,心里很高兴:因为他不大喜欢独自走远,他已经在大自然中迷失了。四周尽是树木,从树叶的空隙里可以看见远处黄黄的葡萄藤,杂色的母牛在草原上啮草,迟缓的鸣声冲破田野的静寂。尖锐的鸡啼在农庄间遥相呼应。仓屋里传出节奏不匀的捣杵声。成千成万的生灵在这个恬静的天地中活跃。奥里维不大放心地瞧着一行老是匆匆忙忙的蚂蚁,满载而归的蜜蜂像管风琴的管子一般轰轰地响着,漂亮的蠢头蠢脑的黄蜂到处乱撞,——所有这些忙碌的小虫似乎都急于要到一个地方去……哪儿呢?它们不知道。无论哪里都好!只要是到一个地方……奥里维处在这个盲目而满是敌人的宇宙内打了一个寒噤。他像一头小兔子,听到松实落地或枯枝折断的声音就会发抖……花园的那一头,安多纳德发疯似的荡着秋千,把架上的铁钩摇得吱咯吱格的响,奥里维听到这个才放了心。

她也在做梦,不过依着她的方式。她成天在园子里搜索,又贪嘴,又好奇,笑嘻嘻地像画眉般啄些葡萄,偷偷地采一只桃子,爬上枣树,或是在走过的时候轻轻摇几下,让小黄梅像雨点似的掉下来,入口即化,跟香蜜一样。再不然她就不顾禁令去采花:一眨眼她就把从早上起就在打主意的一朵蔷薇摘到手,往花园深处的夹道中一溜。于是她把小鼻子竭力往醉人的花心中嗅着,吻着,咬着,吮着;随后把赃物揣在怀里,放在她不胜奇怪的眼看在敞开着的衬衣底下膨大起来的一对小乳房中间……还有一件被禁止的,挺有意思的乐事,就是脱了鞋袜,赤着脚踏在小径的凉快的细砂上,潮湿的草地上,踩在阴处冰冷的或是给太阳晒得滚热的石板上;再不然她走入林边的小溪,用脚、用腿、用膝盖,去接触水,泥土,日光。躺在柏树荫下,她瞧着在阳光中照得通明的手,心不在焉地尽吻着细腻丰满的手臂上像缎子一般的皮肤;她用蔓藤和橡树叶做成冠冕,项链,和裙子,再加上蓝蓟,红的伏牛花,和带着青的柏实韵树枝作点缀。她把自己装成一个野蛮的小公主。然后她自个儿绕着小喷水池跳舞,伸着胳膊拼命地打转,直转到头晕眼花,才往草地上倒下,把脸钻在草里,莫名其妙地纵声狂笑,不能自已。

两个孩子就是这样的消磨他们的日子,只隔着几步路,却各管各的,——除非安多纳德走过的时候想要弄一下兄弟,抓一把松针扔在他鼻子上,或是摇他的树,威吓他要把他摔下来,或是冷不防扑在他身上吓他,嘴里叫着:"呜!呜!……"

她有时拼命要跟他淘气,哄他说母亲在叫他,要他从树上爬下来。

赶到他下来了,她却上去占了他的位置不肯走了。于是奥里维叽叽咕咕,说要去告她。可是安多纳德决不会永远待在树上:她连安静两分钟都办不到。骑在树上把奥里维戏弄够了,气够了,看他快要哭出来了,她就爬下来,扑在他身上,笑着摇他的身子,喊他"小傻瓜",把他摔在地下,拿一把草擦他的鼻子。他勉强挣扎,可不是她的对手,于是他仰天躺着,一动不动,像条黄金虫,细瘦的胳膊被安多纳德结实的手按在草地里,装着一副可怜的屈服的脸。这时安多纳德忍不住了,看着他打败而认输的神气放声大笑,突然把他拥抱了,撒手了,——但临走仍不免用一把青草塞在他嘴里表示告别,那是他痛恨的,只得拼命地吐,抹着嘴巴,愤愤地叫嚷,她却笑着赶紧溜了。

她老是笑着,夜里睡着的时候还在笑。奥里维在隔壁屋子里醒着,正在编故事,听到她的傻笑和在静悄悄的夜里断断续续地说梦话,常常吓了一跳。外边,风把树吹得簌簌地响,一只猫头鹰在哭;远远的,在树林深处的农庄里,狗猖猖地叫着。在半明半暗的夜色中,奥里维看见重甸甸黑沉沉的柏树枝像幽灵一般在窗前摇曳,那时安多纳德的笑声倒是让他松了口气。

两个孩子笃信宗教,尤其是奥里维。父亲公然反对教会的言论使他们听了骇然;但他让他们自由;骨子里他像多数不信教的布尔乔亚一样,觉得有家族代他信仰也不坏;在敌方有些盟友总是好的;将来的事,我们也没把握。并且他虽不信教,还是相信有神的,预备到必要的时候把神甫请来,像他父亲一样办法;那即使不会有什么好处,也不见得有害,一个人不一定因为相信家里要着火才去保火险的。

病态的奥里维很有点神秘的倾向。有时他觉得自己不存在了。又温柔,又轻信,他需要一个倚傍。平日忏悔的时候他体验到一种痛苦的快感,觉得把自己交托给无形的朋友非常舒服;他老是对你张着臂抱,你可以尽情倾诉,他什么都懂得,什么都原谅;在这种谦卑与爱的空气中洗过了澡,灵魂净化了,得到了休息。奥里维觉得信仰这回事那么自然,不懂别人怎么会怀疑;他想,那要不是由于人家的恶意,便是上帝特意惩罚他们。他暗中祈祷,求上帝开恩,点醒父亲。有一天在乡下参观一所教堂,奥里维看见父亲划了个十字,不禁大为快慰。在他心中,《圣徒行述》是和儿童故事混在一起的。他小时候认为两者都一样的真实。童话中嘴唇破裂的史格白克,多嘴的理发匠,驼背嘉斯伽,他都是很熟的;在乡间散步的时候,他常常留神找那黑色的啄木鸟,嘴里衔着觅宝人的神奇的草根,而迦南与福地,经过儿童的想象也就成为勃艮第或贝里雄①区域的地方了。当地一个圆形的山岗,顶上矗立着一株小树好像枯萎的羽毛一般,在他眼里仿佛就是亚伯拉罕燃起火把的山头。麦田尽处,有一堆枯萎的丛树,他认为就是上帝显灵的燃烧的荆棘,②因为年代久远而熄灭了的。后来到了不再相信神话的年纪,他仍旧喜欢拿那些点缀他的信心的通俗传说来陶醉自己,觉得其乐无穷;他即使并不真的受这些传说之骗,心里却极愿意受骗。因此有个很久的时期,他在复活节以前的星期六留着神,想看那些在星期四飞出去的钟从罗马带着小幡飞回来。后来,他终于懂得那不是真的,但听到教堂的钟声仍不免仰着鼻子向天空呆望;有一回他似乎看到——虽然明知不可能——有一口钟系着蓝丝带在屋顶上飞过。

他极需要浸在这个传说与信仰的世界里。他逃避人生,逃避自己。因为长得又瘦又苍白,身体娇弱,他非常痛苦,听人提到他这个情形就受不了。他天生的悲观,那无疑是从母亲方面来的,而悲观主义在这个病态的孩子身上特别容易生长。他自己可不觉得,以为所有的人都和他一样。这十岁的孩子在休息时间不到园子里去玩,反而关在自己房里,一边吃点心,一边写他的遗嘱。

他写得很多,每晚都要偷偷地写日记,——也不知道为什么要写,因为他除了废话以外,没有什么可说的。写作在他是一种遗传的癖

---

① 迦南为《圣经》上巴勒斯坦之古名,福地为其别名。勃艮第与贝里雄均为法国地名。
② 据《旧约·出埃及记》第三章,上帝化身为燃烧的荆棘,向摩西启示他的使命。本书卷九《燃烧的荆棘》题名即用此义。

好，是法国内地的布尔乔亚——这个毁灭不掉的古老的种族——几百年相传下来的需要，每天写着日记，直到老死，用着一种愚蠢的、几乎是英雄式的耐性，把每天的所见所闻，所作所为，所饮所食，详详细细记录下来。而且只为自己，不为别人。他知道谁也不会读到这些东西，自己写过以后也永远不会再看的。

音乐对于他像信仰一样是避难所，可以躲掉白天太剧烈的光明。姊弟俩都有音乐家的心灵，——尤其是奥里维从母亲那里秉有这种天赋。趣味是并不高明的。没有一个人能在这方面指导他们：内地人听到的音乐不过是本地的铜管乐队所奏的进行曲或是——逢到什么节日——亚丹的乐曲，教堂里的管风琴所奏的浪漫曲，中产阶级的小姐们在音没校准的钢琴上所弹的圆舞曲或波尔卡，通俗歌剧的序曲，莫扎特的两三支奏鸣曲，——老是那几支，弹错的音符也老是那几个。家里招待宾客的时候，那就是晚会节目中的一部分。吃过夜饭，凡是能弹琴的都被请出来献技：他们先红着脸推辞，终于拗不过大家的请求，便弹一个他们拿手的曲子。在场的人个个赞美艺术家的记忆力和完满的技巧。

差不多每次晚会都得来一下的这套玩意儿，把两个孩子对于晚餐的乐趣完全给破坏了。要是两人合奏什么巴尚的《中国旅行》或韦伯的小曲，他们因为彼此搭配得很好而还不怎么害怕。可是要他们独奏，那简直是受罪了。照例安多纳德总比较勇敢。她固然觉得厌烦得要死，但明知逃不了，也就毅然决然地在钢琴前面坐下，开始弹她的回旋曲，乱七八糟的，把这一段搞糊涂了，那一段又弹错了，然后停下来掉过头去向大家笑了笑："啊！我记不得了……"

说完了她跳过几拍子重新开始，一口气弹完了。然后，她因为大功告成而很快活，在客人的赞叹声中回到座位上，又笑着说："弹错的音很多呢！……"

可是奥里维的脾气没有这么好说话。他受不了在人前献技，成为大众注意的目标。当着别人说话,他已经够痛苦了。演奏,尤其为那些不爱音乐,——(他看得很明白),——甚至对音乐觉得厌烦,而只为了习惯才请他演奏的人演奏,更使他觉得是种专制,为他竭力反抗而没用的。他拼命地拒绝。有些晚上,他竟溜之大吉,躲到一间黑房里或走廊里,甚至顾不得对蜘蛛的恐怖而一直逃到阁楼上。可是他越撑拒,别人的请求越迫切,话也更俏皮,同时又引起父母的责难,而他反抗得太放肆的时候还得挨几下巴掌。结果他仍旧得弹奏,——当然是弹得很坏了。过后,他因为弹得不好在夜里很伤心,因为他是真正爱音乐的。

小城里的趣味并非老是这么平庸。有过一个时期,两三个布尔乔亚家里的室内音乐还弄得不坏。耶南太太常常提到她的祖父,很热心地拉着大提琴,唱着格鲁克、达莱拉克和贝尔东的歌曲。家里至今藏着一厚册乐谱和一本意大利歌谣。因为那可爱的老人像柏辽兹所说的安特列安先生一样"很喜欢格鲁克"。但柏辽兹立刻心酸的补充一句:"他也很喜欢皮契尼"①。或许他更喜欢的倒是皮契尼。总之,在外曾祖的收藏中,意大利歌曲占着绝大多数。那些作品便是小奥里维的音乐食粮。当然是没有多少实质的养料,有点像人们拼命塞给孩子吃的内地糖食,可能吃倒胃口,永远接受不了正当的食物。但奥里维嘴馋得很,决没有倒胃的危险。正常的营养,人们是不给他的。没有面包,他就拿糕饼充饥。这样,契玛罗萨、帕伊谢罗、罗西尼,就成为这个忧郁神秘的儿童的保姆,在应该喂他乳汁的时候把他灌了醇酒。

他常常自得其乐地独自弹琴。他已经深深地受到音乐的感染。对于所弹的东西,他不求了解,只知道消极地吟味。谁也没想到教他学和声,他自己也不在乎这个。一切与科学或科学精神有关的,在他家里完全是陌生的,尤其是母系方面。那些司法界中的人都是人文主义的头脑,遇到一个算题就弄昏了。他们提起一个进经纬局办事的远房兄弟,认为是个奇人。可是据说他结果还是为这种工作发了疯。内

---

① 格鲁克与皮契尼为十八世纪两大意大利歌剧作者,在法国竞争甚烈,当时爱好音乐的人分为格鲁克派与皮契尼派。

地旧家出身的布尔乔亚,思想很健全很实际,可是因为肚子塞得太饱,日子过得太单调而有些迷迷糊糊,以为自己的人情世故是了不得的法宝,只要靠了它,世界上没有一件解决不了的困难。他们差不多把科学家看作艺术家一流,比别人更有用,但不及别人高卓,因为艺术家至少是一无所用的;而一无所用就有点近于高雅。科学家却近乎耍手艺的工人,——(这便是不大体面的地方,)——更有学问而有些疯癫的工头,在纸上固然很能干,但一出他们数目字的工厂就完了!要没有通情达理的,富有人生经验与商业经验的人做科学家的领导,科学家决计干不出什么大事来的。

不幸的是,这种人生经验与商业经验并不像这般明理的人所想的那么可靠。他们所谓经验只是一些奉行故事的老例,所能应付的仅限于极少数极平易的事。倘若出了件意外,必须当机立断地处理的话,他们就没有办法了。

银行家耶南便是这一等人。因为什么事都跟意料的一模一样,都是依了内地生活的节奏准确地重演的,所以他从来没有在业务上遇到严重的困难。他接了父亲的事,可并没对这一行有什么特殊的才具;既然从他接手以后一切都很顺利,他就归功于自己的聪明。他常说一个人只要老实,认真,通情达理,就行了;他预备将来把自己的职位传给儿子,而并不问儿子的兴趣所在,正像他的父亲当初对付他一样。他也不替儿子做事业方面的准备,让孩子们自生自长,只要他们做个好人,尤其希望他们幸福,因为他非常地疼他们。因此他们对人生的战斗连一丝一毫的准备都没有,简直是暖室里的花。那有什么关系呢?他们不是永远可以这样过下去吗?在环境安定的内地,在他们有钱的,受人尊重的家庭里,有着一个慈爱的,快乐的,亲热的父亲,交游广阔,在地方上占着第一流的位置,生活真是太容易太光明了!

安多纳德十六岁。奥里维正要举行初领圣体的大典。神秘的梦想把他搅得昏昏沉沉。安多纳德听着甜蜜而醉人的希望之歌,好似四月里夜莺的歌声填满了青春的心窝。她感到身心像鲜花似的开放,知道自己长得俊美而又听到人家这么说,不由得非常快活。父亲的夸奖,不知顾忌的说话,尽够使她飘飘然。

他对着女儿出神;她的卖弄风情,照着镜子顾影自怜,无邪而狡狯的小手段,使他看了直乐。他抱她坐在膝上,拿爱情的题目跟她打趣,说她颠倒了多少男子,有多少人来向他请婚,把一个一个的姓名举出来:都是些老成的布尔乔亚,一个比一个老,一个比一个丑,把她急得大叫大嚷,继之以大笑,把手臂绕着父亲的脖子,脸贴着父亲的脸。他问她谁能有那个福气被她挑中:是那个为他家的老妈子称为丑八怪的检察官呢,还是那胖子公证人。她轻轻地打他几下,要他住嘴,或者拿手掩着他的嘴巴。他吻着她的小手,一边把她在膝上颠簸,一边唱着那支老山歌:

俏姑娘要什么?
是不是要一个丑老公?

她扑哧一声笑了,拈弄着父亲下巴底下的络腮胡子,接唱下去:

与其丑,还是美,
夫人,就请您做媒。

她打定主意要自己挑选。她知道她有钱,或者是将来有钱的,——父亲用各种口吻跟她说过了:她是"极有陪嫁的"。当地有儿子的大户人家已经在奉承她,在她周围安排了许多小手段,张着雪白的网预备捉那条美丽的小银鱼。但那条鱼对他们很可能成为四月里的糖鱼,①因为聪明的安多纳德把他们的伎俩都看在眼里,觉得好玩;

---

① 西俗于四月一日以制成鱼形的可可糖馈赠儿童。

她很愿意教人捉,可不愿意给人捉住。她小小的头脑里已经挑定了将来的丈夫。

当地的贵族——(通常每地只有一家,自称为外省诸侯的后裔,其实往往只是祖上买了国家的产业,①或是在十八世纪当过行政官,或是在拿破仑时代承包军需的,)——叫作鲍尼凡,在离城几里以外有座宫堡,尖顶的塔盖着耀眼的石板,周围是大森林,中间还有好几口养鱼的池塘;他们正在向耶南家献殷勤。年轻的鲍尼凡对安多纳德很热心。他长得既漂亮,以年龄而论也相当强壮,相当胖。他整天只知道打猎,吃喝,睡觉,会骑马,会跳舞,举止也还文雅,并不比别人更蠢。他不时从古堡到城里来,穿着长靴,跨着马,或者坐着双轮马车;他借口生意上的事去拜访银行家,有时带一篓野味或一大束鲜花送给太太们。他借这种机会来追求耶南小姐。两人一同在花园里散步,他竭力巴结她,一边很愉快地和她谈天,一边捋着自己的须,把踢马刺蹬在阳台的石板上橐橐的响。安多纳德觉得他可爱极了。她的骄傲和她的心都是怪舒服的。童年初恋的岁月是多么温柔,她浸在里面陶醉了。奥里维却讨厌这个乡下绅士,因为他身强力壮,笨重,粗野,笑起来声音那么大,手像钳子一样,老是很轻蔑地把他叫作"小家伙……",同时又拧他的面颊。他尤其恨——当然是不自觉的——那个陌生人爱他的姊姊……爱这个属于他一个人而不属于任何人的姊姊!……

然而大祸来了。那是几百年来胶着在同一方土地上,吸尽了它的浆汁的老布尔乔亚家庭,早晚都得碰到的。他们消消停停地在那儿打盹,自以为跟负载他们的土地同样不朽的了。但脚下的泥土早已死掉,他们的根须也没有了,禁不起人家一铲子就会倒下来的。那时,大家以为遭了厄运,遭了飞来横祸。殊不知要是树身坚固的话,厄运就不成其为厄运;或者祸患只像暴风一般的吹过,即使打断几根丫枝,也

---

① 法国大革命后,教会产业大部分均公开标卖,入于中产阶级之手。

不至于动摇根本。

银行家耶南是个懦弱,轻信,而有些虚荣的人。他喜欢在眼睛里揉进点儿沙子,一厢情愿地把"实际"跟"表面"混为一谈。他乱花钱,花得很多,但由于世代相传的俭省的习惯和事后的懊悔,挥霍的程度(他浪费了几方丈的木材而舍不得用一根火柴)还不致使他的财产受到严重的损害。在商业方面,他也不知谨慎。朋友向他借钱,他从来不拒绝;而要做他的朋友也挺容易。他甚至没想到要人家写张收据;人欠的账目登记得不清不楚,人家不还,他决不讨。他对什么事都相信别人的善意,正如他认为别人也相信他的善意一样。虽然表面上很有决断,心直口快,其实他胆子很小,从来不敢回绝某些冒失鬼的请求,也不敢对他们有没有偿还的力量表示怀疑。这种作风是由于好心,也由于胆怯。他对谁都不愿意得罪,怕受到侮辱,所以永远让步。为了骗自己,他把这些事做得很热心,仿佛人家拿了他的钱是帮了他的忙。他差不多真的以为是这样了:他的自尊心与乐观的脾气很容易使他相信做的都是好买卖。

这种行事当然不会不博得债务人的好感:乡下人对他好极了,他们知道要他帮忙是永远没有问题的,也就不肯放过机会。但人们——连老实的在内——的感激是像果子一般应当及时采摘的。倘使让它在树上老了,就会霉烂。过了几个月,受过耶南先生好处的人,以为这好处是耶南先生应当给他们的;甚至他们还有一种倾向,认为耶南先生既然肯这样殷勤的帮忙,一定是有利可图。而一般有心人以为在赶集的日子拿一只野兔或一篮鸡蛋送了银行家,即使不能抵偿债务,至少情分是缴销了。

至此为止,为的不过是些小数目,并且跟耶南打交道的也是一批相当规矩的人:所以还没有什么大害,损失的钱——那是银行家对谁都不提一个字的,——也为数极微。但有一天耶南遇到一个办着大企业的阴谋家,探听到他的资源和随便放款的习惯,情形就不同了。那个架子十足的家伙,挂着荣誉团勋章,自称为朋友中间有两三个部长,一个总主教,一大批参议员,一群文艺界与金融界的知名人物,还认识一家极有势力的报馆;他有一种又威严又亲狎的口吻,对付他看中的人真是再适当没有。他为了证明身份所用的手段,其粗俗浅薄,只要是一个比耶南精明一些的人就会起疑的:他拿出一般阔朋友写给他的信,内容无非是普通的应酬,或是谢他的饭局,或是请他吃饭;因为法国人是从来不吝惜笔墨的,对一个认识了只有一小时的人既不会拒绝握手,也不会谢绝饭局,只要这个人有趣而不开口借钱,——其实便是借钱也行,倘使看见旁人也借给他的话。因此一个聪明人看到邻人有了钱觉得为难而想帮他解决的时候,一定会找到一头羊肯首先跳下水去,引其他的羊一齐下水。耶南先生大概就是第一头跳水的羊。他是那种柔顺的绵羊,天生给人家剪毛的。他被来客的交游广阔,花言巧语,奉承巴结,以及听了他的劝告而赚的第一批钱迷住了。他先用少数的款子去博,成功了;于是他下大注,终于把所有的钱,不但是自己的,并且连存户的都放了下去。他并不告诉他们,他以为胜券在握,想出其不意地教人看看他替大家挣了多少钱。

　　事业失败了。跟他有往来的一家巴黎商号在信里随便提起一句,说有一桩新的倒闭案,根本没想到耶南就是被害人之一:因为银行家从来没跟谁提过这事。他的轻举妄动简直不可想象,事先竟没有——似乎还故意避免——向消息灵通的人打听一下,把这桩事做得很秘密,一味相信自己的见识,以为永远不会错的,听了几句渺渺茫茫的情报就满足了。一个人一生常有这种糊涂事,仿佛到了某个时期非把自己弄得身败名裂不可,而且还怕有人来救,特意避免一切能够挽回大局的忠告,像发疯般迫不及待地往前直冲,好让自己称心如意地沉下去。

　　耶南奔到车站,不胜仓皇地搭上巴黎的火车。他要去找那个家伙,心里还希望消息不确,或者是夸张的。结果,人没有找到,祸事却证实了。他惊骇万状地回来,把一切都瞒着。外边还没有一个人知道。他想拖几个星期,便是拖几天也是好的;又凭着那种不可救药的乐观的脾气,竭力相信还有方法补救,即使不能挽回自己的损失,至少能补偿主顾们的。他做种种尝试,其忙乱与笨拙使他把可能成功的机会也糟掉了。借款到处遭了拒绝。在无可奈何的情形之下拿少数仅存的资源所作的投机事业,终于把他断送完了。而从此他的性情也完全改变。他嘴里一字不提,但变得易怒,暴躁,冷酷,忧郁得可怕。当着外人的面,他仍勉强装作快活,可是恶劣的心绪谁都看得很清楚:人家以为他身体不好。和自己人在一块的时候,他可不大留神了,他们马上觉得他瞒着什么严重的事。他简直变了一个人:忽而冲到一间屋里,在一件家具中乱翻,把纸片摔了一地,大发脾气,因为东西没找到,或是因为别人想帮助他。随后,他在乱东西中间发呆,人家问他找什么,也说不上来。他似乎不再关心妻子儿女了,或者在拥抱他们的时候眼中噙着泪。他吃不下,睡不着了。

耶南太太明明看到这是大祸将临的前夜,但她从来不过问丈夫的买卖,一点儿都不懂。她问他,他态度粗暴地拒绝了。而她一气之下,也不再多问。但她只是莫名其妙地心惊胆战。

孩子们是想不到危险的。以安多纳德的聪明,不会不像母亲一般有所预感;但她一心要体味初恋的快乐,不愿意去想不安的事;她以为乌云自会消散的,——或者等到无可避免的时候再去看不迟。

对于苦闷的银行家的心绪最能了解的还是小奥里维。他感到父亲在那里痛苦,便暗地里和他一起痛苦。但他什么都不敢说:他一无所能,一无所知。再则,他也尽量避免去想那些悲哀的念头。像母亲和姊姊一样,他也有一种迷信的想法,认为我们不愿意看到的祸事也许是不会来的。那些可怜的人一受到威胁,便像驼鸟似的把头藏在一块石头后面,以为这样祸患就找不到他们了。

摇动人心的流言开始传播了,说是银行的资本已经亏折殆尽。银行家在主顾面前装作泰然自若也没用,猜疑得最厉害的几个要求提取存款了。耶南觉得这一下可完了,他拼命声辩,表示因为人家不信任他而非常气愤,甚至和老主顾们大吵一场,使大家更加疑心。提款的要求纷至沓来。他一筹莫展,绝望之下,简直搅糊涂了。他作了一个短期旅行,带着最后一些钞票到邻近一个温泉浴场去赌博,一刻钟内就输得精光。

他的突然出门愈加使小城里的人着了慌,说他逃了;耶南太太费了多少口舌对付那些愤怒而不安的人,求他们耐着性子,赌咒说她丈夫一定回来的。他们不大相信这话,虽然心里极愿意相信。所以大家一知道他回来都觉得松了口气,许多人还以为自己多操心,以耶南他们的精明,即使出了乱子,也不至于没法弥缝。银行家的态度恰好证实这个印象。如今他看明白了只有一条路可走,便显得很疲乏,可是很镇静。下了火车,他在车站大道上跟遇到的几个朋友从从容容地谈天,谈着田里已经有几星期缺乏雨水,葡萄长得挺好,还提到晚报上所载的倒阁的消息。

到了家里,他对于妻子的慌张和急急告诉他出门后所发生的事,装作全不在意。她努力看他的脸色,想知道他这番出门有没有把那隐忧大患消除;但她逗着傲气不去动问,等他先说。他可绝口不提那桩双方都在痛苦的事,把妻子想跟他接近,逗他吐露衷曲的意念打消了。他只提到天气太热,身体困乏,说是头疼得要命;随后大家坐上桌子吃晚饭。

他说话很少,精神很疲倦,拧着眉头,担着心事,把手指弹着桌布,勉强吃些东西,也觉得受到人家的注意;他呆呆地望着两个孩子和他的妻子:孩子因为大家不说话而很胆怯;太太生了气,沉着脸,可仍旧偷觑着他所有的动作。晚餐快完了,他似乎清醒了些,逗着安多纳德与奥里维谈话,问他们在他出门的时期做了些什么;但他并没听他们的回答,只听到他们的声音,而且对他们视而不见。奥里维觉察到了:话说到一半就停住,不想再继续下去。安多纳德窘了一阵,又兴奋起来,咭咭呱呱的说个不休,把手放在父亲手上,或是拿肘子触他的手臂,要他留神听她的话。耶南一声不出,一忽儿瞧瞧安多纳德,一忽儿瞧瞧奥里维,额上的皱痕越来越深了。女儿的故事讲到一半,他支持不住了,站起来走向窗子,唯恐人家窥破他的心绪。孩子们折好饭巾,也站了起来。耶南太太打发他们到园子里玩去;不一会两人在花园的小径中尖声叫着,互相追逐了。耶南太太望了望背对着她的丈夫,沿着桌子走过去,仿佛找什么东西似的。她突然走近去,一方面感情冲动,一方面怕用人听到,所以嘎着嗓子问:"安东尼,怎么啦?你一定心中有事⋯⋯是的!你有些事瞒着⋯⋯可是什么倒霉事儿?还是身体不舒服?"

但耶南仍旧把她支开了,不耐烦地耸耸肩,冷冷地回答:"没事,没事,我告诉你!别跟我烦!"

她愤愤地走开了,气恼之下,暗中对自己说,不管丈夫遇到什么事,再也不操心了。

耶南走到花园里。安多纳德继续在那儿疯疯癫癫,耍弄她的弟弟,硬要他一块儿奔跑。可是奥里维突然说不愿意再玩了,他肘子靠在阳台的栏杆上,站在离着父亲不远的地方。安多纳德还过来跟他淘气;他却很不高兴地把她推开,她说了几句不中听的话,看到没有什么可玩,也就走进屋子弹琴去了。

外面只剩下了耶南和奥里维。

"怎么啦,孩子?"父亲温柔地问,"干吗你不愿意再玩了呢?"

"我累了,爸爸。"

"好吧。那么咱们在凳上坐一会吧。"

他们坐下了。时方九月,夜色清明。喇叭花甜蜜的香味,跟花坛的墙脚下淡而腐败的河水味混在一起。浅黄的蛾绕着花打转,嗡嗡的声音像小纺车。对岸的邻人坐在屋前谈话,悠闲的语声在静寂中清晰可闻。屋子里,安多纳德弹着歌剧里的调子。耶南握着奥里维的手,抽着烟。黑影把父亲的脸慢慢地遮掉了,孩子只看见烟斗里一星星的火光,忽而熄了,忽而燃着了,终于完全熄灭。他们俩都不作声。奥里维问到几颗星的名字。耶南像所有内地的布尔乔亚一样不大懂得自然界的现象,除了几个无人不晓的大星宿外,一个都说不出来;但他假装孩子问的就是那熟悉的几个,便一个一个的说出名字。奥里维并不声辩;他只要听到人家轻轻地说出它们神秘的名字,就觉得有种乐趣。并且他的发问不是真的为了求知,而是本能地要借此跟父亲接近。他们不说话了。奥里维把头枕在椅子的靠背上,张着嘴,望着天上的星,迷迷糊糊地出了神;父亲手上的暖气把他渗透了。突然那只手颤抖起来。奥里维好不奇怪,便用着轻快的困倦的声音说:"噢!爸爸!你的手抖得多厉害!"

耶南把手抽回去了。

过了一会,小脑袋老在胡思乱想的奥里维又说:"你是不是也累了,爸爸?"

"是的,孩子。"

孩子声音很亲切地又道:"别太辛苦啊,爸爸。"

耶南把奥里维的头拉到胸前,紧紧地搂着,低声回答了一句:"可怜的孩子!……"

但奥里维的念头已经转到别处去了。钟楼上的大钟敲了八下。他挣脱了父亲,说:"我要看书去了。"每逢星期四,他可以在晚饭以后看书,直看到睡觉的时候:那是他最大的乐趣,无论什么事都不能使他牺牲一分钟的。

耶南让孩子走了,自己还在黑魆魆的阳台上来回踱步,随后也进了屋子。

房里,孩子与母亲都围聚在灯下。安多纳德在胸褡上缝一条丝带,嘴里不是说话就是哼唱,使奥里维大不高兴;他面前摆着书,拧着眉头,肘子靠在桌上,双手掩着耳朵。耶南太太一边补袜子,一边和老妈子谈话,——她在旁边背着白天的账目,借机会唠唠叨叨地说些闲话,她老是有些好玩的故事讲,那种滑稽的土话教大家听了忍俊不禁,安多纳德还学着玩儿。耶南静静地望着他们。谁也没注意他。他游移不定地站了一会,坐下来拿一册书随手翻了翻,又阖上了,重新站起;他简直没法待在这儿,便点起蜡烛,跟大家说了声再会,走近孩子,感情很冲动地亲吻他们:他们心不在焉地答应了一声,连望也不望他,——安多纳德心在活计上,奥里维心在书本上。奥里维连掩着耳朵的手都没拿下来,一边看书一边不胜厌烦地说了声再会;——他在看书的时候,哪怕家里有人掉在火里也不理会的。——耶南出去了,在隔壁屋里又待了一会。老妈子走了,耶南太太过来把被单放进柜子,只作不看见他。他迟疑了一会,终于走近来,说:

"请你原谅。我刚才对你说话很不客气。"

她心里很想对他说:"可怜的人,我不恨你;但你究竟有什么事呢?把你的痛苦告诉给我听吧。"

可是她眼见有报复的机会,不由得要利用一下:

"别跟我烦!你对我多凶!把我看得连个用人都不如。"

她又恶狠狠地,愤愤不平地,把他的罪状说了一大堆。他有气无力地做了个手势,苦笑一下,走开了。

谁也没听见枪声。只有到了第二天事情发觉之后,邻居们才记起半夜里听到静寂的街上啪的一声,好像抽着鞭子。过后,黑夜的平静又立刻罩在城上,把活人和死人一齐包裹了。

过了一两个钟点,耶南太太醒来,发觉丈夫不在身边,心里一急,马上起来把每间房都找遍了,然后下楼走到跟住宅相连的银行办公室去,在耶南的公事房中,她发现他坐在椅子里,身伏在书桌上,鲜血还在一滴一滴地往地板上流。她大叫了一声,把手里的蜡烛掉在地下,晕了过去。家里的仆人们听见了,立刻赶来,把她扶起,忙着救护,同时把男主人的尸体移在一张床上。孩子们的卧室紧闭着。安多纳德睡得像天使一样。奥里维听见一片人声和脚声,很想知道是怎么回事;但他怕惊醒姊姊,便又睡了。

第二天早上,孩子们还没知道,城里已经在开始传播消息了,那是老妈子哭哭啼啼地出去说的。他们的母亲根本不能用什么思想,连健康都还有问题。家里只剩两个孩子孤零零地陪着死者。在那个刚出事的时期,他们的恐怖比痛苦还厉害。并且人家也不让他们安安静静的哭。从早上起,法院就派人来办手续。安多纳德躲在自己的房内,凭着少年人的自私心理,拚命教自己只想着一个念头,唯有那个念头才能帮助她把可怕的,使她喘不过气来的现实丢在一边:她想着她的男朋友,每个钟点都等着他来。他对她从来没像最近一次那么殷勤的:她认为他一定会赶来安慰她。——可是一个人也不来,连一个字条都没有,丝毫同情的表示都没有。反之,自杀的消息一传出去,银行的存户立刻赶上门来,拿出恶狠狠的面孔对着孤儿寡妇大叫大骂。

几天之内,一切都倒下来了:死了一个亲爱的人,失去了全部的家产,地位,名誉,和朋友。简直是总崩溃。他们赖以生存的条件一个都不存在了。母子三人对于身家清白这一点都看得很重,所以眼看自己无辜而出了件不名誉的事格外痛苦。三人之中被痛苦打击得最厉害的是安多纳德,因为她平时最不知道痛苦。耶南太太和奥里维,不管怎么伤心,对痛苦的滋味并不陌生;既然天生是悲观的,所以他们这一回只是失魂落魄而并不觉得出乎意外。两人一向把死看作一个避难所,尤其是现在:他们只希望死。当然这种屈服是可悲可痛的,但比起一个乐观、幸福、爱生活的青年人,突然之间陷入绝望的深渊,或是被逼到跟毛骨悚然的死亡照面的时候所感到的悲愤,究竟好多了。

安多纳德一下子发现了社会的丑恶。她的眼睛睁开了,看到了人生,她把父亲,母亲,兄弟,统统批判了一番。奥里维陪着母亲一起痛哭的时候,她却独自躲在一边让痛苦煎熬。她的绝望的小脑瓜想着过去,现在,将来;她看到自己一无所有了,一无希望,一无靠傍,不用再想倚仗谁。

葬礼非常凄惨,而且丢人。教堂不能接受一个自杀的人的遗体。寡妇孤儿被他们昔日的朋友无情无义地遗弃了。只有两三个跑来临时露了一下脸,而他们那种窘相比根本不来的人更教人难堪,像是赏赐人家一种恩典,他们的沉默大有谴责,鄙薄,与怜悯的意味。家族方面是更要不得:没有一句安慰的话,反而来些狠毒的责备。银行家的自杀,不但不能平息大众的愤怒,而且被认为跟他的破产差不多一样的罪大恶极。布尔乔亚是不能原谅自杀的人的。倘若一个人不肯忍辱偷生而宁愿死,他们就认为形同禽兽,谁敢说"最不幸的莫如跟你们一起过活",他们便不惜用最严厉的法律对付。

最懦怯的人也急于指责自杀的人懦怯。一个人捐弃了自己的生命,同时损害到他们的利益,使他们没法报复,他们尤其气愤。——至于可怜的耶南经过怎样的痛苦才出此下策,那是他们从来不去想的。他们恨不得要他受千百倍于此的痛苦。如今他既然溜之大吉,他们便回过来谴责他的家属。他们嘴里不说,知道那是不公平的,但做还是照样的做,因为他们非要拿一个人开刀不可。

除了悲泣以外什么事都做不了的耶南太太,听到人家攻击她的丈夫,立刻恢复了勇气。此刻她才发觉自己原来多么爱他。这三个前途茫茫的人,一致同意把母亲的奁赠和他们个人的产业完全放弃,拿去尽可能地偿还父亲的债务。而既然没法再待在当地,他们就决意上巴黎去。

动身的情形像逃亡一样。

第一天晚上,——(九月里一个凄凉的黄昏:田野消失在白茫茫的浓雾里,大路两旁,你慢慢往前走的时候,矗立着湿透的丛树的躯干,仿佛水中的植物,)——他们一同上墓地去告别。新近翻掘过的墓穴四周,围着狭窄的石栏,三个人一齐跪在上面,悄悄地淌着眼泪:奥里维不住地抽噎,耶南太太无可奈何地擤着鼻涕。她竭力自苦,老想着她跟丈夫最后一面时说的话。——奥里维想着坐在阳台的凳子上跟父亲的谈话。安多纳德想着他们将来的遭遇。各人心里对这个断送了他们,断送了自己的可怜虫,没有一点埋怨的意思。可是安多纳德想着:"啊!亲爱的爸爸,我们要吃多少苦啊!"

雾慢慢地黯淡下来,潮气把他们浸透了。耶南太太流连不忍去。

安多纳德看见奥里维打了个寒噤,便和母亲说:"妈妈,我冷。"

他们站起身来。将要离开的时候,耶南太太又最后一次回过头去,对坟墓说了声:

"可怜的朋友!"

他们在夜色中走出墓园。安多纳德牵着奥里维冰冷的手。

他们回到老屋。这是宿在老巢里的最后一夜了,——他们一向睡在这儿,生活在这儿,他们的祖先也生活在这儿:这些墙壁,这个家,这一小方土地,和家中所有的欢乐与痛苦都是息息相通,分不开的,它们仿佛成为家庭的一分子,成为大家生命中的一部分了,人们直要死了才会离开它们。

行李已经整好了。他们预备搭明天早上的第一班车,趁街坊上铺子还没开门的时候动身,免得引起人家的注意和恶意的议论。——他们需要彼此挨在一起,可是各人都不由自主地走进各人的卧房,一动不动地站着,也不想摘下帽子脱去外衣,摸着墙壁,家具,和一切即将分别的东西,把脑门贴在玻璃上,希望跟这些疼爱的东西多接触一会,把它们保留在心头。最后各人竭力排遣痛苦的念头,都集中到母亲屋里去——那是阖家团聚的房间,尽里头有深大的床位:从前吃过晚饭没有外客的时候,大家都是待在这里的。从前!……那他们觉得已经远得很了!——壁炉里生着小火,他们团团坐着,一言不发,随后跪在床前做了晚祷,很早就睡了,因为第二天黎明以前就得起身。可是他们都好久地睡不着。

清早四点光景,时时刻刻看着表的耶南太太,点着蜡烛起来了。安多纳德也没怎么睡,听到声音也起身了。只有奥里维睡得很熟。耶南太太心里很难过地望着他,不忍把他叫醒。她提着脚尖走开,吩咐安多纳德:"轻一点:让可怜的孩子在这儿好好的多享受几分钟吧!"

她们穿好衣服,把零星的包袱也收拾妥当。屋子周围依旧静悄悄的,在秋凉的夜里,所有的人,所有的动物,都格外贪恋他们温暖的睡眠。安多纳德牙齿打战:身子跟心都冰冻了。

外边寒气袭人,大门呀的一声开了。随身带着钥匙的老女仆,最后一次来侍候主人。她又矮又胖,气急得很,身子臃肿得有点不大方便,但以年龄而论还非常硬朗。她脸上围着块布,鼻子通红,眼泪汪汪地出现了,看到太太不等她来就起床了,厨房的炉子也生好了,大为不安。——她一进门,奥里维就醒了。可是他重新闭上眼睛,翻了一个身又睡了。安多纳德过来轻轻地把手放在弟弟的肩上,低声叫道:"奥里维,我的小乖乖,时候到了。"

他叹了口气,睁开眼睛,看见姊姊的脸靠近着他的脸凄然微笑,摩着他的额角,嘴里说着:"起来吧!"

他就起来了。

他们悄悄地走出屋子,像贼一样。各人手里拿着一个包袱。老妈子走在前面,推着一辆装载衣箱的小车。他们差不多把所有的东西都留下,除了身上穿的,只带着几件随身衣服。一些可怜的纪念物另外交给慢车运:无非是几册书,几幅肖像,古式的座钟,它的摆动似乎就是他们生命的脉搏……晨风峭厉,城里谁也没起来;护窗关着,街上空荡荡的。他们一声不出,只有老妈子在那里唠叨。耶南太太竭力想把最后一次见到的,使她回想起过去生活的形象,深深地刻在心上。

到了车站,她心里虽然很想买三等票,可是为了面子攸关,依旧买了二等;她受不了在认识她的两三个站员前面露出窘相。她急急忙忙扑入一间空的车厢,和孩子们躲起来。他们掩在窗帘后面,唯恐看到什么熟人的脸。可是一个人也没出现:他们动身的时候,城里的人都还不曾醒,车厢是空的;只有三四个乡下人,和几条把头伸在车栅上面悲鸣的牛。等了好久,才听到机车长啸一声,车身在朝雾中开始蠕动了。三个流浪者揭开窗帘,把脸贴在窗上,对着小城最后地瞧一眼。哥特式的塔尖在雾氛中隐约莫辨,山岗上都是干草堆,草地上盖着雪白的霜,冒着水汽:这已经是遥远的,梦中的风景,几乎不是现实的了。等到列车拐了一个弯,到岔道上走入另一条铁轨,所有的景色完全望不到了,再没被人瞧见的危险时,他们便忍不住了。耶南太太把手帕掩着嘴巴抽噎着。奥里维扑在母亲身上，把头枕着她的膝盖，淌着泪吻她的手。安多纳德坐在车厢那一头，向着窗子悄悄地哭着。每个人的哭有每个人的理由。耶南太太和奥里维只想着丢掉的一切。安多纳德却特别想到以后的遭遇：她埋怨自己不该这样，很愿意教自己浸在往事里……但她瞻望前途是对的：她比母亲与兄弟把事情看得更准确，不像他们对巴黎存着种种的幻想。安多纳德自己也没料到将来的遭遇。他们从来没到过京城。耶南太太有个姊姊在巴黎，丈夫是个有钱的法官；她这番就预备去求她帮忙。同时她相信凭着孩子们所受的教育和天分——在这一点上她像所有的母亲一样估计错了，——不难在巴黎找个体面的职业维持生计。

一到巴黎，印象就很恶劣。在车站上，行李房的拥挤和出口处水泄不通的车马把他们弄得狼狈不堪。天下着雨。找不到一辆车。他们走了很多路，沉重的包裹压得他们手臂酸痛，不得不在街中心停下，大有被车马压死或溅满一身污泥的危险。他们尽管招呼，没有一个车夫答应，后来终于有辆肮脏透顶的破车停了下来。他们把包裹递上去的时候，一卷被褥掉在泥浆里。车夫和扛衣箱的脚夫欺他们人地生疏，敲了一笔双倍的价钱。耶南太太给了车夫一个又坏又贵的旅馆的名字，那是内地客人下榻的地方，因为他们的祖父在三十年前住过，所以他们不管怎么不舒服还是到这儿来寄宿。他们在这里又被敲了一笔竹杠；人家推说是客满了，教他们挤在一个小房间里，算了他们三个房间的钱。吃晚饭的时候，他们想省一些，不到食堂去，只叫了一些简单的菜，结果是没吃饱而价钱一样的贵。他们刚到巴黎就大失所望。住旅馆的第一夜，挤在没有空气的屋子里怎么也睡不着觉；忽而热，忽而冷，不能呼吸，走廊里的脚声，关门声，电铃声，使他们时时刻刻的惊跳，车马和重货车的声响把他们头都胀疼了。他们跑到这可怕的城里来，茫无所措，只是吓坏了。

第二天，耶南太太赶到姊姊家去，姊姊在沃斯门大街上住着一个华丽的公寓。她嘴里不说,心里却巴望人家在他们没解决困难以前请他们住到那边去。但第一次的招待就使她不敢再存什么希望。波依埃-特洛姆夫妇两个对于这家亲戚的破产大为愤慨。尤其是那个女的,唯恐受到牵连,妨害丈夫的前程;现在这个败落的家庭还要投上门来进一步地拖累他们,她更认为岂有此理了。做法官的丈夫也是一样想法,但他为人相当忠厚,要不是被妻子盯着,也许还乐于帮忙,可是他心里也愿意妻子那么办。波依埃-特洛姆太太用着冷冰冰的态度招待她的妹妹;耶南太太不由得大吃一惊,勉强按着傲气,明白说出处境的艰难和对波依埃家的希望。他们只做不听见,甚至也不留他们吃晚饭,却是非常客套地约耶南一家在周末去吃饭。而这还不是出之于波依埃太太之口,倒是那法官觉得妻子的态度教人太难堪了,想借此缓和一下:他装作很随和,但显而易见不十分真诚,并且很自私。——可怜耶南母子们回到旅馆,对这初次的访问简直不敢交换一下意见。

　　以后的几天,他们在巴黎奔东奔西,想找个公寓,爬着一层又一层的楼梯累死了。住得那么挤的军营式的屋子,肮脏的楼梯,没有阳光的房间,对于住惯内地大屋子的人格外显得凄惨。他们越来越觉得受压迫。走在街上,进铺子,上饭店,他们老是慌忙失措,受人愚弄。他们似乎有种触手成金的本领,想买的东西都是贵得惊人。他们笨拙到不可思议的程度,没有一点自卫的力量。

　　耶南太太尽管对姊姊已经不存奢望,但对那顿被请而还没去吃的饭,仍旧一厢情愿地抱着许多幻想。他们一边穿扮一边心中乱跳。人家对付他们的态度是把他们当作外客而不是至亲。——并且除了客套以外,主人也并没为这顿饭破费什么。孩子们见到了跟他们年纪相仿的表兄弟姊妹,也不比他们的父母更和气。衣着漂亮而卖弄风情的女孩子,拿出傲慢而有礼的态度,装腔作势,跟他们胡扯一阵,使他们大为狼狈。男孩子因为陪着这些穷亲戚吃饭觉得受罪,尽量装出不高兴的模样。波依埃-特洛姆太太直僵僵地坐在椅子里,仿佛老是在教训妹妹,连让菜的神气也是这样。波依埃-特洛姆先生说些无聊的话,免得人家提及正事。谈的无非是吃的东西,唯恐牵涉到什么亲切的与危险的题目。耶南太太鼓足勇气,想把话扯上她心中念念不忘的问题:波依埃-特洛姆太太却直截了当的用一句毫无意义的话把她打断了。她也就没勇气再说了。

饭后,她教女儿弹一会琴,显显本领。小姑娘又窘又不高兴,弹得坏极了。波依埃他们厌烦得要死,只等她弹完。波依埃太太含讥带讽的抿了抿嘴唇,望着自己的女儿;随后,因为音乐老是不完,便跟耶南太太谈些不相干的事。安多纳德完全搅糊涂了,不胜惊骇地发觉自己弹到某一段忽然又回到了头上去;既然没法解决,她便决定不再往下弹,痛快敲了头两个不准确而第三个完全错误的和弦停了下来。波依埃先生喊了声:"好极了!"马上叫人端咖啡来。

波依埃太太说她的女儿跟着皮格诺①学琴。而那位"跟皮格诺学琴的"小姐接着说:"你弹得很好,我的小乖乖……"然后问安多纳德是在哪儿学的。

大家继续谈天。客厅里的小古董跟主妇们的装束都谈完了。耶南太太再三地想:"是时候了,我应当说呀……"

想到这个,她身子都抽搐了。正当进足勇气,下了决心的时候,波依埃太太随便用着一种并不想表示歉意的口吻说,他们很抱歉,应当在九点半左右出门:为了一个不能改期的约会……耶南他们气恼之下,立刻起身预备走了。主人装作挽留的神气。可是过了一刻钟,有人打铃,仆役通报说是住在下层的邻居来了。波依埃跟妻子递了个眼色,急急忙忙和仆人咬了一会耳朵。波依埃含糊其辞地请耶南一家到隔壁屋里去坐。(他不愿意给朋友们知道有这门不名誉的亲戚在家。)他们被丢在没有生火的屋子里。孩子们对着这种羞辱大为愤慨。安多纳德眼中含着泪说要走了。母亲先还不答应,后来等得太久了,便也下了决心。他们走到穿堂,波依埃得到仆役通知,赶紧出来说几句

---

① 皮格诺(1852—1914),法国有名的钢琴家兼作曲家。

俗套表示歉意,假装挽留他们,但显而易见巴不得他们快点走。他帮着他们穿大衣,笑容可掬地,忙着握手,低声说些好话,把他们连推带送地打发到门外。——回到旅馆,孩子们气得哭了。安多纳德跺着脚,发誓永远不再上这些人家里去了。

耶南太太在植物园附近租了一个四层楼上的公寓。卧房临着一个黑洞洞的天井,四面是斑驳的高墙,餐室和客厅(因为耶南太太一定要有个客厅)临着一条嘈杂的街,整天有蒸汽街车和往伊佛莱公墓去的柩车走过。衣衫褴褛的意大利人,下流的孩子们,游手好闲地在路旁凳子上坐着,或是剧烈的争吵。为了这些喧闹的声音,没法开窗;傍晚从外边回来的时候,你必得在忙乱而发臭的人堆里挤,穿过一些泥泞而拥塞的街道,走过一家开在邻屋底层的下等酒店,门口站着些高大瞌睡的姑娘,黄黄的头发,脸涂得像石膏一般,用着下流的目光盯着行人。

耶南一家仅有的一点儿钱消耗得很快。每天晚上,他们不胜忧急地发觉荷包的漏洞越来越大了。他们想法子撙节,可是不会:节约是种学问,倘使你不是从小习惯的话,就得靠多少年的磨炼去学。天生不知俭省的人而勉强求俭省,只是白费时间:只要遇到一个花钱的机会,他们就让步了,心里老是想:"等下次再省吧。"而要是偶然挣了或自以为挣了一些小钱的时候,又马上把这笔盈余花掉,结果是花费的比挣来的超过十倍。

过了几星期,耶南他们的财源都搞光了。耶南太太不得不把剩下的一点儿自尊心丢开,瞒着孩子去向波依埃借钱。她想法跟他在公事房里单独见面,求他在他们没有找到一个位置来解决生计之前,借一笔小款子。波依埃是个软心肠的,还相当讲人情,先用延宕的手段推诿了一番,终于让步了。在一时感情冲动而心不由主的情形之下,他居然借给她二百法郎,过后又立刻后悔,——尤其当他不得不告诉太太,而她对于丈夫的懦弱和妹妹的耍手段表示大为气恼的时候。

耶南母女天天在巴黎城中奔走,想谋个位置:耶南太太像内地有钱的布尔乔亚一样有种成见,认为除了所谓"自由职业"——大概是因为这种职业可以令人饿死,所以叫作自由——之外,任何旁的职业对她和她的儿女都有失身份。连家庭教师的位置,她都不愿意让女儿担任。在她心目中,只有公家的差事才不失体面。而要希望奥里维当个教员,先得设法完成他的教育。至于安多纳德,耶南太太很想替她在学校里谋个教职,或是进国立音乐院去得一个钢琴奖。但她所探问的学校有的是教员,资格都比她那个只有初级文凭的女儿强得多;至于音乐,那么得承认安多纳德的天分极其平常,多多少少比她优秀的人都还没法出头呢。他们发现巴黎逼着大大小小的人才为了生活作着可怕的斗争与无益的消耗。

两个孩子垂头丧气,甚至把自己看得一文不值,平庸到极点;他们硬要自己相信这一点,并且向母亲证明。奥里维在内地中学里不费多大气力已经是数一数二的角色,到这儿却是被种种磨难搅昏了,把所有的聪明都吓跑了。人家把他送进一所中学,居然弄到一份助学金。但他初期的成绩恶劣之极,助学金被取消了。他自以为愚蠢无比。同时他又讨厌巴黎,讨厌那些熙熙攘攘的人,讨厌下流的同学,卑鄙的谈话,以及某些同伴向他所作的可耻的建议。他甚至没勇气对他们说出他的轻蔑,仅仅想到他们的堕落,就觉得自己被玷污了。他跟母亲与姊姊每天晚上做着热烈的祈祷,算是唯一的安慰。他们奔波了一天所碰到的失望与委屈,对于这些无邪的心简直是种污辱,彼此连谈都不敢谈起。但是和巴黎潜伏着的无神主义接触之下,奥里维的信心不知不觉地开始崩溃了,仿佛新刷的石灰一淋着雨就在墙上掉下来。他虽然继续信仰,但在他周围,上帝已经死了。

母亲与姊姊仍旧奔来奔去,一无结果。耶南太太又去看波依埃夫妇。他们为了摆脱她,给她找了两个位置:为耶南太太的是替一位往南方过冬的老太太当伴读;为安多纳德的是到住在乡下的法国西部人家当家庭教师,报酬都还不差。耶南太太却拒绝了。除了她自己去服侍人家的屈辱以外,她更受不了的是她的女儿也要逼上这条路,并且还得跟她分离。不管他们如何不幸,而且正因为不幸,他们要苦守在一处。——波侬埃太太听了这话大不高兴。她说一个人没法生活的时候,不能再挑剔。耶南太太忍不住责备她没心肝。波侬埃太太就对于破产和耶南太太欠她的钱说了一大篇难听的话。赶到分手的时候,姊妹俩竟变了死冤家。一切的关系都断绝了。耶南太太一心一意只想把借的款子还清,可是办不到。

劳而无功的奔走还是继续着。耶南太太去访问本省的众议员和参议员,都是以前耶南常常帮忙的,结果到处碰到一副忘恩负义和自私自利的面孔。众议员对她的信置之不复,她上门去,仆人又回说不在家。参议员却用着一种教人受不了的怜惜的口吻提到她的处境,说都是"那该死的耶南"一手造成的,同时对他的自杀又说了许多难堪的话。耶南太太替丈夫辩护了几句。参议员回答说,他知道银行家不是欺诈,而是荒唐,说他是个饭桶,是个糊涂虫,什么事都自作聪明,不跟任何人商量,不听任何人的劝告。要是他只害了自己倒也罢了:那是他活该!可是,——不说连累别人,——光是把他的妻子儿女害到这步田地,丢下他们让他们自寻生路……那可只有耶南太太能够原谅他了,如果她是一个圣者的话;但他,参议员,他不是个圣者(s,a,i,n,t),只是个健全的人(s,a,i,n)①,一个健全的,明理的,会思考的人,他可没有丝毫宽恕他的理由。一个人在这种情形中自杀简直是混账到极点。唯一可以替耶南辩护的理由,就是这桩事不能完全教他负责。讲到这儿,他向耶南太太道歉,说他对她丈夫的批评未免激烈了一些;而这是因为他对她表示同情的缘故,接着他打开抽屉,拿出一张五十法郎的钞票,——算做布施,——被她拒绝了。

她到一个大机关里去谋个职位,手段却十分笨拙,而且是有头无尾的。她进足了勇气才奔走了一次,回来却垂头丧气,几天之内再没

---

① 原文特意将此二字字母分别写。按圣者与健全二字,法语读音完全相同,此处有意作双关语。

气力动弹;赶到她再去问讯的时候,已经太晚了。她在教会方面也没能得到什么帮助,或是因为他们觉得无利可图,或是因为不愿意理睬一个家长从前是出名反对教会而现在身败名裂的家庭。耶南太太千辛万苦,好容易谋到一所修道院里教钢琴的职位,——极乏味而报酬极少的差事。为了多挣一些钱,她又在晚上替文件代办所做些抄写工作。可是人家对她很严。她的书法和疏忽,尽管用心还是要脱落字句,甚至整行的漏掉,——(她心里想着多少旁的事!)——使她受到很不客气的埋怨。她往往眼睛干涩作痛,四肢酸麻地做到半夜,而抄件还是要被退回来,那时她就失魂落魄地回家,整天的抽抽搭搭,不知道怎么办。她多年以前就有心脏病,经过这些磨难,病更加深了,使她有种种恐怖的预感。她有时很痛苦,透不过气来,仿佛要死过去了。她出门的时候身边老带着字条,写着自己的姓名住址,恐防会倒在路上。要是她死了,那怎么办呢?安多纳德尽量支持她,装出她本来没有的那种镇静的态度,她要母亲保养身体,让她去代替工作。可是耶南太太连着最后一些傲气,无论如何不肯让女儿去受她所受的屈辱。

她尽管做得筋疲力尽,省吃俭用,仍是无济于事:挣的钱不够养活他们,非把留着的一些首饰变卖不可。而最糟的是这笔派了多少用途的钱,在耶南太太拿到手的当天就给偷去了。老是糊里糊涂的可怜的妇人,因为第二天是安多纳德的节日,想买件小小的礼物给她,顺路走进便宜百货公司。她把钱袋紧紧抓在手里,唯恐丢掉。为了要仔细看一件东西,她随手把钱袋往柜台上一放,过了一会儿想去拿回来,已经不见了。——这是最后一下的打击。

不多几天以后,八月将尽,正是一个闷热的晚上,——一股热腾腾的水汽重甸甸地罩在城上,——耶南太太把一篇紧急的抄件送往文件代办所回来。因为过了晚饭时间,又想节省三个铜子的车钱而怕孩子们揪心,她赶路太急了些,走得非常疲倦。爬上四层楼,她已经不能开口,不能呼吸了。像这种模样的回家是常有的事,孩子们已经不以为意了。她硬撑着和他们马上吃饭。大家都为了天气太热吃不下东西,勉强吃了些肉,喝了几口淡而无味的水。他们都不出声,一来没心思说话,二来特意让母亲歇一歇,——他们一齐望着窗子。

突然,耶南太太舞动着手,拼命抓着桌子,瞪着孩子,哼了几声,身子往下倒了。安多纳德和奥里维赶上去刚好把她扶住。他们俩发疯般叫着:"妈妈!我的小妈妈!"

可是她不回答。他们一下子没了主意。安多纳德抽搐着,紧紧搂着母亲,拥抱她,呼唤她。奥里维开着门大喊:"救命!"

看门女人爬上楼来,看到这个情形,便去找了个附近的医生。但医生到的时候,她已经完了。还算耶南太太的运气,死得这么快,可是她最后几秒钟看着自己死去,把孩子们孤零零地丢在苦海里的感触,谁又能知道呢?……

孩子们孤零零地受着惨祸的惊恐,孤零零地哭着,孤零零地料理可怕的后事。看门女人心地很好,帮了他们一点忙,耶南太太教课的修道院方面,只冷冷地说了几句惋惜的话。

母亲刚死的时期,两人简直是绝望到无可形容。但使他们得救的便是这过度的绝望,因为奥里维抽风抽得很厉害,使安多纳德只想着兄弟,把自身的痛苦忘了一部分,而她的深切的友爱也感动了奥里维,不至于因痛苦而有什么危险的冲动。两人拥抱着,坐在亡母的灵床旁边,在守夜灯的微弱的光线之下,奥里维喃喃地说应当死,两人一同死,立刻就死,他一边说一边指着窗口。安多纳德也有这种可怕的愿望,但她还是拼命地挣扎,要活下去……

"活着有什么用呢?"

"为了她呀,"安多纳德指着母亲,"她永远跟我们在一起。你想想吧……她为我们受了多少罪,我们不能使她再受一桩最苦的苦难:看到我们穷途潦倒地惨死……"她又接着很兴奋地说,"……啊!而且一个人不应该这样畏缩!我不愿意!我要反抗!我一定要你有一天能够幸福!"

"永远不会的了!"

"会的,你将来会幸福的。我们受的苦难太多了。物极必反,不会老是苦下去的。你能打出一条路来,你能有个家庭,你会幸福:我一定要你这样,我一定要!"

"怎么过活呢?咱们永远不能……"

"一定能够的。怎么办吗?先得撑到你能够谋生的时候。一切都归我负责。你瞧着吧,我一定做到。啊!要是妈妈让我做的话,我早已……"

"你去做些什么呢?我不愿意你干屈辱的事。并且你也不能……"

"怎么不能?……靠自己的工作糊口,只要是清清白白的,有什么屈辱!你别操心,我求你!你瞧着吧,没有什么做不到的事,你将来会幸福的,咱们都会幸福的,奥里维,母亲也要为了我们而高兴呢……"

跟在母亲灵柩后边的只有两个孩子。他们一致同意不去通知波依埃:这一份人家在他们心中早已不存在了,他们对母亲多么狠心,连她的死也是他们促成的。看门女人问他们可有别的亲属的时候,他们回答说:"一个也没有。"

在空荡荡的墓穴前面,他们手牵着手祷告。他们在绝望中逞着傲气,宁愿孤独而不愿意看到那些无情而虚伪的亲戚。——两人走回家,一路上跟他们挤来挤去的都是一般对于他们的丧事,他们的思想,他们的生命漠不关心而只有语言相同的群众。安多纳德让奥里维搀着手臂。

他们在同一所屋子里换了最高层的一个极小的公寓。——只有两间顶楼底下的卧室,一间给他们作餐室用的极小的穿堂,和一间像壁橱般大的厨房。换一个区域,他们或许能找到比较好一些的住所,但在这儿他们觉得仍旧跟亡母在一起。看门女人对他们很表同情;可是不久她也管着自己的事,谁也不理会他们了。屋子里没有一个房客认识他们,他们也不知道住在旁边的是谁。

修道院居然答应安多纳德接替她母亲教琴。她还想找些别的教课的事。她唯一的念头是教养弟弟,直到他进高等师范为止。这计划是她独自决定的,她研究高师的课程,到处打听,也征求奥里维的意见,——可是他毫无意见,她已经为他选择好了。一朝进了高师,他一生不用再愁生活,前途有望了。所以非要他达到这一步不可,无论如何都得活到那个时候。那不过是五六个辛苦的年头:一定能撑到的。这个意念给了安多纳德很大的勇气,使她整个身心都振作起来。她明白看到摆在她前面的是孤独艰苦的生活,唯有靠着"超拔兄弟"的热情才能挨受的。她打定主意倘若自己得不到幸福,至少要使兄弟幸福!……这个还没足十八岁的轻浮而温柔的姑娘,被她那英勇的决心改变了:她心中藏着一股献身的热诚和奋斗的傲气,不但谁都没想到,连她自己也没料到。女子在这个烦闷的年龄,有如万物骚动的初春,爱的力量充塞着整个身心,像一条潜藏的溪水在泥土下面流着,把它包裹,浸润,永远和它在一起纠缠,同时爱情也能化为种种形式,它只想献身给别人,给人家做养料:只要有一点儿借口就行了,它的无邪与深刻的肉感准备随时蜕化为牺牲。爱情使安多纳德做了友爱的俘虏。

她的弟弟因为没有这样的热情,精神上就没有这种倚傍。并且那是人家献身于他而非他献身于人,——这当然更方便更甜蜜,只要你是爱那个为你牺牲的人的。可是相反,他眼看姊姊为了他而筋疲力尽,心里非常难过。她回答说:"啊!好孩子!……难道你不看见我就靠这个生活吗?要没有你给我的辛苦,活着还有什么意思?"

他很明白这个。处在安多纳德的地位,他也会把这种甘心情愿的劳苦看得很重的;但人家为了自己而受罪,他的傲气与心灵就大为痛苦了。并且,一个像他这样懦弱的人,要负起别人强迫他担负的责任,非成功不可的责任,——既然姊姊把自己的一生在他身上孤注一掷,——真是多么沉重啊!想到这点,他就受不了,他非但不加倍地鼓起勇气,反而有时弄得垂头丧气。可是她逼着他无论如何要挣扎,要工作,要生存:那是他没有姊姊的督促决计办不到的。他大有甘心战败的倾向,——也许还有自杀的倾向,——要不是姊姊硬要他奋发有为,追求幸福的话,或许他早已完了。他因为自己的天性受了抑制而很苦闷;但这抑制就是他的救星。他也在经历一个转变的年龄:在此可怕的时期,成千累万的青年都因为一时糊涂,被两三年的疯狂把一生断送了。倘若他有胡思乱想的时间,恐怕早走上了不是灰心,便是放荡的路:他每逢反躬自省的时候,病态的幻想,对生活,对巴黎,对那些挤在一块儿腐化的千千万万的生灵的厌恶,就来占据他的心灵。可是一看到姊姊,噩梦就醒了,既然她为了他而活着,他也就活下去了,他将来也就会幸福了,虽然自己并不求幸福……

这样,他们的生活就靠一股热烈的信仰,而这信仰又是靠苦行,宗教,和高尚的志愿促成的。两个孩子所有的生命力都倾向着独一无二的目标,就是奥里维的成功。任何工作任何屈辱,安多纳德都能忍受:她当着家庭教师,差不多被人看作仆役,像老妈子一样的带学生去散步,在街上闲荡几小时,名目是教他们学德语。这些精神的痛苦与肉体的疲劳,使她的傲气和对兄弟的友爱都得到一种安慰。

她筋疲力尽地回家,还得照管奥里维。他白天在中学里寄一顿中饭,到傍晚才回来。她在煤气灶上或酒精灯上预备晚饭。奥里维从来不觉得肚子饿,对什么都没胃口,尤其是肉类;只能强迫他吃一点,或是想法替他做些心爱的菜;而可怜的安多纳德又不是个高明的厨娘!她花尽了气力,结果只听到兄弟说她的烹调不堪入口。一般笨拙的青年主妇,因为不善烹饪常常使生活暗中受到影响,连睡觉都睡不好,——直要对着炉灶不声不响地失望了多少次,才能懂得一些做菜的诀窍。

吃过晚饭,她把少数的碗盏洗完了,——(他要帮她,她可不许),——便像慈母一样的监督兄弟的功课。她教他背书,查看他的卷子,甚至也帮他准备,可老是留着神,不让这多疑的家伙生气。他们坐在一张独一无二的桌子,吃饭与写字两用的桌子旁边:他做他的功课;她不是缝东西,便是抄写文件,等他睡了,再替他整理衣服或做自己的活儿。

虽然生计这样艰难，他们还是决定把所能积蓄起来的一些钱先去偿还母亲欠波依埃家的债。那并非因为波依埃他们是怎么凶恶的债主：他们已经无声无息，再也不想到那笔他们认为丢定了的钱了，并且能够花这个代价摆脱了拖累人的亲戚，他们也很高兴。可是两个孩子的傲气与孝心，觉得母亲对他们瞧不起的人有所负欠是很难过的。他们尽量地节省：在娱乐上，衣着上，食物上，省下钱来，想积成二百法郎，——那对他们是一个了不得的大数目。安多纳德想由她一个人来熬苦。但兄弟一朝看出了她的用意，无论如何要跟她采取一致行动。他们为了这件事含辛茹苦，赶到每天能积下几个铜子，两人就很快活了。

节衣缩食，一个钱一个钱的省着，三年之中居然积满了那个数目。那真是他们极大的喜悦……一天晚上，安多纳德跑到波依埃家去。他们对她很不客气，以为她又要来干求了，便先下手为强，冷冷地责备她不通消息，连母亲的死讯也不报告，直要用到他们的时候才来。她打断了他们的话，说她并没意思打搅他们，只是来偿还以前的债务的；说罢她把两张钞票放在桌上，要求给她一张收据。他们的态度马上变了，假装不愿意收那笔钱，对她突然之间亲热起来，很像一个债主看见几年以前的债务人，把他早已置之脑后的欠款给送了来。他们探问姊弟两个住在哪儿，怎么过活的。她不回答这些问题，只催着要收据，说有事在身，不能多留；然后她冷冷地行了礼，走了。波依埃夫妇看到这个女孩子的忘恩负义不由得气坏了。

这桩心事放下了，安多纳德依旧过着同样清苦的生活，但如今是为奥里维了。唯恐他知道，她瞒得更紧。她舍不得穿着，有时甚至于饿着肚子省下钱来，花在兄弟的装饰上，娱乐上，使他的生活有些调剂，能不时到音乐会去或歌剧院去，——那是奥里维最大的快乐。他很不愿意自个儿去，但她自会想出种种不去的借口来减轻他的不安；她推说身子累了，不想出去，或竟说不喜欢去。他明明知道这都是为了爱他而扯的谎；可是小孩子的自私心理占了上风，便独自上戏院去了，一到那儿却又难过起来，他一边看戏，一边老在心里嘀咕：乐趣都给破坏了。有一个星期日，她打发他上夏特莱戏院去听音乐，过了半小时他回来了，告诉姊姊说走到圣米歇尔桥就没有再走的勇气：他对音乐会已经不感兴趣，不跟她一块儿享受，他太痛苦了。安多纳德听了非常安慰，虽然兄弟为她而牺牲了星期日的消遣使她很遗憾。但奥里维并不后悔：他回到家中看见姊姊脸上快乐的光彩，那是她掩饰不了的，就觉得比听到世界上最美的音乐还要愉快。那天下午，他们面对面坐在窗子旁边，他拿着书，她拿着活计，但一个并不看书，一个也并不做活，只谈着些对他们毫不相干的废话。这样甜蜜的星期日，他们还从来不曾有过，姊弟俩决定以后再不为了音乐会而分离了：要他们独自享乐是决计办不到的。

她暗中省下的钱居然能够替奥里维租一架钢琴，使他喜出望外，而且以租赁的方式，过了若干年月，那架琴可以完全归他们所有。这样她又凭空添了一个沉重的担子。到期应付的款子对她简直是个噩梦，为了张罗这笔钱，她把身子都磨坏了。但这桩傻事为他们添了不知多少幸福。

在这个艰苦的生涯中，音乐好比他们的天堂。他们沉浸在里头，把世界上其余的一切都给忘了。但那也不是没有危险的。音乐是现代许多强烈的溶解剂的一种。那种像暖室般催眠的气氛，或是像秋天般刺激神经的情调，往往使感官过于兴奋而意志消沉。但对于像安多纳德那样操劳过度而没有一点乐趣的人，音乐的确能使她松动一下。毫无休息地忙了一个星期，音乐会可以说是唯一的安慰。两人就靠着怀念过去的音乐会与企望下次的音乐会过活，靠着那超乎时间，远离巴黎的两三个钟点过活。他们冒着雨雪风寒，在场外紧紧地偎依着，心中还怕买不到座位，等了许多时间才挤入戏院，坐上又窄又黑的位置，在喧哗嘈杂的人海中迷失了。他们窒息着，被人紧挤着，又热又不舒服，难受到极点，——可是他们多快乐，为自己的快乐而快乐，为别人的快乐而快乐，为了觉得贝多芬与瓦格纳伟大的心灵中所奔泻的光、力、爱，也在自己心中奔泻而快乐，为了看到兄弟或姊姊那张困倦与早经忧患而变得苍白的脸突然闪出点光辉而快乐。安多纳德四肢无力，软瘫了，好像被母亲紧紧搂在怀里一样，她蹲在甜美温暖的窝里悄悄地哭了。奥里维握着她的手。谁也没注意他们。但在阴暗的大厅里，躲在音乐的慈爱的翅膀底下的，受伤的心灵何止他们两个呢。

安多纳德还有宗教支持。她很诚心，每天做着长久而热烈的祷告，每星期日去望弥撒。她遭了横祸，却始终相信基督的爱，相信他跟你一起受苦，将来有一天会安慰你。可是她精神上和死者的关系比和神明的关系更加密切，她受到磨难的时候总想到他们。但她理性很强，独往独来，跟旁的旧教徒不相往还；他们对她也不大好，认为她有邪气，差不多是自由思想者，或正在往这条路上去，因为依着纯粹法国女孩子的性格，她决不肯放弃她自由的判断：她的信仰是为了爱，而非为了像下贱的牲畜一般服从。

奥里维可不再信仰了。从初到巴黎的几个月起，他的信心就慢慢地开始瓦解，终于完全崩溃。他因之大为痛苦，因为只有强者或俗物才能没有信仰，而他既不够强，也不够俗，所以经过好几次剧烈的苦闷。他的心依旧保持着神秘的气息，虽没有了信仰，跟他的思想最接近的究竟还是姊姊的思想。他们俩都生活在宗教气氛里。分离了整整一天之后，晚上回到家里，狭小的寓所对他们无异大海中的港埠，安全的托庇所，尽管又冷又寒酸，可是纯洁的。在这儿，他们觉得跟巴黎的腐败气息完全隔离了……

他们不大谈到自己所做的事：一个人筋疲力尽地回来，再没心思把好容易挨过的一天重温一遍。他们本能地想忘掉白天的情形。尤其在刚回家的时候，他们一块儿吃着晚饭，尽量避免彼此问询，只用眼睛来打招呼，有时一顿饭吃完了也没交换一句话。奥里维对着饭菜发呆，像小时候一样。安多纳德便温柔地摩着他的手，微笑着说："喂，拿出点勇气来！"

他就笑了笑,赶紧吃饭。整个晚餐的时间,谁都不想开口。他们极需要静默。直要休息够了,被对方体贴入微的爱渗透了,把白天所受的污辱淡忘了,他们话才多一些。

然后奥里维开始弹琴。安多纳德早已戒掉这个习惯,让他独自享受:因为那是他唯一的消遣,而他也尽量地借此陶醉。他在音乐方面很有天分:近于女性的气质,生来是为爱人家而不是为创造事业的性格,很能够和他弹的音乐在精神上打成一片,把细腻的层次都很忠实很热烈地表现出来,——至少在他软弱的手臂和短促的呼吸所容许的范围以内,因为像《特里斯坦》或贝多芬后期的奏鸣曲那样的作品,他没有气力对付。所以他更喜欢弹莫扎特和格鲁克的音乐,而那也是她最喜爱的。

有时她也唱歌,都是极简单的古老的调子。她的女中音嗓子,好像蒙着一层什么,调门低而微弱。她非常胆小,绝对不敢在别人面前唱,便是对奥里维也不免喉咙梗塞。她最喜欢贝多芬用苏格兰歌词谱成的一个曲子,叫作《忠实的琼妮》,极幽静而骨子里又极温柔的作品……就像她的为人。奥里维每次听了都禁不住要流泪。

她更喜欢听兄弟弹琴。她要把杂务赶紧做完,一方面开着厨房门,想听到奥里维的琴声;但不管她怎么小心,他老是抱怨她安放碗盏的声响。于是她把门关上,等到收拾完了,才来坐在一张矮凳上,并不靠近钢琴,——他弹琴的时候有人靠近就会受不了,——而是在壁炉前面,像一头小猫那样蹲着,背对着琴,眼睛瞅着壁炉内金黄的火舌在炭团上静静地吞吐,想着过去的种种,出神了。敲了九点,她得鼓着勇气提醒奥里维时间已到。要使他从幻想之中醒过来,要使她自己脱离缥缈的梦境,都不是容易的事。但奥里维晚上还有功课,并且又不宜于睡得太迟。他并不立刻听从,音乐完了以后,还要经过相当的时间才能工作。他的思想在别处飘浮,往往九点半过了还没有走出云雾。安多纳德坐在桌子对面做着活儿,明明知道他一事不做,可不敢多瞧他,免得露出监督的神气使他不耐烦。

他正在经历青春的转变时期,——幸福的时期,——喜欢过着懒洋洋的日子。额角长得很清秀;眼睛像女孩子的,放荡,天真,周围时常有个黑圈,一张阔大的嘴巴,嘴唇有点虚肿,挂着一副讥讽的,含糊的,心不在焉的,顽皮的笑容;过于浓密的头发直掉到眼前,在脑后的差不多像发髻一样,还有一簇挺倔强地在那里高耸着;——一条宽松的领带挂在脖子里,——(姊姊可是每天早上替他扣得好好的),上衣的纽扣是留不住的,虽然姊姊忙着替他缝上去;衬衣不用袖套;一双大手,腕部的骨头突得很出。他露出一副狡猾的,瞌睡的,爱舒服的神气,愣头傻脑地老半天望着天空,眼睛骨碌碌地把安多纳德屋里的东西一样样地瞧过来,——书桌是放在她屋里的,——瞧着小铁床和挂在床高头的象牙十字架,——瞧着父亲母亲的肖像,——瞧着一张旧照片,上面是故乡的钟楼与小河。等到眼睛转到姊姊身上,看她不声不响做着活儿,脸色那么苍白,他突然觉得她非常可怜而对自己非常恼恨,认为不应该闲荡,便振作精神,赶紧做他的功课,想找补那个损失的时间。

逢到放假的日子,他就看书。姊弟两人各看各的。虽然他们这样相爱,还是不能高声地一同念一本书。那会使他们觉得亵渎的。他们以为一册美妙的书是一桩秘密,只应当在静寂的心头细细的体会。遇到特别美的地方,他们就递给对方,指着那一节说:"你念吧!"

于是,一个念着的时候,另外一个已经念过的就睁着明亮的眼睛,瞧对方脸上的表情,跟他一同吟味。

他们往往对着书本不念:只顾把肘子撑在桌上谈天。越是夜深,他们越需要互相倾吐,而且心里的话也更容易说出来。奥里维抑郁不欢,老是需要把痛苦倾倒在另外一个人的心里,减轻一些自己的痛苦。他没有自信。安多纳德得给他勇气,帮助他对他自己斗争,而那是永无穷尽的,一天都免不了的斗争。奥里维说些悲苦的泄气话,说过以后觉得轻松了,可没想到这些话会不会压在姊姊心上。等到发觉的时候,已经太晚了:他消磨了她的勇气,把他的疑虑给了她。安多纳德面上绝对不露出来。天生是勇敢而快活的性格,她仍旧装作很高兴,其实她的快乐早已没有了。她有时困倦之极,受不了自我牺牲的生活。她排斥这种思想,也不愿意加以分析,但免不了受到影响。唯一的倚傍是祈祷,除非在心灵枯竭的时候连祈祷都不可能,——这也是常有的事。那时她又烦躁又惶愧,只能不声不响地等待上帝的恩宠。这些苦闷,奥里维是从来没想到的。安多纳德往往借端躲开,或是关在自己屋里,等烦闷过去以后再出现,出现的时候她抱着隐痛,堆着笑容,比以前更温柔了,仿佛为了刚才的痛苦而不好意思。

他们的卧室是相连的。两张床靠在同一堵墙上;他们可以隔着墙低声谈话,睡不着的时候,两人便轻轻地敲着壁,问:"你睡熟没有?我睡不着啊。"

姊弟之间只隔着这么薄薄的一堵壁,仿佛是两个睡在一张床上的朋友。但由于一种本能的根深蒂固的贞洁观念,——两间屋子的门在夜里总是关严的,除非奥里维病了,而那也是常有的事。

他虚弱的身体并没好转,反而愈来愈坏,老是不舒服:不是喉头,便是胸部,不是头部,就是心脏;极轻微的感冒在他也能变成支气管炎,他害过猩红热,差点儿死掉;平时他也有种种重病的奇特的征象,幸而没发作,肺部与心部常有几处作痛。有一天医生说他很有心包炎或肺炎的可能;随后他们去请教一个著名的专科医生,又证实了那个疑惧。结果却太平无事。他的病其实是在神经方面,会变出许多出人意料的病象;慌张了几天,事情居然过去了,但把安多纳德折磨得太厉害了。为了忧急,她多少夜睡不着觉,常常起来到兄弟房门口去听他的呼吸,心惊胆战,以为他要死了,是的,她知道他必死无疑了:于是她浑身颤抖的跳起来,合着手,紧紧地握着,抽搐着,堵着嘴巴,不让自己叫出来:"噢,天啊!天啊!别把他带走啊!不,不,——你不能这样做!——我求你,求你!……噢!好妈妈!救救我啊!救救他,救他一命呀!……"

她全身都紧张了。

"啊!已经做了这么些,他快要成功,快要幸福的时候,难道要半路上倒下来吗?不,不,那是不行的,那太残忍了……"

奥里维紧跟着又使她担心别的事。

他像她一样老实,但意志薄弱,思想太自由,太复杂,对于明知道不正当的事,不免有些心摇意乱,抱着怀疑而宽容的态度,并且他抵抗不了肉欲的诱惑。安多纳德那么纯洁,一向不知道兄弟的心理变化。有一天她突然发觉了。

奥里维以为她不在家。往常她那时是在外边教课的,这一天正要出门的时候,接到了学生的请假信,她心里很快慰,虽然微薄的收入又少了几个法郎。她疲乏已极,躺在床上,觉得能于心无愧的休息一天很高兴。奥里维从学校回来,带着一个同学坐在隔壁屋里谈天。他们的话,句句都可以听到;他们以为没有旁人,便一点没有顾忌。安多纳德听着兄弟快乐的声音,自个儿微微笑着。过了一会,她忽然沉下脸来,身上的血都停止了。他们非常下流地说着脏话,似乎说得津津有味。她听见奥里维,她的小奥里维笑着;她也听见她认为无邪的嘴里说出许多淫猥的话,把她气得身子都凉了,心里的痛苦简直没法形容。他们娓娓不倦地谈了好久,而她也禁不住要听着。临了,他们出去了,屋子里只剩下安多纳德一个人。于是她哭了,觉得心中有些东西死了,理想中的兄弟的形象,——她的小乖乖的形象,——给污辱了:那对她真是致命的痛苦。但两人晚上相见的时候,她一字不提。他看出她哭过了,可不知道为什么,也不懂姊姊为什么对他改变态度。她直过了相当的时间才恢复常态。

但他给姊姊最痛苦的打击是他有一回终夜不归。她整夜地等着。那不但是她纯洁的道德受了伤害,而且她心灵最神秘最隐秘的地方也深感痛苦,——那儿颇有些可怕的情绪活动,但她特意蒙上一层幕,不让自己看到。

在奥里维方面,他主要是为争取自己的独立。他早上回来,打算只要姊姊有一言半语的埋怨,就老实不客气顶回去。他提着脚尖溜进屋子,怕把她惊醒。但她早已站在那儿等着,脸色苍白,眼睛红肿,显而易见是哭过了。她非但不责备他,反而不声不响地照料他的事,端整早点,预备他吃了上学。他看她一言不发,只是非常丧气,所有的举止态度就等于一场责备:那时他可支持不住了,扑在她膝下,把头藏在她的裙子里。姊弟俩一齐哭了。他万分羞愧,对着外边所过的一夜深表厌恶,觉得自己堕落了。他想开口,她却用手掩着他的嘴巴;他便吻着她的手。两人什么话都没说,彼此心里已经很了解。奥里维发誓要成为姊姊所希望的人物。可是安多纳德不能把心头的创伤忘得那么快,她像个大病初愈的人,还得相当时日才能复原。他们的关系有点儿不大自然。她的友爱始终很热烈,但是在兄弟心中看到了一些完全陌生而为她害怕的成分。

奥里维的变化所以使她格外惊骇,因为同时她还受着某些男人追逐。她傍晚回家,尤其是晚饭以后不得不去领取或送回抄件的时候,常常给人盯着,听到粗野的游辞,使她痛苦得难以忍受。只要能带着兄弟同走,她就以强迫他散步为名把他带着;可是他不大愿意,而她也不敢坚持,不愿意妨害他的工作。她的童贞的,古板的脾气,和这些风俗格格不入。夜晚的巴黎对她好比一个森林,有许多妖形怪状的野兽侵袭她,一想到要走出自己的家,她心里就发颤。可是非出去不可。她不知道怎么对付,老是发急。而一转念间想到她的小奥里维也将要——或者已经——跟那些男人一样追着女人的时候,她回到家里简直没勇气伸出手来跟他招呼。她对于他有这种反感是他万万想不到的……

她长得并不怎么美,却很有点儿迷人的力量,能够吸引人家,虽然她绝对没有什么勾引人的动作。衣服极朴素,差不多老戴着孝,个子不甚高大,很窈窕,表情很细腻,不大出声,只悄悄地在人堆里穿过,唯恐引人注目,但那双困倦而温柔的眼睛,那张小小的、模样那么清秀的嘴巴,自有一种深邃的韵味,惹人注意。有时她发觉自己讨人喜欢,不禁有些惶愧,——可是心里也很高兴……一颗能感到别人好意的、平静的心中,不自觉地会有多少可爱而贞洁的风韵,谁能指点出来呢?那只在一些笨拙的动作,羞怯的躲躲闪闪的目光上有所表现,而这些又是多么好玩多么动人。惶乱的表情更增加了她的魅力。人家的欲念被她挑动了,既然她是一个清寒的没人保护的女孩子,别人也就毫无顾忌地对她明说了。

她有时到一般有钱的犹太人集会的拿端夫妇家去走动,那是她在教书的一个人家——拿端的朋友——认识的,她虽然那么孤僻,也不免去参加了两三次夜会。亚尔弗莱·拿端先生是巴黎的一个名教授,了不起的学者,同时又是个交际家,极有学问,也极其浮华,这种古怪的混合的人品在犹太社会中是常见的。而真实的好意与浮华的作风也在拿端太太心中占着相等的地位。夫妇俩都对安多纳德表示亲热的、真诚的、但有些间歇性的好感。——安多纳德在犹太人中倒比在旧教徒中得到更多的同情。固然他们缺点很多,但有一个很大的长处,而且是最重要的,就是富于生命力,富于人性,只要是有人性有生机的,他们无不关切。即使他们缺乏真正的热烈的同情,也永远有种好奇心,使他们肯探访一般比较有价值的心灵跟思想,不管那心灵和思想跟他们的如何不同。一般的说,他们并不怎么出力去帮助别人,因为同时感兴趣的事太多了,而且尽管自称为洒脱,其实他们对世俗的虚荣比谁都更留恋。但他们至少做了些事,而那在麻木不仁的现代社会里已经很了不起了。他们在社会上是行动的酵母,生命的原动力。——安多纳德在旧教徒中受尽了冷淡以后,看到拿端家对她的关切,不管怎么浮泛,也很感动。拿端太太约略看到了安多纳德笃于友爱的生活,对于她的仪表与操守的可爱都很赏识;她自命要做她的保护人。她没有儿女,但很喜欢年轻人,常常招待他们,再三约安多纳德上她家去,要她放弃那种孤独生活,找点儿消遣。她不难猜到安多纳德的孤僻一部分是由于境况不好,便有心拿些美丽的衣饰送给她,被高傲的安多纳德谢绝了；但这位恳切的保护人自有方法强迫她接受些小小的礼物，投合那无邪的女性的虚荣心。安多纳德又感激又惶愧，每隔许多时候，勉强去参加一次拿端太太家的夜会；因为年轻，她终于也觉得很愉快。

但在那个来往的人很杂而年轻人很多的场所，拿端太太所提拔的贫寒而美丽的女孩子，立刻成为两三个油滑少年的目标，以为轻而易举就可以得手。他们想利用她的羞怯来进攻，甚至彼此拿她赌东道。

终于她收到几封匿名信，——更准确地说是造了一个高贵的假名的信。——先是热烈的情书，措辞迫切，把约会都定下了，接着又很快地来了几封更放肆的信威吓，她随后又来了信口谩骂与侮辱的信，赤裸裸地描写她身体上的某些部分，说出下流淫猥的话；写信的人想利用安多纳德的天真，恐吓她倘使不去赴约就要教她当众出丑。安多纳德因为招惹了这些是非，痛苦得哭了，而她身心清白的骄傲也大大地受了伤害。她不知道怎么摆脱，同时又不愿意告诉兄弟，免得他伤心而把事情搞得更严重。但她也没有朋友可以商量。向警察署告发吧，她又不愿意，怕事情张扬出去。然而无论如何得把它结束。她觉得光是不理不睬并不能保卫自己，那个坏蛋一定还要纠缠不清，不发现危险决不会罢休。

随后又来了一封最后通牒式的信，限她第二天到卢森堡美术馆去相会。她去了。——绞尽脑汁想过之后，她相信这个磨难她的男人一定是在拿端太太家遇见的。有一封信里隐隐约约提到的事就是在那边发生的。于是她要求拿端太太帮她一次忙，坐着车陪她到美术馆，请拿端太太在车上等着。到时，她进去了。在指定的图画前面，那坏蛋得意扬扬地走过来，装得非常殷勤地跟她谈话。她不声不响地直瞪着他。他把一套话说完了，又涎着脸问她为什么这样目不转睛地盯着他。她回答说：

"我在看一个没骨头的人怎样欺侮女人。"

对方听了这话毫不在意，反而装作亲狎的神气。她又说：

"你拿当众出丑的话威吓我。好吧,我现在就给你这个机会。你怎么样?"

她气得浑身颤抖,说话的声音很高,表示她预备教人注意。旁边的人已经在瞧他们了。他觉得什么都吓不倒她,便放低了声音。她最后一次又叫了声:

"哼,你这个没骨头的男人!"

说完了,她掉过身子就走。

他不愿意露出认输的神气,便跟着她走出美术馆。她径自走向等着的车子,突然打开车门。背后那个男子劈面撞见了拿端太太,拿端太太马上叫着他的姓氏招呼他,他一时手足无措,赶紧溜了。

安多纳德没有办法,只得把事情讲给这位女朋友听。但她只讲了个大概,因为她极不愿意把伤害她的贞洁的痛苦告诉一个外人。拿端太太埋怨她没有早通知她。安多纳德要求她对谁都别提。事情就至此为止;拿端太太也用不着对那个坏蛋下逐客令,因为从此他没有敢再露面。

差不多同时,安多纳德另外有一件性质完全不同的伤心事。

有个很规矩的男子,年纪四十上下,在远东当领事,回国来过几个月的假期,在拿端家遇到安多纳德,爱上了她。那次的会见是拿端太太瞒着安多纳德预先安排好的,因为她一厢情愿要替这位年轻朋友做媒。他是犹太人,长得并不好看;头有点儿秃了,背有点儿驼了,可是眼睛非常柔和,态度很亲切,因为自己也受过痛苦而很能够同情别人。安多纳德已经没有当年才子佳人的梦,不再是娇生惯养的孩子,把人生想作在美妙的日子和情人散散步那么回事了;如今她认为生活是一场艰苦的斗争,每天都得来过一次,永远不能休息一下,要不然,你年复一年,一寸一尺的苦苦挣来的,就可能在一刹那间前功尽弃。她觉得倘使能够在一个朋友的怀抱里躺一会,跟他共尝甘苦,由他来守望而让自己闭一会眼睛,一定是非常甜美的。她知道这都是梦想,可还没有勇气完全丢开这个梦。她心里很明白,一个没有陪嫁的姑娘在她那个社会里是毫无希望的。法国老派的布尔乔亚在婚姻上看重金钱是世界闻名的。这种贪心,便是犹太人也有所不及。犹太人中有钱的青年娶一个贫寒的姑娘,或有钱的少女热烈的追求一个聪明的男子,都不算什么稀罕的事。但在内地信奉旧教的法国布尔乔亚中间,所谓婚姻无非是追求金钱。而那些可怜虫又干些什么呢?他们只有些平凡的需要,只知道吃喝,打呵欠,睡觉,——节省。安多纳德认识这般人,那是从小见惯的。她戴了富贵的眼镜见过他们,也戴了贫穷的眼镜见过他们,已经对他们不存什么幻想了。所以那位男的向她求婚使她有点喜出望外。她先是并不爱他,后来却是慢慢地对他有种感激的心和深刻的温情。倘不是要跟他到远地方去,把弟弟丢下的话,她早就应允的了。但在那种条件之下,她拒绝了。那朋友虽然懂得她的拒绝是由于极高尚的理由,心里仍旧不能原谅她:他知道爱人有哪些德性是极可贵的,但爱情的自私要爱人把这些德性也为自己牺牲。他便不再见她,动身之后也不再和她通信,音讯杳然地过了五六个月,——忽然有一天寄给她一张喜柬,原来他跟另外一个女子结婚了。

　　那对安多纳德是桩极大的伤心事。在多少悲苦之外再受一次悲苦,她唯有把自己的悲苦献给上帝,她硬要相信,因为忘了自己唯一的使命是献身给兄弟,所以应当受此惩罚。从此她就更一心一意地照顾兄弟。

　　她完全退出了社会,不再上拿端家去。自从她谢绝了那桩婚事以后,他们就对她很冷淡:他们也不承认她的理由。拿端太太断定这桩婚姻一定成功,将来也一定很圆满,此刻因安多纳德的缘故而一切都成泡影,未免伤害了她的自尊心。她认为安多纳德的顾虑当然是极有义气,但感伤色彩太浓了,所以她马上不再关心这位小朋友。她只知道帮助人家,不问人家同意不同意,这种心理上的需要此刻又找到了另外一个对象,让她能暂时发泄那关切与照拂人的感情。

　　奥里维完全不知道姊姊心中那页痛苦的罗曼史。他是个多情的,轻浮的少年，成天在幻想中过活。虽然他精神很活泼可爱，心也和安多纳德的一样温柔，但你要在什么事情上依靠他是没有把握的。他可以为了矛盾，消沉，闲荡或是单相思而浪费几个月的精力。他常常想着一些俊俏的脸蛋，在什么交际场中见过一面而完全没注意到他的风骚的姑娘。他也能为了一段文字，一首诗，一阕音乐而出神，几个月的浸在里头，把正课都荒废了。非要有人时时刻刻地监督他不可，而且还得留神，不能使他发觉而着恼。他发起脾气来一向很可怕，会极度的紧张，精神上失掉平衡，浑身发抖，好似可能害肺病的人所常有的现象。医生并不把这种危险瞒着安多纳德。这株本来就很软弱的植物，从内地移植到巴黎之后，极需要清新的空气与美好的阳光。那可是安多纳德不能供给的。他们没有足够的钱，不能在假期中离开巴黎。至于假期以外的时间，两人有工作在身，到了星期日都已经困倦不堪，除掉赴音乐会，再没心思出门了。

可是在夏天，有些星期日，安多纳德仍旧打起精神把奥里维拉到郊外的森林中去散步。但林中全是一对对粗声大气的男女，音乐咖啡馆的歌曲，油腻的纸张：这当然不是使精神休息而净化的清幽的境界。傍晚回家的时候，又得坐着闷人的，低矮的，狭窄的，黑洞洞的郊区火车，满是笑声，歌声，粗野的谈话，难闻的气息和烟草的味道。安多纳德与奥里维都是没有平民气质的，回到家中只觉得厌恶，丧气。奥里维要求安多纳德以后别再作这种散步，而安多纳德在某个时期内也没有这勇气了。但过了一响，她还是要去，以为对于兄弟的健康是必需的，虽然她自己比奥里维更讨厌这种散步。每次新的尝试都不比上一次的更愉快；奥里维便狠狠地向她抱怨。结果两人只能关在闷塞的城里，对着牢狱式的院子想望田野。

中学的最后一年到了。学期终了便是高等师范的入学考试。而这也正是时候了。安多纳德已经累到极点。她预测兄弟一定能考上。中学里大家认为他是最优秀的投考生之一，所有的教员都称赞他的功课和聪明,唯一的缺点是思想没有纪律,不能按照计划做事。可是压在奥里维肩上的责任使他心慌意乱,考期近了,应付考试的能力越来越低了。一方面是极度的疲乏,一方面是怕考不上,而且胆小得近乎病态:这种种早就使他像瘫痪了一样。想到要当着大众站在许多考试委员前面,他就不由得浑身发抖。他永远受着胆小的累,轮到在教室里开口就脸红耳赤,喉咙都塞住了,最初只能在人家唤到他名字的时候答应一声。倘使无意中问他什么话,他倒还容易回答;要是预先知道要受到考问,他简直会吓昏的:一刻不停在那里胡思乱想的脑子,把将要临到的情形连细节都想象到了;而且越等得久,他越是被恐怖纠缠不清。他差不多没有一次考试不是至少考过两次的:因为考试以前的几夜,在梦中已经考过几次,把他的精力消耗完了,再也没法应付真正的考试。

然而他还到不了那个使他在夜里流冷汗的可怕的口试。① 笔试的时候,一个关于哲学的题目,在平时他是很能发挥的,不料那天六个钟点之内竟写不上两页。最初几小时他脑子里空空如也,一点儿思想都没有,仿佛给一座漆黑的墙堵塞了。到最后一小时,那堵墙溶解了,墙缝里居然透出几道光来。他这才写了很美的几行,可是篇幅不够教人把他评定等第。安多纳德看他那样狼狈,料他没希望了,于是也跟他一样地垂头丧气,只是面上不露出来。并且她便是到了绝望的局面,也还能抱着无穷的希望。

奥里维落选了。

他懊丧到了极点。安多纳德勉强笑着,仿佛事情并不严重;但她的嘴唇在发抖。她安慰弟弟,说那是运气不好,容易补救的,下年一定能考取,名次还可以高一些。她可没有说,为了她,他这一年是应该考上的,她身心交困,恐怕不能再撑一年了。但她非撑不可。要是她在奥里维没考取以前就死了,他可能永远没勇气独自奋斗下去,结果不

---

① 法国学校考试通例,凡笔试不及格者即落第,无资格再受口试。

免给人生吞掉。

因此她把自己的疲乏藏起来,反而加倍地努力。她流着血汗让他在暑假中有些娱乐,希望开学以后他精神好一些,更能够发愤用功。可是到开学的时候,她小小的积蓄用完了,同时又丢了几处薪水最高的教职。

还要苦苦地撑一年!……两个孩子为了这最后的一关把自己搞得筋疲力尽。第一先得生活,找一些别的差事。拿端他们介绍安多纳德上德国去教书。这是她最不愿意接受的,可是眼前没别的机会,又不能久待。六年以来姊弟俩从来没分离过一天,她简直没法想象,不看见他不听见他以后她怎么能生活。奥里维想到这点也不免心惊肉跳,但他什么话都不敢说:这桩苦难是他造成的,要是他考取了,安多纳德决不至于到这个田地;①所以他没有反对的权利,也没有资格提出他个人的悲戚作为问题,一切只能由她一个人决定。

分离以前的最后几天,两人不声不响地熬着痛苦,仿佛有一个快要死了;痛苦得实在受不了的时候,他们便躲起来。安多纳德想在奥里维的眼神中征求意见。要是他对她说:"别走啊!"她就可以不走,虽然是应当走。直到最后一刻,坐在把他们送上车站去的马车里,她还准备打消原意,她觉得没有勇气执行她的计划。只要他一句话,一句话!……可是他不说出来。他跟她一样的全身发僵。——她要他答应每天写信给她,什么都不要隐瞒,只要有点儿不安的事,就立刻叫她回来。

她走了。一方面,奥里维走进中学宿舍连心都凉了,——如今他变了寄宿生;——一方面安多纳德在火车里痛苦万分。他们俩夜里睁着眼睛,觉得每过一分钟就离得远一点,不由得彼此低声呼唤。

安多纳德想到将要投身进去的社会非常害怕。六年以来,她大大地改变了。从前她是多么大胆,什么都吓不倒的,现在却养成了静默

---

① 法国国立高等师范学生不但完全免费,而且还津贴少数零用。

与孤独的习惯,反而以脱离孤独生活为苦事。幸福的岁月过去了,嘻嘻哈哈的,快活的,多嘴的安多纳德也跟着消灭了。忧患使她变得孤僻。大概因为跟奥里维住在一起,所以她也感染到他羞怯的性情。除了对兄弟,她很不容易开口。什么都使她害怕,便是去拜访人也要心慌。一想到要去住在陌生人家,跟他们谈话,老是站在人面前的时候,她更急坏了。可怜的小姑娘并不比她的兄弟更喜欢教书:她很尽职,但并不相信自己的工作对人有什么好处可以自慰。她生来是为爱人而不是教育人的。可是谁也不在乎她的爱。

德国那个新的差事,比无论什么地方都更用不着她的爱。她在葛罗纳篷家教孩子们读法语,主人绝对不关切她。他们又傲慢又亲狎,又冷淡又爱管闲事,因为出了相当高的薪水,便以为给了她恩惠,对她尽可以为所欲为,把她看作一个比较高级的仆人,不让她有半点自由。她甚至没有私人的卧室:只睡在一间跟孩子们的卧室相连的小屋子内,夜里房门都是不能关的。她从来没有清静的时间。虽然那是每个人应有的神圣的权利,他们可不承认。她的快乐只有在精神上跟兄弟在一起,和他谈话,只要有片刻的自由,她就尽量利用。但人家还要和她争这片刻的时间。她才提笔,就有人在她房内打转,问她写什么。她看信的时候,人家又问她信上写些什么。他们用一种亲狎与嘲笑的神气,打听"小兄弟"的情形。于是她只得躲起来。她有时需要用怎样的手段,躲在怎样的屋角里去偷偷地看奥里维的信,真是说出来也教人脸红。倘若有封信随便丢在房里,毫无疑问是会被人偷看了的;既然除了衣箱之外没有一件可以关锁的东西,她就不得不把所有不愿意给人看到的纸张都带在身上:人家老是在搜索她的东西和她的内心,竭力想发掘她思想的秘密。并非葛罗纳篷一家关切这些事,而是认为既然出钱雇了她,她这个人就是属于他们的了。其实他们并无恶意:刺探旁人的私事在他们是根深蒂固的习惯,他们之间决不会因这些事生气的。

安多纳德可最难容忍这种间谍式的,无耻的勾当,使她一天不能有一小时逃过他们不知趣的目光。她用一种带点高傲的矜持的态度对付葛罗纳篷家里的人,教他们大不高兴。当然,他们自有些冠冕堂皇的理由为他们的好奇心作辩护,批评安多纳德不应该躲避他们。对一个住在他们家里,成为家庭的一分子,负责教育他们儿女的姑娘,他们觉得应该认识她的私生活:这是他们的责任!——(多少主妇对于仆人就是这种说法,她们的所谓责任,并非在于使仆役少吃一些苦少受一些难堪,而是在于禁止他们作任何娱乐。)——所以他们认为,安多纳德的不肯接受监督一定是有不可告人之事:一个清白的女孩子是什么都不用隐藏的。

因此安多纳德时时刻刻受着磨折,时时刻刻得保护自己:这样她就比平时更冷淡更深藏了。

弟弟每天都给她写一封十二页的长信;她也居然能每天写一封,——哪怕只是短短的几行。奥里维竭力装得很勇敢,不过分流露心中的悲苦。但事实上他苦闷得要死。他的生活一向跟姊姊的难解难分,如今和她分离之后,他的生命似乎只剩了一半:他的手脚,他的思想,都调动不来了;他不能散步,不能弹琴,不能工作,也不能不工作,不能梦想,——除非是梦想她。他从朝到晚埋头在书本里,可是一点工作都做不出来,他的念头总想着别处,不是苦闷,便是想念姊姊,或者一边想着上一天的来信,一边眼睛盯着钟,等着当天的信。信到了,他手指哆嗦着拆阅,因为他又快活又害怕。便是情书也不会使一个情人感情冲动到这个田地。像安多纳德一样,他也躲在一边读她的信,把所有的都带在身上,夜里拿最后收到的一封放在枕头下面,在想着亲爱的姊姊而翻来覆去睡不着的时候,常常用手摸一下,看看它是否在老地方。他觉得跟她离得多远!要是邮局耽误,把安多纳德的信晚一天送到,他就特别难过。他们中间隔了两天两夜了!……因为从来没出过门,他把空间与时间格外夸大。他的想象力老是在那里活动:"噢,上帝!要是她病倒的话!她总该见到他一面才死吧……昨天为什么她只写寥寥几行呢?……是不是病了?……是的,她病了……"那时他简直喘不过气来。——除此以外,他更怕自己孤苦伶仃的死,远离着她,死在这些不相干的人中间,在这可厌的中学里,在这个凄凉的巴黎。想到后来,他真的病了……"倘若写信去要她回来又怎么样呢?……"但他想到自己这样没有勇气就害羞。而且他一提笔,因为能够和她谈谈而快活极了,居然暂时忘了痛苦。他仿佛见到她,听到她:他把什么都告诉给她听。跟她住在一起的时候,他倒从来没对她说过这样亲切和热烈的话;他把她叫作"我的忠实的,勇敢的,至爱的好小姊姊"。那是真正的情书。

这些信使安多纳德沉浸在温情里头,唯有在读信的时间她才觉得有点空气可以呼吸。信要不在早上预期的时间收到,她就苦恼得什么似的。有两三次,葛罗纳篷他们为了大意,或是——谁知道?——为了恶意地耍弄,直到晚上,有一次直到第二天早上才把信交给她,那时她竟急得发烧了。——元旦那天,两个孩子不约而同地想了同样的主意:花了很多钱彼此发了一通长电,在两方面同时送到。奥里维继续在功课方面与思想方面征求安多纳德的意见;安多纳德替他出主意,支持他,鼓励他。

其实她自己也不见得有多少勇气,住在这陌生地方闷死了,一个人也不认识,一个人也不关切她,除了一个才来不久而和她同样住不惯的教员的太太。那位好心的女人母性很强,看到两个各处一方而相爱的孩子那么痛苦,非常同情——因为她向安多纳德探听到了一部分历史,——但她那样的粗声大气,那样的平庸,缺少机智,不识时务,把安多纳德贵族式的小灵魂吓得格外深藏了。因为对谁都不能吐露,她便把所有的烦恼都闷在肚里:而那是很重的担负。有时她自以为要倒下来了,但她咬咬嘴唇,重新向前。她的健康受了影响,瘦了许多。弟弟的信越来越消沉。有一次特别颓丧的时候,他竟写道:"你回来吧,回来吧!……"

可是信刚发出,他就觉得惭愧,又写了一封,声明前信作废,要求安多纳德别把那句话放在心上。他甚至装作很快乐,不需要姊姊。倘若给人看出他没有她便不能过活,他容易生气的性情也是受不了的。

这一点可瞒不过安多纳德,她看透他的思想,但不知道怎么办。有一天,她几乎真的要动身了,连行车时刻都到站上去问过了。随后,她觉得简直是胡闹:她在这儿挣的钱就是付奥里维的膳宿费的,两个人能撑多久就得撑多久。她没勇气打什么主意了:早上她很勇敢,但越到夜晚,精神越低落,只想逃了。她想念家乡,——想着那个对她多么残酷,可是埋着她过去所有的遗迹的家乡,——也想着弟弟的语言,为她用来表示心中的爱的语言。

那时恰好有个法国剧团路过那个德国小城。难得上戏院的安多纳德,——既没有时间,也没有兴致,——忽然渴想听一听法语,到法国去躲一下。其余的事,我们以前叙述过了。戏院已经客满。她遇到了一个不认识的青年音乐家约翰·克利斯朵夫,看到她失望的神气,邀她到他的包厢中去:她糊里糊涂地接受了。她和克利斯朵夫的露面引起了小城里许多闲话,立刻传到葛罗纳篷家里,而他们的存心是只要对这个法国少女有一点儿不利的猜疑就预备接受的,再加我们以前说过的那种情形,①他们被克利斯朵夫惹得气恼之极,便毫不客气的把安多纳德辞退了。

这颗贞洁而容易害羞的心灵,整个儿给手足之爱占据了,没有给任何卑污的思想沾染过,一朝懂得了人家指控她的罪名,简直羞愤欲死。但她并不恨克利斯朵夫,知道他跟她一样的无辜,虽然使她受累,用意是很好的;所以她很感激。她对于他的身世一无所知,只晓得他是个受到剧烈攻击的音乐家。她尽管不懂人情世故,但有种内心的直觉,因饱经忧患而变得非常敏锐,看出那个陪她看戏的同伴举动粗鲁,有点疯癫,可是性情和她一样戆直,并且慷慨豪侠,她只要想到他就觉得安慰。别人说克利斯朵夫的坏话,绝对不影响她的信心。自己是个被欺侮的,她认为他也是个被欺侮的,和她一样受着人们恶意的攻击,而且时期更长久。既然她惯于想着别人而忘掉自己,所以一想到克利

---

① 参看卷四:《反抗》。——原注

斯朵夫也在受罪,她自身的悲苦倒反减淡了些。可是她无论如何不愿意和他再见或通信。清高与狷介的性情不许她那么做。她以为他决不会知道连累她的事,而且以她的好心,还希望他永远不知道。

她走了。火车开出一小时以后,她碰巧又跟从外埠回来的克利斯朵夫在中途相遇。

在并列在一起停了几分钟的车厢里,他们俩在静悄悄的夜里见到了,一句话也没说。他们能说些什么呢,除非是一些极平淡的话?而这种话,反而要亵渎彼此的同情与神秘的共鸣;那是除了心心相印以外别无根据的,说不出的感情。在这最后一刹那,两个毫不相知的人互相望着,看到了平时跟他们一起生活的人从来没窥到的内心的隐秘。说话,亲吻,偎抱,都可以淡忘;但两颗灵魂一朝在过眼烟云的世态中遇到了,认识了以后,那感觉是永久不会消失的。安多纳德把它永远保存在心灵深处,——使她凄凉的心里能有一道朦胧的光明,像地狱里的微光。

她又跟奥里维团聚了。而她回来也正是时候了。他刚病着。这个神经质的骚动的孩子,老是怕在姊姊不在眼前的时候害病,——此刻真的病倒了,反而不肯写信告诉姊姊,免得她担忧。他只是在心里叫她,好像求一桩奇迹似的求着她。

奇迹出现的时候,他睡在中学的病房里发烧,胡思乱想。一见之下,他并不叫喊。他有过多少次的幻象,看见她进来……他在床上坐起,张着嘴,哆嗦着,以为又是一个幻象。赶到她挨着他在床上坐下,把他搂着,他倒在她怀中,嘴唇上感觉到娇嫩的面颊,手里感觉到那双在夜车里冻得冰冷的手,终于知道的确是姊姊,是他的小姊姊回来了,他就哭了出来。他只会哭,跟小时候一样是个"小傻瓜"。他把她紧紧搂着,唯恐她跑掉了。他们俩改变得多厉害!脸色多难看!……可是没关系,他们俩已经团聚:病房,学校,阴沉的天色,都变得光明了。两人彼此抓住了,不肯再松手了。她什么话还没说,他先要她发誓不再出门。没有问题,她决不会再走;离别真是太痛苦了;母亲说得对,无论什么总比分离好。便是穷,便是死,都还能忍受,只要大家在一起。

他们赶紧租了一个公寓。他们很想再住从前的那个,不管它多么丑;可是已经租出了。新的公寓也靠着一个院子,从墙高头可以望见一株小皂角树:他们立刻爱上了,把它当作田野里的一个朋友,也像他们一样给关在城市里。奥里维很快地恢复了健康,——而他的所谓健康,在一般强壮的人还是近于病的。——安多纳德在德国过的那些苦闷的日子,至少挣了一笔钱;她翻译的一册德语书被出版家接受了,更加多了些收入。钱的烦恼暂时没有了;一切都可以挺顺利,只要奥里维在学期终了能够考上。——可是考不上又怎么办呢?

一朝住在一块儿,恢复了过去那种甜蜜的生活,他们一心一意想着考试的事了。两人尽量地不提也是没用,无论如何避免不了。那个执着的念头到处跟着他们,便是在消遣的时候也是的,在音乐会里,它会在一曲中间突然浮现;夜里醒来,它又会像窟窿一般的张开嘴来吞噬他们。奥里维一方面竭力想解除姊姊的重负,报答她为他而牺牲了青春的恩德,一方面又怕落第以后无法避免的兵役:——那时考取高等学校的青年还可以免除兵役。他对于军营里——不管他看得对不对——肉体与精神方面的男风,心理方面的堕落,感到说不出的厌恶。他性格中所有贵族的与贞洁的气质都受不了兵役的义务,差不多宁可死的。保卫国家的大道理,时下已经成为普遍的信仰,人们很可以用这个名义来取笑、甚至指责奥里维的心理,可是只有瞎子才会否认那种心理!兼爱为名、粗俗其实的共同生活,强迫一般性情孤独的人所受的痛苦,可以说是最大的痛苦。

试期到了。奥里维差点儿不能进场:他非常地不舒服,对于不论考取与否都得经历的那种心惊胆战的境界害怕到极点,几乎希望自己真的病倒了。笔试的成绩还不差。但等待笔试榜揭晓的期间真是不好受。经过了大革命的国家实际是世界上最守旧的:根据它年代悠久的习惯,试期定在七月里一年之中最热的几天,仿佛故意要跟可怜青年们为难,要他们在溽暑熏蒸的天气预备考试;而节目的繁重,恐怕没有一个典试委员知道其中的十分之一。在喧哗扰攘的七月十四①(那是教并不快活而需要清静的人受罪的狂欢节)的下一天,人们才披阅作文卷子。奥里维的公寓附近,广场上摆着赶集的杂耍摊,一天到晚,一夜到天亮,只听见气枪劈劈啪啪打靶的声音,让人骑着打转的木马呜呜地叫着,蒸汽琴呼哧呼哧呼哧地响着。热闹了八天之后,总统为了讨好民众,又特准延长半星期,那对他当然是没关系的:他又听不见!但安多纳德与奥里维被吵得头昏脑涨,不得不紧闭窗户,关在房内,掩着耳朵,竭力想逃避整天从窗隙里钻进来的声音,结果它们仍旧像刀子一般直钻到头里,使他们痛苦得浑身抽搐。

笔试及格以后,差不多立刻就是口试。奥里维要求安多纳德不要去旁听。她等在门外,比他哆嗦得更厉害。他从来不跟她说考得满意,不是把他在口试中回答的话使她发急,就是把没有回答的话使她揪心。

最后揭晓的日子到了。录取新生的榜是贴在巴黎大学文学院的走廊里的。安多纳德不肯让奥里维一个人去。出门的时候,他们暗暗地想:等会儿回来,事情已经分晓了,那时他们或许还要回过头来惋惜这个时间,因为这时虽然提心吊胆,可至少还存着希望。远远地望见了巴黎大学,他们都觉得腿软了。连那么勇敢的安多纳德也不禁对兄弟说:"哎,别走得这么快呀……"

奥里维瞧了瞧勉强堆着笑容的姊姊,回答道:"咱们在这张凳上坐一会好不好?"

他简直不想走到目的地了。但过了一忽儿,她握了握他的手:"没关系,弟弟,走吧。"

他们一时找不到那张榜,看了好几张都没有耶南的姓名。终于看到的时候,他们又弄不明白了,直看了好几遍,不敢相信。临了,知道

---

① 七月十四为法国大革命爆发的日子,后定为法国国庆日。

那的确是真的,是他耶南被录取了,他们一句话都说不上来。两人立刻往家中奔去:她抓着他的胳膊,握着他的手腕,他靠在她身上:他们几乎连奔带跑的,周围的一切都看不见了,穿过大街险些儿被车马轧死,彼此叫着:

"我的小弟弟!……我的小姊姊!……"

他们急急忙忙爬上楼梯。一进到屋里,两人马上投入彼此的怀抱。安多纳德牵着奥里维的手,把他带到父母的遗像前面,那是靠近卧床,在屋子的一角,对他们像圣殿一般的处所。她和他一齐跪下,悄悄地哭了。

安多纳德叫了一顿精美的晚饭。可是他们肚子不饿,一口都吃不下。晚上,奥里维一忽儿坐在姊姊膝下,一忽儿坐在姊姊膝上,像小孩子一样的要人怜爱。他们不大说话,累到极点,连快乐的气力都没有了。九点不到,他们就睡了,睡得像死人一样。

第二天,安多纳德头痛欲裂,但心上去掉了这么一个重担!奥里维也觉得破天荒第一遭能够呼吸了。他得救了,她把他救了,她完成了她的使命;而他也没辜负姊姊的期望!……——多少年来,多少年来,他们第一次可以让自己贪懒一下。到中午他们还躺在床上,谈着话,房门打开着,可以在一面镜子里瞧见彼此的快乐而累得有些虚肿的脸;他们笑着,送着飞吻,一忽儿又蒙眬入睡,瞧着对方睡着的模样;大家都懒洋洋地瘫倒了,除了吐几个温柔的单字以外简直没气力说话。

安多纳德从来没停止一个小钱一个小钱的积蓄,以备不时之需。她一向瞒着兄弟,不说出她预备给他一个意外的欣喜。录取的第二天,她宣布他们要到瑞士去住一个月,作为辛苦了几年的酬报。现在奥里维进了高师,有三年的公费,出了学校又有职业的保障,他们可以放肆一下,动用那笔积蓄了。奥里维一听这消息马上快活得叫起来。安多纳德可是更快活,——因兄弟的快活而快活,——因为可以看到她相思多年的田野而快活。

旅行的准备成为一桩大事，同时也成为无穷的乐事。他们动身的时候已是八月中了。他们不惯于旅行：头天晚上，奥里维就睡不着觉，火车上的那一夜，他也不能阖眼。他整天担心，怕错失火车。他们俩都急急忙忙，在站上给人家挤来挤去，踏进了一间二等车厢，连枕着手臂睡觉的地位都没有：——睡眠是号称民主的法国路局不给平民旅客享受的特权之一，为的让有钱的旅客能够独享这个权利而格外得意。——奥里维一刻都没闭上眼睛！他还不敢肯定有没有误搭火车，一路留神所有的站名。安多纳德半睡半醒，时时刻刻惊醒过来；车厢的震动使她的头摇晃不定。奥里维借着从车顶上照下来的黯淡的灯光瞅着她，看她脸色大变，不由得吃了一惊。眼眶陷了下去，嘴巴很疲倦地张着；皮色黄黄的，腮帮上东一处西一处的显着皱纹，深深的刻着沮丧与失望的日子的痕迹：她神气又老又病。——她的确是太累了！她心里很想把行期延缓几天，可又不愿意使兄弟扫兴，竭力教自己相信没有什么病，只是疲劳过度，一到乡下就会复原的。啊！她多么怕在路上病倒！……她觉得他瞧着她，便勉强振作精神，睁开眼来，——睁开这双多年轻，多清澈，多明净的眼睛，但常常不由自主地要被苦闷的浊流障蔽一会，好似一堆云在湖上飘过。他又温柔又不安地低声问她身体怎么样；她握着他的手，回答说很好。她只要听到一个表示爱的字就振作了。

在陶尔与邦太里哀之间，红光满天的曙色一照到苍白的田里，原野就仿佛醒过来了。高高兴兴的太阳——像他们一样从巴黎的街道、尘埃堆积的房屋、油腻的烟雾中间逃出来的太阳——照着大地，草原打着寒噤，被薄雾吐出来的一层乳白色的气雾包裹着。路上有的是小景致：村子里的小钟楼，眼梢里瞥见的一泓清水，在远处飘浮的蓝色的岗峦。火车停在静寂的乡间，阵阵的远风送来清脆动人的早祷的钟声，铁路高头，一群神气俨然的母牛站在土堆上出神。这种种都显得那么新鲜，引起安多纳德姊弟的注意。他们好似两株枯萎的树，饮着天上的甘露愉快极了。

然后是清晨,到了应当换车的瑞士关卡。平坦的田里只有一个小小的车站。大家因为一夜没睡,觉得有点儿恶心,清晨潮湿的空气又使人微微颤抖。四下里静悄悄的,天色清明,周围那些草原的气息冲进你的嘴巴,沾着你的舌头,沿着你的喉咙,像一条小溪似的流到你胸中。露天摆着一张桌子,大家站在那儿喝一杯提神的热咖啡,羼着带酪的牛乳,还有一股野花野草的香味。

他们搭上瑞士的火车,看了车上不同的设备高兴得像儿童一样。可是安多纳德累极了!她对于这种时时刻刻的不舒服觉得莫名其妙。为什么看到了这些多美多有趣的东西而并不怎么高兴呢?和兄弟作一次美妙的旅行,不用再为将来的生活操心,只顾欣赏她心爱的自然界;不是她多少年来梦想的吗?现在她是怎么回事呢?她埋怨自己,勉强教自己欣赏一切,看着兄弟天真的快乐强作欢容……

他们在土恩停下,预备第二天换车到山里去。可是在旅馆里,安多纳德晚上忽然发了高度的寒热,又是呕吐,又是头疼。奥里维慌了,心神不定地挨了一夜,天明就去请医生:——又是一笔意想不到的支出,对他们微薄的资源大有影响。——医生认为暂时并不怎么严重,不过是极度的劳顿,身体太亏了一点。继续上路是不可能了。医生要安多纳德整天躺在床上,并且说他们也许要在土恩多待一些日子。他们虽然难过,幸而事情没有意料中的严重,也就很安慰了。可是老远地跑来,关在简陋的旅馆里,卧房给太阳晒得像暖室一般,毕竟是够痛苦的。安多纳德劝兄弟出去散散步。他在旅馆外边走了一程,看见阿尔河的绿波,远远的天边又有白色的山峰在云端浮动,快活极了;但这快乐,他一个人没法消受,便匆匆回到姊姊房中,非常感动的把见到的风景告诉她,她奇怪他回来这么早,劝他再出去,他却像以前从夏特莱音乐会回来的时候一样的说:

"不,不,那太美了;我一个人看了心里会难受的……"

这种心绪是一向有的:他们知道,不跟对方在一起自己就不是个完全的人。但听到对方把这意思说出来总是怪舒服的。这句温柔的话给安多纳德的影响比什么药都灵验。她微微笑着,又喜悦,又困倦。——很舒畅地睡了一夜,她决意清早就走,不去通知医生,免得他劝阻。清新的空气和一同玩赏美景的快乐,居然使他们不致为了这个鲁莽的行动再付代价。两人平安无事地到了目的地;那是山中的一个小村,在什皮兹附近,临着土恩湖。

他们在一家小旅馆里待了三四星期。安多纳德没有再发烧;可是身体始终不硬朗。她只觉得脑袋重甸甸的支持不住,时时刻刻的不舒服,奥里维常常问到她的健康,只希望她的脸色不要那么苍白。可是他对着美丽的景色陶醉了,自然而然地把不愉快的思想撂在一边,所以听到她说身体很好,就很愿意信以为真,——虽然明知道事实并不如此。另一方面,她对于兄弟的快乐,清新的空气,尤其是对于休息,深深地感到快慰。经过了多少艰苦的年头而终于能休息一下,不是最愉快的事吗?

奥里维想把她拉着一同去散步,她心里也很高兴和他一块儿去;可是好几次,她勇敢地走了二十分钟,不得不停下,气透不过来了,心要停止跳动了。于是他只能自个儿向前,——虽然是并不辛苦的攀援,她已经忐忑不安,直要他回来了才放心。或者两人出去随便遛遛:她抓着他的胳膊,迈着细步,谈着话;他尤其多嘴,一边笑,一边讲他将来的计划,说着傻话。走在半山腰,临着山谷,他们遥望白云倒映在静止不动的湖里,三三两两的小艇在那里飘浮,仿佛凫在池塘上的小虫;他们呼吸着温和的空气,听着远风送来一阵又一阵的牛羊颈上的铃声,带着干草与树脂的香味。两人一同梦想着过去,将来,和他们觉得所有的梦里头最渺茫而最迷人的现在。有时,安多纳德不由自主地感染了兄弟那种小孩子般的兴致;跟他追着玩儿,扑在草里打滚。有一天他居然看到她像从前一样的笑了,他们小时候那种女孩子的憨笑,无愁无虑的,像泉水般透明的,他多年没听见过的笑声。

但更多的时候,奥里维忍不住要去作长途的远足。过后他心里难受,埋怨自己不曾充分利用时间和姊姊作亲密的谈话。便是在旅馆里,他也往往把她一个人丢下。同寓有一群青年男女,奥里维先是不去交际,可是慢慢地受着他们吸引,终于加入了他们的团体。他素来缺少朋友,除掉姊姊之外,只认得一般中学里鄙俗的同学和他们的情妇,使他厌恶。一旦处在年纪相仿,又有教养,又可爱,又快活的青年男女中间,他觉得非常痛快。虽然性情孤僻,他也有天真的好奇心,有一颗多情的,贞洁而又肉感的心,看着女性眼里那朵小小的火焰着迷。而他本人尽管那么羞怯,也很能讨人喜欢。因为需要爱人家,被人家爱,他无意中就有了一种青春的妩媚,自然而然有些亲切的说话,举动,和体贴的表现,唯其笨拙才显得格外动人。他天生的富于同情心。虽是孤独生活养成了他讥讽的精神,容易看到人们的鄙俗与缺陷而觉得厌恶,——但跟那些人当面碰到了,他只看见他们的眼睛,从眼睛里看出一个有一天会死的生灵,像他一样只有一次生命,而也像他一样不久就要丧失生命的。于是他不由自主地对它感到一种温情,无论如何也不愿意去难为它。不管心里怎么样,他总觉得非跟对方和和气气不可。他是懦弱的,所以天生是讨一般人喜欢的;他们对于所有的缺陷,甚至所有的美德,都能原谅,——只除了一件:就是为一切德性之本的力。

安多纳德可不加入这个青年人的集团。她的体力,她的疲乏,表面上没有原因的精神的颓丧,使她瘫下去了。经过了那么多年的操心与劳苦,她被折磨得身心交瘁;姊弟的角色颠倒了:如今她觉得跟社会,跟一切,都离得很远了!……她不能再回到社会里去;所有那些谈话,那些喧闹,那些欢笑,大家所关切的那些小事,都使她厌烦,疲倦,甚至于气恼。她恨自己这种心情,很想学着别的姑娘们的样,对她们所关切的也关切,对她们所笑的也笑……可是办不到了!她的心给揪紧了,仿佛已经死了。晚上她守在屋里,往往连灯也不点,在暗中坐着;奥里维却在楼下客厅里,搞他那些已经习惯的谈情说爱的玩意儿。安多纳德直要听见他上楼,听见他和女友们笑着,絮聒着,在她们的房门口恋恋不舍的,一遍又一遍地说着再会的时候,她才会从迷惘的境界中醒来,那时,她在黑洞洞的屋子里微微笑着,起来捻开了电灯。兄弟的笑声使她精神振作了。

秋深了。太阳黯淡了。自然界萎谢了:在十月的云雾之下,颜色慢慢的褪了,高峰上已经盖了初雪,平原上已经罩了浓雾。游客动身了,先是一个一个的,随后是成群结队的。而看见朋友们走,——即使是不相干的,——又是多么凄凉;尤其是眼看恬静而甘美的夏天,那些在人生中好比水草般的时光消失的时候,令人格外伤悲。姊弟俩在一个阴沉的秋日,沿着山,往树林里作最后一次的散步。他们不出一声,黯然神往的幻想着,瑟缩地偎依着,裹着衣领翻起的大氅,互相紧握着手指。潮湿的树林缄默无声,仿佛在悄悄地哭。林木深处,一只孤单的鸟温和地怯生生地叫着,它也觉得冬天快来了。轻绡似的雾里,远远传来羊群的铃声,呜呜咽咽的,好像从他们的心灵深处发出来的……

他们回到巴黎,都很伤感。安多纳德的身体始终没复原。

那时得置备奥里维带到学校去的被服了。安多纳德为此花掉了最后一笔积蓄,甚至还偷偷地卖去几件首饰。那有什么关系呢?将来他不是会还她的吗?——何况他现在进了学校,她自己用不着花什么钱了!……她不让自己想到他走了以后的情形:一边缝着被服,一边把她对兄弟的热情全部灌注在这个工作里头,同时她也预感到,这或许是她替他做的最后一件事了。

分别以前的几天,他们形影不离,唯恐虚度了一分一秒。最后一天晚上,他们睡得很迟,对着炉火,安多纳德坐在家中独一无二的安乐椅里,奥里维坐在她膝旁一张矮凳上,拿出他素来被宠惯的大孩子模样,惹人怜爱。对于将要开始的新生活,他觉得有些担心,也有些好奇。安多纳德想到他们的亲密从此完了,骇然自问将来怎么办。他似乎有心加强她的苦闷似的,这最后一晚的一举一动都比平时更温柔,他天真地撒娇,像一个快要出门的人把自己的优点与可爱的地方统统拿了出来。他坐在钢琴前面,久久不已地弹着她在莫扎特与格鲁克的作品中最喜爱的篇章,——那种缠绵悱恻,惆怅而高远的意境,正是他们过去的生涯的缩影。

分别的时间到了,安多纳德把奥里维送到校门口。她回到家中,又孤独了。但这一回和以前上德国去的情形不同,那次的离别与相会是可以由她做主的,只要她觉得支持不住就可以回来。这一回是她在家而他走了,那是长久的离别,终生的离别。可是她那么富于母性,初期只念念不忘地想着弟弟而没想到自己,想他刚开始过着那么不同的新生活,受着老同学的欺侮,还有那些琐碎的烦恼,虽是无足重轻,但一个独居僻处而惯于为所爱的人担忧的人,特别会加以夸大。这种操心至少使她暂时忘了自身的寂寞。她已经想着明天上会客室去探望兄弟的那个半小时了。临时她早到了一刻钟。他对她很亲热,但一心一意的关切着他所见的新东西,觉得非常有趣。以后的几天,她始终抱着关切与温柔的心去看他;可是两人对这半小时会晤的反应,显而易见地不同起来。在她,那简直是她整个的生命。他当然很温柔地爱着安多纳德,却不能只想着她。有两三次,他到会客室来迟了一些。有一天她问他在学校里可厌烦,他竟回答说不。这些小事都像小刀一般扎着安多纳德的心。——她埋怨自己这种态度,认为自私;她明明知道,倘使他少不了她,或是她少不了他,她在人生中没有旁的目标的话,不但是荒唐,简直是不好的,违反自然的。是的,这一切她都知道。但知道又有什么相干?十年来她把整个的生命给了弟弟,到了今日还有什么办法?现在丧失了生活的唯一的目标,她便一无所有了。

她拿出勇气来想做些事,看看书,弄弄音乐,读些心爱的文章……天哪!没有了他,莎士比亚,贝多芬,显得多空虚!……——是的,那当然很美……可是他不在眼前了!倘使一个人不能用所爱者的眼睛去看,美丽的东西有什么意思?美,甚至于欢乐,有什么意思,倘使不能在别一颗心中去体味它们的话?

要是身体硬朗一些,她可能重新缔造她的生活,另外找一个目的。但她已经筋疲力尽。现在到了用不着咬紧牙关撑持到底的时候,意志涣散了……她倒下来了。在她身上酝酿了多年而一向被她的毅力压在那儿的疾病,从此抬头了。

孤零零地待在家里,她不胜悲苦地消磨着她的黄昏,没有气力把熄灭的炉火重新燃起,也没有气力上床睡觉,直坐到半夜,迷迷糊糊的,沉思遐想,打着寒战。她温着过去的生活,跟死了的人与破灭的幻象老是分不开,她那么沉痛地想着没有爱情的,虚度了的青春。那是一种暧昧的,自己不承认的痛苦……一个孩子在街上笑,一忽儿又在下一层楼上摇摇晃晃地学步,小脚一步步都踩在她心上!……有些疑虑,有些邪念,盘踞在她的心头;这个自私的、享乐的都市的气息,把她病弱的灵魂感染了。她压制着自己的遗憾,觉得自己的欲念可耻,不懂这些苦恼从何而来,以为是下劣的本能作祟。可怜的小奥菲利娅受着神秘的烦闷磨蚀,非常厌恶地觉得从她的心灵隐蔽的地方冒起一股犷野的,乱人心意的气息。她不能再工作,大部分的教职都辞掉了。她这个惯于早起的人有时竟睡到中午;起身与睡觉都没意义了,同时很少饮食,甚至于不饮不食。只有兄弟放假的日子——星期四的下午和星期日一天——她才勉强装得跟从前一样。

他什么都没觉察,因为对新生活太感兴趣了,无心再观察姊姊。他正到了青年的某一个时期,对人不容易倾心相与,对于从前感动过而将来还要为之骚动的事非常冷淡。成年人对自然和人生,往往比二十岁的青年有更新鲜的印象,更天真的体验。所以有人说年轻人的心并不年轻,感觉也并不锐敏。那往往是错误的。他们的冷淡并非因为感觉迟钝,而是因为他们的心被热情,野心,欲念,和某些执着的念头淹没了。赶到肉体衰老之后,对人生无所期待的时候,无拘无束的感情才恢复它们的地位,而像小孩子一样的眼泪也会重新流出来。奥里维心中想着无数的小事情,尤其是一种荒唐的单相思缠着他,——(那是他永远有的),——使他对旁的事一概视若无睹,或者淡然置之。安多纳德不知道他的心理变化,只看见他跟自己日渐疏远。那也不完全是奥里维的错。有时他回家来,想到要看见她、跟她谈话而很高兴,可是一进门会立刻变得冷冰冰的。姊姊那种多操心的感情,一把死抓的狂热,过分的殷勤,过分的关切,使他苦闷得马上放弃了吐露衷曲的意思,甚至以为安多纳德失了常态。她往常用来对付他的知情识趣的态度完全没有了。但他并不加以深思,对她的问话,只直截了当地回答一个是或否。她愈想逗他说话,他愈沉默,或竟用一句粗暴的话得罪她。于是她也很难堪地缄默了。一天过去了,虚度了。——他才跨出家门踏上回校的路,就后悔自己的行动。夜里他想到使姊姊难过,不由得自怨自艾;有时一到学校就写一封热烈的信给她,——但第二天早上重新念了一遍,又把它撕掉了。安多纳德一点不知道这等情形,只以为他不爱她了。

她还有——即使不能说是最后一次的快乐——至少是青年的感情最后一次的激动,使她的心又苏醒过来,使爱的力量与对幸福的希望又无可奈何的奋发了一下。并且那也是荒唐的,和她安静的性格相反的。要不是在心烦意乱,大病前期的兴奋过度与迷惘的状态中,她绝不会有这种情形。

她和兄弟在夏特莱戏院听音乐。他因为在一份小杂志上担任音乐批评,可以比当年坐着好一些的位置,但周围的群众倒反可厌。他们靠近台边,坐在两只弹簧凳上。① 那天有克利斯朵夫·克拉夫脱出场演奏。他们并不认识这位德国音乐家。但他一出台,她心里的血马上沸腾起来。虽然她困倦的眼睛不能清清楚楚的看见他,可是已经认出了她在德国受难时代的朋友。她从来没跟兄弟提过,便是她自己也不大想起:那时以后,她全部的思想都给生活问题占据了。并且她是个极有理性的法国女子,不愿意承认那种没有来由而又没有前途的感

---

① 法国戏院在每排固定座位的两端,备有弹簧凳(不用时可以翻起),作为临时加座之用。

情。她心中有一个深不可测的区域,藏着许多自己羞于见到的情愫;她明知有这些东西存在,可是不敢正视,因为对于不受理智监督的那个生命感到说不出的恐怖。

等到心情稍定的时候,她借着弟弟的手眼镜瞧了瞧克利斯朵夫,看到他站在指挥台上的侧影,认出他那副暴烈与孤僻的神气。他穿着一套极不称身的旧衣服。——安多纳德一声不出,浑身冰冷,眼看克利斯朵夫在这个可叹的音乐会里受着群众的侮辱。大家原来就不欢迎德国艺术家,此刻又觉得他的音乐非常沉闷。① 在一阕似乎太长的交响曲之后,他又出场弹几个钢琴曲子;群众的冷嘲热讽的态度,显然表示不大愿意再见他。他开始演奏了,好不厌烦的群众无可奈何地听着,最高一层的楼厅上有两个听众高声说着些很不客气的话,使场子里的人听了直乐。不料克利斯朵夫突然停下来,拿出像野孩子一样傲慢不逊的态度,用一只手弹着《玛勃洛打仗去了》的调子,站起来对群众说:"这才配你们的胃口!"

群众对于音乐家的用意先还不大明白,迟疑了一会,然后闹哄起来,有的嘘着,有的嚷着:"道歉呀!非道歉不可!"人们气得满面通红,紧张得不得了,自以为真的愤慨了,那也许是事实,但更近于事实的是他们很高兴趁此机会放肆一下,大闹一阵,好似上了两小时课以后的中学生一样。

安多纳德没有气力动弹,似乎吓坏了,手指抽搐,把一只手套捻来捻去。从交响曲的最初几个音符起,她已经料到可能出事,觉得群众潜伏的恶意慢慢地在扩大,也看透克利斯朵夫的心情,断定他等不到完场就要发作的。她等着,越来越苦闷,恨不得去阻止他;但事情发生的经过简直和预料的一模一样,因此她受的打击跟受着宿命的打击没有分别,仿佛不是人力所能挽回的。她眼睛盯着克利斯朵夫,克利斯朵夫愤愤然瞪着呵斥他的群众,一刹那间他们的目光碰上了。克利斯

---

① 参看卷五:《节场》。——原注

朵夫的眼睛也许在一刹那间把她认出了,可是在当时狂乱的情绪中,他的头脑并没认出来,——他早已把她忘了,——接着他在大众的嘘斥声中不见了。

她想叫喊,想说话,可是像做着噩梦一般没法开口。等到看见勇敢的小兄弟,并没发觉她情绪激动而也在身旁分担着她的悲痛与愤慨,她才松了一口气。奥里维极有音乐天分,也有他自己的口味,决不受人拘束;只要爱好一件东西,他是敢冒天下之大不韪去爱的。听了克利斯朵夫的交响曲开头的几拍子,他就感觉到有些伟大的,生平从未遇到过的气息。他很热烈地,声音很低地自言自语:"啊,多美啊!多美!……"

姊姊听了,不知不觉地靠着他的身子,心里非常感激。交响曲奏完以后,他狂热地鼓掌,对群众的冷淡与讥讽表示抗议。等到全场骚乱的时候,他更气坏了:这胆怯的孩子居然站起身来,嚷着说克利斯朵夫是对的,他责问那些嘘斥的人,竟想跑过去跟他们打架。他的声音给场中的喧闹淹没了,人家用粗话骂他,说他混蛋。安多纳德眼见反抗是白费的,便抓着他的手臂,说:"住嘴,住嘴!"

他无可奈何地坐下,继续咆哮道:"丢人,丢人!这些该死的家伙!"

她一声不出,难受极了;他以为她对那音乐无动于衷,便对她说:"安多纳德,难道你,你不觉得这个美吗?"

她点点头表示感觉到的。她始终愣在那里,打不起精神来。但乐队准备奏另外一个曲子的时候,她突然站起,恨恨地凑着兄弟的耳朵说:"走吧,我不愿意再看这些人了!"

他们匆匆忙忙走了。在街上,手搀着手,奥里维兴奋地说着话,安多纳德一声不出。

以后的几天,她独自坐在卧室里被某一种感情搅得迷迷糊糊,虽然她避免正视那感情,但它老是跟她的思想纠缠不清,像血在太阳穴中剧烈的跳动一样，使她非常难受。

过了一晌，奥里维拿来一册克利斯朵夫的歌集，刚在一家书铺里发现的。她随便翻开，看到有支曲子上面题着一句德文："献给那位受我连累的女子"，下面还写着年月日。

她很记得那个日子。——心里一慌，她看不下去了，便放下集子，要奥里维弹给她听，自己却走进卧房，关上了门。奥里维对这种新的音乐只觉得满心欢喜，马上弹了，没注意到姊姊的激动。安多纳德坐在隔壁，竭力压着心跳。突然她到衣柜里找出她的小账簿，查她离开德国的日期和那神秘的日子。其实她早已知道了，一查之下，果然那是和克利斯朵夫一同看戏的晚上。于是她躺在床上，闭着眼，红着脸，合着手放在胸部，听着那心爱的音乐，感激到极点……啊！为什么她的头疼得这样厉害呢？

因为姊姊不出来，奥里维弹完了一曲便走进房里，发现她躺着。他问她是否不舒服。她回答说是累了，接着就起来陪他。他们谈着，但她对于他的问话并不立刻回答，好似从迷惘中突然惊醒过来。她笑了笑，红着脸，抱歉地说头疼得厉害，人有点儿糊涂了。奥里维走了。她要他把集子留下，然后自个儿坐到深夜，在钢琴前面看着乐谱，并不弹，只随便捺几个音，轻轻的，唯恐使邻居讨厌。多半的时候她也不看谱，只是胡思乱想，对于那个怜悯她而凭着神秘的直觉与慈悲窥到她心灵的人，抱着满腔的感激与温情。她没法固定自己的思想，只觉得又快乐又悲哀，——悲哀……啊！她的头疼得多厉害！

她整夜做着甜美而困人的梦！万分惆怅。白天，为了振作精神，她想出去遛遛。虽然她头痛还很剧烈，可是硬要自己有个目的，便到一家百货公司去买些东西。她根本没想着她所做的事，只想着克利斯朵夫，但自己不承认。赶到她筋疲力尽，凄怆欲绝地走出来，忽然瞧见克利斯朵夫在对面的人行道上走过。他也同时瞧见了她。她马上不假思索地向他伸出手去。这一回克利斯朵夫也停住脚步，认出了她。他已经走下人行道迎着安多纳德来了，安多纳德也迎着他走过去了。

可是势如潮涌的人群把她推着挤着,像根草似的,街车的一匹马滑跌在泥泞的街上,在克利斯朵夫前面形成了一条堤岸,来往的车辆被阻塞了,成了个难解难分的局面。克利斯朵夫不顾一切地还想穿过来:不料夹在车马中间进退不得。他好容易走到看见安多纳德的地方,她已经不见了,她竭力想抵抗人潮而抵抗不住,也就灰了心,不再挣扎,觉得有股宿命的力量阻止她跟克利斯朵夫相会;而既然是命中注定的,又有什么办法?所以她从人堆里挤了出来,不想再回头走去。她忽然怕羞了:她敢对他说些什么呢,做何举动呢?他心目中又会把她看作怎么样呢?想到这些,她便溜回家了。

回到了家,她的心方始定下来。一进屋子,她在黑影里坐在桌子前面,连脱下帽子和手套的勇气都没有。她因为不能跟他说话而苦恼,同时心里又感到一道光明;黑影没有了,身上的病也没有了,只翻来覆去想着刚才的情形,又想到要是在另外一个情形之下又怎么样。她看见自己向克利斯朵夫伸手,看见克利斯朵夫认出了她而显得高兴的样子,于是她笑了,脸红了。她独自坐在黑暗的房里,对他又伸着手臂。那简直是不由自主的,她觉得自己要消灭了,本能地想抓住一个在身旁走过而非常慈悲地望着她的坚强的生命。她抱着一腔的温情与悲苦,在半夜里向他叫道:"救救我呀!救救我呀!"

她浑身滚热的起来点上灯火,拿着纸笔,给克利斯朵夫写了封信。要不是给疾病困住了,这个羞怯而高傲的少女永远不会想到写信给他的。她不知道写些什么,那时已经不能自主了。她叫他,跟他说她爱他……写到半中间,不觉骇然停下,想重新再写:可是热情已经退下去了,头里空荡荡的,像火一般的发烧,千辛万苦也不容易找到词句,她完全给疲倦压倒了,又觉得很难为情……这些能有什么用呢?这明明是骗自己,她不会把信寄出去的……而且即使愿意寄也不可能。她不知道克利斯朵夫的住址……可怜的克利斯朵夫!纵使他知道这些,对她存着一片好心,他又能帮什么忙?……太晚了!一切都是白费的了。一只窒息的鸟拼命拍着翅膀,做着最后的努力。她只有认命了……

她在桌子前面呆坐了好久,没法从麻痹状态中挣扎出来。等到她费尽气力,很勇敢地站起身子,已经过了半夜。她随手把信稿夹在架上一册书里,既没勇气把它藏起来,也没勇气把它撕掉。随后她睡了,打着寒战,身子滚热。谜底揭晓了:她觉得神的意志完成了。

于是她心里只有一片和平恬静的境界。

星期日早上,奥里维从学校回来,发现安多纳德躺在床上,神志有点昏迷。医生来了,断为急性肺病。

最后几天,安多纳德明白了自己的病情;早先使她害怕的精神骚动,如今被她把原因找出来了。可怜的姑娘老是为了近来的心绪暗中羞愧,一发觉那是疾病所致而不必由她负责,不禁大大地松了口气。她还有精神料理一些事,烧掉某些文件,写了一封信给拿端太太,恳求她在她……后的最初几星期,——(她不敢写下"死"这个字)——照顾她的弟弟。

医生毫无办法,病势太凶险,她的体力又被多年的劳苦磨坏了。

安多纳德非常镇静。自从她得悉自己不起之后,反而解脱了。她把过去所受的磨难一桩一桩的想起来;眼看自己大功告成,亲爱的奥里维得救了:她觉得说不出的快乐。她想道:"这是我的成绩。"

但她又责备自己的骄傲:"单靠我一个人是做不了的。那是上帝帮我的。"

于是她感谢上帝允许她活到今天,使她能够完成使命。她这时候离开世界固然非常悲伤,可是不敢抱怨;那等于忘了上帝的恩德了,因为他可能早几年召她去的。而要是她早死一年,情形又会变得怎么样呢?——想到这儿,她叹了口气,也就存着感激的心隐忍了。

她虽然呼吸艰难,可并不叫苦,——除非在昏昏沉沉睡着的当口,有时会像小孩子一般哼几声。这时她看人看事都用了乐天知命的心情。而一看到奥里维尤其欢喜不尽。她不开口,只动了动嘴唇叫他,

要他把头靠在她枕上,然后四目相对,她默默地,长久地瞧着他。临了,她抬起身子,把他的头紧紧捧在手里,喊着:

"啊!奥里维!……奥里维!……"

她拿下脖子里的圣牌,①挂在兄弟颈上。她把奥里维付托给她的忏悔师,医生,付托给所有的人。旁人都觉得她从此是托生在兄弟身上了,逃到他的生命里去了,仿佛他是大海中的一座岛屿。有时,热情与信仰的神秘的激动使她陶醉了,忘了肉体的苦楚。悲哀一变而为欢乐,——神明的欢乐,——在她的嘴上,在她的眼睛里发出光辉。她再三说着:"我很快乐……"

她神志渐渐昏迷。最后一次清醒的时间,她扯动着嘴唇,念念有词。奥里维走到床头俯在她身上。她还认得他,对他有气无力地笑着,嘴唇还在那儿哆嗦,眼眶里含着热泪。人家听不见她想说的话……可是奥里维像抓住一缕呼吸似的听到了几句歌词,那是他们俩十分喜欢的,她为他常唱的一支老歌:

  我将再来,我的亲爱的人儿,我将再来……

接着她又昏迷了……她离开了世界。

平时她不知不觉地感动了许多不认识的人;对她非常同情。便是在同一座屋子里,她连姓名都不知道的房客也是这样。奥里维受到许多完全陌生的人的慰问。安多纳德的葬礼没有像她母亲的那样寂寞。奥里维的朋友,同学,她教过书的家庭,以及她不声不响见过的,彼此都不知道身世的,可是知道她的义气而佩服她的人,甚至也有些可怜的人,在她家做散工的女人,街坊上的小商人,都来送她到墓地。她去世的当天,奥里维就被拿端太太强邀了去,他已经痛苦得没有主意了。

---

① 旧教徒往往以小圆银质胸章贴身悬挂。胸章上镌有耶稣或圣母像。

他一生中的确只有这个时期才能担当这样一件祸事，——只有这个时间他才不至于整个儿被失望压倒。他才开始过一种新生活，处在一个集团中间，不由自主地受着大家推动。学校方面的作业与操心，求知的热诚，大大小小的考试，为了生活的奋斗，使他不能在精神上孤独起来躲在一边。为了这一点他大为痛苦，但幸亏如此他才得救。早一年或迟几年，他就完了。

然而他竭尽可能地躲在一边追念姊姊。他很伤心不能把他们共同生活的故居保留起来：他没有这笔钱。他希望那些似乎关切他的人能懂得他不能保存她的东西的悲哀。可是没有一个人懂得。他借了一点钱，再凑上替人家补习的学费，租了一个顶楼，把所能留下的姊姊的家具堆起来：她的床，她的桌子，她的靠椅。他把那个房间作为一个纪念她的圣地，逢到精神颓丧的日子，便去躲在那儿。他的同学以为他有什么外遇。其实他在这里待上几小时，想着她，手捧着脑袋：他只有她一张小小的照片，还是他们俩小时候一同拍的。他对着照片说着，哭着……她到哪儿去了呢？啊，只要她在世界上，哪怕在天涯海角，哪怕在什么到不了的地方，——他都要用着何等的热诚，何等快乐的心去寻访她，不管是怎么辛苦，也不管要跋涉几百年，只消每走一步能近她一步！……是的，即使他只有千分之一的希望能够遇到她……可是毫无办法。他多孤独！现在没有了她的爱，没有了她的指导与安慰，他对付人生的手段是多么笨拙多么幼稚！……谁要在世界上遇到过一次友爱的心，体会过肝胆相照的境界，就是尝到了天上人间的欢乐，——终生都要为之苦恼的欢乐……

  对于一般懦弱而温柔的灵魂，最不幸的莫如尝到了一次最大的幸福。

在人生的初期就丧失了一个心爱的人固然悲痛，但还不及以后生机衰退的时候那么残酷。奥里维正在青年时期，虽然天性悲观，遭遇不幸,究竟是需要生活的。似乎安多纳德临死之际把一部分的灵魂移交给兄弟了。他相信是这样。他虽不像姊姊那样有信仰,却也隐隐然相信姊姊并没完全死,而是像她所说的托生在他的心上。布列塔尼一带有种信仰,说夭折的青年并不死;他们继续在生前居住的地方飘浮,直到应享的天年终了的时候。——这样,安多纳德仿佛继续在奥里维身旁长大。

他把她的纸张重新看了一遍。不幸她差不多把什么都烧了。而且她不是一个喜欢记录内心生活的人。揭露自己的思想,在她是会脸红的。她只有一本小日记簿,记着一些别人没法懂得的事,——不加说明的写了些日子,纪念她一生或悲或喜的琐碎事儿,那是她用不着写下细节就能全部想起来的,所有这些日子几乎都跟奥里维的生活有关。她也保存着他写给她的信,一封不缺。——不幸他没有那么细心;她写给他的差不多全部给丢了。他要那些信干什么呢?他以为姊姊是永远在身边的,温情的泉源是涓涓不绝的,永远可以浸润他的嘴唇与心;他当初毫无远见地浪费了他所得到的爱,现在却恨不得把它一点一滴的储藏起来……他随便翻着安多纳德的一册诗集,忽然看到一张破纸上有几个铅笔字:"奥里维,亲爱的奥里维!……"他看了差点儿晕倒。他号啕大哭,拼命吻着那张不可见的,在坟墓中和他说话的嘴巴。——从那天起,他把她所有的书都打开来,一页一页的找她有没有留下别的心腹话。他发现了她写给克利斯朵夫的信稿,才知道藏在她心里的略具雏形的罗曼史;他第一次窥见他从来不知道、也不想知道的她的感情生活,把她骚乱不宁的最后几天,被兄弟遗弃而向着不相识的朋友伸手乞援的心情,完全体验到了。她从来没和他说见过克利斯朵夫。他从信稿上才发觉他们以前在德国碰过面,克利斯朵夫曾经对姊姊很好,详细情形当然无法知道,只知道安多纳德至死没表白的感情是在那时发动的。

奥里维早已为了克利斯朵夫的音乐而喜欢克利斯朵夫,这一下对他更是说不出的爱好。她是爱过他的;奥里维觉得自己爱克利斯朵夫

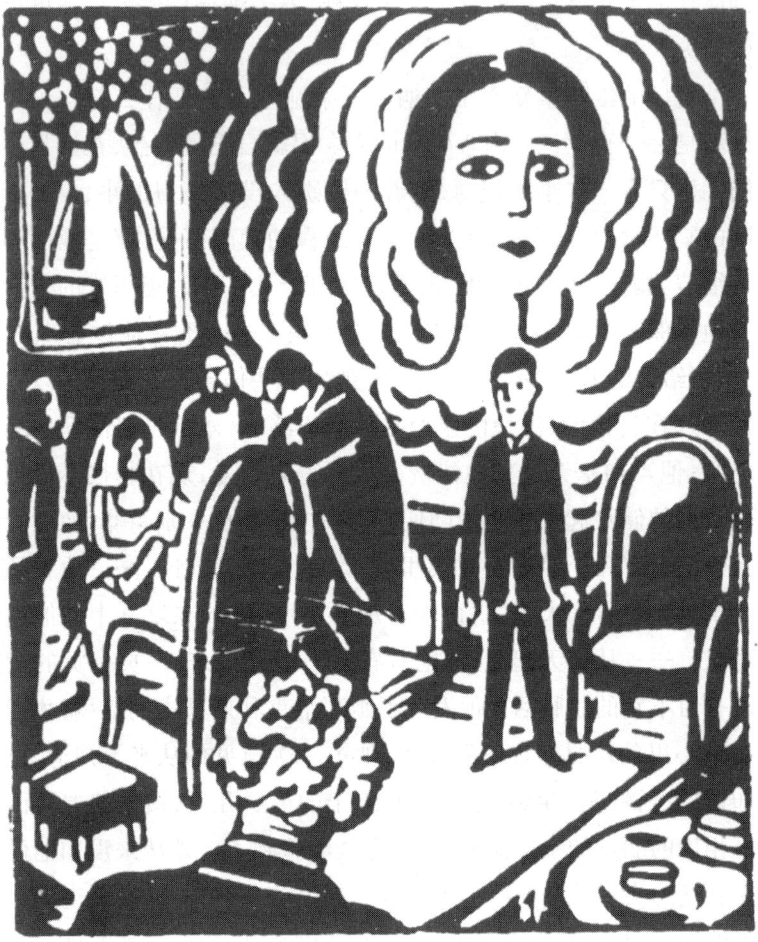

其实还是爱的她。他想尽方法去接近他,可不容易找到他的踪迹。克利斯朵夫经过了那次失败,在巴黎的茫茫人海中不见了;他退出了社会,谁也不注意他。过了几个月,奥里维偶然在街上遇见克利斯朵夫,正是大病初愈以后,毫无血色,形容憔悴。但他没勇气上前招呼,只远远地跟着,直到他住的地方。他想写信给他,又下不了决心。写什么好呢?奥里维不是单独一个人,精神上还有安多纳德和他在一起:她的爱情,她的贞洁的观念,都把他感染了;一想到姊姊爱过克利斯朵夫,他就脸红,仿佛自己就是安多纳德。另一方面,他的确想和他谈谈她的事。——可是不成。她的秘密把他的嘴巴给堵住了。

他设法要跟克利斯朵夫见面。凡是他认为克利斯朵夫可能去的地方,他都去。他热烈地希望跟他亲近。可是一见面,他又躲起来,唯恐被他发现了。

最后,他们共同参与一个朋友家的夜会,克利斯朵夫终于留神到他了。奥里维远远地站着,一句话也不说,只顾望着他。那天晚上,安多纳德一定是和奥里维在一起:因为克利斯朵夫在奥里维眼中看见了她,而且也的确是这个突然浮现的形象使克利斯朵夫穿过客厅,向陌生的年轻的使者走过去,去接受那幸福的死者的又凄凉又温柔的敬意。

卷六终

卷七·户内

卷七初版序

多年以来,我在精神上跟不在眼前的识与不识的朋友们交谈,已经成了习惯,所以我今天觉得需要对他们高声倾吐一下。我决不能忘恩负义,不感谢他们对我的厚意。从我开始写《约翰·克利斯朵夫》这个冗长的故事起,我就是为他们写的,和他们一同写的。他们鼓励我,耐着性子陪着我,向我表示同情,使我感到温暖。即使我能给他们多少好处,他们给我的可是更多。我的作品是我们的思想结合起来的果实。

我开始执笔的时候,根本不敢希望同情我们的人会超过一小群朋友:我的野心只限于苏格拉底之家。① 然而年复一年,我觉得好恶相同,痛苦相同的弟兄们不知有多多少少,在巴黎犹如在内地,在法国以内犹如在法国以外。这一点,在克利斯朵夫吐露了他的和我的衷曲,表示他瞧不起节场的那一卷出版以后,我就明白了。我的著作所引起的回响,从来没有像这一卷那样迅速的。因为那不但是我的心声,同时是我朋友们的心声。他们很知道,《克利斯朵夫》不单是属于我的,而且也是属于他们的。我们把共同的灵魂大部分都灌输给它了。

既然《克利斯朵夫》是属于读者的,我就应当向他们对这一卷有所

---

① 苏格拉底建造屋舍,人谓太小,苏格拉底回答:"只要它能容纳真正的朋友就行了。"

解释。如在《节场》中一样，读者在此找不到小说式的情节，而本书主人翁的生涯似乎也中途停顿了。

因此我得说明这部作品是在什么情形之下着手的。

我那时是孤独的。像多少的法国人一样，我在一个精神上跟我敌对的世界里感到窒息，我要呼吸，我要反抗一种不健全的文明，反抗被一般僭称的优秀阶级毒害的思想，我想对那个优秀阶级说："你撒谎，你并不代表法兰西。"

要达到这个目的，我必须有一个眼目清明，心灵纯洁的主人翁，——他又必须有相当高尚的灵魂才能有说话的权利，有相当雄壮的声音才能教人听到他的话。我很耐性的造成了这样的一个主角。在我还没决定开始动笔以前，这件作品在我心头酝酿了十年，直到我把克利斯朵夫全部的行程认清楚了，克利斯朵夫才开始上路，《节场》中的某些篇章，《约翰·克利斯朵夫》全书最后的几卷，①都是在《黎明》以前或同时写的。在克利斯朵夫与奥里维身上反映出来的法国景象，自始就在本书中占着重要地位。所以，主人翁在人生的中途遇到一个高岗，一方面回顾一下才走过的山谷，一方面瞻望一番将要趱奔的前途的时候，希望读者不要认为作品越出了范围，而认为是一种预定的休止。

显而易见，这最后几卷(《节场》与《户内》)跟全书其他的部分同样不是小说，我从来没有意思写一部小说。那么这作品究竟是什么呢？是一首诗吗？——你们何必要有一个名字呢？你们看到一个人，会问他是一部小说或一首诗吗？我就是创造了一个人。一个人的生命决不能受一种文学形式的限制。它有它本身的规则。每个生命的方式是自然界一种力的方式。有些人的生命像沉静的湖，有些像白云飘荡的一望无极的天空，有些像丰腴富饶的平原，有些像断断续续的山峰。我觉得约翰·克利斯朵夫的生命像一条河；我在本书的最初几

---

① 特别是第九卷《燃烧的荆棘》中关于阿娜的部分。——原注

页就说过的。——而那条河在某些地段上似乎睡着了,只映出周围的田野跟天色。但它照旧在那里流动,变化;有时这种表面上的静止藏着一道湍激的急流,猛烈的气势要以后遇到阻碍的时候才会显出来。这便是《约翰·克利斯朵夫》全书中这一卷的形象。等到这条河积聚了长时期的力量,把两岸的思想吸收了以后,它将继续它的行程,——向汪洋大海进发,向我们大家归宿的地方进发。

罗曼·罗兰
一九〇九年一月

第 一 部

　　我有了一个朋友了！……找到了一颗灵魂,使你在苦恼中有所倚傍,有个温柔而安全的托身之地,使你在惊魂未定之时能够喘息一会:那是多么甜美啊！不再孤独了,也不必再昼夜警惕,目不交睫,而终于筋疲力尽,为敌所乘了！得一知己,把你整个的生命交托给他,——他也把整个的生命交托给你。终于能够休息了:你睡着的时候,他替你守卫,他睡着的时候,你替他守卫。能保护你所疼爱的人,保护像小孩子一般信赖你的人,岂不快乐！而更快乐的是倾心相许,剖腹相示,整个儿交给朋友支配。等你老了,累了,多年的人生重负使你感到厌倦的时候,你能够在朋友身上再生,恢复你的青春与朝气,用他的眼睛去体验万象更新的世界,用他的感官去抓住瞬息即逝的美景,用他的心灵去领略人生的壮美……便是受苦也和他一块儿受苦！……啊！只要能生死相共,便是痛苦也成为欢乐了！

　　我有了一个朋友了！他跟我隔得那么远,又那么近,永久在我心头。我把他占有了,他把我占有了。我的朋友是爱我的。"爱"把我们两人的灵魂交融为一了。

　　参加了罗孙家的夜会以后,克利斯朵夫第二天醒来,第一个念头就想到奥里维·耶南。他立刻想要跟他再见。八点还没到,他已经出门了。早上的天气温暖而有些郁闷。那是夏令早行的四月天:一缕酝酿阵雨的水汽在巴黎城上飘浮。

奥里维住在圣热纳维耶高岗下面的一条小街上,靠近植物园。屋子坐落在街上最窄的地方。楼梯在一个黑洞洞的院子的尽里头,有种种难闻的气味。踏级的拐弯很陡,靠壁有些倾斜,壁上都给涂得乱七八糟。三层楼上,一个乱发蓬松的妇人敞开着衬衣,听见上楼的脚声开出门来,看见是克利斯朵夫便立刻很粗暴地把门关上了。每一层楼都有好几个公寓,从开裂的门缝里,你可以听见孩子们的吵闹。那是一群肮脏而极平凡的人,挤在低矮的屋内,外面只有一方令人作恶的院子。克利斯朵夫厌恶之下,心里想这些人不知受了什么诱惑,把至少还有空气可以呼吸的乡下丢了,也不知他们跑到巴黎来住在这坟墓一般的地方,能有什么好处。

他爬到了奥里维住的那一层。门铃的拉手是条打结的绳子。克利斯朵夫把它使劲拉了一下,铃声响处,好几家人家都打开了门。奥里维也出来开了门。他的素雅整齐的穿扮使克利斯朵夫大为惊奇;换了别的场合,克利斯朵夫决不会注意到这一点,但在这儿他感到一种出乎意外的愉快;奥里维的整洁,在这个恶浊的环境中教人觉得愉快和健康。头天晚上看了奥里维清明的眼神所感到的印象,又立刻回复过来。他向他伸出手去。奥里维慌慌张张地嘟囔着:

"怎么,你,你到这儿来!……"

克利斯朵夫一心想抓住这颗一刹那间慌忙失措的可爱的心灵,便对奥里维的问话笑而不答。他把奥里维往前推着,走进了那间卧室兼书房的独一无二的房间。近窗靠墙摆着一张小铁床;克利斯朵夫看到床上放着一大堆枕头。三张椅子,一张黑漆桌子,一架小钢琴,几架图书,就把一间屋挤满了。屋子又窄,又矮,又黑;但主人那种清朗的眼神似乎有种反光照在屋子里。一切都很清洁,整齐,好像是出于一个女人之手;水瓶里插着几朵蔷薇,给室内添了几分春意,四壁挂着一些佛罗伦萨派的古画的照片。

"噢,你这是来……来看我吗?"奥里维真情洋溢地说着。

"嗳,我非来不可啊,"克利斯朵夫回答,"你,你是不会来看我的。"

"你以为我不会吗?"

奥里维紧跟着又说:"对,你说得不错。可并非是我不想去。"

"那么有什么阻碍把你拦住了?"

"我太想见你了。"

"这理由真是太妙了!"

"是啊,你可别见笑。我就怕你不怎么愿意见我。"

"我,我才不顾虑这个呢!我想看你,我就来了。要是你不乐意,我自然会看出来的。"

"那你一定要眼光很好才行。"

他们彼此瞧着,笑了笑。

奥里维又说:"昨天我真蠢。我生怕你讨厌。我的胆小简直是一种病,连一句话都说不上来。"

"别抱怨了吧。你们贵国喜欢说话的人太多了,能够碰到一个不大出声的,便是为了胆小而不出声的,也教人高兴。"

克利斯朵夫笑了,很得意自己的俏皮。

"那么你是为了我的静默而来看我的了?"

"是的,为了你的静默,为了你那种静默的优点。静默也有好多种……我可喜欢你这一种,话不是说完了吗?"

"你仅仅见了我一面,怎么会对我发生好感?"

"那是我的事。我挑选朋友用不着多费时间,只要看到一张喜欢的脸,我马上会决定,马上会去找他,而且非找到不可。"

"你这样的追求朋友从来不会看错吗?"

"那是常有的事。"

"也许你这一回又看错了。"

"咱们慢慢瞧吧。"

"噢!那我就糟了。你会教我心都凉了的,只要一想到你在观察我,我就慌得手足无措了。"

克利斯朵夫又好奇又亲热的,瞧着那张容易冲动的脸一忽儿红一忽儿白。感情映在他的脸上好比云彩映在水里。

"多神经质的孩子!简直像女人一样。"克利斯朵夫心里想着,轻轻地碰了碰他的膝盖。

"得了吧,你以为我全副武装地来对付你吗?我最恨人家拿朋友做心理学实验。我所要求的是:两个人都应当无拘无束,开诚布公,没有不必要的害羞而永远把话闷在胸中,也不必怕自己前后矛盾,——今天喜欢的,明天尽可以不喜欢。这不是更有丈夫气,更光明磊落吗?"

奥里维肃然望着他,回答说:"没有问题,这是更有丈夫气。你是强者,我可不是的。"

"我敢断定你也是强者,不过是另外一种方式罢了。并且我现在正是要来帮助你成为强者,如果你愿意的话。我刚才已经声明过了,此刻我可以更坦白地补上一句,——(但并不担保以后的事,)——我喜欢你。"

奥里维从脸上红起直红到耳朵,窘得一动也不能动,一句话都没有能回答。

克利斯朵夫把屋子扫了一眼:"你住的地方太不行了。没有别的屋子了吗?"

"还有一间堆东西的小屋子。"

"嘿!简直透不过气来。你怎么能在这里过活的?"

"慢慢也就惯了。"

"我可是永远不会惯的。"

克利斯朵夫解开背心,拼命地呼吸。

奥里维走去把窗子完全打开了。

"你住在城里一定是不舒服的,克拉夫脱先生。我可决不因为精力过剩而难受。我只需要一点点的空气,哪儿都能活下去。可是到了夏天,有些晚上连我也受不了。我看到那种日子快来了就害怕。我坐在床上,仿佛要死过去了。"

克利斯朵夫瞧着床上的一堆枕头,又瞧着奥里维疲倦的脸,似乎看到他在黑暗里挣扎的情形。

"那么离开这儿呀,"他说,"干吗要住在这个地方呢?"

奥里维耸耸肩膀,满不在乎地回答:"噢!这儿那儿,反正都是一样!……"

这时他们听到头顶上有沉重的脚声,下一层楼上有尖锐的争吵声。墙壁每分钟都给街车震动得发抖。

"这种屋子!"克利斯朵夫继续说,"又脏又臭,又热又闷,只看见下贱悲惨的景象的屋子,你晚上怎么能踏进来?难道你不泄气吗?换了我,在这儿简直活不下去,宁可睡在桥底下的。"

"最初我也觉得痛苦,跟你一样厌恶这种环境。我记得小时候跟着大人去散步,只要走过肮脏的贫民区,心里就作恶,有时还有些不敢说出来的可笑的恐怖。我想:要是此刻发生地震,我就得死在这儿,永远留在这儿,而这是我最怕的。那时我万万想不到有一天会甘心情愿住在这等地方,说不定还要死在这里。我当然不能太挑剔,可是心里是永远厌恶的,只能竭力不去想它。上楼的时候,我把眼睛,耳朵,鼻子,所有的感官都封闭起来,跟外界隔绝。并且,你瞧,从那个屋顶望出去,有一株皂角树。我坐在这边屋角里,让自己什么都瞧不见,只瞧见那株树;傍晚风吹树动的景致,使我觉得自己远在巴黎之外了,这些齿形的树叶簌簌摇曳,有时比森林中的风涛声还更幽美动听呢。"

"是的,"克利斯朵夫说,"我知道你老是在出神;可是你不用你的幻想来创造一些别的生命,而仅仅用来对付生活的烦恼,不是浪费了吗?"

"大多数人的运命就是这样。你自己难道没有为了愤怒与斗争而浪费精力吗?"

"我的情形是不同的。我生来是为斗争的。瞧瞧我的胳膊跟手吧。跟人家搏斗是表示我健康。你哪,你可没有多大气力,我一眼就看出来了。"

奥里维凄然瞧着自己细弱的手腕:"是的,我身子弱得很,一向是这样的。有什么办法?总得生活啰。"

"你靠什么过活的?"

"教书。"

"教什么?"

"什么都教。替人补习拉丁文,希腊文,历史。我给人家预备中学毕业考试。在市立学校我还担任一门道德课。"

"什么课?"

"道德课。"

"见鬼!你们学校里教道德吗?"

"当然。"奥里维笑着说。

"你有什么话可以在讲堂上说到十分钟以上呢?"

"每星期我有十二个钟点呢。"

"那么你是教他们做坏事了?"

"为什么?"

"因为要人家知道什么叫作善,是用不着多费口舌的。"

"那么是不说为妙了?"

"对啦,不说为妙。不知道善恶不一定就不能为善。善不是一种学问,而是一种行为。只有一般神经衰弱的人才把道德讨论个不休。可是道德的最重要的规则便是不能神经衰弱。那些迂腐的家伙!他们好比手脚残废的人想要教我怎么走路。"

"那不是对你说的。你已经知道了,可是不知道的人多着呢!"

"那么让他们像小娃娃一样手脚并用地去爬吧,让他们自己去学走吧。但手脚并用也罢,不并用也罢,第一要他们会走。"

他在屋子里大踏步踱着,不到四步把整个房间走完了。走到钢琴前面,他站住了,揭开琴盖,随便翻了翻乐谱,把键盘抚弄了一会,说道:"弹些曲子给我听听。"

奥里维吓了一跳:"要我弹？多古怪的念头！"

"罗孙太太说你是很好的音乐家。来,来,弹吧。"

"在你面前弹吗？噢！那会教我羞死的。"

这个从心坎里发出来的天真的呼声,把克利斯朵夫听得笑了,奥里维自己也不好意思地笑了。

"在一个法国人说来,难道这能算一个理由吗？"

奥里维始终推辞:"可是为什么？为什么要我弹呢？"

"等会告诉你。你先弹吧。"

"弹什么呢？"

"随你。"

奥里维叹了口气,在钢琴前面坐下了,很柔顺地服从了这个自动挑中他的专制的朋友。他迟疑了半日,方始弹一曲莫扎特的 B 小调柔板,他先是手指发抖,连捺键子的气力都没有,后来胆子大了一些,自以为不过是复述莫扎特的话,可不知不觉地把自己的心灵透露了。音乐最容易暴露一个人的心事,泄露最隐秘的思想。在莫扎特那个伟大的曲子下面,克利斯朵夫发现了这个新朋友的真面目:他体会到凄凉高远的情调,羞怯而温柔的笑容,显出他是个神经质的,纯洁的,多情的,动不动会脸红的人。到了快终曲的时候,正当表现痛苦的爱情的乐句到了顶点而突然迸裂的时候,有种抑捺不住的贞洁的情绪使奥里维没法再往下弹;他手指哆嗦,没有声音,放下了手,说道:"我弹不下去了……"

站在后面的克利斯朵夫弯下身子,把中断的乐句弹完了,说:"现在我可听到你的心声了。"他抓着他两只手,把他瞧了好一会:"真怪！……我好像见过你的……好像已经认识你那么久那么清楚了。"

奥里维嘴唇发抖,差点儿要说出来,可是终于一句话也没说。

克利斯朵夫又把他瞧了一会,然后悄悄地笑了笑,走了。

他心花怒放地走下楼梯,半中间遇见两个丑八怪的孩子,一个捧着面包,一个拿着一瓶油。他亲热地把他们的腮帮拧了一下。门房沉着脸,他可向他笑笑。他走在街上低声唱着,不久进了卢森堡公园,拣着阴处的一条凳子躺下,闭上眼睛。没有一丝风,游人很少。喷水池的声音响一阵轻一阵。铺着细沙的路上偶尔有窸窸窣窣的声响。克利斯朵夫懒洋洋的,像一条晒着太阳的蜥蜴;树底下的阴影移过去了;但他连挣扎一下的气力都没有。他的思想在打转,却也没有意思把它固定;那些念头全都照着幸福的光辉。卢森堡宫的大钟响了,他也不理;过了一忽,他才发觉刚才敲的是十二点,便马上纵起身子,原来已经闲荡了两小时,错失了哀区脱的约会,一个早上都糟掉了。他笑着,打着唿哨回家,拿一个小贩叫喊的调子作了一支回旋曲。便是凄凉的旋律在他心中也带着快乐的气息。走过他住的那条街上的洗衣作,他照例瞧了瞧;那个头发茶褐色,皮肤没有光彩,热得满脸通红的姑娘在熨衣服,细长的胳膊直露到肩头,敞开着胸褡,跟往常一样很放肆地瞅了他一眼;破题儿第一遭,克利斯朵夫竟没有生气。他还在笑。进了屋子,先前留下的工作一件都找不到。他把帽子,上衣,背心前后左右乱丢一阵,接着便开始工作,那股狠劲仿佛要征服世界似的。他把东一张西一张的音乐稿子捡起来,可是心不在这儿,只有眼睛在那里看着。过了几分钟,他又觉得飘飘然了,像在卢森堡公园里一样。他惊醒了两三回,想打起精神,可是没用。他嘻嘻哈哈地骂自己,站起身子把头往冷水里浸了一会,才清醒了些,重新坐在桌旁,一声不出,堆着一副渺茫的笑容,想着:"这跟爱情有什么分别呢?"

他只敢悄悄地思索,似乎有些怕羞。他耸了耸肩膀,又想:"爱是没有两种方式的……噢,不,的确有两种:一种是把整个的身心去爱人家,一种是只把自己浮表的一部分去爱人家。但愿我永远不要害上这种心灵的吝啬病!"

他不敢往下再想了,只对着内心的梦境微笑,久久不已。他在心里唱着:

你是我的，我才成为整个的我……

　　他拿起一张纸，静静地把心里唱的写了下来。

　　他们俩决意合租一个寓所。克利斯朵夫的意思是要立刻搬，不管租期还剩着一半而要损失一笔租金。比较谨慎的奥里维，虽然也愿意马上搬家，可劝他等双方的租期满了再说。克利斯朵夫不了解这种计算，他像许多没钱的人一样，损失点儿钱是满不在乎的。他以为奥里维手头比他更窘。有一天看到朋友穷困的情形吃了一惊，他立刻跑出去，过了两小时又回来，把从哀区脱那儿预支到的几枚五法郎的钱币得意扬扬地摆在桌上。奥里维红着脸不肯收。克利斯朵夫一气之下，要把钱丢给一个在楼下院子里拉着琴要饭的意大利人，被奥里维拦住了。克利斯朵夫装着生气的样子走了，其实他是恨自己的笨拙，没法使奥里维接受。结果，朋友来了一封信，把他安慰了一番。凡是奥里维口头不敢表示的，都在信上表示了出来：他说出认识克利斯朵夫的快乐，说克利斯朵夫的好意使他多么感动。克利斯朵夫回了一封狂热的信，像十五岁时写给他的朋友奥多的一样，满纸都是热情跟傻话，用法语，德语，甚至也用音乐来作种种双关语。

　　他们终于把住的地方安顿好了。在蒙巴那斯区，靠近唐番广场，在一幢旧屋子的六层楼上，他们找到一个三间正屋带一个厨房的公寓：房间很小，朝着一个四面都是高墙的挺小的园子。在他们那一层，从对面一堵比较低矮的墙上望过去，可以瞧见一所修道院的大花园，那在巴黎还有不少，都是藏在一边，没人知道的。园子里荒凉的走道上，一个人都没有。比卢森堡公园里更高更密的古树，在阳光底下微微摆动，成群的鸟在歌唱；天刚亮就能听到山鸟的笛声，接着是麻雀吵吵闹闹而有节奏的合唱。夏日的傍晚，燕雀的狂噪穿过暮霭，在天空回绕。月夜还有蛤蟆像滚珠一样的叫声，好比浮到池塘面上的气泡。倘使这幢旧屋子不是时时刻刻被沉重的车子震动，仿佛大地在高热度中发抖的话,你决计想不到住在巴黎。

有一间屋比其余的两间更大更好,两个朋友便互相推让,结果大家同意用抽签来决定。首先作这个提议的克利斯朵夫存了心,用了一种他素来觉得不会做的巧妙的手法,居然使自己没抽到那个好房间。

于是他们开始了一个完全幸福的时期。那不是专靠某一件事,而是同时靠所有的事的:他们所有的行动和思想都浸在幸福中间,幸福简直跟他们一分钟都不离开了。

在这个友谊的蜜月中,那些深邃而无声的欢乐,唯有"得一知己"的人才能体会。他们难得说话,也不大敢说话,只要能觉得彼此在一起,能交换一个眼神,一句话,证明他们虽然静默了好久而思想仍旧在一条路上就行了。用不着互相问讯,甚至也用不着互相瞧一眼,他们随时都能看到对方的形象。动了爱情的人都不知不觉地把爱人的灵魂作为自己的模型,一心一意地想不要得罪爱人,想教自己跟对方完全合而为一,所以他凭着一种神秘的,突如其来的直觉,能够窥到爱人的心的微妙的活动。朋友看朋友是透明的,他们彼此交换生命。双方的音容笑貌在那里互相模仿,心灵也在那里互相模仿,——直要等到那股深邃的力,那个民族的本性,有一天突然抬起头来把他们友谊的联系扯断了的时候才会显出裂痕。

克利斯朵夫放低了声音说话,放轻了脚步走路,唯恐扰乱了隔壁屋子里幽静的奥里维;友谊把他改变了:他有种从来没有的快乐、信赖、年轻的表情。他疼着奥里维。奥里维大可以对朋友作威作福,要不是他觉得不配受这样的爱而为之脸红的话:因为他自以为还不及克利斯朵夫,不知克利斯朵夫也跟他一样的谦卑。双方的这种谦卑是从友爱来的,给他们多添了一种甜蜜。一个人觉得自己在朋友心中占着那么重要的地位,即使自以为不够资格,也是最快乐的。因此他们俩都非常感动和感激。

奥里维把自己的藏书与克利斯朵夫的放在一起,不分彼此。他提到某一册的时候,不说"我的书"而说"我们的书"。只有一小部分东西,他保留着不作为公共财产:那是姊姊的遗物,或是跟她的往事有关的东西。克利斯朵夫被爱情磨炼得机警了,不久便注意到这种情形,可不明白为什么。他从来不敢向奥里维问起他的家属;只知道奥里维所有的亲人都已经故世;除了带点儿高傲的感情使他不愿意探听朋友的私事以外,他还怕触动朋友过去的悲痛。他羞怯得连对奥里维桌上的照片都不敢仔细瞧一眼,虽然心里很有这个愿望。那张相片上有一位正襟危坐的先生,一位太太,还有一个十二三岁的小姑娘,脚下坐着一条长毛大狗。

在新居住了两三个月,奥里维忽然受了些风寒,躺在床上。克利斯朵夫动了慈母一般的感情,又温柔又焦急地看护他;医生听到奥里维肺尖上有点儿发炎,嘱咐克利斯朵夫用碘摩擦病人的背。克利斯朵夫一本正经地做着这工作的时候,瞧见奥里维脖子里挂着一块圣牌。他知道奥里维对一切宗教信仰比他都摆脱得干净,当下表示很奇怪。奥里维脸一红,说道:"那是件纪念物,是我可怜的安多纳德临死的时候带着的。"

克利斯朵夫打了一个寒噤。安多纳德这个名字使他忽然心中一亮。

"安多纳德?"他问。

"是的,她是我的姊姊。"

克利斯朵夫反复念着:"安多纳德……安多纳德·耶南……她是你的姊姊?……"他一边说,一边望着桌上的照片,"她不是很小就故世的吗?"

奥里维凄然笑了笑:"这是一张小时候的照片。可怜我没有别的……她死的时候已经二十五岁了。"

"啊!"克利斯朵夫很激动地说,"她可是到过德国的?"

奥里维点点头。

克利斯朵夫抓着奥里维的手:"那么我是认识她的啊!"

"我知道。"奥里维回答。

他勾着克利斯朵夫的脖子。

"可怜的姑娘！可怜的姑娘！"克利斯朵夫再三说着。

他们俩一齐哭了。

克利斯朵夫忽然想到了奥里维的病，便尽量安慰他，要他把手臂放进被窝，替他把被褥盖住肩头，像母亲一般替他抹着眼泪，坐在床头对他望着。

"对啦，对啦，"克利斯朵夫说，"怪不得我早认得你了，第一天晚上就认出你了。"

（不知他是对眼前这个朋友说，还是对那个已经死了的朋友说。）

"可是你，"他停了一会又说，"既然早知道了，干吗不对我说呢？"

安多纳德冥冥中借着奥里维的眼睛回答：

"我不能说。应当由你说的。"

两人沉默了一会；随后，在静悄悄的夜里，奥里维一动不动地躺在床上，向握着他的手的克利斯朵夫轻轻讲着安多纳德的一生，——可是那不该说的一段，连她自己也闭口不言的秘密，并没有说，——但也许克利斯朵夫已经知道了。

从此，他们俩都被安多纳德的精神包裹了。他们在一块儿的时候，她就跟他们在一块儿。他们甚至用不着想到她：两人都是以她的思想为思想的。她的爱是他们的两颗心相会的地方。

奥里维时常唤起她的形象：都是些零星的回忆，短短的逸事，让她那种羞怯而可爱的举动，年轻而端庄的笑容，深思而妩媚的情致，像一道微光似的透露出来。克利斯朵夫默默无言地听着，整个儿给这个看不见的朋友的光彩罩住了。因为天生的比别人容易吸收生机，他有时能在奥里维的说话中间听到深邃的回声，为奥里维自己所听不见的；而且那年轻的死者的生命，他也比奥里维更能够吸收。

在奥里维身边，他不知不觉代替了她的职位；笨拙的德国人居然会像安多纳德一样的殷勤，细心，作许多体贴周到的安排，教人看了感动。有时他竟弄不清是为了爱奥里维而爱安多纳德呢，还是为了爱安多纳德而爱奥里维。柔情牵动之下，他不声不响地到安多纳德墓上去供些花草。奥里维一向不知道，直到有一天在墓上发现了鲜花才觉察，可还不容易肯定是克利斯朵夫去过的。他怯生生地提到这问题，克利斯朵夫却粗声大气地把话岔开了。他不愿意奥里维知道，但有一天两人在公墓上碰到了。

另一方面，奥里维私下写信给克利斯朵夫的母亲，把克利斯朵夫的近况告诉她，说他对克利斯朵夫怎样的敬爱与钦佩。鲁意莎很笨拙很谦卑地回了信，表示感激涕零；她老是提到自己的儿子，口气像提到一个小孩子一样。

像情人似的经过了一个不大出声的时期以后，——经过了一个"心旷神怡的恬静，莫名其妙的欢乐"的时期以后，——两人的舌头松动了。他们几小时地摸索着，要在朋友的心中有点儿新发现。

他们俩性情那么不同，但本质都那么纯粹。他们因为如是其不同又如是其相同，所以相爱。

奥里维是娇弱，单薄，不能跟人生的艰苦搏斗的。一遇到阻碍，他便退缩，并非为了害怕，而是一小部分为了胆怯，一大部分为了不肯用强暴与粗鄙的手段去克服困难。他是靠替人补习功课，写些文艺的书来维持生活的，报酬照例是少得可怜。他也偶尔写些杂志文章，可从来不能自由发表意见，必须讨论他不大感兴趣的问题——他感到兴趣的题材，人家不要他写；他是诗人，人家却教他写评论；他懂得音乐，人家却要他谈画。他知道，关于这些问题他只能说些老生常谈：而这正是大众欢迎的；他不得不对平凡的人说些他们能懂的话。后来他厌恶到极点，不愿意再写了，只替一些小杂志写作。那些刊物虽没有稿费，但言论自由，所以是被许多青年真心爱护的。唯有在这等地方，他才能发表他值得留存的东西。

他为人温和有礼，表面上很有耐性，实际上却是非常敏感。一句略微过火的话就会使他气得热血奔腾；看到什么不公平的事，他会惊骇失措；他除了自己痛苦以外，还替别人痛苦。几百年前的某些丑恶的史实使他痛心疾首，仿佛当时遭人蹂躏的便是他自己。一想到遭受那些不幸的人的苦难，他脸色发白，浑身打战，苦恼到极点，可是他同情的人物已经跟他隔着几世纪了。要是他亲眼看到这一类的暴行，更是气得直打哆嗦，有时甚至会害病，睡不着觉。他外表的强作镇静，是因为知道自己一生气就会过火，可能说出别人不能原谅的话。那时人家恨他比恨素来性情暴烈的克利斯朵夫更厉害，因为奥里维冲动之下，似乎比克利斯朵夫更容易透露他隐秘的思想。而这是不错的。他的批判人，既没有克利斯朵夫那样盲目的夸张，也没有他那样一厢情愿的幻想，而是把事情看得非常清楚。这便是一般人最不能原谅的地方。他因此默不出声，知道争辩没用，就避免争辩。这种压制使他很痛苦。但他更痛苦的是自己的胆怯：为了胆怯，他有时竟不得不违反自己的思想，或者不敢坚持到底，或者还得向人道歉，好似那次为了讨论克利斯朵夫而跟吕西安·雷维-葛争吵的情形。他对人对己都打不定主意，常常为此苦闷。在比较更使性的少年时代，他不是极端兴奋，便是极端消沉，而转换的方式也非常突兀。他最快乐的时候，已经觉得悲哀在旁边等着他了。果然，他根本没看到悲哀是怎么来的，冷不防就给它抓住了。那时他不但烦恼，还要埋怨自己的烦恼，怀疑自己的言语，行为，诚实，站在别人的立场上攻击自己。他的心在胸中乱跳，可怜巴巴地挣扎着，快要窒息了。——自从安多纳德死后，也许是受了她的死亡之赐，受了在某些亲爱的亡人身上发出来的那种令人苏慰的光明之赐，好像黎明的微光把病人的眼睛与心灵都照得清明了一样，奥里维虽不能完全摆脱这些骚乱，至少能够隐忍而加以控制了。很少人想象得到这类内心的斗争，他把这个使自己感到屈辱的秘密藏在心里：一方面是软弱而骚动的身体，一方面是无挂无碍而清明宁静的智慧，虽不能完全控制那个骚乱，却也不致受它的害，——"在扰攘不息的心头始终保持着一片和平"。

这种智慧使克利斯朵夫大为惊异。那是他在奥里维的眼睛里看出来的。奥里维有的是直觉,有的是胸襟阔大的敏锐的好奇心,无所不包,无所不容,对什么都不恨,抱着广大的同情观照世界:这种清新的目光是最可贵的天赋,使他能够用一颗永远天真的心去体验宇宙间生生不息的现象。在这个内心的天地中,他觉得自己无挂无碍,广大无边,能够主宰一切了;他这才忘了自己的缺陷和肉体的痛苦。这个弱不禁风,随时可以奄然物化的身体,倘使你远远地用一种幽默而怜悯的态度去看它,的确另有一番风味。在这等情形中,一个人绝不执着自己的生命,可是更热烈地执着一般的生命。奥里维把不愿意在行动方面消耗的精力全部灌注到爱情和智慧中去。他没有充分的活力单独生存。他是根藤萝,需要有个倚傍。把整个身心施舍给人家的时候,才是他生命最丰满的时候。那是女性的灵魂,永远需要爱别人,需要被别人爱。他生来是跟克利斯朵夫配在一起的。历史上有一般高贵的可爱的朋友,为大艺术家作护卫,同时也靠着大艺术家坚强的心灵而繁荣滋长的:例如贝尔脱拉菲奥之于达·芬奇;卡瓦列雷之于米开朗琪罗;温布里安同乡之于年轻的拉斐尔;阿尔特·凡·赫尔德之忠于那个老而潦倒的伦勃朗。他们并没那些宗师的伟大;可是宗师所有高贵与纯洁的成分在那些朋友身上似乎更臻化境。他们是天才的最理想的伴侣。

他们的友谊对两人都有好处。有了朋友,生命才显出它全部的价值,一个人活着是为了朋友;保持自己生命的完整,不受时间侵蚀,也是为了朋友。

他们互相充实。奥里维头脑清明,身体虚弱。克利斯朵夫元气充沛,精神骚乱。一个是瞎子,一个是瘫子。合在一块儿,他们可是非常完满了。受了克利斯朵夫的熏陶,奥里维对阳光重新感到了兴趣;因为克利斯朵夫生气勃勃,身心康健,便是在痛苦,受难,憎恨的时候依旧能保持乐天的倾向;而这些他都灌输了一部分给奥里维。可是克利斯朵夫得之于奥里维的还远过于此。一般天才的通例,尽管有所给予,但他在爱情中所取的总远过于所给的,因为他是天才,而所谓天才一半就因为他能把周围的伟大都吸收过来而使自己更伟大。俗语说财富跟着富人跑。同样,力也是跟着强者走的。克利斯朵夫吸收了奥里维的思想来滋养自己,感染到他超然物外,洒脱自如的精神,和那种远大的目光,——静静的体验一切而控制一切的目光。但朋友的这些德性一朝移植到他这块更肥沃的土地上时,它们的发荣滋长变得格外有力了。

他们在对方的心灵中发掘出这些境界,对之赞叹不已。每个人贡献出无穷的富源,那是至此为止各人从来没意识到的全民族的精神财宝;奥里维所贡献的是法国人广博的修养和参透心理的本领;克利斯朵夫所贡献的是德国人那种内在的音乐与体会自然的直觉。

克利斯朵夫不能了解奥里维怎么会是法国人。这位朋友跟他所见到的法国人多么不同!没有遇见他之前,克利斯朵夫几乎把吕西安·雷维-葛看作现代法兰西精神的典型,不知他实际上只是一幅漫画。看到了奥里维,他才发觉巴黎还有比吕西安·雷维-葛思想更自由,而仍不失其纯洁狷介的人。克利斯朵夫拼命跟奥里维辩,说他和他的姊姊不完全是法国人。

"可怜的朋友,"奥里维回答,"关于法国,你知道些什么呢?"

克利斯朵夫拿他从前为了要认识法国而耗费的精力作为辩论的根据;他把在史丹芬与罗孙家中碰到的法国人一个一个的背出来,都是些犹太人,比利时人,卢森堡人,美国人,俄国人,甚至也有几个真正的法国人。

"我早料到了,"奥里维回答,"你连一个法国人都没见到。你只看到一个堕落的社会,一些享乐的禽兽,根本不是法国人,仅仅是批浪子,政客,废物,他们所有的骚动只在法国的表面上飘过,跟法国连接触都没接触到。你只看见成千成万的黄蜂,被美丽的秋天与丰盛的果园吸引来的。你没注意到忙碌的蜂房,工作的都城,研究的热情。"

"对不起,"克利斯朵夫说,"我也见过你们优秀的知识阶级。"

"什么?两三打文人吗?那才妙呢!在这个时代,科学与行动变得这样重要,文学只能代表一个民族的最浮表的思想。何况以文学而论,你也只看到些戏剧,所谓高级的娱乐,替国际饭店的有钱的主顾定制的国际烹调。巴黎那些戏院吗?一个真正工作的人根本不知道里面是怎么回事。巴斯德一生也没看过十次戏!像所有的外国人一样,你太重视我们的小说,太重视大街上的戏院,太重视我们那般政客的掀风作浪了……要是你愿意,我可以让你看到一般从来不看小说的女人,从来不上戏院的巴黎姑娘,从来不关心政治的男子,——而这些全是知识分子呢。你既没看到我们的学者,也没看到我们的诗人。你既没看到我们没世无闻的孤高的艺术家,也没看到我们革命志士的热烈的火焰。最伟大的信徒,你一个没见过;最伟大的自由思想者,你也一个没见过。至于平民阶级更不必谈了!除了那个看护过你的可怜的女人,你对法国的平民又知道些什么?你哪儿看得到呢?住在二三层楼以上的巴黎人,你认识几个?① 你要是不认识那般人,你就不认识法兰西。在可怜的公寓中,在巴黎的顶楼下,在静悄悄的内地,有的是善良,真诚的人,庸庸碌碌地过着一辈子,老抓着一些严肃的思想,每天都作着自我牺牲。——法国无论哪个时代都有这小小的一群人,数量是不足道的,精神是伟大的,差不多没人知道,没有一点儿表面的行动,然而的确是法兰西的力量,默默无声而持久的力量。至于自命为优秀的阶级却在那里不断的腐烂,不断的新陈代谢……你一朝看到一个法国人不是为了追求幸福,不是为了以任何代价追求幸福而活着,而是为了完成或是效忠于他的信仰而活着,你便觉得奇怪。可是有成千成万的人,像我这样,比我更有价值,更虔诚,更谦卑,鞠躬尽瘁,死而后已地为了一个没有回音的上帝服务,为了一个理想而服务。你不认识那些卑微的人,省吃俭用,按部就班,勤劳不倦,安安静静的,心中

---

① 巴黎公寓的房租层次愈低愈贵,愈高愈便宜;故平民多住在二三层楼以上。二十世纪三十年代以前,巴黎房屋普通都只有五六层。

却藏着一朵没有燃烧起来的火焰,——这是为了保卫乡土,跟自私的贵族抗争而牺牲的民众,是蓝眼睛的老沃邦一流的人。① 你既不认识平民,也不认识优秀阶级。像我们忠实的朋友一样,像支持我们的伴侣一样的书,你有没有看过一本?你根本不知道,我们以多少的忠诚与信心培植着一批年轻的刊物。你可想到有些正人君子是我们的太阳,它的光华使无赖小人畏惧吗?他们不敢正面相搏,只有对它低头,以便用手段去暗算它。无赖小人是奴隶,而所谓奴隶倒是主人。你只认识奴才,没认识主人……你看着我们的斗争,以为是胡闹,因为你不了解它的意义。你只看见太阳的反光和影子,可没看见内在的太阳,没看见我们几百年的灵魂。你有没有想法去认识它?有没有窥见我们英勇的行为,巴黎公社时代的十字军?有没有把握到法兰西精神的悲壮的气息?有没有对帕斯卡心中的深渊探着身子看过一眼?对于一个一千年来始终在活动在创造的民族,把它哥特式的艺术,十七世纪的文化,大革命的巨潮,传遍全世界的民族,——一个经过几十次磨炼而从来没死灭、而复活了几十次的民族,怎么能横加诬蔑呢?你们都是一样的。你所有的同胞,到这儿来都只看见腐蚀我们的寄生虫,文坛,政界,金融界的冒险者和他们的供应商,他们的顾客,他们的娼妓:你们把这批吞噬法兰西的坏蛋作为批判法兰西的根据。你们之中一个都没想到被压制的真正的法国,藏在内地的那个生命的储藏库,那些埋头工作的民众,根本不理会眼前的主人怎么喧闹……你们对这些情形一无所知也是挺自然的,我不怪怨你们:你们怎么会知道呢?连法国人自己都不大认识法国。我们之中最优秀的都给封锁在我们自己的土地上。人家永远不会知道我们的痛苦:我们锲而不舍地抓着我们的民族精神,把从它那儿得到的光明当作神圣的宝物一般储存在心中,竭尽心力保护它不让狂风吹熄,——我们孤零零的,觉得周围尽是那些异族散布出来的乌烟瘴气,像一群苍蝇似的压在我们的思想

---

① 沃邦(1633—1707),法国平民出身的元帅与军事工程家,以防御战著称。晚年发表宣言,主张贵族应与平民平等纳税,以此失欢于路易十四。

上，留下可恶的蛆虫侵蚀我们的理智，污辱我们的心灵，——而应当负责保卫我们的人反而欺骗我们；我们的向导，我们的非愚即怯的批评家，只知道诌媚敌人，求敌人原谅他们生为我们的族类；——民众也遗弃我们，既不表示关切，甚至也不认识我们……我们有什么方法使民众认识呢？简直没法跟他们接近。啊！这才是最受不了的！我们明知道法国有成千累万的人思想都和我们的一样，明知道我们是代表他们说话，而竟没法教他们听见！敌人把什么都霸占了：报纸，杂志，戏院……报纸躲避思想，要不然就只接受那些为享乐作工具，为党派作武器的思想。党派社团把所有的路封锁了，只许自甘堕落的人通过。贫穷和过度的劳作把我们的精力消磨尽了。忙着搞钱的政客只关心那批能够收买的无产阶级。而冷酷自私的布尔乔亚又眼睁睁地看着我们死。我们的民众不知道我们：凡是和我们一样斗争的人，也像我们一样被静默包围着，不知道有我们，而我们也不知道有他们……可怕的巴黎！固然巴黎也做了些好事，把法兰西思想所有的力量都集中在一处。可是它做的坏事至少不亚于它做的好事；而且在我们这样的时代，便是善也会变成恶的。只要一个冒充的优秀阶级占据了巴黎，借了舆论大吹特吹，法国的声音就给压下去了。何况法国人自己还分辨不清；他们噤若寒蝉，怯生生地把自己的思想藏起来……从前我为此非常痛苦。现在，克利斯朵夫，我可是安心了。我明白了我的力量，明白了我民族的力量。我们只要等洪水退下去。法兰西的质地细致的花岗石决不会因之剥落的。在洪水带来的污泥之下，我可以教你摸到它。眼前，东一处西一处已经有些岩石的峰尖透到水面上来了。"

克利斯朵夫发现了理想主义那股气势伟大的力；当时法国的诗人，音乐家，学者，都受着这股力鼓动。当今的人尽管喧呼扰攘，宣传他们鄙俗的享乐主义，把法国思想界的呼声压倒；可是法国的思想界为了自己的身份，不屑跟市井无赖的叫嚣去对抗，只为着自己，为着它的上帝,继续唱着它的热烈而含蓄的歌。它甚至为了躲避外界的喧扰,直退隐到它高塔上最深藏的地方。

诗人这个美丽的名词,久已被报纸与学会滥用,称呼那般追求名利的多嘴的家伙。但真正的诗人瞧不起鄙俗的辞藻与拘泥的写实主义,认为那只能浮光掠影的触及事物的表面而碰不到核心;他们守在灵魂的中心,耽溺着一种神秘的意境,那是形象与思想所向往的,它们像一道倾泻在湖内的急流,染上那内心生活的色彩。但这种为了另造一个世界而特别深藏的理想主义,大众是无法接受的。克利斯朵夫最初也不能领会。在叫嚣喧呼的节场以后,这情形未免太突兀了。好比在刺目的阳光底下经过了一番骚扰,忽然来了一片静悄悄的黑暗。他耳朵里乱响,什么都无从分辨。他先因为热爱生命,看了这对比非常不快。外边是热情的巨潮在震撼法国,震撼人类。而在艺术中间,初看竟没有一点骚乱的痕迹。克利斯朵夫问奥里维:

"你们为德雷福斯事件①闹得天翻地覆,但经历过这旋涡的诗人在哪儿?有宗教情绪的人,此刻心中正作着几百年来最壮烈的斗争,教会的威权与良心的自由正在冲突。哪儿有个诗人反映这种悲痛的?劳工阶级预备作战;有些民族灭亡了,有些民族再生了,亚美尼亚人遭受屠杀,亚洲在千年长梦中醒来,把欧洲的掌钥人,莫斯科巨人推倒了;土耳其像亚当般睁眼见了天日;空间被人类征服了;古老的土地在我们脚下裂开,把整个民族吞下了……所有二十年来的奇迹,尽够写二十部史诗的材料,你们诗人的作品中,可有这些大火的痕迹?现实的诗歌,难道就只有他们没看见吗?"

"你耐性一点,朋友,"奥里维回答,"别说话,你先听着……"

世界的车轴声慢慢地隐没了;行动的巨轮在街上震撼的声音去远了。静寂的神妙的歌声清晰可辨了:

---

① 德雷福斯事件为一八九四至一九〇六年间轰动法国的大狱。德雷福斯少校被诬通敌叛国,卒获平反。

>蜜蜂的声音,菩提树的香味……
>风用它黄金般的嘴唇吹着大地……
>柔和的雨声挟着蔷薇的幽香。

我们听见诗人的刀斧在柱头上雕出"最朴素的事物的庄严的姿态";"用他的黄金笛,用他的紫檀箫"表现严肃与欢乐的生活;又为"一切阴影都是光明"的心灵,唱出它们宗教的喜悦与信仰的甘美……还有那抚慰你,向你微笑的酣畅的痛苦,"在它严峻的脸上,射出一道他世界的光芒……"以及那"睁着温柔的大眼的,清明恬静的死亡"。

这交响曲是许多纯粹的声音合起来的。其中没有一个可以跟高乃依与雨果的音响宏大的小号相比;但它们的合奏更深刻,层次更复杂。那是现代欧罗巴最丰富的音乐。

克利斯朵夫不作声了,奥里维对他说:"现在你明白没有?"

这时也轮到克利斯朵夫向奥里维做手势,要他住嘴了。他虽然喜欢更阳性的音乐,但听着心灵像森林像泉水般的呓语,也欣然领受了。大众尽管为了争一日之短长而互相厮杀,诗人依旧在讴歌天地的长春,和"美的景物所给人的甜美的慈爱"。人类在那里"惊呼悲号,在一块贫瘠黑暗的田里打转"的时候,千千万万的生灵互相争取一些血淋淋的自由的时候,泉水和森林却齐声唱着:"自由!自由!圣哉!圣哉!"

诗人并没自私自利地做着恬静的好梦。他们胸中不少悲壮的呼声,也不少骄傲的呼声,爱的呼声,沉痛的呼声。

这是如醉若狂的飓风,"挟着它暴厉的威力或是深邃的甘美";是骚乱的力,是兴奋若狂的史诗,唱出群众的狂热,唱着人与人间,喘息不已的劳动者间的战斗:

如金如墨的脸庞在黑影与浓雾中显现，
　　肌肉紧张或收缩的背，
　　站在巨大的火焰与巨大的铁砧前面……（锻炼着未来的城市。）

强烈而惨淡的光，照着"冷静的理智"，同时也映出一些孤独的心灵的悲壮的苦闷，他们以痛快淋漓的心情磨着自己。

这些理想主义者的许多特征，在德国人看来倒更近于德国式。但他们都爱好"法国式的隽永的谈吐"，诗中充满着希腊神话的气息。法国的风景与日常生活，在他们眼中都变成了阿提卡海的景物。古代的灵魂似乎至今在二十世纪的法国人身上活着，他们还想脱下现代的衣衫，显出他们美丽的裸体。

所有这一类的诗歌都有种成熟了几百年的文明的香味，那是在欧洲任何别的地方找不到的。你只要闻过一次，就永远不会忘掉。它把世界各国的艺术家都吸引到法国来，变成法国诗人，并且是十足地道的法国诗人；而崇拜法国古典艺术的信徒，也没比盎格鲁-撒克逊人，佛兰德人和希腊人更热烈的了。

克利斯朵夫受着奥里维的指引，让法国诗神的精炼的美把他渗透了，虽然以他的趣味而论，这个贵族式的，被他认为太偏于灵智的女神，不及一个朴素的，健全的，结实的，并不喜欢那么推敲，但懂得热爱的民间女子可爱。

全部的法国艺术都有同样美妙的香味，好似秋天被太阳晒暖的树林中发出杨梅熟透的味道。音乐仿佛就是隐在草里的小小的杨梅。最初，克利斯朵夫因为在本国看惯了茂密的杂树，所以在这些微小的植物旁边走过而没有看见。现在清幽的香味使他回过头来了；靠着奥里维的帮助，他发现在那些僭称为音乐的荆棘与枯叶中间,另有一小群音乐家制作着精炼而质朴的艺术。在种满菜蔬的田里,在工厂的煤烟中间,在圣·德尼平原的中心,一群无愁无虑的野兽在一个圣洁的小树林中舞蹈。克利斯朵夫不胜惊奇地听着他们的笛声,又恬静又俏皮,跟他一向所听到的渺不相似:

> 我只要一支小小的芦苇,
> 就能使蔓长的野草呻吟,
> 整片的草原悲鸣,
> 温柔的杨柳呜咽,
> 还有那小溪也会低吟:
> 我只要一支小小的芦苇,
> 就能使森林合唱齐鸣……

那些钢琴小曲,那些歌,那些法国的室内音乐,素来是为德国艺术家不屑一顾的,克利斯朵夫自己也没注意到其中富有诗意的技巧;但在慵懒的风度与享乐气息之下,他开始看到一种为了求脱胎换骨而来的骚动与苦闷,——那是莱茵彼岸的人无从领会的。法国音乐家用着这种心情在他们荒芜的艺术园地中寻找能够孕育未来的种子。德国音乐家守着乃祖乃父的营地,认为在他们往日的胜利之后,世界的进化已经登峰造极;可是世界依旧在前进;而法国人就是首先出发的先锋队。他们发掘艺术的远大的前程,访求那已经熄灭的和方在升起的太阳,追寻那已经消逝的希腊,和酣睡了几百年,重新睁着大眼,抱着无穷的梦想的远东。西方音乐素来受着章法结构与古典规则的限制,至此才由法国艺术家来开放古代的调式;他们在凡尔赛池塘中灌入世界上所有的水:通俗的旋律与节奏,异国的与古代的音阶,新的或翻新的音程。在此以前,法国的印象派画家已经替眼睛开辟了一个新天地,——他们是发现光明的哥伦布;——现在法国音乐家竭力要征服音响的世界了;他们在听觉的神秘幽深的区域中走得更远,在内心的海洋里发现了崭新的陆地。可是他们很可能有了收获而不做出什么结果来。他们一向是替人开路的。

克利斯朵夫很佩服这个刚刚复活而已经走在前锋的音乐。这个文雅细巧的家伙多勇敢！克利斯朵夫以前指摘他的荒谬,现在可变得宽容了。要永远不犯错误,只有一事不做。为了追求活泼泼的真理而犯的过失,比那陈腐的真理有希望多了。

不问结果如何,那种努力毕竟是了不起的。奥里维使克利斯朵夫看到了三十五年来完成的事业:人们花了多少精力把法国音乐从一八七〇以前的麻痹状态中救出来;那时法国没有自成一派的交响乐,没有深刻的修养,没有传统,没有大师,没有群众,一切都由柏辽兹一个人担当,而他还是郁郁不得志而死。如今克利斯朵夫对一般尽瘁于复兴大业的匠人感到敬意了;他不想再讥讽他们狭窄的美学或缺乏天才了。他们所创造的不只是作品而是整个的音乐民族。在锻炼法国新音乐的一切伟大的宗匠里头,塞萨尔·弗兰克对他特别显得可爱。他没看到自己惨淡经营的事业成功就死了;像德国的老苏兹一样,他在法兰西艺术最暗淡的时期始终保持着他的信心和他的民族天才。在繁华的巴黎,这个纯洁的大师,音乐界的圣者,艰苦勤劳地过了一辈子,从来没有丧失清明的心地与耐性;他的坚忍的笑容使他的作品蒙上一层慈爱的光彩。

克利斯朵夫因为没参透法兰西深刻的生命,所以看到一个没有信仰的民族中间居然有一个虔诚的大艺术家,就认为是桩奇迹了。

可是奥里维微微耸着肩,问他在欧洲哪个国家,能找到一位感受浓厚的圣经气息的画家,可以跟那清教徒式的弗朗索瓦·米勒相比的;——哪儿有一个学者比清明的巴斯德更加渗透热烈与谦卑的信仰的,——一朝他的精神像他自己所说的,"在悲怆惨痛的境界中"被"无穷"这个观念抓住之后,他便匍匐在地下,"哀求理智把他释放,因为他差不多和巴斯德一样要为了信仰而发狂了"。旧教教义既不妨碍米勒那种英勇的写实主义,也不妨碍巴斯德那种热烈的理智踏着稳健的步子,"走遍了原始的自然界,在无穷小的漆黑的天地中,①在生命发源的最隐蔽的地方摸索"。他们出身于内地,在内地的民众身上汲取他们的信仰,也就是一向潜伏在法国土地中的信仰;愚弄平民的政客尽管信口诬蔑也没用。奥里维对这个信仰认识很清楚:那是他生来就有的。

他又指点克利斯朵夫看到二十五年来旧教的革新运动。法国的基督教思想热烈的要跟理智,自由,生命融合起来;那些勇敢的教士,就像他们之中有一个说的,"受了一番人的洗礼",主张旧教应该了解一切,跟所有正直的思想结合:因为"一切正直的思想,即使犯了错误,还是纯洁的,神圣的"。无数的青年教徒,一片诚心的祝望建立一个基督教共和国,自由,纯洁,博爱,容纳一切善意的人;虽然横遭诬蔑,被斥为异端邪说,受尽左派右派——(尤其是右派)——的暗箭,这个小小的维新队伍依旧非常镇静,坚毅不屈地踏上艰难的前途,知道非洒尽血泪决不能在世界上有什么持久的成就。

法国其他的宗教,也受着同样活泼的理想主义与热烈的自由主义的激荡。新教和犹太教那些庞大而麻木的躯体,也受着新生命的刺激而颤抖了。大家争先恐后地努力,想创造一个自由人的宗教,对热情与理智的威力都不加压制。

这种宗教的狂热并非为宗教所独有;它是革命运动的灵魂。在这儿,它更多了一点悲壮的意味。克利斯朵夫一向只看到卑鄙的社会主义,——被政客们用来笼络群众,拿些幼稚的,鄙俗的幸福之梦,去诱惑那些饥饿的顾客的;而所谓幸福,据政客们说,是他们一朝有了政权就能利用科学来赐给大众的普遍的快乐。此刻克利斯朵夫看到,跟这个令人作恶的乐观主义相对的,还有一般领导工会的优秀分子所提倡的神秘而激烈的运动。他们所宣传的是"战争,从战争中为垂死的世

---

① 巴斯德为近代研究细菌学之始祖,故言"无穷小"的天地。

界重新求得一种意义,一个目标,一宗理想"。这些伟大的革命家,痛恨那"布尔乔亚式的,商人化的,温和的,英国式的"社会主义,而另外提出一种壮烈的宇宙观,"它的规律是对抗",它生存的条件是不断的牺牲。要是你能想象到被那些领袖驱向旧世界挑战的队伍,抱着以康德和尼采的理论同时见诸剧烈行动的神秘主义的话,那么这些高傲的革命志士就显得可惊了,——他们的如醉如狂的悲观气息,轰轰烈烈的英雄生活,对战争与牺牲的信仰,以战斗精神与宗教热诚而论,和条顿会①或日本武士道的理想完全相符。

可是这纯粹是法国的产物,那些人物是几百年来从未改变特征的法兰西民族。这类特征,克利斯朵夫借着奥里维的眼睛在执政时期的执政官与独裁者身上看到,在某些思想家,行动者,和大革命以前的改革家身上看到。加尔文派,詹森派,雅各宾党,工团主义者,都用着那种悲观的理想主义和自然斗争,不存幻想,也不灰心,像铁腕一般支撑着民族,往往也鞭挞民族。

克利斯朵夫一朝呼吸到这些神秘的斗争的气息,就开始懂得偏执狂的伟大,懂得为什么法国人对它这样的忠诚不二,为什么别的更善于调和的民族不能了解。像所有的外国人一样,他最初只觉得法兰西共和国标榜在一切建筑物上的口号,②和法国人的专制思想对照之下非常可笑,便尽量地加以讥讽。现在他可第一次看见了他们所热爱的、富于战斗性的"自由"的意义,——看到了理智的刀光剑影。那并不像他先前所想的,对法国人只是一句好听的话,一个空洞的观念。在一个需要理智高于一切的民族,为理智的斗争自然也高于一切的斗争。固然这种斗争被一般自命为实际的民族认为荒谬,但是有什么关系?用深刻的眼光来看,那些为了征服世界,为了帝国或为了金钱的斗争,何尝不是同样的虚空?不论是哪种斗争,百万年后还不是同样的化为乌有?但要是人生的价值就靠着斗争的剧烈性,靠着为了一个

---

① 条顿会为十二世纪时半军人半慈善性质的日耳曼团体。
② 法国公共建筑物上大半镌有大革命时期的口号:自由,平等,博爱。

崇高的理想而迸发全部的生命力，便是牺牲自己也在所不惜，那么，除了法国那些为了拥护理智或反对理智的永久的战斗以外，还有什么别的战斗更能为生命争光的？而凡是尝过这种辛辣的滋味的人，对世所盛称的盎格鲁－撒克逊人的毫无生气的宽容，只觉得太平淡，太没有丈夫气。盎格鲁－撒克逊人是有补偿的，因为他们在别的地方可以发泄他们的精力。可是他们的民族的力量并不在于宽容，宽容只有在许多党派中间成为英勇的行为的时候，才成其为伟大。但在现代的欧洲，宽容往往只是麻木不仁，缺少信仰缺少生命的表现。英国人借着伏尔泰的一句名言，说"英国靠了信仰分歧而得到的宽容"，法国经过了大革命还没有能得到。——那是因为大革命时代的法国，比自称为有信仰的英国反而更有信仰。

像维吉尔带着但丁游地狱一样，奥里维带着克利斯朵夫看过了理想主义的钢铁志士，看过了为理智的战斗以后，直爬到山巅：那儿才有清明恬静的，真正超脱的，一小群法国的优秀人物。

他们可以说是世界上最超脱的人物。像停在凝静的天空的鸟一样的潇洒……在那个高度上，空气那么纯洁，那么稀薄，克利斯朵夫简直不容易呼吸。这儿你可以看到一般艺术家自命为神游于绝对自由的梦境中，——看到一般极端的主观主义者，像福楼拜一样瞧不起"相信万物是实有的伧夫"；——看到一般思想家，以他们动荡的复杂的思想，模仿着动荡不已的万物的波涛，"昼夜不息地流转着"，哪儿都不愿意停留，哪儿都不会遇到稳固的陆地或岩石，像蒙田所说的"不描写生命而只描绘过程，一天复一天，一秒复一秒的过程"；——还有一般学者明知四大皆空，明知人类是在这个虚无中造出他的思想、他的上帝、他的艺术、他的科学的，可是他们继续创造世界和它的规则，创造那个昙花一现的梦境。他们并不向学问求安息，求幸福，甚至也不求真理：——因为他们没有得到真理的把握；——他们只是为学问而爱学问，因为它是美的，唯有它才是美的，真的。在思想的峰巅上，我们看到这些学者,热烈的怀疑主义者,不理会什么痛苦,什么幻灭,甚至连现实也不以为意,只顾闭着眼睛,听着许多心灵无声无息的合奏,听着数字与形式的微妙而壮丽的和声。这些大数学家,思想自由的哲学家,——世界上最严格最切实的头脑,——已经到了神秘的,入定的境界的极端;他们使周围都变成一片空虚,探着身子瞧着深渊,对于自己的目眩神迷感到一点儿醉意;他们欢欣鼓舞地,把思想的光彩在无边的黑夜中放射出来。

克利斯朵夫挨在他们身边也想瞧一下,只觉得天旋地转。他素来自命为自由,因为他除了自由的良知以外已经摆脱了所有的规则;但在这些连思想的一切绝对的规则,一切无可违拗的强制,一切生存的理由都摆脱干净的法国人旁边,他骇然发觉自己的自由原来是微不足道的。那么他们为什么还要活着呢?

"为了求自由呀,能够自由是最大的快乐。"奥里维回答。

可是这种自由使克利斯朵夫手足无措,甚至于企慕德国的极权主义和严格的纪律了;他说:"你们的快乐是自欺欺人,是抽鸦片的人做的梦。你们醉心于自由,忘记了生命。个人的绝对自由是疯狂,一个国家的绝对自由是混乱……自由!自由!这个世界上谁是自由的?你们的共和国里谁是自由的?——还不是那般无耻之徒!你们最优秀的人可是被窒息的。你们只能做梦。不久恐怕连梦也做不成了。"

"那也没关系!"奥里维回答,"可怜的朋友,自由的乐趣,你是不能知道的。那的确值得用危险,痛苦,甚至生命去交换。自由,感到自己周围所有的心灵都是自由的,——连无耻之徒在内,那真是一种没法形容的乐趣;仿佛你的灵魂在无垠的太空游泳。这样以后,灵魂再不能在别处生活了。你尽管给我像帝国军营内那样的安全,秩序,完满的纪律,我都认为不相干。我会闷死的。我需要的是空气,是自由,越多越好!"

"世界是需要规律的,"克利斯朵夫说,"早晚必有个主子来到。"

可是奥里维带着讥讽的神气,用着皮埃尔·特·莱斯图瓦斯的话回答：

> 用尽尘世的方法去禁锢法国的言论自由，
> 其无效就等于想把太阳埋在地下或关在洞里。

克利斯朵夫对于极端自由的空气慢慢地觉得习惯了。在法国思想的高峰上，一般通体光明的心灵在幻想；克利斯朵夫从山顶上向脚下的山坡瞧去，只看见一群英勇的人为着一种活泼泼的信仰——不管是哪种信仰——在那里奋斗，永远想攀登高峰：他们向着愚昧，疾病，贫穷，发动神圣的战争，一片热诚地致力于发明，征服光明与天空；那是科学对自然的大规模的战斗；——在山坡上比较低一些的地方，一群静默的，意志坚强的男男女女，善良而谦卑的心灵，千辛万苦才爬到半山腰，因为不能再往上，只能抱残守缺，过着平凡的生活，暗中还是非常热烈地抱着牺牲精神；——山脚底下，在险峻的羊肠小径中，多少患偏执狂的人，多少盲目的本能，为了一些抽象的思想拼命扯做一团，不知道在环绕他们的石壁之上还别有天地；——再往下去是一带卑湿的池沼和在污泥中打滚的牲畜了。可是沿着山坡，东一处西一处地开着些艺术的鲜花，音乐发出杨梅似的清香，诗人唱着如流水如鸣禽般的歌曲。

克利斯朵夫问奥里维："你们的民众在哪儿呢？我只看见精华跟糟粕。"

奥里维回答说："民众吗？他们种着自己的园地，完全不理会我们。每一群所谓优秀分子都想加以拉拢，他们可一概不理。从前他们至少还有点儿分心，听听政客们的花言巧语，现在却充耳不闻了。放弃选举权的人不知有几百万。那些政党尽管打得头破血流，民众可满不在乎，只要打架不打到他们的田里去：万一出了这种事，他们可恼了，不管什么党派，他们都迎头痛击。他们自己并不有所行动，只在工作与休息受到妨碍的时候起而反抗。对帝皇，对共和政府，对教士，对帮口,对社会主义者,民众所要求的只是不要让他们受到公共的危险,例如战争,混乱,疫疠等等,——同时让他们安安静静地种他们的园地。他们心里想:难道这些畜牲不让我们安静吗?然而这些畜牲竟是愚蠢不堪,把老实人缠个不休,非惹得他拿起镰刀来把他们逐出门外不止,——这便是我们的当局有一天会碰到的。从前,民众会给一些大事业煽动起来,将来也许还会有这种情形,虽然他们少年时代的疯狂久已过去;可是无论如何,他们的狂热决不持久;他们很快要回到几百年的老伙计——土地——那儿去的。使法国人留恋法国的是土地,而非法国的人民。多少不同的民族几百年来在这块土地上并肩工作,是土地把他们结合了的:土地才是他们热爱的对象。不管一生的祸福如何,他们老在那儿耕种;他们觉得土地上的一切连一小方泥土都是好的。"

克利斯朵夫极目所及,沿着大路,在池沼周围,在山崖的坡上,在战场与废墟中间,在法兰西的高山与平原上,一切都是耕种的土地:这是欧罗巴文明的大花园。它的可爱不但是由于土地的肥沃,并且也由于那个不知劳苦的民族,千百年来孜孜不倦地开垦,播种,使美好的土地更美好。

好古怪的民族!大家说他变化无常,他的性格可一点没有变。在中世纪哥特式的塑像上,奥里维敏锐的目光还能辨认出今日各行省的一切特征;正如在克卢埃或迪穆斯捷的画笔下,他能认出现代交际社会或知识分子的疲倦而带点讥讽意味的面貌,在勒拿①画上看出北部各州省的工人和农民的精神与明亮的目光。昔日的思想依旧在今日的心灵中流动。帕斯卡的精神也依旧存在,不独于深思虔敬之士为然,即在庸碌的中产者或工团运动的革命党心中也有痕迹可寻。高乃依与拉辛的作品对于民众始终是活的艺术;巴黎的一个小店员,会觉得路易十四时代的悲剧,比托尔斯泰的小说或易卜生的戏剧对他更接

---

① 克卢埃为十五至十六世纪时法国宫廷画家;迪穆斯捷为十六至十七世纪时的宫廷画家。勒拿三兄弟为十六至十七世纪时名画家。

近。中世纪的歌,法国传说中的特里斯坦,对现代法国人的关系,比瓦格纳的《特里斯坦》更密切。十二世纪以来在法国花坛中不断开放的思想之花,不管怎么庞杂,究竟都是亲属,而且跟周围的别的花不同。

克利斯朵夫对法国的认识太肤浅了,捉摸不到它持久不变的面目。他在这个富丽的景色中最觉得奇怪的,是土地的四分五裂。正如奥里维所说的,各有各的园地;每一方园地都用墙壁,篱垣,以及种种的栅栏,和旁的园地分隔着。充其极也不过偶尔有些公共的草原和树林,或者河这一边的居民不得不比对岸的居民彼此挤得更紧一些。各人都关在自己家里;而这种不可侵犯的个人主义,经过了几世纪的毗邻生活以后,非但没减退,反而更强了。克利斯朵夫心里想:

"噢!他们这批人多孤独!"

以孤独而论,克利斯朵夫和奥里维住的屋子可以说是一个典型。那是一个社会的缩影,一个规矩老实,不怕辛苦的小法兰西,可是在它各个不同的分子中间毫无联系。一所摇摇欲坠的六层楼的老屋子,地板在脚底下咯咯的响,天花板已经被蛀坏了,雨水直打进克利斯朵夫和奥里维住的顶楼,使他们不得不找些工人来把屋顶胡乱修茸一下:克利斯朵夫听他们在头顶上工作,谈话。其中有一个使他觉得又好玩又讨厌:他一刻不停地自言自语,自个儿笑着,唱着,说些野话,傻话,一边不断地跟自己说话,一边不断地工作;他每做一件事总得在嘴里报告出来:"还得敲一只钉呢。我的工具到哪儿去了?好吧,我敲了。敲了两只。还得再敲一下!嘿,朋友,那不是行了吗?……"

克利斯朵夫弹琴的时候,他先静了一会,听着,随后又大声地打着唿哨;碰到曲子轻快流畅的段落,他重重地敲着锤子,在屋顶上打拍子。克利斯朵夫大怒之下,爬上凳子,从顶楼的天窗里伸出头去想骂他。可是一看见他骑在屋脊上,嘴里满衔着钉,嘻开着那张年轻老实的脸,克利斯朵夫不由得笑了出来,那工人也跟着笑了。克利斯朵夫忘了怨恨,开始跟他搭讪。临了,他记起爬上窗来的动机,便说:

"啊！我问你:我弹琴不会妨害你吗?"

他回答说不,但要求他别挑太慢的曲子弹,因为他跟着音乐的节拍,慢的曲子会耽误他的工作。他们像好朋友一般的分手了。克利斯朵夫六个月内和整幢屋子里的邻居说的话,还不及他一刻钟内跟这工匠谈的多。

每层楼上有两个公寓,一个是三间屋的,一个是两间屋的,根本没有仆人住的下房:每个家庭都自己动手,只有住在底层和二楼的是例外,他们的屋子也是由两个公寓合起来的。

跟克利斯朵夫和奥里维同样住在六楼上的邻居是一个姓高尔乃伊的神甫,年纪四十左右,非常博学,思想很开通,胸襟很宽广,原来在一所大修院里教《圣经》,最近为了思想太新而受到罗马的处分。他接受了处分,虽然心里并没真正的屈服;他不出一声,既不想反抗,也不愿意听人家的劝告,把主张公布;他躲在一边,宁可坐视自己的思想崩溃而不肯把事情张扬出去。对于这一类隐忍的反抗者,克利斯朵夫是不能了解的。他想跟他谈话,但那教士客客气气的,冷冰冰的,绝对不提到他最关切的问题,他的傲气使他把自己活埋了。

下面一层,正好在两个朋友的公寓底下,住着一户人家;男的是工程师,叫作哀里·哀斯白闲,夫妇俩有两个七岁至十岁之间的女儿。他们都是优秀的可爱的人,老关在自己家里,尤其因为处境艰难而羞于见人。年轻的太太不辞劳苦的工作,但常常为了清寒而心里屈辱;她宁愿加倍地劳苦,只要不让人知道他们的窘况。这又是克利斯朵夫不容易领会的一种心情。他们是新教徒,法国东部出身。几年以前夫妇俩卷入了德雷福斯事件的大风潮;为了这件案子,他们激动得差点儿发狂,正像七年中间①无数如醉若狂的法国人一样。他们为之牺牲

---

① 德雷福斯事件前后经过七年方始结束。

了安宁,地位,社会关系,把多少亲切的友谊都斩断了,自己的身体也差不多完全搞坏了。他们几个月的不能睡觉,不能饮食,翻来覆去的讨论着同样的论点,像疯子一样的固执。他们互相刺激,情绪越来越激昂;虽然胆小,怕闹笑话,却照旧参加示威运动,在会场上发言;回到家中,两人都恍恍惚惚地心儿乱跳;夜里他们俩一齐哭了。为了战斗,他们把热情与兴致消耗完了,等到胜利来到的时候已经没有那个劲再去体会胜利的快乐,没有精力再去应付生活。当初的希望那么高,牺牲的热情那么纯洁,以致后来的胜利比起他们所梦想的果实竟是近乎讽刺了。他们那么方正,认为世界上只有一条真理;所以早先所崇拜的英雄们此刻在政治上讨价还价,使他们感到悲苦的幻灭。他们一向以为斗争中的伴侣都是激于义愤,主张正义的,——可是一朝把敌人打倒了,他们立刻扑过去抢赃物,夺政权,争荣誉,争位置,也轮到他们来把正义踩在脚下了!只有极少数的人依旧忠于他们的信仰,始终贫穷,孤独,被所有的党派遗弃,同时他们也丢开所有的党派,无声无息地退隐在一边,让悲哀与忧郁把他们磨着,对什么都不存希望,对人类厌恶到极点,对生活厌倦到极点。工程师哀斯白闲和他的妻子便是这一类的战败者。

　　他们在屋子里没有一点儿声音,怕打搅邻人,尤其因为他们时常被邻人打搅,而为了傲气不愿意声张。克利斯朵夫看到两个女孩子嘻嘻哈哈,蹦蹦跳跳的快活劲儿老是受到压制,觉得可怜。他是喜欢孩子的,在楼梯上一碰见她们就表示种种的亲热。女孩子们最初有些胆小,不久也跟克利斯朵夫混熟了,他永远有些笑话讲给她们听,或者分些糖果给她们吃。她们在父母面前提起他;他们先也并不领情;可是这个常常把钢琴声和砰砰訇訇搬动家具的声音惹他们厌烦的邻居,——(因为克利斯朵夫在房里透不过气来,老像一头关在笼子里的大熊一般踱来踱去,)——凭着那副坦白的神气慢慢地把他们征服了。他们之间的谈话却不容易投机。克利斯朵夫的带点村野的态度,有时使哀里·哀斯白闲为之骇然。工程师很不愿意放弃平素的矜持,但对于一个眼神那么恳切,心情那么快活的人也没法抗拒。克利斯朵夫不时从邻人嘴里逼出几句心腹话。哀斯白闲兴趣很广,做事很有勇气,可是意志消沉,性情忧郁,处处隐忍。他有毅力担受艰苦的生活,可没有毅力改变生活。这种情形仿佛是他特意要证实自己的悲观主义。有人请他上巴西去担任一个工厂的经理,报酬很好,他可拒绝了,因为怕那边的气候损害家人的健康。

"那么为什么不把他们留在这儿,你自个儿去替他们挣笔家业呢?"克利斯朵夫说。

"把他们留在这儿!"工程师嚷道,"可见你是没有孩子的人。"

"倘使我有孩子,我还是一样的想法。"

"我才不呢!……而且要远离乡土!噢!我宁可在这儿吃苦的。"

克利斯朵夫觉得大家挨在一块儿受罪才算爱乡土,爱家属,未免古怪。可是奥里维很了解,他说:"你想想吧!冒着举目无亲,远离骨肉,客死他乡的危险!世界上还有什么事比这个更可怕的?何况生命这样的短促,忙忙碌碌真是何苦呢!……"

"难道一个人非永远想到死不可吗?"克利斯朵夫耸耸肩回答,"而且便是死了,也是为自己所爱的人求幸福死的,那岂不胜于束手待毙吗?"

同一层楼上,在五楼那个小一些的公寓里,住着一个电气工人,叫作奥贝。——他的不跟邻居往来可不是他的过失。这个从平民阶级中跳出来的人物,决不愿意再回到平民阶级中去。小个子,带着病容,脑门的模样长得狠巴巴的,眼睛上面横着一条皱裥,目光很有精神,直勾勾地瞧起人来像螺旋一样尖锐;淡黄色的短髭,有点讥讽意味的嘴巴,语调很低,声音像蒙着什么似的;脖子里裹着围巾,因为喉咙老是不舒服,再加上整天抽烟的刺激;行动急躁,颇有害肺病的人的脾气。他自高自大,喜欢挖苦,嘲弄,满肚皮的牢骚,骨子里却兴致很好,浮夸,天真,时时刻刻受着人生的愚弄。他是一个布尔乔亚的私生子,从来没见过父亲,而抚养他的母亲又是个教人没法尊敬的女人:他从小就看到无数凄惨的,下流的事,学过各种手艺,跑过法国许多地方。他千辛万苦的自修:历史,哲学,颓废派的诗,可以说无书不读;戏剧,画展,音乐会,时下的潮流可以说无所不知。他对于文学和布尔乔亚思想崇拜得不得了,简直是入了迷。他脑子里都是大革命初期使中产阶级如醉若狂的那些模糊而热烈的观念:相信理智是永远不会错的,进步是无穷尽的,——古话说得好:活到老,学到老;——相信幸福不久就会来的,科学是万能的,相信人即是神,而法兰西又是人类的先锋。他反对教会,认为所有的宗教——尤其是基督旧教——都顽固守旧,所有的教士都天生是进步的敌人。社会主义,个人主义,排外主义,在他头脑里冲突不已。他精神上是人道主义者,气质上是专制主义者,事实上是无政府主义者。生性高傲,他知道自己缺少教育,所以说话非常谨慎,尽量吸收别人的话,但不愿意请教人家,以为有伤尊严。然而不论他多么聪明伶俐,聪明伶俐究竟不能完全补足他教育的缺陷。他一心想写作:像许多从来没下过功夫的法国人一样,文字倒颇有风格,自己也知道这一点;不幸思想很模糊。他把苦心孤诣写成的东西拿一部分给一个他崇拜的名记者看,被取笑了一场。经过这次羞辱以后,他对谁都不再提他的工作了,但仍继续写作:因为他需要发泄,并且那是他引为骄傲而快乐的事。他对自己一文不值的哲学思想和文章很满意,以为写得极有力量。至于挺有意思的现实生活的记载,他倒并不重视。他自命为哲学家,想写些社会剧和宣传思想的小说。凡是不能解决的问题,都被他毫不费力地解决了。他到处能发现新大陆,过后又发觉那些新大陆早已由前人发现了,便大失所望,心中很气,几乎要抱怨人家给他上当。他爱慕光荣,抱着一腔牺牲的热忱,因为不知道怎么应用而痛苦。他的梦想是要成为一个大文豪,厕身于作家之林,以为一个人有了作家的声望等于超凡入圣一样。可是他虽然需要对自己抱着种种幻想,他把事情看得很明白,知道自己毫无希望。他至少想生活在布尔乔亚思想的气氛中;远望之下,那气氛是非常光明的。这种无邪的愿望害了他,使他觉得为了地位关系不得不跟工人们来往真是难堪极了。既然他竭力想接近的中产社会对他闭门不纳,结果他便一个人都不来往。因为这个缘故,克利斯朵夫毫不费事就跟他接近了,并且还得赶快回避:要不然奥贝待在克利斯朵夫屋子里的时间,会比待在他自己屋里的时间还要多。他能找到一个艺术家谈谈音乐和戏剧,真是太高兴了。但我们可以想象得到,克利斯朵夫并不感到同样的兴趣:他更喜欢跟一个平民谈谈平民的事。那可是奥贝不愿意谈而且是完全隔膜了的。

一层一层的往下去,克利斯朵夫和邻居的关系自然越来越疏远。要他能踏进四楼的公寓,简直需要靠一种神奇的魔术才行。——四楼的一边住着两个女人,给年深月久的丧事磨得懵懵懂懂了。三十五岁的奚尔曼太太;死了丈夫和女儿之后,跟她年老而虔诚的婆婆杜门不出的住在一起。——四楼的另一边住着一个神秘的人物,看不出准确的年纪,大概有五六十岁,带着一个十来岁的小姑娘。他头发都秃了,胡子保养得很好,手长得很细气,说话很温和,举止大方。人家叫他做华德莱先生,说是无政府主义者,革命党,外国人,但说不清是俄罗斯人还是比利时人。其实他是法国北方人,早已不是什么革命党,但还保存着过去的声名。参加过一八七一年的暴动,判了死刑,不知怎么逃过了,他十多年来走遍了欧洲。在巴黎骚动的时期和以后,在亡命的时期和回来以后,在从前的同志而现在握了政权的人中,在所有的革命党派中,他看到不知多少的丑事,便退出党派,心平气和地守着他清白的、可是一无用处的信念。他书看得很多,也写些带点煽动性的书,领导着——(据人家说)——印度和远东那一带的无政府运动,从事于世界革命,也从事于同样含有世界性而意义比较温和的研究工作:他要创造一种为普及音乐教育用的新的世界语。他跟公寓里的人都不来往,遇到了仅仅是挺有礼貌地招呼一下。他对克利斯朵夫倒肯说几句他记载音乐的新方法。但这是克利斯朵夫最不感兴趣的:用什么符号来表示思想,他认为无足轻重;不管是哪一种语言,他都能运用。那位学者可毫不放松,又温和又固执地解释自己的学说;至于他其余的事,克利斯朵夫一点都没法知道。所以在楼梯上碰见他的时候,他只注意那老跟着他的女孩子:她长着淡黄头发,黄眼睛,苍白的脸,血色很不好,侧影很难看,身体很娇,病容满面,没有多大表情。他跟大家一样以为她是华德莱的女儿,其实是个孤儿,父母都是工人阶级;华德莱在她四五岁时父母染疫双亡之后把她抱养过来的。他对一般贫苦的儿童喜爱到极点,那简直是他的一种神秘地温情,像梵尚·特·保罗①的一样。因为不信任一切官办的慈善机关,也明白一般慈善团体的内容,所以他的救济事业是独自做的,瞒着别人,觉得另有一种愉快。他学了医,预备帮助人家。有一天他进到街坊上一个工人家里,看见有人病着,便给他们医治,他原来有些医药常识,此后更设法补充。看到儿童受苦在他是最受不了的。等到他替这些可怜的小生命解除了疾苦,瘦削的脸上重新浮起苍白的笑容,他才愉快极了,心都化开了。这是他尘世的天堂,而平时受他照顾的人给他的麻烦,他也忘了;因为他们难得感激他。门房的女人看到多少肮脏的脚踏上楼梯,常常气恼之极,说些尖刻的抱怨的话。房东对于这些穷苦工人——在他眼中就等于无政府党——的进进出出很不放心,对华德莱啧有烦言。他想搬家,又舍不得:他有些小地方很古怪,脾气又温和又固执,竟不把人家的话放在心上。

克利斯朵夫因为喜欢那女孩子,才得到华德莱一点信任。对孩子的爱是他们两人的共同点。克利斯朵夫每次遇到那小姑娘,心里总不舒服,觉得她的相貌跟萨皮纳的小女儿有些相像。萨皮纳不但是他初恋的对象,她那个昙花一现的影子,那种幽静的风度,至今还藏在他心里。所以他很关切这个从来不跑不跳,脸色惨白的女孩子:她不大有声音,也没有年龄相仿的小朋友,老是孤零零的,静悄悄的,玩些没有

---

① 梵尚·特·保罗(1581—1660),十七世纪时圣者,以救济孤儿著称于史。

动作没有声响的游戏,拿着个玩具的娃娃或一块木头之类,嘴唇轻轻地动着,自己编些故事。她对人又亲热又冷淡,有点儿生分的和捉摸不定的神气;但她的义父并没觉察,只知道一味的爱她。其实这种生分的和捉摸不定的神气,便是在我们亲生的儿女身上也不免。克利斯朵夫想把工程师的两个女孩子介绍给她。但哀斯白闲与华德莱双方都客客气气的,坚决的谢绝了。这些家伙似乎非活埋自己,各自关在笼里不可。充其量,他们只能勉强相助,但各人心中还怕人家疑心是他自己要人帮忙;并且双方的自尊心和困难的境况都不相上下,所以谁也不愿意先有表示。

三楼上的大公寓差不多永远空着。房东把它留作自用,可是从来不住的。他以前是个商人,等到财产挣到了预定的数目,就把业务结束了。一年大部分的时间,他都不在巴黎;冬天在东南海滨的一个旅馆里避冬,夏天在诺曼底一个海水浴场上避暑,靠利息过日子,不花什么大钱,光看着别人的奢华也就满足了自己的欲望,同时也像那些奢华的人一样过着空虚无益的生活。

贴邻那个较小的公寓是租给没有孩子的亚诺夫妇的。丈夫年纪在四十至四十五岁之间,当着中学教员,整天忙着上课,温课,抄写,腾不出时间来写他的博士论文,①终于放弃了。比他年轻十岁的妻子,人很和气,极度地怕羞。两人都很聪明,博学,夫妻感情很好;可是他们一个熟人都没有,从来不出去走走:丈夫是为的太忙,妻子是为的太闲。但她是个贤德的女人,竭力压着愁闷,尽量找事做,不是看书,就是替丈夫预备笔记,誊清笔记,补衣服,做自己的衣服帽子。她很想不时去看看戏;可是亚诺没有兴趣:晚上他太累了。于是她也就算了。

他们俩最大的乐趣是音乐。那是他们极喜欢的。他不会弹琴,她

---

① 法国制度,大学毕业生欲得博士学位,尽可于就业后几年中提出。

会弹而不敢弹；她要是在人前演奏，哪怕在丈夫面前，也会像初学的小姑娘。但便是这么一点儿对他们已经足够了。格鲁克，莫扎特，贝多芬，都是他们的朋友；那些音乐家的生平，他们连细枝小末都知道，非常同情他们的痛苦。还有一块儿看些美妙的书也是一桩乐事。但现代的文学作品中，这一类的好东西太少了：作家对于一般不能替他们增加声名、金钱、快乐的读者是不放在心上的；而这批在社会上不露面的谦卑的群众，就从来不写什么文章，只知道不声不响地爱好。这道艺术的光，在那些老实与虔敬的心中差不多有种神圣的意味，足以使他们过着和平的，相当快乐的生活，虽然有些悲哀，——（那也并不冲突，）——虽然非常孤独，而且也受过人生的伤害。他们俩的人品都远过于他们的地位。亚诺先生颇有思想，但既没空闲，也没勇气把它写下来。发表文章或出书都是太麻烦了，犯不上的，那完全是不必要的虚荣。他认为和他敬爱的思想家相形之下，自己太渺小了。他太爱好美妙的艺术品，不愿意再去"制造艺术"，觉得这种志愿狂妄可笑。他以为自己的职务是推广艺术品的流传，所以只管把他的思想灌输给学生：将来他们会写出书来的，——当然不会提到他啰。——没有一个人像他那样舍得买书。穷人总是最慷慨的：他们自己掏出钱来买，有钱的人却以为不能白到手书是有失面子的事。亚诺为了买书把所有的钱都花掉了：这是他的弱点，他的癖。他为之很不好意思，常常瞒着太太。可是她并不埋怨，她也会这样做的。——夫妇俩老是有些美妙的计划，预备积一笔款子去游历意大利，——那可永远是梦想了，他们也很明白，笑自己不会积蓄。亚诺很知足，觉得有这样一个心爱的妻子，再加自己勤劳的生活与内心的喜悦也就够了；难道对她会不够吗？——她说：是的，够了。她可不敢说出来，要是丈夫有点名气，使她沾些光，把她的生活给照耀一下，让她有些舒服的享受，岂不更好！内心的欢乐固然很美，但外面的光彩也能给你很大的喜悦……然而她一声不出，因为胆小；并且她知道即使他想求名，也没有把握：现在已经太晚了！……他们更遗憾的是没有孩子。这一点，两人也藏在肚里不说,倒反因之更相爱,似乎这一对可怜的人互相要求原谅。亚诺太太心极好,非常殷勤,很乐意和哀斯白闲太太来往,可是不敢:因为人家没有表示。至于结识克利斯朵夫,那是夫妇俩求之不得的:他遥远的乐声早已把他们听得入了迷。但他们无论如何不愿意首先发动,以为那是太唐突了。

住二楼公寓的是法列克斯·韦尔夫妇。这一对有钱的犹太人,无儿无女,一年倒有六个月住在巴黎乡下。虽然他们在这儿住了二十年——(这完全是住惯的缘故,因为他们很容易找一个跟他们的财富更相称的屋子,)——却老是像过路的外方人,从来不跟邻居交谈一句话,人家关于他们的事也不比他们第一天搬来的时候知道得更多。这一点可不能成为不受批评的理由。正是相反:他们不讨人喜欢;当然他们也绝对不想讨人喜欢。其实他们的为人倒值得人家多知道一些:夫妇俩都是好人,而且绝顶聪明。六十岁左右的丈夫是一个亚述考古学家,为了中亚细亚的发掘享有盛名;像许多犹太人一样,他头脑开通,兴趣极广,决不以自己的专门学问为限;他平时注意着无数的事:美术,社会问题,一切现代思想界的运动。可是这些都控制不了他的精神,因为他觉得所有的学问都有意思,可没有为了任何一门入迷。他很聪明,太聪明了,太不受拘束了:这一只手建造起来的东西,老是预备用另一只手毁掉;因为他建设得很多,又有事业,又有理论,的确是精力过人。由于习惯,由于精神上需要活动,所以他虽不信自己的工作有什么用处,依旧不声不响的,极有耐性的,在学问方面下苦功。不幸他生在有钱的人家,没机会认识为生存而斗争的意义;并且自从他在近东做了几年发掘工作而感到厌倦之后,就没有接受任何公家的职位。但除了他自己的工作以外,他还是头脑很清楚地关切当前的问题,关切一些实际而立刻可以实行的社会改革,法国学校教育的改善等等。他宣传思想,倡导潮流,推动那些大规模的文化机构,可是不久他就厌倦了。好几次,人家根据他的论点而发起了一个运动,他却极尽尖刻地批评这个运动,使那般受他鼓动的人大为惊骇。他并非故意如此,而是天性使然;他生来是神经质的,喜欢挖苦的,锐利无比的目光一看到人物和事情的可笑就忍俊不禁。既然世界上连最好的事,最好的人,在某一角度上看或是在放大镜下看,也难免有可笑的地方,他的嘲弄的心情也就不容易抑制了。这种脾气当然不能帮助他结交朋友。他心里却极想给人家一点好处,事实上也这么做;人家并不感激他,便是受到恩惠的人,因为觉得自己在他面前显得可笑,也不能原谅他。他不能多见人,否则就没法爱他们了。他不是愤世嫉俗的人,也没有那种自信可以当愤世嫉俗的角色。他一方面取笑社会,一方面在社会面前觉得胆小,同时心里还不敢断定社会一定是错的,自己一定是对的。他避免显得和别人过分的不同,竭力想教自己的态度与表面上的见解跟别人一样,可是没用;他不由自主地要批判他们,对一切夸大的,不自然的现象感觉得太清楚了,而且又不会隐藏他厌恶的心理。第一,他对犹太人的可笑,感觉特别灵敏,因为对他们认识更清楚;其次,虽然他胸襟旷达,不承认种族的界限,但别个种族的人往往用这个界限来限制他。——同时,不管行事如何,他和这个基督教的思想界也格格不入。为了这许多原因,他孤傲自处,只管埋头工作,深深地爱着他的妻子。

最糟的是连这位妻子都免不了受他讽刺。她是一个贤德的女人,喜欢活动,愿意帮助人家,老在那里做着慈善事业;性格远没有丈夫的复杂,极有意志,极有责任观念,——这观念虽有些顽固,抽象,可是标准很高。没有孩子,没有什么称心如意的事,没有热烈的爱情:她相当凄凉的一生全部建筑在道德信仰上,这信仰其实只是需要信仰的意志促成的。丈夫善于讥讽的天性,自然把她信仰中间自骗自的成分觑破了,不由得要拿她开玩笑。他的个性是许多矛盾混合起来的。他对责任所抱的观念,标准也不亚于他妻子的,同时又铁面无情的需要分析,批评,不受蒙蔽,把她的道德信仰一片片地肢解。殊不知这种行为是毁掉了妻子的立足点,消磨了她的勇气。当他发觉的时候,他比她更痛苦;可是祸已经闯下了。虽然如此,他们俩依旧相爱,工作,行善。但妻子的冷淡尊严的态度,不比丈夫喜欢讽刺的脾气更得人心;既然两人都很高傲,不肯宣布自己做的善事,也不肯宣布行善的意愿,大家就把他们的老成持重认为淡漠无情,把他们的孤独认为自私自利。而他们愈觉得别人对他们抱着这种观念,便愈不愿意设法去破除这观念。犹太人多半是粗鄙冒失的,相反,这对夫妇却为了过于持重——骨子里是藏着许多高傲的成分——而吃了亏。

比小花园高出几个石级的底下一层,住着一个退职的炮兵军官夏勃朗少校,以前是属于殖民地部队的。这个还年轻而强壮的军人,在苏丹和马达加斯加有过光荣的战绩,不知怎么突然把一切都丢了,住到这儿来,再也不提军队二字,整天翻着花坛,吹着笛子,——可是技巧永远没有进步,——骂骂政治,把他疼爱的女儿埋怨几句。她是个三十岁的女子,不十分美,但很可爱,很孝顺,为了侍奉父亲而没有出嫁。克利斯朵夫凭窗眺望的时候,常常看见他们,当然是更注意那个女儿。她下半天大部分时间都在花园里,不是缝东西,便是胡思乱想,或是收拾园子,高高兴兴地和一天到晚叽咕的父亲做伴。她用着安静清脆的声音,和善的语气,回答他的抱怨。他却老是在小径上迈着细步走来走去;过了一会,他进去了;她便坐在园子里的凳上,几小时地缝着东西,既不动弹,也不说话,脸上堆着一副渺渺茫茫的笑容。而那一无所事的军官,在屋子里拼命吹着那支刺耳的长笛,或是为了变化一下,笨拙地按着那架上气不接下气的风琴,呜啊呜的,教克利斯朵夫时而好笑,时而气恼,——看日子而定。

所有这些人物,各管各的住在这座花园紧闭的屋子里,吹不到一丝外界的风。唯有克利斯朵夫,因为需要发泄感情,也因为生命力太丰满了,用他那种又明察又盲目的同情心包裹着他们,他们可不知道。他不了解他们,也没法了解。他不像奥里维能洞察人的心理。但他爱着他们,自然而然地能够设身处地,站在他们的地位上。由于神秘的电流作用,他渐渐在心头感觉到,那些咫尺天涯的心灵有些什么暧昧的意识,体会到那个居丧的妇人的痛苦的麻痹状态,知道那教士,犹太人,工程师,革命党人,为了高傲而把思想藏在心里;他眼见信仰与温情的暗淡而柔和的火焰,无声无息地在亚诺夫妇心中烧着,平民出身的工匠天真地想望着光明,军官抑捺着反抗的心,做些毫无结果的事;还有那坐在紫丁香下出神的少女,他也领会到她乐天安命的恬静。但能够参透这些心灵的无声的音乐的,只有克利斯朵夫一人;他们是听不见的,各人都给自己的悲哀与幻梦淹没了。

可是大家都在那里工作:怀疑派的老学者,悲观的工程师,教士,无政府主义者,不管是骄傲的或是灰心的人,全都工作着。屋顶上更有那泥水匠在唱歌。

屋子周围,克利斯朵夫在最优秀的人中也发现同样的精神上的孤独,——即使在结成团体的时候也是如此。

奥里维把他常常发表文字的一份小杂志介绍给克利斯朵夫。它的名字叫作《伊索》,借用蒙田的一段话作为它的箴言:

> 人家把伊索和别的两个奴隶一起送到市场上去卖。买主先问第一个能做些什么:他为了卖弄,把自己的本领说得天花乱坠;问到第二个,也是一样的回答,甚至还胜过前者。轮到伊索的时候,他回答:——我什么都不会,这两位已经把所有的事做完了,他们是无所不能的。

这纯粹是对蒙田所谓"以知识骄人的自夸自大之徒"的"无耻"下一针砭。《伊索》同人中自称为怀疑派的,其实比别人抱着更深刻的信仰。但在群众眼里,这个讽刺的面具当然没有多大吸引力,反而把人弄糊涂了。你要群众跟着你走,非跟他讲些简单,明了,有力,肯定的教条不可。刚强有力的谎言,就比贫血的真理更能讨群众喜欢。至于怀疑主义,只有在骨子里藏着极粗浅的自然主义或是基督教的偶像崇拜的时候,才能使他们惬意。所以这份《伊索》杂志的傲慢的怀疑主义只能适应一小部分的人,因为只有这批少数人士才领会到他们坚毅的精神。但这股力量是完全不参加行动的。

他们可不顾虑这些。法国愈民主化,它的思想,艺术,科学,似乎愈贵族化。科学躲在术语后面,躲在它的殿堂里头,比十八世纪时更难接近了,除了对那些已经入门的人。艺术,——至少是尊重自己而尊重美的那种,——也是一样的对人深闭固拒,瞧不起群众。便是对于行动比对于美更关切的作家,重视道德思想甚于美学观念的文人,也有种没法形容的贵族气息。他们似乎要把内心的火焰保持纯洁,而不是把这火焰传递给别人;他们仿佛不求自己的思想得胜,而只求证实。

可是这等作家里头也有从事大众艺术的。在最真诚的人中,有些是宣传无政府主义的、含有破坏性的思想,——那种遥远的未来的真理,也许在一百年或两千年后是有益的,但目前只能折磨心灵,灼伤心灵;另外一批却写些沉痛的或是挖苦的戏剧,没有幻象的,非常悲惨的。克利斯朵夫读过之后,觉得原来想把自己的痛苦忘掉几小时而来的观众,结果得到这样悒郁不欢的消遣,真是太可怜了。

"你们拿这个给大众吗?"他问,"那才是把他们活埋呢!"

"放心,"奥里维回答,"大众不会来的。"

"他们这才对啦!你们简直发疯,难道要把他们生活的勇气统统拿走吗?"

"为什么?让大众像我们一样知道事物的悲惨面,而仍旧打起精神来尽他们的责任,不是应当的吗?"

"打起精神?我不信。毫无乐趣却是一定的了。而一个人生活的乐趣给拿走以后,他也差不多完了。"

"有什么办法?我们总不能把真理歪曲。"

"可是也不能对所有的人把真理统统说出来。"

"这个话竟是你说的吗？你是永远求真理，自命为爱真理甚于一切的人！"

"是的，为我，还有为那些相当坚强而受得了的人，的确应当给他们真理。但对于另一些人，那简直是残忍，是胡闹。现在我看清楚了，我在本国的时候从来没想到。德国人不像你们这样的闹真理病：他们把生活看得太重，谨慎小心地只看着他们愿意看的事。你们不是这样，所以我喜欢你们：你们是勇敢的，直接爽快的，可是不近人情。你们自以为发掘出一项真理的时候，就得把它摔到社会上去，不问它会不会闯祸。你们倘若把自己的幸福为了爱真理而牺牲，我没有话说，我很敬重你们。但是为了爱真理而牺牲别人的幸福，那可不行！那太霸道了。应当爱真理甚于爱己，可是应当爱别人甚于爱真理。"

"难道因此就应当对别人扯谎吗？"

克利斯朵夫用歌德的几句话回答：

"凡是最高的真理，我们只能挑出能使社会得益的一部分来说。其余的，我们只能藏在心里；好像一颗隐蔽的太阳有种柔和的光晕似的，它们会在我们所有的行动上放出光彩。"

但这些顾虑不大能打动法国作家的心。他们不问手里的弓射出去的是"思想还是死亡"，或是两者都有。他们缺少爱。一个法国人有了思想，就硬要旁人接受。没有思想，他也同样要人接受。眼见做不到了，他便不愿意再有所行动。这是那般优秀人士不大管政治的主要原因。有信仰也罢，没信仰也罢，各人都深藏着。

有人做过种种尝试，想消灭这种个人主义，组织一些团体；但这种团体大半马上倾向于文学清谈，或者变成可笑的帮口。最优秀的都势不两立，以互相消灭为快。其中有些杰出之士，有精力，有信心，天生能联合与指导一般意志懦弱的人的。但各人有各人的队伍，决不肯跟别人的合并。他们组织什么会，什么社，发行杂志，所有的德性都齐备，只少一件，就是退让；没有一个团体肯对别的团体让步，它们互相争夺群众(其实也是为数极少而挺可怜的人),苟延残喘地存活了一些时候,终于一蹶不振地倒台了,而且并非由于敌人的打击,倒是——(叫人看了最痛心的!)——由于自己的摧残。许多不同的职业,——文人,剧作家,诗人,散文家,教授,小学教员,新闻记者,——形成了无数的小集团,而每个集团又分化为许多小组,彼此深闭固拒。相互的了解是谈不到的。在法国,无论对什么事都不会全体一致;除非在"全体一致"成为传染病的时候,——这种时间极其难得,而那"一致"往往还是错误的:因为它是病态的。法国无论哪一种活动都受个人主义控制,科学方面是这样,商业方面也是这样,商人们的不能团结不能联合,全是个人主义从中作梗。这个人主义并没有蓬勃的生机,可是顽固,执着,处处退缩。孤独自立,不有求于人,不与人往来,怕相形之下会感到自己的无能,也不愿意孤高自傲的安静受到扰乱:凡是创办"超然的"杂志,"超然的"剧场,"超然的"团体的人,差不多心中全存着这种思想。而创办那些杂志,剧场,团体的唯一的意义,往往只因为不愿意跟别人在一起,不肯为了一桩共同的行动或思想而团结;还有彼此的猜忌或党派间的仇视,使实际上最应当互相谅解的人互相提防。

即使彼此契重的人物为了同一事业而结合的时候,像奥里维和办《伊索》杂志的那些同志,他们之间似乎也永远存着戒心,绝对没有流露真情的兴致,那在德国是极常见而极容易使人厌恶的。在这群青年中间,有一个①特别吸引克利斯朵夫,因为他有一股惊人的力量,是一个逻辑严密,意志强毅的作家,对道德观念抱着极大的热情,准备把整个世界连他自己一齐为这些观念牺牲;他为此创办了一份杂志,差不多是一个人编辑的。他发誓要向法国和欧洲提出一个纯洁,自由,英勇的法兰西的观念;他深信将来必有一日,大家会承认他所写的可以成为法国思想史上最大胆的篇幅中的一页;——这一点他是想得不错的。克利斯朵夫很愿意对他有更深的认识,和他来往。可是没有办

---

① 即夏尔·班琪。——原注
译者按:班琪即作者发表本书的杂志《半月刊》的主编。

法。虽然奥里维常常跟他接触,也只在有事的时候见面;他们绝对没有亲密的谈话,充其量不过交换一些抽象的思想,实际上也无所谓交换,而是两人在一块儿自言自语,因为各人都把思想藏在肚里。而这还是彼此契重的战斗同志呢。

这种矜持有许多原因,连他们自己都不容易分辨。先是过度的批评精神使他们把各人精神上的不同点看得太明白了,过度的理智又把这些不同点看得太重;其次,他们缺少强烈而天真的同情心,就是说缺少强烈的爱。也许还有别的原因,例如事业的重负,生活的艰难,思想的骚乱,使一个人到了晚上再没精力跟人作些友善的谈话。最后还有法国人不敢承认而老在胸中作梗的那个可怕的心理,以为大家不是同种同族,而是在不同的时代住到法国土地上来的不同的种族,尽管彼此有了关系,却很少共同的思想,——这一点,为了大家的利益原来就不应该常常想到。而最重要的阻碍是太醉心于自由,对它抱着如醉若狂的危险的热情:一个人尝到了自由的滋味,简直会牺牲一切。这种自由的孤独,因为是用多少年的艰苦换来的,所以特别宝贵。优秀人物孤独自处,免得受制于俗人。宗教的或政治的团体威逼你,种种压迫个人的重负加在你身上:家庭,舆论,国家,帮会,党派,学派;孤独便是对这些压迫的反动。倘若一个囚徒要越过二十道高墙才能逃出牢笼,那么,非身强力壮的人决不能毫无损伤的达到目的。对于一颗自由的意志,这的确是艰苦的考验,但是从这儿经历过来的,就会终生留下苦斗的痕迹和独立不羁的癖性,永远不能跟旁人融和的了。

除了高傲的孤独,还有一种是隐忍退让促成的孤独。法国多少老实人都把他们的慈悲,勇敢,和真挚的感情埋藏在心里。数不清的有理没理的理由使他们不愿意行动。在某些人是为了服从,为了胆怯,为了习惯性;在另一些人是为了怕舆论,怕闹笑话,怕抛头露面,怕人家把他们毫无作用的行为说是有作用的。这一个不参加政治的与社会的斗争,那一个不参加慈善事业,因为他们看到做事不认真或没有头脑的人太多了,也因为怕别人把他们看作跟走江湖的与糊涂虫没有分别。差不多所有的人都感觉厌恶,困倦;怕行动,怕痛苦,怕丑恶,怕闹笑话,怕出乱子,怕负责任;还有那"有什么用?"的心理,把今日多少法国人的意志都给消磨了。他们太聪明了,——没有气魄的聪明,——他们看到正反两方面的理由。他们缺少力量,缺少生气。一个人生气蓬勃的时候决不问为什么生活,只是为生活而生活,——为了生活是桩美妙的事而生活!

那般优秀的人,有的是可爱的普通的优点:人生观很温和,欲望很淡泊,爱家庭,爱乡土,遵守礼教,谨慎小心,不强制别人,不妨害别人,不轻易泄露感情,永远取着矜持的态度。所有这些可爱的动人的特点,在某种情形之下可以和恬静,勇敢,内心的欢乐,并行不悖,但跟法国民族的衰老与贫血也不无关系。

在克利斯朵夫和奥里维的屋子底下,那个四面围着高墙的幽美的园子便是小型法兰西的象征。那是一片跟外界隔绝的绿茵。有时,外边的狂风打着回旋降到园里,给坐在那儿出神的少女带来一些遥远的田野和大地的气息。

克利斯朵夫看到了法国潜藏的生机,觉得它不应该让卑鄙无耻的人压迫。沉默的优秀阶级躲在里头的那个半明半暗的境界,使他感到窒息,禁欲主义只有对一般没有牙齿的人才配。他却需要无限的空气,广大的群众,辉煌的太阳,千万生灵的爱,需要把他所爱的人紧紧地抱在怀里,把敌人碎为齑粉;他需要战斗,需要胜利。

"你能这样做,"奥里维说,"你是强者,你凭着你的缺点——(对不起!)——跟优点,生来是为战斗的。你的民族不是一个太贵族的民族,这是你的运气。行动不会使你厌恶。必要的时候你甚至会去干政治!⋯⋯并且你用音乐写作又是了不得的幸运。人家不懂你的话,你什么都可以说。倘使人家知道你的音乐里有瞧不起他们的意思,有他们否认的信仰,也有对于他们竭力想扑灭的东西不断的颂赞,那么他们绝不会饶你,一定要阻挠,捣乱,使你为了和他们奋斗而把大部分的精力消耗完了,等到你胜利的时候,你已经没有完成事业的余力,你的生命也快告终了。成功的大人物是得力于别人的误解。人家佩服他们的地方正是跟他们的真面目相反的。"

"唉!"克利斯朵夫回答,"你们可没有认识你们那般大师的懦怯。我早先以为你是孤独的,所以我原谅你没有行动。但实际上你们思想相同的人不知有多少。你们比压迫你们的人强过百倍,你们的价值比他们的超过千倍,而竟甘心情愿对他们无耻的行为屈服!我真不了解你们。你们有着最美的国土,了不得的聪明,又最富于人情味,你们却丝毫不加利用,还让少数的坏蛋把你们控制,污辱,踩在脚下。喂,拿出你们的真面目来吧,怕什么!别等奇迹或是拿破仑来帮你们忙!起来吧,团结起来吧。你们大家都得动员,马上把屋子打扫干净。"

但奥里维耸耸肩膀,无精打采而又含讥带讽地说:"跟他们去火并吗?不,那不是我们的任务,我们有更好的事可以做。我最恨强暴。结果怎么样,我是太明白了。那些一事无成而满腹牢骚的老朽,保王党里的年轻的傻瓜,宣传暴行与仇恨的恶魔,会一齐霸占我的行动,加以玷污。你难道要我再喊蛮子滚出去或法国人的法国这一套仇恨的老口号吗?"

"干吗不?"克利斯朵夫说。

"不,这都不是法国话。人家尽管把它们涂着爱国色彩到处宣传也是白费的。那只适用于一般野蛮的国家!我们的国家不是培养仇恨的国家。要肯定我们的民族性,并不在于否定别人或毁灭别人,而是在于把他们同化。不管是骚乱的北方人还是多嘴的南方人,都让他们来吧……"

"还有那含有毒素的东方?"

"连那含有毒素的东方也没关系:反正我们会吸收它,像吸收旁的一样,过去我们吸收的还不多吗?东方表示得意扬扬,我们中间有一部分人战战兢兢,都教我看了发笑。它以为把我们征服了,在我们的大街上，报纸上，杂志上，戏院舞台上，政治舞台上，耀武扬威。傻子！它才被我们征服呢。它滋养了我们，它自己可消灭了。高卢人的胃是强健的；两千年来被它消化的文明何止一个。我们受得起毒药的试验……你们德国人要怕，你们去怕吧！你们非纯粹不可，否则就没法存在。可是我们，主要的不在于纯粹而在于兼收并蓄。你们有一个皇帝，大不列颠也自称为帝国，但事实上真有帝国意味的倒是我们的拉丁民族的性格。我们是世界城的公民。"

"好得很，"克利斯朵夫说，"只要一个民族是健康的，在它年轻力壮的阶段，这一套都很好。但它的精力终有枯竭的一天，那时它就有被外来的巨潮淹没的危险。我们中间不妨老实说，你不觉得这种日子已经来到了吗？"

"这个话人家已经说了几百年了！但我们的历史每次都证明那是多虑。圣女贞德的时代，巴黎一片荒凉，豺狼出没；从那个时候到现在，我们受的考验简直数不清！今日的道德沦丧，淫乐无度，志气消沉，社会混乱，我都不放在心上。耐着点性子吧！要生存就得受苦。我很知道将来会有一个反动的潮流，——可是也不见得如何高明，结果也许搞出些同样胡闹的事：而今日靠浑水里摸鱼过日子的人，将来还是会叫叫嚷嚷的做领导……可是那有什么关系？这些运动并不接触到法兰西真正的民众。烂果子不会使果子树跟着烂的。它掉在地下就完了。在整个民族中间，所有那些人是太不足道了！他们死也罢，活也罢，跟我们有什么相干？难道值得我忙忙碌碌，去筑起堤岸，掀起革命来对付他们吗？现在的祸害不是一个制度造成的。这是奢侈带来的麻风病，是财富与聪明的寄生虫。它们会消灭的。"

"把你们腐蚀了以后。"

"对于这样一个民族，你不能绝望。它有那么一种潜在的德性，那么一股光明与理想主义的力，便是那些蚕食它破坏它的人也受到影响。甚至一般贪得无厌的政客也会受它诱惑。最平庸的人一旦握了政权，也感觉到国运的伟大；这国运把他们从小我中超脱出来，拿火把交给他们，叫他们一个一个的传递过去；而他们也跟着前人从事于消灭黑暗的神圣的斗争。民族的精神拖着他们；愿意也罢，不愿意也罢，他们都完成了他们所否定的上帝的意志……亲爱的国家，亲爱的国家，我对你的信心是永远不会动摇的！你所受的致命的考验，倒反使我感到，我们在世界上所负的使命是值得骄傲的。我绝对不愿意我的法兰西瑟瑟缩缩关在一间病房里，不敢吹到外界的风。我不愿意病病歪歪的苟延残喘。一个人长大到我们这样的时候，倘使要停止长大，还不如痛快死掉。全世界的思想尽管扑到我们的思想中来吧！我决不害怕。潮水把肥沃的淤泥带给我们的土地，然后它会退下去的。"

"可怜的朋友，"克利斯朵夫说，"在它没退下去的期间，可不是有趣的啊。而且等到你的法兰西从尼罗河中浮起来的时候，你自己在哪儿呢？奋斗不是更好吗？除掉你早已认为命中注定的失败以外，又没别的危险。"

"不，我所冒的危险远过于失败。我可能丧失精神上的平静：那对我是比胜利更重要的。我不愿意恨。哪怕对我的敌人，我也要给他一个公平的待遇。我要在大家热情汹涌的浪潮中保持我清明的目光，我要了解一切，爱一切。"

但克利斯朵夫觉得用这种超然物外的心情去爱人生，和自甘灭亡的退让没有什么差别；他像恩培多克勒老人①一样，觉得胸中有一支颂歌在那里颂赞恨，颂赞与恨相连的爱，——垦殖大地的，在大地上播种的，内容丰富的爱。他不能赞同奥里维那种安安静静的宿命观；并且他不大敢相信一个绝对不自卫的民族能够久存，所以恨不得唤起整个民族的健全的力，使全法国所有的老实人都奋臂而起。

你对一个人的了解，用一分钟的爱情能比几个月的观察更有成

---

① 公元前五世纪时希腊的哲学家。

绩,同样,克利斯朵夫之于法国,八天内足不出户的跟奥里维亲密相聚的结果,比他用着一年的光阴,走遍巴黎,走遍文化的与政治的沙龙所知道的更多。在他觉得茫无所措的那个普遍的混乱中,朋友的心灵对他仿佛是大海中的一个岛,代表理智与精神恬静的境界。奥里维内心的和平所以格外动人,是因为它没有一点精神上的倚傍,——因为他生活的境况是艰苦的,——(他穷,他孤独,他的国家又是这样的颓废,)——因为他身体衰弱,近乎病态,非常的神经质。可见他清明的心境并非由于意志坚强——(他根本缺少意志,)——而是从他的生命与种族的深处来的。在奥里维周围许多别的人身上,克利斯朵夫也窥见一道遥远的微光,体验到"万里无波的大海的沉静";他自己素来是骚乱不宁的,拿出全部意志的力量才能使强烈的天性勉强得到一个平衡,现在这种隐藏的和谐,当然使他不胜艳羡了。

看到了法国的内情,他把过去对法国民族性所抱的观念全部推翻了。摆在他眼前的不复是那个快乐的,随和的,无愁无虑的,光芒四射的民族,而是一批含蓄的,孤独的心灵,表面上像蒙着一层明晃晃的水雾,颇有乐观的色彩,其实却是浸透了深刻而沉静的悲观气息,脑子里全是执着的念头,灵智的热情;——他们都是不可动摇的灵魂,只能加以毁灭而不能加以改变的。当然这仅仅限于法国的优秀阶级,但克利斯朵夫不懂它这种信心与坚忍刻苦的精神从哪儿来的。奥里维回答说:

"从失败中得来的。是你们,克利斯朵夫,把我们重新锻炼了。①唉,那当然不是没有痛苦的。你们想象不到,我们从小到大所经历的环境是怎样的凄惨。我们丧师辱国,跟死神照了面,暴力的威胁老是压在我们身上。我们的生命,我们的精神,我们的法兰西文明,十个世纪的伟大,——都操在一个不了解它、恨它、随时可以把它碎为齑粉的、强暴的征服者手里。可是我们就得为这些命运活下去!你想想

---

① 作者假定本书中的人物都是一八七〇年以后长成的一代,故此处所谓"失败"即指普法战争一役。

吧,那些法国的孩子,生在蒙丧的家庭里,罩着战败的黑影,受着沮丧的思想熏陶;人家教养他们的目标是希望他们雪耻报仇,而那个报仇也许是玉石俱焚的,也许是完全空的:因为他们虽然年纪很小,早已懂得这个世界上没有正义,只有强权!这一类的发现,使儿童的心灵不是从此堕落就是从此长成。许多人都自暴自弃了;他们想:既然如此,何必奋斗?何必振作?一切都是空的。想也没用。还是享乐吧。——但凡是挣扎过来的人都是真金不怕火的;任何幻灭都不能动摇他们的信仰:因为他们一开始就知道信仰之路和幸福之路全然不同,而他们是不能选择的,只有往这条路走,别的都是死路。这样的自信不是一朝一夕所能养成的。你决不能以此期待那些十五岁左右的孩子。在得到这个信念之前,先得受尽悲痛,流尽眼泪。可是这样是好的,应得要这样……

　　　　噢!信仰,你这纯钢百炼的处女,
　　　　用你的枪尖把各个民族被压制的心开发出来吧!……"

克利斯朵夫默然握着奥里维的手。

"亲爱的克利斯朵夫,"奥里维说,"你们德国给了我们多少痛苦。"

克利斯朵夫差不多要道歉了,仿佛那是他做的事。

"别难过,"奥里维笑着说,"德国不由自主地给我们的益处,远过于害处。是你们把我们的理想主义重新燃烧起来的,是你们把我们对于科学与信仰的热爱激动起来的,是你们促成了法国的普及教育,刺激了巴斯德的创造力,使他单凭一个人的发明,就把五十亿的战争赔款给挣来了,是你们使我们的诗歌,绘画,音乐再生的,我们民族意识的觉醒也全靠你们的力量。我们为了爱信仰甚于爱幸福所作的努力已经得到酬报:因为我们在麻痹的世界上已经感觉到那精神的力量,我们对于这种力,甚至对于胜利,都不再怀疑了。你瞧,克利斯朵夫,我们虽然显得这样渺小,这样软弱,——跟德国的威力相比只是大海中的一滴水,——我们却相信那是把整个海洋染色的一滴水。马其顿一个小小的军团就会把欧罗巴大队武装的人民冲倒!"

弱不禁风的奥里维眼中闪着信仰的光,克利斯朵夫望着他说:

"可怜的娇弱的小法国人!你们比我们更强。"

"噢!失败对我们是有好处的,"奥里维又说了一遍,"我们得祝福灾难!我们决不会背弃它。我们是灾难之子。"

第 二 部

失败可以锻炼一般优秀的人物,它挑出一批心灵,把纯洁的和强壮的放在一边,使它们变得更纯洁更强壮,但它把其余的心灵加速它们的堕落,或是斩断它们飞跃的力量。一蹶不振的大众在这儿跟继续前进的优秀分子分开了。优秀分子知道这层,觉得很痛苦,便是最勇敢的人对于自己的缺少力量与孤立暗中也很难过。而最糟的是,他们不但跟大众分离,并且也跟自己人分离。大家各自为政地奋斗着。强者只想救出自己。"噢,人哪,你得自助!"他们并没想到这句格言的真正的意思是,"噢,人哪,你们得互助!"他们都缺少对人的信赖,缺少同情的流露,缺少共同行动的需要,——那是一个民族在胜利的时候才会有的,——缺少元气充沛的感觉,缺少攀登高峰的意念。

关于这种情形,克利斯朵夫和奥里维也知道一些。巴黎有的是能了解他们的心灵,屋子里有的是不相识而真可以做朋友的人,可是他们像在亚洲的沙漠中一样孤独。

两人的境况很苦,差不多没有什么固定的收入。克利斯朵夫只有替哀区脱抄谱和改编乐曲的工作。奥里维冒冒失失地辞退了教职。因为姊姊死后,他颓丧到极点,加上在拿端太太那个社会里有了一次痛苦的恋爱经验:——(他从来没跟克利斯朵夫提,因为不愿意泄露心中的苦恼;他的迷人的地方,一部分就是由于他跟最亲密的朋友也永远保持着那种幽密的神秘。)——在极需要沉默的精神颓唐的时期,教书的职务对他竟是一件没法忍受的苦工。他对于这个需要把自己的思想高声宣布出来,老是和群众混在一起的行业,毫无兴趣。要名副其实地做一个中学教员,必须有种使徒式的热情;而这是奥里维所没有的;至于大学的教席,必须经常接触群众,而这又是教一个像奥里维那样爱孤独的人感到痛苦的。他曾经作过两三次公开演讲,结果是怕羞得异乎寻常。他最厌恶抛头露面地站在讲坛上。他看到群众,感觉到群众,好像自己长着触角一样,他知道其中大多数是专为解闷而来的游手好闲的人,但娱乐大众的角色对他不是味儿。更糟的是,从讲台上说出来的话常常会把你的思想改头换面;而你一不留神,还会在举动、语调、态度上面,表示思想的方式上面,甚至在心理方面,变成做戏。演讲往往会碰到两个暗礁:不是流于可厌的喜剧,便是流于时髦的学究气。对着几百个不认识而不作声的人高声朗诵的独白,等于大众可穿而谁也不合式的现成衣服,在一个有些孤僻与高傲的艺术家心中,简直是虚伪得受不了。奥里维需要凝神默想,每说一句话都要使自己的思想表现得很完整,所以他把千辛万苦挣来的教职放弃了;同时因为没有姊姊再来阻拦他的沉思遐想,他便开始写作。他很天真地以为只要有艺术价值,这价值就很容易被人赏识的。

不久他可醒悟了。要发表一些东西简直不可能。因为热爱自由,所以他痛恨一切损害自由的东西,只能在互相敌对的政党把国土和舆论一齐割据的局势之下,过着孤独生活,好似一株没法喘息的植物。他对于一切文学社团也抱着同样孤立的态度,而他们也同样的排斥他。在这些地方,他没有、也不能有一个朋友。除了极少数真有志愿的人,或是醉心于研究学问的人,一般知识分子的心灵的冷酷,枯索,自私自利,使他不胜厌恶。一个人为了头脑——头脑又不大——而不惜使心灵萎缩,真是可悲的事。没有一点慈悲,只有那种聪明像藏在鞘里的利刃一般,这利刃说不定有天会直刺你的咽喉。你得时时刻刻的防着。交朋友也只能交一般爱好美的老实人,决不以此图利的,生活在艺术以外的人。艺术的气息是大多数人不能呼吸的。唯有极伟大的人才能生活在艺术中间而仍保持生命的源泉——爱。

奥里维只能靠自己。而这又是极脆弱的倚傍。任何钻谋他都受不了。他不肯为了自己的作品受一点委屈。看到一般青年作家卑躬屈节地趋奉某个著名的剧院经理,甘心忍受比对仆役更不客气的待遇,奥里维简直脸都红了。哪怕为了性命攸关的问题,他也不能这么做。他只把原稿从邮局里寄去,或是送往戏院或杂志的办公室,让它原封不动地放上几个月。有一天他偶然遇到一个中学时代的老同学,一个又懒又可爱的家伙,对他始终存着钦佩而感激的情意,因为奥里维从前很高兴而且很容易地替他做过枪手;他对于文学一窍不通,但文人倒认得不少,这就比深通文学有用得多,更因为他有钱,会交际,喜欢充风雅,他就听让那般文人利用。他在一个自己有股份的大杂志的秘书面前替奥里维说了句好话:人家立刻把压置了好久的原稿发掘出来,读了一遍;又经过了多少的踌躇,——(因为即使作品有价值,作者的名字可没有价值,社会上谁知道他这个人呢?)——终于决定接受了。奥里维一知道这个好消息,以为自己的苦难快完了,其实才不过是开头呢。

在巴黎要教人接受一件作品还不算太难,但要把它印出来是另外一件事。那就得等了,得成年累月地等,有时甚至要等一辈子,倘若你没有学会趋奉别人或麻烦别人的本领,不时趁那些小皇帝刚起床的时候去朝见,让他们想起有你这个人,明白你决意要随时随地跟他们纠缠的话。奥里维只知道坐在家里,在等待期间把精力消磨尽了。他至多写些信去,永远得不到回复。烦躁的结果,他不能工作了。那当然是胡闹,可是你不能用理智来解释。他等每一班的邮差,对着桌子呆坐,非常苦闷,只为了下楼去等信件才走出自己的屋子;满怀希望的目光,一瞧见门房那儿的信箱就立刻变成失望;他视而不见地在街上遛着,只想等会再来;等到最后一次邮班过了,除了上层的邻居沉重的脚步声以外,屋子里都静下来的时候,他对于人家的那种冷淡感到窒息。

他只求一句回音,只要一句就行了!难道他们连这样的施舍也靳而不与吗?那靳而不与的人可想不到自己会给他痛苦。各人都用自己的形象去看世界。心中没有生气的人所看到的宇宙是枯萎的宇宙;他们不会想到年轻的心中充满着期待,希望,和痛苦的呻吟;即使想到,他们也冷着心肠,带着倦于人世的意味,含讥带讽的把他们批判一阵。

终于作品出版了。奥里维等得那么久,看到作品问世已经没有乐趣可言:那对他已经是死东西了。可是他希望它在别人眼中还是活的。其中有些诗意和智慧的闪光,决不致无人注意。但社会上对这件作品完全保持静默。——他又写了两三篇论文。既然跟一切党派都没有关系,他始终遇到同样的静默,甚至于敌意。他只觉得莫名其妙。他挺天真的以为每个人对一件新的、即使是不十分好的作品,必定会表示好意。对一个发愿要使别人得到一些美、力、或欢乐的人,大家不是应当感激的吗?可是他得到的只有冷淡或菲薄。他明明知道,他在作品中表现的思想不只是他一个人的,还有别人和他一般思想;殊不知那一类老实人并不读他的书,在文坛上也毫无说话的资格。便是有两三个读到他的文字,和他有同感,也永远不会对他说出来;他们用静默把自己封锁了。正如在选举的时候放弃投票一样,他们在艺术上也放弃权利;他们不看那些使他们受不了的书,不看他们厌恶的戏,却让敌人去投票选举他们的敌人,把一些只代表无耻的少数人的作品与思想捧上天去。

奥里维既不能倚傍在精神上和他契合的人(因为他们不知道他),就只能落在敌人手中,听凭与他的思想为敌的文人和受这种文人指挥的批评家摆布。

这些初期的接触使他心灵受伤了。他对于批评的敏感不下于老布鲁克纳,——新闻界的恶意所给他的痛苦使他不敢再让人家演奏他的作品。奥里维连老同事的支持都得不到。那些教育界的人因为职务关系,还能感觉到法国文化的传统,照理是能了解他的。但他们是服从纪律的,把精神整个儿交给工作的老实人,往往被吃力不讨好的职业磨得牢骚满腹,不能原谅奥里维与众独异的行为。因为是驯良的公务员,所以他们只有看到优越的才能跟优越的地位合而为一的时候才承认其优越。

在这等情形之下,只有两三条路可走:不是用强力摧破外界的壁垒,就是作可耻的妥协,或者是退一步只为自己写作。奥里维对第一第二条都办不到,便采取了最后一条。他为了生计,不得不忍着痛苦替人家补习功课,另外自个儿写些作品,——但因为没有见到天日的可能,作品也慢慢地变得没有血色,变成虚幻的,不现实的了。

在这种半明半暗的生活中,克利斯朵夫像暴风雨般突然闯了进来。他对于社会的卑鄙与奥里维的忍耐非常愤慨。

"难道你没有热血吗?"他嚷道,"你怎么能忍受这样的生活?你知道自己比这般畜牲高明而让他们压迫吗?"

"怎么办呢?"奥里维说,"我不能自卫,要跟我瞧不起的人斗争,我简直受不了。我知道他们会不择手段,用所有的武器攻击我;我可是不能。我不但厌恶用他们那种恶毒的手段,而且还怕伤害他们。我小时候老老实实地让同伴们打。人家以为我懦弱,怕挨打。其实我对于打人比挨打更怕。有一天一个蛮横的家伙正在折磨我,旁边有人跟我说:喂,跟他拼了吧,把他肚子上踢一脚不就结了!——我听了这话大吃一惊,我是宁可挨打的。"

"你太没有热血了,"克利斯朵夫又说了一遍,"并且也是你们该死的基督教思想种的根!还有你们只剩了一些《教理问答》的宗教教育;经过割裂的《福音书》,淡而无味的、萎靡的《新约》……婆婆妈妈的慈悲,老是预备流眼泪的……可是你们的大革命,卢梭,罗伯斯庇尔,一八四八的革命……难道都忘了吗?我劝你每天早上念一段血淋淋的《旧约》吧。"

奥里维表示异议。他对于《旧约》有种天生的反感。这种心理可以追溯到他童年偷偷地翻着一部插图本的《圣经》的时代,那是人家从来不看，也不许儿童看的东西。其实禁止也是多余的。奥里维看不多时，马上又恼又丧气地把它合上了，直到读了《伊利亚特》《奥德赛》和《天方夜谭》那一类的书，才把看《圣经》的时候那种不愉快的印象抹掉。

"《伊利亚特》中的神，"奥里维说，"是一般长得很美，极有神通而缺点很多的人：我懂得他们，我或是爱他们，或是不爱他们；即使我不爱，也喜欢这种人；我有点儿偏疼他们。我像帕特洛克勒斯一样，愿意亲吻阿喀琉斯的受伤的脚。① 但《圣经》里的上帝是一个自大狂的老犹太人，狂怒的疯子，时时刻刻都在咒骂，威吓，像发疯的狼一般怒嗥，在云端里发狂。我不懂得他，不喜欢他，他的无穷的诅咒使我头痛，他的残暴使我惊骇：

　　　　对摩押的默示……
　　　　对大马士革的默示……
　　　　对巴比伦的默示……
　　　　对埃及的默示……
　　　　对海旁旷野的默示……
　　　　对异象谷的默示……②

"那简直是个疯子，自以为一身兼审判官，检察官，刽子手，在自己监狱的庭院里把花和石子宣布死刑。这部杀气腾腾的书充满着顽强的恨意，令人气都喘不过来……——毁灭的叫喊……笼罩着摩押地方的叫喊；到处可以听到他的怒吼……——他不时在尸横遍野，妇孺惨毙的屠杀中休息一会；于是他笑了，好像约苏亚③军队中的老兵在围城之后坐在饭桌前面的狂笑：

---

①　帕特洛克勒斯与阿喀琉斯为希腊神话中的英雄，交情极密，皆参与特洛伊之役。
②　以上均为《旧约·以赛亚书》各章的摘要。
③　约苏亚为希伯来首领之一。

> 万军之主耶和华给部下供张盛宴,让他们吃着肥肉,喝着陈酒。……主的剑上满着鲜血,涂着羊腰的油脂……①

"最要不得的是,这个上帝还用欺骗手段派先知去蒙蔽人类的眼睛,造成他使他们受苦的理由:

——去,把这个种族的心变硬,塞住他的耳目,不让他了解,不让他改变主张,不让他恢复健康。
——那么主啊,到哪时为止呢?
——到屋无居民,土地荒芜的时候……②

"真的,我从来没见过这样残暴的人!……
"当然,我不至于那么愚蠢,不了解这种语言的力量。但我不能把思想跟形式分离;倘使我对这个犹太上帝有时会低徊赞叹,也只像我对老虎低徊赞叹一样。莎士比亚专会制造妖魔鬼怪,也制造不出这样一个代表恨、代表神圣而有德的恨的角色。这部书真可怕。一切疯狂都是有传染性的;恨就是其中之一。而这种疯狂特别危险,因为它那残忍的骄傲还自命为能够澄清世界。英国使我发抖,因为它几百年来就浸淫着清教徒思想。幸而它和我隔着一个海峡。一个民族只要还在把《圣经》作养料,我就不相信他是完全开化的。"

"那么你应当怕我啰,"克利斯朵夫说,"我就是醉心于这种思想的。那等于猛狮的骨髓,强健的心的食粮。《福音书》要没有《旧约》做它的解毒剂,便是一盘淡而无味的,不卫生的菜,要生存的民族必须拿《圣经》做骨干。我们应当奋斗,应当恨。"

"我就恨这个恨。"奥里维说。

---

① 见《旧约·以赛亚书》第二十五章。
② 见《旧约·以赛亚书》第六章。

"恐怕你连这种恨意都没有吧!"

"不错,我连这点儿恨的气力都没有。我不能不看到敌人的理由。我常常念着画家夏尔丹①的话:要柔和! 要柔和!"

"好一匹绵羊!"克利斯朵夫说,"可是你想做绵羊也没用。我要使你跳过壕沟,我要拼命拖着你向前。"

果然他把奥里维的事抓在手里,发动了论战。他开始并不十分高明。他不等人家把一句话说完就恼了;目的是为朋友辩护,结果反而对朋友不利;事后他发觉了,对于自己的笨拙觉得很难过。

奥里维也并不欠朋友的情。他也为了克利斯朵夫而跟人打架呢。虽然他怕斗争,虽然头脑清楚冷静,嘲笑一切极端的言语和行动,但一朝替克利斯朵夫辩护的时候,他可比克利斯朵夫和所有的人都更激烈。他头脑糊涂了。一个人在爱情中是应当会糊涂的。奥里维的确做到了这一点。——可是他比克利斯朵夫更巧妙。这个为了自己的事作风那么古板那么笨拙的青年,为了使朋友成功倒很有手段,甚至也能玩弄权术;他拿出惊人的毅力和机巧替克利斯朵夫争取朋友,有办法使音乐批评家与音乐爱好者对克利斯朵夫感兴趣。倘使要他为了自己去干求那些人,他一定会脸红的。

两人费了多少心力,结果也不容易改善他们的境况。相互的友爱使他们做了不少傻事。克利斯朵夫借了债私下替奥里维印一部诗集,不料一部也没卖掉。奥里维怂恿克利斯朵夫举行一次音乐会,临了是一个听众也没有。克利斯朵夫对着空无一人的场子,很勇敢地拿亨德尔的话安慰自己:"好极了! 这样,音响的效果倒更好……"可是这种豪语并不能使他们把花的本钱收回。他们只得好不心酸地回家。

在这个艰难的情形中,唯一来帮助他们的是一个四十岁左右的犹

---

① 夏尔丹(1699—1779),法国画家。

太人,叫作泰台·莫克。他开着一家艺术照相馆,对自己的行业很感兴趣,识见很高,也花了不少巧思。但他除此以外还关心许多事,甚至把买卖都疏忽了。便是他专心于照相的时候,也仅仅是研究技术的改进和印照片的新方法,那方法虽然巧妙,也难得成功,倒反浪费了不少钱。他读书极多,对于哲学、艺术、科学、政治、各方面的新思想无不留意;他感觉极灵,凡是别具一格的,有点力量的个性,他都会发掘出来,仿佛那些个性所隐藏的磁力会吸引他。奥里维的朋友都是和奥里维一样孤独,一样躲在一旁工作的,莫克在他们中间来来往往,成为一个联络人物,在他们不知不觉之间促成他们思想的交流。

奥里维要把莫克介绍给克利斯朵夫的时候,克利斯朵夫先表示拒绝;过去的经验使他不愿意再跟以色列族的人交往。奥里维笑着说,他对犹太人的认识并不比他对法国人的更高明。于是克利斯朵夫答应再试一下;可是他第一次看到泰台·莫克,就皱了皱眉头。莫克表面上犹太色彩特别浓,就像一般不喜欢他们的人所想象的那个模样:矮小,秃顶,身体长得很难看,鼻子臃肿,一双斜眼戴着一副大眼镜,脸上留着一簇乱七八糟的粗硬的黑胡子,多毛的手,很长的胳膊,短而弯曲的腿:活像一个腓尼基教里的上帝。但他眉宇之间有种那么慈爱的表情,把克利斯朵夫感动了。尤其莫克是很朴实的,不说一句废话:没有过分的恭维,只有非常识趣的一言半语。可是他最高兴帮别人的忙:人家还没开口,他已经把事情给办妥了。他常常来,甚至来得太密了些;而几乎每次都带着些好消息:不是为奥里维介绍写文章或教课的差事,就是为克利斯朵夫介绍学生。他从来不多耽留时间,竭力装得很随便。或许他已经觉察克利斯朵夫的不高兴,因为克利斯朵夫一看见那张一把大胡子的脸在门口出现,就要做出不耐烦的动作,但事后又对莫克的好心非常感激。

好心在犹太人身上并不少有:这是他们在所有的德行中最乐意承认的一种,即使他们并不实行。其实大多数人的好心都出之以消极的或无所谓的形式:宽容,淡漠,不愿意做坏事,含讥带讽的容忍,在他们都是好心的表现。莫克的好心却是很积极的。他永远预备为了什么人或事而鞠躬尽瘁:为他清寒的犹太教友,为亡命的俄国人,为各国的被压迫者,为不幸的艺术家,为一切的灾难,为一切慷慨的善举。他的荷包永远打开着,不论怎样不充裕,他总有方法掏出一些来;一文不名的时候,他会教别人掏出来;他从来不辞劳苦,不怕奔走,只要是为帮助别人。这些他都出之以很自然的态度。他的缺点便是表明自己老实与真诚的话说得太多了一些;但妙的是他的确老实,的确真诚。

克利斯朵夫对于莫克是同情与厌恶参半,有一回竟说了一句顽皮孩子的刻薄话;因为被莫克的好意感动了,他便亲热地抓着他的手说:

"啊!多可惜!……你生为犹太人真是太不幸了!"

奥里维吃了一惊,脸都红了,仿佛说的是他自己。他很难堪,竭力想把克利斯朵夫的话圆过来。

莫克笑了笑,带着凄凉而嘲弄的神气,静静地回答:

"更不幸的是生而为人。"

克利斯朵夫只觉得这句话是普通的牢骚;可是其中的悲观意味,比他所能想象的深刻得多;奥里维凭着细致的感觉立刻体会到了。除了大家认识的这个莫克以外,还有一个完全不同的,甚至在许多地方相反的莫克。他表面上的性格,是他把自己的天性长期压制的结果。这个好像很纯朴的人,骨子里很喜欢绕圈子,只要一不留神,就把简单的事搞得很复杂,使他最真实的感情也带点做作的嘲弄的性质。他面上很谦虚,有时甚至过分的自卑,实际上却非常骄傲,那是他知道得很清楚而痛自贬责的。他那种乐观,活动,时时刻刻地忙着帮助别人,都是一种掩饰,遮盖着根子很深的虚无主义,和不敢向自己瞧一眼的心情。莫克表示自己相信许多事:相信人类的进步,相信净化以后的犹太精神的前途,相信法兰西的使命是做一个新思想的战士,——他真心地把这三件事看作三位一体。——奥里维却看得很明白,对克利斯朵夫说:"其实他什么都不信。"

尽管莫克游戏人生,非常洒脱,他仍旧是个神经衰弱的人,不愿意看到内心的空虚。有时他精神上觉得一片虚无,半夜里突然呻吟着惊醒过来。好像在水里要抓住救命圈似的,他到处找一些借口让自己能够有所行动。

一个人生在一个太老的民族中间是需要付很大的代价的。他负担极重:有悠久的历史,有种种的考验,有令人厌倦的经验,有智慧方面与感情方面的失意,总之是有几百年的生活,——沉淀在这生活底下的是一些烦闷的渣滓。闪米特族的无穷的烦闷,和我们雅里安族的完全不同;我们的烦闷虽然也很痛苦,但至少有些确切的原因,原因消灭,烦闷也可以跟着消灭;而这原因大多是欲望不能满足。但在某些犹太人,往往连生机都被一种致命的毒素侵蚀了。他们没有欲望,没有兴趣,没有野心,没有爱,没有快乐。这些跟祖国的传统脱节的东方人,千百年来把精力消耗净尽,竭力想达到不动心的境界而达不到;他们始终没有失掉的——并非保持原状而是过分夸张了的,——只有思想,只有无穷的分析,使他们对什么都不觉得愉快,对一切行动都没有勇气。最有气魄的人也只是造出些角色来给自己扮演,而并不为自己打算。他们之中有些很聪明很严肃的人,往往对现实生活不关痛痒,一切都逢场作戏;——他们虽不承认有这个意思,但游戏人生的确是他们唯一的生活方式。

莫克也是个演员,可是自成一派。他成天忙着,为的要使自己麻木。但他的忙不像多半的人为了自私,而是为了别人。他对克利斯朵夫的忠诚是动人的,也是令人生厌的。克利斯朵夫有时对他很粗暴,过后又立刻后悔。莫克从来不恨克利斯朵夫。他无论碰到什么事都不会灰心。并非他对克利斯朵夫有怎么热烈的感情。他喜欢的是帮人家忙,而不一定是所帮的对象。对象仅仅是种借口,使他能做些好事,混过日子。

他花了那么大的劲,居然使哀区脱决心刊印克利斯朵夫的《大卫》和别的几件作品。哀区脱心里很器重克利斯朵夫的才具,但并不急于把他公诸大众。等到莫克预备把这部乐谱自己出钱托另一个出版家刊印了,哀区脱才为了争面子,自动接受下来。

有一回奥里维病倒了,钱用完了,境况非常困难,莫克竟会想到向法列克斯·韦尔,那个和两位朋友住在一幢屋子里的,有钱的考古学家去求援。莫克和韦尔是相识的,但彼此很少好感。他们俩性格太不同了,莫克这种骚动的、神秘的、激烈的性情,粗鲁的举止,或许会引起平静的、爱嘲弄的、举动文雅而思想保守的韦尔的讥讽。另一方面,他们骨子里也有共同点:对行动都没有什么深刻的兴趣,只靠顽强的机械的生命力支持着。但两人都不愿意感觉到这一点。他们只关心自己所扮的角色,而这些角色彼此并无接触。所以那天韦尔对莫克相当冷淡;莫克想把奥里维和克利斯朵夫的艺术计划打动韦尔的兴趣,韦尔却含讥带讽的表示怀疑。莫克老是醉心于这个或那个理想,早已使犹太社会看了好笑,同时认为他是个到处向人借钱的危险分子。但他凭着一贯的不灰心的作风,这一回也绝对不灰心;他一面坚持,一面提到克利斯朵夫和奥里维的友谊,居然使韦尔动心了。他觉察到这一点,便继续在这个题目上用功夫。

他的确挑动了对方的心。这个摆脱一切,没有朋友的老人,原来是把友谊看作神圣的。他一生最大的感情是对一个夭折的朋友的友谊。那是他内心的至宝,每次想起总觉得很安慰。他创立了一些事业,纪念这位朋友,把自己的著作题献给他。莫克说的克利斯朵夫与奥里维相互的友情使他大为感动。他的历史跟他们的颇有相像的地方。他所丧失的朋友当初对他是个长兄,是个青年时代的伴侣,他崇拜的指导者。一般年轻的犹太人,有的是智慧与慷慨的热情,在冷酷的环境中极感痛苦,想复兴他们的民族,再由他们的民族来复兴世界,他们鞠躬尽瘁地消耗着自己的精力,像火把一般在世界上照耀了几小时:韦尔的亡友便是这样的一个青年。他的火焰曾经使年轻的韦尔精神奋发。他在世的时候,韦尔始终跟着他在信仰的光轮中往前走着,——相信科学,相信精神的力量,相信未来的幸福。从朋友去世以后,懦弱而爱发牢骚的韦尔就让自己从理想主义的高峰直掉到《传道书》那样的沙土里,①那种气息是每个聪明的犹太人都有的,而且是随时预备把他们的聪明吞掉的。但他从来没忘了和朋友在一起的时候所过的光明的日子,把差不多已经隐灭的光彩始终保存在心里。他对谁都没提过这位朋友,连对他所爱的妻子在内:那是一件神圣的事。而这个被大家认为冷酷而毫无风趣的老人,到了暮年还在心里反复念着一个印度古代婆罗门高僧的又温婉又辛酸的句子:

"世界上受过毒害的树,还能产生比生命的甘泉更甜美的两个果子:一个是诗歌,一个是友谊。"

韦尔从此对克利斯朵夫和奥里维感到了兴趣。因为知道他们性情高傲,他就很识趣地向莫克要了一部奥里维最近出版的诗集。两位朋友并没采取什么行动,甚至想都没想到:他居然为这部作品弄到一笔学士院的奖金;而在他们艰苦的境况中,那也来得正是时候了。

克利斯朵夫知道了这个出乎意外的帮助是出之于一个他准备加以诋毁的人,就对于自己可能说的话或可能想的念头十分惭愧。虽然不喜欢拜访人家,他也勉强捺着性子去向韦尔道谢。但这番好意没有得到好结果。看到克利斯朵夫那种年轻人的热情,老韦尔笑傲人生的脾气不由自主的觉醒了;他们俩并不投机。

那天克利斯朵夫访问了韦尔,又感激又气恼地回到顶楼上,发现莫克又来给奥里维一些新的帮助,同时又读到吕西安·雷维-葛写的一篇对他的音乐很不好的评论,——不是坦白的批评,而是冷言冷语地把克利斯朵夫跟他痛恨的三四流音乐家相提并论。

克利斯朵夫等莫克走了以后和奥里维说:"你有没有注意到,我们老是跟犹太人打交道;而且只跟犹太人打交道!难道我们自己也得变成犹太人吗?仿佛我们是在勾引他们。敌人也罢,盟友也罢,我们到处只碰到他们。"

---

① 《旧约》中有一卷名《传道书》,大旨谓世事皆空,人生愚妄。

"那是因为他们比旁人更聪明，"奥里维说，"在我们法国，一个思想自由的人差不多只能跟犹太人谈谈什么新的和活生生的事。其余的人都抓着过去，不会动了。不幸，这个过去对犹太人是不存在的，至少他们的过去和我们的不同。所以我们跟他们只能谈论现在的事，跟我们同种的人只能谈昨天的事。你瞧，犹太人在各方面都有活动：商业，工业，教育，科学，慈善事业，艺术……"

"别提艺术。"克利斯朵夫说。

"我不说我对他们所做的事都有好感：我还常常讨厌呢。但至少他们是活的，懂得活着的人的。我们少不了他们。"

"别夸张，"克利斯朵夫带着取笑的口气说，"我就少得了他们。"

"对，你也许照旧能活下去。但要是你的生活与作品没法教大家认识的话（倘若没有他们，那是很可能的），你的生活又有什么意义？难道和我们同教的人会来帮助我们吗？旧教教会让它最优秀的子孙灭亡，绝对不救一下。凡是心灵深处真有宗教热忱的人，为上帝献身的人，如果胆敢不守旧教的规条，不承认罗马的威权，那么一般自称为的旧教徒不但立刻把他们视同陌路，抑且视同仇敌，不出一声的让他们落在共同的敌人手里。一颗自由的心灵，不管怎么伟大，倘使单有基督徒的精神而不肯服从，那么纵使他代表信仰中最纯洁最神圣的部分，一般的旧教徒也认为他是不相干的。他不盲不聋，要用自己的念头去思索；所以大家摒弃他，幸灾乐祸地看着他独自受苦，被敌人蹂躏，向他的弟兄们求救（他便是为了这般弟兄们的信仰而死的）。今日的基督旧教，它那种麻木不仁的力量真可以致人死命。它能宽恕敌人，可不能宽恕想唤醒它帮助它的人……可怜的克利斯朵夫，要是没有一小群思想自由的新教徒和犹太人，我们会变成怎么样？我们这批生为旧教徒而思想独往独来的人，我们的行动有什么用？在今日的欧洲，犹太人是一切善与恶中间最活跃的媒介，把思想的花粉随意散布出去。你的最凶狠的敌人和最早的朋友不是都在他们中间吗？"

"不错，"克利斯朵夫说，"他们曾经鼓励我，支持我，在战斗中说过使我振作精神的话,证明我还有人了解。当然这些朋友中很少始终如一的:他们的友谊只是一堆干草的火焰。可是也没关系!这道转瞬即逝的微光在漫漫长夜中已经了不起了。你说得对:咱们不能忘了他们的好处!"

"咱们尤其不能糊涂,"奥里维说,"不能再摧残我们那个陷于病态的文明,不能去攀折它几根最有生气的枝条。倘使不幸而犹太人被逐出欧洲的话,欧洲在智慧与行动方面就会变成贫弱,甚至有完全破产的危险。特别在我们法国,在这样一息仅存的情形之下,他们的放逐使我们的民族所受的打击,要比十七世纪时放逐新教徒的结果更可怕。没有问题,他们此刻占据的地位大大地超过了他们真正的价值。他们利用今日政治上跟道德上的混乱,还推波助澜,因为他们喜欢这种局面,因为他们觉得在其中得其所哉。至于像莫克一般最优秀的人,他们的错误,是在于真心把法国的命运和他们犹太人的梦想合而为一,那往往对我们害多利少。可是我们也不能责备他们由着他们的心意来改造法国,那表示他们爱法国。倘使他们的爱情是可怕的,我们只有起而自卫,教他们归到原位上去,他们的位置在我国是应当居于次要的。并非我认为他们的种族比我们的低劣,——(种族优越的问题是可笑而可厌的,)——可是我们不能承认一个还没跟我们同化的异族,自命为对于我们的前途比我们自己认识更清楚。它觉得住在法国很舒服,那我也很高兴,但它决不能把法国变成一个犹太国!要是一个聪明而强有力的政府能把犹太人安放在他们的位置上,他们一定能成为最有效率的一分子,促成法兰西的伟大;而这是对他们和我们同样有利的。这些神经过敏的,骚动的,游移不定的人,需要一条能够控制他们的法律,需要一个刚强正直,能够压服他们的主宰。犹太人好比女人,肯听人驾驭的时候是极好的;但由她来统治就要不得了,不管对男人对女人都是如此,而接受这种统治更要教人笑话。"

尽管相爱,尽管因为相爱而能够心心相印,克利斯朵夫和奥里维究竟有些地方彼此不大了解,甚至觉得很不愉快。结交的初期,各人都留着神,只把自己跟朋友相像的地方拿出来,所以双方没觉察。可是久而久之,两个种族的形象浮到面上来了。他们有些小小的摩擦,凭着他们那样的友情也不能永远避免的摩擦。

在误会的时候,他们都搞糊涂了。奥里维的精神是信仰、自由、热情、讥讽、怀疑等等的混合物,克利斯朵夫永远摸不着它的公式。奥里维方面,对于克利斯朵夫的不懂得人的心理也觉得不痛快;他有那种读书人的贵族气息,不由得要笑这个强毅的、可是笨重的头脑,笑他的稚拙,笑他的浑然一片,不懂分析自己,受人欺骗,也受自己欺骗。克利斯朵夫的婆婆妈妈的感情,容易激动,容易粗声大气地流露衷曲,有时在奥里维看来是可厌的,甚至有点儿可笑的。除此以外,克利斯朵夫对于力的崇拜,德国人对于拳头的信仰,更是奥里维和他的同胞不甘信服的。

而克利斯朵夫也不能忍受奥里维的讥讽,常常会因之大怒;他受不了那种翻来覆去的推敲,无穷尽的分析,仿佛世界上没有绝对的是非,——在一个像奥里维这样看重节操的人,那是很奇怪的现象,但它的根源就在于他兼收并蓄的智慧;因为他的智慧不愿意对事情一笔抹杀,喜欢看到相反的思想。奥里维看事情,用的是一种历史的、俯瞰全景的观点;因为极需要彻底了解,所以同时看到正反两面:他一忽儿拥护正面,一忽儿拥护反面,看人家替哪方面辩护而定;结果连他自己也陷于矛盾,无怪克利斯朵夫看了莫名其妙了。可是在奥里维,这倒并不是喜欢跟别人抵触或标新立异,而是一种非满足不可的需要,需要公道,需要通情达理:他最恨成见,觉得非反抗不可。克利斯朵夫对于不道德的人物与行为,往往夸大事实,不假思索就加以批判,使奥里维听了很不舒服。他虽然和克利斯朵夫同样纯洁,天性究竟没有那么顽强,会受到外界的诱惑,濡染,接触。他反对克利斯朵夫的夸张,但他自己在相反的方面也一样夸张。这个思想上的缺点使他每天在朋友面前支持他的敌人。克利斯朵夫生气了,埋怨奥里维的诡辩和宽容。

奥里维只是笑笑：他很知道因为没有自欺欺人的幻想才有这种宽容，也知道克利斯朵夫相信的事要比他多得多，而且接受得更彻底。克利斯朵夫是从来不向左右瞧一眼，只顾像野猪一般往前直冲的。他对于巴黎式的"慈悲"尤其厌恶。他说：

"他们宽恕坏蛋的时候，最大的理由是作恶的人本身已经够不幸了，或者说他们是不能负责的……可是第一，说作恶的人不幸是不确的。那简直是把可笑的、无聊的戏剧上的道德观念，荒谬的乐观主义，像斯克里布和卡皮①所宣传的那一套，拿来实行了。而斯克里布与卡皮，你们这两个伟大的巴黎人，最配你们那些享乐的、伪善的、幼稚的、懦怯的、不敢正视自己丑态的布尔乔亚社会……一个坏蛋很可能是个快乐的人，甚至比别人更多快乐的机会。至于说他不能负责，那又是胡说了。既然人的天性对于善恶都不加可否，因此也可以说是偏于恶的，那么一个人当然能够犯罪而同时是健全的。德不是天生的，是人造的。所以要由人去保卫它！人类社会是一小群比较坚强而伟大的分子建筑起来的。他们的责任是不让狼心狗肺的坏蛋毁坏他们惨淡经营的事业。"

这些思想实际上并不和奥里维的有多大分别；但因为奥里维本能的要求平衡，所以一听到战斗的话，就特别表示出游戏人生的态度。

"别这样的忙乱，朋友，"他对克利斯朵夫说，"让世界灭亡吧。像《十日谈》里头的那些伙伴一样，正当佛罗伦萨城在蔷薇遍地，杉树成荫的山坡底下为黑死病毁灭的时候，我们且安安静静地欣赏一下思想的园林吧。"

他像拆卸机器一样整天的分析艺术，科学，思想，希望从中找出些隐藏的机轴；结果他变得极端的怀疑，一切现实的东西都变为精神的幻想，变为空中楼阁，比几何图形都更空虚，因为几何图形还能说是满足思想上的需要。克利斯朵夫愤慨之下，说道：

---

① 斯克里布(1791—1861)，十九世纪法国通俗戏剧作家，卡皮为法国近代新闻记者兼剧作家。

"机器走得很好,干吗把它拆开来呢?你可能把它搞坏的。而且你的成绩在哪儿?你要证明些什么?证明一切皆空,是不是?我也知道一切皆空。就因为我们到处受到虚无包围,我才奋斗。你说什么都不存在吗?我,我可是存在的。活动没有意义吗?我就在活动。喜欢死亡的人,让他们死吧!我活着,我要活。我的生命在一只秤托里,思想又在另一只秤托里……思想,滚它的蛋!……"

他逗着暴烈的性子,讨论问题的时候不免出口伤人。他说过就后悔,恨不得把话收回来;但听的人已经受到伤害。奥里维是很敏感的,脸很嫩,话重了一些,尤其是出之于他所爱的人,他简直心都碎了。但他为了傲气,把这一点憋在肚里,只退一步做着反省的功夫。他也发觉他的朋友像所有的大艺术家一样,会突然之间流露出无意识的自私。他觉得自己的生命有时候在克利斯朵夫心目中还不及一阕美丽的音乐可贵:——(克利斯朵夫对他也不隐瞒这种思想。)——他了解克利斯朵夫,认为克利斯朵夫是对的;但他心里很难过。

并且,克利斯朵夫的天性中有各式各种骚乱不宁的成分,为奥里维摸不着头脑而很操心的。第一是那种突如其来的古怪而可怕的脾气。有些日子,克利斯朵夫不愿意说话,或者像魔鬼上了身似的只想伤害人。再不然他失踪了,你可以一整天大半夜的看不见他。有一次,他接连两天没回来。天知道他做些什么!他自己也不大清楚……其实是他的强烈的天性被狭窄的生活跟寓所拘囚着,好像关在鸡笼里,有时差点儿要爆裂了。朋友的镇静使他气恼,竟想加以伤害。他只得往外逃,用疲劳来折磨自己,在巴黎跟近郊四处乱跑,心中渺渺茫茫地希望有些奇遇,有时也真会碰到;他甚至希望闹些乱子,例如跟人打架什么的,把过于旺盛的精力发泄一下……奥里维因为身体娇弱,觉得那是不可能的。克利斯朵夫自己也不比他更了解。他从这种神思恍惚的境界中醒来,好比做了一个累人的梦,——对于做过的事和将来还会再做的事,有点儿惭愧,有点儿不安。可是那阵突如其来的疯狂过去以后,他好比雷雨以后的天空,没有一丝污点,晴明万里,威临一切。他对奥里维更温柔了，因为给了他痛苦而恨自己。他对两人之间那些小小的口角弄不明白了。错处并不都在他这方面，但他认为自己同样要负责；他埋怨自己的好胜心，觉得与其把朋友驳倒而证明自己有理，还不如跟他一起犯错误。

最糟的是他们在晚上发生误会，闹着别扭过夜，那是两个人都不舒服的。克利斯朵夫往往起床写一张字条塞在奥里维的房门底下，第二天一醒过来就向他道歉。或者他还等不到天亮，当夜就去敲门。奥里维跟他一样的睡不着。他明知克利斯朵夫是爱他的，并非故意要伤害他；但他需要听克利斯朵夫把这些意思亲口说出来。而克利斯朵夫果然说了：一切都过去了。那才多么快慰呢！这样他们才能睡着。

"啊！"奥里维叹道，"互相了解是多么困难！"

"难道非永远互相了解不可吗？"克利斯朵夫说，"我认为不必。只要相爱就行了。"

他们事后竭力以温柔而不安的心情加以补救的这些小争执，使他们格外相爱。吵了架，奥里维眼中立刻映出安多纳德的形象。于是两位朋友互相体贴到极点。克利斯朵夫每逢奥里维的节日，总得作一个曲子题赠给他，送点儿鲜花，糕饼，礼物，天知道是怎么买来的，因为他平常钱老是不够用。在奥里维方面，却是在夜里睁着倦眼偷偷地为克利斯朵夫抄写总谱。

两个朋友之间的误会从来不会怎么严重，只要没有第三者插进来。但那是免不了的：在这个世界上，爱管闲事而挑拨人家不和的人太多了。

奥里维也认识克利斯朵夫从前来往的史丹芬一家，受着高兰德吸引。克利斯朵夫当初没有在她那边遇到他，因为那时奥里维遭了姊姊的丧事，躲在家里。高兰德绝对不邀他去：她很喜欢奥里维，可不喜欢遭逢不幸的人，她说自己太容易感动，看到人家伤心会受不住，所以要等奥里维的悲伤淡下去。赶到她知道他已经痊愈而不至于再传染别人的时候，就设法招引他。奥里维用不着人家三邀四请。他是个狷介与浮华兼而有之的人，很容易入迷的，何况那时又爱着高兰德。他和克利斯朵夫说想再到她家里去，克利斯朵夫因为尊重朋友的自由，没有责备他，只是耸耸肩，带着取笑的神气回答说："去吧，孩子，要是你觉得好玩的话。"

克利斯朵夫自己可决不跟着他去。他已经决意不和那些卖弄风情的姑娘来往。并非他厌恶女性：那才差得远呢。对于一般劳动的青年妇女，每天清早睁着倦眼，急匆匆的，老是迟到的往工场或办公室奔去的女工，职员，公务员，他都抱有好感。他觉得女人只有在活动的时候，挣取自己的面包和过着独立生活的时候，才有意思。他甚至觉得，唯有这样，女性的风韵，动作的轻盈，感官的灵敏，她的生命与意志的完整，才能完全显露出来。他瞧不起有闲的享乐的女子，认为那等于吃饱了东西的野兽，一方面在那里消化食物，一方面感到无聊，做着些不健全的梦。奥里维却是相反，他最喜欢女人"无所事事"的悠闲，喜欢她们花一般的娇艳，以为只要长得美，能够在周围散布香味，就算她们不白活了。他的观点是艺术家的观点，克利斯朵夫的观点却更富于人间性。克利斯朵夫和高兰德相反：越是深尝人世的痛苦的人，他越喜欢。他觉得自己跟他们有一股友爱的同情作联系。

高兰德自从知道了奥里维和克利斯朵夫的友谊以后，更想见一见奥里维；因为她要详细打听一下。克利斯朵夫那么傲慢的把她淡忘了使她有点儿气愤，虽然不想报复，——那是不值得的，——却很乐意跟他开个玩笑。这是东抓抓，西咬咬，想惹人注意的猫的玩意儿。凭她那种迷人的本领，她毫不费力就套出了奥里维的话。只要不跟人家在一起，谁也比不上奥里维的明察和不受欺骗；面对着一双可爱的媚眼，谁也比不上他的天真和轻信。高兰德对于他跟克利斯朵夫的友谊表示那么真诚的关切，所以他把他们的历史原原本本讲了出来，甚至把他从远处看了好玩而都归咎于自己的误会，也说了一部分。他也对高兰德说出克利斯朵夫的艺术计划，说出他对法国与法国人的某些——

当然不是恭维的——批评。这些事情本身都没有什么关系，但高兰德立刻拿来张扬出去，还别出心裁的安排一下，为的使故事更动听，也为的把克利斯朵夫耍弄一下。第一个听到她的心腹话的，当然是那个跟她形影不离的吕西安·雷维-葛，而他并没有保守秘密的理由，所以那些话就越来越添枝接叶的传布开去，把奥里维形容做一个牺牲者，说话之间对他有种轻侮的同情。两个角色既没有多少人认识，照理故事是不会引起谁的兴趣的；但巴黎人最喜欢管闲事。辗转相传，结果克利斯朵夫自己也有一天从罗孙太太嘴里听到了这些秘密。她在一个音乐会中遇到他，问他是不是真的和可怜的奥里维·耶南闹翻了，又问起他的工作，言语之间所提到的某些事，克利斯朵夫以为只有他跟奥里维两个人知道的。他向她追问消息的原委；她说是吕西安·雷维-葛告诉她的，而吕西安又是听奥里维自己说的。

这一下对克利斯朵夫简直是当头闷棍。生性暴躁，又不懂得怀疑，他压根儿不想向人家指出这件新闻的不近事实；他只看见一桩事：便是他向奥里维吐露的秘密被泄漏给吕西安·雷维-葛了。他不能在音乐会里再待下去，马上走了。周围只有一片空虚。他心里想着："我的朋友把我出卖了！……"

奥里维正在高兰德那里。克利斯朵夫把自己的卧室下了锁，使奥里维不能像平常一样在回来的时候跟他说一会闲话。果然他听见他回来了，把他的门推了推，在锁孔中轻轻地和他招呼了一声，他可是一动不动，在黑暗中坐在床上，双手捧着脑袋，反复不已地对自己说着："我的朋友把我出卖了！……"这样的直挨了大半夜。这时他才觉得自己怎样地爱着奥里维；因为他并不恨朋友的欺骗，只是自己痛苦。你所爱的人对你可以为所欲为，甚至可以不爱你。你没法恨他；既然他丢掉你，足见你不值得人家的爱，你只能恨自己。这便是致命的痛苦。

第二天早上看到奥里维的时候，他一句不提；他觉得那些责备的话，自己听了就受不住，——责备朋友滥用他的信任，把他的秘密给敌人利用等等，他一句也不能说。但他的脸色代他说了：神气是冷冰冰的，含有敌意的。奥里维看了大吃一惊，可是莫名其妙。他怯生生地试探克利斯朵夫对他有什么不满意。克利斯朵夫却粗暴地掉过头去，置之不理。奥里维也恼了，不出声了，只想着胸中的悲苦。那天他们整日没有再见面。

即使奥里维使克利斯朵夫受到百倍于此的痛苦，克利斯朵夫也不会报复，甚至也不大会想到自卫。对于他，奥里维是神圣的。但他胸中的愤懑必须对什么人发泄一下，而发泄的对象既然不可能是奥里维，就得轮到吕西安·雷维-葛了。依着他平素那种偏枉而激烈的性情，他把先前归咎于奥里维的过失立刻派在吕西安头上；他想到这样一个家伙居然能抢走他朋友的感情，像从前抢掉高兰德对他的友谊一样，就不由得妒火中烧。而那一天他又看到吕西安的一篇关于《菲岱里奥》①的批评，愈加气坏了。吕西安冷嘲热讽的提到贝多芬，说剧中的女主角大可以得蒙底翁道德奖。这出歌剧的可笑的地方，甚至音乐方面的某些错误，克利斯朵夫比谁都看得清楚，他对于世所公认的大师们从来不盲目地崇拜。但他也并不自命为永远没有矛盾，像法国人那样始终合于逻辑。世界上有一般人很愿意挑自己所喜欢的人的错，可不答别人那么做：克利斯朵夫便是这么一个人。并且克利斯朵夫的批评一个大艺术家，尽管尖刻，究竟是因为对艺术抱着热烈的信仰，爱护大师的光荣，不能忍受他有一丝一毫的瑕疵，吕西安的那一套却是想迎合群众的卑鄙心理，挖苦一个大人物来逗大家发笑：这两种批评当然是大不同的。何况克利斯朵夫虽然思想那么洒脱，还暗中认为有一种音乐是绝对不能触犯的：那不只是音乐而是更胜于音乐的音乐，是一颗伟大的仁慈的心灵的音乐，给你安慰，给你勇气，给你希望的音乐。贝多芬的作品便属于这一类；它现在受到一个卑鄙的家伙的侮辱，怪不得克利斯朵夫要义愤填胸了。那不光是一个艺术问题；一

---

① 《菲岱里奥》(亦称《莱奥诺拉》)为贝多芬作的歌剧。

切使人生有点儿价值的东西：爱情，牺牲，道德，全部都牵涉到了。我们不能允许人家侵犯这些，正如不能允许人家侮辱一个为我们敬爱的女子；在这种情形之下，一个人当然要恨，要拼命了……而这个侮辱的人又不是别人，竟是克利斯朵夫最瞧不起的家伙，那更有什么话说！

碰巧当天晚上克利斯朵夫和那个人劈面遇到了。

为避免跟奥里维单独在一起，克利斯朵夫一反平时的习惯，上罗孙家参加晚会去了。人家要求他弹奏，他勉强答应下来。但过了一忽儿，他正聚精会神想着所奏的作品，忽然抬起眼睛，看到几步以外的人堆里，吕西安含讥带讽的在那儿打量他。他一个乐节没弹完就马上停住，站起身子，背对着钢琴。大家登时静了下来，都有点儿发窘。罗孙太太诧异之下，向克利斯朵夫走过去，勉强堆着笑容，很谨慎地问（因为她不敢断定作品是否真的完了）："您不弹下去了吗，克拉夫脱先生？"

"我弹完了。"他冷冷地回答。

他说过了就觉得措辞不大得体，但非但不因此检点，倒反更烦躁了。他并没注意到人家用着讥讽的态度看着他，径自走去坐在客厅的一角，可以望见吕西安的动作的地方。旁边坐着一个脸色红红，眼睛浅蓝，神气想睡觉的老将军，以为应当向克利斯朵夫恭维一番作品的特色。克利斯朵夫不胜厌烦的弯了弯身子，胡乱回答了几句。老人继续说着，非常有礼，堆着一副痴骏的柔和的笑脸；他想请克利斯朵夫解释怎么能背出这许多页音乐。克利斯朵夫恨不得一拳把老头儿打倒在椅子底下。他只想听吕西安的话，找机会斗他一斗。几分钟以来，他觉得自己要胡闹了，怎么也抑捺不住。——吕西安正在对几位太太尖着嗓子解释一般大艺术家的用意和秘密的思想。客厅里忽然静了一会，克利斯朵夫听见吕西安用着轻佻下流的隐喻，谈着瓦格纳和路易王①的交情。

---

① 指德国巴伐利亚王路易二世。

"住嘴!"克利斯朵夫拍着旁边的桌子嚷道。

大家愕然回过头来。吕西安跟克利斯朵夫照了面,脸色有点儿发白:

"你这话是对我说的吗?"

"是对你这个狗杂种说的!"克利斯朵夫回答,接着又跳起来,说:

"难道你一定要把世界上所有伟大的东西糟蹋完吗?滚出去,坏蛋!要不然我就把你从窗里摔出去!"

他迎着他走过去。妇女们都尖声叫着闪开了。屋子里乱了一阵。克利斯朵夫立刻给人包围了。吕西安抬了抬身子,接着又坐了下去,恢复他那个随便的姿势。一个当差在旁边走过,吕西安轻轻的招呼他,给了他一张名片,然后又若无其事的继续谈话,可是眼皮很紧张的颤动着,眼睛睐个不住,向四下里瞧了瞧大家的神色。罗孙过来站在克利斯朵夫前面,抓着他的衣襟,把他推着向门口走去。克利斯朵夫又羞又愤,低着头,只看到面前那片雪白的硬衬衫,不禁莫名其妙地数着它发亮的纽扣;胖子罗孙的呼吸直吹到他的脸上。

"嗯,朋友,怎么啦?"罗孙说,"这算是哪一门?你检点检点吧!你知道这儿是什么地方?你不是疯了吗?"

"嘿!我再也不上你这儿来了!"克利斯朵夫说着,挣脱了对方的手,往门外走去。

大家很小心地闪过一边。在衣帽间里,一个当差的托着一个盘送过来,盘里放着吕西安·雷维-葛的名片。他糊里糊涂地拿着,高声念着;随后他突然气愤愤地在衣袋里找,掏出了半打左右的零碎东西,才捡出三四张褶皱的肮脏的名片:

"拿去!拿去!拿去!"他一边说一边把那些名片往盘里乱丢,猛烈的手势把其中的一张扔在了地下。

于是他走了。

奥里维对这件事一无所知。克利斯朵夫随便挑了两个证人:一个是音乐批评家丹沃斐·古耶,一个是瑞士某大学的私人教授①巴德博士,那是他有一晚在一家酒店里认识的,虽然不喜欢这个人,但可以和他谈谈本国的事。经过双方证人的协议,武器决定用手枪。克利斯朵夫是无论什么武器都不会用的。古耶劝他到射击房中去练一练,克利斯朵夫可拒绝了,因为决斗要第二天才举行,他当时又埋头工作起来。

当然他的工作是心不在焉的,好像做着噩梦,听见一个模糊而固执的念头在耳朵里嗡嗡地响着……"讨厌,真讨厌!……什么事讨厌呢?——明天那场决斗啰……嘿,那不过是闹着玩儿的!……谁也打不着谁的……可也说不定……那么以后呢?……对啦,以后呢?那个畜牲手指一捺就能结果我的性命……太笑话了!……明天,两天之内,我可能躺在这发臭的泥土底下……也罢!这儿也好,那儿也好……难道怕他不成?——可是,我明明觉得胸中有我自己的天地,在那里慢慢地长大,如今为了一桩无聊事儿把这天地断送,不是太胡闹吗?……这些现代的斗争,说是让敌我双方机会平等,真是见鬼!好一个平等,一个混蛋的性命,跟我的性命有同样的价值!干吗不用拳头或棍子来打一架呢?那倒还好玩。可是这冷冰冰的枪真不是味儿!……他对这一套当然是老手,我可从来没拿过什么手枪……他们说得不错:我应当去学一学……他想打死我吗?哼,我才要打死他呢。"

他奔下楼去。附近就有一家射击房:克利斯朵夫要了一支枪,叫人家指点他怎么拿。第一下,他险些儿把店里的管事打死;他重新来过,两次,三次,还是没有成绩;他不耐烦了,而结果是更坏。旁边有几个青年看着,笑着。他并不在意,只一味的固执,对于旁人的讪笑既那样的不在乎,意志又那样的坚决,使闲人看了也对他这种笨拙的耐性表示关切了。看的人中间有一个过来指点他几句。他平常性子那么暴烈,此刻却像孩子一般的听话,硬要制服自己的手,不让它发抖;他

---

① 德国大学有"私人教授"一职,资格必须有博士学位;其薪给不由公家支付而由学生直接负担。瑞士是否亦有此制度,不详。

挺着身子,拧着眉,脸上流着汗,一声不出,有时候气愤愤的跳一下,然后又聚精会神的打靶子。他逗留了两小时,两小时以后,他竟然打中了靶子。不听指挥的肉体被意志降服了:那也叫人看了佩服。最初笑他的人有些已经走了,有些慢慢的不出声了,却舍不得走开。等到克利斯朵夫走出铺子的时候,他们居然很亲热的跟他招呼。

回到家里,克利斯朵夫看到莫克很焦急地等着。莫克已经得悉吵架的事,想打听原因。虽然克利斯朵夫支吾其词的不愿意指责奥里维,莫克也终于猜到了。他很镇静,又深知两个朋友的为人,便断定奥里维在这件事里头是无辜的。他马上出去调查,毫不费事的就明白了所有的过错原来都是由于高兰德和吕西安·雷维-葛的多嘴。他急急忙忙的回来,把证据给克利斯朵夫看,以为这样可以阻止他去决斗了。可是相反:克利斯朵夫一知道是吕西安使他怀疑他的朋友的,便更加恨吕西安。莫克絮絮不休的劝阻他,他为了摆脱起见,便满口答应。可是他已经拿定主意,并且心里很高兴:他这是为了奥里维决斗,而不是为自己了!

车子穿进森林里的小路的时候,证人之中有一个说了一句感想,突然引起了克利斯朵夫的注意。他想研究一下那些人心里想些什么,结果觉得他们都对他不关痛痒。巴德教授在那里预算这件事几点钟可以完,能不能赶回去把他在国家图书馆手稿室开始的工作当天结束。因为他也是德国人,所以在克利斯朵夫的三个同伴中最关心决斗的结果。古耶既不理会克利斯朵夫,也不理会巴德,只跟于里安医生谈些淫猥的生理学问题。年轻的于里安是图卢兹人,从前和克利斯朵夫住在同一层楼上,常常向他借酒精灯,雨伞,咖啡杯等等,东西还来的时候没有一次不是打烂了的。为交换起见,他替克利斯朵夫义务诊病,把他做试验品,看着他的天真觉得好玩。表面上他像西班牙贵族一样的镇静,骨子里老是喜欢挖苦人。他对眼前这件事高兴得不得了,认为滑稽透顶。他料到克利斯朵夫的笨拙,先就乐死了。他最得意的是克利斯朵夫出了钱让他坐着车到森林里来玩一下。——这是三个人的头脑里最显明的思想；他们把事情看作一件不费分文的娱乐。谁也不拿什么决斗放在心上。并且他们对于一切可能发生的后果都很冷静的准备好了。

他们比对方先到。树林深处有家小客店。那是一个相当下流的娱乐场所，巴黎人常常到这儿来出卖他们的荣誉的。篱垣上开着野蔷薇，叶子古铜色的橡树荫下摆着几张小桌子。一张桌上坐着三个人，都是骑了自行车来的。一个是搽脂抹粉的女人，穿着短裤，脚上套着黑袜子，两个是穿法兰绒衣衫的男人，热得头昏脑涨，不时发出一些呜呜的声音，仿佛连话都不会说了。

车子一到，小客店里稍微忙乱了一阵。古耶跟这个店里的人已经认识多年，便自告奋勇去代办一切。巴德把克利斯朵夫拉到一个花棚底下，叫了啤酒。空气挺暖和，非常舒服，到处是蜜蜂的声音。克利斯朵夫忘了为什么到这儿来的。巴德倒空了瓶子，静了一会，说道："我想清楚了该怎么办。"

他一边喝着啤酒，一边又说："时间还来得及：过后我可以上凡尔赛去。"

他们听见古耶为了场地的租金跟店里的主妇争得很凶。于里安也没有浪费时间：在那几位骑自行车的游客身旁走过的时候，大惊小怪的对女人裸露的大腿叫好，招来一大阵粗野的咒骂，于里安也老实不客气回敬他们。巴德轻轻地说："法国人都是无耻东西。兄弟，我祝贺你胜利。"

他拿酒杯和克利斯朵夫的碰了一下。克利斯朵夫却在那里胡思乱想：断片的乐句在脑海中飞过，好似一片和谐的虫声。他简直想睡觉了。

另外一辆车把小路上的细石子压出沙沙的声音，克利斯朵夫一看见吕西安苍白的脸上照例堆着笑容，不由得又动了火。他站起来，后面跟着巴德。

吕西安戴着高领，把脖子都埋得看不见了，他穿扮非常讲究，恰好跟对方的衣衫不整成为对比。跟着下车的是勃洛克伯爵，那是以情妇众多，收藏古代圣体匣，和极端保王党的意见出名的体育家；——随后是雷翁·摩埃，又是一个时髦人物，靠了文学而当选的议员，靠了政治野心而成功的文学家，年轻，秃顶，胡子剃得精光，苍白而带黄的脸，长鼻子，圆眼睛，尖脑袋；——最后是爱麦虞限医生，很细腻的标准闪米特族，对人很客气，可是心里很冷淡；他是医学学士院会员，某医院院长，以渊博的著作和一种医药上的怀疑主义闻名的，老是用含讥带讽的同情心听病家诉苦，而并不想法给他们医治。

这些新到的人物殷勤的行着礼。克利斯朵夫对他们似理非理，可是他很不高兴的看到自己的证人对吕西安的证人非常巴结。于里安认识爱麦虞限，古耶认识摩埃；他们都笑容满面，礼貌周全的走拢来。摩埃冷冷的有礼的接待他们，爱麦虞限照例嘻嘻哈哈的挺随便。站在吕西安身旁的勃洛克伯爵，眼睛一扫就把对方几个人所有的长礼服跟衬衣估计了一下，和他的主人交换了几句印象，嘴巴差不多动都没动，——因为他们俩都是镇静而极有规矩的。

吕西安若无其事的等主持决斗的勃洛克伯爵发令。他把这件事认为只是一种简单的仪式。他打枪打得极好，知道敌人的笨拙，可不想利用自己的本领，趁证人们不注意的时候——（那也不大可能，当证人的总设法不让决斗发生严重的后果），——一枪击中敌人：因为他知道，最傻的莫如教一个敌人伤在自己手里，让大家以为他是个牺牲者；倒不如用另一种方式无声无息的把他毁掉，那才是聪明的办法。可是克利斯朵夫脱去了外衣，敞开着衬衫，露出粗大的脖子和结实的拳头，低着额角，一双眼睛恶狠狠地盯着吕西安，集中全身精力等着，满脸都是杀气；勃洛克伯爵在旁边把他打量了一番，心里想文明人要能消灭决斗的危险才好呢。

等到双方都发了两颗当然毫无结果的子弹，证人就赶来祝贺两位敌人。大家都已经有了面子，——但克利斯朵夫没有满足。他站在那儿，拿着手枪，不相信这算是完了。他很乐意像隔天在射击房中一样，一枪一枪尽打下去，到打中为止。他听到古耶要他向敌人伸手，又看到敌人堆着那永久的笑容向自己走过来，觉得这种喜剧可恨极了，立刻丢下武器，推开古耶，往着吕西安直扑过去。众人费尽气力才把他拦住，不让他用拳头来继续决斗。

吕西安走开了，证人们都围着克利斯朵夫。他却冲出圈子，不理他们的哗笑跟埋怨，径自大踏步往森林中跑去，一边高声的自言自语，一边做着愤恨的手势，也没想起自己的外衣和帽子都留在场地上，只顾往树林的深处走。他听见证人们笑着叫他；后来他们不耐烦了，不理他了。不久，车子远去的声音表示他们已经动身。他自个儿站在静悄悄的林中，怒气平了，扑下身子，在草地上躺下了。

过了一会，莫克赶到了小客店。他从清早起就在找克利斯朵夫。客店里的人说他的朋友跑到树林里去了。他就开始搜寻，披荆斩棘，到处呼唤；赶到听见克利斯朵夫的歌声，他又咕哝着走回头来，跟着声音的方向走，终于在一片空地上把克利斯朵夫找到了：原来他四肢朝天，像一头小牛似的在那儿打滚。克利斯朵夫很快活的跟他招呼，叫他"老朋友"。他告诉他说，敌人被他浑身打满了窟窿，像筛子一样；他又强迫莫克跳着玩儿，重重地拍着莫克的身子。天真的莫克虽然手脚不大灵活，也差不多和他玩得一样高兴。——他们手拉着手走到小客店，然后到邻近的站上搭火车回巴黎。

奥里维一点都不知道，只奇怪为什么克利斯朵夫对他那么温柔：这些忽冷忽热的变化使他心中纳闷。到第二天，他才从报上知道克利斯朵夫决斗的事。他一想起克利斯朵夫所冒的危险差点儿吓坏了。他追究决斗的原因，克利斯朵夫又不肯说，等到被逼不过了，才笑着回答：

"为了你呀。"

除此以外，奥里维再也套不出一句话。最后还是莫克把故事原原本本讲了出来。奥里维惊骇之下，跟高兰德绝交了，又求克利斯朵夫原谅他的莽撞。克利斯朵夫为了耍弄莫克,很俏皮的把一支法国的老歌谣改了几个字代替回答。莫克也为了两个朋友的快乐而高兴极了。克利斯朵夫的歌谣是:

"我的乖乖,这教你提防……

　　那有闲而多嘴的姑娘,

　　那吹牛拍马的犹太人,

　　那无聊的朋友,

　　那亲狎的敌人,

　　还有那泄气的酒,

你切勿上这些家伙的当!"

友谊恢复了。友谊破裂的威胁反而使友谊变得更可贵。过去一些小小的误会都消释了,便是两个朋友的不同的性格也对他们成为一种吸引力。克利斯朵夫把两个民族的灵魂在自己心中很和谐的结合了起来。他觉得自己的内心非常丰富,充实;而这种丰满的境界在他是照例用音乐来表达的。

奥里维听了惊叹不已。以他那种过分的批评精神,他几乎以为他所热爱的音乐已经发展到顶点。他常常有种病态的思想,认为一种文化进步到某个程度以后,必然要流于颓废,所以老是怕这个使他爱好生命的美妙的艺术会突然停顿,泉源枯竭。克利斯朵夫觉得这顾虑很可笑,拿出好辩的脾气,说在他以前世界上还一无成就,一切都得从头做起。奥里维提出法国音乐作反证,认为它已经到了尽善尽美,盛极而衰的地步,更无进步可言。克利斯朵夫耸耸肩,说道:

"法国音乐吗?……它还没诞生呢……你们在世界上有多少美妙的话可以说!你们真不是音乐家,要不然就不会见不到这些。啊!如果我是法国人的话!"

于是他举出一个法国人所能描写的一切:

"你们翻来覆去的搬弄一些跟你们不适合的体裁,适合你们民族性的事反而一件不做。你们是个典雅的民族,有的是浮华世界的诗意,有的是举止的美,态度的美,服饰的美,你们很能创造一种人家没法模仿的艺术——富于诗意的舞蹈,而你们倒反不再制作芭蕾舞乐……——你们是一个诙谐机智的民族,而你们却不再写喜歌剧,或是只让不入流的音乐家去做。啊!如果我是法国人的话,我要把拉伯雷的作品谱成音乐,我要制作滑稽史诗……——你们是一个小说家的民族,你们却并不在音乐上施展小说家的天才,——居斯塔夫·夏庞蒂埃的作品还谈不上这点。你们并不运用你们的分析心灵,参透个性的天赋。啊!如果我是法国人,我可以用音乐来制作肖像……(比方说,我能够替那静坐在下面花园中紫丁香旁边的姑娘写照)……我要用弦乐四重奏来表现你们斯当达的手腕……——你们是欧洲的第一个民主国,却没有平民戏剧,平民音乐。啊!如果我是法国人,我一定把你们的大革命谱为音乐:把七月十四,八月十日,①瓦尔米,②联欢大会,③以及所有的民众在音乐里表现出来!并非用那种浮夸的瓦格纳式的朗诵,而是用交响乐,合唱,舞蹈。……别说废话!我早听厌了。应当大刀阔斧的,在兼带合唱的大交响曲中写出大块文章的风景,荷马式的,圣经式的史诗,描写水,火,土地,光明的天,鼓舞人心的狂热,本能的活跃,民族的运命,节奏的胜利,仿佛一个世界之皇,驾驭着千万生灵,教千军万马出生入死……到处都是音乐,什么都是音乐!如果你们是音乐家,那么为你们所有的公共节目,所有的典礼,所有的工会,学生会,家庭庆祝,都可有个别的音乐……可是第一,倘若你们是音乐家,你们先得制作纯粹音乐,无所为而为的音乐,唯一的目的是使人温暖,使人呼吸,使人生活。你们得创造太阳!……你们的雨下得够了。你们的音乐使我伤风感冒。一切都是昏昏沉沉的:把你们的灯

---

① 一七九二年八月十日巴黎人民起义攻入王宫,废黜国王,摧毁了数百年来的封建君主制度。
② 瓦尔米为法国玛纳州中的一个市镇,一七九二年法人在此击败普鲁士人。
③ 一七九〇年七月十四日法国各州代表齐集巴黎,纪念攻下巴士底狱之第一周年,谓之联欢大会。

点起来吧……你们抱怨意大利的脏东西把你们的戏院给包围了,把你们的民众给征服了,把你们赶出了自己的家。这是你们自己的过失!民众被你们昏暗的艺术,神经衰弱的和声,繁琐沉闷的对位,搅得厌倦透了。他自然要扑向生命所在的地方,不管那生命粗野不粗野,——他们只要求生命!你们为什么要灭绝生命呢?你们的德彪西是一个大艺术家,但对你们是不卫生的。他促成你们的麻痹。你们需要人家用力把你们撼醒。"

"难道你要教我们走上施特劳斯的路吗?"

"那也不行。他会把你们毁掉的。要有我同胞们的胃口,才喝得下这种强烈的饮料。便是我的同胞也未必受得了……施特劳斯的《莎乐美》固然是杰作……我自己却并不想写这样的东西……我想到我可怜的老祖父和高脱弗烈特舅舅,他们讲起音乐的时候,用的是何等尊敬而温柔的口吻!唉!一个人有了神明般的力量而用在这等地方!……那是一颗烈焰飞腾的流星!一个伊索尔德,犹太的卖淫妇。①痛苦的兽性的淫欲。残杀,强奸,乱伦这一类狂热的欲望,在德国颓废的心灵深处咆哮……而你们却是在温柔乡中自杀……前者是野兽,后者是俘虏。人在哪里呢?……你们的德彪西是趣味高尚的天才;施特劳斯是趣味恶劣的天才。前者无味。后者可厌。一个有如一片银色的池塘消失在芦苇里,发出一种狂热的香味。一个有如溷浊的激流……而在这些水沫底下,又是低级的意大利风格,新派的梅耶贝尔,下流的感情,在那里蒸发臭气……《莎乐美》是一件可怕的杰作!它是《伊索尔德》的女儿……可是《莎乐美》又会产生些什么呢?"

"是的,"奥里维说,"我很想走前半个世纪。这个奔向深渊的趋势,无论用什么方式都得教它停止;要就是悬崖勒马,要就是下坠深谷。那时我们才能够呼吸。谢谢老天,不管有没有音乐,大地照样会开花。这种违反人性的艺术,我们要它做什么?……西方的火已经快

---

① 指理查·施特劳斯歌剧中莎乐美。

烧完了……不久……不久,别的光明将要从东方升起。"

"别再提你的东方了!"克利斯朵夫说,"西方还没有到山穷水尽的田地呢。你以为我会退让吗,我?我的前程还有好几百年呢。生命万岁!……欢乐万岁!……和我们的命运斗争吧,斗争万岁!扩大我们心胸的爱情万岁!温暖我们的信心,比爱情更甜蜜的友谊万岁!白天万岁!黑夜万岁!祝贺太阳!祝贺梦想与行动的神,祝贺创造音乐的神!胜利啊!……"

然后他在桌前坐下,把脑子里所想到的统统写下,再也不想到自己刚才的话了。

那时克利斯朵夫所有的力量完全平衡了。他不想讨论这一种音乐体裁或那一种音乐体裁的美学价值,也不殚精竭虑的去追求新奇;凡是可以用音乐来表现的题材,他用不着多费心力就找到了。对于他,什么都行。音乐像潮水一般的奔泻,克利斯朵夫竟来不及认出它表现哪一种感情。他只是快乐,因为能够尽量发泄而快乐,因为觉得天地万物的生命在他心中跳动而快乐。

这种快乐与丰富的生命力感染了他周围的人。

局处花园中的屋子对于他是太小了。隔壁原来有个修道院的大花园;清静的宽大的走道,上百年的古树,可以让他的心灵驰骋一下;但这种太美的景致是不能长久保持的。正对着克利斯朵夫的窗,人家正在盖一所六层楼的屋子,把远景挡住了,把他跟周围的环境隔绝了。他每日从早到晚只听见转动滑车,刮磨砖石,敲钉木板的声音。他在工人中又遇到那个盖屋的朋友,从前在屋顶上认识的。他们远远的点头。克利斯朵夫在街上碰到他,还带他上酒店去一块儿喝酒,使奥里维看了大为诧异。他可觉得这工人滑稽的唠叨和老是那么快活的兴致很好玩。但他照旧诅咒他跟他那群工人在前面筑起一堵高墙,夺去他的光明。奥里维并不怎么抱怨,他能适应这个坐井观天的环境,仿佛把它当作笛卡儿的火炉,被压迫的思想会从里面往天上飞去的。可是克利斯朵夫需要空气。既然被关在这个局促的地方,他就跟周围的心灵融成一片。他尽量把它们吸收,把它们谱成音乐。奥里维说他好像一个动了爱情的人。

"要是这样的话,"克利斯朵夫回答,"那么除了我的爱情以外,我便一无所见,一无所爱,对什么都不感兴趣的了。"

"那么你为什么这样高兴呢?"

"因为我健康,因为我胃口好。"

"幸福的克利斯朵夫!"奥里维叹着说,"你真应该把你的胃口分点儿给我们。"

健康是像疾病一样会传染的。第一个受到好处的是奥里维。他最缺少的是力。他躲避社会,因为社会的鄙俗使他厌恶。凭他广博的智慧和少有的艺术天分,他还是太细巧了,不能成为一个大艺术家。大艺术家不是一个吹毛求疵的人。健康的人最重视的是生活;特别是有天才的人,因为他比别人更需要生活。奥里维却逃避生活;他让自己在没有身体,没有皮肉,没有实质的诗情梦境中浮沉。像某些优秀人士一样,他需要在过去的时代中或是从来没存在过的时代中寻求美。生命的甘泉,仿佛今日的就不及过去的那么醉人!疲倦的灵魂不能直接接触生命,只能接受被过去的帘幕掩蔽的,或是出诸前人之口的生命。——克利斯朵夫的友谊慢慢地把奥里维从这些渺渺茫茫的艺术境界中拖了出来。阳光终于透进了他的灵魂深处。

工程师哀斯白闲也感染到克利斯朵夫的乐天主义。可是他的习惯并没改变,那是像痼疾一般牢不可拔的,并且我们也不能希望他一变而为精神抖擞,马上愿意到国外去挣家业。那对他是要求太高了。但他已经不是那么无精打采,对于久已放弃的研究工作,书本和科学,也重新感兴趣。要是有人告诉他,说他对于本行的兴致是克利斯朵夫给他提起来的,他一定会大吃一惊,而克利斯朵夫听了这话当然更要奇怪。

整幢屋子里和克利斯朵夫相交最快的是三层楼上的那对夫妇。

在他们门外走过的时候,他好几次留神到里面的钢琴声,只要不当着人,亚诺太太的琴弹得很不错。以后他送了几张自己的音乐会门票给他们,他们非常感激。从此他就不时在晚上到他们家去坐一会。可是他再也听不到少妇的弹奏了:她太胆小,不敢当着人弹琴,便是独自在家,因为知道人家可以从楼梯上听到,也老是踏着节音板。但如今倒是克利斯朵夫弹给他们听,和他们长时间的讨论音乐。亚诺夫妇在这些谈话里表示出一股朝气,使克利斯朵夫大为高兴。他不信法国人对音乐竟会爱好到这个地步。

"因为,"奥里维说,"你一向只看见音乐家。"

"我知道,"克利斯朵夫回答,"音乐家是最不爱音乐的人,可是你不能教我相信像你们这一类的人在法国真有多少。"

"成千累万。"

"那么是一种传染病,是最近时行的新潮流,对不对?"

"不,这不是一种时髦,"亚诺说,"要是一个人,听了乐器的美妙的和弦,或是听了温柔的歌声,而不知道欣赏,不知道感动,不会从头到脚的震颤,不会心旷神怡,不会超脱自我,那么这个人的心是不正的,丑恶的,堕落的;对于这种人,我们应当像对一个出身下贱的人一样的提防……"

"这话我听见过,"克利斯朵夫说,"那是我的朋友莎士比亚说的。"

"不,"亚诺很温和的回答,"那是在莎士比亚以前的我们的龙沙说的。你现在可看到爱好音乐的风气在法国并不是昨天才时行的了。"

法国人的爱好音乐固然使克利斯朵夫奇怪,但法国人差不多和德国人爱好同样的音乐使克利斯朵夫更奇怪。在他先前所遇到的巴黎艺术界和时髦朋友中间,最得体的办法是把德国的大师当作外国的名流看待,一方面向他们表示钦佩,一方面把他们放在相当距离之外:大家最高兴的就是嘲笑格鲁克的粗笨,瓦格纳的野蛮,并且拿法国人的细腻跟他们作比较。事实上,克利斯朵夫甚至怀疑一个法国人能否了解那些照法国的演奏方式所演出的德国音乐。有一次他听了一个格路克音乐会回来大为气恼:那些乖巧的巴黎人简直把这个性情暴躁的老人搽脂抹粉了。他们替他化装,扎些丝带,用棉花来点缀他的节奏,把他的音乐染上印象派色彩和颓废淫猥的气息……可怜的格鲁克!他那么善于表白的心灵,纯洁的道德,赤裸裸的痛苦,都到哪儿去了?难道法国人感觉不到吗? ——可是,此刻克利斯朵夫看到他的新朋友们对于德国的古典作家、旧歌谣、和日耳曼民族性中间最有特性的部分,表示那么深刻那么温柔的爱,就不由得要问:他们不是素来认为这些德国人是外国人,而一个法国人只能爱法国艺术家的吗?

"不是的!"他们回答,"这是我们的批评家借了我们的名义说的。因为他们老跟着潮流走,就说我们也跟着潮流走。可是我们的不理会批评家,正如批评家的不理会我们一样。这般可笑的家伙居然想来教我们,教我们这批属于古老的法兰西族的法国人,说这个是法国的,那个不是法国的! ……他们教我们说,我们的法兰西是只以拉莫——或拉辛——为代表的!仿佛贝多芬,莫扎特,格鲁克,都没到我们家里来过,没跟我们一起坐在我们所爱的人的床头,分担我们的忧苦,鼓动我们的希望……仿佛他们不是我们一家人!如果我们敢老实说出我们的思想,那么巴黎批评家所颂扬的某个法国艺术家,对我们倒真是外国人呢。"

"其实,"奥里维说,"倘使艺术真有什么疆界的话,倒不在于种族而在于阶级。我不知道是否真的有一种艺术叫作法国艺术,另外一种叫作德国艺术;但的确有一种有钱人的艺术跟一种没钱人的艺术。格鲁克是个了不起的布尔乔亚,他是属于我们这个阶级的。某个法国艺术家,这儿我不愿意指出他的姓名,却并不是:虽然他是布尔乔亚出身,但他以我们为羞,否认我们,而我们也否认他。"

奥里维说得很对。克利斯朵夫愈认识法国人,愈觉得法国的老实人和德国的老实人没有多大分别。亚诺夫妇使他想起他亲爱的老苏兹:爱好艺术的心那么纯洁,没有我见,没有利害观念。为了纪念苏兹,他也就喜欢他们了。

他觉得世界上的老实人不应当因种族不同而在精神上分疆划界,同时又觉得在同一种族之内,老实人也不应当为了思想不同而分什么畛域。他抱着这样的心情,无意之间使两个似乎最不能彼此了解的人,高尔乃伊神甫与华德莱先生,相识了。

克利斯朵夫时常向两个人借书看,而且用着那种奥里维不以为然的随便的态度,把他们的书交换的转借给他们。高尔乃伊神甫并不因此生气,他对别人的心灵有种直觉;他看出潜藏在年轻的邻居心中的宗教气息。一部从华德莱先生那边借来,而为三个人以各个不同的理由爱读的克鲁泡特金的著作,使他们精神上先就接近了。有一天他们俩偶尔在克利斯朵夫家里碰上了。克利斯朵夫先是怕两位客人彼此会说出不大客气的话。可是相反,他们一见之下竟非常殷勤,谈些没有危险的题目,交换旅行的感想和人生经验。他们发觉彼此都是仁厚长者,抱着《福音书》精神和想入非非的希望,虽然各人都是牢骚满腹,非常灰心。他们互相表示同情,但多少带点儿嘲弄的意味。这是一种心领神会的契合。他们从来不提到他们信仰的内容,平时很少相见,也不求相见,但遇到的时候都觉得很愉快。

以思想的洒脱而论,高尔乃伊神甫并不亚于华德莱。这是克利斯朵夫意想不到的。他对于这种自由的虔诚的思想,慢慢地看出了它的伟大,他觉得这个教士所有的思想,行为,宇宙观,都渗透了坚强而恬静的神秘气息,没有一点儿骚乱的成分,只使他生活在基督身上,就跟——照他的信仰来说——基督生活在上帝身上一样。

他对什么都不否认,对无论哪一种表现生命的力都不否认。在他看来,一切的著作,古代的跟现代的,宗教的跟非宗教的,从摩西到贝特洛①,都是确实的,通神的,上帝的语言。《圣经》不过是其中最丰富

---

① 贝特洛(1827—1907),法国近代大化学家,政治家。

的一部,有如教会是一群结合在神的身上的最优秀的弟兄;但《圣经》与教会并不把人的精神束缚在一条呆板固定的真理之内。基督教义是活的基督。世界的历史只是神的观念不断扩张的历史。犹太庙堂的颠覆,异教社会的崩溃,十字军的失败,卜尼法斯八世的受辱,[①]伽利略的把陆地放在无垠的太空中间,王权的消灭,教会协定的废止:这一切在某一个时期都曾经把人心弄得彷徨无主。有的人拼命抓着倒下去的东西不肯放手;有的人随便抓了一块木板漂流出去。高尔乃伊神甫只问自己:"人在哪里呢?使他们生存的东西在哪里呢?"因为他相信:"生命所在的地方就是神所在的地方。"——他为了这个缘故对克利斯朵夫很有好感。

在克利斯朵夫方面,他也觉得一颗伟大的虔诚的心有如美妙的音乐,在他心中唤起遥远而深沉的回声。凡是天性刚毅的人必有自强不息的能力,也就是生存的本能,挣扎图存的本能,好比把一条倾侧的船划了一桨,恢复它的平衡,使它冲刺出去;——因为有这种自强不息的力量,克利斯朵夫两年来被巴黎的肉欲主义所引起的厌恶与怀疑,反而使上帝在他心中复活了。并非他相信上帝。他始终否认上帝,但心中充满着上帝的精神。高尔乃伊神甫微笑着和他说,他好似他的寄名神[②]一样,生活在上帝身上而自己不知道。

"那么怎么我看不见上帝的呢?"克利斯朵夫问。

"你好似成千累万的人一样:天天看见他而没想到是他;上帝用各种各样的形式显示给所有的人:——对于有些人就在日常生活中显示,好像对圣·比哀尔在加里莱那样;——对于另一些人,例如对你的朋友华德莱先生,就像对圣·多玛那样用人类的创伤与忧患来显示;——对于你,上帝是在你的理想的尊严中显示……你早晚会把他认出来的。"

"我永远不会让步,我精神上是自由的。"克利斯朵夫说。

---

① 卜尼法斯八世为十三世纪时教皇,以反对法国国王向教会征税而受辱。
② 所谓寄名神即圣者克利斯朵夫。

"和上帝同在的时候,你更自由。"教士安安静静的回答。

可是克利斯朵夫不答应人家把他硬派为基督徒。他天真的热烈的抗辩,仿佛人家把他的思想题上这个或那个名字真有什么关系似的。高尔乃伊神甫静静地听着他,带着一种教士所惯有的,人家不容易觉察的讥讽的意味,也抱着极大的慈悲心。他极有耐性,那是从他信仰的习惯来的。教会给他受的考验把他的耐性锻炼过了;虽然非常悲伤,经过很大的苦闷,他的耐性还没受到伤害。被上司压迫,一举一动都受到主教的监视,也被那些自由思想者在旁窥伺,——他们想利用他来做跟他的信心相反的事,——同教的教友与教外的敌人同样的不了解他,排斥他:这种种情形对他当然非常惨酷。他不能抗拒,因为应当服从。他也不能真心的服从,因为上司明明是错的。不说固然苦恼,说了而被人曲解也是苦恼。此外,还有你应当负责的别的心灵,你看着他们痛苦,等着你指导他们,援助他们……高尔乃伊神甫为了他们,为了自己而痛苦,可是他忍下去了。他知道在那么长久的教会历史中,这些磨难的日子根本不算一回事。——但是沉默隐忍的结果使他把自己慢慢地消磨完了:他变得胆小,怕说话,连一点儿极小的活动都担任不了,最后竟入于麻痹状态。他觉得这情形很难过,可并不想振作。这次遇到克利斯朵夫,对他是个很大的帮助。这个邻居的朝气,热诚,对他天真恳挚的关心,有时不免唐突的问话,使他精神上得到很多好处。这是克利斯朵夫强迫他重新加入活人的队伍。

电机工人奥贝在克利斯朵夫那儿遇到高尔乃伊。他一看见教士,不由得浑身一震,不大能把厌恶的心理藏起来。便是在初见面的刺激过去以后,他跟这个没法下一定义的人在一起还是觉得很不自在。但他能和有教养的人谈话是挺高兴的,所以把反对教会的心情硬压下去了。他对于华德莱先生和高尔乃伊神甫之间那种亲热的口吻非常诧异;同样使他惊奇的,是看到世界上竟会有一个民主派的教士和一个贵族派的革命党:那可把他所有的思想都搅糊涂了。他想来想去也没法把他们归类,因为他是需要把人归了类才能了解的。而要找到一个部门,能把这个读着阿纳托尔·法朗士和勒南的著作,安安静静的,又公平又中肯的谈论这两位作家的教士放进去,的确不容易。关于科学的问题,高尔乃伊神甫的原则是让那些懂得科学而非支配科学的人指导。他尊重权威;但他认为权威和科学不属于一个系统。肉,灵,爱:这是三个不同的系统,是神明的梯子的三个阶级。——当然奥贝体会不到这种精神境界。高尔乃伊神甫声气柔和的告诉克利斯朵夫,说奥贝使他想起从前看见过的那种法国乡下人:——有个年轻的英国女子向他们问路。她说的是英语,他们不懂。他们跟她说法语,她也不懂。于是他们不胜同情地望着她,摇摇头,一边说一边重新做他们的工作:"真可惜!这姑娘人倒长得挺好看!……"

最初一个时期,奥贝对着教士和华德莱先生的学问和高雅的举止感到胆小,不敢出声,尽量把他们的谈话吞在肚里。慢慢的他也插嘴了;因为他很天真的需要听到自己说话。他发表些渺渺茫茫的空想。那两位很有礼貌地听着,暗中不免有点好笑。奥贝高兴之下,控制不了自己;他利用着,不久更滥用高尔乃伊神甫的无穷尽的耐性。他对他朗诵自己呕尽心血的作品。教士无可奈何地听着,倒也不怎么厌烦;因为他所听的并不是对方说的话而是对方这个人。事后克利斯朵夫说他这样的受罪真是可怜,他却回答:"呕!我不是也听别人的一套吗?"

奥贝对华德莱先生和高尔乃伊神甫很感激;三个人不管彼此了解与否,居然很相爱,不知道为什么。他们觉得能这样的接近非常奇怪。那是出乎他们意料的。——原来是克利斯朵夫把他们结合了。

克利斯朵夫也拉拢了三个孩子做他的同党,那是哀斯白闲家的两个女孩子和华德莱先生的义女。他已经跟她们做了朋友,看她们那么孤独非常同情。他对她们中间每个人讲着她不认识的小朋友,久而久之引起了她们相见的愿望。她们互相在窗子里做手势,在楼梯上偷偷地交换一言半语。她们渴想交朋友的表示,再加上克利斯朵夫的帮助,居然使双方的家长答应她们在卢森堡公园相会。克利斯朵夫因为计划成功很高兴,在她们第一次约会的时候去看她们;发觉她们又窘又笨拙,不知道怎么对付这桩快乐事儿。他却是一下子就把她们的窘态给赶跑了,想出玩意儿来,提议大家奔跑,追逐;他自己也混在里头,仿佛只有十岁。公园里散步的人看着这大孩子一边嚷一边跑,被三个小姑娘追着,在树木中间绕来绕去。她们的父母却始终抱着猜疑的心思,不大乐意让卢森堡公园的集会多来几次,——因为在那种情形之下不容易监督孩子。——克利斯朵夫便设法教住在底层的夏勃朗少校请她们就在屋子下面的花园里玩。

一个碰巧的机会已经使克利斯朵夫和军官有了往来。——(碰巧的机会自会找到能够利用它的人。)——克利斯朵夫的书桌摆在近窗的地位。有一天,几页乐谱被风吹到下面的花园里去了。克利斯朵夫下楼去捡,照例秃着头,敞开着衣服。他以为只要跟仆人交涉一下就行了,不料开门的是军官的女儿。他略微愣了一愣,说明来意。她笑了笑,把他带进门去,一同到园子里。他捡齐了纸张,由她送出来的时候,恰好军官从外边回来,好不惊奇地望着这古怪的客人。女儿笑着把他们介绍了。

"啊!原来就是楼上的音乐家?好极了!咱们是同行。"

他说着,握着他的手。两人用一种友善的说笑的口气,谈着他们互相供应的音乐会,就是说克利斯朵夫的琴声和少校的笛声。克利斯朵夫想走了;可是军官留着他,越扯越远地谈着音乐问题。突然之间他停下来,说:"来看我的加农。"

克利斯朵夫跟着他,心里想,要他克利斯朵夫来对法国炮队发表意见有什么用。但军官得意扬扬拿给他看的是音乐上的加农①,是他费尽心血写成的乐曲,可以从末尾看起,等于一种回文体;或者两人同时看:一个在正面看,一个在反面看。这位少校是多艺学校出身,一向有音乐嗜好;但他所爱于音乐的特别是那些难题;他觉得音乐——(有

---

① 加农为近代的大炮,同时亦是一音乐术语,是一种轮唱曲(通译作"卡农")。此处用谐音作双关语。

一部分的确如此)——是一种奇妙的思想的游戏;他竭力想出并且解决音乐结构上的谜,都是愈来愈古怪,愈来愈无用的玩意儿。他服务军中的时代,当然无暇培养这个癖;但自从退休之后,他全部的热情都放在这方面了;他为此所花的精力,不下于当年在非洲大沙漠中为追逐黑人或躲避他们的陷阱所花的精力。克利斯朵夫觉得这种谜很好玩,便提出了一个更复杂的。军官欢喜极了,他们互相比赛巧妙:你来一个我来一个的搞出了一大堆音乐谜。两人直玩得尽兴之后,克利斯朵夫才上楼。可是第二天清早,邻居已经送来一个新的难题,那是他费了半夜的工夫想出来的;克利斯朵夫拿来解答了。两人这样的继续比赛,直到有一天克利斯朵夫厌倦之极而认输了方始罢休:这一下,军官可乐死了。他认为这个胜利等于把德国打败了。他请克利斯朵夫去吃饭。克利斯朵夫老实不客气说他的音乐作品恶劣之至,而一听他在风琴上呜呜的奏着海顿的行板,又高声嚷着说受不了。克利斯朵夫这种率直的态度居然博得了夏勃朗的欢心。从此他们常常在一块儿谈天,但不再提到音乐了。克利斯朵夫对于这方面的废话完全不感兴趣,宁可把话题转到军队方面。那正是军官求之不得的。音乐对这个可怜的人不过是一种无可奈何的消遣;他心里其实非常苦闷。

于是他娓娓不倦的叙述出征非洲的经过。伟大的事迹,可以和皮萨罗跟科尔特斯的故事媲美。① 克利斯朵夫不胜惊愕地听着这篇奇妙而野蛮的史诗,不但在他是闻所未闻,便是在法国也差不多没人知道:二十年中间,少数的法国征略者在黑色的大陆上,被黑人的军队包围着,连最简单的行动工具都没有,他们消耗了多少英勇的精神,巧妙而大胆的行动,超人的毅力,跟胆怯的舆论和政府奋斗,违反了法国的志愿替法国征服了一片比它本身更广大的疆土。这件行动里头有一阵强烈的欢乐气息和血腥味道,让克利斯朵夫看到了一批现代冒险家的面貌。他们生在今日的法国不但是出人意料,并且也是今日的法国羞

---

① 皮萨罗与科尔特斯均为十六世纪时西班牙冒险家:前者征服秘鲁,后者征服墨西哥。

于承认的:政府为了自己的面子关系,特意把一重帷幕盖在他们身上。少校提高着嗓子讲到这些往事,兴高采烈的叙述大规模的围剿,以人为目标的行猎:在那个没有侥幸可图的国土里,他时而追逐土人,时而被土人追逐。他还在悲壮的故事中穿插一些有关地质的描写。克利斯朵夫听着他,望着他,眼看这样的壮士放弃了活动,成日搞着些可笑的玩意儿,觉得非常同情,心里想他怎么能过这种日子。他提出这一点问他。少校先是不大愿意向一个外国人解释心里的怨恨。但法国人大半是多嘴的,尤其在责备别人的时候:

"像他们现在这样的军队,教我去干什么?当水兵的搞着文学。当步兵的搞着社会学。他们无所不干,只除了打仗,他们连准备也不准备,只准备不打仗,他们把战争变成哲学问题……战争的哲学,嘿!……谈天说地,废话连篇,那可不是我的事。还不如回家写我的加农!"

他还有最大的苦闷不好意思说出来:特务使军官们互相猜忌,愚昧而凶恶的政客发些专横的命令,军队不得不干些卑鄙的警察工作,清理教堂,弹压罢工,被当权的政党——那些急进派的反对教会的小布尔乔亚——用来争权夺利,向全国的人民泄愤。这老非洲人也讨厌现在那个殖民地部队,大部分都是招的一批最要不得的分子,因为要满足别人的自私,——他们不愿意分担保卫"大法兰西",保护海外的法兰西的荣誉和危险①……

克利斯朵夫当然用不着参与这些法国人的争执:那跟他毫不相干;但他对这个老军官很表同情。不论自己对战争是怎么看法,他总认为一个军队应当造成兵士,就像苹果树应当结苹果一样,也认为把政客、美学家,社会学家移植到军中去的确是荒唐的。可是他始终不明白这个刚强的人怎么会这样的退让。一个人不去制服他的敌人,便是自己最大的敌人。而一切比较有价值的法国人都是往后退

---

① 法国陆军中的殖民地部队,主要是招募壮丁编成的,因普通人都不愿意到国外去当兵。

的。——克利斯朵夫在军官的女儿身上也发现这种退让的精神,而且更令人感动。

她名字叫赛丽纳。细腻的头发梳得很讲究,把她的高爽的圆额角和尖尖的耳朵露在外面;脸很清瘦,下巴长得妩媚大方,美丽的黑眼睛神气很聪明,没有一点猜忌心,非常柔和,是那种近视的眼睛,鼻子稍微大了一些;上嘴唇角有颗小痣,沉静的笑容使她有点虚肿的下嘴唇怪可爱的往前突着。她天性仁厚,人也活泼,风雅,但一点好奇心都没有。她很少看书,新出的作品是完全不知道的,从来不上戏院,不出去旅行,——(那是当年旅行太多的父亲讨厌的,)——不参加上流社会的慈善事业,——(那是父亲批评得一文不值的,)——绝对不想研究什么,——(父亲嘲笑那些博学的女子,)——难得离开那个围在高墙里头的像口大井般的园子。她并不怎么烦闷,尽量地找些事消磨日子,快快活活的忍受她的命运。在她身上和她周围的气氛中间(女人到处都会无意识地创造自己的气氛),颇有夏尔丹画上的气息。那是一种和暖的静寂的境界,是面貌与态度之间的安详,迷迷糊糊的关切着例行工作,——也是家常生活中的诗意,对于每天按时按刻的思想与举动,始终那么深切的爱好;——还有布尔乔亚的那种平凡的恬静,奉公守法,诚实不欺,安静的工作,安静的娱乐,可是照旧富有诗意。大方,健全,清白,纯洁,像面包,像香草;一派的正直与善良。人物的和平,旧屋的和平,笑盈盈的心灵的和平……

克利斯朵夫对人的亲切与信赖也博得了她的信赖,做了她的好朋友;他们的谈话毫无拘束;她常常奇怪自己怎么会答复他某些问题;她对他说了许多对谁也没说过的事。

"那是因为你并不怕我的缘故,"克利斯朵夫跟她解释,"咱们没有谈恋爱的危险:咱们是太好的朋友,不会走上这条路的。"

"你多好!"她笑着回答。

那种带着恋爱意味的友谊,最配一般暧昧的,喜欢玩弄感情的人的胃口,但对于性格健全的她,好像对于克利斯朵夫一样是可厌的。

他们只是亲切的伴侣。

有一天他问她,有些下午她坐在园子里的凳上,膝上放着活计,几小时的待着不动的时候做些什么。她红着脸分辩,说并没有几小时,不过偶尔有几分钟,"继续讲她的故事"罢了。

"什么故事?"

"自己编的故事。"

"你自己编的?噢!讲些给我听吧!"

她说他太好奇了。她只告诉他,她并不把自己做故事的主角。

那他可奇怪了:"既然编故事,那么替自己编些美丽的故事,想象一种更幸福的生活,不是挺自然的吗?"

"要是我这样做了,我会绝望的。"

她因为泄漏了一些秘密的心事,脸红了,接着她又说:"我在园子里吹到一阵风就很快活。园子仿佛有了生气。而且倘使那阵风强劲峭厉,从远地方吹来的话,它给你带来多少消息!"

克利斯朵夫在她矜持的态度之下,咂摸到一种凄凉哀怨的心绪,为她平时用快活的性情以及她明知是无聊的活动遮盖着的。为什么她不把自己解放出来呢?像她这样的人不是极配过一种活动的,有益的生活吗?——她推说父亲疼她,舍不得她离开。克利斯朵夫说她父亲精神饱满,不需要她支持,这种性格的男人很可以自个儿过活,没有权利把她牺牲。她可替父亲辩护,为了孝心而扯谎,说并非他强留她在家里,而是她不忍心离开他。——这句话有一部分也是实在的。对于她,对于她的父亲,对于一切她周围的人,仿佛现状得永远继续下去,决不能有所变更。她有一个哥哥,已经结了婚,认为她代替他侍奉父亲是极自然的。他自己也只关心孩子。他疼爱他们的程度是绝对不让他们自主。为他,尤其是为他的妻子,这种爱变成一种自愿的枷锁,束缚自己的生命,限制自己的活动:似乎有了孩子以后,个人的生活就完了,应当永远放弃自己的发展。那个活泼,聪明,年轻的男子,已经在计算退休之前还得做多少年工作。——这一般好人甘心情愿让家人父子的感情把自己的志气消磨净尽;而重视家庭的空气在法国是那么浓厚,简直教人喘不过气来,尤其因为家庭已经减缩到最小限度:除了父母以外,只有一两个孩子。所谓感情只是一种畏缩的,把死抓的爱,好似一个吝啬鬼紧紧抓着手里的黄金一样。

一件使克利斯朵夫对赛丽纳更感兴趣的偶然的事,让他看到了法国人这种感情的狭窄,对于生活的畏缩,连自己分内的东西都不敢拿下来。

哀斯白闲有一个年纪小十岁的兄弟,也是工程师。像不少中产阶级的人一样,他一方面很希望研究艺术,一方面又怕影响他布尔乔亚的前途。其实这也算不了难题,现在多数的艺术家都把这问题解决了,并没冒什么危险。可是一个人总得有志愿,而这一点毅力就不是每个人都能有,第一,他们先不敢肯定自己的志愿,而小康的生活慢慢的稳定之后,他们也就毫无反抗毫无声息的听其自然了。当然我们不责备他们,倘使本来可以成为安分守己的布尔乔亚,那自然不必做一个不入流的艺术家。不幸他们的幻灭往往在胸中留下一点愤懑的情绪:一个多么伟大的艺术家在我身上死了!① 平时一个人用所谓"达观"勉强把这种情绪遮盖着,但生活的确是给破坏了,直到时间的磨蚀和新的烦恼把旧恨抹掉为止。这便是安特莱·哀斯白闲的情形。他很想从事于文学;但他的哥哥思想很固执,要他像自己一样投身于科学界。安特莱人很聪明,对于科学——或者文学——都还有中等的天分,他没有把握能成为一个艺术家,可是的确有把握能成为一个布尔乔亚;于是他让步了,先是暂时的(大家该明白所谓暂时是什么意思)顺从了哥哥的意志,进了中央工程学校;考进去的名次不高,出来的时候也是一样,从此他就干着工程师这一行,很认真,但毫无兴趣。当然,经过了这一番,他的一些艺术天分都丧失完了,所以他提到这事老带着自嘲自讽的口吻。

---

① 此系古罗马尼禄皇帝自杀前语。

"而且,"他说,——(克利斯朵夫一听就听出奥里维的悲观气息,)——"人生也不值得你为了错失一个前程而烦恼。多一个或少一个不高明的诗人有什么相干!"

弟兄俩很相爱;他们性格相同,可是很不投机。过去两人都是德雷福斯党。但安特莱受了工团运动的吸引,是个反军国主义者,而哀里却是爱国主义者。

有时安特莱来看克利斯朵夫而不去探望他的哥哥,使克利斯朵夫觉得很奇怪,因为他跟安特莱谈不到有什么好感。安特莱一开口只会怨天尤人,——那是够讨厌的了,同时他也不听克利斯朵夫说的话。因此克利斯朵夫老实表示他的访问是多余的,对方却并不介意,似乎根本没有发觉。终于有一天,克利斯朵夫注意到客人靠在窗子上,一心一意的留神着楼下的花园而不大理会他的说话,才明白了这个谜。他当场揭穿了,安特莱也老实承认他是认识夏勃朗小姐的,他来看克利斯朵夫也的确是为了她。话一多,他又说出他们两人已经有长久的友谊,也许还不止是友谊。哀斯白闲一家跟少校他们是多年的旧交,一度非常亲密,后来为了政见而疏远了,从此不再往来。克利斯朵夫认为这是荒谬的。难道他们不能各有各的思想而继续相敬相爱吗?安特莱分辩说,他当然是胸襟宽大的,可是对于两三个问题他不能容忍别人的意见跟他的相反,例如德雷福斯事件。说到这儿,他就不讲理了。那是当时的风气。克利斯朵夫知道这种风气,也就不跟他争,但他追问这件事是不是没有完了的一天,或者他的恨意是不是要天长地久的保持下去,牵连到我们的曾孙玄孙。安特莱听着笑了,他不回答克利斯朵夫的问话,却转过话题来赞美赛丽纳·夏勃朗,指责那父亲的自私,说他不该把女儿为自己牺牲。

"要是你爱她而她也爱你的话,你为什么不娶她呢?"克利斯朵夫问。

于是安特莱抱怨赛丽纳是个教会派。克利斯朵夫问这句话是什么意思。他说那是奉行宗教仪式,奴事上帝和上帝的僧侣。

"那对你有什么相干?"

"我不愿意我的妻子属于我以外的人。"

"怎么!你甚至对妻子的思想都忌妒吗?那么你比那个少校更自私了。"

"你这是唱高调。你自己会娶一个不喜欢音乐的太太吗,你?"

"我已经有过这经验了!"

"两人思想不同,怎么能一起过日子?"

"丢开你的思想吧!我可怜的朋友,一个人恋爱的时候,什么思想都不在乎的。要我所爱的女人像我一样的爱音乐,对我有什么作用?为我,她本身就是音乐!一个人像你一样有机会爱上一个姑娘而她也爱你的时候,那么让她相信她的,你相信你的。不是挺好吗?归根结蒂,你们俩的思想都同样的有价值。世界上只有一条真理:就是相爱。"

"你这是说的诗人的话。你没看到人生。为了思想不同而痛苦的夫妇,我看得太多了。"

"那表示他们相爱不深。一个人先得知道自己究竟要些什么。"

"意志并不是万能的。我便是要跟夏勃朗小姐结婚也不能。"

"让我听听你的理由行不行?"

安特莱便说出他的顾虑:自己地位还没有稳固,没有财产,身体不好。他怀疑自己究竟有没有权利结婚。那是多么重大的责任!……会不会造成你所爱的人的不幸?会不会使你自己痛苦?——何况将来还有儿女问题……最好还是等一等再说,——或者是根本放弃。

克利斯朵夫耸耸肩膀:"你的爱原来是这种方式的!如果她真有爱情,她一定很高兴为爱人鞠躬尽瘁。至于儿女,你们法国人真是可笑。你们要有把握使他们过着养尊处优的生活,不吃一点苦的时候,才肯把他们放到世界上来……见鬼!那跟你们有什么相干?你们只要给他们生命,使他们爱生命,有保卫生命的勇气就得了。其余的……他们活也罢,死也罢……那是各人的命运。难道放弃人生倒比碰碰人生的运气更好吗？"

克利斯朵夫这种健全的信心把安特莱感动了，可是不能使他下决心。他说：

"是的，也许……"

但他至此为止。像其余的人一样，他仿佛害上了不能有志愿不能有行动的软瘫病。

克利斯朵夫竭力想扫荡这种麻痹状态，那是他在大多数的法国朋友身上见到的，而奇怪的是他们尽管无精打采，却照旧不辞劳苦的，甚至于很兴奋的，忙着自己的工作。他在各个不同的中产社会里遇到的几乎全是牢骚满腹的人，厌恶秉政的当局跟他们腐败的思想，对于他们民族精神的受到污辱都觉得愤懑。而这并非个人的怨望，并非某些人或某个阶级被剥夺了政权与活动而发的牢骚，例如精力无处发泄的免职的公务员，或是躲在田庄上，像受伤的狮子般坐以待毙的贵族阶级的苦闷。这是一种精神上的反抗，潜在的，深刻的，普遍的：在军队里，司法界里，大学里，办公室里，在政府的一切重要机构中间，到处都有这种情绪。可是他们，毫无动作。他们先就灰心了，老说着："无法可想，无法可想。"

于是他们战战兢兢地把自己的思想，谈话，回避着一切不愉快的事，努力在日常生活中找避难所。

要是他们仅仅脱离政治活动倒也罢了。但就在日常行动的范围里，那些老实人也都不愿意有所行动。他们含羞忍辱，跟他们瞧不起的坏蛋来往，避免和这批人斗争，认为是没用的。譬如说，克利斯朵夫所认识的那些艺术家，音乐家，为什么一声不出的让舆论界的小丑教训他们呢？其中有的是愚蠢无比的家伙，闹过多少大众皆知的，不学无术的笑话，而仍被认为大众皆知的权威。他们的文章跟书连写都不是自己写的，他们雇着书记；而那些可怜的饿鬼，为了衣食妻孥连出卖灵魂都愿意，倘使他们有灵魂的话。这种情形在巴黎是公开的秘密。

可是坏蛋继续高高在上的统治着,傲慢不逊的对待艺术家。克利斯朵夫读到他们某些评论,简直气得直嚷:

"噢!这般脓包!"

"你骂谁呀?"奥里维问,"老是骂节场上的那些鬼东西吗?"

"不,我是骂老实人。坏蛋们扯谎,抢劫,盗窃,凶杀,那是他们的本行。可是其余的人,一方面鄙薄坏蛋,一方面让坏蛋作恶的人,我更瞧不起。如果舆论界的同事,如果正直而有学问的批评家,如果被那些小丑戏弄的人,不是因为胆怯,因为怕连累自己,或是因为存着可耻的心和敌人默契,免得受到攻击,——如果不是为了这些理由而不声不响的纵容那些丑类,如果不让他们假借自己的名义与友谊做护身符,那么这种无耻的势力自然站不住的。无论什么事都是同样的毛病。我碰到过几十个正派的人,提到某个人的时候都说:'他是个混账东西。'可是没有一个不称呼他'亲爱的同行',不跟他握手。他们都说:'这种人太多了!'——是的,奴颜婢膝的人太多了。懦弱的好人太多了。"

"唉!你要我们怎么办呢?"

"你们自己去当警察呀!等什么?等老天来替你们处理吗?你瞧,这一回雪已经下了三天,把你们的街道壅塞了,把你们的巴黎弄成了一个泥洼。你们又干些什么?你们骂市政当局把你们丢在泥潦里。可是你们有没有试过想爬出来呢?真叫作天晓得!你们抱着胳膊发愣,连自扫门前雪的勇气都没有。没有一个人是尽责的,政府不尽政府的责任,私人不尽私人的责任:只互相推诿一阵了事。几百年君主制度的教育,养成了你们什么都不亲自动手的习惯,你们在等待奇迹出现之前,只会扯着脖子望着天。可是只有你们肯下决心行动,才是唯一可能的奇迹。你瞧,奥里维,你们的聪明跟品德尽够拿来转让给别人,可是你们缺少热血。第一应当由你来发动。你们的病既不在头脑,也不在心,而是在于你们的生机。它溜走了。"

"那有什么办法?得等它回来啊。"

"先要有志愿希望它回来！听见没有：要有志愿！为这一点,第一得吸收新鲜的空气。一个人既然不愿意走出家门,至少应当把他的屋子收拾干净。你们却是让节场上的乌烟瘴气把瘟疫带到家里来。你们的艺术跟思想三分之二被玷污了：你们却垂头丧气,连愤怒的情绪都鼓动不起来,差不多已经不以为奇了。这些荒唐的老实人中间,有几个吓坏了,甚至相信是自己错了,那般走江湖的倒是对的。你们《伊索》杂志的同人自命为不受任何事物的蒙蔽；我可在那儿碰到些可怜的青年,对于心里明明不喜欢的艺术,嘴上承认是喜欢的。他们因为像绵羊一般的懦弱,所以即使没有乐趣,也让自己麻醉了：结果他们在自骗自的情形之下烦闷得要死！"

克利斯朵夫像一阵风摇着酣睡的森林似的,又闯进那般游移不决的人堆里去。他并不想把自己的思想灌输给他们,只给他们一些毅力,要他们敢于有自己的思想。他说：

"你们太谦卑了。一个人最大的敌人是神经衰弱性的怀疑。宽容是可以的,而且是应当的。但决不能怀疑你所信为善与真的东西。凡是你相信的,你都应当保护。不问我们的力量怎么样,切不可退让。在这个世界上,最渺小的人和最强大的人同样有一种责任。而且——（那是他不知道的）——他也有他的威势。别以为单枪匹马的反抗是白费的！敢肯定自己的信念就是一种力量。你们近年来已经看到好几个例子,政府和舆论都不得不顾虑到一个正人君子的意见来处理一件事情,而这正人君子的唯一的武器只有他那种精神的力量,百折不回的,公开向世人昭示的……

"如果你们问我,辛辛苦苦费这许多力量有什么用,奋斗有什么用……那么我告诉你们：——因为法兰西已经奄奄一息了——因为欧罗巴也奄奄一息了——因为我们的文明,人类以几千年的痛苦缔造起来的文明要崩溃了,要是我们不奋斗的话。国家遭了危险,欧罗巴这个大国遭了危险,——尤其是你们的,你们的法兰西小国,被你们的麻木不仁给扼杀了。它就死在你们每一股死去的精力中,死在你们每一缕隐忍的思想中,死在你们每一个人贫弱的意志中,死在你们每一滴枯涸的血中……起来吧!应当生活!是的,要是你们非死不可,也得站起来死。"

最困难的还不在于要他们行动,而在于要他们共同行动,在这一点上,他们是绝对劝不醒的。他们互相抱怨。最优秀的人是最固执的。克利斯朵夫在自己那幢屋子里就看到这种例子。法列克斯·韦尔,工程师哀斯白闲,少校夏勃朗,三个人彼此都不声不响的抱着敌意。可是在不同的政党或不同的民族旗帜之下,他们所愿望的其实是同样的东西。

韦尔先生和少校有许多地方可以意见相投。那个埋头书本,终年在思想中过生活的韦尔先生,原来对军事问题兴趣非常浓厚:这种古怪的情形在一般思想家是常有的。书生本色的老人崇拜着拿破仑,把凡是能令人回想到帝政时代那首史诗的纪念物和书籍,都搜罗在家里。韦尔像同时代的多少人一样,被那颗煊赫的太阳的遥远的光芒照得眼花了。他一一追溯当年的战役,把它们重新排演一番,研究行军的步骤;他是学士院与大学里的那一派室内战略家,不是解释奥斯丹列兹一仗,便是纠正滑铁卢一役的错误。对于这种拿破仑迷,他第一个会诙谑百出的取笑,可是他仍不免为这些美妙的故事入迷,好比玩着游戏的小孩子。有些逸事甚至会使他流眼泪,他一发觉自己这样的动感情,便笑弯了腰,把自己叫作蠢老儿。其实,他的迷拿破仑并非为了爱国,乃是为了爱好奇妙的故事,爱好空中楼阁的活动。他的确是个爱国分子,比许多纯血种的法国人更爱法国。法国的反犹太主义者常常猜疑定居法国的犹太人,打击他们对法国的感情:这种行为简直愚蠢透了。一个家庭过了两三代以后,必然爱它居住的乡土,而犹太人除此以外还有特殊的理由,爱好这个在西方代表思想最前进最自由的民族。因为他们近百年来就在帮助这个民族往那个方向走,而所谓自由，一部分也是他们的成绩。所以看到什么封建势力威胁自由的时候，他们就会起来保卫它。破坏归化法国的民族与法国之间的感情，——有一群该死的疯子就希望这样，——等于帮助自己的敌人。

夏勃朗少校便是这一类头脑不清的爱国主义者，受着报纸的恐吓，以为所有定居在法国的外国民族都是潜伏的敌人，而他们虽然天生的好客，也硬教自己猜疑，憎恨，否认自己的民族有兼收并蓄、同化外来民族的泱泱大国的气度。所以夏勃朗认为对于二层楼上的房客是不应当理睬的，尽管心里很愿意认识他。另一方面，韦尔先生也很高兴和军官谈谈；但他知道对方的那一套国家主义，也就有点儿瞧不起他。

克利斯朵夫比少校更少理由对韦尔先生感兴趣。但他看着不公平的态度受不了。所以夏勃朗一攻击韦尔，他就跟他争辩。

有一天，少校照例叽叽咕咕的诅咒现状，克利斯朵夫和他说："这得怪你们自己。你们全是往后退的。只要法国有什么事情不行，你们便逗着自己的脾气，吵吵嚷嚷的辞职了。仿佛你们把自己认输当作是有面子的。这样高兴打败仗的人，从来没见过。你是军人，请你告诉我，难道这能算一种作战的方式吗？"

"不是作战的问题，"少校回答，"我们不能拿法国做牺牲品而互相厮杀。但在这一类的斗争里头，就得说话，辩论，投票，跟多少无赖的人混在一起：那我是办不到的。"

"你真是灰心透了！在非洲你不是见得多了吗？"

"非洲的玩意儿哪有这些事情丑恶！在那边我们可以砍掉他们的脑袋！并且要战斗，先得有兵。在非洲我有我的狙击手。这儿我是孤掌难鸣。"

"可是好人并不少啊。"

"在哪儿？"

"到处都是。"

"那么他们在干什么？"

"跟你一样,他们一事不做,说是无法可想。"

"至少举出一个人来。"

"岂止一个,我随便就可以举出三个,而且都跟你住着一幢屋子。"

克利斯朵夫说出韦尔先生,——少校听了直嚷,——哀斯白闲夫妇,——他简直跳起来了:

"那个犹太人吗?那些德雷福斯党吗?"

"德雷福斯党?那有什么关系?"

"就是他们把法国断送了的。"

"他们跟你一样的爱法国。"

"要是真的,那么他们都是疯子,害人的疯子。"

"一个人不能对敌人公平一点吗?"

"跟那般明枪交战的,光明磊落的敌人,我当然能够。你瞧,现在我就在跟你这个德国人谈话。我看得起德国人,虽然心里很希望有朝一日能把我们吃的亏加利奉还他们。可是你说的那些内奸,情形就不同了:他们用的是暗箭,是不健全的观念,含有毒素的人道主义……"

"对啦,你的思想好比中世纪的武士第一次遇到炮弹一样。那有什么办法呢?战争在进化啊。"

"好吧。那么别扯谎,咱们就说这个是战争。"

"要是有个共同的敌人来威胁欧洲,难道你不跟德国人联盟吗?"

"那我们在中国已经实行过了。"①

"你向四下里瞧瞧吧!你的国家,所有我们的国家,在民族的英勇的理想主义上,不是都受到威胁吗?它们不是都给抓在政治冒险家跟思想冒险家的手里吗?对付这个共同的敌人,你们不是应该和你们的有魄力的敌人携手吗?像你这样的人怎么会看不见事情的真相?你所谓的敌人,无非是些拥护一种跟你的理想不同的理想的人!一种理想就是一种力!这是你不能否认的,在最近一次的斗争中,是你们对

---

① 指一九○○年八国联军入侵中国。

手方面的理想把你们打败了。与其为了反对那个理想而浪费你们的精力,干吗不把那个理想跟你们的放在一起,去对付一切理想的公敌,对付损害国家利益的人,对付侵蚀欧洲文明的蠹虫?"

"先得知道为了谁?为了促成我们敌人的胜利吗?"

"你们在非洲的时候,有没有考虑到你们打仗是为了一个王还是为了共和国。我看你们之中好多人都没想到什么共和国吧?"

"他们不管这些。"

"好吧!可是法兰西已经沾了光。你们的征战是为了它,也是为了你们。现在你们也得这样干!扩大战斗的阵营。别为了政治上或宗教上的细故而互相倾轧。那是些无聊的事。你们的民族是教会的代表也罢,是理性的代表也罢,都无关紧要。第一得教你们的民族活着!凡是能激发生机的都是好的。敌人只有一个,便是贪图享乐的自私自利,是它把生命的泉源吸干了,搅溷了。你们得把力量,光明,丰满的爱,牺牲的欢乐,尽量激发起来。永远不能教别人代庖。你们得自己来干,干,你们得联合起来!⋯⋯"

他说着在钢琴上奏起《合唱交响乐》①中那段《降 B 调进行曲》的开头的几节。

"你知道",他停下来说,"如果我是你们的音乐家,或是夏庞蒂埃或者布吕诺,②我要替你们把《公民执戈前驱》《国际歌》《亨利四世万岁》《神佑法兰西》等等,一齐放在一阕合唱交响曲里,——(你听,就像这种派头),⋯⋯——我要替你们做一盘大杂烩塞在你们嘴里!那当然是怪味道——(也不见得比他们做的更怪,)——可是我敢担保,你们吃下去肚子里会热腾腾的冒出火气来,你们非有所行动不可!"

他说着哈哈大笑。

少校也跟着他笑了:"你是个好汉,克拉夫脱先生。可惜你不是我们这一边的人!"

---

① 即贝多芬作的《第九交响曲》。
② 夏庞蒂埃与布吕诺均为法国近代音乐家。

"怎么不是？到处是同一的战斗。咱们靠拢一些吧！"

少校表示同意，但也至此而已。于是克利斯朵夫拿出固执的脾气，把话题又转到韦尔先生与哀斯白闲夫妇身上。军官跟他一样的死心眼儿，翻来覆去都是反对犹太人和德雷福斯党的那套老调。

克利斯朵夫因此很难过。奥里维和他说："你别伤心，一个人不能一下子改变整个社会的思想的。那太理想了！可是你已经不知不觉的做了不少事了。"

"做了些什么？"克利斯朵夫问。

"你是克利斯朵夫。"

"这对别人有什么好处？"

"噢！很大的好处。亲爱的克利斯朵夫，你只要保持你的面目。别替我们操心。"

可是克利斯朵夫决不肯罢休。他继续跟夏勃朗少校争辩，有时很激烈。赛丽纳看了觉得好玩。她听他们谈话，静静地做着活儿，并不加入辩论，但她似乎快活了些，眼睛更有光彩，四周的天地也扩大了。她开始看书，比较的肯往外走动了，感兴趣的事也多了些。有一天克利斯朵夫为了哀斯白闲跟她的父亲大开论战的时候，少校看见她微微笑着，便问她作何感想；她安详的回答："我觉得克拉夫脱先生是对的。"

少校不由得愣了一愣："怎么！你也这样说？……好吧，不管谁是谁非，反正我们现在这样过得很好，不用看见这些人。可不是，孩子？"

"不，爸爸，有些人来往来往，我觉得是愉快的。"

少校不出声了，只装没听见女儿的话。他表面上不愿意露出来，其实对于克利斯朵夫给他的影响并不是毫无感受。他的狭窄的头脑和暴躁的性情还没压倒他的正直和豪侠的心肠。他喜欢克利斯朵夫，喜欢他的坦白与精神的健康，常常惋惜他是德国人。他虽然跟克利斯朵夫争得面红耳赤，却老是要找这种辩论的机会，克利斯朵夫的理由慢慢地在他心中发生作用了。他当然不肯承认。有一天，克利斯朵夫发觉他躲躲闪闪的看着一本书。后来赛丽纳送克利斯朵夫出门的时候,说:"你知道他看的什么书吗?是韦尔先生的著作。"

克利斯朵夫听了很高兴。

"那么他怎么说呢?"

"他说:'这倚傍……'可是他舍不得把书丢下。"

克利斯朵夫下次看到少校的时候绝口不提那件事。倒是他先问:"怎么你不再拿你的犹太人来跟我麻烦了?"

"用不着了。"克利斯朵夫说。

"为什么?"少校声势汹汹的追问。

克利斯朵夫不回答他,一边笑一边走了。

奥里维说得不错。一个人对于别人的影响,绝非靠言语完成,而是靠精神来完成的。有一般人能够用目光,举动,和清明的心境,在周围散布出一种恬静的,令人苏慰的气氛。克利斯朵夫所散布的是活泼泼的生命。它慢慢的,慢慢的,仿佛春天的一股暖气似的,透过死气沉沉的屋子,透过古老的墙壁和紧闭的窗子,使那些被多少年的痛苦,病弱,孤独,磨得枯萎憔悴,差不多已经死了的心再生。这是心灵对心灵的力量,感受的和施与的双方都不知道的。可是宇宙万物的生命就靠这种潮涨潮落的运动,而支配这运动的便是那神秘的吸引人的力量。

住在克利斯朵夫和奥里维的公寓的四层楼上的,便是上文提过的那个三十五岁的少妇,奚尔曼太太。她两年以前死了丈夫,一年以前又死了一个七八岁的女孩子。她和婆婆住在一起,她们都不跟人往来。在整幢屋子的房客中间,和克利斯朵夫最生疏的便是她了。他们难得碰到,并且从来不搭讪。

她是个高大,清瘦,身腰相当好看的女人:深色的眼睛没有光彩,没有表情,有时射出一道黯淡的阴沉沉的火焰,照着她蜡黄的扁平脸和瘪陷的嘴巴。老奚尔曼太太是个虔婆,成天待在教堂里。媳妇却一心一意想着自己的悲伤,对什么都不感兴趣。她周围放的全是亡女的遗物和照相等等；因为全神贯注着这些东西，她脑海里再也看不见孩子的形象；眼前那些死的形象把心中那个活的形象给毁掉了。她因为看不见孩子，便更固执的要看见孩子，她要想念她，要专心一意的想念她，结果是毫无办法。于是她冷冰冰的待在那里，惘然若失，一滴眼泪都没有，生命枯涸了。宗教也无能为力。她奉行仪式，可并不爱宗教，因此也没有活泼泼的信仰，她在教堂里献捐，但不积极参加慈善事业；她所有的宗教都建筑在一个念头上，就是跟女儿再见。其余的都对她不相干。上帝？她跟上帝有什么关系？要能再见女儿才行呢！……但这一点就毫无把握。她只是心里要这么相信，固执的，拼命的要相信；但老是怀疑着……她最受不了看到别人的孩子，心里想："为什么这些孩子倒没有死？"

街坊上有个小姑娘，身段举动都像她死了的女儿。一朝瞧见她拖着小辫子的背影，她就浑身发抖，跟在后面，看到孩子回过头来而明明不是她的女儿的时候，她真想把她勒死。她抱怨哀斯白闲家的孩子在上一层楼吵闹；她们已经被父母管教得很安静了，但只要在屋子里迈着小步走几下，她立刻打发仆人上去要求静默。克利斯朵夫有一回带着那些小姑娘从外边回来碰到她，被她瞧孩子的那副凶狠的目光吓坏了。

一个夏天的晚上，这个活死人正靠近窗子，坐在暗中发愣，脑子里一片虚无，忽然听见克利斯朵夫的琴声。他惯于在这个时间一边弹琴一边幻想。她听到这音乐就恼，因为迷迷糊糊的境界被扰乱了。她愤愤的关上窗子；可是音乐直钻到房间里头，使她恨极了。她心里想禁止克利斯朵夫弹琴，但是没有这权利。从此，每天在同一个时间，她又愤怒又焦急地等琴声开始；倘若开场得迟了，她的怒气只有增加。她不由自主的要把音乐从头听到尾，等到音乐完了，她那个麻痹的境界再也找不到了。——有天晚上，她待在黑魆魆的卧室的一角；从紧闭的窗子中透过来的遥远的音乐使她打了个寒噤，久已枯涸的眼泪居然淌了出来。她过去打开窗子，一边听一边哭。音乐好比雨水，一点一滴的渗透了她枯萎的心,它又活过来了。她重新见到了天空,明星,夏夜,觉得像一线黯淡的光似的,心中有了些对于生命的兴趣,对于人类的同情。夜里,几个月来第一次,她的孩子在梦中出现了。因为使我们接近亡人的最可靠的办法,是积极地参加生活,他们是跟着我们的生存而生存,跟着我们的死亡而死亡的。

她并不想认识克利斯朵夫,但一听到他跟孩子们在楼梯上走过,不禁躲在门背后听几句儿童的唠叨,同时她的心忐忑的乱跳。

有一天她正要出门,听见小小的脚步在楼梯上走下去,声音比平时高了一些,有个孩子和她的妹妹说:"轻一点,吕赛德,你知道,克利斯朵夫说过的,别打搅那位伤心的太太。"

另外一个便放轻了脚步,低着声音说话。这一下奚尔曼太太可忍不住了,她开出门去,拼命抓着她们拥抱。她们害了怕,有一个甚至哭了。她只得把她们放下。

从此以后,遇到她们,她就对她们笑,可是笑起来脸有点儿抽搐。(她已经没有笑的习惯了。)她也和她们说些突兀的亲热的话,孩子们惊骇之下,只嗄着嗓子轻轻地回答几句。她们始终怕这位太太,比以前更怕了;走过她家的门口,唯恐她来抓她们而竟飞跑了。她却躲在门内偷瞧,心中非常惭愧,自以为对不起死了的女儿,甚至跪在地下祷告,请她原谅。但那时她生活的本能与爱的本能都已经苏醒,再也压不下去了。

一天晚上,克利斯朵夫从外面回来,发现屋子里乱哄哄的,好像出了事。人家告诉他华德莱先生突然发作心绞痛死了。克利斯朵夫想起那个义女,不禁为之凄然。没有人知道华德莱先生有什么亲属,所以那女孩子差不多是毫无倚靠了。克利斯朵夫连奔带爬的赶到四楼,华德莱公寓的门打开着,他冲进去,发现高尔乃伊神甫守在灵前,女孩子淌着眼泪叫着爸爸;看门女人很笨拙的在那儿安慰她。克利斯朵夫过去抱起孩子,跟她说些温柔的话。她伤心得无可奈何的勾着他的脖子;他想把她从家里带出来,她不肯。他只得留在那里陪她。白日将尽,他靠窗望着,把她在臂抱中轻轻的摇摆。孩子慢慢地静下来,呜呜咽咽地睡着了。克利斯朵夫把她放在床上,笨手笨脚的替她解鞋带。天快黑了。公寓的门还开着。有一个影子闪进来,连带还有裙子窸窸窣窣的声音。克利斯朵夫在昏暗中认出奚尔曼太太的那双火辣辣的眼睛。她站在门口,喉咙哽塞着说:"我是来……你可愿意……把她交给我吗?"

克利斯朵夫握着奚尔曼太太的手。她哭了。接着她坐在床头,过了一忽儿又说:"让我来照顾她吧……"

克利斯朵夫和高尔乃伊神甫一同回到顶楼上。教士有点不好意思,表示自己很唐突。他谦卑地说希望死者原谅:他不是以教士的身份而是以朋友的身份来的。

第二天早上,克利斯朵夫再到华德莱公寓的时候,发现女孩子抱着奚尔曼太太的脖子,那种天真跟信赖的神气,足见儿童对于能够讨他们喜欢的人是立刻会倾心的。她答应跟着新朋友走……原来她已经把义父给忘了,对新妈妈表示非常亲热。这种情形照理是教人不大放心的。奚尔曼太太自私的爱有没有看到这一层呢?……也许看到吧。可是有什么相干?她非爱不可。爱才是幸福……

华德莱先生下葬了几星期以后,奚尔曼太太带着孩子离开巴黎,到乡下去了。走的时候,克利斯朵夫和奥里维都在场。她那个衷心欢悦的表情,他们俩从来没见过。她完全没注意到他们,临走才发觉了克利斯朵夫,过来握着他的手说:"你救了我。"

克利斯朵夫听了很奇怪,他和奥里维回楼上去,说:"她是什么意思呢,这疯疯癫癫的女人?"

过了几天,他接到一张照片,是个陌生的女孩子,坐在一张圆凳上,很乖的把两只小手交叉着放在膝盖上,眼神清明而忧郁。照片下面写着一行字:"我的亡女感谢你。"

一缕新生的气息就是这样的在那些人中间吹过。一座热情的炉灶在六层楼上燃烧,它的光芒慢慢的透入整幢屋子。

克利斯朵夫可不觉得,他只嫌功效太慢。

"啊!"他叹道,"要那些不愿意相识的,信仰不同的,阶级不同的好人携手,难道竟不可能吗?"

"急什么!"奥里维说,"那需要互相的容忍和同情,而这些又得从内心的欢乐产生的。——所谓内心的欢乐,是一个人过着健全的,正常的,和谐的生活所感到的喜悦,——觉得自己作着有益的活动,参与着伟大的事业所感到的喜悦。要达到这种境界,必须国家处在一个伟大的时代,或者更好是正在走向'伟大'的时代。同时也需要——(这两点是同时来的)——有一个超党派的、聪明的、强有力的政权,能运用大家所有的精力的政权。这超党派的政权的力量一定是靠自己本身而非靠什么群众的,一定是不依赖那些混乱的'多数',而是以它所完成的事业使大众心悦诚服的,例如战胜的将军,匡救国难的独裁政府,'智慧高于一切'的政权……究竟是什么我也说不上来。那是我们做不了主的。要有机会,还要有懂得抓住机会的人,要幸运与天才两者具备。等着吧,希望吧!力量已经有在这里了:信仰的力量,科学的力量,古法兰西、新法兰西、大法兰西的工作的力量……如果有什么神咒能把这些联合的力量发动起来,那将是多么伟大的气势!可是这神咒,既不是你,也不是我念得出来的。谁能够呢? 胜利吗? 光荣吗? ……耐着性子吧! 主要的是,整个民族所有坚强的分子都得养精蓄锐地等着,不能消耗自己的力量,不能在时间没来到以前灰心。唯有能够用几世纪的耐性,劳苦,信仰,去换取幸运与天才的民族,才有获得幸运与天才的希望。"

"谁知道?"克利斯朵夫说,"幸运与天才往往来得出人意料的早,——就在大家并不期待的时候。你们计算的时候太看重'世纪'了。准备起来吧! 把行装收拾起来吧! 得永远穿着鞋子,拿着手杖,……谁敢说主不就在今晚走过你的门口呢?"

今晚他已经来得很近。他的翅膀的影子已经映在门上了。

德法两国之间出了些表面上无关紧要的事,接着邦交突然紧张起来。三天之内,大家从平时好乡邻的关系一变而为战争前奏的挑衅口吻。对于这种情形,谁也不会惊奇,除非是那般以为理性业已统治世界的梦想家。而这等人在法国是很多的,他们看到莱茵彼岸的舆论界忽然一夜之间变了态度,声势汹汹的高唱排法论调的时候,不由得大吃一惊。两国之内都有些报纸素来自命为享有爱国的专利权,以民族的代表自居,(有时是暗中受着政府的指使),要求政府采取某种政策。德国的舆论便是这样的对法国用了蛮横无理的,最后通牒式的口吻。原来德国跟英国有纠纷,而德国不答应法国置身事外。它那些傲慢的报纸强迫法国作拥护德国的声明,否则就要法国支付战争的第一批代价;它们想用恫吓手段来获取同盟国,不经战争而先把对方当作战败的、心悦诚服的属国看待,——总而言之,把法国看作跟奥国一样。这儿我们可以看出德意志帝国主义被胜利冲昏了头脑;也可以看出德国一般政治家完全不了解别的民族,把他们行之于国内的金科玉律,强权就是公理的那一套,应用到别人身上。对于一个古老的民族,在欧洲享有德国从来未有的几百年的光荣和威望的国家,这种强暴的压迫自然要引起跟德国的期望完全相反的后果。法兰西那股沉沉酣睡的傲气惊醒了,举国上下都沸腾起来,连最麻木的人也气得直嚷。

德国的民众跟这些挑衅行为完全不相干:每个国家的老百姓只要求和和平平的过日子,德国的百姓尤其来得和平,亲热,愿意跟大家安居乐业,并不想打倒别人而很乐于赞美他们,模仿他们。可是当局并不征求老实人的意见;他们也没有胆量发表意见。凡是没有勇气参与公共行动的人,势必成为公共行动的玩具,成为响亮而荒唐的回声,反射出舆论界的呐喊和领袖们的挑战;《马赛曲》或《保卫莱茵》便是这样产生的。

这件事对克利斯朵夫与奥里维真是一个可怕的打击。他们平素相亲相爱的程度,使他们没法想象为什么他们的国家不采取跟他们同样的办法。这股突然觉醒的深仇宿恨,两个人都看不出其中的理由,尤其是克利斯朵夫,他以德国人的身份,觉得对一个被自己的民族打败的民族没有憎恨的理由。他一部分同胞的骄傲狂悖使他非常痛心;在某个限度之内,他对于这种迫令投降的举动和法国人同样愤慨;可是他不大明白为什么法国不肯做德国的盟友。他认为德法两国有多少深刻的理由应当携手,有多少共同的思想,同时又有多么重大的使命应当协力完成,所以它们俩一味仇视的情形使他看了大为气恼。和所有的德国人一样,他觉得法国在这件误会中是主要的罪人;因为即使他承认战败的回忆对法国很痛苦,也认为只是自尊心的问题,而为了更重大的利益——为了文明,为了法兰西,——就不应当再想到自尊心。他从来没费心把阿尔萨斯－洛林问题思索一下。他在小学里已经学会了把并吞阿尔萨斯－洛林的行为看作天公地道的行为,那不过是在几百年的异族统治之后,把德国的土地归还给德国吧?所以一发觉他的朋友认为那是件罪行的时候,他简直搅糊涂了。他从来没跟他谈起这些事,满以为他们的意见是一致的;不料他素来相信为诚实的,胸襟宽大的奥里维,竟没有冲动,没有愤怒,而只是不胜悲苦的和他说,一个民族可能放弃对于这样一件罪行的报复,但要他同意这件罪行究竟对他是奇耻大辱。

他们俩极不容易彼此了解。奥里维举出许多历史上的理由,证明阿尔萨斯为拉丁土地而应当由法国收回,但对克利斯朵夫一点没作用,可以支持相反的主张的同样充分的论据多得很:不论哪一种政见,都可以在历史上找到它所需要的理由。——克利斯朵夫的重视这个问题,并不仅仅是为了牵涉到法国,而主要是为了人情问题。关键不在于阿尔萨斯人是否德国人。事实是他们不愿意做德国人,成为问题的只有这一点。谁有权利说:"这个民族是属于我的,因为他是我的兄弟。"倘使对方不认他是兄弟的话?即使这种否认是不应该的,那么错也错在不能讨兄弟喜欢的那一方面,因为他没有权利硬要对方跟着他走。四十年来,德国人用着武力和种种的威胁利诱,甚至也由贤明正直的德国当局行了许多德政以后,阿尔萨斯人始终不愿意做德国人。即使他们因意志消沉而不得不让步的时候,那般被迫离乡别井,逃亡异地的人的痛苦,——或者更惨的,那些没法离开而忍受着深恶痛绝的枷锁,眼看乡土被侵占,同胞被屈服的人的痛苦,是永远消灭不了的。

克利斯朵夫天真的承认自己从来没看到问题的这一方面,接着心里就不好过了。一个老实的德国人讨论问题往往非常坦白,那是看重自尊心的拉丁人——不管他多么真诚——不大办得到的。固然,历史上所有的民族都犯过这一类的罪恶:克利斯朵夫可并不援引那些例子做德国的口实。他太高傲了,不能去找那种可耻的借口,他知道人类越进步,人的罪恶越显得可怕,因为四周有着更多的光明。但他也知道,倘若法国打了胜仗,也不见得比德国更有节制,一定也会在罪恶的连锁中加上一环。这样,悲惨的冲突可以永远继续下去,使欧罗巴文明的精华受到危险。

克利斯朵夫固然为了这个问题很难受,但奥里维更痛苦。可悲的还不止在于两个最配携手的民族自相残杀。便是在法国内部,也有一部分人准备跟另一部分的人厮杀。和平运动与反军国主义运动,多少年来同时由国内最高尚的跟最下贱的分子在那里宣传。政府让他们干去;只要是不妨碍政客们眼前的利益的,政府对一切都采着旁观的态度,它没想到最危险的并不在于公开支持一种最危险的主义,而是在于听让这种主义潜伏在民族的血管中,等政府预备作战的时候来破坏战争。这主义一方面迎合自由思想的人,因为他们梦想建立一个友好的欧罗巴,由它把所有的努力结合起来,缔造一个更公平更有人性的世界,同时它也迎合无耻小人的自私自利,因为这般人是不论为什么人什么事都不肯把自己的皮肉去冒险的。——这些反战思想把奥里维和他的许多朋友都感染了。有一两次,克利斯朵夫在自己家里听到一些谈话,不禁为之骇然。那位好心的莫克,脑子里装满了人道主义的幻想,精神奕奕的睁着眼睛,语气非常柔和地说,应当阻止战争,而最好的方法是煽动士兵反抗,教他们向长官开枪。他保证那一定会成功。工程师哀里·哀斯白闲冷冷的回答说,倘若发生战事,他和朋友们先要跟国内的敌人算清了账,再上前线。安特莱·哀斯白闲却站在莫克一边。克利斯朵夫有一天看见弟兄俩争执得很凶,甚至互相以枪毙对方来威吓。虽然这些杀气腾腾的话还带着说笑的口吻,可是听的人很能感到他们说的话有朝一日的确句句会实行的。克利斯朵夫好不诧异的估量着这个荒唐的民族,永远预备为了思想而自杀……真是疯子。专讲逻辑的疯子。各人只看见自己的思想,不走到终点,决不肯有一点儿让步。而且他们当然是以互相消灭为快的。人道主义者对爱国主义者开火。爱国主义者对人道主义者开火。而这时候敌人来了,把国家和人类一齐压得粉碎。

"可是告诉我,"克利斯朵夫问安特莱·哀斯白闲,"你们和别的民族的无产阶级有没有联系好呢?"

"反正要有个人首先发难。那就由我们来了。我们素来是打先锋的。让我们来发信号吧!"

"要是别人不响应怎么办呢?"

"不会的。"

"你们有没有协定,有没有预先订下一个计划?"

"用不着协定!我们的力量比什么外交手段都强。"

"这不是一个观念的问题,而是战术的问题。倘使你们要消灭战争,就得用战争的方法。在两国之间先把你们的作战计划定下来,把你们在德法两国的行动和日期商量妥当。倘若你们只存着碰运气的心,那么结果怎么样?一方面是毫无计划的碰运气,另一方面是有组织的强大的力量,——你们不被他们压倒才怪!"

安特莱·哀斯白闲不听这些。他耸耸肩,只空空洞洞的说些威吓的话:他说拿一把沙子放在要害,放在齿轮里,就能把机器破坏。

可是从容不迫的谈理论是一件事,把思想付诸实行——尤其在需要当机立断的时候,——又是一件事。狂风巨浪在心坎里卷过的时间的确是难过的。一个人自以为是自由的,是自己思想的主宰;不料你忽然觉得不由自主地被什么东西拖着。你心中有个暧昧的意志要违反你的意志。你这才发现有个陌生的主宰，有一种无形的力统治着人类。

一般头脑最坚定，信仰最稳固的人，发觉自己的信仰溶解了；他们彷徨无措，不知道怎么决定，而结果往往会走上跟他们预定的完全不同的路，教自己大吃一惊。反对战争最激烈的人中，有些会觉得国家的骄傲与热情突然在胸中觉醒起来。克利斯朵夫看到一般社会主义者，甚至工团主义者，对着这些相反的热情与责任依违两可，无所适从。在两国冲突的初期，克利斯朵夫还没把事情看得严重，他用着德国人那种冒失的态度和安特莱·哀斯白闲说，这是实行他理论的时候了，要是他不愿意德国把法国吞灭的话。安特莱听着大怒，跳起来回答说：

"试着瞧吧！……你们这批混蛋，也算有个该死的社会党，拥有四十万党员，三百万选民，你们还不敢堵住你们皇帝的嘴巴，摆脱你们的枷锁！……哼，我们会来代劳的，我们！吞灭我们吧！我们才会吞灭你们呢！……"

等待的时期越拖长，大家心里越烦躁。安特莱痛苦不堪。明知自己的信仰是对的而没法加以保卫！同时还觉得受到那种精神疫疠的传染，——它就在民间传播集体思想的强烈的疯狂，传播战争的气息！这股气息对克利斯朵夫周围的人都起了作用，便是克利斯朵夫也免不了受到影响。他们彼此不说话了，大家都离得远远的。

但迟疑不决的心绪是不能长久拖下去的。行动的怒潮，不管那些踌躇的人愿意不愿意，把他们都推送到这个或那个党派里去了。有一天，人们以为到了最后通牒的前夜，——两国所有的活力都紧张到箭在弦上不得不发的时候，克利斯朵夫发现大家都已经挑选定了。一切敌对的党派都不知不觉站到它们先前嫉恨或瞧不起的政府方面去。颓废艺术的大师们和美学家们，在短篇的色情小说中加进一些爱国的宣传。犹太人说要保卫他们祖先的神圣的土地。哈密尔顿一听到国旗二字就会下泪。而大家都是真诚的，都是害了传染病。安特莱·哀斯白闲和他提倡工团主义的朋友们，跟别人一样，——并且更甚，为了形势所迫，为了不得不采取一个他们痛恨的主张，便抱着一肚皮阴沉的、悲观的怒意打定了主意，那种心绪就逼着他们替残杀做了疯狂的工具。电机工人奥贝，因为后天的人道主义与先天的排外主义在胸中交战得难解难分，差点儿发神经病。他失眠了好几夜，终于找到了一个解决一切的方式：认为法国便是全人类的化身。从此他不再跟克利斯朵夫谈话。差不多屋子里所有的人对他都闭门不纳了。连那么和气的亚诺夫妇也不再邀请他。他们继续弄着音乐，沉浸在艺术里，想忘掉那件大众关切的事，但他们时时刻刻会想到。他们之中每个人单独遇见克利斯朵夫的时候，仍旧很亲热的跟他握手，可是急匆匆的，躲躲闪闪的。倘使在同一天上克利斯朵夫又碰到他们而逢着他们夫妇俩在一块儿，他们就很窘的行个礼，连停也不停下来。反之，多少年来不交谈的人倒反突然接近了。有天晚上，奥里维做手势教克利斯朵夫走近窗口，要他看哀斯白闲一家和夏勃朗少校在下面园子里谈天。

　　克利斯朵夫对于大家思想上这种突然之间的变化并不惊奇。他自己的问题也尽够操心了。他心中骚乱惶惑，简直无法控制。比他更有理由骚动的奥里维却比他镇静。他似乎是唯一不受传染的人。尽管一边等着将临未临的战争，一边怕意料中的国内的分裂，他却知道迟早必须一战的两个敌对的信仰都是伟大的，也知道法国的使命是要做人类进步的实验场，而新思想的长成就得靠法国用热血来灌溉。但他自己不愿意卷入漩涡。对于人类的残杀，他很想引一句安提戈涅的名言：①"我是为了爱而生的，不是为了恨而生的。"——对啦，为了爱，也为了了解，那是爱的另外一种形式。他对克利斯朵夫的温情足以使他明白自己的责任。在这个千千万万的生灵准备互相仇恨的时间，他觉得，为了他和克利斯朵夫这样两颗灵魂的责任与幸福，应当在大风

---

① 安提戈涅为希腊神话中俄狄浦斯的女儿，一家均遭厄运，引语见希腊悲剧家索福克勒斯的悲剧。

暴中保持他们的友爱和理性。他记起歌德拒绝参加德国一八一三年代的仇法运动。

这种种,克科斯朵夫全感觉到,可是没法安静。在某种方式之下抛弃了德国而不能回去的他,虽然像老朋友苏兹一样,浸淫着十八世纪那些伟大的德国人的欧罗巴思想,厌恶新德意志的军国精神和经商主义,他心中却掀起了一股巨大的热情,不知道会把他拖到哪儿去。他并不把这个情形告诉奥里维,只整天惶惶然等着消息,偷偷地整着东西,收拾行李。他不再用理性思索了。他抑制不住了。奥里维很不放心的注意着,猜到他内心的斗争而不敢动问。他们觉得需要比平时更接近,事实上也比什么时候都更相爱;但他们怕谈话,唯恐发现思想上有什么不同而使他们分离。四目相对的时候,他们往往有一种不安的温柔的情绪,好似到了永别的前夜。两人都不胜苦闷地守着缄默。

可是,在天井对面那座正在建造的房屋顶上,在这些悲惨的日子里,工人们冒着狂风骤雨,正敲着最后几下的锤子;而克利斯朵夫的朋友,那个多嘴的盖屋工人,远远的笑着对他嚷道:"瞧,我的屋子完工了!"

幸而阵雨过了,来得快也去得快。宫廷中半官式的文告像晴雨表似的报告天气转好。舆论界叫嚣的狗重新回到窠里。几小时之内,人心都松了下来。那是一个夏天的晚上。克利斯朵夫气呼呼地跑来把好消息告诉奥里维。他们好不痛快的呼了几口气。奥里维望着他,微微笑着,有点儿怅惘,还不敢把老挂在心上的问题提出来。他只说:

"哦,那些老是闹意见的人,你不是看到他们团结了吗?"

"我看见了,"克利斯朵夫笑嘻嘻的回答,"你们真会开玩笑!你们吵吵嚷嚷的好像彼此势不两立,其实都是一样的见解。"

"你应该满意了吧?"

"干吗不满意?因为他们的团结要拿我作牺牲品吗?……得了

吧！我是相当强的人，并且经历一下这个掀动我们的浪潮，看到这些魔鬼在心中觉醒，也很有意思。"

"我可是怕极了，"奥里维说，"我宁愿我的民族永远孤独下去，不希望它以这种代价来团结。"

他们不出声了；两人都不敢提到使他们心慌的问题。终于奥里维鼓足勇气，嘎着嗓子门："老实告诉我，克利斯朵夫，你已经预备走了，是不是？"

"是的。"克利斯朵夫回答。

奥里维早已料到这句话，但听了心里仍不免为之一震：

"克利斯朵夫，你竟会……"

克利斯朵夫把手按了按脑门："别谈这个了，我不愿意再想了。"

奥里维很痛苦的又提了一句："你预备跟我们作战吗？"

"我不知道，我没想过这问题。"

"可是你心里已经决定了，是不是？"

"是的。"克利斯朵夫回答。

"对我作战吗？"

"对你？永远不会的！你是我的。我不论到哪儿，你总跟我在一起。"

"那么是对我的国家了？"

"为了我的国家。"

"这真是可怕，"奥里维说，"我也爱我的国家，像你一样。我爱我亲爱的法兰西，可是我能为了它而杀害我的灵魂，欺骗我的良心吗？那等于欺骗法兰西。我怎么能没有仇恨而恨，怎么能扮演那种仇恨的喜剧而不犯说谎的罪？自由思想的人第一个原则是要了解，要爱；现代的国家把它的铁律去约束自由思想的人简直是罪大恶极，它会因之自取灭亡。要做皇帝就做皇帝，可不能自以为上帝！他要取我们的金钱性命，好吧，拿去就是。他可没有权利支配我们的灵魂，他不能拿血来溅污它们。我们到世界上来是为传播光明而非熄灭光明的。各有各的责任！倘若皇帝要战争，那么让他用自己的军队去战争，用从前那种以打仗为职业的军队去战争！我不会那么蠢，对着暴力呻吟。可是我不属于暴力的队伍而属于思想的队伍，我跟我千千万万的同胞代表着法兰西。皇帝要征服全世界，由他去征服吧！我们是要征服真理。"

"要征服，"克利斯朵夫说，"就得战胜，就得生活。真理不是由脑子分泌出来的硬性的教条，像岩洞的壁上分泌出来的钟乳石那样。真理是生活。你不应当在你的脑子里去找，而要在别人的心里去找。跟他们团结起来吧。你们爱怎么想都可以，但每天得洗一个人间的浴。应当体验别人的生活而忍受自己的命运，爱自己的命运。"

"我们的命运是保持我们的本来面目。思想或是不思想，都不由我们做主，即使因之而冒什么危险也没办法。我们到了文明的现阶段，再也不能往后退了。"

"不错，你们到了高峰的边缘上，到了一个民族只想往下跳的地方。宗教与本能在你们身上都没有力量了。你们只剩着智慧。危险啊！死神来了。"

"所有的民族都要到这个地步的，不过是几个世纪的上下而已。"

"丢开你的世纪吧！整个的生命是日子的问题。真要那般该死的梦想家才会把自己放在虚无缥缈间，而不去抓住眼前飞逝的光阴。"

"你要怎么办呢？火焰就在烧着火把。可怜的克利斯朵夫，一个人不能在现在与过去同时常住的。"

"应当在现在常住。"

"过去有些伟大的成就是不容易的。"

"要现在还有活着的并且是伟大的人能够赏识的时候，过去的伟大才成其为伟大。"

"与其成为今日这些醉生梦死的民族，你岂不愿意成为已经死了的希腊人？"

"我更愿意成为活的克利斯朵夫。"

奥里维不讨论下去了。并非他没有许多话可以回答,但他不感兴趣。刚才辩论的时候,他从头至尾只想着克利斯朵夫。他叹了口气,说:"你的爱我不及我的爱你。"

克利斯朵夫温柔地握着他的手:

"亲爱的奥里维,我爱你甚于爱我的生命。可是原谅我,我不能爱你甚于爱生命,甚于爱人类的太阳。我最恨黑夜,而你们虚伪的进步就在勾引我往黑暗中去。在你们一切隐忍舍弃的说话底下,都藏着同样的深渊。唯有行动是活的,即使那行动是杀戮的时候也是活的。我们在世界上只有两件东西可以挑:不是吞噬一切的火焰,便是黑夜。虽然黄昏以前的幻梦特别有种凄凉的韵味,我可不要这种替死亡作前奏的和平。至于无穷无极的空间,它的静寂是使我害怕的。让咱们在火上添些新柴吧!愈多愈好!连我也丢进去吧,要是必需的话……我不愿意火焰熄灭。倘使它熄灭了,我们就完了,世界上一切都完了。"

"你这种口吻我是熟悉的,"奥里维说,"那是从过去的野蛮时代来的。"

他在书架上抽出一部古印度诗人的集子。念道:

"你起来吧,坚决的去战斗。不问苦乐,不问得失,不计成败,尽你的力量战斗……"

克利斯朵夫从他手里抢过书来,接着念下去:

"……世界上没有一件东西强迫我行动,也没有一件东西不是我的,可是我决不抛弃行动。要是我不孜孜矻矻的干着,让人家照着我的榜样做,所有的人都要灭亡。倘若我的行动停止一分钟,我就要使世界陷入混沌,我要变成生命的刽子手。"

"生命,"奥里维再三说着,"生命,什么叫作生命?"

"一场悲剧,"克利斯朵夫回答,"往前冲吧!"

风浪过去了。大家怀着鬼胎,急于要把它忘掉。似乎没有一个人记起经过的情形。可是每个人都还在心里想着,只要看他们兴高采烈的恢复日常生活便可知道;受过了威胁,日常生活才更显得可贵。好似在每次大难以后,大家都拼命地把东西往嘴里塞。

克利斯朵夫用着十倍的兴致重新埋头创作。奥里维也受了他的影响。为了需要把忧郁的思想廓清一下,他们根据拉伯雷的作品合作一部史诗。健康的唯物色彩非常浓厚,那是精神受了压迫以后必然的现象。除了卡冈都亚,巴奴越,修士约翰,这几个知名的角色以外,奥里维受着克利斯朵夫的感应,又添了一个新人物,——一个叫作忍耐的乡下人。他天真,狡猾,被人殴打,被人窃盗也无所谓;——妻子被人亲吻,田地被人劫掠也无所谓,——不辞劳苦的种着他的田,——被逼去打仗,受尽千辛万苦也无所谓;他一边看着主子们剥削,一边等着他们的鞭子,心里想:"事情不会老是这样的";他料到他们会倒霉,在眼梢里瞅着,已经不声不响地扯着他的大嘴在那里笑了。果然有一天,卡冈都亚和修士约翰当了十字军,遭了难。忍耐真心的可惜他们,又很快活的安慰自己,把淹得半死的巴奴越救起来,说道:"我知道你还要耍弄我;可是我少不了你;你能替我解闷,教我发笑。"

根据这篇诗歌,克利斯朵夫写成几支分幕的,附带合唱的交响曲,其中有悲壮而可笑的战争,有狂欢的节会,有滑稽的歌唱,有耶纳甘派的牧歌,有儿童一般粗豪的欢乐,有海上的狂风暴雨,有音响的岛屿和钟声,最后是一阕田园交响曲,充满着草原的气息:长笛,双簧管,民歌,唱出一派轻快喜悦的调子。——两位朋友非常愉快地工作着。清瘦苍白的奥里维洗了一个健身浴。欢乐的巨潮在他们的顶楼中卷过……用自己心灵的创作,同时也用朋友的心灵创作!便是情侣的拥抱也不会比这两颗友爱的灵魂的结合更甜蜜更热烈。两心相契的程度使他们常常同时有同样的思想,或者是克利斯朵夫写着一幕音乐,奥里维立刻想出了歌词。他带着奥里维向前迈进。他的精神笼罩了朋友,使朋友也产生了果实。

除了创造的快乐,又加上战胜的快乐。哀区脱决心把《大卫》付印了,一出版立刻在外国引起很大的回响。哀区脱有个瓦格纳党的朋友住在英国,是有名的乐队指挥,对克利斯朵夫这件作品非常热心,拿它在好几个音乐会里演出,极受欢迎,凭着这一点,同时靠着名指挥的力量,《大卫》在德国也被演奏了。那指挥又跟克利斯朵夫通信,问他要别的作品,说愿意帮忙,他也竭力替克利斯朵夫做宣传。以前被喝倒彩的《伊菲姬妮亚》,在德国被人重新发现了。大家都认为他是天才。克利斯朵夫传奇式的生涯使人家对他格外好奇。《法兰克福日报》首先发表了一篇轰动一时的文章。别的报纸也跟着来了。于是法国也有人发觉他们中间有着一个大音乐家。《拉伯雷史诗》还没完工,巴黎某音乐会的会长就向克利斯朵夫要求这件作品;而古耶,因为预感到克利斯朵夫快要享盛名了,使用着神秘的口吻提到他所发现的天才朋友。他写了篇文章把美妙的《大卫》恭维一阵,完全忘了他上年提到这作品的时候用的是两句侮辱的话。他周围的人也没有一个想起这一点。巴黎多多少少的人过去都揶揄瓦格纳和弗兰克,现在又捧着他们去打击新兴的艺术家,然后等新兴艺术家成为过去的人物之后再捧他们。

这次的成功出于克利斯朵夫意料之外。他知道自己早晚会胜利的,可没想到胜利来得这么快。他对于太迅速的成功怀着戒心,耸耸肩膀,说希望人家别跟他烦。要是人们在上一年他写作《大卫》的时候恭维他,他可能接受;但现在心情已经不同,他又多爬了几级。他很想和那些对他提起旧作的人说:

"别拿这个脏东西来跟我烦!我讨厌它,也讨厌你们。"

接着,他用一种因为被人打扰而有点儿生气的心绪,重新埋头做他的新工作。但他暗里毕竟感到一种快意。荣名的最初几道光辉是很柔和的。打胜仗是愉快的,增进健康的。那好比窗子打开了,初春的气息渗透了屋子。——克利斯朵夫虽然瞧不起自己的旧作,尤其是《伊菲姬妮亚》,但看到这件可怜的作品从前给他招来多少羞辱,而如今受着德国批评家的恭维与戏院的欢迎,究竟也出了一口气。他收到一封德累斯顿那边的信,说人家很愿意排演他的乐剧,在下一季中上演……

这个消息使他在多少年的忧患以后终于窥见了比较恬静的远景和胜利。但他当天又收到另外一封信。

那天下午,他一边洗脸一边隔着房间和奥里维高高兴兴的说话,门房从门底下塞进一封信来。他一看是母亲的笔迹:他正预备写信给她,因为能告诉她一些好消息而很快慰……他拆开信来,只有几句话……啊,她的字怎么抖得这样厉害呀?……

亲爱的孩子,我身体不大好。要是可能,我还想见你一面。我拥抱你。

妈妈

克利斯朵夫哭了。奥里维吃了一惊,立刻跑来。克利斯朵夫说不上话,只指着桌上的信。他继续哭着,也不听奥里维看完了信以后对他的安慰。然后他奔到床前,拿起外衣急匆匆穿了,领带也不戴,——(手指在发抖)——往外便走。奥里维追到楼梯上把他拦着,问他想怎么办。搭下班车吗?在黄昏以前就没有车。与其在站上等还不如在家等。必不可少的路费有了没有呢?——他们俩搜遍了各人的衣袋,统共也不过三十法郎左右。时方九月,哀区脱,亚诺夫妇,所有的朋友都不在巴黎。没有地方可以借。克利斯朵夫焦急地说他可以徒步走一程。奥里维要他等一小时,让他去张罗旅费。克利斯朵夫一筹莫展,只得由他摆布。奥里维破天荒第一遭进了当铺;他是素来宁愿挨饿而不肯把纪念物当掉一件的,但这次是为了克利斯朵夫,而且事情那么紧急。他便当了他的表,可是当来的钱和预算的还相差太远,便回家拿了几部书卖给旧书摊。当然他为之很难过,但此刻无暇想到,心中只记挂克利斯朵夫的悲伤。回到家里,他发现克利斯朵夫神色惨沮地坐在原来的地方。奥里维张罗来的钱,再加上三十法郎,已经绰绰有余了。克利斯朵夫心乱如麻,根本没追究钱的来源,更没想到自己走了以后朋友还有没有钱过日子。奥里维也和他一样;他把所有的款子交给了克利斯朵夫,还得像照顾孩子似的照顾朋友,把他送上车站,直到车子开动了才和他分手。

夜里,克利斯朵夫睁大着眼睛,望着前面,想道:"我还赶得上吗?"

他知道,要母亲写信叫他回去,她一定是迫不及待的了。他焦急的心情恨不得要风驰电掣般的特别快车再加快一些速度。他埋怨自己不应该离开母亲,同时又觉得这种责备是空的,事势推移,他也做不了主。

车轮与车厢单调的震动,使他慢慢地平静下来,精神被控制了,有如从音乐中掀起的浪潮被强烈的节奏阻遏住了。他把自己的过去,从遥远的童年幻梦起,全部浏览了一遍:爱情,希望,幻灭,丧事,还有那令人狂喜的力,受苦,享受,创造的醉意,竭力要抓握人生的光明与黑暗的豪兴,——这是他灵魂的灵魂,潜在的上帝。如今隔了相当的距离,一切都显得明白了。他的欲望的骚动,思想的混乱,他的过失,他的错误,他的顽强的战斗,都像逆流和旋涡,被大潮带着冲向它永远不变的目标。他懂得了多年磨炼的深刻的意义:每次考验的时候必有一道栅栏被逐渐高涨的河流冲倒;它从一个狭窄的山谷流到另一个更宽广的山谷,把它注满了;视线变得更辽阔,空气变得更流畅。在法国的高地与德国的平原中间,河流找到了出路,冲到草原上,剥蚀着高岗下面的低地,把两国的水源都吸收了,汇集了。它在两国中间流着,不是为了把它们分野,而是为了把它们结合:两个民族在它身上融和了。克利斯朵夫这才第一次感觉到,他的命运是像动脉一般把两岸所有的生命力灌注到两岸敌对的民族中去。——在最阴惨的时间,他面前反出现一个恬静的境界和突如其来的和平……然后那些幻象消失了,眼前只有老母那张痛苦而温柔的脸。

他到本乡的时候,东方才发白。他得留神不给人家认出来,因为通缉令还没撤销。可是站上没有一个人注意他;大家还睡着,屋子都没开门,街上荒荒凉凉的:那是灰暗的时间,夜色已尽,日光未至,睡眠最甜,而梦境都染上曙色的时间。一个年轻的女仆正在打开铺子的百叶窗,嘴里唱着一支老歌。克利斯朵夫差点儿透不过气来。噢,故乡!亲爱的故乡!……他真想扑下去亲吻泥土;听着那个使他心都溶化的平凡的歌,他觉得远离乡土的时候多么苦恼,而自己又多么爱它……他凝神屏气的走着,一看到家,不得不用手掩着嘴巴,不让自己叫起来。留在这儿的被他遗弃的人,究竟怎么样了呢?他喘了口气,连奔带跑的直到门前。门半开着。他推进去。一个人都没有……旧扶梯在脚下咯咯作响。他走上二楼。屋子好像没人住的,母亲的房门关着。

克利斯朵夫的心忐忑地跳着,抓着门钮,没有气力推开……

鲁意莎孤零零的躺着,觉得自己快完了。其余两个儿子都不在这儿:经商的洛陶夫在汉堡成了家;恩斯德上美洲去了,杳无音讯。谁也不关切她,只有一个邻居的女人每天来看她两次,问她可需要什么,待上一会,就回家去干自己的事;——她来的时间没有准儿,往往来得很晚。鲁意莎觉得人家忘记她是挺自然的,跟自己闹病一样的自然,而且她苦惯了,涵养功夫好到极点。她心脏不好,常常会闭过气去,自以为要死了:她睁着眼睛,双手抽搐,满头大汗。她并不抱怨,以为是应当如此的。她已经准备好了,临终圣体也受过了。只有一件事情使她挂心:就是怕上帝不许她进天堂。其余的一切,她都能够耐着性子忍受。

在小房间的黑洞洞的一角,她在床高头的壁上和枕头四周,把所有心爱的人的照片都集中在一起:三个孩子的,丈夫的,(她对他始终保持着初期的爱情),老祖父的,还有哥哥高脱弗烈特的。凡是待她好的人,——不管那好心是怎样的不足道,——她都念念不忘。她把克利斯朵夫寄来的最后一张照相用针扣在褥单上,靠近着她的脸,又拿他最近几封信放在枕头底下。她最爱秩序和清洁,现在看到屋子里没有整理得顶好,就觉得不大好过。外边各种细小的声音,对她等于是报告时刻。那她听了多少年了!整整的一生都是在这个小天地中消磨的……她想着心爱的克利斯朵夫,多么希望他此时此刻能到这儿来,挨在她身边!可是他要不来的话也算了。没有问题,她一定能在天上见到他。现在她只要闭上眼睛就能看见他了。她迷迷糊糊的老是在回忆中过日子……

她在莱茵河边上的老屋内……家里在过节……正是夏季一个大好的晴天。窗子开着:太阳照在明晃晃的路上。鸟儿唱着歌。曼希沃跟祖父坐在门前抽烟,一边谈天一边挺高兴地笑着。鲁意莎看不见他们,但是很快活,因为这一天丈夫在家,祖父脾气很好。她在楼下做饭:一顿丰盛的午饭。她非常留神的照顾着,有一样大家意想不到的好东西:一块栗子蛋糕;一想到孩子会快活得叫起来,她心里就很舒服……啊,孩子,他在哪儿呢?在楼上:她听见他在弹琴。她不懂他弹的东西,但听到那琤琤琮琮的声音,知道他乖乖地坐在那里,她就很快活了。天气多好!大路上有辆车子传来轻快的铃声……啊!天哪!我的烤肉呢!但愿不要在她眼望窗外的时节给烤焦了!她唯恐她多么喜欢而又多么害怕的祖父不乐意,埋怨她……还好,托上帝的福,没有出事。瞧,什么都预备好了,饭桌也摆好了。她招呼曼希沃跟祖父。他们很愉快地答应了。可是孩子呢?……他不弹琴了。琴声已经停了一忽儿,她没留意……——"克利斯朵夫!"……他在干什么呢?一点声息都没有。他老是想不到下来吃饭的,又得给父亲骂了。她急急忙忙的上楼:——"克利斯朵夫!"……没有回音。她打开他屋子的门。没有人。屋子里空空的;钢琴也盖上了……鲁意莎不由得一阵心痛。他怎么的?窗子开着。天哪!他不会掉下去吧!……鲁意莎吓坏了,赶紧从窗口往下瞧……——"克利斯朵夫!"……哪儿都找不到他。各个房间都走遍了。祖父在楼下对她嚷着:"你来吧,别急,他自个儿会来的。"她可不愿意下楼,她知道他在这儿,一定是躲着玩儿,跟她捣乱。啊!可恶的孩子!……是的,毫无疑问的,楼板在那里咯咯的响,他躲在门后呢。可是钥匙不在门上。去拿钥匙吧!她在一张放着各式钥匙的抽屉内急急忙忙的找。这一个,这一个,……哦,不是的!——对啦,是这个!……可是插不进锁孔。鲁意莎的手拼命的发抖。她急得很,要赶紧呀。为什么?不知道;只知道要赶紧。要不然她就等不及了。她听见克利斯朵夫在门后呼吸……啊!这钥匙!……终于开了。她高兴得叫起来。是他呀,他扑上她的脖子……啊!可恶的孩子,好孩子,亲孩子!……

她睁开眼来。他果然在这里,在她面前。

他已经对她望了一些时候,望着这张大大改变了的,又瘦又有些虚肿的脸,那种无言的痛苦,给她听天由命的笑容衬托得格外凄惨;周围又是那么冷静,那么孤独……他看了心都痛了……

她见了他,并不惊奇,只微微笑着。那笑容是没法形容的。他扑上她的脖子,把她拥抱了;她也拥抱他,大颗的眼泪从腮帮上直淌下来,轻轻地说了声:"等一等……"

他看见她气喘得厉害。

两人一动不动。她不住地流着泪,摩着他的头。他一边哭一边亲她的手,把被单遮着脸。

等到安静了一点,她想说话,可是说不上来:用的字都是错的,他很不容易懂得。那也没关系。反正他们已经见了面,始终那么相爱;那就行了。——他很气的查问为什么人家把她一个人丢在这儿。她替那个照顾她的女人解释道:"她不能老待在这里:她有她自己的工作。"

然后她用着一种微弱的,断续的,连字母都念不周全的声音,很急促的嘱咐一些关于她坟墓的事。她要克利斯朵夫向其余两个把她忘了的儿子转达她为母的遗爱。她也提到奥里维,——他对克利斯朵夫那种深厚的友情,她是知道的。她要克利斯朵夫告诉他,说她祝福他,——但她马上改正了,用了两个更谦卑的字眼,说她对他表示敬爱……

说到这儿她又气急了。他扶着她在床上坐起来,满脸淌着汗。她勉强笑着,心里想现在握到了儿子的手,自己在这个世界上也没什么要求了。

克利斯朵夫突然觉得母亲的手在他手里抽搐起来。鲁意莎张着嘴,不胜怜爱的望着儿子,溘然长逝了。

当天晚上,奥里维赶到了。他不能让克利斯朵夫在这个悲痛的时间孤独无助,那种滋味他是经历过的。同时他也担心朋友回到德国所冒的危险。他要跟他在一起,保护他,可是没有旅费。送了克利斯朵夫回去,他决意卖掉几件老家传下来的首饰。那时当铺已经关门,而他又想搭明天第一班车走,便预备去找街坊上一个卖旧货的想办法,不料一出门就在楼梯上遇见了莫克。莫克知道了这些事,立刻表示奥里维没有去找他使他非常难过,他硬要奥里维接受他的钱。但他还是耿耿于怀,因为奥里维为了筹措克利斯朵夫的川资,当掉了表,卖掉了书,而没有向他开口。他那么热心的要帮助他们,甚至向奥里维提议陪他一同上克利斯朵夫那边去。奥里维好容易才把他拦住了。

奥里维的来到使克利斯朵夫精神上得到很大的支持。他陪着长眠的母亲,失魂落魄的过了一天。帮忙的女工来做了几件零碎事儿又走了,没有再来。整天死气沉沉的,仿佛时间停顿了。克利斯朵夫跟床上的遗骸一样的一动不动,眼睛老盯着她。他不哭,不想,也变了个死人了。——奥里维的来到,等于完成了一件友谊的奇迹,使他的眼泪和生命一齐回复了。

> 勇敢啊!只要有一双忠实的眼睛和我们一同哭泣的时候,
> 就值得我们为了生命而受苦。

他们拥抱了很久。然后两人坐在:鲁意莎旁边低声谈话……夜里……克利斯朵夫靠着床脚,随便提到些童年往事,说来说去老是牵涉到妈妈的形象。他静默了几分钟,又往下说。最后他疲倦之极,手捧着脸,完全不出声了。奥里维近前一看,原来他睡熟了。于是他独自守夜。不久他脑门靠着床架子,也给睡眠带走了,鲁意莎温柔地笑着,好像守护着两个孩子觉得很快乐。

天刚亮,他们就被敲门的声音惊醒。克利斯朵夫去开门。一个邻居的木匠来通知克利斯朵夫,说他已经被人告发,如果他不愿意被捕,应当马上就走。克利斯朵夫不愿意逃,定要把母亲送入了坟墓才离开。可是奥里维央求他立刻去搭车,答应一切后事都由他代办,他硬逼着克利斯朵夫走出屋子,并且为防他反悔起见,还送他上车站。克利斯朵夫执意要在动身之前去看看莱茵河。他是在河边长大的,他的灵魂像海洋中的贝壳一样始终保存着河水响亮的回声。虽是在城中露面很危险,但他打定了主意,不顾一切。两人沿着下临莱茵的巉岩走去,看它浩浩荡荡,在低矮的河岸中间向北流去。雾霭迷蒙,一座大铁桥的两个穹窿浸在灰色的水里,好比硕大无朋的车轮。远远的,隔着草原,薄雾中隐隐约约有几条船沿着曲折的河道上驶。克利斯朵夫看着这些景致出神了。奥里维抓着他的手臂把他带到车站。克利斯朵夫像害了梦游病似的完全听人摆布。奥里维把他安顿在升火待发的车厢里,约定下一天在法国境内第一个车站上相会,免得克利斯朵夫一个人回巴黎。

火车开了,奥里维回到屋里,门口已经有两个宪兵等着。他们把奥里维当作克利斯朵夫。奥里维也不急于分辩,好让克利斯朵夫逃得远一些。而且警察当局发觉了错误的时候并不着慌,也不急于去追逃掉的人;奥里维疑心他们其实是很愿意克利斯朵夫走掉的。

奥里维为了鲁意莎的葬事,直耽到第二天早上。克利斯朵夫的兄弟,做买卖的洛陶夫,当天才来参加丧礼。这个俨然的人物规规矩矩的送过殡,马上搭车走了,对奥里维没有一句问起哥哥近况或是感谢他为母亲办后事的话。奥里维在当地又耽留了一些时候。这儿他一个人都不认识,可是觉得有多少眼熟的影子:小克利斯朵夫,小克利斯朵夫所爱的人,使他受苦的人,——还有那亲爱的安多纳德。所有这些在此生存过的人,现在完全消灭了的克拉夫脱一家,还留下些什么?……只有一个外国人对于他们的爱。

那天下午,奥里维在约定的边界车站上和克利斯朵夫相会了。那是林木幽密,山峦起伏的一个小村。他们并不搭下一班开往巴黎的火车,决意走到前面的一个城市。他们需要孤独,便往静悄悄的森林中走去,只听见远处传来几下沉重的伐木声。他们走到山岗上一片空旷的地方。脚下那个狭窄的山谷还是德国的土地,有所看守树林的人的屋子,顶上盖着红瓦,一小方草地好比森林中一口碧绿的湖。四下里全是深蓝色的一望无际的林木,给水汽包裹着。雾氛在柏树枝间缭绕。一层透明的幕把线条遮盖了,把颜色减淡了。一切都静止不动。没有脚声,没有人声。秋天的榉树都变了金黄色,几点雨水淅淅沥沥地打在树上。一条小溪在乱石中流着。克利斯朵夫和奥里维停下脚步,呆住了。各人都想着自己的丧事。奥里维默默地对自己说着:

"啊,安多纳德,你在哪儿?"

克利斯朵夫却想着:"现在她不在世界上了,成功对我还有什么意思?"

但各人听见各人的死者安慰他们:

"亲爱的,别哭我们了。别想我们了。你想着他吧……"

他们彼此瞧了一眼,马上忘了自己的痛苦,而只感觉得朋友的痛苦。他们握着手,心中只有一片凄凉恬静的境界。没有一点风,雾气慢慢地散了,显出了青天。雨后的泥土那么柔和……它把我们抱在怀里,堆着一副亲热的笑容,和我们说:

"休息吧。一切都很好……"

克利斯朵夫的心松下来了。两天以来,他整个儿在回忆中,在亲爱的妈妈的灵魂中过活,他体验着那卑微的生活,单调而孤独的岁月,在孩子们都走了的静寂的家里,想念那些把她丢下的儿子……可怜的老妇,残废,勇敢,抱着乐天安命的信心,生就温和的脾气,恬然自得的忍受着一切,没有一点儿自私……克利斯朵夫也想起他认识的,一切谦卑的心灵。这时他觉得自己跟他们多么接近!在骚动的巴黎,眼看多少的思想人物发疯似的搅在一起,最近又看到那阵血腥的风,煽动神志错乱的民族互相仇视;克利斯朵夫经过了几年累人的争斗和激昂的日子,对于这个骚动而贫瘠的社会,对于自私的争战,对于自命为代表理智而实际只是掀风作浪的野心家,深深地感到厌倦。他所爱的却是成千累万的淳朴的心灵——他们在各个民族中间静静的燃烧着,本身便是些纯洁的火焰,代表慈悲,信仰,牺牲。

"是的,我认得你们,我终于跟你们团聚了,你们是和我同一血统的。我早先像浪子一般离开了你们,跟着大路上的那些影子走了。现在我回到你们中间来了,请你们把我留下吧。我们不问生死,都是一体;我到哪儿,你们也到哪儿。噢!母亲,我曾经生活在你的身上,如今是你生活在我身上了。还有你们,高脱弗烈特,苏兹,萨皮纳,安多纳德,你们全生活在我身上。你们是我的财富。咱们一同上路吧。我的话就是你们的声音。凭着我们联合的力量,我们一定能达到目的……"

树上缓缓地滴着雨水,一道阳光从树枝间溜进来。树林下面一小方草地上传来一群儿童的声音:三个女孩子在那里绕着屋子跳舞,唱着一支天真的德国山歌。而远远的,一阵西风像吹送蔷薇的异香似的,吹来法国方面的钟声……

"噢!和平,你是神圣的音乐,你是解脱的心灵的音乐,苦,乐,生,死,敌对的民族与友爱的民族,一齐交融在你身上……噢!我爱你,我要抓住你,我一定能抓住你……"

黑夜降临了。克利斯朵夫从幻梦中醒来,又看到了朋友那张忠实的脸。他对他笑笑,把他拥抱了。随后,他们俩穿过树林,悄悄地重新上道;克利斯朵夫在前面替奥里维开路。

孤零零的,不声不响,
一个在前,一个在后,
大路上来了两个年轻的弟兄……

卷七终